W0242351

Mary Willis Walker

Laß die Toten ruhn

Mary Willis Walker

Laß die Toten ruhn

Roman

Deutsch von
Anke Caroline Burger

C. Bertelsmann

Die Originalausgabe erschien 1998
unter dem Titel »All the Dead Lie Down«
bei Doubleday, New York.

Umwelthinweis:
Dieses Buch und der Schutzumschlag
wurden auf chlorfrei gebleichtem Papier gedruckt.
Die Einschrumpffolie (zum Schutz vor Verschmutzung)
ist aus umweltfreundlicher und recyclingfähiger
PE-Folie.

1. Auflage
Copyright © 1998 by Mary Willis Walker
Copyright © 1998 der deutschsprachigen Ausgabe
bei C. Bertelsmann Verlag GmbH, München
Satz: Uhl + Massopust, Aalen
Druck: Presse-Druck, Augsburg
Bindung: Großbuchbinderei Monheim
Printed in Germany
ISBN 3-570-00208-X

1. Kapitel

Der Mann im Mond sah zum Mond
heraus
Sah zum Mond heraus und sagte:
»Zeit wird's für die Kinder der Welt
Sich in ihre Bettchen zu legen!«

Englischer Kindervers

Sarah Jane Hurley wacht mit etwas Feuchtem an den Fingerspitzen auf. Sie hält sich die Hand vor die Augen und dreht sie so, daß der schmale Streifen Mondlicht, der durch die Spalten der Holzveranda über ihr scheint, darauffällt. Blut. Ja, es ist Blut. *Fee, Fi, Fo, Fan.* Auf ihren Fingerspitzen und unter den Fingernägeln. Frisches Blut, feucht und glänzend. Ihr eigenes Blut. Sie muß ihre Stiche im Schlaf aufgekratzt haben. Sie hat sich den Schorf abgepult, da haben die Stellen wieder geblutet. Das passiert so oft, daß sie es gar nicht mehr merkt. Tut noch nicht mal weh.

Sie hält sich die Hand dichter vor die Augen und begutachtet erstaunt das Blut: Es ist so *schön* – leuchtendrot und glänzend wie Wachsmalkreide –, genauso wie in ihrer Kindheit. Damals, als Mädchen im Garten ihrer Oma in Galveston, hatte sie ganz still in der Hängematte gelegen und gewartet, bis eine Mücke auf ihrem Arm landete. Mit angehaltenem Atem sah sie zu, wie der Stachel ihre Haut durchbohrte, ihre makellose, zarte, zehn Jahre alte Haut – sonnengebräunt und straff über dünnen Armen. Bewegungslos beobachtete sie, wie sich das Insekt vollsaugte. Sie wartete, bis es dick und rund war, dann hob sie die Hand und schlug zu – klatsch. Und, Wunder über Wunder, was sie neben der zerquetschten Mücke auf ihrer Haut verschmiert sah, war ihr eigenes, leuchtendrotes Blut.

Sarah Jane streckt die Zunge heraus und berührt eine blutige Fingerspitze damit. Salziger, rostiger Geschmack. Genau wie damals. Eigentlich müßte es jetzt anders schmecken. Es müßte nach billigem Fusel und schalem Zigarettenrauch und ranziger Pizza aus Müllcontainern und kaltem, abgestandenem Kaffee schmecken – all den Säften und Substanzen, aus denen ihr Körper jetzt besteht.

Doch merkwürdigerweise hat sie immer noch dasselbe Blut wie das kleine Mädchen in der Hängematte, das Zucker-und-Gewürz-Kind mit der zarten Haut. Auch wenn ihre Haut jetzt hundsmiserabel aussieht – rot und wettergegerbt, und auch wenn sie jetzt mit Insektenstichen und Bissen und Wunden und Schrunden und blauen Flecken und blutenden Stellen bedeckt ist, von denen sie nicht mal mehr weiß, woher sie stammen.

Ja, ihr Blut müßte eigentlich anders aussehen. Aber das tut es nicht. Es ist immer noch leuchtend rot und feucht und voller Hoffnung. Als ob sie innen drin immer noch die alte sein könnte – Sarah Jane Hurley –, liebes Kind. *Es war ein kleines Mädchen, das hatte ein kleines Löckchen,* sagte Gramma immer und strich Sarah Jane über das lockige Haar, *genau in der Mitte seiner Stirn. Und wenn es lieb war, war es sehr sehr lieb.* Das war, wenn Sarah Jane anständiges Englisch sprach und sich damenhaft benahm, wie ihre Gramma das gern hatte. Und wenn sie ihr Temperament zügelte und sich nicht über alle möglichen Leute aufregte und nicht überempfindlich reagierte, wie Gramma das immer nannte.

Sarah Jane verzieht angewidert das Gesicht. Damenhaft? Was für ein Witz! Wenn Gramma noch am Leben wäre, würde sie die Straßenseite wechseln, um ihr, dem schmutzigen, verlotterten alten Weibsstück, das aus ihr geworden ist, aus dem Weg zu gehen. *Aber wenn es bös war, war es abscheulich.* Das hatte Gramma auch zu ihr gesagt – wenn Sarah Jane sich genau wie ihre nichtsnutzige Mutter benahm und als Jugendliche ständig in Schwierigkeiten geriet. Doch selbst Gramma hätte sich nicht ausmalen können, was für ein Scheusal aus Sarah Jane werden sollte, daß sie so enden würde – als obdachlose alte Säuferin. Und das war noch nicht mal das Schlimmste. Sie hatte noch viel Schlimmeres verbrochen als nur den Abstieg zur Pennerin.

Sie schüttelt den Kopf, um diese Gedanken loszuwerden; wieder mal ist sie in diese alte Falle gegangen. Sie hat sich geschworen, nicht an das zu denken, was aus und vorbei und nicht mehr zu ändern ist. Sie wischt sich die blutigen Finger an dem schmutzigen, schwarzweißen Mantel ab, in den sie sich eingewickelt hat, und versucht, wieder einzuschlafen. Sie will gerade einnicken, als sie Geräusche hört, lautes Rumpeln und dumpfe Schläge über ihr. Donner? Nein. Es sind Schritte. Verdammt noch mal! Da oben hat niemand was zu suchen. Mittags, ja, da lassen sie die Leute draußen essen, aber dann schließt die Terrasse und gehört ihr. Nach Einbruch der Dunkelheit gehört sie ganz allein ihr.

Ein grelles Licht geht an.

Sie blickt nach oben gegen den Holzfußboden und die dünnen Streifen harten Flutlichts, das zwischen den Brettern hindurchdringt. Vorsichtig dreht sie sich auf den Rücken, so daß ihr großer Leinenbeutel nicht unter dem Kopf herausrutscht. Sie versucht, keinerlei Geräusche zu machen, nicht mit dem zusammengefalteten Kühlschrankkarton zu rascheln, auf dem sie liegt. Sie starrt nach oben. Schwarze Schatten durchbrechen die weißen Streifen. Die Lichtstrahlen flackern. Ein Trappeln direkt über ihrem Kopf läßt sie die Augen zusammenkneifen. Dann ein schabendes Geräusch.

Jemand setzt sich hin. Mist. Das hat es noch nie gegeben in den ganzen Monaten ... wie lange ist sie schon hier? Mehr als ein Jahr. Nie hat sich nach Einbruch der Dunkelheit jemand auf die Terrasse gesetzt. Ab und an verirrten sich Leute nach draußen, merkten aber, daß dort geschlossen war, und gingen wieder.

Jetzt sind Stimmen über ihr zu hören, Männerstimmen. Eine aalglatte, schleimige Stimme schwafelt etwas. Ein paar Worte kann sie verstehen. »Heute nacht ist Vollmond, Sir. Ist es nicht wunderschön? Ist es Ihnen auch wirklich nicht zu kalt hier draußen? Im Grunde ist es nämlich so, daß die Terrasse geschlossen ist, aber da Ihr Bekannter rauchen möchte ...«

Eine laute Stimme unterbricht. »Schon gut, schon gut. Wenn Mr. Vogel kommt, dann sagen Sie ihm, daß ich hier draußen bin. Und noch was, Sportsfreund – wir wären gern ungestört, wenn Sie verstehen, was ich meine.« Die Stimme ist eine von diesen Ich-bin-hier-der-Chef-und-habe-das-Sagen-Stimmen, die Sarah Jane am allermeisten haßt. Es ist die Art Stimme, die einem befiehlt, von der Bank aufzustehen, aus dem Park zu verschwinden, die Bibliothek zu verlassen, weiterzugehen, weil ihr die Welt gehört und dir nicht.

»Kann ich Ihnen vielleicht etwas zu trinken anbieten, solange Sie warten?« säuselt die aalglatte Stimme über ihr.

O ja. Sarah Jane schließt die Augen. Etwas zu trinken – das wäre die Lösung. Das ist die Methode, mit der man sich von seinen quälenden Erinnerungen ablenkt. Damit kann man seinen Schmerz vergessen.

Schritte entfernen sich, eine Tür fällt ins Schloß.

Alles ist still, abgesehen vom Trommeln eines nervösen Fußes über ihr. Es läßt das Licht in einem zuckenden Rhythmus tanzen, der an Sarah Janes Nerven zerrt. So kann sie auf keinen Fall einschlafen, aber sie will sich auch nicht bewegen, weil der Fußtrommler über ihr sie sonst hören könnte. Sie wird ganz still daliegen müssen, sonst hetzen sie ihr die Bullen auf den Hals, wie sie es ihr schon einmal angedroht haben. Und dann wäre sie geliefert. Sie würden ihren richtigen Namen herausfinden, in den Computer eingeben und wissen, was in Houston passiert war, und dann würden sie sie einsperren. Und das wär's dann gewesen, finito, aus und vorbei. Sie hatte es nicht mal in der Schule ausgehalten oder an einem festen Arbeitsplatz oder in der Ehe oder überhaupt in diesem genormten Dasein, das man angeblich leben sollte. Der Knast würde sie umbringen.

Also wartet sie mucksmäuschenstill. Im Warten ist sie gut; das ist etwas, das sie seit Jahren einübt – aufs Schicksal warten und hoffen, daß es ihr sagt, was sie als nächstes tun soll. Es ist jetzt ruhig, abgesehen von dem schwachen Stimmengemurmel und Tellergeklapper im Creekside Grill, und natürlich dem pausenlosen Fußgetrommel – trappel, ditrappel-ditrappel-ditrapp. Hippeliger Typ da oben. Seine Nervosität überträgt sich auch auf ihren Körper und spricht ihr eigenes hochempfindliches Nervenkostüm an. Wie ein Morsecode verrät es ihr, daß es ihm zu eng in seiner Haut ist, daß sein Blut zu dick und seine Drüsen zu voll mit Haarwurzeln sind. Deswegen muß er trappeln und trommeln und zucken und jucken.

Sarah Jane juckt es auch – ihre Insektenbisse machen sie noch wahnsinnig, aber sie wird nicht kratzen. Scheiß Feuerameisen. Die Viecher meinen ebenfalls, ihnen würde die Welt gehören. Vielleicht gehört sie ihnen auch. Oder wird ihnen gehören. Wenn die Menschen alles kaputtgemacht haben, dann werden diese boshaften, kleinen roten Ameisen die Welt übernehmen. Sie kann es sich richtig vorstellen – ein runder

Planet, der sich immer noch dreht, aber leer ist, ohne Seen oder Bäume oder Häuser, nichts außer Millionen und Abermillionen von Erdhügeln, wie sie die Feuerameisen aufwerfen. Wenn alles zu Ende ist, dann wird geballte Boshaftigkeit die Erde beherrschen.

Schließlich bringen neue Schritte die Holzplanken zum Beben. Ein paar Schritte, die sich nach einem Riesen in Stulpenstiefeln anhören. »Da ist er, Sir«, sagt die schleimige Säuselstimme. »Ich hoffe, die Herren haben es bequem hier draußen. Ihre Bedienung wird sofort da sein.«

Die schwächlichen Schritte entfernen sich, die Tür fällt zu. »Und, Sportsfreund«, sagt der Fußtrommler, »es wird ja allmählich –«

»Halt!« sagt eine neue Stimme. »Ich will mich erst umsehen.« Die Stimme ist tief knurrend, viel älter, mit irgendeinem ausländischen Akzent. Paßt zu den schweren Schritten, die die Veranda erbeben lassen. Der Kerl muß eine Tonne wiegen. Trampel-ditrampel. Der Klang erinnert Sarah Jane an etwas, vielleicht an einen Kinderreim – irgend jemand geht trappelditrapp über eine Brücke, und unter der Brücke versteckt sich wer. Wie ging der bloß wieder? Gramma hatte ihr den Reim vorgelesen, und sie hatte ihn immer Tom und Ellie vorgelesen, früher, in den guten Tagen der Gutenachtgeschichten und Kinderreime, als sie noch versuchte, eine anständige Mutter zu sein, bevor alles in die Brüche ging. Es hatte mit Ziegen zu tun.

»Scheint in Ordnung zu sein«, sagt die heisere Stimme. Urplötzlich fällt es ihr wieder ein: Barsch! Der barsche Ziegenbock! Und der größte Ziegenbock hatte eine böse, bedrohliche Stimme, genau wie dieser Typ. Sie kann sich nicht mehr genau erinnern, wie es weiterging. Sie muß es in der Bibliothek nachschlagen – wenn sie sich da noch mal reinschleichen kann.

Oben schabt ein Stuhl über Holz, dann knarrt der Stuhl.

»Wie ich sehe, sind Sie ein Profi und immer auf der Hut«, sagt der Fußtrommler. »Gut. Sind Sie dann soweit, Sportsfreund?«

»So weit, daß ich Geld sehen will«, knurrt die heisere Stimme. »Sind Unkosten angefallen.«

»Aber, aber, Mr. V, das haben wir doch besprochen. Für die gemeinsame Sache – die Hälfte im voraus, die Hälfte bei Abschluß. Uns können Sie vertrauen. Das Kommando hat sehr tiefe Taschen.«

»Das habe ich auch schon gehört.«

Sarah Jane wünschte, die würden da oben nicht so rumschrein oder sich nach drinnen verziehen, damit sie endlich weiterschlafen kann.

»Haben Sie alles besorgt?« fragt der Fußtrommler.

»Ja.« Der barsche Ziegenbock ist nicht sehr gesprächig.

»Gut, Mr. V, dann sollten Sie mal einen Besuch im Kapitol machen. Alle fünfzehn Minuten gibt's eine kostenlose Führung. Da können Sie sich ansehn, wie Ihre Steuergelder verjubelt werden.«

An dieser Stelle wird Sarah Jane aufmerksam. Das Kapitol – sie kommt jeden Tag auf ihren Runden daran vorbei und hat sich schon gefragt, ob man da an heißen Tagen wohl ein bißchen an der Abkühlung aus der Klimaanlage partizipieren kann.

»Haben die alte Laube wirklich picobello renoviert«, sagt der Fußtrommler gerade, »aber das sollte man für hundertsiebenundachtzig Milliönchen ja auch erwarten, was? Nehmen Sie an der Führung teil, und sehen Sie sich ordentlich im Plenarsaal der Senatskammer um.«

»Der Senatskammer?«

»Jawohl. Genau da werden Sie Ihr Ding durchziehen. Sie werden diese Senatskammer in eine Gaskammer verwandeln. Sie als Deutscher dürften damit ja keine –«

»Halten Sie Ihren Mund!« Mit der Stimme ist nicht zu scherzen. Vor Schreck vergißt Sarah Jane zu atmen. Wenn jemand so mit ihr reden würde, wäre sie aber ganz schnell mit ihrem Messer bei der Hand. »Ich bin amerikanischer Staatsbürger«, sagt er kalt wie Eis, »genau wie Sie.«

»Schon gut, schon gut«, sagt der Fußtrommler. »War nicht so gemeint.« Er lacht. »Mögen Sie Kunst, Sportsfreund?«

»Wenn sie nackt ist.«

»Tja, tut mir leid, Sie enttäuschen zu müssen, aber auf dem Bild gibt's keine Titten. Gucken Sie sich den ›Sonnenaufgang am Alamo‹ ausgiebig an – die Führerin wird Sie darauf hinweisen –, alter Ölschinken mit viel Blau drauf, echt hübsch, mein Lieblingsgemälde. Direkt darüber in der Besuchergalerie ist die Stelle, an der Sie Ihr Lager aufschlagen sollten.

Bleiben Sie nach dem Rundgang noch 'n bißchen da. Aber wenn Sie mich sehen, sagen Sie nicht ›Hallo‹, weil wir uns ja nicht kennen. Prägen Sie sich gut ein, wie der Plenarsaal aussieht. Hocken Sie sich 'n Momentchen oben in die Galerie, und beäugen Sie die Sicherheitsvorkehrungen. Verstehen wir uns, Sportsfreund?«

Schweigen, dann das Klicken eines Feuerzeugs. Sarah Jane liegt ganz still. Sie ist so nahe, daß sie den Zigarettenrauch riechen kann. Besuchergalerie? Hört sich so an, als könnte man da schlafen, ohne daß es jemand merken würde. Wie er schon sagt, ist es für Besucher, und da müssen sie einen reinlassen, sonst kann man einen großen Aufstand machen, daß man sich diskriminiert fühlt. Sarah Jane beschließt, bei der Führung mitzugehen. Sie braucht einen neuen Platz, wo sie sich tagsüber aufhalten kann nach dem Ärger mit der Bibliothek.

»Wann soll die Aktion stattfinden?« Das ist die Stimme des großen Ziegenbocks.

Der Fußtrommler lacht mit seinem hohen Pferdelachen.

»Warum? Sind Sie dermaßen ausgebucht, daß Sie das wissen müssen? Der Terminkalender schon voll?«

»Ich habe gefragt, wann.« Die Stimme strotzt nur so vor Boshaftigkeit.

Der Fußtrommler sagt: »Na, na, Sportsfreund, unsere Vereinbarung lautet, daß Sie zur Verfügung stehen und von jetzt bis Vertragsende bei Tod der Unterzeichnenden den Auftrag ausführen.« Er lacht, ein nervöses Lachen, das Sarah Jane zeigt, daß er Schiß vor dem Typen hat, es aber nicht zeigen will. »Ich werde Ihnen rechtzeitig Bescheid geben, wie abgemacht. Wir wissen nicht, wann es soweit ist, bevor die Gesetzesabstimmung nicht angesetzt ist, falls Sie verstehen, was ich meine. Aber ich beobachte jeden Tag die Lage. Sobald der Zeitpunkt für die Abstimmung feststeht, ruf ich Sie sofort an, genau wie besprochen. Vermutlich in einer Woche oder so.«

»In der Zeitung schreiben sie, daß es beschlossene Sache ist.«

»Stimmt«, sagt der Fußtrommler. »Wenn es zur Abstimmung kommen würde, aber das werden wir zu verhindern wissen. Wenn Sie verstehen, was ich meine, Sportsfreund.«

»Klar, ich verstehe«, knurrt der barsche Ziegenbock.

»Wenn wir dieses Gesetz durchgehen lassen, dann können wir uns von unseren gottgegebenen Rechten ein für allemal verabschieden. Wenn sie uns erst mal soweit haben, daß wir uns für Waffenscheine eintragen lassen müssen, dann haben die in Washington ja schon wunderbare Listen, bei wem sie die große Beschlagnahmung durchführen können, da kann man aber einen drauf lassen.« Er kichert, als hätte er einen Witz gemacht. »Das ist das Trauerspiel mit der Waffenkontrolle, Sportsfreund: Lizenzen führen zu Listen. Listen führen zu Verlusten. Verluste führen zum Lamentieren. Wissen Sie, worauf ich hinauswill, Sportsfreund?«

»Ja, natürlich. Bei mir rennen Sie da offene Türen ein«, sagt der Ziegenbock. »Aber ist dem Kommando denn klar, wie tödlich dieses Soman ist?«

»Die übelste Sorte Gas, die es gibt. Klar wissen wir das. Sie werden uns doch nicht auf einmal gefühlsduselig werden oder, Mr. V? Soll ich Ihnen was verraten: Setzen Sie sich da oben in die Galerie über dem Plenarsaal, wo ich jeden Tag sitze, und gucken Sie runter auf die herumwieselnden Senatoren des Staates Texas. Wissen Sie was: Kakerlaken sind das. Verräter. Stecken unter einer Decke mit Washington und wollen uns unsere verfassungsmäßig garantierten Rechte auf Selbstverteidigung streitig machen. Nichts als Kakerlaken sind das, und sie verdienen es, daß man ihnen den Garaus macht. Da brauchen Sie nur an Waco oder Ruby Ridge zu denken.«

Plötzlich wird Sarah Jane steif vor Schreck. Eine Hand hält ihr den Mund zu. Ohne Vorwarnung ist sie aus der Dunkelheit vorgeschnellt. Jemand ist unter die Veranda zu ihrem Platz gekrochen. Sie streckt die Hand nach ihrer Tasche, nach ihrem Messer aus, doch eine Hand drückt ihren Arm nach unten, und eine schwere Schulter lehnt sich auf ihren anderen Arm. Die Hände sind rauh und voller Hornhaut. Er kriecht über sie, sein magerer Körper liegt auf ihr und macht es sich dort gemütlich. Sein Atem riecht nach fauligen Abwasserkanälen. Der Bart, der sich in ihr Gesicht drückt, fühlt sich wie Schmirgelpapier und Draht an. Er macht keinerlei Geräusche.

Er läßt ihren Arm los, langt nach unten und schiebt ihren langen Mantel hinauf bis zu den Hüften. Eine Hand hat er immer noch auf ihren Mund gedrückt.

Ganz langsam hebt Sarah Jane ihren freien Arm hoch und vor sein Gesicht. Sie streckt den Zeigefinger aus und legt ihn sanft auf seine Lippen. »Pssst«, flüstert sie in die Hand, die ihren Mund bedeckt.

Er nimmt seine Hand von ihrem Mund.

Sie haucht ihm ins Ohr: »Jetzt nicht.«

»Holde Maid«, flüstert er, »ich habe Wein.«

Wein! Sie verliert jedes Interesse an der Unterhaltung über ihr. »Wieviel?«

»Genug.« Langsam zieht er seinen Reißverschluß herunter. »Jede Menge.«

»Lufkin, psst. Die hören uns sonst«, flüstert sie. Sie ist hin- und hergerissen. Sie will den Fusel, aber noch mehr will sie diesen Platz behalten, den sie sich hier organisiert hat. Der Boden unter der Pappe ist weich und staubfein, wo sie alle Steine weggesammelt hat. Er ist in der Nähe des Bachs und ziemlich regengeschützt. Es gefällt ihr hier. Es ist ihr Zuhause. »Wart 'n bißchen«, flüstert sie.

Ein paar Sekunden lang hält er still und lauscht der Unterhaltung auf der Terrasse. Die beiden Männer reden jetzt über Baseball. Sarah Jane schlingt die Arme um Lufkins dünnen Körper und drückt ihn an sich, damit er still ist. Ein paar Minuten lang liegen sie so da und werden bald für ihre Geduld belohnt. Stühle kratzen über dem Boden, und die Lichter flackern. Herumgestampfe ist zu hören und weitere Unterhaltung. Und dann endlich das wunderbare Geräusch des Abzugs der Eindringlinge – trip, trap, trip, trap. Genau, das ist das Geräusch, das die Ziegen auf der Brücke machen, denkt sie – trip, trap. Und unter der Brücke wartet jemand, der die Ziegen fressen will. Es ist ein Troll, ein häßlicher Troll, und er sagt ... irgendwas. Was sagt der Troll bloß? Warum kann sie sich auch an gar nichts mehr erinnern, selbst wenn sie es versucht? Vielleicht kommt das davon, wenn man die Vergangenheit ausblendet – dann verliert man das Talent, sich irgendwas zu merken.

Oben entfernen sich die Schritte – trip, trap. Genau! Der

Troll sagt: *Wer trippelt da über meine Brücke?* Das ist es! Sie ist so stolz, daß es ihr wieder eingefallen ist, daß sie es Lufkin ins Ohr flüstert: »Wer trippelt da über meine Brücke?«

»Häh?« fragt er und zieht seinen Reißverschluß endlich ganz herunter.

Sie würde es am liebsten laut herausschreien: Wer trippelt da über meine Brücke? Das würde sie mal ordentlich erschrecken, diese Ziegenböcke da oben – ihnen mal zeigen, daß ihnen vielleicht doch nicht die Welt gehört.

Die Tür geht zu und dämpft das entfernte Klappern von Besteck, das Schnattern und Lachen aus dem Grillrestaurant. Das grelle Flutlicht verlischt. Endlich herrscht wieder Frieden, und nur das sanfte Mondlicht scheint durch die Spalten des Holzbodens, das alles hübsch und verträumt aussehen läßt, genau so, wie Sarah Jane es mag.

»Und jetzt«, trällert sie, »sehen wir uns das gute Tröpfchen mal an.«

2. Kapitel

Ein bewaffnetes Land ist ein höfliches Land

*Slogan der NRA**

Sterne, wohin man auch schaut«, sagte Molly Cates, den Kopf an ihren Sitz gelehnt. Sie blickte hinauf in die kunstvoll gestaltete Decke des Plenarsaals des texanischen Senats, in deren Scheiben Dutzende eingeschliffener Glassterne funkelten. »Sterne an der Decke, Sterne an den Kronleuchtern, Sterne an den Türknaufen, sogar auf den Türangeln.«

»Mit Sternen geizen die Texaner nicht. Vielleicht war das auch der Grund, warum ich Sterne in mein neues Muster eingefügt habe«, sagte Rose Morrisey und betrachtete die Kreuzsticharbeit auf ihrem Schoß. Molly sah hinunter auf die halbfertige Stickerei: ein Blumenmuster mit Stiefmütterchen auf königsblauem Hintergrund, auf dem winzige weiße Sternchen verstreut waren.

Wanda Lavoy, die Handfeuerwaffenexpertin mit der hochtoupierten Frisur, die an Mollys anderer Seite saß, beugte sich herüber, um sie auch zu betrachten. »Wirklich sehr hübsch, Miz Morrisey.«

»Von Sternen kann man nie zuviel haben.« Molly rollte den Kopf hin und her und versuchte, ihre Verspannungen im

* *National Rifle Association* – Amerikanischer Verband der Befürworter privaten Waffenbesitzes; eine der stärksten Interessengruppen in den USA [Anm. d. Übers.]

Nacken zu lösen. Jeder Tag, den sie im Abgeordnetenhaus mit der Beobachtung ihrer Landesregierung verbrachte, ließ ihren Nacken steifer und ihr derzeitiges Projekt uninteressanter werden.

Alle waren sich einig, daß das Gesetz über das Tragen verborgener Handfeuerwaffen von Anfang an beschlossene Sache gewesen war. Es passierte im Nu das Repräsentantenhaus, und alles deutete darauf hin, daß es im Senat nicht anders sein würde. Der neue Gouverneur hatte in seinem Wahlkampf versprochen, daß er für den Beschluß dieses Gesetzes kämpfen würde. Nach mehrwöchiger Beobachtung war Molly zu der Überzeugung gelangt, daß dieses weder echtes dramatisches Potential noch größere praktische Bedeutung beinhaltete. Die Texaner würden höchstwahrscheinlich fortfahren, sich in Rekordzahlen gegenseitig zu erschießen, ob sie die Handfeuerwaffen nun legal bei sich tragen durften oder nicht.

»Rose, erinnerst du dich noch an die sternförmigen Plätzchenausstecher, die Tante Harriet früher besaß?« fragte Molly. »Und an die hinreißenden Butterplätzchen mit den buntglitzernden Streuseln obendrauf, die sie immer zu Weihnachten gebacken hat? Sie stellte sie in Körbchen auf den Tisch, wo sie im Kerzenlicht funkelten – als ob es echte Sterne wären.«

Rose sah von ihrer Handarbeit auf. »Das muß man Harriet lassen – sie wußte wirklich, wie man backt und das Haus zu Weihnachten schön schmückt.«

Bei der Erinnerung sackte Mollys Magen urplötzlich nach unten, so als fiele ein Flugzeug in ein Luftloch. Jetzt war ihre Tante Harriet, die starrsinnige, plätzchenbackende Plage ihrer Jugend, im Altersheim und konnte einen Stern nicht mehr von einer Bratpfanne unterscheiden.

In jüngster Zeit war Molly in mehr Erinnerungsluftlöcher als gewöhnlich gefallen. Sie dachte an ihre Familie. Es waren nicht nur die Sterne. Die viele Zeit, die sie mit Rose und Parnell Morrisey verbrachte, war schuld. Ihre Patentante Rose, die in einem eleganten, marineblauen Strickkostüm mit Seidenbluse neben ihr saß, trug ihr langes Haar immer noch zu einem dicken Zopf geflochten, auch wenn er jetzt vollständig weiß war, und sie roch immer noch nach demselben, kühlen Teerosenduft, den sie immer benutzt hatte. Der Duft rief die Sommerabende aus Mollys Kindheit wieder wach, an denen sie alle auf der Veranda der Cates gesessen und sich Geschichten erzählt hatten.

Besonders Parnell hatte die Gabe, wieder an Mollys alte Wunden zu rühren – aber auch an alte Freuden. Dazu brauchte es nichts weiter als seine Anwesenheit: sein Geruch nach Whisky und Tabak, seine heisere texanische Stimme und sein dröhnendes Lachen. Die Art, wie er »Molly, mein Mädchen, du setzt dich mal hübsch hierhin und läßt mich mal machen« sagte, gab ihr das Gefühl, wieder ein Mädchen zu sein, um das sich jemand so kümmerte, wie sie es seit dem Tod ihres Daddys nicht mehr erlebt hatte – ihres Daddys, der seit achtundzwanzig Jahren tot und unter der Erde war. Aber nicht vergessen, o nein, nie vergessen.

Sie reckte den Hals, um Parnell in dem Gewühle unten in der Senatskammer zu entdecken. Da war er; er saß an seinem Platz und sprach mit Beratern. Der kahle, in den Lichtern glänzende Kopf des alten Senators sah so zerbrechlich wie ein Vogelei aus, und sein trübseliges Erdrutschgesicht schien noch faltiger als gewöhnlich, als wollte es einfach von seinem Schädel abgleiten. Er wurde langsam zu alt für diesen Zirkus, dachte Molly; er war schon dreiundsiebzig, genauso alt, wie ihr Daddy heute wäre. Letztes Jahr hatte er eine Bypaßoperation gehabt und sich nie ganz davon erholt, wie ihr schien. Die mächtigen Männer ihrer Kindheit waren jetzt entweder tot oder schwache Abbilder dessen, was sie einst gewesen waren, und sie haßte das.

Seit der dritten Klasse waren sie die besten Freunde gewesen – Parnell Morrisey und Vernon Cates. Weit draußen auf dem Land, in Crosbyton bei Lubbock, waren sie zusammen zur Grundschule und zum Gymnasium gegangen, waren zusammen gerannt, hatten zusammen bei der Schulzeitung mitgearbeitet und waren zusammen auf die Texas Tech gegangen. Parnell und seine Frau Rose waren Mollys Pateneltern; in ihren frühesten Erinnerungen waren Parnell und Rose immer anwesend, bei Geburtstagsfeiern, Picknicks und Feiertagen. Und natürlich bei Beerdigungen. Die Morriseys waren bei allen Beerdigungen der Familie Cates dabeigewesen. Als ihre Mutter starb, waren es Parnell und Rose und Mollys Tante Harriet gewesen, die ihr und ihrem Daddy den Verlust zu ersetzen versuchten. Molly war neun gewesen. Und als sie sechzehn war und ihr Daddy ermordet wurde, waren es wiederum diese drei Menschen gewesen, die sie zu trösten versuchten, auch wenn sie untröstlich und nach Ansicht ihrer Tante Harriet unerträglich war.

»Wann wird er sich endlich aus diesem Zirkus zurückziehen?« fragte Molly Rose.

Rose blickte hinunter auf den Mann, mit dem sie seit mehr als fünfzig Jahren verheiratet war: »Wenn er die Wahl verliert oder wenn er begraben wird – je nachdem, was früher eintritt.«

Unten im Saal beendete der Pfarrer von der First Baptist Church in Waco ein langes Gebet, in dem er Gott für so ziemlich alles gedankt hatte, was ihm eingefallen war, einschließlich des Zweikammernsystems der texanischen Landesregierung, des Vizegouverneurs, der Amtsdiener, des neuen Gouverneurs, der Besucher oben auf der Galerie, des Frühlingswetters und der Renovierung des Kapitols. Der Vizegouverneur hatte sodann den ersten Sprecher zum Gesetzesvorschlag achtundneunzig angekündigt – den ehrenwerten Senator Garland Rauther aus Schulenberg.

Senator Rauther, der das Handfeuerwaffengesetz eingebracht hatte, ein schwergewichtiger Mann im Nadelstreifenanzug und breiten Ärmelaufschlägen, in denen goldene Manschettenknöpfe in Pistolenform prangten, stand von seinem Platz auf und nahm das Mikrofon in die Hand. »Liebe Mitbürger und Mitbürgerinnen, ich könnte Ihnen heute die vielen Meinungsumfragen vortragen, aus denen hervorgeht, wie entschieden die Texaner hinter diesem Gesetz stehen, doch ich werde nichts dergleichen tun. Ich könnte Ihnen weiterhin sagen, wie erfolgreich und problemlos die Legalisierung des Waffentragens in anderen Staaten wie Florida verlaufen ist, die uns mit gutem Beispiel vorangegangen sind. Auch das werde ich nicht tun. Statt dessen möchte ich Ihnen eine Geschichte erzählen. Es ist eine Geschichte, die Ihnen ans Herz gehen und deutlich machen wird, warum ich Gesetzesvorschlag achtundneunzig mit eingebracht habe. Wenn dieses Gesetz in Kraft tritt, wird jede Bürgerin und jeder Bürger unseres Bundesstaates in der Lage sein, einen Waffenschein zu beantragen, mit dem er legal eine Handfeuerwaffe zur persönlichen Verteidigung bei sich tragen darf. Die Geschichte mag Ihnen bekannt sein, doch ich glaube, daß sie es wert ist, noch einmal gehört zu werden.«

»O nein«, stöhnte Molly, »nicht schon wieder die Pizzeria.«

»Psst«, sagte Wanda.

Rose stupste Molly mit der Schulter an. »Benimm dich.«

»Aber Rose, in ganz Texas gibt es garantiert nicht einen einzigen Menschen, der diese Geschichte nicht schon zwanzigmal gehört hat«, sagte Molly. Sie verspürte auf einmal das dringende Bedürfnis, sich das zu ersparen und nach Hause zu gehen. Sie würde viel lieber an ihrem anderen Projekt arbeiten – den Lebensgeschichten von fünf obdachlosen Frauen, mit denen sie seit mehreren Monaten Interviews durchführte. Sie könnte ganz einfach ihre Recherche in der Legislative für beendet erklären und gehen. Sie hatte sich zwar mit den Morriseys zum Mittagessen verabredet, aber Rose würde Verständnis dafür haben, wenn sie jetzt ging. Sie verfügte bereits über ausreichend Informationen, um ihren Artikel sofort schreiben zu können. Das Problem war nur, wenn sie einmal mit einer Recherche begonnen hatte, konnte sie nicht mehr aufhören, selbst wenn sie das Thema, wie jetzt, nicht als befriedigend empfand. Die Angst trieb sie um, das eine perfekte Detail oder das eine Zitat zu verpassen, das entscheidend für ihre Reportage sein würde.

»Liebe Mitbürger«, sagte Senator Rauther gerade, »Sie alle haben in der Zeitung über Elizabeth Shoemaker gelesen. Sie ist eine außergewöhnliche Frau, Texanerin in der fünften Generation, eine treue Gattin und liebende Mutter und Großmutter, die es in fünfunddreißig Jahren nicht ein einziges Mal versäumt hat, am Sonntag ihren Kindergottesdienst in der First Lutheran in Houston abzuhalten. Sie ist außerdem zeit ihres Lebens Mitglied in der National Rifle Association gewesen, eine Pistolenschützin der Spitzenklasse«, psalmodierte er, »Tochter eines Polizeibeamten aus Beaumont, der alle seine Kinder Vorsicht und Treffsicherheit im Umgang mit Waffen lehrte. Bevor sie zwölf war, konnte diese Dame einer Fliege auf zwanzig Meter die Augenbraue abschießen.«

Wanda lehnte sich herüber und flüsterte. »Sie kommen doch morgen, oder? Sie und Ihre Tochter?«

Molly nickte. Sie hatte sich zu einem Kurs im Umgang mit Handfeuerwaffen als Teil ihrer Reportage über das Gesetz angemeldet; jetzt gab es kein Zurück mehr.

»Nach der Unterrichtsstunde können Sie noch ein bißchen dableiben«, sagte Wanda, »und meinen Mädels von den Women in Control beim Schießen zugucken.«

Molly nickte wieder. Sie bekämpfte ihre Langeweile damit, den Blick auf der Suche nach weiteren Sternen über die Galerie schweifen zu lassen, wie in dem Kinderspiel, bei dem man nach Waldo sucht. Sie erblickte eine Gruppe von Grundschulkindern, die alle identische Schirmmützen mit kleinen texanischen Flaggen vorne trugen – noch mehr Sterne. Dann blieb ihr Blick an einem glänzenden Silberstern hängen, den sie bisher noch nicht bemerkt hatte – die Gürtelschnalle eines Mannes, die er stolz unter seinem vorstehenden Bauch zur Schau stellte. »Auch noch sterngeschmückte Wampen«, murmelte sie.

»Wie bitte?« fragte Wanda.

»Wanda, warum tragen texanische Männer ihre Gürtel nur so tief auf den Hüften?«

»Ist das ein Witz?«

»Nein. Eine ernsthafte Frage. Der da drüben mit der breiten Gürtelschnalle zum Beispiel.« Sie zeigte auf den Mann auf der Galerie ihnen gegenüber, der, die Hände in den Hosentaschen, den Kopf abgewandt, mit einem Sicherheitsbeamten sprach.

Wanda betrachtete den Mann einige Sekunden lang. »Ist das nicht einfach unglaublich? Daß Männer ihre fetten Bierbäuche so dreist herzeigen? Eine Frau würde alles unternehmen, um so was zu verstecken.«

»Stimmt«, sagte Molly, »es hat was mit Dominanzgehabe zu tun, glaube ich, so wie Paviane, die das Fell sträuben und auf und ab hopsen, damit sie größer aussehen.«

Als hätte er gemerkt, daß über ihn geredet wurde, drehte der Mann ihnen das Gesicht zu.

Als sie es sah, stockte Molly der Atem. Sie konnte es nicht glauben. Es war ein Gesicht, das sie seit fünfundzwanzig Jahren nicht mehr gesehen hatte, aber sie konnte sich noch sehr genau an jeden Zug darin erinnern: das schwach ausgeprägte Kinn, die Hängebacken, die nicht genau in der Mitte sitzende Nase, der bösartige Schlitz von einem Mund. Seine Haare waren grauer und weniger geworden, es waren jetzt nur noch einige quer über den Kopf gekämmte Strähnen, aber ansonsten sah er nicht sehr viel anders aus als früher.

Molly spürte, wie es ihr den Atem verschlug. Es kam ihr vor, als ob zuviel Beschäftigung mit ihrer Familiengeschichte dieses Gespenst aus der Vergangenheit wieder heraufbeschworen hatte, diesen bösen Geist, der die letzten fünfundzwanzig Jahre über geschlummert hatte.

»Wanda«, sagte sie, als sie wieder Luft bekam, »Wanda, kennen Sie diesen Mann?«

Wanda holte ihre Brille aus der Handtasche und setzte sie auf. »Den mit dem Stern auf dem Bierbauch?«

»Genau. Den.« Sie konnte die Worte kaum aus ihrer zugeschnürten Kehle herauswürgen.

»Ich glaube, er ist einer von den TEXRA-Lobbyisten*. Aber an seinen Namen kann ich mich um alles in der Welt nicht erinnern.«

»Olin Crocker«, sagte Molly, wobei ihr der Name wie Säure auf der Zunge brannte.

»Crocker, ja. Ich glaube auch. Kennen Sie ihn?«

»Von früher. Er war mal Sheriff von Travis County.«

»Ach ja?« sagte Wanda uninteressiert. »Muß vor meiner Zeit gewesen sein.« Ihre Aufmerksamkeit galt jetzt ganz dem Saal, wo Senator Rauther nach Beendigung der Aufzählung

* TEXRA – Texas Rifle Association [Anm. d. Übers.]

von Elizabeth Shoemakers Tugenden nun zur Schilderung des Pizzeriavorfalls überging. »Es war ein Freitagabend«, sagte er, »vor zwei Jahren – ein regnerischer Freitagabend im November, und Miz Shoemaker, ihre Tochter Jessica und Jessicas drei kleine Kinder machten zufällig an der Pizzeria in Liberty halt, um dort zu Abend zu essen. Sie hatten ihre Bestellung aufgegeben, saßen an ihrem Tisch und warteten auf das Essen, ohne zu ahnen, daß Ihnen das grauenhafteste und unvorstellbarste Unglück zustoßen würde – die Art von unvorhersehbarem Unglück, das jedem einzelnen von uns genauso passieren könnte.«

Molly fand die Geschichte zu schrecklich, um sie sich noch einmal anzuhören; sie konnte den Blick nicht von Olin Crocker abwenden. »Rose«, flüsterte sie ihr ins Ohr, »das ist Olin Crocker da drüben.«

Rose sah in die Richtung, in die Molly zeigte. »Du meinst den Sheriff? Ist er das? Ich glaube nicht, daß ich ihn jemals kennengelernt habe, Molly.«

Der Sicherheitsbeamte hatte sich wieder auf seinen Posten in der Ecke der Galerie zurückgezogen, und Crocker, die Hände immer noch in den Hosentaschen, stand jetzt allein da und sah hinunter auf den Sprecher im Senat.

»Wenn ich jetzt die Hand erheben«, sagte Molly zu Rose, »und ihm die biblischen Plagen – alle zehn – auf den Hals wünschen könnte, ich würde es augenblicklich tun.« Sie streckte den Zeigefinger vor den Augen aus und richtete ihn geradewegs auf Olin Crockers Gürtelschnalle. »Bumm.«

Senator Rauther sagte: »Das Unglück kam in Form von Randall Carpenter, einem Herumtreiber, der schon des öfteren als psychisch gestört auffällig geworden war. Gerade an jenem Morgen hatte er seinen Posten als Tellerwäscher und Bodenkehrer in der Pizzeria verloren und war deshalb wütend, sehr wütend; so wütend, daß er beschloß, sich zu rächen. Er hatte noch die Schlüssel zu der Gaststätte in der Tasche, und als er an jenem Novemberabend zur Pizzeria kam, schloß er als erstes die Eingangstür ab, damit niemand seinem Zorn entgehen konnte. Miz Shoemaker sagt, daß sie aufgeschaut habe und ihn dort mit wahnsinnigem Blick und dem Gewehr in der Tür stehen sah, und sie wußte, daß es ein Massaker geben würde.«

Molly hielt den Finger auf Olin Crocker gerichtet. »Du schuldest mir noch was«, flüsterte sie. »Du widerlicher, korrupter, geiler Schweinehund, du schuldest mir noch was, und ich will es immer noch.«

Senator Rauther senkte die Stimme. »Und sie hatte recht, Leute. Randall Carpenter hob das Gewehr und begann zu schießen. Zuerst erschoß er den Filialleiter, der ihn rausgeschmissen hatte. Dann erschoß er eine hübsche, siebzehnjährige Kellnerin, die nicht mit ihm hatte ausgehen wollen. Als nächstes erschoß er den Koch und den neuen Tellerwäscher, der ihn ersetzt hatte. Und dann wandte er sich den Gästen zu. Siebenundzwanzig Gäste waren es, darunter eine Kinderfußballmannschaft; am Freitagabend gehen nämlich viele Leute in Liberty gerne Pizza essen, müssen Sie wissen. Sie können sich die Situation vorstellen, nicht wahr? Alle schreien, rennen zur Tür, verstecken sich unter den Tischen, hinter den Stühlen, versuchen, ihre Lieben zu beschützen. Doch das sollte ihnen nichts nutzen. Der Schütze ging sehr langsam und mit Bedacht vor, sagt Miz Shoemaker, bewegte sich ohne jede Eile durch den Raum und erschoß die Leute, einen nach dem anderen, diese Menschen, die das Pech hatten, an jenem Abend eine Pizza essen zu wollen. Leichte Beute.« Er schüttelte seinen großen Kopf. »Leichte Beute waren sie. Die Shoemakers waren die letzten. Bevor er zu ihnen kam, hatte er bereits die zweiundzwanzig anderen Gäste erschossen und sein Gewehr zweimal nachgeladen.«

Er machte eine dramatische Pause und ließ den Kopf wie in Trauer hängen. Dann blickte er hinauf in die Besuchergalerie und fuhr fort: »Sie müssen nämlich wissen, daß Miz Shoemaker mehrere Handfeuerwaffen besitzt. Eine davon ist eine Police Special, Kaliber 38, die sie von ihrem Daddy geschenkt bekam, als er aus dem Polizeidienst ausschied. Wenn sie mit dem Auto unterwegs ist, führt sie diesen Revolver zum Schutz im Handschuhfach ihres Wagens mit sich. An jenem Freitagabend hätte sie den Revolver wohl gern in ihrer Handtasche mit ins Restaurant gebracht, was sie aber nicht tat, da es im Staate Texas gegen das Gesetz verstößt, eine verborgene Waffe bei sich zu tragen, und Elizabeth Shoemaker eine gesetzestreue Bürgerin ist, die in ihrem Leben noch nicht einmal einen Strafzettel fürs Falschparken erhalten hat.«

Molly hörte kaum hin; sie kannte die Geschichte bis zum Überdruß und hatte auch Elizabeth Shoemaker bemerkt, die stoisch auf der anderen Seite der Galerie saß und zum x-ten Male der Wiederholung ihrer Leidensgeschichte lauschte. Doch im Moment hatte Molly nur Augen für Olin Crocker. Er ging zur ersten Reihe und setzte sich hin. Da sie ebenfalls in der ersten Reihe saß, ihm direkt gegenüber in der Galerie, waren sie jetzt nur noch durch den leeren Raum getrennt. Wenn sie Elizabeth Shoemaker wäre, Besitzerin jener Kaliber 38 Police Special, und schießen könnte wie Mrs. Shoemaker und den Schneid hätte, der ihr aber vermutlich fehlte, dann könnte sie Crocker hier und jetzt das Hirn aus dem Schädel pusten. Vielleicht war es doch keine so schlechte Idee, eine Waffe bei sich zu tragen: ein- oder zweimal im Leben brauchte man sie womöglich doch.

Sie fragte sich, ob Crocker sie nach diesen fünfundzwanzig

Jahren erkennen und, wenn ja, wie er reagieren würde. Sie hielt den Blick starr auf ihn gerichtet, weil sie ihn zwingen wollte, sie anzusehen, doch er schien völlig in das Geschehen unten im Plenarsaal vertieft zu sein.

Molly sah wieder Senator Rauther an, der soeben sagte: »Sie hatte ausreichend Gelegenheit, an diese Kaliber 38 Police Special ihres Daddy zu denken, die im Handschuhfach ihres vor der Tür parkenden Autos lag, nur wenige Meter von ihrem Zufluchtsort unter dem Tisch entfernt. Sie sagt, wenn sie die Pistole bei sich gehabt hätte, hätte sie das Massaker beenden können, denn der Mörder ließ sich Zeit und genoß das Morden. Einmal stand er nur ein, zwei Meter entfernt mit dem Rücken zu ihr. Ein nicht zu verfehlendes Ziel. Sie hätte die Waffe aus der Handtasche holen und mit dem zweihändigen Polizeigriff anlegen können, den ihr Daddy stets bevorzugt hatte.« Er demonstrierte das mit dem Mikrofon als Waffe.

Er führte das Mikrofon zurück an seinen Mund. »Doch sie hatte die Pistole ja nicht. Und deswegen war sie hilflos und ausgeliefert. Sie und ihre Tochter kauerten vor den Kleinkindern unter dem Tisch und versuchten, sie zu decken. Doch Randall Carpenter war an jenem Freitagabend eine erbarmungslose Todesmaschine. Er arbeitete sich durch den Raum, bis er bei den Shoemakers angelangt war, wo er zuerst Jessica erschoß, die um Gnade für ihre drei kleinen Kinder bettelte. Dann schoß er auf Miz Shoemaker, dann erschoß er den ältesten Jungen Kevin, acht, dann das Mädchen Lizzy, vier, und dann den anderen Jungen John, der fünf war.«

Molly riß den Kopf hoch. Auf der anderen Seite der Galerie starrte Olin Crocker sie an. Es kribbelte in ihrem Nacken. Als sie ihm in die Augen sah, hob er die Hand und zeigte, zwei Finger ausgestreckt, direkt auf sie. Dann kniff er die Augen zusammen und blickte an den Fingern entlang, als ziele er mit einer Waffe auf sie.

Molly blickte mit einem, wie sie hoffte, eisigen Starren zurück, doch in ihrem Bauch brodelte es nur so vor unterdrücktem Zorn und Haß.

Eine Minute später stand er auf und steckte die Hände in die Hosentaschen. Den Blick direkt auf Molly gerichtet, machte er eine Bewegung, die so unauffällig war, daß niemand sonst sie bemerkt hätte – ein schneller, obszöner kleiner Stoß mit dem Bauch nach oben. Der silberne Stern auf seinem Gürtel blitzte einmal im Deckenlicht auf. Er wandte sich ab und ging zur Tür Richtung Flur. Molly fühlte sich genauso hilflos und betrogen und vergewaltigt wie nach ihrem letzten Zusammentreffen vor fünfundzwanzig Jahren.

Sie sah sich schnell um, ob sonst jemand das kurze Zwischenspiel bemerkt hatte. Doch alle, Wanda und Rose eingeschlossen, schienen völlig von Senator Rauthers Erzählung gefesselt zu sein, die mit siebenundzwanzig Toten endete. Achtundzwanzig, wenn man Randall Carpenter mitzählte; noch bevor er die Pizzeria verlassen konnte, wurde er von einem Polizisten erschossen, der seinen Feierabend in der Kegelbahn nebenan verbracht und dort die Schüsse gehört hatte. Nur zwei Menschen überlebten das Massaker: ein zwölfjähriger Fußballer und Elizabeth Shoemaker, die mit ihrer Schußwunde einen Monat im Krankenhaus lag.

Senator Rauther endete mit den Worten: »Liebe Mitbürgerinnen und Mitbürger, mir gefällt es genausowenig wie Ihnen – aber es ist nun einmal Tatsache, daß wir in einer Welt voller Gewalt leben und uns vor ihr schützen müssen, da uns niemand sonst beschützen wird. Durch dieses Gesetz werden unsere Frauen, Töchter und Tanten in der Lage sein, sich selbst zu verteidigen, wenn sie allein hinaus in die Welt voller Gewalt müssen. Lassen Sie uns unsere Pflicht tun; verabschieden wir dieses Gesetz.«

Endlich setzte er sich, und die Sitzung wurde bis nach der Mittagspause vertagt.

Wanda erhob sich schnell. »Dem kann man nicht widersprechen.« Sie fischte in ihrer Tasche nach einer selbstgezeichneten Karte, die sie Molly überreichte. »Ich muß los, aber hiermit werden Sie Clem's auf jeden Fall finden. Morgen um sechzehn Uhr. Wir fangen mit den Sicherheitsvorkehrungen an, dann gehen wir raus auf den Schießstand und machen Kleinholz aus einer Schießscheibe. Macht Spaß. Sie werden schon sehen.« Sie tauchte in den Strom der Menschen ein, die die Galerie verließen.

Molly verabredete sich mit Rose, sie in zehn Minuten unten in der Vorhalle zu treffen. Sie hatte ein schlechtes Gewissen, die alte Dame, die fast verkrüppelt von Arthritis war, allein die Treppe hinuntergehen zu lassen, doch sie mußte unbedingt etwas über Olin Crocker herausfinden. Sie bahnte sich einen Weg in Gegenrichtung der hinausdrängenden Menschen zum Westende der Galerie, wo sie zuvor Cullen Shoemaker neben seiner Mutter sitzen gesehen hatte. Der junge Shoemaker war Berater von Senator Rauther für das Waffengesetz. Cullen, Führer des Universitätsverbandes der Texas Rifle Association, hatte direkt nach dem Attentat auf seine Mutter, die Schwester und deren drei Kinder in der Pizzeria in Liberty als Praktikant des Senators angefangen und dabei so viel Energie und Motivation bewiesen, daß der Senator ihm angeboten hatte, mit ihm zusammen das Handfeuerwaffengesetz durchzusetzen. Wenn Olin Crocker ein Lobbyist für Gesetz 98 war, dann würde Cullen Shoemaker ihn auf jeden Fall kennen.

Mutter und Sohn führten offensichtlich ein Streitgespräch,

doch als sie Molly näher kommen sahen, stellten sie ihre Debatte ein. Molly hatte letztes Jahr für einen Artikel über die Rechte der Opfer von Gewalttaten ein Interview mit Elizabeth Shoemaker geführt. Sie war eine große, grauhaarige und etwas schwermütige Frau, die vernünftig und überzeugend für ihre Sache eintrat, auch wenn Molly mit ihrer eifrigen Befürwortung des Bürgerrechts auf das Tragen von Waffen nicht übereinstimmte.

Der Sohn hingegen stellte sich als eine andere Sorte Mensch dar – redselig und aufdringlich, mit erzwungen jovialer Stimme und großspurigem Machogehabe. Seine blauen Augen wurden von den starken Gläsern einer runden Drahtgestellbrille vergrößert, und sein blondes Haar war so kurz geschnitten, daß die rosa Kopfhaut durchschien. Molly konnte das unangenehme Gefühl nicht loswerden, daß er sich wegen des Unglücks, das seine Familie getroffen hatte, sehr wichtig vorkam und es für seine eigenen Zwecke mißbrauchte.

»Na, Miz Cates«, sagte er, »ich wette, Sie wollen mal nachfragen, ob ich Sie auch nicht vergessen und nach einem Plätzchen im Terminkalender des Senators geguckt habe, damit Sie ein Schwätzchen mit ihm halten können.«

»Oh.« Molly hatte ganz vergessen, daß sie um ein Interview gebeten hatte. »Nein. Ich wollte Sie etwas anderes fragen, Cullen. Guten Tag, Elizabeth.« Sie schüttelte der Mutter die Hand, die dann in einer Gruppe von Lobbyisten verschwand.

»Das Problem ist nur, daß er diese Woche soviel zu tun hat«, sagte Cullen, »daß er Sie womöglich nirgendwo mehr unterbringen kann.«

»Das macht nichts. Das wollte ich Sie nicht fragen.« Sie trat einen Schritt näher an ihn heran, damit die Umstehenden sie nicht hören konnten. »Cullen, arbeitet Olin Crocker für TEXRA?«

»Crocker?« Er schürzte die Lippen, als müßte er darüber nachdenken. »Jawohl, Ma'am. Das tut er.«

»Was für eine Aufgabe hat er?«

»Soweit ich weiß, die Koordination mit den Polizeibehörden im ganzen Bundesland. Warum fragen Sie?«

»Was wissen Sie über ihn?« fragte Molly.

»Crocker? Ende der Sechziger war er der Sheriff von Travis County, nicht wahr? Und jetzt ist er, glaub ich, in der Landwirtschaft oben in Williamson County. Befürworter des Zweiten Zusatzartikels zur Verfassung. Will etwas für unsere Sache tun. Sonst eigentlich nichts.«

»Sie wissen ja wohl, daß er unter sehr schweren Beschuldigungen von seinem Posten zurücktreten mußte«, sagte Molly, »wegen Korruption in den Gefängnissen und Verdachts auf sexuellen Mißbrauch.«

Cullen zuckte die Achseln. »Ich vermute, daß der Senator davon gehört hat; wir sind jedoch der Ansicht, daß es sich um bloßes Gerede handelt. Crocker ist nie für etwas verurteilt worden. Wie der Senator immer zu sagen pflegt: Wenn Sie einen Politiker sehen wollen, über den kein schmutziges Gerede in Umlauf ist, dann zeige ich Ihnen einen Toten.« Er verzog die Lippen zu einem stereotypen Lächeln. »Und diese Vorwürfe stammten ja wohl von Gefängnisinsassen, oder etwa nicht? Die Sorte Mensch kennt man ja. Solche Leute würden alles mögliche sagen, nur um die Aufmerksamkeit auf sich zu ziehen.«

»Im Fall von Crocker kann ich mir aber sehr gut vorstellen, daß eine Menge Wahres dran ist«, erwiderte Molly, die sich nicht zurückhalten konnte. »Ihr TEXRA-Leute solltet vielleicht etwas wählerischer darin sein, mit wem ihr Umgang pflegt.«

»Komisch, daß ausgerechnet Sie das sagen, Miz Cates; wo

mir gerade aufgefallen war, daß Sie in dieser Hinsicht auch nicht allzu wählerisch sind.«

»Ich?«

»Daß Sie sich mit Gesetzlosen abgeben.«

»Gesetzlosen?«

»Ich habe gesehen, daß Sie neben Wanda Lavoy gesessen haben.«

»Wanda!«

»Jawohl, Ma'am. Sie von der linken Presse – immer schreiben Sie, daß NRA und TEXRA voller Waffenfanatiker und Extremisten wären; aber die echten Fanatiker in der Welt, die übersehen Sie einfach.«

»Wollen Sie damit sagen, daß Wanda eine Fanatikerin ist?«

Er senkte die Stimme. »In der Gerüchteküche wird gemunkelt, daß sie diese wütenden alten Fuchteln von ihr zu feministischen Kampfsportgruppen ausbildet.«

»Women in Control? Das kann nicht Ihr Ernst sein. Das sind keine alten Fuchteln, sondern die Opfer von Gewaltverbrechen.«

»Wenn Sie meinen, Ma'am. Aber stochern Sie lieber da ein wenig herum, nicht bei einem guten alten Knaben wie Olin Crocker. Und wenn Sie mal mit einem echten Waffenfanatiker sprechen wollen ...« Er ließ den Blick über die Galerie schweifen, bis er den Gesuchten gefunden hatte. »Da drüben. Sehen Sie den großen Mann in Tarnhosen und gelbem Barett? Er gehört einer Gruppe von Milizionären oben in Nordtexas an. Hat immer eine Ausgabe der *Turner-Tagebücher* in der Tasche und eine 22er ans Fußgelenk geschnallt.« Er tippte sich mit dem Finger an die Stirn. »Wenn hier irgend jemand etwas im Schilde führt, dann sollten Sie bei ihm suchen.«

»Etwas im Schilde führen?« Molly sah ihn erstaunt an. »*Gibt* es Anzeichen für drohende Gewalt?«

»Nun ja, das FBI muß das auf jeden Fall glauben, weil es hier so stark vertreten ist. Ich weiß, daß Sie nicht –« Das Telefon in seiner Jackentasche klingelte. »Entschuldigen Sie mich einen Moment«, sagte er, hob das Telefon ans Ohr und setzte sich zum Sprechen hin. Molly war über die Unterbrechung erleichtert; sie hatte die Nase mehr als voll von Cullen Shoemaker. Sie winkte ihm zu und formte mit den Lippen ein lautloses »Wiedersehn«.

Während sie sich entfernte, saß er nervös mit dem Fuß trommelnd da und sprach ins Telefon: »Das haben Sie richtig verstanden. Er meint, die Abstimmung ist für Montag angesetzt, und er muß es ja wissen. Wissen Sie, was ich meine, Sportsfreund?« Er lachte. »Da haben Sie recht, Sportsfreund. Ein bewaffneter Staat *ist* ein höflicher Staat.«

3. Kapitel

Wenn ein bewaffneter Staat ein höflicher Staat wäre, müßte Amerika ein Paradies sein. Es gibt hier mehr als zweihundert Millionen Feuerwaffen in Privatbesitz, doch unsere Manieren sind noch kein bißchen besser geworden.

Molly Ivins

Molly Cates stand in der Wandelhalle vor der Senatskammer am Rand der lärmenden Menge von Abgeordneten, Beratern, Lobbyisten und Journalisten. Sie hielt Ausschau nach Parnell und Rose, damit sie zusammen essen gehen konnten, aber auch nach Olin Crocker, als wäre er ein böser Geist, den sie unter Kontrolle halten mußte. Sie ließ den Blick über die Menge gleiten; die meisten waren Männer, die von einem zum nächsten gingen, lachten und sich gegenseitig auf den Rücken klopften. Hier, das hatte Molly im Lauf der letzten vier Wochen gelernt, wurden wirklich die Gesetze gemacht; was drinnen im Saal vor sich ging, geschah nur der Form halber und für die Regionalzeitungen zu Hause.

Nachdem sie sich eine Minute lang in der Menge umgesehen hatte, entdeckte sie zwar nicht Crocker, dafür aber Parnells Glatzkopf. Er stand in der Nähe der Treppe und sprach mit einigen Assistenten. Rose hielt sich am Arm ihres Mannes fest und sah so zart und gebrechlich aus, als könnte der kleinste Lufthauch sie umwerfen.

Molly bahnte sich einen Weg zu ihnen. Parnell, der in einer Menschenmenge immer aufmerksam blieb, nahm sie sofort wahr. Seine Augen leuchteten auf, und er winkte sie zu sich. Dann beugte er sich hinunter zu Rose und sagte etwas. Rose blickte Molly entgegen und lächelte, doch das Lächeln erschien Molly wie ein schwaches Abbild von Rose Morriseys einst hinreißendem Schönheitsköniginnen-Lächeln.

Molly konnte es kaum abwarten, ihnen von Olin Crocker zu erzählen, doch Parnell war damit beschäftigt, seinen Mitarbeitern Anweisungen zu geben. Kaum in der Lage, ihre Ungeduld im Zaum zu halten, wartete sie, bis er fertig war und seine Mitarbeiter losgeschickt hatte, um seine Aufträge zu erfüllen. Doch bevor sie ihre Frage loswerden konnte, erschien Cullen Shoemaker und rief: »Miz Cates, warten Sie.« Er kam ein wenig atemlos bei ihr an. »Ich habe mit Senator Rauther gesprochen, er hat sein Einverständnis zu dem Interview gegeben. Sein Terminplan ist etwas unübersichtlich. Aber keine Bange«, säuselte er, »ich werde bestimmt einen guten Termin für Sie finden, ich gebe Ihnen dann Bescheid.«

»Danke.« Sie hatte vor zwei Wochen darum gebeten und seitdem das Interesse verloren. Sie konnte sich nicht vorstellen, daß der Senator etwas Neues zu sagen hatte. »Cullen, darf ich Sie mit Parnell und Rose Morrisey bekannt machen?«

Cullen schüttelte Parnells Hand. »Cullen Shoemaker, Sir, Berater von Senator Rauther.«

»Ich kenne Sie, junger Mann«, sagte Parnell.

»Es ist mir eine große Ehre, Sie kennenzulernen.« Cullen nickte Rose zu. »Und Sie ebenso, Ma'am.«

»Ihnen und dem Senator Glückwunsch zu Ihrem Sieg im Abgeordnetenhaus«, sagte Parnell, »und Ihrem vorhersehbaren Sieg im Senat. Ich bin der Überzeugung, daß Texas mit dieser Art von Politik ein schlechter Dienst erwiesen ist, ein sehr schlechter sogar, doch von Politiker zu Politiker muß ich mich vor Ihren Fähigkeiten verbeugen.« Er legte die Hand mit einem zackigen militärischen Gruß an die Stirn. »Und vor Ihren Geldgebern natürlich, Mr. Shoemaker. Um Ihre Geldgeber beneide ich Sie am meisten.«

Ein kleines, befriedigtes Lächeln huschte über Cullens Gesicht. »Sie haben recht; die Mitglieder der Gruppen, die uns unterstützen, glauben glücklicherweise so stark an die Notwendigkeit der Verteidigung unserer verfassungsmäßigen Rechte, daß sie sehr freigiebig für unsere Sache spenden. Dieses Gesetz wird jedoch einzig und allein deshalb verabschiedet, Sir, weil die Wählerschaft das möchte, nicht weil die Texas Rifle Association über volle Kassen verfügt.«

»Ihr kauft also keine Stimmen?« fragte Parnell gutmütig.

»Nein, Sir. Das haben wir nicht nötig.«

»Wie steht es mit den neun unentschiedenen Abgeordneten, mit denen Ihr Senator auf die Jagd gegangen ist?«

»Jagd?«

»Auf die Jagd in Ashburn Hill, Georgia – das beste Wachteljagdgebiet der Welt. Falls Sie sich erinnern. Der Jagdausflug, von dem alle neun mit brandneuen, doppelläufigen Holland-and-Holland-Schrotflinten als kleine Aufmerksamkeit der Partei nach Hause gekommen sind. *Die* Jagd.«

»Ach, Senator, das war doch nur eine Gruppe befreundeter alter Knaben, die zusammen einen Waldspaziergang gemacht und sich dabei über Politik unterhalten haben.«

»Muß ja eine gute Unterhaltung gewesen sein, Cullen«, warf Molly ein, »da alle neun Abgeordneten, die bei dem Ausflug dabei waren, für das Gesetz gestimmt haben.«

»Sie haben dafür gestimmt, weil ihre Wählerschaft das so will.«

Parnell nickte. »Fast richtig, Mr. Shoemaker. Das Gesetz

geht durch, weil die meisten der Volksvertreter hier *glauben*, daß die Öffentlichkeit das so will. Ich bin jedoch überzeugt davon, daß es untergehen würde, wenn wir eine Volksabstimmung durchführen ließen – mit wenigen Prozentpunkten Unterschied, aber untergehen würde es wie einst die Titanic.«

Molly liebte Parnells bilderreiche, pointierte Ausdrucksweise. Es erinnerte sie an die Art und Weise, wie ihr Daddy geredet hatte.

»Nun ja, Sir, das würde von der Formulierung der Volksabstimmung abhängen.«

Parnell lächelte, offensichtlich von der Eintracht überrascht. »Na so was, und da dachte ich, Sie und ich würden uns nie über etwas anderes als der Farbe von Scheiße einig werden.«

Rose Morrisey, der selbst nach fünfzig Jahren als Politikergattin Uneinigkeit immer noch unangenehm war, wechselte das Thema. »Wie geht es Ihrer lieben Mutter, Mr. Shoemaker? Die Verluste, die Ihre Familie zu erleiden hatte, tun mir so leid.« In ihrer Stimme lagen so viel Aufrichtigkeit und Wärme, daß sich in Molly Schuldgefühle regten, einen jungen Mann, der soviel mitgemacht hatte, nicht leiden zu können. Rose hatte das, was Tante Harriet »Südstaatencharme« nannte, immer im Überfluß besessen. Es war ein Wesenszug, den Molly bei anderen Frauen oft als gefühlsduselig und gekünstelt empfand. Wenn Rose Morrisey ihre Aufmerksamkeit auf einen richtete, war das, als nehme man ein warmes, wohltuendes Bad.

»Es geht ihr besser, als es den Umständen nach zu erwarten wäre, Ma'am. Vielen Dank für die Nachfrage.«

»Eine feine Dame, Ihre Mutter«, sagte Parnell. »Eine feine Dame, und mutig obendrein.«

Garland Rauther tauchte samt Gefolgschaft aus der Menge auf und rief seinem Assistenten zu: »Cully, kommst du, Junge?«

»Jawohl, Sir!« rief er zurück. »Ich muß los«, sagte er zu Molly und den Morriseys. »War mir eine Freude, Sie kennengelernt zu haben.« Er wollte schon gehen, zögerte dann und drehte sich noch einmal zu ihnen um. »Ach, Miz Cates.« Er zog ein zusammengefaltetes Stück Papier aus der Tasche. »Ich möchte Sie um einen Gefallen bitten, Ma'am. Ich habe was geschrieben.« Sein Gesicht rötete sich ein wenig. »Ich wäre Ihnen wirklich sehr verbunden, wenn Sie es lesen und mir sagen könnten, ob Sie glauben, daß ich es vielleicht irgendwo veröffentlichen könnte. Vielleicht wäre Ihre Zeitschrift mal an einer anderen Meinung interessiert.«

Molly streckte die Hand nicht nach dem Zettel aus. Sie kannte dieses Berufsrisiko nur zu gut: Gott und die Welt hatten etwas geschrieben und würden es gern veröffentlicht sehen. Um sich selbst zu schützen, hatte sie es sich zur Regel gemacht, keinerlei Manuskripte anzunehmen.

»Cullen, für so etwas bin ich kein –«

»Ich hätte aber trotzdem gern, daß Sie es sich ansehen«, unterbrach er sie. Er steckte das Blatt Papier in die große Tasche, die offen an ihrer Schulter hing. Das nächste Mal würde sie nicht vergessen, den Reißverschluß zuzuziehen, schwor sie sich.

Und schon war er im Gefolge seines Senators davongeeilt.

In den wenigen Minuten ihres Gesprächs mit Shoemaker hatte sich die Menge deutlich verringert; den Abgeordneten war die Mittagspause heilig. Endlich waren Molly, Parnell und Rose unter sich. »Wißt ihr, wen ich gerade gesehen habe?« fragte sie, ohne die Aufregung in ihrer Stimme unterdrücken zu können. »Olin Crocker! Eben gerade auf der Galerie, fett und frech wie Oskar. Er ist Lobbyist für TEXRA. Wußtest du das, Parnell?«

»Ich habe ihn öfter gesehen und mir gedacht, daß er irgendeiner Gruppe angehört.«

»Und das hast du mir nicht gesagt?«

»Mein Mädchen, es ist mir einfach nicht in den Sinn gekommen.«

»Da läßt du mich lieber in ihn rennen und vor Schreck beinah ohnmächtig werden?« Sie wandte sich Rose zu. »Rose, hast *du* das gewußt?«

Rose sah verwirrt und unsicher aus, doch Molly wollte auf keinen Fall lockerlassen. Schließlich sagte Rose: »Kann sein, daß Franny es bei der Beerdigung erwähnt hat, aber ich –«

»Franny?« unterbrach Molly. »Franny *Lawrence*?« Der Name löste ein ungutes Gefühl in ihrer Magengegend aus. Sie hatte ihn seit vielen, vielen Jahren nicht gehört. Selbst nach dieser langen Zeit löste er in ihr das gleiche Gefühl aus wie früher – eine leichte Übelkeit.

»Ja«, sagte Rose und sah hoch zu Parnell. »Franny Lawrence; jetzt natürlich Quinlan.«

»Quinlan? Sie hat geheiratet?«

Rose nickte; sie sah elend aus. »Sie hat im letzten Jahr Frank Quinlan geheiratet, Molly.«

»*Den* Frank Quinlan, von den Quinlans aus Lubbock?«

Rose nickte wieder.

Molly war sprachlos. Jetzt war es nicht nur Crocker, sondern ein ganzer Reigen von Geistern aus der Vergangenheit, der um sie tanzte. »Habe ich dich richtig verstanden? Franny Lawrence hat Frank Quinlan aus der Ölfamilie geheiratet? Der Familie Jasper Quinlan? Quinlan Oil? Das kann nicht sein.«

»Molly, beruhige dich.« Parnell legte ihr eine Hand auf die Schulter.

»Tut mir leid, aber das erscheint mir so… unglaublich. Erzählt mir mehr darüber.«

»Da gibt's nicht viel zu erzählen«, sagte Parnell. »Franks Frau war seit Jahren krank. Als sie letztes Jahr starb, hat er Franny geheiratet. Sie kannten sich schon ewig, von draußen in Lakeway. Franny hatte sein Grundstück am See verkauft, als er baute, vor fünfzehn Jahren oder so.«

»Kommt es euch denn gar nicht merkwürdig vor«, fragte Molly herausfordernd, »daß Franny jemanden aus dieser Familie heiraten würde?«

Parnell zuckte die Achseln.

Molly sah Rose an. »Rose, *du* hast mir auch nie etwas davon gesagt.«

Rose blickte langsam hinauf in Mollys Augen. »Molly, Schatz, es ist mir schlicht und einfach nicht in den Sinn gekommen, daß du Interesse an Franny haben könntest. Soweit ich mich erinnere, mochtest du sie nie besonders gern.«

Besonders gern? Ein Bild aus der Vergangenheit entstand vor ihrem geistigen Auge von Franny Lawrence, die besitzergreifend an Vernon Cates' Arm hing, sich eine rote Locke aus den Augen schob und zu ihm hochlachte. Das war an dem Tag gewesen, an dem sie bekanntgegeben hatten, daß sie heiraten wollten. Molly war damals sechzehn gewesen. Sie hatte die Frau gehaßt und nie einen Hehl daraus gemacht. Franny Lawrence mußte jetzt über sechzig sein. Das leuchtendrote Haar war jetzt sicher grau, die blasse Haut voller Altersflecken und die schlanke Taille verfettet.

Molly sah Rose an, die sie mit besorgtem Gesichtsausdruck musterte. »Ja, das mag wohl stimmen«, sagte Molly, »ich war nicht gerade begeistert von ihr, aber Frank Quinlan!« Ihr Herz schlug schnell. »Er war damals Vizepräsident der Firma und –« Sie stockte mitten im Satz, als sie bemerkte, wie unglücklich Rose aussah. Sie hatte sagen wollen, daß die Quinlans für den Tod ihres Vaters verantwortlich, daß sie Mörder waren. Sie war nach wie vor davon überzeugt, doch die Anschuldigung war nie bestätigt worden und sollte nicht in der Öffentlichkeit geäußert werden. Erst recht nicht hier.

Aber sie mußte mehr über diese Sache wissen. »Und«, sagte sie bemüht munter, »wie geht es Franny jetzt? Was für eine Beerdigung war das?«

Rose sagte: »Na ja, ihr geht es scheinbar gut, aber Frank leidet schrecklich unter dem Tod seines Sohnes. Es war die Beerdigung seines Sohnes Willie – aus seiner ersten Ehe, weißt du. Es war eine sehr schlimme Sache – der Junge beging Selbstmord, direkt nachdem er sein Jurastudium in Yale beendet hatte. Als Jahrgangsbester. Solch ein intelligenter Junge.«

»Er hat sich umgebracht?« fragte Molly.

»Ja. Und dadurch kam Franny auf deinen Vater zu sprechen.«

Molly zuckte zusammen, weil sie weitere schmerzliche Neuigkeiten befürchtete. »Warum?«

»Na ja, weil –«

»Meine Damen, das reicht jetzt!« unterbrach Parnell seine Frau. »Laßt uns essen gehen. Ich bin ein arbeitendes Mitglied der Bevölkerung.«

»Einen Augenblick noch«, sagte Molly. »Laß sie doch aussprechen.« Sie wandte sich Rose zu. »Warum sollte Franny das an meinen Vater erinnern?«

Rose sah hoch zu Parnell und seufzte. »Nun ja, es brachte sie auf den Gedanken, daß Menschen, die zu intelligent sind, vielleicht eher zu Depressionen neigen. Daß zuviel Intelligenz vielleicht eine Gefahr für Leib und Leben darstellt. Wie bei deinem Daddy, sagte sie.«

»Das hat Franny gesagt?« Molly versuchte, ihre Stimme gleichmütig klingen zu lassen, doch ihr Gesicht brannte.

Parnell legte den Arm um Mollys Schultern. »Molly, mein

Mädchen, du weißt, daß viele Leute das damals gedacht haben. Nun laß es mal gut sein. Rose hat sich ohne jede Absicht mitten ins Wespennest gesetzt.«

»Aber Franny hat nicht gedacht, daß mein Daddy Selbstmord beging.«

Sie bekam Schweigen zur Antwort.

»Oder etwa doch?«

Rose sagte: »Ach, Molly, ich glaube nicht, daß sie das so ausdrücklich gesagt hat. Außerdem, Schatz, ist das alles so lange her – fünfundzwanzig Jahre oder so –«

»Achtundzwanzig«, verbesserte Molly sie. »Achtundzwanzig Jahre, drei Monate und« – sie rechnete einen Moment lang nach – »vierzehn Tage.«

»Ach, Molly«, sagte Rose, die dunklen Augen feucht vor Mitgefühl, »wie lange ist das doch her. Warum peinigst du dich selbst?«

Molly wußte, daß sie aufhören sollte, auf dem Thema herumzureiten, brachte es aber nicht fertig. Sie wandte sich an Parnell. »Glaubt Franny das *wirklich*?«

»Molly –« Er sprach nicht weiter. Statt dessen schüttelte er betrübt den Kopf. Dann sah er auf die Uhr. »Meine Damen, wir wollten doch zu Mittag essen. Also los.« Er schob Molly entschlossen mit dem Arm vorwärts. »Gehen wir.«

Sie steuerten die Fahrstühle an, sehr langsam, damit Rose Schritt halten konnte.

»Wenn's euch recht ist, gehen wir in die Cafeteria, das ist das einfachste.«

»Die Cafeteria. Natürlich.« Molly fühlte sich innerlich weit aufgewühlter, als es die Neuigkeiten in irgendeiner Weise rechtfertigen würden. Seit Jahren hatte sie nicht mehr an Franny Lawrence gedacht. Warum sollte es ihr etwas ausmachen, was diese Frau meinte? Oder wen sie geheiratet hatte?

Sie blieb stehen und sagte: »Bitte, sag's mir einfach. Glaubt sie *wirklich*, daß mein Daddy Selbstmord begangen hat?«

»Molly, laß es jetzt gut sein«, sagte Parnell und drückte ihren Arm.

»*Gut* sein?« Der schrille Ton in ihrer Stimme überraschte sie selbst.

»Was soll die Frau denn sonst denken? Der Gerichtsmediziner, der Sheriff, die Zeitung und die öffentliche Meinung, alle hielten es für Selbstmord.«

»Aber ich kann –«

»Franny hat es immer für Selbstmord gehalten. Wenn du die arme Frau damals mit dem geringsten bißchen Freundlichkeit behandelt hättest, dann wüßtest du das auch. Sie hielt es für Selbstmord, genau wie alle anderen auch.« Seine Stimme klang jetzt sehr verärgert.

Molly blieb wie angewurzelt stehen, auch wenn sie noch nicht am Aufzug angekommen waren. »Alle anderen haben es *nicht* dafür gehalten. *Ich* nicht. *Du* nicht. Rose auch nicht.«

Sie blickte ihm in der Hoffnung auf Bestätigung wartend ins Gesicht, doch er sagte nichts. Ihre Kehle war trocken und wie zugeschnürt. »Oder? Parnell, du hast es doch nicht auch für Selbstmord gehalten, oder?«

»Molly, bitte. Rose muß sich hinsetzen. Laß uns später darüber reden.«

Schweigend gingen sie zum Aufzug. Nachdem er auf den Knopf gedrückt hatte, sagte er: »Alle haben es immer vermieden, mit dir über dieses Thema zu reden, weil du dich so … so sehr darüber aufregst. Und jetzt regt das allmählich auch Rose auf, und mich regt es ebenfalls auf. Jetzt laß uns lieber schön essen und einen Eistee trinken.«

»Eistee, ja.« Er hatte recht: Sie reagierte übertrieben. Doch sie mußte einen Augenblick allein sein, um sich zu sammeln und das Gehörte zu verdauen. Es war zuviel auf einmal gewesen: Olin Crocker zu sehen und dann mit diesen Neuigkeiten bombardiert zu werden – eine dreifache Dosis Vergangenheit. »Ich müßte vorher noch mal auf die Toilette«, sagte sie. »Ich komme dann in die Cafeteria, ja?«

»In Ordnung«, sagte er. »Rosie, willst du mitgehen?«

Rose schüttelte den Kopf. Molly war erleichtert; sie wollte allein sein.

»Na gut«, sagte er. »Wir treffen uns in der Cafeteria.« Er blickte ihr ins Gesicht. »Ist alles in Ordnung, Molly? Du siehst etwas unwohl aus, mein Mädchen. Ich hoffe, ich habe dir nicht –«

»Nein nein, alles in Ordnung.« Sie drehte sich um und entfernte sich, erst langsam, dann schneller, sobald sie um die Ecke und nicht mehr zu sehen war. Sie hatte keine Ahnung, wo auf diesem Stockwerk die Damentoilette war, und wollte auch niemanden fragen. Sie umrundete die Mittelhalle halb und bog dann in den erstbesten Korridor ein. Am Ende befand sich eine Herrentoilette. Aber es gab keine Damentoilette. Mist. In diesem Gebäude trafen vermutlich zehn Herrentoiletten auf eine Damentoilette – irgendeine Art von Toiletten-pro-Einwohner-Formel, um die weibliche Bevölkerung unter Kontrolle zu halten.

So schnell sie konnte, lief sie wieder zurück. Diesmal umrundete sie den Mittelbau fast vollständig. Warum hatte Franny Lawrence unter allen Männern dieser Welt ausgerechnet Frank Quinlan geheiratet? Sie hielt den Blick starr geradeaus gerichtet und bog in einen Gang ein, in dem sie noch nie gewesen war, an einigen Büros vorbei und um die Ecke in einen dunklen Korridor. Abseits der ausgetretenen Wege. Am Ende war eine Damentoilette. Gut. Sie mußte sich nur kurz hinsetzen und eine Minute allein sein, um sich sammeln zu können. Hatte Franny wirklich immer geglaubt, daß Vernon Cates Selbstmord begangen hatte?

Molly zog die Tür auf und trat ein. Eine große, nackte Frau wirbelte herum und starrte sie an. Bevor Molly es unterdrükken konnte, entfuhr ihr ein Schrei der Überraschung. Die Frau war vollkommen nackt und sah wild aus mit ihren zerzausten grauen Haaren. Sie hatte mit erhobenem Arm vor dem Waschbecken gestanden und sich mit einem Papierhandtuch unter der Achsel gewaschen.

Die Frau senkte den Arm und sah Molly aus dunklen Augen lauernd und voller Empörung an.

Mollys Kehle war wie zugeschnürt. »'tschuldigung. Ich habe mich erschreckt.«

»Gehört das Klo hier Ihnen oder was?«

»Nein, nein, ich war bloß nicht darauf vorbereitet.« Die Augen von der Nacktheit der Frau abgewandt, hastete Molly an ihr vorbei und in eine der Kabinen. Sie schloß und verriegelte die Tür und setzte sich auf die Toilette. Gott, endlich allein – es war eine solche Erleichterung. In ein oder zwei Minuten würde sie sich wieder gefaßt haben. Sie beugte sich vor und schloß die Augen. Franny Lawrence. Die Frau, die beinahe Vernon Cates geheiratet hätte. Die Frau, die Mollys Stiefmutter geworden wäre, wenn ihr Vater zwei Wochen länger gelebt hätte.

Vor der Tür murmelte die nackte Frau etwas vor sich hin. Molly wollte nicht hinhören, konnte es aber auch nicht lassen. »Klein Bo-Piep«, sagte die Frau, »hat ihre Schafe verloren und kann sie nicht mehr finden.«

O Gott – eine Verrückte. Sie hätte es wissen müssen. Sie hätte sofort weggehen sollen, nachdem sie sie erblickt hatte. Na ja, jetzt würde sie einfach hier warten, bis die Frau verschwunden war, damit sie sich nicht mit ihr abzugeben brauchte.

Sie saß einige Minuten still da, atmete tief durch und versuchte, ruhiger zu werden, obwohl das schwierig war bei den Geräuschen vor der Tür – dem Spritzen und Rauschen und wütenden Gebrabbel: »Laß sie nur laufen, sie kommen schon wieder, wackelnd und schwänzelnd hinten.«

Molly mußte los. Parnell und Rose würden sich Sorgen machen, wenn sie zu lange wegblieb. Nach der Szene, die sie gemacht hatte, würden sie sich vermutlich sowieso Sorgen machen. Wer sollte es ihnen verdenken? Einige Minuten lang hatte sie etwas Furchtbares empfunden, einen Nachgeschmack von der alten Besessenheit jener schrecklichen Zeit ihres Lebens nach der Ermordung ihres Vaters. Sie hatte gedacht, daß sie lange darüber hinweg sei; zu entdecken, wie dicht unter der Oberfläche alles noch da war, beunruhigte sie. Sie richtete sich auf und strich sich die Haare zurück, wobei sie erstaunt feststellte, daß ihre Stirn schweißnaß war. Mein Gott, seinem Körper konnte man wirklich nichts vormachen, oder? Seinen Schweißdrüsen konnte man nicht weismachen, daß alles völlig in Ordnung sei, wenn einem der Boden unter den Füßen schwankte.

Sie lauschte eine Zeitlang den Geräuschen vor der Tür. Das Wasser lief nicht mehr, doch die Frau brummelte immer noch mit einer Stimme vor sich hin, die wie das wütende Summen von Bienen klang oder wie ein Topf voller Zorn, der überkochte und auf der Kochplatte Zischlaute verursachte.

Auf einmal wurde die Stimme der Frau lauter: »Sie wissen nicht zufällig, wie der Vers weitergeht, was?«

O Gott!

Die Frau nuschelte etwas, dann sagte sie laut und deutlich: »Es fängt an mit ›Klein Bo-Piep schlief fest ein und träumte‹... sie träumte irgendwas Blödes.« Einen Augenblick lang herrschte Schweigen, bevor die Stimme lauter, aggressiver weitersprach: »Mußten wohl doch nicht pinkeln, was? Falscher Alarm.«

»Sprechen Sie mit mir?« fragte Molly.

»Mit wem wohl sonst?«

»Alles in Ordnung.«

»Ich weiß, wer Sie sind«, sagte die Frau.

»Oh?«

»Sie erkennen mich nicht.«

Sie erkennen? O nein, nicht das schon wieder. In letzter Zeit passierte ihr das ständig. Molly begegnete Leuten, die sie zu kennen schienen, doch sie hätte schwören können, daß sie sie noch nie gesehen hatte. Es machte ihr angst, weil es sie an Tante Harriets Alzheimersche Krankheit erinnerte; Molly erklärte sich ihre Gedächtnislücken jedoch schlicht und einfach damit, daß das menschliche Gehirn nicht in der Lage sei, so viele Namen und Gesichter im Laufe eines Lebens zu behalten. »Nein«, sagte sie durch die Tür, »ich befürchte nicht.«

»Ich bin die Freundin von Tin Can.«

»Tin Can?« Natürlich – Tin Can, die Stadtstreicherin. Eine von den obdachlosen Frauen, die sie interviewt hatte. »Ach so, Sie sind eine Freundin von Emily Bickerstaff.«

»Heißt sie so?«

»Ja. Kennen Sie ihren Namen nicht?«

»Auf der Straße benutzen wir andere Namen.«

Molly sah auf die Uhr. Sie war schon seit zehn Minuten weg. Parnell und Rose würden auf sie warten, bevor sie sich in der Cafeteria anstellten; sie mußte los. Sie stand auf, zog den Reißverschluß zu und schloß die Gürtelschnalle. Sie konnte der Frau nicht entkommen. Sie entriegelte die Tür und trat hinaus.

Die Frau stand vor einem der beiden Waschbecken und zog sich an. Sie trug bereits schwarze, knöchelhohe Turnschuhe,

Jeans und ein Unterhemd. Jetzt streifte sie sich ein schmutziges Flanellhemd mit Karomuster über. Ohne Molly anzusehen, sagte sie: »Falls man mit einer Bekloppten befreundet sein kann.«

Molly trat vor das andere Waschbecken, um sich die Hände zu säubern. Wenn sie es schnell tat, konnte sie weiteren Gesprächen vielleicht entkommen.

»Sie wußten doch, daß sie plemplem ist, oder?« fragte die Frau herausfordernd. »Warum reden Sie mit einer Bekloppten?«

Molly sagte: »Ich mag Emily. Ich mache mir Sorgen um sie.«

»Aber nicht genug, um ihr zu helfen, was?« sagte die Frau.

Das war ein Volltreffer, ein Kanonenschlag mitten hinein in das, was Molly am meisten an sich selbst verabscheute. Sie betrachtete sich im Spiegel und konnte nichts von dem leiden, was sie dort sah: das dünne, bleiche Gesicht, die dunklen Haare, die stumpf und leblos aussahen, abgesehen von den neuen weißen Haaren, die jeden Tag mehr wurden – dick und widerborstig und unwillkommen zwischen den glatten, schwarzen Strähnen. Sie war versucht, zum Gegenschlag auf diese Verrückte anzusetzen und zu sagen: Wie steht es mit Ihnen? Helfen Sie ihr etwa? Statt dessen drehte sie den Wasserhahn auf und drückte auf den Knopf des Seifenspenders. Nichts kam heraus. Sie hätte am liebsten geheult. »Keine Seife.«

»Gibt's hier nie.«

Molly wusch sich die Hände unter kaltem Wasser und beugte sich dann vor, um etwas Naß in ihr Gesicht zu spritzen. Als sie ihren Kopf hob, lief das Wasser in die Augen und verzerrte das Spiegelbild, brach es in kaleidoskopische Astralfarben, die langsam verschwanden und unweigerlich wieder zu demselben bleichen Gesicht zusammenflossen.

Sie trocknete sich Gesicht und Hände mit einem Papierhandtuch ab und wühlte dann in ihrer Handtasche nach einem Lippenstift.

Die Frau knöpfte ihr Hemd zu, aber nicht richtig, das sah Molly jetzt schon.

»Ist das Ding schon in der Zeitung erschienen?« fragte die Frau. »Was Sie da über Tin Can geschrieben haben.«

»Nein. Das ist nicht für die Zeitung, sondern für meine Zeitschrift, und es ist noch nicht fertig. Ich mache ein Jahr lang mehrere Interviews.«

»Ach so. Damit Sie sehen können, was aus ihnen wird, wie? Wer noch lebt, wer verreckt, wer im Lotto gewinnt, wer 'nen Job findet, wer Aids kriegt, wer trocken wird – was?«

Molly antwortete nicht, weil sie sich gerade die Lippen anmalte.

»Und wegen diesen ›Interviews‹ sind Sie also eine Expertin, was?«

Molly hielt inne, den Mund halb nachgezogen. »Das nicht. Aber die Frauen erzählen mir von ihren Erfahrungen, und ich schreibe über das, was sie mir erzählen.«

»Na, so was aber auch. Ihre Erfahrungen, was?« Fertig angezogen lehnte die Frau sich zurück und musterte Molly mit höhnischem Grinsen. »Sie haben also solches Mitleid mit den Leutchen und meinen, dann verstehen Sie ihre *Erfahrungen*.« Das letzte Wort brachte sie mit mehr Bitterkeit hervor, als Molly je in einem einzigen Wort gehört hatte.

Von der Verachtung der Frau verletzt, gab Molly keine Antwort. Sie nahm ein Papierhandtuch und tupfte ihren Lippenstift ab.

Die Frau kam näher. »Sie, Sie wissen einen feuchten Kehricht über das Leben von Tin Can.« Sie schlug mit der Hand gegen die Tasche, die von Mollys Schulter hing. »Sie haben

Ihre teure Lederhandtasche voll mit Kreditkarten, und da haben Sie Ihre goldene Armbanduhr und Ihren Lippenstift.« Sie ahmte Molly nach, die ihren Lippenstift abtupfte, und schnalzte mit den Lippen. »Einen Scheißdreck verstehen Sie!«

Molly wurde von einer Welle heißer Angst überflutet; diese Frau drang in ihre Privatsphäre ein und berührte sie. Sie kämpfte das Bedürfnis nieder zurückzuweichen. »Ich bemühe mich. Ich höre zu, und ich glaube, daß ich sie verstehe. Wenn Sie befürchten, daß ich es nicht richtig verstehe, warum sagen Sie mir dann nicht, was ich wissen sollte?«

Die Frau stemmte die Hände in die Hüften. »Manche Dinge *kann* man einfach niemandem erzählen.« Sie sah Molly verächtlich an und schüttelte den Kopf, um ihre Ablehnung deutlich zu machen. Dann bückte sie sich und zog aus ihrer Tasche einen langen, weißen Stoffmantel mit schwarzen Flecken darauf – ein Kuhmuster.

Plötzlich erkannte Molly den Mantel und die große, feindselige Frau wieder, die mit Tin Can zusammengewesen war, als Molly sie das erste Mal bei der Heilsarmee angesprochen hatte. »Sie sind die Cow Lady«, sagte sie. »Tin Can redet ständig von Ihnen.«

Im Spiegel sah Molly ein kleines Lächeln auf dem Gesicht der Frau.

»Natürlich. An den Mantel erinnern Sie sich, an mich nicht. Mein Gesicht haben Sie sich nicht gemerkt, nur was ich anhatte. Wenn man auf der Straße lebt, gucken einem die Leute nicht mehr in die Augen.«

Molly nickte in den Spiegel und beobachtete die Frau beim Zuknöpfen ihres Mantels.

»Als Sie zuerst hier reingekommen sind«, sagte die Frau, »sahen Sie genauso aus wie Klein Bo-Piep, die gerade ihre Schafe verloren hat oder ihren besten Freund.«

»Stimmt. Ich hatte gerade… etwas erfahren. Etwas aus der Vergangenheit, über das ich mich aufgeregt habe.«

Die Frau hob ihren großen Beutel hoch und warf ihn sich über die Schulter. »Eins weiß ich ganz genau: Schau'n Sie nicht in den blöden Rückspiegel. Nie. Wenn Sie's machen, wird es Ihnen leid tun.«

Molly betrachtete sich immer noch im Spiegel. »Das ist vermutlich ein wertvoller Hinweis, aber ich weiß nicht, wie ich es vermeiden kann.«

Die Frau zuckte die Achseln und ging Richtung Tür, dabei murmelte sie: »Klein Bo-Piep schlief fest ein und träumte… ach, Scheiße, was träumt sie bloß wieder?«

Molly drehte sich schnell um, weil sie sie aus irgendeinem Grund aufhalten wollte. »Ich bin Molly Cates. Wie heißen Sie? Mit echtem Namen.«

Die große Frau blieb mit der Hand auf der Türklinke stehen. »Ich will nicht in die Zeitung«, sagte sie.

»Nein. Ich wollte nur gern Ihren Namen wissen.«

Die Frau stand mit rebellisch vorgerecktem Kinn da. »Warum? Warum sollte Sie das interessieren?«

»Na ja, immerhin haben wir eine gemeinsame Freundin. Wenn ich sie das nächste Mal sehe, würde ich ihr gern berichten: ›Stellen Sie sich vor, ich habe Ihre Freundin getroffen.‹ Aber ich möchte Sie nicht Cow Lady nennen. Genausowenig, wie ich Ihre Freundin Tin Can nennen mag.«

»Tja, so will ich aber nun mal genannt werden, und man sollte die Leute so nennen, wie sie das wollen«, erwiderte die Frau.

Überrascht, von dieser Frau eine Meinung zu hören, die sie selbst oft vertrat, betrachtete Molly sie mit wachsendem Respekt. »Da stimme ich zu. Tut mir leid.« Sie beugte sich vor und zog eine Karte aus ihrer Handtasche. »Hier sind mein

Name und meine Telefonnummer drauf, falls Sie Ihre Meinung ändern und sich mal unterhalten wollen.«

»Unterhalten? Wozu?«

»Weil ich Interesse daran habe.«

»Na, ich aber nicht.«

»Na gut.« Molly streckte ihr die Karte näher hin, um sie in Versuchung zu bringen. »Nehmen Sie sie trotzdem. Nur für den Fall.« Molly sah ihr zum ersten Mal in die Augen; über die Wut, die sie dort sah, war sie nicht erstaunt, doch über das Glitzern von Intelligenz und Trotz schon.

Die Frau nahm die Karte und ließ sie, ohne einen Blick darauf zu werfen, in ihre große Tasche fallen. Ihr Körper schien sich zu entspannen, als ob sie ihre gespreizten Federn plötzlich angelegt hätte. »Gut, dann.« Sie drückte die Tür auf und ging hinaus.

Molly drehte sich wieder dem Spiegel zu. Was sie dort sah, gefiel ihr immer noch nicht. »Schau nicht in den Rückspiegel«, flüsterte sie ihrem Spiegelbild zu. »Wenn du's tust, wird es dir leid tun.« Doch sie wußte, daß sie hineinsehen würde. Komme, was wolle, sie würde mit Franny Lawrence sprechen, nachdem sie ihr achtundzwanzig Jahre lang aus dem Weg gegangen war. »Achtundzwanzig Jahre«, flüsterte sie in den Spiegel, »achtundzwanzig beschissene Jahre.« O Gott, sie hielt auch schon Selbstgespräche und brabbelte vor sich hin wie eine alte Pennerin.

Sie hörte sich kein bißchen weniger verrückt an als die Cow Lady, und haargenau so wütend; sie konnte es nur besser in der Öffentlichkeit kaschieren.

4. Kapitel

Wenn Wünsche Pferde wären,
dann würden die Bettler reiten.
Wenn Zwiebeln Uhren wären,
dann würde ich eine bei mir tragen.
Und wenn »Wenns« und »Abers«
Töpfe und Pfannen wären,
Dann gäb es keine Arbeit mehr
für die Kesselflicker!

Englischer Kindervers

Es ist ein ruhiger Montagabend unter der Terrasse des Creekside Grill. Sarah Jane Hurley ist hellwach, als Lufkin direkt nach Restaurantschluß seinen Kopf unter die Veranda steckt. Sie kriecht heraus, die Tasche zerrt sie hinter sich her. Sie ist hocherfreut über sein Erscheinen, weil er eine braune Papiertüte dabeihat, die schwer zu sein scheint.

Zusammen machen sie sich auf den Weg entlang am Bachufer zum Waller Creek. Sie können sehr gut erkennen, wohin sie treten, weil Vollmond ist. Die Uferböschung ist gefährlich steil und zugewuchert, doch direkt südlich der Terrasse führt ein matschiger Pfad zum Bach, den Lufkin jetzt, die Tüte an die Brust gedrückt, hinunterrennt; seine Stiefel rutschen und glitschen durch den Schlamm. Sarah Jane läßt sich lieber Zeit. Sie trägt alte, knöchelhohe Turnschuhe mit abgelaufener Trittfläche und ohne jeden Absatz, weswegen sie zentimeterweise nach unten rutscht, sich an den Büschen festklammert und den auf dem Pfad verstreuten Abfall zu umgehen versucht:

schmutzverkrustete alte Decken, Glasscherben, eingedrückte Styroporbehälter, braune Papiertüten mit leeren Schnapsflaschen darin, menschliche Fäkalienhaufen.

Unten reflektieren die flachen, weißen Kalksteinfelsen das bißchen Mondlicht, das bis ans Bachbett dringt. Es scheint kälter hier unten zu sein, so daß sie ihren langen, schwarzweißen Mantel ganz bis zum Hals zuknöpft. Die Nacht ist für Mai ungewöhnlich feucht und kühl.

Sie gehen am Bach entlang zum Fuß der Fourth-Street-Brücke, wo Tin Can sich über das rostige alte Ölfaß beugt, das sie zum Kochen benutzt, und mit einem Stock im Feuer herumstochert. Sie summt unmusikalisch vor sich hin und raucht eine Zigarette. Ihr strohiges, mausfarbenes Haar hängt ihr in schmutzstarrenden Strähnen vom Kopf. Das Feuer beleuchtet ihr flaches Gesicht mit der vernarbten Oberlippe und Nase, die ihrer Behauptung nach schon von Geburt an zusammengewachsen waren. Sie trägt nichts als ein T-Shirt und ausgebeulte Jeans, die sie an ihren kurzen O-Beinen hochgekrempelt hat. Als die beiden näher kommen, lächelt sie. Die gescheckte Katze, die sie auf dem Arm hält, sieht hoch; ihre Augen sind flache, gelbe Scheiben, in denen sich je ein winziges Feuer spiegelt.

»Ein schönes Feuerchen haben wir hier«, sagt Tin Can in einem Singsang, »aber Silky und ich, wir haben nix zu kochen. Habt ihr vielleicht was dabei?« Sie sieht Lufkin an, weil bei ihm aller Wahrscheinlichkeit nach eher etwas zu holen ist und er eine Einkaufstüte in der Hand hält.

Lufkin stellt seine Tüte vor sich auf den Boden. »Holde Maid«, sagt er, »rätselhaftes Katzenwesen, ich bringe euch den Speck – vier T-Bone-Steaks – und den feinsten französischen Wein – Le Thunder Chicken. Was sagt ihr dazu, meine Schönen?«

Wieder Wein! Sarah Janes Gesicht strahlt. Es wird eine gute Nacht zum Vergessen werden.

Tin Can bedeckt ihren Mund schnell mit der Hand und kichert. Sarah Jane weiß, daß sie sich den Mund zuhält, weil es ihr peinlich ist, daß ihre beiden Schneidezähne fehlen. Sogar als Tin Can im letzten Winter eine Lungenentzündung hatte und beinahe abgenippelt wäre, war das erste, was sie tat, als sie in der Erste-Hilfe-Station zu sich kam, ihren Mund zuzuhalten. Diese Eitelkeit bei einer zurückgebliebenen alten Schachtel erstaunt Sarah Jane. Drei Jahre auf der Straße haben bei ihr den letzten Rest von Eitelkeit vertrieben. Sie ist eine häßliche alte Hexe, ein hoffnungsloser Fall, und das weiß sie auch.

Sarah Jane hält die Hände über das Feuer. Die Wärme tut gut; sie läßt ein paar der Aggressionen verschwinden, die sich in ihr angestaut haben. Sie stellt sich die Weinflasche in Lufkins Tüte vor. Sie stellt sich die Wärme vor, die über die Zunge und die Kehle hinuntergleitet. Sie kann sich schon das Glühen in ihren Wangen, die Hitze in ihrem Blut, das betäubende Gefühl in ihrem Hirn ausmalen, wenn die Zauberkraft zu wirken beginnt. Sie hofft, daß genug davon da ist – zwei oder drei Flaschen –, und daß sie Tin Can nichts abzugeben brauchen, weil die sich sowieso nicht viel aus Saufen macht.

Lufkin bückt sich und holt eine in Zellophan verpackte Styroporschale mit einem Steak darin heraus. Er zeigt es den Frauen. Es ist ein T-Bone-Steak, dünn, aber mit herrlich vielen Fettmarmorierungen, die das Fleisch durchziehen. Sarah Janes Magen zieht sich vor Hunger zusammen, und sie versucht sich zu erinnern, wann sie das letzte Mal gegessen hat. »Warst du im Container tauchen?« fragt sie Lufkin, der das nächste Stück Fleisch aus der Tüte zieht.

»Hab' ich gekauft«, blafft er sie an. »Kannst gucken, da ist das Datum auf der Packung drauf, Frau – noch lange nicht abgelaufen.« Er ist sauer, weil sie seine Stimmung kaputtgemacht hat. Er spielt gern eine Rolle und tut so, als wären sie alle jemand anderes. Manchmal spielt sie mit, und manchmal auch nicht.

Sarah Jane tritt einen Schritt zurück und betrachtet mit gesenktem Blick von unten Lufkins Profil, seine lange, knochige Nase, den schmalen, roten Mund, der in dem Nest des langen schwarzen, mit grauen Strähnen durchsetzten Barts kaum zu sehen ist. Sie will herausfinden, ob er mehr als nur sauer ist. Nicht daß er ihr je mehr getan hätte, als in scharfem Ton mit ihr zu sprechen, aber sie traut ihm nicht. Bei Männern muß man immer auf der Hut sein. Er hatte andere Tippelbrüder verprügelt, die nichts weiter getan hatten, als seiner Flasche zu nahe zu kommen. Aber da war er betrunken gewesen. Und egal, ob nüchtern oder besoffen, an ihr hat er seine Wut noch nie ausgelassen. Sie stellt sich das Tranchiermesser vor, scharf und glänzend, das in ein schwarzes Sweatshirt gewickelt unten in ihrem Leinenbeutel liegt, dem Beutel, den sie immer bei sich trägt. Er hat noch nie versucht, ihr etwas anzutun. Sollte er auch lieber bleiben lassen.

»Wohl im Lotto gewonnen, was?« fragt sie ihn.

»Genau, im Maloche-Lotto. Der Hauptgewinn war, daß ich acht Stunden lang Löcher für Pfosten buddeln durfte, ohne Pause. Dieses alte Schwein hat mich hinten auf seinem Pickup auf eine Farm am Arsch der Welt gefahren. Der Hund hat vorne bei ihm und der Klimaanlage gesessen.«

Sarah Jane grinste. »Der Köter riecht wahrscheinlich besser.«

Lufkin reißt die Verpackung von den Steaks herunter und reicht sie Tin Can, die jedes einzelne andächtig entgegennimmt und vorsichtig auf den Rost über dem Faß legt. »Hat gut gelöhnt«, sagt er, »acht Dollar die Stunde. Natürlich sackt der Scheiß-Squint die ersten zehn Dollar ein.«

»Squint«, sagt Tin Can und drückt die Katze eng an ihre Brust. Jedesmal, wenn der Name fällt, schließt sie die Augen und kneift ihr Gesicht zusammen. Sarah Jane weiß nicht genau, was passiert ist, aber es muß schlimm gewesen sein. Als Tin Can aus dem Krankenhaus entlassen wurde, hatte sie sich eine Zeitlang in Squints Lager, dem Patchwork Pit, aufgehalten. Jetzt weigert sie sich, auch nur einen Fuß südlich des Flusses zu setzen, aus Angst, sie könnte dem Lager zu nahe kommen.

»Ich mag ihn nicht«, sagt Tin Can. »Halt dich fern von dem, Lufkin.«

»Kann man nix dagegen tun«, sagt Lufkin mit verkniffenem Mund, »wenn man einen Gig für einen Tag haben will. Wenn du im Tagelöhnergeschäft mitspielen und am Leben bleiben willst, dann drückst du an Squint ab. So läuft das.«

»Das ist unfair«, sagt Sarah Jane. Sie hat ebenfalls Grund, Squint zu hassen, und weiß, daß man ihm besser nicht in die Quere kommt. »Find ich echt Scheiße – du buddelst die Löcher, und er verdient die Kohle damit.«

Lufkin dreht sich von ihr weg. »Find ich auch Scheiße. Aber wenn du Squint nicht seinen Anteil gibst, dann schlitzen Roylee und seine Kumpane dir ein zweites Arschloch.« Er zieht eine Zeitung aus der Einkaufstüte und kauert sich neben das Faß auf den Boden, so daß er beim Feuerschein lesen kann. Irgendwie schafft er es, sich jeden Tag eine Zeitung zu besorgen, und er liest sie ganz durch, sogar die Todesanzeigen. Was für eine Zeitverschwendung! Die Zeitung sieht doch eh jeden Tag gleich aus, tagein, tagaus der gleiche Quatsch – Riesenschlagzeilen, die keinem Schwein etwas bringen. Wie diese endlosen Footballspiele, die der schlaffe, alte Harold mit seinen Hängebacken sich immer in der Glotze angeguckt hat. Hat nie bemerkt, daß sie jedes Jahr immer wieder dieselben Spiele gezeigt haben. Hat eigentlich nie irgendwas bemerkt.

Sarah Jane wühlt in ihrer Tasche nach den Camels. An Harold zu denken, verdirbt ihr die gute Laune, die sie gerade hatte. So kommt's, wenn man in den Rückspiegel schaut. Sie schüttelt eine Zigarette halb aus der Packung und zieht sie dann mit den Lippen ganz heraus, steckt die Schachtel schnell wieder weg, damit sie niemandem eine anzubieten braucht. Sie beugt sich übers Feuer, um sie anzuzünden, nimmt einen tiefen, himmlischen ersten Zug bis hinein in die Lungen und blickt in das flache Bachwasser. Eine stachlige, rote Spiegelung im Wasser neben der Brücke sieht aus wie vergossenes Karminrot oder ihr eigenes, leuchtendrotes Blut.

Sie bläst den Rauch in die Luft.

All das Blut, das sie im Lauf der Jahre verloren hat, denkt sie – literweise, eimerweise, bächeweise. Die rote Spiegelung tanzt auf sie zu. Jedes wichtige Ereignis in ihrem Leben wurde von vergossenem Blut begleitet. Mein Gott, wenn man das alles zusammennehmen würde – das endlose Bluten während ihres »Fluchs«, wie Gramma das immer genannt hatte, und das Blut von aufgeschlagenen Knien und Nasenbluten und Kindergeburten, und das Blut, das sie in den letzten drei Jahren verkauft hat –, es würde den ganzen Waller Creek füllen und vielleicht sogar den Town Lake. Wie in der Bibel, als sich diese Flüsse in Ägypten in Blut verwandelten.

Eigentlich ist es erstaunlich, daß sie immer noch Blut übrighat. Irgendwie erneuert es sich immer wieder.

Sie fragt sich, woher das rote Spiegelbild im Wasser stammt, und sieht nach oben, um seinen Ursprung zu finden. Sie betrachtet die Lichter der Großstadt, bis ihr Blick an dem roten Sheraton-Zeichen hoch über ihnen hängenbleibt. Sie nimmt einen weiteren, tiefen Zug an der Zigarette, hält den heißen Rauch so lange wie möglich in der Lunge und versucht, die Erinnerung an das andere Blut auszubrennen, nicht ihr eigenes, sondern das von der alten Unke, das unter Sarah Janes Messer hervor und auf den schmutzigen Zementfußboden in der Unterkunft in Houston spritzte. Es war so einfach, als ob man eine Nadel in einen Ballon stach, als ob die verrückte Alte nichts als ein Beutel voller Blut gewesen wäre, der nur darauf gewartet hätte, daß jemand in ihn hineinsticht, damit alles rausfließen kann. Um das häßliche Bild abzuschütteln, bläst Sarah Jane den Rauch in die Luft und sagt: »Hey, Tin Can, ich bin heute einer Freundin von dir übern Weg gelaufen.«

Tin Can schaut von den Steaks auf. »Eine Freundin von mir?« Ihre großen Glupschaugen werden noch größer.

»Klein Bo-Piep«, schnaubt Sarah Jane.

»Wen?«

»Die Frau, die mit dir für ihre Zeitschrift geredet hat. Molly irgendwas.«

»Ah ja, die ist nett.«

Sarah Jane zuckt die Achseln. Tin Can ist so schrecklich naiv. Sie meint, jeder, der ihr auch nur zulächelt, wäre schon nett.

»Wo hast du sie getroffen?« fragt Tin Can.

»Bei der alten Dame. Ich war auf'm Pott, und sie kam rein.«

Lufkin sah von seiner Zeitung auf. »*Wo* war das?«

Sarah Jane zeigt mit dem Daumen in die Richtung der riesigen, hellerleuchteten Kuppel zehn Blocks nördlich von ihnen. »Das Kapitol. Da häng ich jetzt rum und fang mir was von der Klimaanlage ein. Es gibt 'ne Besuchergalerie. Und gute Klos.«

»Was ist mit der Bibliothek?« fragt Lufkin. »Ich dachte, du würdest tagsüber da rumhängen.«

Sarah Jane hat gerade einen kräftigen Zug von ihrer Zigarette genommen, der ihre Furien anheizt, diese kreischenden und heulenden Gestalten, die in ihrer Brust hausen. Wie eine Gasflamme züngeln sie – wusch! – urplötzlich empor; blaue Flammen lecken an ihren Rippen und treiben ihr den Schweiß auf die Stirn. »Die Schweinebacken haben mich rausgeschmissen! Haben behauptet, ich würde da schlafen, stimmt aber gar nicht. Ich hab nur die Augen eine Sekunde zugemacht.« Sie beugt sich herunter und kratzt wie wild an den schorfigen Stellen an ihren Beinen, die wieder aufgehen, so daß Blut herunterläuft. »Ich hab ja gar nichts gemacht. Die meinen, ihnen gehört die Welt.«

»Genau«, sagt Lufkin. »Die ganzen Schilder, wo draufsteht: ›Schlafsäcke verboten‹, ›Decken verboten‹, ›Trinken verboten‹, ›Essen verboten‹, ›Unbefugter Aufenthalt verboten‹, ›Rauchen verboten‹, ›Kampieren verboten‹, ›Betteln und Hausieren verboten‹.«

»Schlafen verboten«, fügt Tin Can hinzu.

»Niesen verboten«, sagt Sarah Jane und spürt, wie die Furien sich beruhigen. »Atmen verboten, Furzen verboten.«

Tin Can kichert. »Pinkeln verboten.«

»Sie haben gesagt, ich darf nicht mehr wiederkommen – nie wieder«, sagt Sarah Jane. »Na und? Ich geh jetzt zur alten Dame.«

»Weil du da geschlafen hast, darfst du nie mehr wiederkommen?« fragt Lufkin überrascht.

»Na ja, das, und…« Sie spricht nicht weiter, weil sie sich nicht an die häßliche Szene erinnern will.

»Und was?«

»Ach, sie haben mich blöd angemacht und rumgeschubst«, sagt Sarah Jane.

Tin Can schüttelt den Kopf. »Schon wieder Ärger gehabt, Cow Lady, du mußt bis zehn zählen. Das habe ich dir doch schon x-mal gesagt. Du mußt anfangen, bis zehn zu zählen. Du bist jetzt so ziemlich überall in der Stadt rausgeflogen. Sogar bei der Heilsarmee.«

Sarah Jane haßt es, sich von der bekloppten alten Schachtel Vorträge anhören zu müssen. »Diese, diese Reporterin«, sagt sie zu Tin Can. »Ich will ja wohl hoffen, daß sie dir für die Interviews was zahlt.«

»Mir was bezahlt? Nee.«

»Sag ihr, daß du Geld sehen willst. Sie sieht aus, als hätte sie welches.«

»Wir unterhalten uns doch nur, Cow Lady. Bei einem Interview unterhält man sich. Und dann ist ein Mann gekommen und hat ein paar Fotos geknipst, sonst nichts.«

»Die bescheißt dich doch«, sagt Sarah Jane. »Warum machste das, wenn sie dir nichts dafür zahlt?«

Tin Can legt die Stirn in angestrengte Falten, um diese schwierige Frage beantworten zu können. »Na ja, die Leute wissen doch nicht, wie unser Leben ist«, sagt sie langsam. »Die wissen das nicht.«

Sarah Jane bläst einen langen Strom Rauch aus. »Meinst du etwa, irgend jemanden interessiert das auch nur einen Furz, wie dein Leben ist?«

Der Mund von Tin Can verzieht sich nach unten. »Das weiß ich nicht«, greint sie.

»Und was erzählst du ihr?« fragt Sarah Jane.

»Na ja, wie ich obdachlos geworden bin und so. Vom Dosensammeln und Blutverkaufen und so. Daß man beim MHMR keine Katzen mitbringen darf, und bei der Heilsarmee auch nicht.« Sie blickt hinunter zu Silky auf ihrem Arm. »Molly fragt nach all diesen Sachen. Ihr ist das nicht egal.«

»Wenn es ihr *soo* wichtig ist, warum gibt sie dir dann kein Geld? Ich wette, sie kriegt welches dafür.«

Tin Can schweigt mehrere Sekunden lang und denkt darüber nach. »Vielleicht hilft es ja, wenn die Leute wissen, wie es ist.«

Sarah Jane weiß, daß sie damit aufhören sollte, aber sie kann sich nicht zurückhalten. »Tin Can, du bist so ein Doofkopp. Keiner, der nicht hier draußen gewesen ist, kann sich vorstellen, wie es ist. Du verschwendest nur deine Zeit.«

Tin Can senkt schnell den Kopf und tut so, als würde sie Silkys Fell untersuchen. Eine Träne läuft ihr über die Wange.

Lufkin rollt die Zeitung zusammen und schlägt sie sich aufs Knie. »Jetzt hör auf damit!« Er steht auf. »Weißt du was, Cow Lady? Du bist ein richtig negativer Mensch. Und ich scheiße auf dieses ganze negative Gerede.«

»Negativ? Ich sag doch nur, daß sich kein Schwein für ihre Probleme interessiert. Oder deine. Oder meine. Wir müssen uns selbst um uns kümmern – das ist alles, was ich ihr sagen will. Sie vergeudet ihre Zeit mit diesem Interviewgelaber.«

Tin Can hebt den Kopf. In ihren Augen stehen Tränen.

Lufkin schlägt mit der zusammengerollten Zeitung auf seinen mageren Oberschenkel. Er wird jetzt eine Rede halten. Sarah Jane sieht es schon kommen. Er sagt: »Wie man in den Wald hineinruft, Cow Lady, so schallt es wieder heraus. Wußtest du das noch nicht?«

»Das sagst du ständig, und es ist trotzdem völliger Quatsch.«

»Es bedeutet, daß man etwas tut, um jemandem zu helfen, und später tut dann das Universum etwas Gutes für dich. Aber die Art, wie das vor sich geht, ist eine Überraschung.« Wieder schlägt er kräftig mit der Zeitung gegen seine Hüfte. »Das bedeutet es.«

Sarah Jane macht ein langes furzendes Geräusch mit den Lippen. »Scheiß Gefühlsduselei.«

»Da siehst du's. Genau das meine ich – immer nur negativ denken«, sagt er.

»Wenn Wünsche Pferde wären, dann würden die Bettler reiten.« Sarah Jane ist überrascht, daß sie das ausgesprochen hat; normalerweise sagt sie die Kinderverse in ihrem Kopf her, um sich zu beruhigen, doch in letzter Zeit scheinen die Reime nach außen zu drängen.

»Was?« sagt Lufkin und stiert sie durchdringend an. »Wer ist hier ein beschissener Bettler?«

Sie winkt seinen Ärger mit einer Handbewegung weg. »Was einem in diesem Leben zustößt, hat nicht das geringste damit zu tun, was man getan oder nicht getan hat. Es ist so wie…« Sie sucht nach einem passenden Vergleich. »Kennst du diesen Automaten bei Dirty's, diesen Glaskasten mit den ganzen Stofftieren drin, wo man versuchen muß, eins mit diesem Greifding hochzuheben? Das Stofftier, das von den Klauen gepackt wird, ist halt gerade im Weg. So ist das Leben. Das ist Schicksal. Wenn du dem Greifding in die Quere kommst, dann wirst du gepackt, und du hast keine Wahl.«

»Nein, nein, nein.« Bei jedem Wort läßt er die Zeitung in seine Handfläche klatschen. »Das stimmt nicht.«

Sie hatte sich nicht streiten wollen, aber allmählich fängt sie wirklich an zu kochen. »Genau wie bei mir. Der alte Harold hatte was mit seiner Sekretärin, da hat er sich von mir scheiden lassen. Dann hat er mir die Kinder weggenommen, obwohl sie bei mir bleiben wollten. Ich habe meinen Job beim Chevy-Autohaus verloren. Ich glaube, ich hab's dir mal erzählt – ich war eigentlich überqualifiziert –, abgeschlossene Schulausbildung, ein Jahr Wirtschaftscollege. Dann habe ich meine Bude in der Pension verloren. Und so bin ich auf der Straße gelandet. Da siehst du's, ich war einfach der großen Klaue im Weg.«

»Ja, na ja«, sagt Lufkin. »Was ich meine –«

»Und du. Guck dich doch um Himmels willen an! Neun Jahre auf der Straße, und hast immer noch nix gelernt. Hast doch hart gearbeitet als Tischler, oder nicht? Und dann hattest du den Unfall und hast dir dein Knie so schlimm verletzt, und sie haben dich vor die Tür gesetzt, oder nicht? Eine Familie haste nicht, und sonst juckt es auch niemanden, oder? Und deswegen bist du auf der Straße. Ist das etwa, weil du *schlechte* Dinge ins Universum gesetzt hast?«

»Ich hab einfach nur gerade eine Pechsträhne, aber das wird sich ändern. Sieh mich an.« Er schlägt sich mit der zusammengerollten Zeitung an die Brust. »Ich bin gesund. Ich habe Freunde. Ich habe mein Handwerk, in dem ich früher zwanzig Dollar die Stunde verdient habe.«

Sarah Jane öffnet den Mund, um das in Frage zu stellen, läßt es aber lieber bleiben. Auf der Straße ist es am besten, die Lügen der anderen nicht anzuzweifeln, besonders wenn man selbst nicht nach seinen eigenen Lügen gefragt werden will.

Lufkin redet weiter: »Stimmt, in letzter Zeit ist es nicht so gut gelaufen, aber das legt sich auch wieder. Ich werde einen Job finden und mir eine kleine Bude besorgen.«

»Schon möglich. Aber das hat nichts damit zu tun, ob du jetzt gute Taten vollbringst oder nicht.«

Lufkin ist in Fahrt gekommen; er rollt die Zeitung in seinen Händen noch fester zusammen. »Ich seh schon, wir müssen hier ein kleines Experiment machen.« Er deutet mit der Zeitung auf Tin Can. »Guck dir deine Freundin an. Sie zittert. Das siehst du doch?«

Sarah Jane zieht an ihrer Zigarette und schaut hinunter zum Bach. Die Richtung, die das Ganze einschlägt, gefällt ihr gar nicht.

»Ich sagte, sieh dir Tin Can an«, sagt er mit einem harten Tonfall, den sie noch nie von ihm gehört hat.

Sarah Jane blickt weiter hinunter zum Wasser.

»Ach so«, sagt er, »du willst also nicht mitspielen. Na, wenn das so ist. Willst du eins von den Steaks haben, die ich gekauft habe?«

Überrascht wirft sie ihm einen Blick zu. Das ist wirklich zum Kotzen. Es tut ihr leid, daß sie sich in diesen beschissenen Streit hat hineinziehen lassen.

»Willst du was von dem Wein, den ich habe?« fragt er.

Sie nickt.

»Gut, dann mußt du bei dem Experiment mitmachen. Es ist wichtig. Du hängst wirklich an deinem Kuhmantel, oder nicht?«

Automatisch wickelt sie sich enger in den Mantel, den sie nie auszieht, den schwarz und weiß gefleckten Mantel, von dem sie ihren Straßennamen hat, den Namen, unter dem sie alle hier kennen. Er ist Teil der Person, die sie jetzt ist.

Lufkin nickt ihr zu und scheint ihre Reaktion abzuwägen. »Genau«, sagt er, »und Tin Can hat nur das dünne, kleine Hemdchen da an, und letzten Winter hatte sie die schlimme Lungenentzündung. Weißt du noch? Na ja, und du hast noch einen Pulli unter dem Mantel an, und ich weiß, daß du noch mehr warme Klamotten in deiner Tasche hast. Und deswegen mußt du jetzt Tin Can deinen Kuhmantel geben.«

»O nein!« sagt Tin Can. »Das ist ihr Mantel. Ich habe sie noch *nie* ohne den Mantel gesehen.«

»Genau deswegen ist er so gut«, sagt er. »Sie wird diesen Mantel ausziehn und ihn dir schenken, den Mantel, den sie immer anhat.« Er fixiert Sarah Jane mit seinen kleinen, glänzenden Augen und wartet.

Sarah Jane zieht ein letztes Mal an ihrer Zigarette und wirft sie in den Bach. »Das soll wohl ein Witz sein. Ich habe nichts außer den Klamotten, die ich am Leib trage. Ich habe nichts zu verschenken.«

Er deutet mit seinem langen Finger auf sie. »O doch, das

hast du wohl. Und es zählt mehr, wenn du nicht viel besitzt. Das Universum weiß, daß es mehr zählt, als wenn ein reicher Knacker 'n paar Millionen verschenkt.«

Sarah Jane kann es nicht ausstehen, wenn Männer mit dem Finger auf sie zeigen, und was sie noch weniger ausstehen kann, ist, wenn jemand ihr Moralpredigten hält. Genau wie der alte Harold damals, der immer mit dem Finger gezeigt und Moralpredigten gehalten hatte, immer päpstlicher als der Papst. »Nein«, sagt sie.

»Komm schon, Cow Lady. Ich tu's wirklich nicht gern, aber wenn du ihr nicht den Mantel schenkst, gibt's keinen Suff mehr von mir. Und Steaks auch nicht.«

Sie blickt hinunter auf die Zigarettenkippe, die auf der gewellten roten Spiegelung im Wasser schwimmt. »Das ist doch alles ziemlich blöd.«

»Tja, vielleicht ist es das, und vielleicht ist es das auch nicht, aber so läuft der Hase.«

Er langt mit beiden Händen hinunter in die Einkaufstüte und zieht zwei Flaschen am Hals heraus. Er streckt sie ihr entgegen, so daß sie sie sehen kann. »Thunder Chicken. Vierzehn Prozent Alkohol. Wenn du was abhaben willst, mußt du die gute Tat tun. Zieh deinen Mantel aus und gib ihn Tin Can und sag: ›Trag ihn in guter Gesundheit.‹«

Sarah Jane seufzt; er hat sich diese Sache in den Kopf gesetzt und wird nicht klein beigeben. Sie beschließt, einen Kompromiß anzubieten. »Wie wär's damit: Ich habe ein schönes schwarzes Sweatshirt in meiner Tasche. Das würde ihr besser passen. Der Mantel ist ihr viel zu lang.«

»Sind die Steaks bald fertig?« sagt Lufkin über seine Schulter hinweg zu Tin Can. »Sie riechen verdammt lecker.«

»Fast fertig«, sagt Tin Can und piekt mit dem Stock in eins hinein.

Lufkin läßt Sarah Jane nicht aus den Augen. »Den Mantel für Tin Can«, sagt er. »Und für mich eine von den Camels, die du in deiner Tasche gebunkert hast. Ich glaube nicht, daß du mir jemals eine Kippe angeboten hast.«

Langsam knöpft Sarah Jane den Mantel auf. Am besten macht sie einfach mit. Sie wird ihn von Tin Can zurückbekommen, wenn Lufkin nicht dabei ist. Sie leiht ihn ihr nur. *Hei didel didel! Die Katz und die Fiedel.* Sie zieht den Mantel aus, knüllt ihn zusammen und wirft ihn Tin Can vor die Füße. *Die Kuh sprang über den Mond.*

Tin Can bückt sich, um ihn aufzuheben.

Lufkin nickt. »Jetzt sagst du: ›Trag ihn in guter Gesundheit‹.«

»Mein Gott«, murrt Sarah Jane. »Trag ihn in guter Gesundheit.« Sie fühlt sich schon ganz nackt.

»Und vergiß nicht die Kippe für mich«, sagt er. »Dann werden wir mal sehen, was das Universum für dich tut.«

»Leckt mich«, sagt Sarah Jane, während sie wutentbrannt in ihrer Tasche nach der Packung Camels wühlt. Aus dem Augenwinkel sieht sie Tin Can den Mantel anziehen, der so lang ist, daß er ihr beinahe bis über die Füße reicht. *Der kleine Hund lacht, als er den Streich gesehen.* »Leckt mich doch alle mal am Arsch«, sagt sie im Flüsterton. »Dasselbe, was das Universum sonst auch immer für mich tut.«

5. Kapitel

Klein Bo-Piep schlief fest ein und
Träumte, sie hörte sie blöken.
Doch als sie erwacht, war es ein
Witz,
Weil sie ihr immer noch entwischten.

Klein Bo-Piep, zweite Strophe
Englischer Kindervers

Grady hatte ihr den Rücken zugedreht und tat so, als würde er schlafen, aber ihr konnte er nichts vormachen. Selbst im Dunkeln konnte Molly die Anspannung zwischen seinen nackten Schulterblättern sehen. Es gab eine Frage, die sie ihm stellen wollte. Es war eine Frage, die sie ihm schon seit einem Vierteljahrhundert stellen wollte, vor der sie aber zuviel Angst hatte. Sie wollte sie ihm jetzt mehr als je zuvor stellen, fühlte sich aber dazu noch nicht ganz in der Lage. Wenn sie ihn am Einschlafen hindern würde, könnte sie sich vielleicht langsam bis zu ihr vortasten.

»Grady, du brauchst dich nicht schlafend zu stellen«, sagte sie. »Ich weiß, daß du nicht schläfst.«

Ohne sich zu bewegen, brummte er ins Kissen: »Wie soll ich wohl schlafen, wenn du neben mir liegst und mit den Zähnen knirschst?«

»Ich knirsche nicht mit den Zähnen.«

»Dann müssen das wohl deine geistigen Kugellager sein. Du knirschst so laut damit, daß du noch die Nachbarn damit aufweckst.«

»Du kannst das Getöse ganz schnell zum Verstummen bringen. Du brauchst mir nur zu versprechen, daß du mir den winzig kleinen Gefallen tust. Dann laß ich dich in Frieden.«

»Ich will nicht, daß du mich in Frieden läßt. Was ich will, ist, daß du diese Sache vergißt. Ich will es sogar so sehr, daß ich dich anflehe: Bitte vergiß es.« Seine Stimme klang belegt, ob von Müdigkeit oder Gefühlen, wußte sie nicht.

Den Gefallen könnte er ihr mit links tun; er war Polizeilieutenant in Austin und verfügte über Kontakte in ganz Texas. Er bräuchte nicht mehr als einen Anruf für sie zu tätigen. Sie streckte die Hand aus und legte sie ihm auf die Schulter. »Ich kann es nicht vergessen, Grady. Hilf mir nur bei dieser einen Sache, und ich werde dich nie mehr um etwas bitten.«

Er stieß ein bitteres Lachen aus. »Das sagst du immer, und ich hasse es, wenn du das sagst, weil es klingt, als würde ich Buch darüber führen, was ich für dich tue. Ich würde dir gern helfen, aber dieses alte Feld wieder zu beackern, wird dir nicht guttun.«

»Hier geht es nicht darum, was mir guttut oder nicht.«

»Das ist jedenfalls schon einmal *völlig* klar.«

»Grady, jetzt machst du aber aus einer Mücke einen Elefanten. Ich kann eine Geheimnummer auch selbst herausfinden, würde aber ein paar Tage dazu brauchen. Es ist soviel einfacher für dich. Bitte.«

Er rollte sich zu ihr herum. Im sanften Licht des Nachtlämpchens sahen seine hellen Augen silbrig aus und die Haut darunter faltig vor Sorge. »Du hast mir versprochen, daß diese Sache für dich beendet ist.«

»Ich weiß, aber du mußt selbst zugeben, daß diese neue Entwicklung sehr interessant ist – daß Franny Lawrence *Frank Quinlan* heiratet.«

»Nur, wenn man daran glaubt, daß er oder jemand in seiner Familie deinen Vater ermordet hat. Und dafür hast du nie auch nur den kleinsten Beweis erbringen können. Und das lag weiß Gott nicht daran, daß du es nicht auf Teufel komm raus versucht hättest.«

Er streckte die Hand aus und streichelte ihre Wange. »Darf ich dir einen guten Rat geben?«

Sie haßte gute Ratschläge, und die Richtung, die dieses Gespräch nahm, gefiel ihr gar nicht: Es konnte ohne weiteres in der verbotenen Zone enden – jener Zeit vor fünfundzwanzig Jahren, als sie verheiratet gewesen waren. Ihre vierjährige Ehe war größtenteils wegen – sie akzeptierte das Wort jetzt – ihres Wahnsinns nach dem Tod ihres Vaters auseinandergekracht. Sie hatten einen Pakt geschlossen, nie darüber zu sprechen, und sie hatte Angst, daß diese Unterhaltung einen von ihnen dazu verleiten könnte, gegen ihre Abmachung zu verstoßen. »Nein«, sagte sie, »gib mir keinen guten Rat.«

Er schloß die Augen, und sie sah, wie er seine Wut niederzukämpfen versuchte. Sie dachte daran, in das Schweigen hinein die Frage zu stellen. Sie hatte ihr den ganzen Abend über auf der Zunge gelegen, während des gesamten Essens und ihrer langatmigen Erzählung. Aber jetzt war vermutlich nicht der geeignete Zeitpunkt. Also umging sie die Frage mit dem Satz: »Es ist ja nicht nur diese Sache mit Franny und Frank Quinlan, die ich merkwürdig finde. Es ist die Sache mit dem Selbstmord und Rose und Parnell. Immer haben sie mich in dem Glauben gelassen, daß sie mit mir darin übereinstimmten, daß mein Daddy ermordet wurde. Sicher, sie versuchten mich davon zu überzeugen, daß ich es vergessen und mit meinem Leben weitermachen sollte. Aber das war, weil sie es für unmöglich hielten, etwas zu beweisen. Ich *dachte* jedenfalls, daß sie das dachten. Aber jetzt bekomme ich auf einmal den Eindruck, daß sie nie meiner Meinung waren. Ein enormer Graben hat sich da aufgetan.«

»Das sehe ich ein.«

Ein Schweigen entstand, in dem das einzige Geräusch das schwere Atmen des Hundes war, der ausgestreckt neben dem Bett lag. Jetzt konnte sie ihm die Frage stellen. Er war ein aufrichtiger Mensch. Er würde ihr eine aufrichtige Antwort geben. Doch sie brachte es immer noch nicht übers Herz. Sie sagte: »Wie konnte Franny nur glauben, er hätte Selbstmord begangen? Ich meine: Hier ist ein Mann, fünfundvierzig Jahre alt, bei guter Gesundheit und allem, wofür es sich zu leben lohnt. Er steht kurz vor der Veröffentlichung eines wichtigen Artikels in einer großen Zeitschrift. Er ist endlich von Lubbock weggekommen. Er will wieder heiraten. Und er hat eine Tochter, die ihn anbetet, Freunde – alles. Alles, wofür es sich zu leben lohnt.«

»M-mhm.« Gradys Augen waren immer noch geschlossen. Sie wußte nicht, ob aus Langeweile, weil sie dieses Thema in verschiedenen Varianten den ganzen Abend lang durchgekaut hatte, oder weil er wirklich müde war.

»Ich meine, warum der Gerichtsmediziner es Selbstmord nennen würde, verstehe ich ja. Es sah danach aus. Doch die Menschen, die ihn kannten, wie Tante Harriet und seine alten Freunde in Lubbock – daß sie einen Selbstmord auch nur in Betracht ziehen könnten, erschien mir immer so absurd.«

»M-mhm.«

»Ich will einfach nur zu Franny fahren. Ich habe nach der Ermordung meines Daddys nie allein mit ihr gesprochen. Das hätte ich tun sollen. Es würde das Ganze zu einem Ende bringen.«

»Was mir Sorgen bereitet, Molly, ist, daß du dich wieder in diese Sache verrennst.« Er senkte die Stimme zu einem

Flüstern. »Das letzte Mal ist es so... außer Kontrolle geraten.«

Er war vorsichtig, streifte das verbotene Thema nur ein wenig, gebrauchte beschönigende Umschreibungen. Sie antwortete nicht gleich. Das Thema war für beide so emotionsbefrachtet, daß es ihnen vorkam, als ob sie barfuß über Glasscherben liefen. Sie hatte es nicht fertiggebracht, ihr Zusammentreffen mit Olin Crocker heute zu erwähnen. Selbst noch ein Vierteljahrhundert später überliefen sie glühendheiße Schauer, wenn sie an ihre Exzesse während jener wahnsinnigen Zeit dachte.

Sie war sechzehn gewesen und hatte kurz vor dem Abschluß der elften Klasse gestanden, als Vernon Cates am 25. Mai 1967 mit einer Schußwunde in der Schläfe aus dem Lake Travis gezogen worden war. Sie hatte die Schule abgebrochen und das nächste Jahr mit dem verzweifelten Versuch verbracht, herauszufinden, was mit ihm geschehen war. Sie hatte jede mögliche Fährte bis ans Ende verfolgt, gleichgültig, um welchen Preis. Es war der reinste Alptraum gewesen. Beim Verfolgen einer dieser Fährten hatte sie ein Jahr später Grady Traynor kennengelernt, sich in ihn verliebt, war schwanger geworden und hatte ihn geheiratet – in dieser Reihenfolge. Sie war eine Zeitlang ruhig und zufrieden gewesen, doch als sie von neuen Informationen Wind bekommen hatte, hatte sie die Jagd wiederaufgenommen. In jener Zeit hatte sie ihre Tochter vernachlässigt, ihren Mann betrogen und jeden vor den Kopf gestoßen, der mit ihr vernünftig zu reden versuchte. Ihre Besessenheit – zu beweisen, daß Vernon Cates nicht freiwillig aus dem Leben geschieden war, und die Person zu finden, die ihn ermordet hatte – hatte keine Grenzen gekannt. Selbst Grady kannte die schlimmsten Einzelheiten nicht.

»Außer Kontrolle?« sagte sie. »Eher rasend. Völlig durchgedreht.« Sie hatte den Säugling Jo Beth monatelang bei Tante Harriet gelassen, während sie jeden wachen Moment mit dem Verfolgen der einen oder anderen Spur verbracht hatte. Einmal, als Jo Beth zweieinhalb war, war Molly zu einem Kind zurückgekehrt, das sie nicht mehr erkannte und weinte, als sie in seine Nähe kam. Diese Erinnerung war so gräßlich, daß sie den Kopf schüttelte, um sie zu verscheuchen. All das hatte sich ereignet, als sie sehr jung war. Jetzt war ihre Tochter älter als Molly damals. »Keine Angst, Grady. So etwas wird nie wieder passieren. Ich will nur mit Franny reden – nur damit ich es einmal getan habe.«

»Aber damit fängt es bei dir an, Molly. Erst eine Sache, dann noch eine. Und bevor man sich's versieht, beherrscht es dein ganzes Leben. Und meines. Und das von Jo Beth. Halt dich davon fern. Es wird dich wieder hinunterziehen.«

In ihrem Kopf fing es an zu hämmern. »Was soll das, Grady? Du meinst, du wüßtest besser als ich, was gut für mich ist? Und Jo Beth – laß sie um Himmels willen aus dem Spiel!«

»Nein, das tue ich nicht. Sie hat mehr darunter gelitten als alle anderen.«

Molly war so wütend, daß sie ihren Kiefer kaum bewegen konnte. »Meinst du ernsthaft, ich könnte etwas tun, womit ich ihr weh tun würde?«

»Nicht willentlich, aber ich glaube, daß du an dieser Stelle einen blinden Fleck hast.«

»Oh, *ich* habe also einen blinden Fleck, während du dem Ganzen vollständig objektiv gegenüberstehst und keinerlei Probleme damit hast.«

»Nein, das will ich doch gar nicht –«

»Tust du aber. Du sagst, daß du mir nicht zutraust, mir die Sache noch einmal anzusehen, ohne dabei wieder durchzudrehen.«

»Nein. Ich versuche doch nur, dich daran zu erinnern –«

»Ah, jetzt kommt's! Du willst mir wieder die ganzen alten Geschichten an den Kopf werfen. Du wirst wieder die ganze Olin-Crocker-Scheiße hervorziehen. Du wirst mir vorwerfen, was ich mit zwanzig getan habe, und dann wirst du mir –«

»Hör auf!« schrie er. »Hör sofort auf! Wirst du mich vielleicht mal einen einzigen Satz aussprechen lassen, verdammt noch mal?«

Mit der ruhigsten und vernünftigsten Stimme, die sie aufbringen konnte, sagte sie: »Natürlich. Sprich dich aus.«

»Ich möchte nur, daß du darüber nachdenkst, was das bringen soll, wenn du diese Angelegenheit wieder ans Tageslicht zerrst.«

»Ich habe darüber nachgedacht. Es ist das normalste Ding der Welt, Franny einen Besuch abzustatten. Immerhin wäre sie beinahe meine Stiefmutter geworden.«

»Vielleicht wäre das vor achtundzwanzig Jahren normal gewesen. Jetzt ist es jedenfalls nicht normal.«

»Auf einmal bist du also ein Fachmann in Sachen *normal*?«

»Du bist diejenige, die das Wort aufgebracht hat.« Er rollte sich wieder zur anderen Seite und drehte ihr den Rücken zu. »Laß die Sache ruhen.«

»Ruhen? Wie zum Teufel soll man dabei ruhen?« Sie warf die Decke zurück und sprang aus dem Bett.

Sie landete mit beiden Füßen auf dem Hund. Er erwachte schlagartig zum Leben und sprang zähnefletschend auf die Beine.

»O Gott!« Sie hechtete zurück ins Bett. Der Hund stand knurrend auf steifen Beinen da, die schmalen Augen glühten bernsteinfarben in seinem schwarzen, wolfsähnlichen Kopf.

Er sah wie die Alptraumversion eines wahnsinnig gewordenen Schoßhündchens aus.

Zitternd wich sie von der Kante der Matratze zurück.

Grady sagte: »Molly, es gibt gar keinen Grund, warum wir uns –«

»Wenn es dir nicht paßt, was ich tue, kannst du gehen. Geh nach Hause, Grady.« Sie zeigte auf den Hund, der immer noch knurrte. »Und nimm diesen Monsterköter mit.«

Grady lehnte sich quer über das Bett und beruhigte den Hund. »Psst, Copper, ist ja gut, mein Kleiner, guter Hund, ja.« Er streckte den Arm aus und kraulte den Hundekopf. »Du hast ihn erschreckt.«

Das Knurren wurde leiser und hörte auf.

»So ist's recht, Copper«, lobte Grady ihn. Während er immer noch quer über dem Bett lag, blickte er auf zu Molly, die zusammengekauert am Kopfende saß. »Da siehst du's«, sagte er, »Copper findet, du solltest nie wütend das Bett verlassen. Er findet es wichtig, sich in Vergebung zu üben.« Er hörte auf, den Hund zu streicheln und streckte die Hand nach Molly aus.

Der Hund fing wieder an zu knurren, diesmal lauter und bedrohlicher als zuvor.

Molly sagte: »Copper findet auch, daß man niemanden berühren sollte, deswegen mußt du dich vielleicht in Enthaltsamkeit üben.«

Grady lachte. Der Klang war so wohltuend für sie, so voller Zuneigung und gutem Willen, daß ihr Ärger verflog. »Molly«, sagte er leise, »Molly, mein Liebling, vergib mir meine Trampeligkeit. Ich liebe dich. Es gibt nichts auf der Welt, was ich nicht für dich tun würde. Ich finde es nur schrecklich mit anzusehen, wie du das Schicksal herausforderst.«

Er streckte den Arm aus, um sie zu berühren, hielt aber inne und warf einen Blick hinunter auf den Hund, der die beiden immer noch anstarrte. »Hier.« Er streckte sich auf dem Bett nach den Laken aus und deckte sich damit zu. Dann zog er sie ganz hoch über seinen Kopf und lud Molly ein, mit unter sein Zelt zu kommen. Sie nahm Einladung und Entschuldigung an. Sie kroch darunter und streckte sich neben ihm aus.

Molly war immer noch aufgewühlt, aber zusammen in dieser Bettdeckenhöhle zu liegen, tat gut. Sie beschloß, daß es jetzt Zeit war, ihn zu fragen.

»Grady?«

»Ja?«

»Ich muß dich was fragen.« Ihre Stimme erschien ihr gezwungen und unnatürlich.

»Ich weiß.«

»Du weißt was?«

»Was du mich fragen mußt.«

»Oh.«

»M-hmm. Aber ich wünschte –« Er unterbrach sich.

»Was wünschtest du?«

»Ich wünschte, du würdest nicht fragen. Ich wünschte, du würdest es einfach gut sein lassen und nie wieder darüber reden. Ich wünschte, du würdest deine Arme um mich schlingen und dich gegen meinen Rücken drücken, ganz fest, und mit deinen Zehen an der Innenseite meines Beins hochkriechen. Ich wünschte –«

»Langsam, langsam! Das läßt sich teilweise arrangieren, Grady. Aber du weißt, daß ich es nicht gut sein lassen kann.«

»Ja, das weiß ich.« Seine Stimme klang, als gäbe er sich geschlagen. Das war ein gutes Zeichen, fand sie.

»Also sag's mir«, sagte sie. »Und egal, was du antwortest, ich werde trotzdem noch aufreizende Dinge mit meinen Zehen veranstalten. Sag mir die Wahrheit.«

»Werde ich tun.«

Sie ließ sich einen Moment Zeit, um sich zu wappnen. Schließlich sagte sie: »Gut, jetzt kommt's: Glaubst du, daß mein Vater Selbstmord begangen hat?«

»Es war so vieles an der Sache, das keinen Sinn ergeben hat. Hätte ich den Fall bearbeiten müssen, dann wäre es einer von denen, die mich verfolgen würden.«

Sie nickte im Dunkeln. Es war nicht völlig das, was sie gern gehört hätte, aber wenigstens verstand er, wie sehr sie die losen Enden beunruhigten. Er war ein sehr kluger Mann, ein guter Mordkommissar, und er wußte beinahe soviel über den Fall wie sie.

»Aber«, sagte er, »ich glaube auch, daß du diese achtundzwanzig Jahre alte Akte für geschlossen erklären solltest. Drück den Stempel ›ungeklärt‹ darauf und schließe sie. Weine ein letztes Mal darüber. Und dann legst du sie weg.«

»Vielleicht tue ich das. Vielleicht tue ich das. Aber ich muß nur diese eine letzte Sache noch erledigen. Dann werde ich sie ad acta legen.«

»Frank Quinlan in Lakeway?« fragte er.

Bingo. Sie ließ den Kopf auf das Kissen sinken und begann sich zu entspannen. »Und Frances Lawrence. Ich möchte gern wissen, warum sie eine Geheimnummer haben.« Sie kuschelte sich an seinen Rücken. »Nur so zum Spaß könntest du ja mal nachsehen, ob er oder jemand aus seiner Familie in Lubbock einen Eintrag hat.« Sie preßte ihren Körper auf ganzer Länge gegen seinen Rücken.

»Für den Anfang nicht schlecht«, murmelte er.

Sie kroch mit den Zehen an der Innenseite seiner Beine hoch. »Grady?«

»Hmmm?«

»Kennst du die zweite Strophe von Klein Bo-Piep?«

»Ich kenn' nicht mal die erste.«

»Es will mir nicht aus dem Kopf gehen. Sie ist fest eingeschlafen und hat etwas geträumt.«

»Molly«, stöhnte er, »sag jetzt nichts mehr. Konzentrier dich auf das, was du da tust. Lebe im Augenblick. Mmmm, ja, genau so.«

Grady war eingeschlafen, doch Molly war immer noch hellwach und nervös. Sie stand auf, diesmal vorsichtig, so daß sie nicht auf den Hund trat, und ging leise nach unten. Die einzige Lichtquelle in ihrem dunklen Arbeitszimmer war der neue Computerbildschirm. Aus dem Dunkel stürzte ihr ein Schauer leuchtendheller Sterne entgegen: ihr derzeitiger Lieblings-Bildschirmschoner. Sie setzte sich auf den Stuhl und starrte hinein, ließ sich forttragen in den Weltraum und durch Galaxien vielfarbiger Sterne und Planeten. Sie rasten auf sie zu und umtanzten sie auf ihrem Weg in die Mitte des Universums.

Schon wieder Sterne. Die gleiche Farbe und Leuchtkraft wie die Streusel auf Tante Harriets Sternplätzchen. Sie berührte die Leertaste. Der Kometenschauer verschwand, und der Bildschirm erschien.

Sie stand auf und schob ihren Schreibtischstuhl zum Wandschrank. Dann knipste sie das Licht an und blickte hinauf zu den Stapeln staubiger Kartons, die auf dem obersten Regal zusammengedrängt standen. Wie die anderen Mitglieder der Familie Cates auch, war sie eine Sammelratte, die nichts wegwarf, was man nicht in einen Karton stecken und in einem Schrank oder der Garage aufbewahren konnte. Ihr Vater, ihre Tante Harriet, ihre Großmutter – alle waren ihr Leben lang unglaublich fleißige Briefeschreiber gewesen, und alle hatten jedes Stück Papier, alles, was an ihr Leben erinnerte, aufbewahrt.

An das oberste Regal kam man nur schwer heran, weswegen sie dort Dinge aufbewahrte, die sie nicht sehr oft – oder jemals wieder – brauchen würde: alte Steuererklärungen und Quittungen, die Kontoauszüge der letzten Jahrzehnte, Jo Beth' Bastelarbeiten aus der Grundschule, Computerpapier für einen längst nicht mehr existenten Drucker. Dort oben, neben einem alten, zusammengerollten Schlafsack, stand der Karton, den sie suchte. In ihrer eigenen, krakeligen Handschrift stand »H. Cates Fotos« darauf.

Sie zog den Stuhl an den Wandschrank, stieg hinauf – vorsichtig, da er Rollen hatte – und langte nach oben. Der Pappkarton war schwer; Tante Harriet war die Leitsammelratte der Familie gewesen, die geborene Archivarin. Mit vor Anstrengung zitternden Armen hob sie den Karton herunter. Sie trug ihn in die Mitte des Zimmers, ließ ihn auf den Boden fallen und setzte sich im Schneidersitz davor. Im selben Augenblick hörte sie schnelles, leichtes Fußtrappeln auf der Treppe und wenige Sekunden später das Klingeln von Coppers Hundemarken. Der Hund kam mit gespitzten Ohren ins Zimmer gestürzt – sogar das Ohr war aufgerichtet, dessen andere Hälfte er in Ausübung seiner Pflicht in der Einheit K-9 des Austin Police Department eingebüßt hatte. Er war im Ruhestand, aber immer noch auf Patrouille.

»Ist ja gut, Copper. Ich bin's nur.« Der Hund kam zu ihr und wurde von Molly unter dem Kinn gekrault. »Tut mir leid, daß ich vorhin auf dich getreten bin, alter Junge.« Sie drückte ihre Wange gegen seine Schnauze. »Und was ich Schlechtes über dich gesagt habe. Kannst du mir verzeihen?«

Der Hund umkreiste sie einige Male und ließ sich dann neben ihr auf den Boden plumpsen.

Molly nahm einen Brieföffner und schnitt den Klebestreifen auf, mit dem der Karton zugeklebt war. Als Tante Harriet vor drei Jahren aus ihrem Haus, in dem sie vierundfünfzig Jahre lang gelebt hatte, in das Regency-Oaks-Altenheim in Lubbock gezogen war – beziehungsweise von Molly gezogen wurde –, war sie von der Menge an Kram in dem alten Holzhaus überwältigt gewesen. Es war ein Kampf gewesen, Harriet überhaupt zu dem Umzug zu bewegen. Die verwirrte alte Dame war verzweifelt darüber gewesen, ihr Haus und ihre Besitztümer verlassen zu müssen, insbesondere ihre Aktenschränke und Kartons voller Familienandenken. Sie war davon überzeugt, daß Molly Dinge wegwerfen würde, und machte sich weniger Sorgen um den Umzug ins Pflegeheim als um den Erhalt ihrer Archive.

Molly hatte sie mit einem Kompromißvorschlag zum Einlenken gebracht: Harriet würde widerspruchslos ins Pflegeheim gehen, wenn Molly schwor, alles getreulich aufzubewahren. Harriet hatte voller Panik zugesehen, wie das Umzugsunternehmen alles aufgeladen hatte, und sich dann so friedlich in ihr Schicksal ergeben, daß Molly von schlechtem Gewissen überwältigt worden war.

Von all den Gegenständen, die in einem Lagerhaus deponiert worden waren, hatte Molly nur einen mit nach Hause genommen: einen Karton voller Familienfotos. Sie hatte vorgehabt, sie zu beschriften und in Alben einzukleben. Doch sie war noch nicht dazu gekommen, und jetzt, um drei Uhr morgens, gestand sie sich ein, daß sie vermutlich auch nie dazu kommen würde. Es war eines jener vielen Vorhaben, wie das Ausmisten der Garage, die sie zu erledigen beabsichtigte, die jedoch in der Hektik des Alltags untergingen. Wenn sie einmal sterben oder, wie Tante Harriet, in irgendein Altenheim gebracht werden sollte, würden diese Dinge immer noch unerledigt sein.

Der Karton war bis oben hin mit alten Alben und losen

Fotos gefüllt. Molly zog sie in dicken Stapeln heraus. Sie streckte sich auf dem Bauch aus und ging sie, eines nach dem anderen, durch.

Eine Stunde später, als ihre Augenlider schwer zu werden begannen, hatte Molly alle durchgesehen und zurück in den Karton gesteckt – alle außer den zweien, die sie behalten wollte. Die beiden legte sie vor sich auf den Teppich. Das eine zeigte als gestochen scharfer Schwarzweiß-Schnappschuß die beiden Cates-Geschwister, Harriet und Vernon, auf der Veranda des alten Ranchhauses nahe Lubbock, des Hauses, in dem sie aufgewachsen waren und in dem auch Molly ihre ersten vierzehn Lebensjahre verbracht hatte. In verblaßter blauer Tinte stand auf der Rückseite das Datum – 1940. Harriet Cates war mit zweiundzwanzig schwarzhaarig und schlank gewesen; in dem spitzen Kinn und den hochgezogenen Augenbrauen waren ihr scharfer Witz und Verstand deutlich zu erkennen. Molly betrachtete das Gesicht ihrer Tante mit der gleichen Mischung aus Liebe und Ablehnung, die sie jetzt noch genauso verwirrte wie mit siebzehn.

Dieses schmächtige Mädchen war zu der gestrengen Frau geworden, die Molly nach dem Tod ihrer Mutter zu sich genommen, umsorgt und niedergemacht, verwöhnt und kritisiert hatte. Sie hatte nichts unversucht gelassen, um Molly ihr Wertesystem von Kirchgang und weißen Handschuhen, von Bedankmichkarten und höflichen Südstaatenmanieren aufzuzwingen, doch Molly war das undankbarste Rohmaterial gewesen, das man sich denken konnte: ein Wildfang von einem Mädchen, das fest entschlossen war, das Leben nach seinen eigenen Gesetzen zu leben, ein Teenager voller Abenteuerlust und Unabhängigkeitsdrang. Sie waren ständig aneinandergeraten, doch Molly hatte immer gewußt, daß Harriet Cates für sie da war, wenn Schwierigkeiten auftraten – was oft genug der

Fall war. Sie hatte an allen Freuden und Katastrophen in Mollys Leben teilgenommen. Und auch in Jo Beths Leben hatte sie eine wichtige Rolle gespielt. Die einzige von Mollys Vorfahren, die noch lebte, die einzige aus jener älteren Generation, die noch zwischen Molly und der Ewigkeit stand. Harriet war nicht tot, aber sie war auch nicht mehr richtig am Leben. Vor fünf Jahren hatte man bei ihr Alzheimer diagnostiziert, und sie verbrachte jetzt ihre Tage damit, in einem Rollstuhl zu sitzen und in die Luft zu starren. Molly vermißte sie sehr.

Molly sah wieder auf das Foto. Achtzehnjährig, die langen Beine überkreuzt, stand Vernon Cates, Mollys Daddy, lässig an den Verandapfosten gelehnt. Sein dunkles Haar war mit Pomade glatt nach hinten gekämmt, und seine dunklen, mandelförmigen Augen blickten mit der Selbstsicherheit eines jungen Prinzen, der von seiner Unsterblichkeit überzeugt ist, in die Kamera.

Das andere Bild, das sie ausgewählt hatte, zeigte eine Gruppe von Familienmitgliedern und Freunden, die auf Decken saßen, ein üppiges Picknick vor ihnen ausgebreitet. Es stand kein Datum darauf, aber es mußte etwa 1955 aufgenommen worden sein, da Molly, die sich an ihren Vater lehnte, um die vier Jahre alt gewesen sein mußte. Ihre Mutter Josephine lächelte in die Kamera, ahnungslos, daß sie nur noch fünf Jahre zu leben hatte, nur noch drei Jahre, bis der Knoten, der in ihrer Brust wuchs, ihr das Leben zur Hölle machen würde. Mollys Großmutter Cates blickte ernst drein, wie von einer im Grunde verbitterten Frau, die erst vor kurzem ihren Mann verloren hatte, nicht anders zu erwarten war. Harriet saß mit im Schoß gefalteten Händen neben ihrem großen, blonden, fröhlichen Mann Donald Cavanaugh. Parnell, der damals schon texanischer Abgeordneter war, machte einen glücklichen Eindruck, passend für einen Mann, der gerade die Morrisey-Familienranch und das Vermögen seines Vaters geerbt hatte. Er sah aus, als fühlte er sich auf dem Gipfel des Erfolgs. Rose, die sich mit dem Rücken an ihn lehnte, strickte, das lachende Gesicht von einem breitkrempigen Strohhut beschattet. In ihren langen, dicken Zopf, der ihr über eine Schulter hing, hatte sie Gänseblümchen gesteckt.

Molly betrachtete das Kind, das sie damals gewesen war, die Augen als Schutz vor der Sonne geschlossen, den Kopf an die Schulter ihres Vaters gedrückt. Man konnte die leichten Schweißhalbmonde unter den Achseln seines weißen Hemdes sehen. Als sie jetzt, vierzig Jahre später, hier am Boden lag, erfüllte sein Geruch die Luft: die Andeutung von Schweiß, vermischt mit dem Bay-Rum-Aftershave, das er benutzte, und einem Hauch von Whisky.

Daddy.

Molly legte den Kopf auf den Teppich und erlaubte es sich wieder einmal, zurückzuschauen. Ein Mann bringt sich nicht um, wenn er gerade die Korrekturen an einem Artikel beendet, den er an eine große, überregionale Zeitschrift zu verkaufen hofft, einem Artikel, für den er zwei Jahre lang Recherche betrieben hat. Ein Mann bringt sich nicht um, wenn er zwei Wochen vor der Hochzeit steht. Ein Mann bringt sich nicht um, wenn er am nächsten Tag eine Verabredung mit seiner Tochter hat, um dabeizusein, wie sie in die National Honor Society aufgenommen wird. Sie schloß die Augen. Es ergab alles genausowenig Sinn wie vor achtundzwanzig Jahren.

Molly erwachte davon, daß der Teppich an ihrer Wange kratzte. Grady Traynor stand in der Tür des Arbeitszimmers, angezogen und auf dem Weg zur Arbeit, obwohl es draußen immer noch dunkel war. Sie blickte zu ihm hoch. »Es ist doch nicht etwa schon sechs?«

»Doch, Ma'am.« Er nickte in Richtung des Hundes, der mit

der Nase an ihrer Hüfte dalag und schlief. »Wie ich sehe, habt ihr zwei euch wieder vertragen.«

Molly streckte die Hand aus und tätschelte den Hundekopf. »Er hat sich dann doch entschieden, mich nicht aufzufressen. Und ich habe versprochen, nicht mehr schlecht über ihn zu reden.«

»Wie steht's mit mir?«

»Über dich werde ich auch nicht schlecht reden.«

Er hockte sich neben sie und küßte sie auf die Wange. »Gut. Soll ich ihm zu fressen geben, bevor ich gehe?«

»Nein, das werde ich tun.« Sie streckte den Arm aus und nahm Gradys Kopf in ihre Hände, vergrub ihre Finger tief in seinem dichten, weißen Haar und hielt ihn dort unten fest. »Ach, und vergiß den Gefallen nicht, den du mir tun willst, Grady. Das kannst du doch gleich erledigen, wenn du zur Arbeit kommst, und ruf mich an, ja?«

»Jawohl, Ma'am.« Seine Augen schlossen sich einen Moment. »Zu Ihren Diensten.«

6. Kapitel

Wenn Grab und Beingewölb uns
wieder schickt,
Die wir begruben, sei der Schlund
der Geier
Uns Totengruft!

Macbeth

Genau wie vermutet, war das Haus der Quinlans eine der beeindruckenden Villen, die hoch oben über Lake Travis am Seeufer klebten, in das viele Stockwerke sich wie Klauen gruben. Obwohl Molly es nicht sehen konnte, als sie in die kreisförmige Auffahrt einbog, wußte sie, daß hinter dem Haus ein Anleger mit einem schnellen Motorboot zu finden sein würde. Es war genau das, was sich ein reicher, pensionierter Ölmulti aus Lubbock wünschte: ein Haus oben auf einem Berg, von dem aus man eine große Fläche blaues Wasser und grüne, weite Hügel überblicken konnte – jene Dinge, die in Lubbock für alles Geld der Welt nicht zu haben waren.

Sie konnte diese Sehnsucht nach Wasser und Hügeln gut verstehen. Als sie und ihr Vater aus Lubbock weggezogen waren, hatten sie sich ebenfalls am Lake Travis niedergelassen, in einer Gegend mit niedrigeren Mieten allerdings – am wilderen, etwas heruntergekommeneren Nordende des Sees. Ihr Vater hatte nach fünfundvierzig Jahren in Lubbock, während derer er immer behauptet hatte, daß er eigentlich an der Küste von Maine hätte auf die Welt kommen sollen, alles am See geliebt. Er hatte nicht nur ein kleines Haus direkt am See für sie gemietet, sondern sich auch sein Büro auf einem Hausboot eingerichtet, das in Old Gun Hollow, direkt hinter Volente, vor Anker lag. Selbst heute noch, wenn sie die halbstündige Fahrt von Austin zum See hinaus machte, stieg in ihr das wunderbare Urlaubsgefühl auf, das sie in dem Jahr verspürt hatte, in dem sie dort draußen gewohnt hatten, dem Jahr, bevor ihr Daddy ermordet und ihr Leben auf immer umgekrempelt worden war.

Die Fahrt heute jedoch war anders. Ihr Magen rebellierte und sie war nervös, als sie ihren Wagen vor dem rosa Ziegelbau mit den Bogenfenstern parkte. Ganze vierzig Sekunden hatte Grady gebraucht, um Franny Lawrence Quinlans Geheimnummer und ihre Adresse herauszufinden, aber bei Molly hatte es eine Stunde gedauert, bis sie sich dazu überwinden konnte, dort anzurufen. Immer wieder hob sie den Hörer auf und legte ihn wieder ab, ohne zu wählen, weil sie jedesmal daran denken mußte, wie gemein sie damals zu Franny Lawrence gewesen war, die so liebenswürdig und hartnäckig versucht hatte, sich mit der jugendlichen Molly anzufreunden. Außerdem war da die Sache mit der Familie Quinlan und den Beschuldigungen, die Molly einst gegen sie erhoben hatte. Sie befürchtete, daß Franny sie nicht würde sehen wollen. Und was war, wenn Frank Quinlan an den Apparat ging und sie ihren Namen nennen mußte? An den Namen Molly Cates würde er sich erinnern, auch wenn sie sich nie kennengelernt hatten. Die Art Anschuldigungen, die sie gegen die Quinlans vorgebracht hatte, vergaß man nicht.

Aber irgendwann hatte sie doch gewählt, und ein Dienstmädchen hatte abgehoben und Mrs. Quinlan ans Telefon gerufen. Franny hatte sich hoch erfreut gezeigt, von ihr zu hören. Molly hatte gesagt, daß sie am liebsten gleich zu ihr kommen würde. Zu Mollys Erstaunen hatte Franny mit offensichtlicher Begeisterung und ohne peinliche Fragen zugestimmt.

Seit ihrem ersten Zusammentreffen vor neunundzwanzig Jahren, als Franny Lawrence Molly und ihrem Vater das Haus gezeigt hatte, das sie in Volente vermietete, hatte Molly sie verabscheut. An der Röte auf Frannys Wangen und dem Leuchten ihrer Augen, wenn sie Vernon Cates ansah, war augenblicklich klar gewesen, daß ihr Interesse an ihm deutlich über das der Vermietung eines Hauses hinausging. Franny war damals dreiunddreißig gewesen, eine frischgebackene Grundstücksmaklerin, geschieden, mit einem elfjährigen Sohn. Sie war ein lebhafter, sinnlicher Rotschopf, eine Erscheinung aus einem Renoirgemälde.

Molly war es gewöhnt, daß Frauen ihren Daddy so ansahen. Lange bevor Franny auf der Bildfläche erschienen war, hatte Molly die Tatsache akzeptieren müssen, daß ihr Vater – ein gutaussehender, junger Witwer – die Gesellschaft von Frauen liebte, und daß die Frauen diese Liebe erwiderten, und zwar leidenschaftlich. Doch bei Franny Lawrence war es anders gewesen; Molly konnte sehen, daß ihr Vater zum erstenmal von seinen Gefühlen überwältigt wurde. Es gab keinen Zweifel: Er hatte sich Hals über Kopf verliebt. Mollys Reaktion darauf war gewesen, sich zu verschließen und so mürrisch und abweisend wie möglich zu sein. Sie hatte nur dann mit Franny geredet, wenn es sich absolut nicht vermeiden ließ.

Und nachdem ihr Vater ermordet worden war, hatte sie alle Versuche von Frannys Seite, sie zu trösten und in Kontakt zu bleiben, abgeblockt. Sie hatten sich zum letztenmal bei Vernon Cates' Beerdigung gesehen. Franny hatte Molly den Arm um die Schulter gelegt und gesagt, daß sie gern unter vier Augen mir ihr sprechen würde, doch Molly hatte sich so schnell wie möglich losgemacht. Nun, nach achtundzwanzig Jahren, würden sie endlich dieses private Gespräch führen.

Molly blieb noch einen Augenblick im Pick-up sitzen und begutachtete ihr Gesicht im Rückspiegel. Die relativ schlaflose Nacht hatte sich in die Haut rund um ihre Augen eingegraben. Sie fragte sich, ob jemand, der sie seit ihrem siebzehnten Lebensjahr nicht mehr gesehen hatte, ihr Gesicht wiedererkennen würde. Langsam stieg sie aus dem Wagen, ging über den Steinpfad zur Eingangstür und klingelte. Eine mexikanisch aussehende Frau öffnete. Sie hatte ein Kleinkind mit flachsfarbenem Haar an der Hand, das außer einer Windel nichts anhatte.

»Tag, ich bin Molly Cates. Ich möchte zu Mrs. Quinlan.«

»Si. Si. Kommen Sie. Ich hole sie. Eine Minute.« Sie ging weg, das Kind im Schlepptau.

Das Haus war kühl und luftig mit hellem Kachelboden und hohen, gewölbten Decken. Sie schlenderte in das riesige Wohnzimmer, wo die betont einfache Einrichtung und das Fehlen von Nippes darauf ausgerichtet zu sein schienen, die Aufmerksamkeit auf den Ausblick zu lenken. Sie trat ans Fenster, das den See und seine großartigen weißen Kalksteinfelsen einrahmte. Heute zeigte Travis sich von seiner schönstenSeite: ein glitzerndes Mittelmeerblau, gesprenkelt mit weißen Segeln.

Unter diesem blauen Wasser jedoch lag die geweihte Erde eines alten Friedhofs. Er war eingeebnet worden, als der See vor fünfundfünfzig Jahren mit der Vollendung der Mansfield-Staumauer entstanden war. Und in demselben Wasser ertranken jedes Jahr Menschen beim Baden, verhedderten sich in den Ästen alter Bäume, die vom Grund heraufreichten und sie in den feuchten Tod zogen. In genau diesem Wasser hatte ihr Vater fünf Tage lang tot gelegen, bevor ihn Fischer eines frühen Morgens in Ufernähe treibend fanden, verwesend und von den Fischen angenagt, mit einer Schußwunde in der Stirn.

Wie eine Kompaßnadel, die immer nach Norden zeigt, drehte Mollys Kopf sich in Richtung Volente, in Richtung des Hauses, in dem sie und ihr Vater gewohnt hatten. Wegen des gewundenen Uferlaufs des Sees, der zuvor ein Fluß gewesen war, konnte man es von hier aus nicht sehen, doch in Luftlinie war es nicht weit.

Molly hörte schnelle, leichte Schritte hinter sich. »Molly, da bist du ja, meine Liebe. Ich bin so froh, daß du mich besuchst.«

Molly drehte sich um; sie war aufgeregt. Franny hatte sich nur wenig verändert. Ihr rötliches Haar war kunstvoll koloriert und ihrem ursprünglichen Farbton sehr ähnlich, und so geschnitten, daß seine natürlichen Locken vorteilhaft zur Geltung kamen. Sie trug eine pfirsichfarbene Seidenbluse mit passender Hose an einem Körper, der immer noch eine schmale Taille besaß und üppige Kurven aufwies. Sie sah zwanzig Jahre jünger aus, als sie tatsächlich war. Mit dem Großmütterchen, das Molly vorzufinden gehofft hatte, war es also nichts.

Franny empfing sie mit einer ausgiebigen Umarmung, die Molly erwiderte. Dann traten beide einen Schritt zurück und betrachteten einander.

»Franny, du siehst einfach phantastisch aus«, sagte Molly aufrichtig. Der Altersunterschied zwischen ihr als Sechzehnjähriger und Franny als Dreiunddreißigjähriger war ihr wie ein unüberwindlicher Abgrund erschienen, doch jetzt waren sie Altersgenossinnen – zwei Frauen mittleren Alters mit jeder Menge Lebenserfahrung.

»Ich habe so oft an dich gedacht die Jahre über«, sagte Franny.

»Hoffentlich nichts Schlechtes! Ich war ein solch unerträgliches Mädchen.« Das sollte eine Entschuldigung sein. Mehr brachte sie nicht über die Lippen. Sie hoffte, es würde ausreichen.

Franny lachte und schüttelte ihre roten Locken genau wie damals. »Setz dich doch. Möchtest du Kaffee? Ich trinke eine Tasse.«

»Danke. Ja.«

Franny ging nach draußen, unterhielt sich mit der Haushälterin auf spanisch und kam dann zurück. Molly ließ sich in einen der dick gepolsterten Sessel sinken, der mit einer weichen, taupefarbigen Chenille bezogen war. Franny setzte sich dicht neben sie an das Ende eines langen Sofas mit geschwungener Rückenlehne. »Frank ist draußen auf dem Golfplatz, und Juanita kümmert sich um den Kleinen, wir können uns also ungestört unterhalten.«

»Ist das hübsche Kind mit dir verwandt?« fragte Molly.

»Ist er nicht reizend? Mein Enkel Alex. Kevins Jüngster. Er ist für eine Woche bei uns. Seine Eltern lassen sich gerade scheiden und ...« Ihre Stimme verlor sich.

»Das tut mir leid«, sagte Molly. »Das muß schlimm für dich sein.«

»Sein eigenes Kind leiden zu sehen und nicht helfen zu können, ist furchtbar. Aber ich habe gehört, daß du eine Tochter hast, du wirst das sicher auch kennen.«

Molly nickte. Sie erinnerte sich an Kevin Lawrence als fette, sommersprossige Brillenschlange von elf Jahren. Als sie sechzehn war, hatte die Vorstellung, ihn zum Stiefbruder zu bekommen, im selben Haus mit ihm zu wohnen, dasselbe Badezimmer wie er zu benutzen, sie mit Ekel erfüllt. Sie hatte nicht das leiseste Interesse daran, zu erfahren, was aus ihm geworden war, doch bevor sie zum eigentlichen Zweck ihres Besuchs kommen konnte, mußte sie eine Weile Small talk über sich ergehen lassen. »Wo wohnt Kevin jetzt?«

»In Lubbock. Er arbeitet für Quinlan Oil. Er hat eine Zeitlang mit mir zusammen im Maklergeschäft gearbeitet, aber Frank hat ihm ein besseres Angebot gemacht, und mein Geschäft war rückläufig.«

Franny beugte sich vor. »Molly, ich lese alles, was du schreibst. Ich habe den *Lone Star Monthly* abonniert, seit du dort angefangen hast, auch wenn ich mir aus der Zeitschrift selbst nicht soviel mache. Aber deine Artikel mag ich. Dein Vater wäre so stolz auf dich.«

»Wäre er es wirklich?«

»Aber ja, natürlich. Er hat dich so geliebt und war so stolz auf dich – die Honor Society und die Tennismannschaft und so. Aber daß dann aus dir eine Journalistin geworden ist – das hätte ihm eine Riesenfreude bereitet.«

Molly spürte, wie sich ihr völlig unerwartet der Hals zuschnürte. Die Macht elterlicher Anerkennung. Die überlebte das Grab und auch sonst so ziemlich alles. Sie sagte: »Wenn ich mit etwas, das ich gerade schreibe, Probleme habe, was ständig passiert, merke ich, wie ich mich im Geiste mit ihm unterhalte.« Sie lächelte, um zu zeigen, daß sie das nicht ganz ernst meinte. »Manchmal gibt er mir sogar Ratschläge.«

»Stimmt. Meine verstorbene Mutter erinnert mich ständig daran, daß gute Mädchen keine Schimpfworte in den Mund nehmen oder in der Öffentlichkeit Alkohol trinken sollen«, sagte Franny mit einem Lächeln. »Woran arbeitest du jetzt gerade, Molly?«

»Ich habe Recherchen im Senat über das Handfeuerwaffengesetz betrieben. Mein Hauptinteresse gilt zur Zeit jedoch einem Artikel über Stadtstreicherinnen.«

»Obdachlose Frauen?« Franny zog die Augenbrauen hoch.

»Genau. Ich habe einige Interviews gemacht, und wir unterhalten uns öfter im Lauf eines Jahres und fotografieren sie und beobachten, wie ihr Leben sich verändert. Oder auch nicht verändert. Es ist etwas, was ich seit langem hatte tun wollen.«

»Warum?«

Molly zuckte die Achseln. »Es fasziniert mich.«

Franny lächelte verschwörerisch. »Mich auch. In meinen Alpträumen kommen obdachlose Frauen vor.«

»Stimmt«, sagte Molly, »wie ich herausgefunden habe, ist das bei Frauen ziemlich häufig.«

Franny zog ihre schlanken Beine unter sich, als wollte sie es sich für eine Unterhaltung bequem machen. »Anfangs, nach der Scheidung von Kevins Vater, hatte ich diese Alpträume, ich würde als Pennerin auf der Straße enden, und wenn ich ihnen dann über den Weg gelaufen bin, konnte ich die Augen nicht von ihnen abwenden.«

»Bei mir ist es genauso«, sagte Molly. »Ich bin da allerdings extremer. Ich wollte ihnen immer schon auf ihren Wegen folgen und herausfinden, was sie den ganzen Tag über treiben, wo sie schlafen, wie sie behandelt werden. Und ich wollte in ihre Tüten gucken und alle ihre Geheimnisse erfahren.«

Franny lächelte. »Und jetzt tust du das tatsächlich.«

»Und werde auch noch dafür bezahlt«, sagte Molly begeistert. »Es ist so ein Betrug.«

Franny lachte. »Weißt du, man denkt nicht daran, daß sie irgend etwas mit uns zu tun haben könnten, bis wir nicht selbst in einer Krise stecken. Dann bemerken wir plötzlich, wie leicht es uns genauso ergehen könnte.«

»Ich bin immer noch nicht weiter als zwei Monatsgehälter davon entfernt«, sagte Molly.

»So war es bei mir auch, bis ich Frank geheiratet habe.« Franny ließ den Blick über ihr schönes Wohnzimmer gleiten. »Wahrscheinlich könnte es immer noch dazu kommen, weil er das Geld hat und ich meinen Beruf an den Nagel gehängt habe, als wir heirateten.« Sie sah Molly an, und ihre vollen Lippen verzogen sich langsam nach oben zu einem bedauernden Lächeln. In den Winkeln ihrer leuchtenden haselnußbraunen Augen zeigten sich Lachfältchen. Das war die Frau, die ihr Vater geliebt hatte, die er heiraten wollte. Und zum erstenmal gestattete Molly sich, den Grund dafür anzuerkennen.

Das Hausmädchen kam mit einem Tablett herein und setzte es auf dem massiven Couchtisch vor Franny ab. Hinter ihr watschelte das Baby herein, jetzt mit einem Overall und gestreiftem T-Shirt bekleidet. Es hatte ein Milchfläschchen in der Hand.

»Danke, Juanita«, sagte Franny. »Komm her, Alex, und begrüße unsere Freundin.«

Der kleine Junge strahlte und kam mit ausgestreckten Armen auf sie zugewackelt. Als er in der Nähe des Tisches war, verlor er das Gleichgewicht, und Franny streckte den Arm aus, um ihn festzuhalten. »Sag Molly hallo, mein Süßer.«

Alex senkte den Kopf und fing an, an der Flasche zu nukkeln.

»Hallo, Alex«, sagte Molly.

Juanita kam herein, hob ihn hoch und trug ihn nach draußen.

Molly war traurig über sein Verschwinden und dachte, daß das Dasein als Großmutter gar nicht so übel war, wenn man dabei so gut aussah wie Franny und eine Haushälterin hatte, die die Arbeit erledigte.

Franny schenkte Kaffee in eine zerbrechliche Porzellantasse ein. »Was nimmst du in den Kaffee, Molly?«

»Ich trinke ihn schwarz. Danke.« Sie beugte sich vor und nahm Tasse und Untertasse in Empfang.

Franny füllte ihre Tasse. »Ich möchte gern wissen, wovor die obdachlosen Frauen sich in ihren Träumen fürchten.«

»Daß sie so wären wie wir. Daß sie zur Arbeit gehen und Nylonstrumpfhosen tragen müßten.«

Franny lachte. »Sagen sie das wirklich?«

»Nein, nicht direkt, aber sie meinen, daß es nach ein paar Jahren auf der Straße zu spät ist, um in die Arbeitswelt mit ihren Restriktionen zurückzukehren. Obwohl ihr Dasein miserabel ist.« Sie nahm einen Schluck Kaffee, der köstlich nach Vanille schmeckte. »Hervorragender Kaffee. Doch obwohl wir das wissen, ist da dennoch diese Spur von Verlangen, so zu sein wie sie, oder nicht?«

Franny blickte eine Sekunde lang überrascht auf, dann sagte sie: »Ja, ja. Vielleicht ist es die Versuchung, den ständigen Kampf aufzugeben. Einfach alles loszulassen. Es muß eine Erleichterung sein.«

»Sich einfach fallen lassen, wie herrlich«, sagte Molly. *»Freedom's just another word for nothing left to lose...«*

Sie sahen sich an und nickten.

Jetzt war der Zeitpunkt gekommen, entschied Molly. Sie nahm einen Schluck Kaffee, um Mut zu fassen. »Franny, gestern habe ich im Abgeordnetenhaus Olin Crocker gesehen. Ich habe nicht mit ihm gesprochen, sondern ihn nur bemerkt.«

Franny nippte an ihrem Kaffee. »Ja. Ich weiß, daß er für eine Interessengruppe arbeitet.« Ihre Lippen wurden schmal. »Ich bin ihm hier draußen bei einer Wohltätigkeitsveranstaltung für Jim Renkert begegnet. Vor ungefähr einem Monat. Ich hatte ihn nicht mehr gesehen, seit... seit damals, als es passiert ist.«

»Bei mir war es genauso. Hast du mit ihm gesprochen?«

»Nein.« Ihre Lippen waren angespannt, als müßte sie sich zurückhalten, mehr zu sagen.

Molly fuhr fort. »Direkt danach habe ich mit Rose und Parnell zu Mittag gegessen. Sie sprachen von der Beerdigung – es tat mir so leid, das zu hören.«

Franny nickte. »Armer Frank. Willie war sein Augapfel.«

»Rose sagte, daß du geäußert hättest, es würde dich an meinen Daddy erinnern. Daß er ebenfalls Selbstmord begangen hätte.« Sie bemerkte, wie alles Leben aus Frannys Gesicht wich. »Hast du das gesagt? Glaubst du das wirklich?«

»O Molly. Deswegen bist du also hier.«

Molly nickte.

»Du hast ihn immer noch nicht zur Ruhe gelegt?«

»Nein.«

»Es tut mir leid, daß ich etwas Unüberlegtes gesagt habe, das bei dir gelandet ist und dich aufgeregt hat.«

»Aber hast du das gesagt?«

»Ja. Wir sprachen davon, daß hochbegabte Menschen eher ... zu Depressionen und Selbstmord neigen.«

Molly lehnte sich vor. »Franny, glaubst du *wirklich*, daß mein Daddy Selbstmord begangen hat?«

Frannys Tasse klapperte auf der Untertasse. Sie setzte sie wieder auf dem Tisch ab. »Ich weiß, daß er es getan hat.«

Es war wie ein körperlicher Schlag. Als Molly wieder atmen konnte, sagte sie: »Du weißt, daß er es getan hat?«

Franny nickte.

»Woher?«

»Ach, Molly, das ist alles immer noch so schwer für dich. Willst du wirklich darüber sprechen?«

Molly blickte hinaus auf den See, der jetzt, wo die Sonne fast den mittäglichen Höchststand erreicht hatte, goldene Funken zu versprühen schien. »Ich muß. Sag es mir.«

»Na gut.« Franny schloß die Augen. »Gott.« Sie lehnte sich zurück in die Sofaecke. »Ich weiß, daß er Selbstmord begangen hat, weil ich die ganze Woche zuvor befürchtete, daß er genau das tun würde.«

Molly war atemlos. »Wirklich? Aber warum?«

»In der Woche vor seinem Tod war Vern so…«, sie streckte die Hand aus, als bitte sie darum, daß das richtige Wort hineinfallen möge, »…depressiv kommt seinem Zustand noch nicht einmal nahe. Er war verzweifelt, völlig außer sich. Es war so extrem, daß ich es für das Beste hielt, wenn er sich ins Krankenhaus begeben hätte, aber ich konnte ihn noch nicht einmal dazu bringen, zum Arzt zu gehen. Ich habe noch nie jemanden in einem so schlimmen Zustand gesehen.«

Molly war völlig überrascht. Sie wollte es nicht glauben. Das konnte doch nicht alles vor sich gegangen sein, ohne daß sie es bemerkt hätte. »Ist das wahr?« flüsterte sie.

Franny nickte. »Eine ganze Woche, bevor es geschah, steckte er in einer Krise, war völlig verzweifelt.«

»Davon habe ich nie etwas bemerkt.«

»Natürlich nicht. Du warst ein Teenager und mit deinem eigenen Leben beschäftigt, genau, wie du es hättest sein sollen. Außerdem *wollte* er nicht, daß du es bemerkst.«

Konnte es wahr sein, daß ihr Vater in jener Woche verzweifelt und sogar selbstmordgefährdet gewesen war, ohne daß sie es bemerkt hatte? Schuldgefühle überwältigten sie. Wo war sie in jener Woche gewesen? Auf dem Mars? Nein, sie hatte ihre erste Liebesaffäre gehabt, mit einem Baseballspieler aus der zwölften Klasse, Sam Gardner, Sam mit den langen, sehnigen Armen und dem glatten Rücken, Sam, der sie mit Baseball und mit Sex bekannt machte. Sie hatte jede freie Minute mit ihm verbracht und sich auf die Prüfungen vorbereitet. Sie befürchtete, schwanger zu werden, sie spielte in der Tennismannschaft und hatte die zunehmende Vertrautheit zwischen Franny und ihrem Vater gehaßt. Gerade hatten sie ihr verkündet, daß sie heiraten würden, und Molly hoffte, daß es nicht dazu kommen würde. Ihrem Daddy jedoch hatte sie keine Aufmerksamkeit geschenkt.

»Aha«, sagte Molly, »er war also depressiv. Warum nur? Was war los?«

»Wenn ich das nur wüßte, Schatz. Es schien aus dem Nichts zu kommen. An dem einen Tag war er noch glücklich und bester Laune, am nächsten brach er zusammen. Ich bat ihn, ja bettelte ihn an, mir zu verraten, was los sei. Das einzige, was er sagte, war, daß es ihm leid täte, aber er könne mich nicht heiraten, und ich solle weggehen und ihn in Ruhe lassen.«

Mollys Herz blieb vor Überraschung fast stehen. »Er hat eure Verlobung aufgelöst?«

»Das war ja erst der Anfang. Er sagte, er sei fürs Heiraten nicht geschaffen, er hätte nie so weit gehen dürfen, er hätte wissen müssen, daß es unmöglich sei.«

»Aber warum nur?«

»Molly, wenn ich darauf eine Antwort wüßte, wäre mein Leben in den vergangenen achtundzwanzig Jahren leichter gewesen. Es vergeht kein Tag, an dem ich mich nicht frage, warum.« Sie beugte sich vor, so daß sie nur noch wenige Zentimeter von Molly entfernt war, und sprach mit so leiser Stimme, daß Molly sie kaum verstehen konnte. »Vernon Cates war die Liebe meines Lebens, meine andere Hälfte, der Mann, für den ich geboren worden war. Und trotz der Dinge, die er in jener letzten Woche zu mir sagte, bin ich überzeugt, daß auch ich die Liebe seines Lebens war. Das hört sich vielleicht kitschig an, aber es ist die Wahrheit.«

»Ich kann das alles nicht glauben. Das ganze Jahr über, in dem er dich umworben hat, war er völlig aufgedreht vor Glück. Warum auf einmal so etwas?«

»Ich weiß es nicht.« Franny lehnte sich zurück. »Irgend etwas ist geschehen. Eines Nachmittags waren wir zusammen auf dem Hausboot, und es war herrlich. Direkt vor dem Abendessen bekam er einen Anruf. Es war Harriet, die aus

Lubbock anrief. Nachdem er mit ihr gesprochen hatte, war er aufgewühlt. Wir hatten vorgehabt, in ein Grillrestaurant zu gehen, aber nach dem Anruf sagte er, er könne nun leider doch nicht. Ein alter Geschäftsfreund komme aus Lubbock, und er müsse sich allein mit ihm treffen. Mir machte das nichts aus, ich hatte noch etwas Papierkram zu erledigen und verbrachte gern auch mehr Zeit mit Kevin. Als ich Vern am nächsten Abend wiedersah, war er ein anderer Mann. Er sagte, die Hochzeit wäre abgeblasen, und ich müsse ihn verlassen.«

Bei den letzten Worten versagte ihre Stimme. Sie hob ihre Tasse an den Mund und trank einen Schluck Kaffee, wobei sie Molly über den Rand hinweg ansah. »Ich hatte keinen Stolz, Molly. Ich weigerte mich wegzugehen. Ich akzeptierte es einfach nicht. Ich flehte ihn an, zu einer psychologischen Beratung zu gehen, einen Arzt aufzusuchen, mit mir fortzulaufen, alles, was mir in den Sinn kam. Die ganze Woche über bestürmte ich ihn. Ich sagte, ich würde ihn niemals gehen lassen.« Dann, eine Woche, nachdem all das begonnen hatte, verschwand er. Und fünf Tage später tauchte er tot im See auf.«

»Bist du dir sicher, daß es Harriet war, die anrief?«

»Ja.«

»Hast du sie später danach gefragt?«

»O ja. Viele Male.«

»Und?« drängte Molly.

»Sie wollte nicht darüber sprechen. Sie sagte, es sei nichts gewesen, daß sie einfach nur so bei ihrem Bruder angerufen habe. Molly, sein Gesicht nach dem Anruf – er sah aus, als hätte er gerade gehört, daß die Welt untergeht.«

»Wann hast du ihn zum letztenmal gesehen?« fragte Molly.

»An dem Abend, bevor er verschwand. Ich fuhr raus zum Hausboot. Er saß im Dunkeln auf dem Deck, betrunken, und spielte mit einer der mexikanischen Goldmünzen, die er so gern hatte, und trank Whisky pur. Ich sagte ihm, daß ich ihn liebe, und er befahl mir, von seinem Grundstück zu verschwinden. Genauer gesagt, er schrie mich an.«

»Von seinem Grundstück zu verschwinden!« Molly war schockiert. »Von all dem habe ich ja noch nie etwas gehört. Hast du Crocker das erzählt?«

Ihre Lippen wurden wieder hart. »Sicher, aber Crocker war keinen Pfifferling wert.«

»Das ist noch das Freundlichste, was man über ihn sagen kann«, meinte Molly. »Doch du warst damit einverstanden, es als Selbstmord zu deklarieren.«

»Schon, aber wenn an der Sache etwas faul gewesen wäre, hätte Crocker es ganz sicher nie herausgefunden. Er war zu sehr damit beschäftigt, seine Grapschfinger zu beschäftigen.«

Molly war entsetzt. »Bei dir auch?«

»Crocker war ein altes Dreckschwein, auch wenn er damals noch jung war.«

Für den Bruchteil einer Sekunde wollte Molly erzählen, was ihr mit Crocker passiert war, doch das war etwas, worüber sie noch nie gesprochen hatte. Vielleicht würde es guttun, ihrem Herzen Luft zu machen, doch sie wollte die Gefühle nicht wachrütteln. Es war, als ob man einen Brechreiz unterdrückte: Man wußte, daß man sich hinterher besser fühlen würde, wenn man es tat, doch der Aufruhr im Körper und der eklige Geschmack im Mund waren zu unangenehm. Sie stimmte einfach zu: »Er war zweifellos ein altes Dreckschwein.«

»Molly, wenn ich wieder in derselben Situation wäre, wüßte ich immer noch nicht, was ich tun sollte. Ich sah, daß Vern Hilfe brauchte, aber kann man einen Mann zwangseinweisen lassen, weil er einen nicht mehr heiraten will? Ich glaube nicht.«

Molly war vollständig aufgewühlt. Sie hatte das Bedürfnis,

ihre Version des Falls, wie schon hunderte Male zuvor sich selbst gegenüber, einfach und überzeugend darzulegen. Sie begann dort, wo sie immer begann: »Franny, der Mann besaß keine Schußwaffe.«

»Ich weiß.«

»Und es gibt keine Unterlagen, daß er sich eine besorgt hätte. Ich habe jeden Waffenhändler in Texas überprüft.«

»Wirklich? Das muß eine ganze Weile gedauert haben.«

»Ungefähr sechs Monate. Er haßte Waffen.«

»Ich weiß.«

»Er wollte am nächsten Abend dabeisein, wenn ich in die National Honor Society aufgenommen wurde. Und wir hatten ein paar von meinen Freunden eingeladen, hinterher in Austin mit uns essen zu gehen.«

Franny nickte.

»Nie hat er ein Versprechen mir gegenüber nicht eingehalten, nie. Er hätte mir einen Zettel geschrieben, irgend etwas.«

»Schatz, ich weiß, daß es schwer zu akzeptieren ist.«

»Seine Karriere als Journalist machte endlich Fortschritte.«

»Ja, vielleicht war das so.«

»Sosehr ich es damals auch haßte, aber er war unsterblich in dich verliebt.«

»Ja.«

»Franny, jemand hat ihn ermordet und dann das Hausboot versenkt, um alle seine Aufzeichnungen und Papiere zu vernichten. Jemand hat das getan, weil er etwas schrieb, was diesem oder jenem hätte gefährlich werden können. Da bin ich mir sicher.«

Franny nahm Mollys Hand. »Vielleicht hat Vern diese Dinge selbst vernichtet.«

»Nein, Franny.« Molly zog ihre Hand weg. »Er war ein

Mann, der alles aufbewahrte. Er hatte die Gedichte meiner Mutter dort im Aktenschrank, die Liebesbriefe seiner Eltern, meine Schulaufgaben, jeden Aufsatz, den ich je geschrieben hatte. Selbst wenn er sich umgebracht hätte, diese Dinge hätte er mir hinterlassen.«

Franny antwortete mit einem Seufzer.

»Und was ist mit dem Hausboot?« fragte Molly. »Hat er etwa selbst das Hausboot versenkt, das er liebte?«

»Ja.«

»Warum sollte er so etwas tun?«

»Um aufzuräumen, die Dinge in Ordnung zu bringen. Menschen, die Selbstmord begehen, vernichten häufig als erstes ihre Tagebücher und Aufzeichnungen. Willie tat das auch. Er hatte alles weggeworfen. In seinem Zimmer war nicht ein Schnipsel Papier.«

Molly schloß die Augen und lehnte sich in ihrem Sessel zurück. Die weichen Kissen saugten sie förmlich ein und gaben ihr das Gefühl, daß sie nie wieder würde aufstehen können. Suizid. Nie, nicht einen Augenblick lang hatte sie die Entscheidung des Gerichtsmediziners akzeptiert. Jetzt war sie sich zum erstenmal seit achtundzwanzig Jahren nicht mehr so sicher. Sollte sie das alles glauben? Erzählte Franny ihr die Wahrheit oder verfolgte sie ihre eigenen Ziele? Versuchte sie jemanden zu decken?

»Was ist deine Erklärung?« fragte Molly. »Für den Anruf.«

»Molly, ich habe keine. Ich bin alle Möglichkeiten durchgegangen – finanzieller Ruin, Vaterschaftsklagen, frühere Verbrechen. Ich kann mir einfach nichts vorstellen, was so schrecklich, so katastrophal gewesen wäre, daß wir es nicht hätten lösen können.«

»Und Harriet sagte einfach nichts?«

»Nein. Du weißt, was für eine enge Beziehung die beiden hatten.«

Molly nickte. Ihr Leben lang hatten Vernon und Harriet sich alles anvertraut, und sie hatte sich oft benachteiligt gefühlt, keine Geschwister zu haben, mit denen sie diese Art von Vertrauensverhältnis hätte aufbauen können.

»Wußte Harriet, daß Daddy eure Verlobung gelöst hatte?«

»Ja. Ich habe in jener Woche auch mit ihr gesprochen. Sie hatte es bereits von Vern erfahren und machte sich Sorgen wegen seiner Depressionen. Wir haben darüber gesprochen. Sie hat es mit Parnell Morrisey in Austin diskutiert. Es wurden viele, viele Telefongespräche geführt. Sie versuchte, ihn zu einem Besuch beim Psychiater zu überreden.«

»Einem Psychiater! Tante Harriet hat so etwas getan?«

»Ja.«

»Aber sie hat immer gesagt, Psychotherapie wäre Humbug.«

»Das ist das, was die Leute sagen, solange sie sie nicht brauchen.«

Molly strich sich die Haare aus dem Gesicht. Es wurde allmählich heiß hier drin mit der Mittagssonne, die zum Fenster hereinkam. »Tja, was immer Harriet gewußt hat, ist jetzt für immer verschwunden«, sagte Molly.

»Alzheimer. Rose hat es mir erzählt. Es ist solch ein Jammer.«

»Ja. Manchmal erkennt sie mich, und manchmal nicht.«

»Es ist so ungerecht.«

Sie unterbrachen ihr Gespräch, weil sie die Haustür sich öffnen und wieder zufallen hörten. Molly legte die Hände auf die Sessellehnen, um sich zu wappnen. Davor hatte sie sich gefürchtet. Es mußte Frank Quinlan sein, der vom Golfplatz nach Hause kam. Sie hatte ihn noch nie getroffen, aber sie hatte vor vielen Jahren eine stürmische Befragung mit seinem

Vater und älteren Bruder durchgeführt. Jetzt wurde es allmählich wirklich heiß hier; sie wünschte, Franny würde die Klimaanlage etwas kälter stellen.

Ein kleiner, drahtiger Mann mit weißen Haaren und sonnenverbranntem Gesicht kam ins Zimmer gestürmt. Er trug ein türkisblaues Ralph-Lauren-T-Shirt, weiße Shorts und Segelschuhe ohne Socken. »Hallo, Liebling.« Er beugte sich vor, um seiner Frau einen Kuß zu geben. Molly beobachtete ihn eingehend. Fünfundzwanzig Jahre waren vergangen, seit sie die Anschuldigungen gegen seine Familie und die in ihrem Besitz befindliche Mineralölgesellschaft erhoben hatte. Sie hatte versucht, einen Prozeß gegen sie anzustrengen, und war in der Zeitung mit den Worten zitiert worden, daß sie Vernon Cates ermordet hätten. Es war sehr lange her, aber es war keine Sache, die man so leicht vergaß.

Frank richtete sich auf und sah Molly an, die Stirn sorgenvoll gefurcht. »Miz Cates?« Sein Mund versuchte ein Lächeln, schien aber davor zurückzuschrecken, so als ob jemand gesagt hätte, die beste Methode, mit einer Kobra fertig zu werden, sei, sie anzulächeln. Er versuchte es noch einmal, und diesmal klappte es.

Molly streckte ihm die Hand entgegen. »Guten Tag, Frank. Ich bin Molly. Schöner Tag zum Golfspielen.«

Er sah erleichtert aus, nahm ihre Hand und drückte sie fest. »Ja. Schöner Tag draußen auf dem Platz. Franny hat erwähnt, daß Sie rauskommen wollten. Sie hat sich so gefreut, daß Sie angerufen haben. Ist mir eine Freude, Sie hier in unserem Haus zu haben.« Frank Quinlan sah eher wie ein freundlicher, pensionierter Fußballtrainer aus als wie ein Mörder, doch Molly hatte zu viele lieb und nett aussehende Mörder getroffen, um noch zu glauben, daß diese Dinge einem ins Gesicht geschrieben standen.

Er sah Franny an. »Kann ich den Damen etwas aus der Küche mitbringen?«

»Ich glaube nicht, Liebling«, sagte Franny. »Danke.«

»Tja, wenn das so ist, dann werde ich den alten Alex wohl mal zu einer Bootsfahrt entführen.«

»Das würde ihm bestimmt Spaß machen«, sagte Franny. »Vergiß seine Schwimmweste nicht – sie hängt an der Hintertür am Haken.«

»Jawohl, Ma'am«, sagte er. »Es war mir ein Vergnügen, Molly.« Er zog sich mit offensichtlicher Erleichterung, beinahe überhastet, zurück, ein Mann auf der Flucht aus der Schlangengrube.

»Es war schön, Sie zu sehen, Frank«, sagte Molly und dachte, welch eine wunderbare Erfindung Höflichkeitsfloskeln doch waren.

Die Frauen schwiegen, bis sich eine Tür am anderen Ende des Hauses schloß.

Franny beugte sich vor und lächelte, um ihre Worte weniger hart erscheinen zu lassen. »Es kann doch nicht sein, daß du ausgerechnet diesen Mann für den Mörder deines Daddys hältst.«

»O Franny, ich weiß es nicht. Was ich weiß, ist, daß Quinlan Oil ihn daran zu hindern versuchte, seine Geschichte über den Weißölskandal zu veröffentlichen. Ich weiß, daß sie ihn zu bestechen versuchten. Ich weiß, daß der Artikel nie veröffentlicht wurde, weil mein Vater tot und das Material dafür vernichtet war.«

Franny schien aufmerksam zuzuhören. »Jasper Quinlan war kein angenehmer Mann. Frank würde das als erster zugeben. Doch ich glaube nicht, daß Jasper jemanden hätte umbringen lassen. Frank kenne ich seit zwanzig Jahren, und ich habe es nie erlebt oder von anderen gehört, daß er etwas Unrechtes getan hätte. Ich kannte ihn während der langen Krankheit seiner Frau, während der ich nur zu gern seine Geliebte geworden wäre, doch er lehnte Ehebruch selbst unter diesen Bedingungen ab. Ich weiß, wie sehr er Kinder liebt. Er würde nie jemanden töten. Da mußt du dir schon einen anderen Baum suchen, um das Bein zu heben.«

»Franny, ich habe nie behauptet, er hätte es getan. Es ist eine weitverzweigte Familie.«

»Stimmt. Aber Mitte der Sechziger arbeitete er in der Firma. Er hätte davon gewußt, Molly. Er sagt, daß er die Hand dafür ins Feuer legt, daß niemand im Umkreis von Quinlan Oil irgend etwas mit dem Tod deines Vaters zu tun hatte. Meiner Erfahrung nach lügt er nicht.«

»Was hat er gesagt, als du ihm erzählt hast, daß ich heute morgen herkommen würde?«

Franny zögerte. »Als ich es ihm sagte, meinte er, daß du damals wüste Anschuldigungen erhoben und sie überall herumposaunt hast. Das hätte sie alle viel Nerven gekostet. *Sehr* viel. Er hielt dich damals für eine Wahnsinnige. Doch nach dem, was mit Willie passiert ist, versteht er, daß du alle Hebel in Bewegung gesetzt hast, um nicht glauben zu müssen, daß jemand, den du liebst, Selbstmord begangen hat. Er sagte, wenn es für Willies Tod irgendeine andere mögliche Erklärung gäbe, würde er bis ans Ende der Welt gehen, um sie zu finden.«

Bis ans Ende der Welt, dachte Molly und lehnte sich in ihrem weichen Sessel zurück. Mindestens.

Molly wurde eingeladen, zum Mittagessen zu bleiben, doch sie lehnte ab. Sie wollte weg. Sie mußte allein sein, um alles zu überdenken. Sie machte sich auf den Weg zurück nach Austin und hatte eigentlich vor, direkt nach Hause zu fahren, doch als sie die Four Corners erreichte, bog ihr Wagen ganz automatisch nach links Richtung Volente ab, statt nach rechts in die 2222.

Ihr altes Häuschen war vor einigen Jahren von dem derzeitigen Besitzer abgerissen und durch ein neues zweistöckiges Haus im Kolonialstil ersetzt worden; also fuhr sie nach Old Gun Hollow, wo das Hausboot ihres Vaters gelegen hatte, das kleine Motorboot zum Angeln dahinter festgebunden. Von dem Anleger, der damals schon morsch gewesen war, waren jetzt nur noch einige wenige Holzplanken übrig. Sie parkte direkt daneben und öffnete die Fenster. Eine frische Brise wehte, und das Seewasser schwappte sanft gegen den Strand. Sie lehnte den Kopf zurück und schloß die Augen, um dem rhythmischen Geräusch besser lauschen zu können. Sie versuchte, sich die von Franny beschriebene Szene vorzustellen: ihr Vater, der in jener letzten Nacht betrunken auf Deck saß. Worüber dachte er im Dunkeln nach? Was quälte ihn? War es etwas so Furchtbares, daß er sich deshalb umbringen, daß er sie ohne eine Wort des Abschieds verlassen mußte?

Ihr ganzes Leben, beinahe drei Jahrzehnte lang, war sie der Überzeugung gewesen, daß ihr Vater ermordet worden war. Sie glaubte das immer noch, doch heute morgen war dieser Glaube erschüttert worden. Sie fühlte sich schwach und zerschlagen.

Dieser Glaube hatte ihren Charakter und ihr Leben geprägt. Sie fuhr einen Chevy Pick-up, weil ihr Vater den seinen geliebt und ihr hinterlassen hatte: ihr erstes Auto, das sie elf Jahre lang gefahren hatte, bis es schrottreif war und sie es durch das gleiche Modell ersetzt hatte. Sie war Journalistin geworden, weil er gestorben war, noch bevor aus ihm der Reporter geworden war, der er gern gewesen wäre. Sie schrieb über Verbrechen, weil sie bei der Untersuchung seines Todes eine Leidenschaft für das Thema entwickelt hatte. Sie war ein Workaholic, der niemals aufgab. Sie lebte allein, weil sie frei sein mußte, um ihren Obsessionen folgen zu können.

Was, wenn sie sich geirrt hatte? Was, wenn Vernon Cates sich in einem Zustand der Verzweiflung tatsächlich umgebracht hatte? Beruhte ein Großteil ihres Lebens auf einer Fiktion?

Sie öffnete die Augen und war geblendet von dem glitzernden Wasser und der gleißenden Sonne. Ein Segelboot mit einem rot-weiß gestreiften Spinnaker glitt vorbei. Ein einsamer Gänsegeier schwebte über dem hohen Westufer. Das Wasser schwappte weiter gegen das Ufer. Ungefähr einen Monat vor seinem Tod war sie mit ihrem Vater nach einem heftigen Regenfall in seinem kleinen Fischerboot hinausgefahren. Am Ufer entdeckten sie einen toten Baum, in dem ein ganzer Schwarm Geier saß, die riesigen schwarzen Flügel zum Trocknen ausgebreitet. Ihr Daddy hatte den Außenbordmotor abgestellt, damit sie sich vorbeitreiben lassen und das Schauspiel eine Zeitlang schweigend betrachten konnten. Die Strömung war mit dem gleichen beruhigenden Geräusch, das sie auch jetzt hörte, gegen den Bootsrumpf geschwappt. Nach einer Weile hatte Molly, tief beeindruckt von der Szene, gesagt: »Es ist, als ob man einen kleinen Vorgeschmack auf den Tod bekommt.«

Ihr Vater hatte genickt und erwidert: »Eine gute Erinnerung, das Leben zu genießen, so lange man kann.«

Sie war so durcheinander, so erschöpft.

Sie betätigte den Hebel neben sich und verstellte den Sitz nach hinten. Ihre Augen fielen zu. Wenn es noch irgend etwas gäbe, was sie für ihn tun könnte, irgend etwas auf der Welt – sie würde es tun. Aber sie wußte nicht, was das sein könnte. Vielleicht hatte Grady recht, und sie mußte die Akte ein für allemal schließen. Unaufgeklärt und geschlossen. Konnte sie das wirklich?

Ja. Für jetzt, für diesen Moment, konnte sie es. Sie würde loslassen und sich treiben lassen. Das weiche Material des Sitzes, die Sonne auf ihrem Gesicht, das Plätschern des Wassers machten sie schläfrig.

Sie tat etwas, was sie seit ihrer frühen Kindheit nicht mehr getan hatte: Sie hielt ein Mittagsschläfchen.

7. Kapitel

Meine Definition von Waffenkontrolle: Die Zielscheibe mit jedem Schuß zu treffen.

Aufkleber auf Wanda Lavoys Pick-up

Clem's war die Sorte heißes, staubiges Redneck-Etablissement, die Molly Cates ihr ganzes Leben zu meiden versucht hatte. Die Einfahrt bestand aus zwei Schotterstreifen, die Gebäude waren klapprige Holzbaracken, auf die die rote Farbe in dicken Schichten aufgetragen worden war, damit sie noch ein paar Jahre länger zusammenhielten. Vorne an der Straße standen mehrere Türme zum Skeetschießen und ein kleines Büro. Auf einem schiefen, handgemalten Schild stand »Clem's Skeet- und Schießstand«. Es war der letzte Ort auf Gottes Erdboden, an dem Molly jetzt sein wollte. Es war die Idee ihres Redakteurs gewesen: Zwei Frauen, die noch nie zuvor eine Waffe in der Hand gehabt hatten, Mutter und Tochter – Molly und Jo Beth – würden Teilnehmerinnen der ersten Gruppe sein, die die Ausbildung für den Waffenschein absolvierte. Und Molly würde dann über diese Erfahrung als Teil der Berichterstattung über das neue Gesetz schreiben. Als er es vorgeschlagen hatte, in den klimaanlagengekühlten, friedlichen Büroräumen des *Lone Star Monthly,* hatte es sich wie ein guter Vorschlag angehört. Doch die Realität war weit weniger attraktiv.

Jo Beth Traynor hustete und ließ ihr Fenster gegen den Staub nach oben gleiten. »Mom, ich kann nicht glauben, daß ich mich von dir zu so was habe überreden lassen.«

»Mittlerweile solltest du bei mir eigentlich immer auf das Schlimmste gefaßt sein.« Molly parkte ihren Pick-up neben dem von Wanda vor dem Büro. Wanda zog einen großen Seesack aus ihrem Wagen. Sie warf ihn sich über die Schulter und ging auf das Bürogebäude zu. Sie trug eine rosa-weiß karierte Westernbluse mit Perlmutt-Druckknöpfen, hautenge Levis-Jeans, Cowboystiefel und einen breiten Ledergürtel mit einer riesigen Schnalle, auf der »Landessiegerin Kleinkaliberschießen Zentraltexas« stand. Ihre schwarzen Haare waren hochtoupiert und zu einer Betonfrisur gesprüht.

Sie hatten gerade anderthalb Stunden auf der anderen Seite der Autobahn in einem zum Klassenzimmer umfunktionierten Wohnwagen mit dem Erlernen des sicheren Umgangs mit Schußwaffen, dem Unterschied zwischen einem Revolver und einer halbautomatischen Feuerwaffe, dem Aufbau einer Patrone, und wie das blöde Ding nun eigentlich funktionierte, verbracht. Außerdem hatten sie eine geballte Ladung von Wanda Lavoys Philosophie abbekommen, einer paranoiden Mischung aus Dirty Harry und Thelma und Louise: Die Welt war voller böser Männer, und die waren alle hinter dir her, und deswegen mußte eine Frau wissen, wie man sie umpustete. Sie hatte auch eine beunruhigende Aufzeichnung eines Telefongesprächs laufen lassen, in dem eine Frau sechzehn Minuten lang mit der Notrufstelle redete und auf das Eintreffen der Polizei wartete, während sie hörte, wie ein Mann in ihr Haus einbrach. Natürlich war der Böse zuerst da und vergewaltigte sie, bevor die Guten eintrafen, um ihn festzunehmen. Molly war beeindruckt; es war eine überzeugende Demonstration dafür, warum frau sich selbst zu verteidigen wissen mußte.

In dem Bürogebäude bezahlten sie ihre Benutzungsgebühren, und Wanda bat um je dreißig Patronen für Molly und Jo Beth. »Clem, gib meinen Mädels die aufgeladenen Platzpatronen, ja? Übrigens, Schatz, mach einen guten Preis«, sagte Wanda und zwinkerte dem dünnlippigen Besitzer zu. Ohne zu lächeln, überreichte er beiden einen Karton Patronen.

Während der Unterrichtsstunde hatte Wanda sie je eine Waffe aus ihrem persönlichen Arsenal aussuchen lassen – eine Rossi Kaliber .38 Special mit kleinem Rahmen für Jo Beth und eine Ruger Kaliber .38 für Molly. Während Wandas Vortrag hatten sie mit den ungeladenen Pistolen herumgespielt und so getan, als würden sie damit schießen.

Während sie zum Schießstand hinten auf dem Gelände gingen, fragte Wanda: »Wie habt ihr zwei Mädels das bloß geschafft, so alt zu werden und noch nie geschossen zu haben?«

Jo Beth sagte: »Die Leute denken immer, ich müßte schießen können, weil mein Dad Polizist ist. Aber er ist vermutlich der einzige Cop auf der Welt, der sich nichts aus Waffen macht. Als ich klein war, habe ich immer gebettelt, er solle mir das Schießen beibringen. Hat er aber nie getan.«

»War vermutlich auch besser so, Schatz«, sagte Molly, »da er der schlechteste Schütze in der Geschichte des APD ist.«

»Wie steht es mit Ihnen, Molly?« fragte Wanda.

»Ach, so ähnlich, würde ich sagen. Mein Daddy wuchs in einer jagdbegeisterten Familie in Westtexas auf, aber er konnte Gewehre und das ganze Drumherum nicht leiden, weswegen nie eins im Haus war und ich deshalb einfach keine Gelegenheit hatte.«

Wanda sagte: »Tja, mir hat mein Stiefvater das Schießen beigebracht, als ich sechs war. Und das hat sich als sehr nützlich erwiesen, als ich dreizehn war und den alten Schweinehund dazu bringen mußte, ganz schnell aus meinem Schlafzimmer zu verschwinden. Ich drückte den Lauf der kleinen 22er, die er mir geschenkt hatte, direkt in seine Eier – er spielte ›Ich zeig dir was Schönes, und du erzählst niemandem was davon‹ – und sagte ihm, wenn er mich und meine kleine Schwester noch einmal anfassen würde, müßte ich seinen räudigen alten Sack in Hackfleisch verwandeln.« Sie tätschelte die Pistolentasche, die sie unter dem Arm trug. »Ist doch erstaunlich, wie schnell solche Erziehungsmaßnahmen wirken, wenn man eine Schußwaffe am richtigen Ort einsetzt.«

Jo Beth verdrehte hinter Wandas Rücken die Augen.

Der Schießstand erstreckte sich zwischen einem roh zusammengehämmerten Unterstand auf der einen und einem grasbedeckten Wall auf der anderen Seite. Hölzerne Rahmen, auf denen zerfledderte alte Schießscheiben aus Papier hingen, waren in unterschiedlichen Abständen aufgestellt.

Der einzige andere Besucher an diesem heißen Nachmittag mitten in der Woche war ein Mann, der nichts außer gestreiften Boxershorts und ein Paar Gehörschutzkappen trug, die wie riesige Kopfhörer aussahen. Er feuerte einen Revolver ab, während drei barfüßige, schmutzige Kinder in Badeanzügen auf einem wackligen Tisch saßen und zusahen.

Als sie den Schießbereich betraten, hörte Molly ein Knirschen unter ihren Füßen, das sie zuerst für das Geräusch von Schotter hielt, doch als sie hinunterblickte, sah sie, daß sie auf Patronenhülsen herumliefen. Die Messing- und Aluminiumhülsen lagen so dicht, daß man die Erde darunter nicht mehr sehen konnte. Wahrscheinlich eine gute Methode, um den Staub unten zu halten.

Wanda blieb stehen und nahm je ein Paar Gehörschutzkappen aus ihrer Tasche. »Die werden Sie brauchen«, sagte sie. Sie stellte die Tasche auf den Tisch und holte die Pistolen hervor, zog den Reißverschluß der Tragetaschen auf und lehnte den großen Beutel dann gegen den schmierigen Sandsack auf dem Tisch. »So, jetzt wollen wir mal sehen, wie ihr mir die kleinen Prachtstücke ladet. Genau, wie ich's gezeigt habe. Schön mit dem Lauf nach unten halten, den Abzugsfinger gerade am Rahmen, dann kann nichts passieren.«

Molly hob die Ruger hoch. Sie hatte sie ausgewählt, weil die Griffschalen aus Gummi ihr perfekt in der Hand zu liegen schienen. Sie hielt sie in der linken Hand, drückte auf den Trommelauslöser, wie sie es geübt hatte, und hielt den Lauf des Revolvers nach unten, so daß sie durch die sechs leeren Kammern schauen konnte. Sie ließ in jede Kammer eine Patrone fallen und war überrascht, wie präzise sie dort einrasteten. Sie mußte zugeben, daß diese Revolver sehr liebevoll hergestellte Dinger waren, die sogar eine gewisse Sinnlichkeit besaßen; sie hatten Form und Festigkeit und lagen gut in der Hand. Und das Design war perfekt auf die Funktion abgestellt. Man konnte ihnen einen gewissen Reiz nicht absprechen.

Wanda wartete, bis der Mann zwei Kabinen weiter nicht mehr schoß. Sie ging zu ihm, unterhielt sich eine Weile und begab sich dann hinaus auf die Bahn. Sie blieb an dem Holzrahmen, der das Ziel von Jo Beth darstellte, stehen und entrollte eine Papierscheibe, die mitgebracht hatte. Sie tackerte sie auf dem Rahmen fest. Molly lächelte, als sie das Bild sah: ein stoppelbärtiger Mann in Unterhemd und Jeans. Er hielt eine Pistole auf die Betrachterin gerichtet. Einer von Wandas bösen Kerlen.

»Ich bring meine eigenen mit«, rief Wanda nach hinten zu ihnen. »Sind realistischer als die schwarzen Kreise, die sie hier benutzen.« Genau in die Mitte der Männerbrust klebte sie einen runden, neonroten Aufkleber. Dann tackerte sie einen zweiten Schießscheibenmann an das Gestell vor Molly und pappte den Aufkleber an die gleiche Stelle.

Sie kam zurück. »Wir beginnen mit sieben Metern. Das ist die realistischste Situation. Warum fangen Sie nicht an, Elizabeth, Schatz?« Es erschreckte Molly immer noch, wenn ihre Tochter Elizabeth genannt wurde. Als Kind war sie Jo Beth gewesen, doch während des Jurastudiums hatte sie sich entschlossen, nur noch ihren zweiten Vornamen zu benutzen: Elizabeth. Außer Molly und Grady schienen sich alle daran gewöhnt zu haben.

»Zielen Sie auf die Mitte«, sagte Wanda, »wo der Aufkleber ist.« Sie zeigte mit einem langen, glänzenden Fingernagel auf die Schießscheibe. »Denken Sie dran: Er ist ein böser Kerl. Er ist in Ihr Haus eingebrochen, und er kommt auf Sie zu. Schießen Sie, um ihn aufzuhalten. Nichts von diesem Quatsch, ihn nur außer Gefecht setzen zu wollen. Wir sind hier nicht im Film, Mädels, wo man auf jemanden ballert, und der fällt tot um. Das hier ist die Wirklichkeit, wo man auf jemanden schießt, und der dann immer noch auf einen zukommt.« Wanda nahm die Gehörkappen, die um ihren Hals hingen, und setzte sie sich auf die Ohren.

Jo Beth und Molly taten das gleiche.

»Okay, Elizabeth«, brüllte Wanda, um durch die Ohrschützer gehört zu werden, »zeigen Sie dem Schweinehund, was eine Harke ist!«

Molly beobachtete ihre Tochter, wie sie die Pistole mit dem zweihändigen Griff umfaßte, den Wanda ihnen beigebracht hatte. Jo Beth trug ein weißes Muscle-Shirt, das ihre glatten, honigbraunen Arme zur Geltung brachte. Die Knie leicht gebeugt hob sie die Waffe bis direkt vor der Brust. Ihre Arme waren vollkommen ruhig. Molly genoß den Anblick, wie ihre Tochter sich bereit machte; es war dieselbe kühle, überlegte Art, wie sie alles im Leben anpackte. Seit frühester Kindheit hatte Jo Beth die Gabe völliger Konzentration besessen, und jetzt, mit fünfundzwanzig, lebte sie ihr Leben, als könnte sie seinen Verlauf bestimmen.

»Blicken Sie durch Kimme und Korn. Es sollte wie ein Lolli aussehen, bei dem der rote Punkt direkt obendrauf sitzt. Und jetzt abdrücken«, sagte Wanda. »Langsam und vorsichtig.«

Jo Beth' Arme spannten sich an, als sie den Abzug drückte, und schnellten dann beim Rückschlag nach oben. Molly zuckte bei dem lauten Geräusch zusammen. Sie sah auf die Zielscheibe und entdeckte ein winziges Loch in der Brust des Mannes, ungefähr zwei Zentimeter neben dem roten Aufkleber. Jo Beth schnaubte befriedigt.

»Ganz hervorragend, Schatz«, sagte Wanda. »Diesmal zwei Zentimeter weiter links. Er kommt immer noch auf Sie zu. Halten Sie ihn auf.«

Jo Beth zielte und schoß erneut. Diesmal befand sich das Loch zwei Zentimeter auf der anderen Seite des Aufklebers. Als sie alle sechs Schuß abgefeuert hatte, umgab ein hübscher Ring von Löchern den roten Aufkleber.

»Schatz, Sie sind das absolute Naturtalent«, begeisterte sich Wanda. »Sie blinzeln noch nicht mal, wenn Sie abdrücken. Eiskalt wie ein Eskimo. Wenn Ihre Mam und Ihr Daddy Sie richtig erzogen hätten, dann wären Sie heute Landesmeisterin.«

Jo Beth lächelte Molly an. Ihre Wangen waren vor Stolz gerötet. »Probier's mal, Mom.«

»Sie sind dran, Molly«, sagte Wanda. »Pusten Sie das Arschloch aus dem Weg.«

Molly hatte den Revolver mit dem zweihändigen Griff umklammert gehalten. Jetzt hob sie ihn vors Gesicht und zielte, so daß Kimme und Korn genau in der Linie waren. So schwer konnte das doch nicht sein. Dann nahm sie den roten Punkt direkt oben ins Visier. Doch sie konnte ihn dort nicht halten. Er bewegte sich, weil ihre Arme so zitterten.

»Jetzt den Lolli schön ruhig halten«, sagte Wanda. »Und konzentrieren Sie sich auf das Korn.«

»Meine Arme zittern.«

»Macht nichts, halten Sie sie so ruhig, wie Sie können, und drücken Sie ab.«

Schließlich gab Molly den Versuch auf stillzuhalten und drückte ab, um es hinter sich zu bringen. Der Rückschlag gegen ihre Handflächen war wie ein Hammerschlag, der bis in die Ellbogen hinauf schmerzte. Der Lärm ließ sie, selbst mit den Gehörschützern, zusammenzucken. Sie öffnete die Augen und warf einen Blick auf die Schießscheibe. Nichts.

»Huch«, sagte Jo Beth.

Wanda meinte: »Sie haben zu stark am Abzug rumgedrückt. Machen Sie diesmal nicht die Augen zu und schööön laaaaangsam abdrücken.«

Molly schoß noch fünfmal. Beim fünften- und sechstenmal traf sie die Scheibe, aber weit vom roten Aufkleber entfernt. Die Arme taten ihr schon weh, und die Nase juckte vom Pulvergestank. Es war wirklich viel schwerer, als es in den Filmen immer aussah.

»Gut, Mädels«, sagte Wanda, »und jetzt freies Schießen. Experimentieren Sie ein bißchen rum. Denken Sie dran: Sie hassen den Kerl. Zielen Sie aufs Herz.«

Nach der fünfzehnten Runde bekam Molly allmählich ein Gefühl dafür. Der Rückstoß beim Abfeuern der Waffe ließ ihren Körper jedesmal wie eine Stimmgabel vibrieren. Sie empfand dies als genauso mächtig und folgenschwer, wie es von solch einer Ladung geballter Tödlichkeit zu erwarten war.

Sie blickte hinüber zu Jo Beth und war erstaunt, ein Lächeln wie in Trance auf ihren Lippen zu sehen, während sie systematisch immer wieder anlegte und abdrückte.

Als sie die gesamte Munition verschossen hatten, wies Mollys Zielscheibe ein Loch auf, das eine Ecke des Aufklebers weggerissen hatte, und ungefähr zwanzig andere, die über den Körper der Figur verteilt waren. Jo Beth hatte dreißig Löcher in ihre Scheibe geschossen, alle in die Brust.

Wanda ging hinaus auf den Schießplatz und nahm die Scheiben ab. Sie überreichte Jo Beth ihre. »Sie haben ihn ganz bestimmt gestoppt, Elizabeth.« Dann sah sie sich Mollys an. »Ich glaube, Sie haben es ihm ungemütlich gemacht, aber man kann nur hoffen, daß keine unbeteiligten Passanten in der Nähe waren.«

Wanda warf einen Blick hinter sich in Richtung Parkplatz, wo gerade mehrere Autos ankamen, dann auf ihre Uhr. »Es ist sechs. Der Schießstand schließt jetzt für die Öffentlichkeit, aber bleiben Sie doch noch ein bißchen hier. Ein paar von meinen Women in Control sind schon eingetroffen. Da können Sie mal echte Schießkunst bewundern. Heute haben wir vor, schnelles Ziehen und Feuern auf kurze Distanz zu üben. Echt was für Fortgeschrittene.«

Eine große, dunkelhaarige Frau in Jeans kam auf sie zu. »Das ist Helen«, sagte Wanda. »Sie ist vor ein paar Jahren in ihrem großen Haus in den Northwest Hills vergewaltigt worden und eine meiner besten Schützinnen, hat vor zwei, drei Wochen einen Wettbewerb gewonnen.«

Eine andere Frau rannte hinter Helen her, um sie einzuholen. Sie war jung, schlank und hatte feines blondes Haar. »Und das ist Gracie. Sie ist die Nachtgeschäftsführerin bei Kendall's und muß morgens um vier die Einnahmen zum Banktresor bringen. Macht sie 'n bißchen nervös. Fing so ähnlich an wie Sie, Molly, aber hat sich gut gemausert.«

Als Helen und Gracie bei ihnen waren, warf Helen einen Blick zurück in Richtung Autobahn und sagte: »Wanda, das

Auto von letzter Woche ist wieder da. Der weiße Camry mit einem Mann am Steuer. Auf der anderen Straßenseite.«

Wanda erwiderte: »Möchte mal wissen, warum er nicht einfach reinkommt, Tag sagt, sich umschaut und das fragt, was er wissen will.« Sie lächelte, doch Molly bemerkte plötzlich eine Furche zwischen ihren Augenbrauen.

In den nächsten zehn Minuten trafen sieben weitere Frauen im Alter zwischen siebzehn und siebzig auf dem Schießplatz ein, Munitionskartons in der Hand. Wanda faßte in ihren großen Beutel und holte identisch aussehende Lederhandtaschen hervor. Die Handtaschen sahen wie normale lederne Schultertaschen aus, besaßen jedoch ein Geheimfach zum Tragen einer Pistole. »Die habe ich für die Women-in-Control-Gruppe bestellt«, sagte Wanda zu Molly, »aber ich habe noch ein paar extra, falls ihr Mädels auch eine wollt – kosten 39,95.«

Wanda erklärte die Übung. Anfangs trugen die Frauen ihre Waffe versteckt in der Handtasche. Wenn Wanda das Signal gab, mußten sie die Pistole ziehen und so schnell wie möglich sechs Schüsse aufs Ziel abfeuern, wobei Wanda die Zeit stoppte.

Molly und Jo Beth sahen bei der ersten Runde zu. Molly war beeindruckt, wie schnell und sicher die Frauen mit der Waffe umgingen. Wanda hatte sie gut gedrillt. Und sie machten weiß Gott nicht den Eindruck, als seien sie die wüsten Männerhasserinnen oder fanatischen Angehörigen einer Wehrsportgruppe, als die Cullen Shoemaker sie bezeichnete. Solange man es nicht als extremistisch ansah, sich verteidigen zu wollen.

»Wir müssen los, Wanda«, sagte Molly, nachdem sie ungefähr zwanzig Minuten zugesehen hatten.

»Bis nächste Woche«, verabschiedete sich Wanda, »selbe Uhrzeit, selber Ort.« Sie drückte Molly die Ruger in der Tragetasche in die Hand. »Sie brauchen noch ein bißchen Übung. Nehmen Sie die mit nach Hause und schießen Sie ohne Munition, bis Sie sich damit wohl fühlen.«

Molly zögerte.

»Na los. Wenn sie Ihnen gefällt, verkauf ich Sie Ihnen billig.«

Molly war bisher noch nicht auf den Gedanken gekommen, sich eine Waffe anzuschaffen, fand ihn aber in diesem Moment reizvoll. Sie nahm das Angebot an. »Na gut.«

»Wenn Sie einen Waffenschein erwerben, brauchen Sie auch eine Waffe. Und natürlich eine von diesen einzigartigen Lederhandtaschen.«

»Na ja, ich weiß nicht –«

Sie streckte Molly die Tasche hin. »Ist ja nur geliehen. Entscheiden Sie sich beim nächstenmal.«

Molly und Jo Beth gingen zum Auto zurück.

Als sie das Tor passierten, hielt Molly Ausschau nach dem weißen Camry. Da war er, ungefähr fünfzig Meter vom Eingang entfernt, auf der anderen Straßenseite auf dem Seitenstreifen geparkt. Durch die dunkel eingefärbten Fenster konnte sie schwach den Umriß eines Mannes erkennen, der zusammengesunken auf dem Fahrersitz saß.

»Der Mann von jemandem?« vermutete Jo Beth. »Der aufpaßt?«

»Vielleicht«, sagte Molly.

Sie fuhren eine Zeitlang schweigend dahin. »Was denkst du, mein Schatz?« fragte Molly schließlich.

»Ich verrate es gar nicht gern«, sagte Jo Beth.

»Sag's ruhig.«

»Ich dachte immer, ein Schießeisen zu besitzen, gäbe einem schlechtes Karma; daß es schon Unglück auf sich zieht, wenn man so etwas nur besitzt.«

»Ja, ich weiß, was du meinst«, sagte Molly.

»Du weißt, wie oft ich abends spät arbeiten muß.«

»Mm-hm.«

»Immer wenn ich dieses Parkhaus betrete, mache ich mir vor Angst fast in die Hosen. Und ich habe so lange Angst, bis ich mit verriegelten Türen da rausgefahren bin.«

Molly nickte, ohne den Blick von der Straße abzuwenden.

»Ich hasse das Gefühl, so machtlos zu sein.«

»Ja.«

»Wenn ich eine Waffe hätte und wüßte, wie man damit umgeht, wäre mir nicht mehr so mulmig zumute. Ich glaube, ich kaufe mir eine, wenn wir unseren Waffenschein kriegen«, sagte Jo Beth. »Ich gehe auch regelmäßig üben, damit ich keine Gefahr für die Gesellschaft bin.«

»Du wirst keine Gefahr für die Gesellschaft sein.«

»Ich nicht, aber du vielleicht.«

Molly warf einen Blick zur Seite und war froh, Jo Beth lächeln zu sehen. »Keine Sorge, ich werde auch noch besser. Du wirst schon sehen.«

»Für mich stand fest, daß ich bei dieser Sache nur dir zuliebe mitmache«, sagte Jo Beth, »aber vielleicht war das ja auch nur ein Vorwand, um es auszuprobieren. Und es hat mir Spaß gemacht.«

»Mir auch. Soviel Macht in Händen zu haben.«

»Aber du bist immer noch dagegen«, sagte Jo Beth.

»Auf Verbrechen damit zu reagieren, die Leute Waffen tragen zu lassen, erscheint mir so, als ob man die Menschen auf die Straße pinkeln läßt, weil die Kanalisation verstopft ist.«

»Aber du bist ein bißchen weich geworden, oder?«

»Vermutlich. Wenn man von Einzelfällen wie dem von Gracie, Helen und dir ausgeht, sehe ich den Nutzen von Selbstverteidigung natürlich sofort ein.«

»Und von dir, Mom.«

»Stimmt, von mir auch.«

»Also bist du im Grunde auch eine von den Women in Control. Du glaubst an das, was sie praktizieren: nämlich illegal Waffen bei sich zu tragen.«

Molly antwortete nicht gleich. Es gab nichts, womit sie ihre Widersprüchlichkeit hätte verteidigen können. »Ich bin mir nicht sicher«, sagte sie.

»Wow! Das ist toll – endlich mal etwas, worüber du dir *nicht* sicher bist.«

Molly warf einen Blick hinüber zu ihrer Tochter. »Bin ich wirklich so ein Schulmeister?«

»Ja.«

Sie saßen schweigend nebeneinander, während Molly sich überlegte, ob sie beleidigt sein sollte, sich dann aber dagegen entschied.

Molly hatte Jo Beth noch nicht von ihrem Gespräch mit Franny Lawrence berichtet, mußte es jetzt aber tun. »Jo Beth, ich bin heute morgen nach Lakeway gefahren, um mit Franny Lawrence Quinlan zu sprechen; sie war mit meinem Vater zur Zeit seines Todes verlobt.« Sie warf einen Blick hinüber zu Jo Beth. »Sie glaubt, daß er Selbstmord begangen hat.«

»Oh, Mom.«

Molly erzählte ihr Frannys Version von Vernon Cates' letzter Woche vor seinem Tod.

Als sie geendet hatte, fragte Jo Beth: »Mom, wäre es denn wirklich so schlimm, wenn er Selbstmord begangen hätte?«

»Aber das hat er nicht.«

»Na gut. Aber nun nimm doch nur mal für einen Augenblick an, daß es so wäre. Es würde doch nichts daran ändern, was du für ihn empfindest, oder? Ich meine, glaubst du denn nicht, daß jeder in eine solche Situation geraten könnte?«

»Ich weiß nicht.«

»Haben Rose und Parnell auch gesagt, daß sie es glauben?«

Molly mußte sich das Gespräch noch einmal vergegenwärtigen, bevor sie antwortete. »Rose hat überhaupt nicht viel gesagt. Parnell meinte, alle hätten das gedacht, aber er sagte nicht direkt, *er* hätte es gedacht.«

Molly merkte, wie Jo Beth sie musterte. Schließlich fragte ihre Tochter: »Mom, willst du die Sache weiter verfolgen?«

»Nein. Ich wüßte nicht, in welche Richtung.«

»Ein Glück. Es würde Dad zum Wahnsinn treiben. Das letzte Mal hat es ihn aus dem Haus getrieben.«

Die Bemerkung erschreckte Molly. Sie hatte ihrer Tochter noch nie gesagt, woran ihre Ehe gescheitert war. »Wie kommst du darauf?«

»Ich bin doch nicht blöd, Mom.«

»Das bist du sicher nicht, aber du warst noch zu klein, um dich daran zu erinnern.«

»Ich erinnere mich an vieles.«

»Jo Beth, du warst doch erst zwei. Du erinnerst dich an das, was dein Vater dir erzählt hat.«

»Nein. Er redet nie darüber. Ich weiß noch, daß du nie da warst. Ich weiß noch, daß ich bei Tante Harriet gewohnt habe. Ich weiß noch, daß es keine schöne Zeit war.«

Schweigend fuhr Molly weiter. Es war die schrecklichste Zeit ihres Lebens gewesen. In dem Versuch, eine gute Tochter zu sein, war sie eine schlechte Mutter und eine schlechte Ehefrau gewesen. Am Ende hatte sie allen dreien gegenüber versagt. »Es tut mir so leid«, sagte sie.

Jo Beth lächelte sie an. »Ich verzeihe dir. Laß es nur nicht wieder geschehen.«

8. Kapitel

»Pussikätzchen, Pussikätzchen
Wo bist du gewesen?«
»Ich war in London,
Um die Königin anzuschaun.«

»Pussikätzchen, Pussikätzchen,
Was hast du da gemacht?«
»Ich hab eine kleine Maus
erschreckt
Unter ihrem Stuhl.«

Englischer Kindervers

Sarah Jane Hurley befindet sich auf ihrem fliegenden Teppich, dem träumerischen, vom Alkohol herbeigeführten Schwebezustand zwischen Wachen und Schlafen, zwischen Himmel und Erde, Körper und Geist. Sie liegt auf einem weichen Orientteppich, der durch die Lüfte schwebt, sie fühlt sich schwerelos und kühl, eins mit dem Teppich, der wellenförmig über die Konturen der Erde unter ihr gleitet. Als sie sich herunterkommen fühlt, versucht sie den Absturz hinauszuzögern. Manchmal kann sie das gute Gefühl noch etwas verlängern, wenn sie still liegenbleibt und die Augen nicht öffnet.

Harsche Stimmen und Fußgetrampel über ihr lassen sie zurück auf den Boden der Tatsachen krachen. Kalt und zitternd wacht sie auf. Ihr erdverhafteter Körper schmerzt aufs schlimmste. Das harte Licht, das durch die Ritzen scheint, bohrt sich in ihre Augen. Die schweren Schritte kommen direkt über ihrem Kopf zum Stehen.

Scheiße. Leute auf ihrer Terrasse. Reden. Laut und aggressiv, meinen, ihnen gehört die Welt.

»Hier, lassen Sie mich den Stuhl schnell für Sie saubermachen, Sir. Diesen hier auch. Erwarten Sie wieder den anderen Herrn?«

»Mr. Vogel. Genau.«

»So, jetzt können Sie sich setzen. Ich werde ihm sagen, daß Sie hier draußen sind, Sir.«

»Wir wollen ungestört bleiben, Sportsfreund. Hier.«

»Oh, vielen Dank, Sir.«

Sarah Jane erkennt an dem arschkriecherischen Tonfall, daß gerade Geld den Besitzer gewechselt hat.

Ein paar Schritte entfernen sich, die Tür zum Creekside Grill geht zu, und die Nacht ist wieder friedlich. Sie schließt die Augen. Vielleicht kann sie ja doch noch zurückkehren auf ihren fliegenden Teppich. Von der Halbliterflasche Whisky von Tin Can müßte eigentlich noch etwas Schwebezeit übrig sein. Schnaps ist eine seltene Freude, und sie will keine Sekunde davon verschwenden. Sie läßt die Augäpfel in ihren Höhlen nach hinten gleiten. *Wurde eine alte Frau hochgeworfen in einem Korb, siebzehnmal so hoch wie der Mond.* In ihrem Kopf fängt es wieder ein bißchen an zu schwimmen. Vielleicht klappt es ja. Doch ein Geräusch schreckt sie auf – ein Trommeln, ein unerträgliches, nervöses Getrommel. Es reißt sie herunter auf die Erde. Sie blickt hoch und sieht das Licht flackern. Ein Fuß trommelt auf den Holzboden. Der schon wieder – das Arschloch von Fußtrommler. Den hatte sie fast vergessen.

Gott, dieses nervöse Gezappel macht sie auch ganz hippelig. Ihre Insektenstiche brennen, wahrscheinlich entzündet von dem Gepopel und Gekratze, das sie ja scheinbar nicht lassen kann. Außerdem zittert sie am ganzen Körper, obwohl die

Luft warm und schwül ist. Sie fühlt sich wie ein einziger, freiliegender Riesennerv. Sie schlingt die Arme um sich und stellt entsetzt fest, daß sie ihren Mantel nicht anhat. Wo ist er? Im Licht, das durch die Spalten dringt, blickt sie um sich. Er ist nicht da. Er ist weg. Ihr Kuhmantel mit den schwarzen und weißen Flecken und den glänzenden schwarzen Knöpfen. Das ganze Jahr, seit sie in Austin ist, hat sie ihn getragen. Hat ihn aus dem Müllcontainer hinter einer schicken Modeboutique geholt, brandneu, das Preisschild – zweihundertfünfundneunzig Mäuse – noch dran. Sie mag den Mantel, ist abhängig von ihm. Er ist so weich und lang und geräumig – ein leichter Stoffmantel, genau richtig für den Sommer. Sie mochte es, wie sie sich in ihn einwickeln konnte, wie er ihren Körper versteckte. Er war so tröstlich wie eine schützende, zweite Haut. Genau das war er: tröstlich – und es gibt nicht mehr viel auf der Welt, was für sie tröstlich ist. Nur der fliegende Teppich, die Verse und der Mantel. Und jetzt ist der Mantel weg, und ihre Nerven liegen bloß.

Dann fällt es ihr wieder ein: Tin Can hat ihn. Dieser Arsch Lufkin hat ihn Tin Can gegeben – irgendein beschissenes Experiment, und dann hat Tin Can ihr die Flasche Scotch Whisky geschenkt, damit sie ihn behalten kann. Und Sarah Jane war einverstanden. Jetzt hat sie keinen Mantel mehr, und die Pulle ist leer, und das Schweben hat auch aufgehört.

Über ihr erbebt die Terrasse unter schweren Schritten.

»Hier ist er. Kann ich den Herren etwas zu trinken bringen?«

Zwei Männerstimmen bestellen etwas zu trinken: einen verlängerten Bourbon und ein Heineken. Die Stimme, die das Heineken bestellt, ist die tiefe von neulich mit dem Akzent, der alte barsche Ziegenbock, der gern nackichte Kunst mag.

Wenn sie das nur hört, wie die da was zu trinken bestellen,

verkrampft sich ihr ganzer Körper vor Durst. Sie hätte auch gern ein Bier. O ja, und wie! Sie leckt sich die trockenen Lippen. Ihre Kehle schnürt sich vor Verlangen nach einem Schluck zu. Ihre Hand zuckt und will sich um eine kalte Flasche Bier schließen, die Lippen öffnen sich, um daraus zu trinken, die Zunge wartet darauf, das herrliche Naß zu schmecken, kalt und heiß zugleich. Jede Faser ihres Körpers begehrt es.

Der Kellner geht weg, und es ist still auf der Terrasse.

»Haben Sie –«

»Halt!« Es ist die tiefe Stimme. Ein schweres Getrampel ist auf dem Holzboden zu hören. Der muß eine Tonne wiegen und genagelte Stiefel anhaben, daß er so einen Krach veranstaltet. Mit den Augen verfolgt sie die Bewegung seiner Füße, die die Kante der Terrasse abgehen. Er bleibt stehen und geht weiter, scheint über das Geländer zu schauen und nach etwas zu suchen. *Fee, Fi, Fo, Fan, ich rieche das Blut von ei'm Englischmann.* Sie hält den Atem an. Sie ist bestimmt sicher hier. Er kann sie unmöglich hier unten sehen.

Sie hört das unverwechselbare Klicken eines Feuerzeugs.

Schließlich stiefelt der schwere Kerl zurück zu dem Tisch. Ein Stuhl schabt über das Holz. »Ich will nur ganz sichergehen«, sagt er, seine tiefe Stimme ist ein rauhes Flüstern.

»Wir sind allein, Sportsfreund. Zeit zum Entspannen.«

»In meinem Gewerbe, *Sportsfreund*, entspannt man sich nicht – nie. Sprechen Sie nicht so laut.«

»Haben Sie Ihre Hausaufgaben gemacht?« Obwohl der Fußtrommler sehr leise spricht, kann Sarah Jane jedes Wort verstehen – leider Gottes. Sie liegt direkt unter ihnen, so daß sie es sich anhören muß. Sie kann sogar den Rauch der Zigarette riechen, die der barsche Ziegenbock sich angezündet hat.

»Bin bei der Führung mitgegangen, wie Sie gesagt haben«, sagt Ziegenbock.

»Ordentlich.«

»Die Sicherheit ist der reinste Witz in dem Laden. Man sollte meinen, daß sie nach Oklahoma City vorsichtiger geworden wären, aber nicht im geringsten. Man könnte eine Haubitze da reinschleppen. Wir werden uns auf der Galerie aufbauen; sieht genau aus wie eine Kameraausrüstung. Wir feuern die Geschosse mit einem Zeitzünder ab. Sie sind schon fertig. Haben Sie meinen Presseausweis?«

»Hier ist er. Und das Datum steht jetzt auch fest, Sportsfreund. Montag.«

»Montag. Gut. Ich bin soweit.«

Fußtrommler senkt die Stimme: »Was ich mich gefragt habe: Wieviel braucht man?«

»Zu was?«

»Wieviel Soman braucht man, um einen Menschen umzubringen?«

»Ein zerstäubtes Partikelchen reicht.«

»Wieviel für die Senatskammer?«

»Könnte man in eine Bierflasche füllen.«

»Ohne Scheiß?«

»Ohne Scheiß. Es ist eine höhere Form des Tötens.«

»Wie genau tötet es denn?«

Diese Frage mußte einer wie Fußtrommler ja stellen. Ein Arschloch, wie es leibt und lebt.

Die Tür zum Restaurant geht auf, und Schritte überqueren die Terrasse. »Bitte schön, die Herren. Ein Heineken, ein verlängerter Bourbon, etwas zu knabbern. Hätten Sie sonst noch Wünsche?«

Nachdem seine Schritte sich entfernt haben, herrscht eine Zeitlang Stille. Sarah Jane hört das Klirren von Eis, ein Geräusch, das ihr immer einen kleinen Schauer über den Rücken laufen läßt. Sie meint, die Bourbonschwaden riechen zu können. Sie holt tief Luft, um soviel wie möglich davon einzuatmen.

Fußtrommler sagt: »Wie funktioniert es? Würde mich interessieren.«

»Na ja«, sagt die barsche Stimme, »ob man's einatmet oder durch die Haut aufnimmt, ist egal – tödlich ist beides.«

»Aber wie sterben die Leute denn?«

Eine lange Pause entsteht. »Das wollen Sie bestimmt nicht wissen.«

»Ich will es wissen.«

»Erstickungstod.«

»Aber wie sieht das aus? Da ich nicht beabsichtige, dabeizusein.« Er gluckst.

»Konvulsionen. Sie verkrampfen sich am ganzen Körper, fallen um, sind gelähmt. Dann sterben sie. An Erstickung. Kriegen keine Luft mehr.«

»Heilige Scheiße!«

»Allerdings.«

Sarah Jane rollt mit den Augen. Männer sind solche Labersäcke. Wer würde so einen Schwachsinn schon glauben?

»Ja, allerdings«, sagt Ziegenbock wieder. »Wußten Sie, daß selbst Adolf Hitler das Zeug nicht angerührt hat? Er hatte 'ne Menge davon in Reserve, das er im Krieg hätte einsetzen können, aber er hatte moralische Vorbehalte dagegen.«

»Hitler hatte moralische Vorbehalte?«

»Ja. Hat 1918 im Ersten Weltkrieg einen Geschmack von Senfgas abbekommen, als er Gefreiter in der 16. Bayerischen Reserve-Infanterieeinheit war. War ein paar Stunden lang blind deswegen.«

»Wirklich?«

»Mm-hm. Kriegsgeschichte ist mein Hobby.«

»Wie man sieht.«

»Und noch was: Es gibt keine Behandlung dafür. Ist dem Kommando das klar?«

»Natürlich. Na und?«

»Als ich die Führung mitgemacht habe, waren Jungs unten im Saal – Pagen, glaube ich –, und oben auf der Galerie wimmelte es nur so von Schulgruppen und Touristen. Mir soll's ja egal sein, aber diese Leute werden's auch abkriegen. Ich wollte nur sichergehen, daß Sie das wissen.«

Eine Pause entsteht. Eis klirrt in einem Glas. Direkt über ihr bewegen sich Schatten, ein kratzendes Geräusch, Sarah Jane blinzelt. Funken fliegen auf ihr Gesicht zu. Automatisch macht sie die Augen zu und dreht den Kopf weg. Dann landet etwas auf ihrer Wange, brennt und fällt herunter. Himmel. Seine Zigarettenkippe. Noch brennend. Er hat sie durch die Ritze gedrückt. Panik ergreift sie. Vielleicht weiß er, daß sie hier ist. Nein, unmöglich. Die Unterhaltung da oben macht sie nervös.

»Es wird also alle umbringen?« fragt Fußtrommler.

»Genau. Die Leute unten im Saal kriegen's zuerst ab. Aber es steigt schnell auf.«

»Werden die Leute auf der Galerie entkommen können, wenn sie das sehen?«

»Vielleicht. Aber wenn man erst mal den kleinsten Hauch davon eingeatmet hat, erholt man sich nie mehr davon.«

»Sie sind mir ja ein ganz Schlimmer, was?« Er lacht.

Eine Pause entsteht. Sarah Jane merkt, daß sie schwer atmet. Sie glaubt kein Wort von diesem Gesülze, aber trotzdem wünscht sie, sie wäre woanders.

Fußtrommler spricht: »Nun machen Sie sich mal keine Gedanken, Sportsfreund. Denken Sie dran: Sie sind der Kammerjäger. Ihre Aufgabe ist das Ausrotten von Kakerlaken – großen, kleinen –, das ist doch schnurz. Haben die sich etwa in Waco den Kopf darüber zerbrochen? Sie wissen, worauf ich hinauswill, Sportsfreund?«

Sarah Jane zittert. Sie schließt die Augen und läßt die Augäpfel nach hinten rollen, versucht, sich treiben zu lassen, damit sie das nicht hören muß. Das sind doch nur Männer, die große Töne spucken und mal wieder mit dem Arsch denken und nicht mit dem Kopf. Nichts davon ist wahr. Außerdem hat das nichts mit ihr zu schaffen. Sie wird sich jetzt einfach treiben lassen und nicht mehr hinhören. *Zu Bett, zu Bett, sagt Schlafköpfchen.*

»Wie steht's mit meinen Unkosten?« grummelt Ziegenbock.

»Das bißchen erledigen wir doch sofort, Sportsfreund«, sagt Fußtrommler. Ein Stuhl schabt, dann Rascheln. »Mit besten Empfehlungen vom Kommando.«

Ein langes Schweigen entsteht. »Scheint in Ordnung zu sein«, sagt Ziegenbock. »Den Rest direkt nach Lieferung?«

»Wie abgemacht, Sportsfreund. Sie passen schon auf, daß Sie nicht zu kurz kommen, was?«

Ziegenbock grunzt. »Sind enorme Ausgaben. Spezielle Hastelloybehälter aus Deutschland, das Rohmaterial kostet ein Vermögen. Und das Risiko. Wenn man in diesem Geschäft einen Fehler macht, dann tschüs.«

»Ist uns bewußt, Sportsfreund. Ist uns bewußt. Aber das Kommando weiß es zu schätzen. Es wird eine große Sache, Sportsfreund. Wie Oklahoma City, aber besser.«

Sarah Jane erstarrt. Jemand kriecht unter die Terrasse auf sie zu. Macht ein wischendes Geräusch. Mein Gott, ist das hier der Hauptbahnhof oder was? Wenn die zwei da oben was hören, ist sie Hackfleisch. Sie hebt den Kopf. Im Licht, das durch die Ritzen dringt, erkennt sie Tin Can. Das räudige Katzenvieh Silky hat sie auf dem Arm und Sarah Janes Kuhmantel am Leib.

Im Dunkeln macht Sarah Jane Tin Can Zeichen, daß sie bleiben soll, wo sie ist.

Über ihnen flüstert eine rauhe Stimme: »Haben Sie auch was gehört, Mann?«

»Wo?«

»Da unten. Hören Sie.« Sie lauschen.

Tin Can kommt näher und wischt über den Boden. Mein Gott, die Frau ist wirklich strohdoof.

Sobald Tin Can in ihre Nähe kommt, streckt Sarah Jane den Arm aus und zieht sie an den Haaren, damit sie stillhält. Tin Can jault auf. Silky springt ihr aus dem Arm und rennt davon.

Sarah Jane sieht den Mund von Tin Can aufgehen, um ihr nachzurufen. Sie preßt ihr die Hand über den offenen Mund. Tin Can starrt sie mit weit aufgerissenen, verängstigten Augen an.

Über ihnen gibt es einen lauten Knall wie von einem umfallenden Stuhl. »Herrgott Sakrament! Da! Haben Sie's auch gehört?«

»Ja! Unter der Terrasse.«

Aus dem Augenwinkel sieht Sarah Jane eine dunkle, huschende Bewegung. Es ist Silky, die unter der Terrasse hervorrast und hinaufspringt.

»Verdammte Scheiße! Eine Katze. Es ist eine Katze, eine beschissene Katze.« Fußtrommler gibt sein wieherndes Lachen zum besten. »War nur 'ne Katze. Mein Gott, jetzt hab ich mich aber erschreckt. Komm her, Schmusekätzchen. Komm her. Will die kleine Kitty eine schöne Brezel?«

Die Augen von Tin Can verdrehen sich vor Panik aufwärts,

so daß das Weiße sichtbar wird. Sie ist vernarrt in das blöde Vieh. Sarah Jane schüttelt warnend den Kopf.

»Komm her.« Es ist Fußtrommler, der mit hoher Stimme ruft. »Gutes kleines Kätzchen. Komm zu Daddy, damit ich dir den Hals dafür umdrehen kann, daß du uns so erschreckt hast.«

Tin Can befreit sich mit einem Ruck von Sarah Janes Hand. »Nein, nicht!« jault sie mit ihrer hohen Stimme. »Silky! Komm zu Mama!«

Oben auf der Terrasse quietschen Stühle, ein schnelles Trampeln von Füßen.

Sarah Jane kann sich nicht von der Stelle rühren. *Sei er lebendig oder tot, ich mahl ihm die Knochen und mach draus Brot.*

Die Männer über ihr sind aufgesprungen und donnern über den Holzfußboden. »Was zum Teufel ist da los? O mein Gott, da ist jemand unter der Terrasse!«

Tin Can rutscht schneller rückwärts auf dem Bauch heraus, als Sarah Jane sie sich je hat bewegen sehen. Sie kreischt: »Silky!« und kriecht unter dem Holzboden hervor in die Büsche, die im Dunkeln liegen, genau außerhalb des Lichtkreises, der von der Terrasse ausgeht.

»Silky!« schreit Tin Can wieder. Unglaublicherweise hört die Katze auf ihren Ruf. Sarah Jane hört sie über die Terrasse laufen und in die Büsche rasen. Tin Can hebt sie hoch und rennt, die Katze an die Brust gedrückt, auf die Böschung zu, die hinunter zum Bach führt. Für eine völlig Bekloppte kann sie sich erstaunlich schnell bewegen. Der schwarzweiße Mantel flattert hinter ihr her.

Sarah Jane will auch wegrennen, aber die Männer stehen jetzt am Rand der Terrasse. Sie müßte direkt an ihnen vorbeilaufen. Sie würden sie sehen. Sie drückt sich an den Boden und versucht, nicht mehr zu atmen. Ihr Herz schlägt so laut, daß sie die Arme um die Brust schlingen muß, um das Getöse etwas zu dämpfen.

Auf der Terrasse sagt Fußtrommler: »Himmel, die alte Kuh war direkt hier unter der Terrasse.«

»Sie hat uns gehört«, knurrt Ziegenbock

»Sie hat uns gesehen«, sagt Fußtrommler. »In Festtagsbeleuchtung wie auf einer beschissenen Bühne. Scheiße, Scheiße, Scheiße!«

Die Tür zum Restaurant geht quietschend auf, und die Scharwenzelstimme ruft: »Gibt es ein Problem dort draußen, Sir?«

»Allerdings, das können Sie aber glauben«, sagt Fußtrommler. »Wir sind von einer wilden Katze angegriffen worden, und dann kam irgendeine Verrückte eben gerade unter der Terrasse hervorgestürzt.«

»Au wei. Wahrscheinlich eine von denen, die hier übernachten.«

»Übernachten?«

»Ja, Sir. Wir hatten etwas Probleme in dieser Hinsicht. Sie wissen schon, Landstreicher, Obdachlose.«

»Landstreicher unter der Terrasse!« brüllt Fußtrommler mit überschnappender Stimme.

»Ich dachte, wir hätten das Problem schon lange gelöst, Sir. Eine Zeitlang hat hier eine alte Pennerin geschlafen. Aber die haben wir schon vor Monaten vertrieben.«

»Wie sah die aus, die Pennerin?« fragt Ziegenbock.

»Wie sah sie aus? Ich weiß nicht, eine alte Pennerin eben. Aber sie hatte immer so einen verrückten Mantel mit schwarzen und weißen Flecken an.«

»Das war sie«, sagt Ziegenbock. »Ich hab den Mantel gesehen, als sie weggerannt ist.«

Schritte hasten zum Ausgang, ärgerliche Worte werden an der Tür gewechselt. Dann wird die Tür zugeknallt.

Sarah Jane wartet, wobei ihr das Herz bis zum Hals schlägt. Als sie sicher ist, daß sie weg sind, schnappt sie sich ihre Tasche und krabbelt unter der Terrasse hervor. Geduckt wirft sie gehetzte Blicke um sich. Sie zittert, und die Beine wollen ihr kaum gehorchen, als sie aufsteht. Als sie zu der Überzeugung gelangt, daß die Luft rein ist, wirft sie sich die Tasche über die Schulter und sprintet los. Sie läuft die Straße entlang, die entgegengesetzte Richtung von der, die Tin Can eingeschlagen hat, und weg vom Parkplatz, zu dem die Männer vermutlich unterwegs sind.

Ohne zurück zu der Terrasse zu schauen, wo sie das vergangene Jahr über geschlafen hat, trabt sie davon. Für sie war es eine Art Zuhause, das einzige, das sie hatte. Aber sie schaut nicht zurück. Es lohnt sich nicht, in den beschissenen Rückspiegel zu gucken.

Erst als sie schwitzend und atemlos bei der Heilsarmee ankommt, macht sie sich Gedanken über Tin Can. Aber sie ist sich sicher, daß die doofe Nuß heil davongekommen ist, also wird sie sich auch nicht den Kopf über sie zerbrechen. Und dann entdeckt sie Lufkin, der an der Backsteinmauer lehnt und raucht und eine braune Papiertüte unter den Arm geklemmt hat. Form und Größe sehen nach einer Halbliterflasche Thunder Chicken aus. Meine Herrn! Ihr Herz schlägt schneller. Um zurück auf den fliegenden Teppich zu kommen, gibt es nichts auf der Welt, was so hilfreich wäre wie eine Flasche Chicken. Sie lächelt ihm zu und winkt. Er winkt sie zu sich, und sie überquert die Straße.

Ein paar Minuten später sieht sie Tin Can die Treppe zur Heilsarmee heraufsteigen. Sie keucht und hält Silky umklammert, während ihr der lange, gefleckte Mantel um die Füße flattert. Sarah Jane ruft sie nicht her; wenn sie das täte, würde Lufkin am Ende seine Flasche auch noch mit ihr teilen.

Morgen wird sie mit Tin Can reden und sich dann einen Plan überlegen, wie sie ihren Mantel wiederkriegt. Es sollte nicht zu schwierig sein, einen Schwachkopf übers Ohr zu hauen.

9. Kapitel

Dame Trott und ihre Katze
Führten ein friedliches Leben,
Wenn sie nicht belästigt wurden
Von den Sorgen anderer Leute.

Englischer Kindervers

Das Foto verschlug Molly den Atem. Emily Bickerstaff, die auf der Straße Tin Can genannt wurde, saß neben einem ausgebeulten Müllsack auf dem Bürgersteig. Die gescheckte Katze lag in ihrem Schoß, und sie blickte mit einer solch liebevollen Hingabe auf sie herunter, als sei sie die liebenswerteste, drolligste Kreatur auf der Welt. Dort, wo der Frau die Vorderzähne fehlten, war ihr Mund eingefallen. Ihre langen, verfilzten Haare, steif vor Schmutz, standen vom Kopf ab. Hinter ihr hatte die Sonne sich in einigen grauen Strähnen verfangen und sie vergoldet.

Molly sagte: »O Henry, es ist die reinste Pietà. Niemand könnte das ansehen, ohne gerührt zu sein. Mein Gott, wie machen Sie das nur?«

Er zuckte die fleischigen Schultern. »Keine Ahnung. Manchmal weiß man nicht gleich, was man festgehalten hat.« Er zeigte auf die leuchtende Aura, die durch die vergoldeten Haarsträhnen entstanden war. »Als der Heiligenschein hier im Entwicklerbad rausgekommen ist, dacht ich echt, ich seh eine Erscheinung wie auf dem Leichentuch von Turin.«

Molly warf einen letzten, langen Blick darauf und sichtete dann den Rest der schwarzweißen Probeabzüge, wobei sie die beiseite legte, die ihr am besten gefielen. Es gab sechs verschiedene Aufnahmen von jeder der fünf Frauen, mit denen sie Gespräche geführt hatte, und alle waren hervorragend. »Dieses hier von Roxie zeigt, wie leuchtend ihre Augen sind, und das von Arlene und dem Müllcontainer ist ganz außerordentlich.«

Sie blickte hoch zu Henry Iglesias, der auf der Ecke ihres Schreibtischs saß und lässig mit einem schmutzigen Fingernagel zwischen den Zähnen herumstocherte, und wunderte sich mal wieder über diese merkwürdige Gestalt, die soviel künstlerisches Talent an den Tag legen konnte. »Ich möchte Sie gern auf Ihrer nächsten Runde begleiten«, sagte sie, »und Ihnen zusehen.«

Der Fotograf zuckte die Schultern. Sein Gesicht zeigte keinerlei Ausdruck, auch wenn man zugeben mußte, daß nur sehr wenig von diesem Gesicht tatsächlich zu sehen war. Sein dickes schwarzes Haar hing ihm in Dreadlocks bis tief in die Stirn, und sein kohlrabenschwarzer Bart schien mehr von seinem Gesicht zu verdecken, als Bärte das für gewöhnlich tun. Er trug einen goldenen Ring in einem Nasenloch und einen Diamantstecker im linken Ohr. »Sie würden mich nur nerven«, sagte er.

»Nein, würde ich nicht. Ich möchte nur zu gern wissen, wie Sie bei der Arbeit vorgehen.« Sie breitete ihre Lieblingsbilder vor sich auf dem Schreibtisch aus. »Die sind einfach phantastisch. Man hat den Eindruck, Sie würden diese Frauen außerordentlich gut kennen. Sie müssen sich lange mit ihnen unterhalten, bevor Sie die Aufnahmen machen.«

»Unterhalten? Mit diesen stinkenden, alten Pennerinnen? Niemals.« Wenn er lächelte, wurde seine flache Nase ganz breit, und sein Nasenring wackelte. Molly war fasziniert und begeistert von ihm, seit sie zum erstenmal seine Arbeiten gesehen hatte, eine Ausstellung mit Schwarzweißfotos von Chicano-Teenagern in San Antonio. Sie forderte ihn häufig als Illustrator ihrer Artikel an, bekam ihn aber nur selten. Er war sehr teuer und schien nicht sonderlich an den Aufträgen interessiert zu sein. Es war außerdem schwierig, mit ihm zusammenzuarbeiten, da er nach Mollys Erfahrung nicht viel von Worten hielt und sich herzlich wenig in seine Arbeit hineinreden ließ. Diese Fotos jedoch, die er von ihren Stadtstreicherinnen gemacht hatte, übertrafen ihre Erwartungen bei weitem, was sehr erstaunlich war, da ihre Erwartungen unverhältnismäßig hoch waren.

»Sagen Sie mir eins«, fragte sie, »dieses hier von Tin Can – ist das gestellt oder hat sie einfach zufällig so dagesessen mit der Katze und dem Müllsack und der Sonne hinter sich?«

Er zuckte die Achseln. »Weiß nicht mehr.« Er stand auf und hakte die Daumen in seine schwarzen Hosenträger ein. »Wann krieg ich meinen Scheck?«

Mollys Telefon klingelte. Es war Andrea vom Empfang. »Molly, ein Frank Quinlan ist hier und möchte dich sprechen.«

»Frank Quinlan!«

»Er meint, es täte ihm leid, daß er nicht vorher angerufen hätte, aber er war gerade in der Gegend und will dich auch nur ein paar Minuten stören.«

»Frank Quinlan?«

»Genau. Molly, das hatten wir schon. Hast du Zeit für ihn?«

»Einen Moment.« Sie sah Harry an. »Gibt es noch etwas?«

Er zuckte die Achseln. »Mein Scheck.«

»Ja, natürlich. Warum gehen Sie nicht bei Ron vorbei und fragen ihn?« Ins Telefon sagte sie: »Gut. Ich bin jetzt fertig mit Henry. Schick Mr. Quinlan nach hinten.«

Sie legte auf und sah hinunter auf die Bilder. »Lassen Sie sie mir ein paar Tage da, Henry. Damit ich sie mit Richard besprechen kann – alle.«

Er zuckte mit den Schultern. »Soll mir recht sein.«

Molly begleitete ihn zur Tür und beobachtete, wie er auf dem Flur an Frank Quinlan vorbeiging. Sie fragte sich, was Henry wohl daraus machen würde, wenn sie ihn nach Lakeway schicken würde, um pensionierte Millionäre auf dem Golfplatz zu fotografieren. Vermutlich kamen dabei Charakterstudien heraus, in denen man Millionäre auf völlig neue Art und Weise betrachten würde.

Frank Quinlan sah heute mit dunklem Anzug und Krawatte geschäftsmäßig aus. Seine weißen Haare waren sorgfältig frisiert und aus seinem gebräunten Gesicht gerade nach hinten gekämmt. Er hatte eine abgewetzte Aktentasche in der Hand, die er neben einem Stuhl abstellte. Er streckte Molly die Hand hin. »Es tut mir wirklich leid, Sie bei der Arbeit zu stören, aber ich müßte Sie für ein paar Minuten sprechen.«

Sie schüttelte ihm die Hand, wobei sie den Widerwillen gegen die Berührung zu verbergen suchte. »Es ist ein Wunder, daß Sie mich hier erwischen. Ich komme meist nur einmal in der Woche ins Büro.« Das wahre Wunder war allerdings, dachte sie, daß sie einem Quinlan die Hand schüttelte und mit ihm plauderte.

»Dann arbeiten Sie also zu Hause«, sagte er und sah sich in ihrem Büro um, das klein und quadratisch war und keinen einzigen persönlichen Gegenstand enthielt oder auch nur die Spur einer Verschönerung aufwies.

»Ja. Meist schon. Äh, wollen Sie sich nicht setzen?«

»Danke.« Er setzte sich auf einen Stuhl mit gerader Lehne und schlug die Beine übereinander. Dann legte er seine Hände auf das Knie und starrte auf sie hinunter. Er sah aus, als müsse er erst ein stilles Gebet sprechen, bevor er etwas tat, was er später vielleicht bereuen müßte.

Und wenn ihr Leben davon abhinge, dachte Molly, sie könnte sich keinen Reim darauf machen, was diesen Mann zu ihr geführt hatte. Doch jeder Nerv in ihrem Körper war angespannt, was sie ahnen ließ, daß es etwas Hochinteressantes sein würde. Sie setzte sich ihm gegenüber und wartete.

Als er endlich aufsah, war sein Mund verkniffen. »Mein Vater«, sagte er und schüttelte den Kopf. »Mein Vater spielt vermutlich gerade die Stacheldrahtharfe in der Hölle. Er war ein richtiger Schweinehund.«

»Ich weiß«, sagte Molly.

»Als wir Kinder klein waren, tyrannisierte er uns aufs schlimmste. Meine Mutter behandelte er schändlich. In Geschäftsangelegenheiten war er skrupellos. Mehr als skrupellos – einige seiner Geschäftspraktiken waren dubios und andere schlichtweg illegal. Es tut mir leid, das eingestehen zu müssen, aber es dürfte Ihnen ja nichts Neues sein.«

Molly hielt den Atem an. Sie hatte keine Ahnung, worauf er hinauswollte, aber sie hoffte, daß er rasch zur Sache kam.

»Er fing als Bohrarbeiter auf den westtexanischen Ölfeldern an und hat nie gute Manieren gelernt. Zwei Dinge bereue ich: Ich habe ihn nie windelweich dafür geprügelt, wie er meine Mutter behandelte, und ich habe ihm nicht früher die Stirn geboten, was seine … Geschäftspraktiken anbelangte.« Er blickte hoch, um Mollys Reaktion einschätzen zu können.

Sie ließ ein beruhigendes Murmeln hören, etwas, das sich im Verlauf von Hunderten von Interviews als das beste Mittel erwiesen hatte, Leute zum Weiterreden zu bewegen.

»Er versuchte, Ihren Vater zu bestechen, den Artikel über die Rolle von Quinlan im Weißölgeschäft nicht zu veröffentlichen. Das wissen Sie.« Er bewegte die Beine, rutschte auf dem Stuhl herum und versuchte, eine bequeme Haltung zu finden. »Ich möchte hier ganz offen sein, Molly, und gestehen, daß ich davon wußte; von dem Bestechungsversuch, meine ich. Ich wußte auch, daß der Artikel im Grunde richtig war und Jasper tatsächlich diesen Ölbetrug auf seinen Feldern in Nordtexas laufen hatte. Er hatte sein Erdgas als Rohöl deklariert, weshalb er als Ölproduzent eingestuft wurde.«

»Weshalb er mehr Bohrlöcher auf seinen Feldern anlegen durfte.«

»Und ob. Es war ungeheuer profitabel, und er war seiner Zeit weit voraus, bevor die großen Ölgesellschaften damit anfingen. Ich war nicht damit einverstanden und sagte es dem Alten auch, hatte aber zu jener Zeit nicht den Schneid, außer Widerspruch etwas anderes dagegen zu unternehmen.« Er sah nach unten auf den Teppich. »Als Jasper Wind von Vernons Nachforschungen bekam, war er außer sich vor Wut. Und er hatte Angst. Angst vor Strafverfolgung und Verlust seiner Profite. Er ging zu Ihrem Vater und bot ihm für sein Schweigen eine Summe an, die weit über das hinausging, was er für den Verkauf des Artikels erhalten würde. Ihr Vater weigerte sich und drohte ihm an, den Bestechungsversuch mit in den Artikel hineinzunehmen.«

»Ich weiß«, sagte Molly.

»Ich weiß, daß Sie das wissen. Aber ich komme jetzt zu dem Teil, von dem Sie nichts wissen.« Er lehnte sich weit vor, und Molly tat das gleiche.

»Der Alte war ein Arschloch, wie es im Buche steht, und raffiniert war er obendrein.« Er senkte die Stimme. »Ich will Ihnen gar nichts anderes weismachen. Er war ein Tyrann, ein Ehebrecher und ein Schwindler. Ich verstehe, warum Sie ihn im Verdacht hatten. Er hatte sicherlich ein starkes Motiv. Aber«, er blickte Molly an und sprach sehr deutlich, »er hat

Ihren Vater nicht ermordet. Er hat niemanden beauftragt, Ihren Vater zu ermorden. Er hat keine Unterlagen gestohlen, die Ihrem Vater gehörten. Und auch sonst niemand in meiner Familie.«

Molly hatte ihm jedes Wort von den Lippen abgelesen. »Wie können Sie sich da so sicher sein?«

»Ich war damals der Rechnungsprüfer der Firma. Ich hatte mit allem zu tun, was vor sich ging. Ich hätte davon gewußt.«

»Ich bin nicht überzeugt.«

»Lassen Sie mich ausreden. Wissen Sie noch, als Sie zurück nach Lubbock kamen und das Interview mit dem *Morning Clarion* führten, in dem Sie Quinlan Oil und im besonderen Jasper Quinlan beschuldigten, Ihren Vater ermordet zu haben, damit die illegalen Bohrpraktiken nicht ans Licht kämen?«

»1972, im September«, sagte Molly. »Ich erinnere mich gut daran.«

»Ich habe den Alten noch nie so wütend gesehen wie an dem Tag, als der Reporter kam und ihn danach befragen wollte. Er spuckte Gift und Galle.«

»Ich weiß. Ich habe ihn und Ihren Bruder Roger getroffen. Ich dachte, Ihr Vater würde einen Herzinfarkt kriegen, während ich in seinem Büro war.«

»Was Sie nicht wissen, ist, daß sie nach Ihrer Abfahrt einen Privatdetektiv mit der Untersuchung des Todes Ihres Vaters beauftragten.«

Molly stockte der Atem. »Tatsächlich?«

Er nickte. »*Wir* taten das. Ich war auch dafür. Wir wollten herausfinden, was wirklich mit Ihrem Vater geschehen war. Um zu beweisen, daß Quinlan Oil nichts damit zu tun hatte. Und, Molly, wir beauftragten eine Firma mit gutem Ruf. Dem besten. Wenn einer von uns für seinen Tod verantwortlich gewesen wäre, hätten wir das nicht getan.«

Mollys Telefon klingelte. Ohne die Augen von Frank Quinlan zu wenden, streckte sie die Hand aus und stellte den Ton ab. »Sie haben einen Privatdetektiv beauftragt?«

»Am selben Tag, an dem Sie dort waren. Ich habe persönlich den Scheck über den Vorschuß ausgestellt.«

»Wen haben Sie beauftragt?«

»Einen pensionierten FBI-Beamten, der seine eigene Agentur hatte. Er hieß Julian K. Palmer, Palmer Investigations in Lubbock.«

»Hieß?«

»Jawohl, Ma'am. Er starb vor ungefähr zehn Jahren. Die Firma gehört jetzt seinem Sohn Shelby.«

»Was hat Julian K. Palmer herausgefunden?«

»Nun ja. Das war vor fünfundzwanzig Jahren, und mein Gedächtnis ist nicht mehr das, was es früher mal war.«

»Ja, aber Sie –«

Er streckte ihr beschwichtigend die Hand entgegen. »Ich habe mir gedacht, daß Sie Interesse daran haben könnten. Wenn dem so ist, sollten Sie die Auskünfte so präzise wie möglich bekommen. Aus erster Hand.«

Ihr Herz hämmerte. »Sie meinen –«

»Ich habe gestern mit Shelby Palmer in Lubbock gesprochen. Er hat die Originalakte noch.«

»Sie haben sie so lange aufbewahrt.« Sie hörte die Andacht in ihrer Stimme.

»Ich habe ihm gerade eine Vollmacht zugefaxt, daß er Ihnen die Akte aushändigen darf – falls Sie nach Lubbock fahren und sich die Sache ansehen möchten. Sie wollen die Akten nicht aus der Hand geben, aber Sie könnten sie im Büro einsehen. Er würde Ihnen beim Entziffern behilflich sein.« Er lehnte sich im Stuhl zurück. »Wenn Sie wollen.«

»Wenn ich will«, wiederholte Molly. Es war wie die Frage,

ob sie mit einer vegetativen Funktion wie Atmen oder Verdauen fortfahren wollte. Es gab Dinge, zu denen man sich nicht zu entschließen brauchte.

»Es gibt Gründe, die dagegen sprechen könnten.«

»Was für Gründe?«

»Nun ja, wenn man einen Privatdetektiv beauftragt, will man, daß er allen Schmutz herausfindet.«

Eine Welle der Angst durchflutete sie. »Und?«

»Sie haben nicht nur Ihrem Daddy nachspioniert. Sie haben auch Ihnen hinterherspioniert.«

»Mir?«

»Jawohl, Ma'am. In dem Bericht stehen Dinge, die Ihnen nicht im geringsten gefallen werden. Wenn Sie sich dafür entscheiden, die Akte anzusehen, wird es schmerzlich für Sie werden. Teil des Plans war es, Sie zu diskreditieren, damit Ihre Anschuldigungen kein Gewicht mehr hätten.«

»Ich verstehe«, sagte sie grimmig. »Hört sich nach interessanter Lektüre an.«

»Ich kann Ihnen gar nicht sagen, wie leid es mir tut, daß ich daran beteiligt war.«

»Was hat Julian K. Palmer über den Tod meines Vaters herausgefunden?«

»Es wäre mir lieber, wenn Sie es direkt –«

»Aus erster Hand, ich weiß. Verraten Sie mir nur das Wesentliche, an das Sie sich erinnern.«

»Nun gut, was mein Vater von Palmer erwartete, war ein eindeutiger Fall von Selbstmord. Ein unausgeglichener und depressiver Mann, der sich erschießt, und seine ausgerastete Tochter, die eine Vendetta in die falsche Richtung unternimmt.«

»Und *war* sein Ergebnis Selbstmord?«

»Allerdings. Vernon Cates war depressiv, hatte Probleme

mit Frauen, Geldprobleme. Der Gerichtsmediziner nannte es Selbstmord. Alle Fakten wiesen auf Selbstmord hin. Aber –« Er unterbrach sich und blickte wieder hinunter auf seine Hände.

»Aber was?«

»Aber Mr. Palmer machte nicht an diesem Punkt halt. Er erwies sich als zu gründlich. Zu ehrlich.«

»Was hat er gefunden?«

»Molly, Sie müssen den Bericht lesen.«

»Aber was –?«

»Sie werden Hinweise darauf finden, daß die polizeiliche Untersuchung ungenügend war.«

»Olin Crocker«, sagte Molly und war selbst erstaunt, wieviel Bitterkeit sie in diese vier Silben zu legen vermochte. »Er machte *gar* keine polizeiliche Untersuchung.«

»Wenn ich mich recht erinnere, werden Sie Andeutungen in dieser Richtung in dem Bericht finden.«

Molly fühlte ein heißes Surren in den Ohren. Nie hatte sie auch nur die Andeutung eines Beweises finden oder andere davon überzeugen können – aber sie war sich hundertprozentig sicher, daß Crocker von irgend jemandem an der Ausübung seiner Pflicht gehindert worden war.

»Jetzt machen Sie sich bloß keine Hoffnungen, daß dieser Bericht Ihnen irgendwelche endgültigen Antworten geben wird; das tut er nämlich nicht. Aber vielleicht ist er ja eine Hilfe.« Er schien ihr Gesicht zu mustern, und was er dort sah, ließ ihn die Stirn runzeln. »Ich hoffe ja bloß, daß ich auch das Richtige tue, Molly. Ich hoffe in Gottes Namen, daß es Ihnen wirklich eine Hilfe sein wird.«

»Ist das der Grund, warum Sie das für mich tun – um mir zu helfen?«

»Ja, aber es ist komplizierter.«

»Sie haben Schuldgefühle.«

»Natürlich. Hätten Sie die nicht?«

Sie nickte.

»Nachdem Sie bei uns zu Besuch waren, erzählte Franny, daß Sie sich immer noch den Kopf darüber zerbrächen, was wirklich mit Ihrem Vater geschehen sei. Nach so langer Zeit. Ich dachte, vielleicht würde es Ihnen ja helfen, einen Schlußstrich zu ziehen. Franny befürchtet jedoch, daß es Ihre Trauer nur noch verstärken wird, Ihnen falsche Hoffnungen machen könnte.«

»Aber Sie sind nicht dieser Meinung?«

Er ließ sich Zeit für seine Antwort. »Wenn es Informationen über Willie wären, würde ich sie haben wollen. Auch wenn sie erst achtundzwanzig Jahre zu spät auf den Tisch kämen.«

»Ich auch.«

»Besser kann ich mich nicht erklären. Sie fahren nach Lubbock?«

Molly sah auf die Uhr. »Ich frage mich, wie lange die Agentur Palmer heute wohl geöffnet hat.«

Er lächelte. »Shelby ist heute in Houston. Er wird morgen wieder in Lubbock sein. Aber Sie können bei ihm im Büro anrufen und einen Termin vereinbaren.« Er faßte in seine Aktentasche und zog einen langen Umschlag heraus. »Hier ist eine Kopie des Fax, das ich ihm geschickt habe. Und ein Brief, in dem ich Sie vorstelle. Und die Adresse und die Telefonnummer der Agentur.«

Sie nahm den Umschlag entgegen und legte ihn auf ihren Schreibtisch.

Er stand auf und streckte ihr die Hand hin. »Ich kann Ihnen nicht sagen, wie leid mir meine Rolle in dieser Angelegenheit tut. Ich schäme mich aufrichtig.«

Molly gab ihm die Hand, diesmal von ganzem Herzen. »Vielen Dank. Das war sicher nicht einfach für Sie.«

Er nahm seine Aktentasche vom Boden. »Das war es sicher nicht.«

Als er sich abwandte, um zu gehen, sagte sie: »Frank, mein aufrichtigstes Beileid zum Tod Ihres Sohnes.«

Er zögerte einen Augenblick, dann wandte er sich ihr wieder zu. In seinen Augen standen Tränen, und seine Nasenspitze hatte sich gerötet. »Ja, mir tut es auch leid. Mir auch. Alle sagen, es wird leichter werden, aber es sieht nicht danach aus.« Er versuchte zu lächeln. »Lassen Sie mich wissen, wie es Ihnen ergangen ist. Und bitte melden Sie sich doch wieder bei Franny.«

»Werde ich tun.«

Als er das Zimmer verlassen hatte, setzte Molly sich an den Schreibtisch und öffnete den Umschlag. Sie starrte die Telefonnummer des Detektivbüros Palmer an. Jahrelang hatte sie den wiederkehrenden Traum gehabt, daß ihr Vater ihr eine Nachricht geschickt hätte, sie solle ihn anrufen. Sie war zum Telefon gerast und hatte versucht, die Nummer zu wählen – immer auf so einem alten, schwarzen Wandapparat, wie sie früher in Lubbock einen gehabt hatten –, doch irgend etwas kam stets dazwischen: Ihre Finger rutschten aus den Löchern der Wählscheibe, oder eine der Zahlen fehlte, oder sie vergaß zwischendrin die Nummer, die sie wählen wollte. Hektisch versuchte sie, ihn immer und immer wieder anzurufen. Doch sie schaffte es nie. Jedesmal wurde ein Alptraum der Verzweiflung daraus.

Sie hob den Hörer ab und tippte die Nummer ein.

Sie kam beim ersten Versuch durch.

10. Kapitel

Es fordert Blut, sagt man:
Blut fordert Blut.
Man sah, daß Fels sich regt
und Bäume sprachen.

Macbeth

Der höllische, orangerote Feuerball ist in drei Stücke zerschnitten und verbrennt sie. Er hat ihr ein Bein bereits versengt und wird bald den Rest von ihr auffressen. Sarah Jane Hurley ist schließlich und endlich ganz unten angelangt, dort, wo sie hingehört. Sie hat eine Bruchlandung in der Grube der Höllenqualen gemacht, genau wie Gramma es ihr immer vorhergesagt hatte, wenn sie sich nicht bessern würde.

Sie riecht abscheulich, als hätte sie ein sterbendes Tier in sich – häßlich, stinkend, eiternd –, und jetzt verreckt es endgültig. Und sie weiß, warum das passiert ist. Es ist wegen dem Mantel. *Lucy Lasche verlor ihre Tasche.* Der Mantel war es, der sie beschützt hatte, wenn sie unterwegs war. Dann hat der Scheiß-Lufkin sie dazu gezwungen, ihn herzugeben, und jetzt ist sie völlig schutzlos – nichts als eine Masse wunder, angsterfüllter Tiernerven, die dem glühenden Feuerball da hinten gnadenlos ausgesetzt sind.

Sie hat den Mantel seit dem Tag gehabt, an dem sie in Austin ankam, vor über einem Jahr. Sie hat ihn in einem Müllcontainer hinter Loehman's gefunden, die Preisschilder waren noch dran – endlich mal Glück gehabt zur Abwechslung, ein gutes Omen. In dem Moment, in dem sie ihn anzog, wurde sie die Cow Lady, ein neuer Mensch ohne die geringste Vergangenheit. *Hei didel didel!* Er hatte ihr immer das Gefühl gegeben, daß es noch Möglichkeiten gab. *Die Katz und die Fiedel / Die Kuh sprang über den Mond.* Nicht daß sie abergläubisch wäre oder so, aber wenn sie überleben will, muß sie ihn wiederkriegen.

Mühsam richtet sie sich zum Sitzen auf und keucht, als der dreigeteilte Feuerball ganz wird. Sie blinzelt die langen Gräser an. Es ist Morgen, und die Sonne geht über dem verlassenen Grundstück auf, auf dem sie die Nacht verbracht hat. Es gibt keine Stelle an ihrem Körper, die nicht weh tut: die gewohnten Gliederschmerzen und die Übelkeit nach einer Sauftour, dazu die Schmerzen in den Gelenken und die brennenden, sie wahnsinnig machenden Bisse auf dem linken Bein, die sich entzündet haben.

Sie sieht an sich herunter. Sie besitzt keine Decke und keinen Mantel. Sie liegt auf der nackten Erde, Jeans und Pullover feucht vom Gras. *Didel didel Pummelchen, mein Sohn Hans, ging ins Bett mit den Hosen an.* Schwankend kommt sie auf die Füße und torkelt zum Zaun am hinteren Ende des Grundstücks. Sie zieht ihre Jeans herunter und hockt sich hin zum Pinkeln. Da bemerkt sie erst die anderen, die drei langen, auf dem Boden ausgestreckten Kokons. In einem erkennt sie Lufkin, und in den beiden anderen die Penner, mit denen sie zusammen gesoffen haben, aber sie kann sich nicht mehr an ihre Namen erinnern. Sie weiß nicht mal, seit wie vielen Tagen sie jetzt schon dabei sind oder welcher Tag heute ist.

Sie nimmt ihre Tasche vom Boden, humpelt auf die Straße zu und bewegt sich langsam ein paar Straßenzüge weiter bis zur Ecke mit dem Zeitungskasten. Sie wirft einen Blick auf die Zeitung. Es ist Donnerstag. Seit Dienstagabend waren sie am Saufen, glaubt sie. Irgendwie hat sie einen ganzen Tag und eine Nacht verloren.

Sie weiß ganz genau, was sie tun muß: Sie muß Tin Can finden und sich den Mantel zurückholen.

Donnerstag ist der Blutspendetag von Tin Can. Wenn sie zur 29. Straße läuft, findet sie sie vielleicht beim Plasmazentrum. Sie schleppt sich auf der Red River Street in Richtung Norden und stellt sich resigniert auf den langen Marsch ein, humpelnd wegen der stechenden Schmerzen im linken Bein.

Kurz vor dem Plasmazentrum legt sie endlich eine Pause ein. Sie lehnt sich an die Mauer von Hub's Donuts und beobachtet die Penner, die auf das Zentrum zugehen. Der Duft von frischen Donuts und Kaffee, der aus Hub's herausweht, weckt den Wunsch in ihr, Geld zu besitzen. Vier von den weichen, zuckersüßen Donuts, heruntergespült mit einer Tasse Kaffee, das würde ihr vielleicht helfen. Aber sie hat kein Geld – außer dem Hundertdollarschein, der mit einer Sicherheitsnadel an ihrem Flanellhemd festgesteckt ist, und den kann sie nicht anbrechen. Er ist ein heiliger Gegenstand, das letzte, was ihr von Ellie geblieben ist. Sie hat sich geschworen, ihn nie auszugeben. Sarah Jane weigert sich, an die Abschiedsszene zu denken, als Ellie ihr den Schein gab und ihr auftrug, sich nicht mehr blicken zu lassen. Wenn sie demnächst einmal aufhört mit Saufen und sich wieder berappelt, will Sarah Jane Ellie die hundert Dollar zurückgeben. Und sie hat sich schon genau zurechtgelegt, was sie ihr sagen wird. Sie wird sie umarmen und sagen: »Du bist eine gute Tochter, Schatz, aber das kannst du selbst besser gebrauchen. Ich kann jetzt selbst für mich sorgen.«

Auf der anderen Seite der Kreuzung entdeckt sie Squint und Roylee, die mit Zippo reden, einem straßenköterdünnen Drogensüchtigen, dem immer eine unangezündete Zigarette zwischen den Lippen hängt. Zippo scheint harmlos zu sein, aber Squint und Roylee sind Typen, von denen Sarah Jane sich lieber fernhält – Raubtiere, Aasgeier, die immer auf der Suche nach einer Möglichkeit sind, aus anderen Obdachlosen Geld herauszupressen. Squint ist der Chef, und Roylee dient ihm als Blindenhund, da Squint angeblich blind ist und nur Umrisse und Farben erkennen kann. Sarah Jane weiß nicht, ob sie das glauben soll; es könnte genausogut nur eine von Squints vielen krummen Touren sein, eine weitere Methode, andere auszunutzen. Heute ist sie allerdings froh, ihm über den Weg zu laufen, weil er alle Obdachlosen in der Stadt kennt und seine Nase in aller Leute Angelegenheiten steckt.

Sie überquert die Kreuzung. Squint dreht den Kopf und scheint ihr Näherkommen zu registrieren. Er ist ein großer, gut gebauter Mann um die dreißig, mit langem schwarzen Pferdeschwanz und hohen Wangenknochen. Seine Augen, nichts als Schlitze, stehen sehr dicht beieinander und liegen unter vorspringenden Augenbrauen tief in seinem Schädel. Roylee ist klein, quadratisch und haarlos. Seine dicken Arme sind mit unscharfen, blauen Tätowierungen bedeckt Er sagt etwas in Squints Ohr, und Squint lächelt in Sarah Janes Richtung.

»Hey, Zippo«, sagt Sarah Jane zu dem Süchtigen. Squint und Roylee nickt sie zu.

»Lang nich' gesehn, Cow Lady«, sagt Squint und beobachtet sie durch seine Augenschlitze hindurch mit einer Intensität, die sie überrascht.

»Cow Lady?« fragt Zippo. »Wo ist dein Mantel?«

»Tin Can hat ihn. Ich such nach ihr. Habt ihr sie gesehn?«

Zippos Kopf wackelt auf seinem hageren, stoppligen Hühnerhals hin und her. »Tin Can? Ist das die Kleine, die immer 'ne Miezekatze auf'm Arm rumschleppt? Letzte Woche war sie hier, glaub ich. Drinnen haben wir neben'nander gelegen. Sind wir jetzt wohl Blutsbrüder oder so was.« Er lacht über seinen Witz, wobei er es schafft, daß die Kippe bewegungslos zwischen seinen Lippen hängenbleibt.

»Hast du sie diese Woche gesehn?«

Er schüttelt den Kopf.

Squint fragt: »Wann hast du ihr den Mantel gegeben?«

»*Geliehen.* Vor 'n paar Tagen«, sagt Sarah Jane. »Warum? Hast sie gesehn?«

»Nee. Wollt ich bloß wissen. Kommst uns gar nicht mehr im Patchwork besuchen. Hast 'ne Bude oder was?« fragt Squint.

»Tut mir 'n Gefallen«, sagt Sarah Jane, »wenn ihr Tin Can seht, sagt ihr, daß ich sie suche. Ist sehr wichtig.«

»Du hast mir keine Antwort gegeben«, sagt Squint und lächelt nicht mehr. »Wo hängst du jetzt so rum?«

»Ach, hier und da. Bei Freunden«, sagt Sarah Jane.

»Wer? Lufkin?« fragt Squint.

»Manchmal«, sagt sie, von seinem plötzlichen Interesse verwirrt.

»Habt ihr immer noch das Lager unten am Bach? Hinter dem Grill?«

»Nein«, sagt sie.

»Ich wette, du hängst tagsüber immer noch in der Bibliothek rum.«

»Was geht dich das an?« fragt Sarah Jane.

»Ich möchte nur gern wissen, wo meine Freunde gerade sind«, sagt Squint mit einem breiten Grinsen, das Sarah Jane wie eine aufgehende Bärenfalle vorkommt.

»Klar«, sagt sie. »Bis dann.« Sie betritt das Plasmazentrum, geht einfach an der Krankenschwester am Empfang vorbei, die mit Papierkram beschäftigt ist. Sie steht an der Tür und betrachtet den großen Raum mit den Reihen schwarzer Liegen. Sie kennt diesen Raum nur zu gut, kommt selbst zweimal die

Woche her und verkauft Plasma für je neun Dollar. Heute morgen ist ungefähr die Hälfte der Liegen besetzt. Die Spender sind an große weiße Maschinen angeschlossen, in die das Blut fließt und die es dann schleudern, um das Plasma herauszuholen und die roten Blutkörperchen zurückzupumpen. Natürlich ist es nur eine andere Art, seinen Körper zu verkaufen, aber das Geld kommt regelmäßig, und eine Krankheit wird man sich vermutlich auch nicht davon holen.

Da liegt ein sehr junges schwarzes Mädchen, das sie aus der Schlange bei der Caritas-Essensausgabe kennt, und ein magerer Typ, den sie auf den Verkehrsinseln mit einem Schild gesehen hat, aber keine Spur von Tin Can. Sie schafft es, sich wieder zu verdrücken, ohne daß die Schwester auf sie aufmerksam wird; ein Glück, da sie Angst hat, daß sie das nächste Mal vielleicht nicht spenden darf, wenn sie sehen, in welch üblem Zustand sie ist. Sogar hier haben sie gewisse Maßstäbe.

Als sie aus der Klimaanlagenkühle ins Freie tritt, überfällt sie die Hitze nur um so stärker. Es ist erst Mai, aber wenn das so weitergeht, wird der Sommer brüllendheiß werden.

Zippo ist verschwunden, aber Squint und Roylee sind noch da. »Hey, Cow Lady«, sagt Squint. »Warum so unfreundlich? Magst mich wohl nicht mehr?« Er packt sie am Arm.

»Ich muß los«, sagt sie.

»Wohin?« fragt er und hält sie fester.

»Das hatten wir doch schon, Squint«, sagt sie.

Er umklammert ihren Arm. »Hast aber noch keine Antwort gegeben.« Sie reißt sich los und läuft weg.

»Hey!« ruft Squint ihr hinterher. »Komm uns besuchen! Komm rüber zum Patchwork. Du wirst es nicht bereuen.« Sie wirft einen Blick zurück und denkt an die eine Nacht, die sie dort verbracht hat, als sie nach Austin kam. »Niemals. Ich würd nich' mehr kommen, selbst wenn du Lotterielose mit der Gewinnzahl drauf zu verschenken hättest.« Sie dreht sich um und geht weiter, beunruhigt, welches Interesse Squint haben könnte, sich mit ihr abzugeben. War es wegen Lufkin? Er hat Kohle mit Lufkins Ein-Tages-Jobs verdient und will sich jetzt wahrscheinlich bei seiner Alten einschleimen. Aber trotzdem beunruhigt es sie. Squint ist niemand, dessen Aufmerksamkeit man erregen möchte.

Sie vermutet, daß Tin Can vermutlich wieder an ihrer alten Stelle unten am Bach ist. Da muß sie nachsehen. Sie läuft auf der Trinity nach Süden, aber nach einem Häuserblock schlägt sie einen Umweg ein; sie will Lufkin aufwecken. Sie ist sauer auf ihn wegen des Mantels, aber sie braucht jemanden zum Quatschen. Sie braucht Gesellschaft.

Sie wendet sich nach Osten in Richtung des verlassenen Grundstücks an der Red River Street. Die Sohlen ihrer Turnschuhe sind so heruntergelatscht, daß sie den glühendheißen Asphalt und jedes Steinchen an den Füßen spürt. *Heiße Kreuzsemmeln. Heiße Kreuzsemmeln. Eine für 'n Penny, zwei für 'n Penny.* Die Tasche kommt ihr schwerer als gewöhnlich vor, der Riemen schneidet ihr in die Schulter, aber sie hat keinen sicheren Ort, an dem sie sie aufbewahren könnte, und selbst wenn sie einen hätte, würde sie sich nicht von ihr trennen. Alles andere, was sie einmal besessen hat, ist verschwunden, weil sie sich davon hat trennen lassen. Diese Tasche darf sie auf Leben oder Tod nicht aus der Hand geben. Sie ist ein Teil von ihr.

Das Grundstück ist ein wild zugewuchertes Stück Land zwischen einem Second-hand-Laden und einer verlassenen Kneipe, von der Straße größtenteils durch einen baufälligen Holzzaun verdeckt. Sarah Jane schlurft durch das hohe Gras. Zwei in Decken gewickelte Gestalten zeigen keinerlei Lebenszeichen, aber Lufkin ist wach, sitzt an den Zaun gelehnt da und starrt ins Leere. Als Sarah Jane näher kommt, blickt er zu ihr hoch.

»Ah«, sagt er, »die Jungfer nahet und bringt, wie man hofft, Kaffee und Donuts für ihren Herrn und Meister.« Er legt seine Hände in einer bittenden Geste aneinander. Er hat einmal einen Film gesehen, der *Der scharlachrote Pimpernell* hieß, und versucht seitdem gern, so zu reden wie die Hauptfigur.

Sie blickt auf ihn hinunter – einen großen, ausgemergelten Penner, der auf einem schmutzstarrenden Schlafsack sitzt. In seinem zerzausten, schwarzgrauen Bart hängen Tabakkrümel und Gras. Es ist wirklich zu lächerlich, wie er da auf einer Müllhalde sitzt, hungrig und verkatert, und diesen Schwachsinn aus einem alten Film redet. Und wie er da bloß draufkommt – sie hat ihm noch nie was mitgebracht, und er meint, sie würde Donuts für ihn anschleppen.

»Wenn ich Geld für Donuts hätte, meinst du, ich würde welche mitbringen?« fragt sie.

»Ah. Die feurige Dirne voller Stolz und Eigensinn. Keinem Mann zu Diensten, sie.«

»Meine Fresse. Steh auf und komm mit mir runter zu Tin Can an den Bach.«

»Warum?«

»Ich muß sie finden. Mach schon. Ich erzähl's dir beim Laufen.«

»Die feurige Dirne braucht einen Ritter, um sie vor dem Zorn ihrer Feinde zu schützen.«

Trotz ihres Ärgers muß sie lächeln. »Den Tag will ich erleben, an dem ich mich von *dir* beschützen lassen muß.«

Langsam kommt er auf die Füße, wobei er zusammenzuckt, als er sein schlimmes Knie ausstreckt,. das, wie Sarah Jane weiß, kein bißchen wie ein Knie aussieht, eher wie ein Teigklumpen, völlig vernarbt und geschwollen unter seinen dreckigen Khakihosen.

»Einen Moment, bitte.« Er tritt ein paar Schritte zur Seite und dreht sich um. »Der Ritter geruhet zu pissen«, sagt er über die Schulter, während er in langem Strahl gegen einen Baum uriniert. Dann dreht er sich um, zieht den Reißverschluß hoch und sagt: »Führe sie den Weg.«

Als sie in der sengenden Mittagshitze auf der Red River Street nach Süden gehen, berichtet Sarah Jane ihm, was am Montag abend unter der Terrasse passiert und wie Tin Can davongerannt ist.

Lufkin sagt nichts und scheint ganz in die Geschichte versunken zu sein. Als sie geendet hat, fragt er: »Worüber haben diese Typen da oben auf der Terrasse geredet?«

»Wie ich gesagt hab, ich erinner' mich nicht mehr so genau.«

»Versuch's«, sagt er.

»Na gut. Es ist so bescheuert. Der barsche Ziegenbock soll alle in der Kammer umbringen, in der Senatskammer, weißt du, mit irgendeinem Giftgas, das so tödlich ist, daß sogar Hitler es nicht benutzen wollte.« Sie sieht ihn an, weil sie erwartet, daß er lacht, tut er aber nicht. »Und der andere, der Fußtrommler, hat ihm Geld gezahlt von irgendeiner Gruppe, einem Kommando, glaube ich, ja, Scheiße, sonst nix. Sonst weiß ich nix mehr.«

»Wann soll das alles stattfinden?«

»Dann, wenn über so ein Gesetz mit Waffen abgestimmt wird. Am Montag, glaub ich.«

»Schei-ße!« sagt Lufkin. »Da haste dich aber mitten in ein beschissenes Wespennest gesetzt.«

»Häh?«

»Ein echtes, ernsthaftes *moralisches* Problem.«

»Was erzählste?« Sie betrachtet sein bärtiges Gesicht im Profil. Er humpelt neben ihr her, das kaputte Bein schleift hintendrein. Er ist eine zu merkwürdige Gestalt.

»Ein *moralisches* Problem«, sagt er. »Schon mal von Moral gehört?«

»Quatsch.«

»Nein. Das hier ist eine ernste Sache. Du kannst doch nicht einfach diese Obermacker hingehen und die Leute im Kapitol vergasen lassen, oder?«

Diese Sichtweise der Dinge verblüfft sie; darauf wäre sie nie gekommen. »Geht mich doch 'n Scheißdreck an.«

»Cow Lady! Wie wirst du dich wohl dabei fühlen, wenn du erfährst, daß sie es wahrgemacht haben und die Leute dabei abgekratzt sind?«

»Wie soll ich mich schon fühlen? Höchstens überrascht. Das waren doch nur Männer, die ihr Maul weit aufgerissen haben.«

»Vielleicht. Aber manchmal tun die Leute auch das, was sie sagen. Sie sagen, sie würden Gebäude in die Luft jagen und Präsidenten erschießen, und verdammt noch mal, manchmal machen sie es wirklich. Du mußt schon ein *bißchen* aufpassen.«

Sarah Jane zuckt die Achseln. Was für eine Witzfigur der Mann mit seiner Zeitung und seiner Moral ist! »Darf ich das mal kurz klarstellen«, sagt sie. »Du bist ein alter Säufer, der einem Baby die Flasche klauen würde, wenn er könnte, und du willst mir hier Predigten halten, als wär' Sonntagmorgen bei den Baptisten?«

»Ich tu überhaupt nicht predigen. Aber du mußt dran denken –«

»Ich will bloß hoffen, daß du jetzt nicht sagst: ›Wie man in den Wald hineinruft, so schallt es heraus.‹«

»Aber es stimmt doch. Bist du nie zum Kindergottesdienst gegangen oder was?«

Sie erinnert sich, daß ihre Gramma sie gegen ihren Willen und Widerstand jede Woche zum Kindergottesdienst gezerrt hatte, während ihre Mama ihre Samstagnacht-Sauftour ausschlief. »Nein.«

»Jedenfalls«, sagt er, »kannst du nicht einfach so tun, als wär' nichts gewesen.«

»Wirst schon sehen.«

»Du solltest den Bullen Bescheid sagen.«

Sie schüttelt nachdrücklich den Kopf. Das kann sie nicht.

»Warum nicht?« fragt er.

Sie hat noch nie jemandem von der Unke und dem ganzen Blut erzählt und wie schnell sie sich aus Houston hatte verpissen müssen. »Die Bullen«, brummt sie, »die meinen doch, denen gehört die Welt.«

»Schon, aber denk dran, daß ich's dir vorhergesagt hab: Wie man in den Wald hineinruft, so schallt es heraus. Wenn du Böses tust, dann kommt es zurück und beißt dich in den Arsch.«

»Wäre das nicht furchtbar, wenn ich alles verlieren und auf der Straße landen würde?«

»Es gibt noch Schlimmeres«, knurrt Lufkin.

Sie sind dem Creekside Grill jetzt schon nahe. Sarah Jane geht voran zu einer alten Eisenbahnbrücke und einem geheimen Pfad, der hinunter zum Bach führt. Dieses Terrain kennt sie so gut, daß sie sich auch im Dunkeln darin zurechtfinden kann.

Dieser Ort hat etwas Magisches für sie, weil er ein Fleckchen Wildnis mitten in der Stadt ist und so versteckt, daß die meisten Leute nicht wissen, daß er existiert. Sie schiebt einen Zweig zur Seite und hält ihn für Lufkin beiseite. Der festgetrampelte Erdpfad windet sich die Böschung hinunter zu einer ebenen, grasigen Stelle, die mit Müll übersät ist. Braune Papiertüten, zusammengefaltete Kartons, Bierdosen und Styroporbecher zeigen an, daß hier gelegentlich Obdachlose kampieren. Aber heute ist niemand da.

Während sie hinunterklettern, sinkt die Temperatur merklich, und durch das steile Ufer und das Laub über ihnen, das außer einigen Flecken alles Sonnenlicht abhält, ist es dunkler. Aber die Luft ist so schwül, daß Sarah Jane kaum atmen kann. Lufkin fängt an, nach Tin Can zu rufen, aber Sarah Jane bringt ihn zum Schweigen.

Still gehen sie am steinigen Bachufer entlang. Es erinnert Sarah Jane daran, wie sie als Kind Indianer gespielt hat; sie war trotz ihrer Größe immer gut darin gewesen, sich schnell und lautlos fortzubewegen. Als sie zu der wohlbekannten Lichtung, auf der Tin Cans Ölfaß zum Kochen steht, kommen, machen sie halt. In dem scheckigen Licht halten sie Ausschau nach der Frau und ihrer gefleckten Katze. Sarah Jane wirft ängstliche Blicke hinauf in Richtung Creekside Grill, aber er ist von hier unten nicht zu sehen. Sie geht das Risiko ein und ruft leise: »Tin Can! Bist du da?« Sie lauschen in die Stille.

Lufkin setzt sich auf einen Stein und zieht eine Schachtel Zigaretten und ein Feuerzeug aus der Brusttasche. »Meine Herrn, ich bin immer noch völlig daneben. Was für'n Tag ist heute?«

Sarah Jane gibt keine Antwort. Sie läuft auf der Lichtung herum, späht den Bach hinauf und hinunter, so weit sie die dunklen Windungen überschauen kann. Sie blickt in das Ölfaß, in der Hoffnung, Anzeichen von kürzlichen Kochaktivitäten zu finden, aber die Überreste verbrannter Kohle und Holzstücke sehen uralt aus. Sie schnuppert daran, doch außer dem beißenden Geruch von kalter Asche und feuchter, modernder Vegetation und ihrem eigenen scharfen Schweiß ist nichts zu riechen.

Sarah Jane fragt sich, ob Tin Can wohl unter der Terrasse sein könnte, aber dahin will sie nicht gehen. Sie verschränkt die Arme über der Brust und blickt hinunter in die wenigen Fingerbreit Wasser, die über die Felsen tröpfeln. Sie ist ratlos und nicht mehr gewöhnt, Entscheidungen zu treffen.

Sie dreht sich zu Lufkin um. »Verdammte Scheiße. Die kleine Ratte geht mir aus dem Weg. Sie versteckt sich. Sie hat Schiß, daß ich wütend bin. Und ich bin wütend.«

Lufkin sitzt mit geschlossenen Augen auf dem Stein, raucht und sieht sehr friedlich aus. Sie würde ihn am liebsten in die Seite pieken, ihn wachrütteln, damit er sich genauso viele Sorgen macht wie sie. Es ist sowieso alles nur seine Schuld. Sie sagt: »Hilf mir doch suchen. Geh du ein bißchen bachaufwärts Richtung Grill, und ich gehe in der anderen Richtung.«

Er bläst eine lange Rauchfahne in die Luft. »Knie muß sich ausruhen.«

»Na gut, dann gib mir wenigstens 'ne Kippe.« Sie kauft fast nie Zigaretten, weil er immer welche hat und sich nie weigert, sie zu teilen.

Er zieht die zerknautschte Packung aus der Tasche und streckt sie ihr hin. »Holde Maid, ich stifte Euch all meine weltlichen Güter.«

»Schwachsinn.« Sie nimmt sich eine Zigarette und beugt sich vor, so daß er ihr Feuer geben kann. Sie atmet tief ein und läßt den ersten, himmlischen Nikotinflash bis tief in die Mitte ihres Körpers fließen. »Irgendwann hör ich vielleicht mal auf zu saufen«, sagt sie, »aber das Rauchen werd ich nie aufgeben.«

Und da hören sie das schwache Miauen.

»Silky«, sagt Lufkin.

Sarah Jane blickt über den Bach hinweg in die Richtung, aus der das Miauen zu kommen schien. Wenn das Silky ist, dann ist auch Tin Can in der Nähe; die beiden sind unzertrennlich. Sie müssen sich verstecken. Sie sucht das gegenüberliegende Ufer mit den Augen ab; urplötzlich kommt ihr etwas in den Sinn. »Lufkin, genau. Das Rohr. Dieses Abwasserrohr, wo Tin Can ihren ganzen Schrott aufbewahrt. Weißt du noch, wo das ist?«

Er deutet mit seiner Zigarette auf eine Stelle ungefähr zwanzig Meter weiter unten. »Ungefähr da hinten, wo der große Baum ist, wenn ich mich recht erinnere.«

Sie betrachtet die Böschung eingehend. Einmal ist sie zusammen mit Tin Can dagewesen, um ihr mit den riesigen Müllsäcken voller Dosen zu helfen, die Tin Can immer sammelt. Das war im Winter, als Tin Can Lungenentzündung hatte und es nicht so zugewuchert war. Jetzt ist das Ufer ein dichtes Gestrüpp aus Zedern, Unkraut und Ranken, die alles bedecken. Aber sie erinnert sich, das Rohr war riesig, vermutlich einen Meter im Durchmesser, aus verzinktem Metall. Das kann doch nicht so schwer zu finden sein. »Komm mit«, sagt sie und geht in die Richtung los.

»Neee. Knie muß sich immer noch ausruhen.« Er macht die Augen wieder zu. Sie weiß, wie dickköpfig er ist und wie faul, also läßt sie ihn sitzen und geht am Bach entlang, raucht und untersucht die Böschung nach einem Zeichen für die Existenz des Rohrs oder wenigstens nach einer Öffnung im Unterholz, irgendeinem Hinweis. Sie kommt zu dem großen Baum, auf den Lufkin gezeigt hat, und bleibt stehen. Es muß hier ganz in der Nähe sein.

Sie überquert den Bach, wobei sie mit ihren langen Beinen von einem Stein auf den nächsten tritt. Er ist nur ein paar Zentimeter tief, und sie kommt auf der anderen Seite an, ohne sich auch nur die Füße naßgemacht zu haben. Sie steht da und inspiziert die Böschung jetzt von nahem. »Silky»!« ruft sie und fühlt sich albern, mit einer Katze zu reden, die nicht da ist. »Bist du da, Silky?«

Aus der Böschung kommt ein weiteres, winziges Miau, so nah, daß Sarah Jane zusammenzuckt. Sie ruft wieder: »Silky?«

Sie lauscht, aber das einzige Geräusch ist das Tröpfeln von Wasser und das schwache Brummen des Verkehrs oben in der Welt. Sie blickt zurück zu der Stelle, wo Lufkin sitzt. Sie will ihm zurufen, aber dazu müßte sie die Stimme erheben, und davor hat sie Angst. Sie wirft ihre Zigarette hinunter ins Wasser.

Sie arbeitet sich an die Stelle auf der Böschung vor, aus der sie das Geräusch gehört zu haben meint, und zerrt an einigen Ranken, damit sie daruntersehen kann. Dann fällt es ihr wieder ein: Als sie mit Tin Can hier war, kam man nur schwer an das Rohr heran. Sie mußten klettern, aber nur ein bißchen.

Sie blickt die steile Böschung hinauf und stellt ihre Tasche auf einem Stein ab. Daß sie sich davon trennen soll, gefällt ihr gar nicht, aber mit dem zusätzlichen Gewicht schafft sie es nicht den Abhang hinauf. Sie hält sich an einem Busch fest und zieht sich mit dessen Hilfe hinauf, einen Schritt, dann noch einen. Sie fängt an, das dichte Gestrüpp und Geranke auseinanderzuziehen. Durch die starken Regenfälle ist alles wie wild gewuchert. Es geht nur langsam voran. Sie schwitzt, und die Füße rutschen weg. Sie hat nur eine Hand frei, um das Grünzeug auseinanderzuziehen, weil sie sich mit der anderen festhalten muß.

»Silky!« ruft sie mit einer Stimme, die süß klingen soll, aber eher wie eine Drohung herauskommt. »Silky!«

Sie hört das Miauen im gleichen Moment, in dem sie eine Ecke des verzinkten Metalls entdeckt. Sie arbeitet sich näher heran und zieht das Unterholz weg, um es freizulegen.

Da ist es – das Metallrohr, ungefähr einen Meter im Durchmesser, wie sie es in Erinnerung hatte, die gesamte Öffnung vollgestopft mit ausgebeulten, grünen Müllsäcken. Ja! Sie kann die Umrisse der Getränkedosen unter dem Plastik sehen. Das bedeutet, daß Tin Can die Stadt nicht verlassen hat; sie würde nie weggehen, ohne das hier zu verkaufen; sie verdient damit ihr Geld.

Sie streckt den Arm nach oben und zieht an einem der Müllsäcke. Er bewegt sich nicht; er hat sich völlig verkeilt.

Eine Serie schriller Miaulaute dringt jetzt zu ihr, lauter und verzweifelt klingend. »Komm schon, Silky«, sagt Sarah Jane. »Komm schon.«

Ein Jaulen antwortet ihr.

Allmählich wird es ihr klar: Silky ist in dem Rohr gefangen. Hinter der Barrikade aus Säcken.

»Mein Gott«, sagt sie leise. »Armes Ding. Ich hol dich da raus.«

Sie kraxelt ein bißchen höher die Böschung hinauf und stemmt sich mit einem Fuß gegen einen Zedernstamm, damit sie beide Hände frei hat, um an den Säcken zu ziehen. Sie sind nur schwer zu fassen, weil sie so vollgestopft sind. Der erste Sack ist so fest eingekeilt, daß das Plastik in ihren Händen zu reißen beginnt. Sie findet eine andere Stelle und zieht mit ihrem ganzen Körpergewicht daran. Der Sack reißt auf, und ein Schwall von Dosen ergießt sich und poltert laut klappernd den Hang hinunter. Jetzt ist der Müllsack halb leer, und sie kann das zerrissene Plastikmaterial packen und herauszerren. Sie läßt ihn den Abhang hinunterrollen. In der Öffnung steckt immer noch ein Sack, aber die Hälfte des Rohrs ist jetzt frei.

Aus dem dunklen Loch kommt etwas auf sie zugeschossen. Sie schreit auf und duckt sich. Sie weiß, daß es Silky ist, aber sie erschreckt sich trotzdem fürchterlich. Die Katze landet nahe bei ihren Füßen. Augenblicklich reibt sie ihren Kopf kräftig an ihrem Knöchel. Aber Sarah Jane blickt nicht einmal nach unten. Sie steht wie angewurzelt da. Der Gestank hat sie erreicht. Er überfällt sie, verursacht einen Niesanfall, als hätte ihr jemand schwarzen Pfeffer in die Nase gestreut. Es ist das Schrecklichste, was sie je gerochen hat.

Aber sie sieht nicht weg. Sie kann nicht. Sie ist so weit gekommen, und sie wird hinsehen.

Sie hält die Luft an und zieht den übriggebliebenen Müllsack aus der Öffnung und läßt ihn die Böschung hinunterfallen. Sie blickt in das Rohr. Drinnen ist es so dunkel wie die tiefste Nacht, doch in dem schwachen Lichtband am Rand der Finsternis ist eine weitere grüne Mülltüte zu sehen. Und aus einem in das Plastik gefetzten Loch streckt sich ihr eine Hand entgegen. Eine kleine Hand mit kurzen Fingern; an zweien von ihnen hängen noch Fetzen blutigen Fleischs. Die Handfläche und die anderen Finger sind bis zu den Knochen freigelegt. *Hei didel didel, Die Katz und die Fiedel.*

Am Handgelenk ist gerade noch etwas schwarzweißer Stoff zu sehen, den Sarah Jane so gut kennt wie ihren eigenen Körper. *Die Kuh sprang über den Mond.* Langsam sackt sie zusammen und lehnt sich nach vorn in den Abhang, damit sie nicht rückwärts abstürzt. *Der kleine Hund lacht, als er den Streich gesehen.* Sie läßt die Stirn auf die Erde sinken.

Jetzt wird sie ihren Mantel nie mehr wiederbekommen.

11. Kapitel

Ringlein, Ringlein, Rosen,
Eine Tasche voller Sträuße.
Hatschi! Hatschi!
Wir fallen alle hin.

Englischer Kindervers

Franny sagte, Tante Harriet hätte dich in jener Woche angerufen. Hat sie dir gesagt, daß sie Daddy zum Besuch eines Seelenklempners zu überreden versuchte? Davon wußte ich überhaupt nichts.« Molly versuchte, den weinerlichen Tonfall in ihrer Stimme zu unterdrücken.

Parnell blickte von dem Laptop auf, der auf seinem riesigen Mahagonischreibtisch stand – das einzige Anzeichen moderner Technik in einem Büro, das ansonsten genauso aussah, wie Molly es von ihren Besuchen als Kind in Erinnerung hatte: dunkel getäfelt und ehrwürdig, mit einem dicken, grünen Teppich und schweren, alten Möbeln. »Harriet rief mich in jener Woche mehrere Male an«, sagte er. »Ich glaube, sie erwähnte, daß sie Vern dazu bringen wollte, sich einem Psychiater anzuvertrauen.«

»Das hast du mir nie gesagt.«

»Natürlich habe ich das getan, Schatz«, sagte Parnell. »Nach der Beerdigung. Soweit ich mich erinnere, redeten wir beide viel miteinander. Als sie den Tod als Selbstmord deklarierten, sagte ich, daß das möglich wäre, da er gegen Ende so deprimiert war. Da habe ich es dir gesagt. Aber zu jener Zeit«, er sah ihr fest in die Augen, »war es nicht deine große Stärke, Dinge zu hören, die du nicht hören wolltest. Besonders, wenn sie nicht in deine Theorien paßten.«

Es war so lange her, und sie war so außer sich gewesen. Wahrscheinlich hatten sie darüber gesprochen. Und er hatte recht.

Sie drehte sich wieder der Wand voll alter Fotografien zu, die sie betrachtet hatte. Das Bild, das ihre Aufmerksamkeit immer wieder auf sich zog, zeigte einen jungen Parnell, dessen Haar noch voll und gewellt war, der neben Vernon Cates, Lyndon B. Johnson und Lady Bird stand. Das Foto war in einer Ecke signiert mit: »Für meinen guten Freund Parnell Morrisey, Lyndon B. Johnson.« Parnell, dessen Gesicht unscheinbar, aber lebendig und faltenlos aussah, hielt einen Beagle-Welpen im Arm. Ihr Vater, der einen Stetson und ein rotes Hemd trug, blickte lachend hinunter zu Lady Bird. Sie sah mit jenem Leuchten in den Augen zu ihm auf, das Frauen in Gesellschaft von Vernon Cates zu haben pflegten.

»Wann ist das hier aufgenommen, Parnell?« fragte Molly.

Von seinem Platz aus blickte er auf, um zu sehen, welches Foto sie meinte. »Ach, das auf der LBJ-Ranch? Laß mich nachdenken. Es war ein Grillfest in Johnson City, muß ungefähr 1960 gewesen ein, Frühling, glaube ich, als er noch Vizepräsident war. Das war direkt vor dem Tod deiner Mutter, Molly.« Er wandte sich Rose zu, die mit ihrer Kreuzsticharbeit im Schoß in dem grünen Ledersessel saß. »Du warst auch nicht dabei, Rosie, stimmt's?« Er stand auf und ging hinüber zu dem Bild, um es sich näher anzusehen. »Ja, genau, ich glaube, du und Josephine wart beide im Krankenhaus zu jener Zeit und konntet nicht kommen. Die Damen haben eine tolle Party verpaßt.«

Molly erinnerte sich an das Frühjahr 1960 sehr gut; sie war neun Jahre alt gewesen und hatte seit vielen Monaten gewußt, auch wenn niemand es ihr sagen wollte, daß ihre Mutter sterben würde. Ihr Daddy war oft weg gewesen, und Molly und Tante Harriet hatten viel Zeit damit verbracht, im Krankenhaus auf die nächste schlechte Nachricht zu warten.

»Weswegen warst du im Krankenhaus, Rose?« fragte Molly.

Rose blickte auf und betrachtete das Foto. »1960? Lungenentzündung, glaube ich. Ich war nur ein paar Tage dort.«

Molly konnte sich nicht daran erinnern, aber es war ihr vermutlich auch nicht wichtig gewesen. Ihre Welt war im Begriff gewesen zusammenzubrechen, und das Privatleben der Erwachsenen war ihr wie ein undurchdringliches Geheimnis erschienen. Es war erstaunlich, wie man politische Ereignisse – Mordanschläge und Kriege – und die privaten Katastrophen der Menschen um einen herum miterleben und sich doch aus der Zeit an nichts anderes erinnern konnte als an die eigene Angst und Einsamkeit.

Parnell starrte immer noch auf das Bild. »Schwer zu glauben, daß wir je so jung waren«, sagte er. Als sie ihn von der Seite ansah, bemerkte Molly, daß er sich beim Rasieren geschnitten hatte und noch ein kleines Fetzelchen Toilettenpapier auf dem getrockneten Blut an seiner Wange klebte.

Sie wollte nicht, daß die Unterhaltung vom Thema abkam. Es blieben ihr nur noch zwei Stunden Zeit bis zu ihrem Flug nach Lubbock, und sie war gespannt, wie Rose und Parnell auf Frannys Worte reagieren würden. »Als Tante Harriet dir also mitteilte«, sagte sie, »daß Daddy in jener Woche völlig mit den Nerven am Ende war, was hast du da gedacht?« Molly richtete die Frage an Rose, die auf ihre Nadelarbeit blickte, aber nicht daran arbeitete. Solange Molly denken konnte, hatte Rose immer eine Handarbeit bei sich gehabt; in den letzten Jahren waren es Kreuzstickereien, aus denen sie Kissen und Weihnachtsdekorationen anfertigte, die sie ihren Freundinnen schenkte. Molly und Jo Beth besaßen von ihr zahlreiche geblümte Kissen.

»Ich hielt mich damals bei meiner Mutter in Lubbock auf, Molly, deshalb war ich aus dem Rennen«, sagte Rose. »Du erinnerst dich vermutlich nicht daran, aber es ging ihr damals gar nicht gut. Sie verschied sieben Monate nach deinem Vater.« Sie sah nach oben zu dem Foto. »Es war ein Jahr der Verluste.«

Molly wendete sich wieder Parnell zu, der immer noch das Bild betrachtete. »Was hast du gedacht, Parnell?«

»Ich machte mir Sorgen um ihn, Molly, aber als ich ihn anrief, sagte er mir sehr deutlich, daß ich ihn gefälligst in Ruhe lassen sollte. Ich bekam den Eindruck, daß er und Franny Streit hätten, deswegen hielt ich mich heraus.«

»Sagte er, daß es ein Streit zwischen ihm und Franny gewesen wäre?«

Parnell blickte nachdenklich drein. »Nicht direkt. Es liegt so lange zurück, da ist es schwer, sich an seine genauen Worte zu erinnern, obwohl ich sie hinterher oft rekapitulierte. Ich glaube, er sagte, daß es nichts gebe, was ich tun könne, nichts, was irgend jemand tun könne, und ich sollte ihn einfach in Ruhe lassen.«

»Erwähnte er irgendwelche alten Geschäfte in Lubbock?«

»Nicht daß ich wüßte, mein Kind. Warum?«

»Na ja, weil er laut Franny eine Woche vor seinem Tod diesen Anruf bekam, der alles veränderte. Er sagte ihr, daß es ein alter Geschäftsfreund aus Lubbock sei und er sich darum kümmern müsse. Am nächsten Tag löste er die Verlobung auf. Wußtest du davon?«

»Ja, ich glaube, ich wußte es, Molly. Ich weiß, daß ich mehr hätte unternehmen sollen.« Die grauen Augen des alten Mannes wurden feucht, und er sah traurig aus. Molly wußte, daß es nicht nett war, ihn zur Vergegenwärtigung dieser schmerzlichen Erinnerungen zu zwingen, da er im Augenblick viel Streß hatte. Aber dafür war nie der geeignete Zeitpunkt.

Parnell sagte: »Ich bot ihm an, raus an den See oder zu uns in die Stadt zu kommen und eine Zeitlang bei uns zu bleiben, aber er lehnte das Angebot entschieden ab. Ich hätte trotzdem hinfahren sollen. Es war mitten in der Legislaturperiode, und ich war sehr, sehr beschäftigt, hatte ein Gesetz eingebracht. Aber ich hätte fahren sollen. Vielleicht wäre es mir möglich gewesen, es zu verhindern!« Er sah Rose an. »*Wir* hätten es vielleicht verhindern können. Im nachhinein« – er schüttelte den Kopf –, »im nachhinein weiß man immer alles besser, stimmt's?«

»Da hast du wohl recht«, sagte Molly. »Aber vor meinem Gespräch mit Franny hatte ich keine Ahnung, *wie* schlecht es ihm in jener letzten Woche ging. In der Nacht, bevor er verschwand, als sie ihn zum letztenmal sah, hätte er angeblich betrunken auf dem Deck des Hausboots gesessen und ihr befohlen, von seinem Grundstück zu verschwinden. Könnt ihr euch so was vorstellen? Von seinem Grundstück zu verschwinden!«

»Es ging ihm nicht gut«, sagte Parnell. »Er war nicht mehr er selbst.«

»Ja. Wenn ich bloß wüßte, warum.«

»Es war nicht sein erster Anfall von Depression, Molly. Das weißt du. Und dafür braucht es keinen wirklichen Anlaß.«

»Aber es war so extrem.«

»Das war es. Vielleicht hat der Detektiv der Quinlans ja etwas herausgefunden. Wie hieß er gleich wieder?«

»Palmer. Julian K. Palmer. Palmer Investigations.«

Er blickte hinunter auf seine Frau. »Rosie, vielleicht war das ja der Kerl, der ein paar Jahre nach Verns Tod bei uns auftauchte. Meinte, er würde für irgendeine Ölarbeitervereinigung arbeiten. Stellte uns Fragen über Vern. Weißt du noch?«

Rose dachte ein paar Sekunden lang nach. »Ich glaube, er war aus Lubbock, aber ich weiß nicht mehr, wie er hieß. In letzter Zeit scheine ich mich an gar nichts mehr erinnern zu können.« Sie lachte entschuldigend, als wollte sie eingestehen, daß sie klagte, Klagen aber etwas war, was sie ablehnte. Genau wie Tante Harriet hatte Rose immer dem Credo der Südstaatenweiblichkeit angehangen: zu allem eine gute Miene machen. Sie erwähnte ihre vielen gesundheitlichen Probleme, besonders ihre Arthritis, fast nie, auch wenn offensichtlich war, daß sie ihr heftige Schmerzen bereitete.

Molly bemerkte, daß sich auf Rose' weißer Bluse vorne ein gelblicher Fleck befand. Es war das erste Mal, daß sie so etwas bei ihr entdeckte. Hier waren diese zwei alten Leute, beide nicht bei bester Gesundheit, und sie peinigte sie mit schmerzlichen Dingen aus der Vergangenheit, lud ihnen ihre Probleme auf, wie sie es ein Leben lang getan hatte. Vermutlich war es längst an der Zeit, daß sie jetzt endlich die fürsorgliche Rolle übernahm. Aber das alte Muster war so eingespielt.

»Ich kann mich auch nicht mehr erinnern, Rosie.« Parnell sah Molly an und zuckte die Achseln. »Da will Frank Quinlan scheinbar für die Sünden seines Vaters büßen, was?«

Molly nickte.

»Frank ist einer von den anständigeren Quinlans. Macht er Franny glücklich?«

Die Frage überraschte sie. »Ja. Ja, ich glaube schon. Kennst du ihn näher?«

»Nein. Damals, als Vern hinter der Weißölgeschichte her war, schickte der alte Jasper Frank zu mir. Wollte mich dazu bringen, Vern von der Sache zurückzupfeifen. Und im Lauf der Jahre bat er mich einige Male um Hilfe in Ölangelegenheiten – ganz normale Gesuche eines Wählers. Ich habe versucht, gebührende Rücksicht auf sie zu nehmen. Aber ich habe ihn nie näher kennengelernt.«

»Natürlich«, sagte Molly und sah ihn mit einer hochgezogenen Augenbraue an, »spendet Quinlan Oil für deine Wahlkampagne.«

»Hübsche Summen«, sagte er. »Wenn ich die Spenden aller Firmen zurückweisen würde, die irgendwelchen Dreck am Stecken haben, hätte ich eine leere Kasse, Miß Molly.«

»Ich weiß.«

»Was hältst du von ihm, Molly? Warum macht er das jetzt?«

»Ich weiß es nicht. Mir fällt kein Motiv dafür ein, außer dem von ihm genannten: daß er mir, veranlaßt durch den Tod seines Sohnes, dabei helfen will, einen Schlußstrich zu ziehen.«

Parnell strich sich über das Kinn, wobei er das Stückchen Papier entfernte. Blut begann wieder aus der Schnittwunde zu sickern. Molly zuckte zusammen. Parnell legte seinen Handrücken auf die Stelle, um das Blut abzutupfen. »Molly, darf ein alter Mann dir einen Ratschlag geben?«

»Seit wann fragst du mich um Erlaubnis?«

»Na ja, das hier ist dein wunder Punkt. Ich will nicht, daß du mir gleich an die Gurgel springst.«

»Du willst mir sagen, daß ich keine Zeit damit verschwenden soll.«

»Ah.« Er lächelte gezwungen. »Schrecklich, so berechenbar zu sein. Aber ich kann nicht einfach dabeistehen und es mit ansehen. Wenn ich mir über eins in dieser Welt sicher bin, dann ist es das, daß Vern gewollt hätte, daß du dein Leben lebst und nicht wieder in diesem alten Misthaufen herumstocherst. Ich hoffe ja nur, daß du nicht wieder so maßlos wirst.«

»Maßlos?« Sie wandte das Gesicht ab, damit er nicht sah, wie ärgerlich sie wurde. »Nein.«

»Na, dann bin ich beruhigt. Ich dachte schon, ich hätte die ersten Anzeichen an dir bemerkt. Dann habe ich mich wohl geirrt.»

»Frank hat mir angeboten, die Akte einzusehen«, murrte sie. »Ich kann mir nicht vorstellen, daß irgend jemand das ablehnen würde.«

»Na, na, nun werd mal nicht gleich so empfindlich. Hör mir erst einmal zu. Du bist mitten in einem Artikel – zwei Artikeln. Das ist deine Arbeit, und darin bist du gut. Du hast hier dein Leben. Du willst einfach alles stehen- und liegenlassen, um nach Lubbock zu fahren und dich in uralten Geschichten zu vergraben? Laß es sein. Wir müssen alle mit gewissen ungeklärten Fragen leben.«

»Das sagt mir jeder. Grady und Jo Beth und du. Und neulich hat mir sogar eine nackte Obdachlose auf der Toilette das gleiche geraten.« Sie sah Rose an, die mit den Fingern über die halbfertigen Stiefmütterchen und Sternchen ihres Stickmusters strich. »Du sagst ja gar nichts, Rose. Willst du nicht in den Chor mit einstimmen?«

»Dafür kenne ich dich zu gut.« In Rose' große, dunkle Augen trat der abwesende Ausdruck, den sie immer bekam, wenn sie von der Vergangenheit sprach. »Schon als du noch ganz klein warst, gab es keine sicherere Methode, dich zu etwas zu bringen, als wenn alle sagten, du dürftest das nicht tun. Weißt du noch, der Bulle auf der östlichen Wiese? Der alte Jocko?«

Automatisch fand Mollys Hand die Stelle auf ihrem linken Oberschenkel und betastete sie durch den leichten Stoff ihrer Hose hindurch: eine dreizehn Zentimeter lange, vorstehende Narbe an der Stelle, wo der alte Jocko sie auf die Hörner genommen hatte. Es war in der Familie Cates Gesetz gewesen, daß niemand die Weide betreten durfte, solange sich Jocko auf ihr befand. Doch Molly als waghalsige Elfjährige, gewappnet mit der Unverletzlichkeit der Jugend, war mit ihrem Pferd auf die Weide galoppiert, wo sie Jocko mit einem Stock antippen und dann davonpreschen wollte. Sie hatte gerade eine Geschichte gelesen, daß die Komanchen Mutproben ablegten, indem sie Überraschungsangriffe auf ihre Feinde durchführten, und die Idee hatte sie begeistert. Sie freute sich auf den Nervenkitzel und war überzeugt, daß ihr Können und ihr Glück sie schützen würden. Doch Jocko hatte sich umgedreht und war blitzschnell auf sie losgegangen, hatte dem Pferd beinahe den Bauch aufgeschlitzt und Mollys Bein bis auf den Knochen durchbohrt, wobei er sie wie eine Strohpuppe über seinen Kopf geschleudert hatte.

»O ja«, sagte Molly und fuhr mit dem Finger über die Narbe. »Ich erinnere mich *sehr* gut an den alten Jocko.«

»Aber hast du irgend etwas von ihm gelernt?« fragte Parnell.

»Na ja, ich habe nicht gelernt, mich vom Acker fernzuhalten, aber ich meine gelernt zu haben, den Gegner nicht zu unterschätzen.«

Parnells triefäugiges Gesicht verzog sich mit einem lebhaften Lächeln nach oben. »Dieser übellaunige, boshafte alte Bastard Jocko«, sagte er, wobei seine Augen vor Bewunderung leuchteten. »Er war schneller als ein sechsbeiniges Karnickel.«

»Und bösartiger als acht Acres Schlangen«, sagte Molly und wußte, daß die Morriseys es als einen der Lieblingsausdrücke ihres Vaters erkennen würden.

Sie lachten alle. Rose fischte ein Taschentuch aus der Handtasche und tupfte eine Träne unter ihrem Auge ab.

»Macht euch keine Sorgen um mich«, sagte Molly. »Ich bin jetzt erwachsen und vernünftig und kann selbst auf mich aufpassen. Ich mache jetzt einen großen Bogen um die Jockos dieser Welt und bin nicht mehr so extrem.«

Parnell verdrehte die Augen.

Rose lächelte und schüttelte den Kopf.

Die Tür ging auf, und Parnells Sekretärin streckte den Kopf ins Zimmer. »Senator Haney hat angerufen, Senator. Er sagt, Sie wären schon spät dran, man würde auf Sie warten.«

Parnell klatschte in die Hände. »Meine Damen, ich muß los. Rosie, bleibst du hier, oder willst du mitkommen?«

»Ich glaube, ich bleibe lieber hier, Liebling, und sticke ein bißchen weiter.«

Parnell drehte sich um und legte Molly die Hände auf die Schultern. »Guten Flug, mein Mädchen.« Er küßte sie auf die Wange. »Bestell deiner Tante Harriet schöne Grüße von mir.« Er wollte sich wegdrehen, zögerte dann und wandte sich wieder Molly zu. »Sie ist immer eine feine Dame gewesen, deine Tante Harriet – treu und charakterstark. Ich bin mir nicht sicher, ob du das je voll zu würdigen gewußt hast.«

»Vermutlich nicht«, sagte Molly.

Parnell beugte sich hinunter zu Rose und küßte sie, sammelte einige Papiere auf seinem Schreibtisch zusammen und ging eilig hinaus.

Als die Tür sich geschlossen hatte, sagte Rose: »Molly, mein Liebling, hast du noch Zeit, ein Minütchen bei mir zu sitzen?«

Molly ließ sich auf dem grünledernen Fußschemel nieder, damit sie direkt bei Rose sitzen konnte. »Ich benehme mich schlecht, was Rose?«

Rose lachte ihr altes, hell klingendes Lachen, das Molly immer an die Picknicks und die lang vergangenen Abende auf der Veranda erinnerte. »Du benimmst dich wie Molly Cates.«

»Ich sollte langsam mal erwachsen werden, was? Das würde Tante Harriet jetzt sagen – wenn sie noch etwas sagen könnte.

Ich bin nun wirklich nicht mehr die Jüngste, Mutter einer erwachsenen Tochter, und trotzdem fühle ich mich noch nicht richtig wie eine Erwachsene.«

»Ich habe nie verstehen können, warum Harriet soviel Wert auf das Erwachsensein legt. Ich glaube, es wird völlig überbewertet, Molly. Ich weiß, daß das oberflächlich klingt, aber ich hasse das Altsein. Wenn ich heute wieder zwanzig sein könnte, würde ich es auf der Stelle tun.«

Molly überlegte eine Weile. Natürlich war körperlicher Verfall besonders schmerzlich für jemanden, der einmal eine Schönheit wie Rose gewesen war. Einer der wenigen Vorteile, nicht besonders hübsch zu sein, tröstete Molly sich, war die Tatsache, daß man im Alter nicht soviel zu verlieren hatte. »Ich würde es, glaub ich, nicht tun«, sagte Molly. »Es war zu schlimm.«

»Aber du hast noch keine echten Verfallserscheinungen erlebt.« Rose legte die Stickerei auf den Tisch neben sich. »Ich habe dieses dämliche Ding hier letztes Jahr angefangen, Molly. Seit zwei Monaten habe ich keinen Stich daran getan.« Sie hielt ihre verkrüppelten, klauenartigen Hände vor sich und studierte sie. »Meine Hände sind zu steif.« Sie ließ sie in ihren Schoß sinken, lehnte den Kopf an den Sessel und schloß die Augen. »Es ist, als wären irgendwelche großen, toten Hummer an meinen Handgelenken anmontiert.« Traurig lächelte sie. »Werd nicht alt, Molly.«

Daß Rose so offen sprach, war ungewöhnlich. Molly betrachtete das schöne alte Gesicht: das zarte Kinn und die feingeformte Nase, die breiten Wangenknochen, die weit auseinanderstehenden, großen Augen. Unter der dünnen Schicht alter, faltiger Haut war noch alles da – dasselbe Gesicht, dieselbe Frau. Selbst weißhaarig und verkrüppelt besaß sie für Molly noch immer dieselbe bezaubernde Schönheit. »Rose«, sagte sie, »du bist immer noch die schönste Frau, die ich kenne.«

Rose lachte. »Molly, Molly.«

»Soll ich Tante Harriet etwas ausrichten?«

Rose dachte eine Minute lang nach, die Augen noch immer geschlossen. »Sag ihr, daß ich an sie denke. Es tut mir leid, daß ich sie seit Weihnachten nicht mehr besucht habe.«

»Ich auch nicht«, sagte Molly und spürte, wie Schuldgefühle und Mitleid von ihr Besitz ergriffen. »Heute abend bin ich bei ihr.«

»Sag ihr, daß wir kommen, sobald die Legislaturperiode vorbei ist. Wenn wir wieder zurück auf der Ranch sind.«

»Ich werde es ihr ausrichten«, erwiderte Molly und dachte, daß es Harriet seit langem gleichgültig sein mußte, ob irgend jemand sie besuchen kam oder nicht.

12. Kapitel

Captain Leander H. McNelly von den Texas Rangers … war kein Gesetzeshüter, sondern ein Guerillakämpfer in einem Land, in dem geschriebenes Gesetz reine Fiktion war.

T. R. Fehrenbach, Lone Star

Da sie noch ungefähr eine Stunde Zeit hatte, bevor sie zum Flughafen mußte, schaute Molly im Kapitol vorbei, wo eine Senatsdebatte stattfand, die letzte vor der Abstimmung über das Handfeuerwaffengesetz am Montag. Der Saal war voll, jeder Sitzplatz besetzt, sogar hinten standen Leute. Die sieben Mitglieder des Fachausschusses der Kriminaljustiz saßen oben auf dem Podium hinter einem geschwungenen Tisch. Ein Sprecher der texanischen Polizeigewerkschaft verlas eine vorbereitete Erklärung ins Mikrofon, daß die Zulassung von weiteren Schußwaffen auf der Straße das Berufsrisiko für die Polizeibeamten erhöhe, eine Feststellung, die Mollys Überzeugung nach schwerlich irgend jemandem neu sein konnte.

Sie ließ den Blick über den vollen Saal gleiten und stellte überrascht fest, daß mehrere DPS-Beamte in olivgrünen Uniformen und Stetsonhüten am Rande des Plenarsaals positioniert waren. Sie zählte sieben Beamte, fünf mehr als gewöhnlich. Sie fragte sich, ob da etwas im Busch sein mochte. Als einer der Beamten, den sie flüchtig kannte, vorbeiging, folgte sie ihm. Er stellte sich mit gespreizten Beinen, Hände vor dem

Körper übereinandergelegt, in einer Ecke auf und ließ den Blick über den Raum schweifen.

»Was geht hier vor, Officer?« fragte sie leise. »Haltet ihr Jungs ein Gipfeltreffen ab?«

Er hakte seine Daumen in seinen Gürtel ein und sah stirnrunzelnd auf sie herab. »Ma'am?«

»Warum brauchen Sie sieben Leute für diesen kleinen Saal? Erwarten Sie einen Atomangriff?«

»Für diese Debatte haben wir unsere Präsenz verdreifacht, Ma'am.«

»Warum das?«

»Dieses Gesetz ist das heißeste dieser Saison, ein Thema, bei dem die Gefühle für gewöhnlich hohe Wellen schlagen.«

»Stimmt.«

»Außerdem sind viel mehr Leute anwesend, die Waffen tragen.«

Überrascht blickte Molly auf. »Die Schußwaffen tragen? Hier und jetzt?«

»Jawohl, Ma'am.«

Molly drehte sich zu den Zuschauern um. »Woher wissen Sie das?«

Er beugte sich vor und sagte verschwörerisch: »Sie müssen wissen, wo man sucht. Sehen Sie den Typen dort, der da an der Seite neben der Frau in Rot steht?«

Molly entdeckte ihn, einen dicken Mann mit Hornbrille. »Den fetten Kerl?«

»Genau. Passen Sie auf, wenn er sich bewegt. Sein Jackett ist so eng, daß man den Umriß seiner Waffe unter dem linken Arm sehen kann.«

Molly beobachtete ihn, bis der Mann sich drehte, um mit der Frau neben ihm zu sprechen, und, weiß Gott, da war sie. »Er braucht einen besseren Schneider«, sagte sie.

»Oder eine kleinere Pistole«, erwiderte er und zeigte die Andeutung eines Lächelns. »Ich schätze, daß ein Drittel der Leute in diesem Raum Waffen trägt.«

Molly sah sich um. »Ein Drittel? Unmöglich.«

Er beugte sich ganz dicht zu ihr. »Sehen Sie den Mann, der da hinten an der Wand lehnt? Blaues Hemd, kein Jackett. Sehen Sie den Piepser an seinem Gürtel?«

»Ja.«

»Sehen Sie, wie ausgebeult seine Hüfte unter dem Piepser aussieht? Er hat einen von den Piepser-Holstern. Hängt innen in seiner Hose.«

»Sieht ja verdammt unbequem aus«, sagte Molly.

»Und der dort.« Der Polizist blickte in die Richtung eines hochgewachsenen Mannes in Armeehosen und mit einem gelben Barett, den Molly schon häufig neben der Tür hatte stehen sehen. »Der hat sicherlich eine Waffe bei sich, auch wenn man sie nicht sehen kann.«

»Woher wissen Sie das?«

»Er ist der Typ. Er gehört einer Miliz an. Da würd ich Haus und Hof drauf wetten. Und bei den Damen kann man's natürlich nicht wissen, weil sie die Waffen für gewöhnlich in den Handtaschen tragen. Aber da sitzt Wanda Levoy in der ersten Reihe, und von der weiß jeder, daß sie 'ne Waffe trägt.«

»Und woher weiß das jeder?«

»Gerede, Gerüchte. Und der Typ, der gleich was sagen wird.« Er zeigte auf einen Mann in einem braunen Polyesteranzug und Westernkrawatte. »Rechtes Fußgelenk. Sehen Sie, wie dick es im Vergleich zum anderen ist.«

»Ja, aber er sieht nach Gesetzeshüter aus.«

»Klar, ist er auch. Aber die meisten von ihnen tragen illegal Waffen.«

»Und warum nehmen Sie die Leute dann nicht fest?«

Er lächelte. »Wir haben nur Befehl, sie im Auge zu behalten. Also behalte ich sie im Auge. Deswegen sind wir in dreifacher Stärke hier.«

»Gab es irgendwelche Probleme?«

»Sie meinen in dieser Legislaturperiode?«

Molly nickte.

»Nicht mit Waffen. Eine Schlägerei zwischen zwei Abgeordneten gab es, bei der sogar Blut floß; und der Typ, der einen Esel hier reinzubringen versuchte, hatte ihn tatsächlich schon in den Aufzug und bis in den zweiten Stock geschafft. Das und ein paar Stadtstreicher, die oben auf der Galerie sitzen und pennen, sonst eigentlich nichts.«

Molly dachte an die Frau auf der Toilette. »Welche Anordnungen haben Sie in dieser Hinsicht?«

»Stadtstreicher? Ach, die lassen wir in Ruhe, wenn sie niemanden belästigen und nicht zu schlecht riechen. Sie wissen schon.«

Molly nickte. »Das heißt, abgesehen von dem Thema dieser Gesetzesdebatte haben Sie keinerlei konkreten Grund zur Beunruhigung?«

Er richtete sich auf, weil ihm wieder eingefallen war, daß er sich eigentlich nicht unterhalten sollte. »Nein, Ma'am.«

Molly dachte, daß es allmählich Zeit wurde zu gehen, als der nächste Sprecher aufgerufen wurde: Cullen Shoemaker. Überrascht sah Molly zu, wie er auf das Mikrofon zuging. Sein Auftreten, wie gewöhnlich im dunklen Anzug, weißen Hemd, konservativ gestreifter Krawatte und blankpolierten Schuhen, war noch arroganter als gewöhnlich: ein junger Mann mit einer Mission. Als er sich vor das Mikrofon mit dem Gesicht zum Ausschuß, dem Publikum den Rücken zugewandt, stellte, konnte Molly an seinem Profil erkennen, daß sein Gesicht bis unter die Haarwurzeln tomatenrot angelaufen war. Doch mit einer sicheren Stimme, die keine Spur von schwachen Nerven oder Zweifeln erkennen ließ, sagte er: »Herr Vorsitzender, sehr geehrte Mitglieder des Ausschusses, texanische Mitbürgerinnen und Mitbürger, ich heiße Cullen Shoemaker und spreche gegen dieses Gesetz.«

Molly blieb wie angewurzelt stehen. Gegen das Gesetz. Das konnte nicht sein.

Senator Garland Rauther, der auf dem Podium saß, starrte mit offenem Mund hinunter auf den Sprecher. Es war eindeutig, daß er nichts davon gewußt hatte, daß sein junger Schützling sich gegen das Gesetz stellen würde, das er eingebracht hatte, das Gesetz, für dessen Verabschiedung sie beide gearbeitet hatten.

Molly suchte den Raum nach Elizabeth Shoemaker ab und bemerkte sie ganz vorn. Sie hatte sich vorgebeugt und fixierte intensiv ihren Sohn. Man konnte ihre Reaktion unmöglich einschätzen, aber sie schien über seine Verkündigung nicht erstaunt zu sein.

Cullen sagte: »Ich spreche jetzt als Vertreter des McNelly-Kommandos. Wir sind eine studentische Verbindung von zweihundert in Amerika geborenen und aufgewachsenen Texanern, allesamt Studenten an der University of Texas.

Im Interesse vollständiger Offenlegung«, er räusperte sich, »soll hinzugefügt sein, daß ich Berater des Senators Garland Rauther war, einem der Väter von Gesetz achtundneunzig. Das war ich, um genau zu sein, bis zu diesem Augenblick.« Er machte eine Pause und sah nach oben zu Rauther, der immer noch mit geschocktem Gesichtsausdruck und stocksteif dasaß. »Senator, hiermit reiche ich mit sofortiger Wirkung meine Kündigung ein.«

Der Sprecher legte eine dramatische Pause ein, die ihre Wirkung nicht verfehlte. Ein Rascheln und Murmeln ging durch den Raum. Unter denen, die ein Interesse an dem Gesetz hatten, war Cullen Shoemaker kein Unbekannter. Der Senator war nicht der einzige, den diese Nachricht überraschte.

»Ich möchte den Grund für meine Kündigung darlegen. Ich habe meine Meinung über dieses Gesetz geändert. Lassen Sie mich erklären, warum. Den meisten von Ihnen ist vermutlich bekannt, daß meine Schwester und ihre drei Kinder vor zwei Jahren in der Pizzeria in Liberty brutal ermordet wurden. Auch meine Mutter wurde angeschossen und wäre beinahe ihren Verletzungen erlegen. Wenn sie bewaffnet gewesen wäre, hätte sie das Massaker beenden können.

Ich bin der Überzeugung, daß unser Recht auf das Tragen von Waffen das Fundament ist, auf dem unsere Demokratie steht. Als ich mit der Arbeit für Senator Rauther begann, dachte ich, dieses Gesetz würde uns bei der Erweiterung dieses Rechts helfen.« Wie Molly bemerkte, trommelte sein linker Fuß auf dem Sockel des Rednerpults. Er war ein mit nervöser Energie nur so geladener Mann. »Doch dieses Gesetz ist nicht das, wofür ich es hielt. Und es ist nicht das, wofür Sie es halten. Ich verfüge über neue Informationen, die ich Ihnen auf keinen Fall vorenthalten will.« Er beugte sich vor. »Ich weiß jetzt ohne jeden Zweifel, daß dieses Gesetz Teil eines geheimen Plans der Bundesregierung in Washington, D. C., ist, uns alle zu entwaffnen.«

Cullen machte eine Pause, um das Gesagte wirken zu lassen.

»Ich weiß natürlich, daß viele ehrenwerte Menschen dieses Gesetz unterstützen, wie der Senator, für den ich bisher gearbeitet habe, Garland Rauther.« Er nickte seinem ehemaligen Arbeitgeber zu, der ihn immer noch mit offenem Mund anstarrte. »Senator, Ihnen gilt meine aufrichtige Bewunderung. Ich weiß, wieviel Arbeit Sie auf dieses Gesetz verwandt haben.«

Er deutete nach links in den Raum. »Und die anderen Leute, die für dieses Gesetz arbeiten, die Texas Rifle Association und die National Rifle Association. Das sind ehrenwerte Männer. Sie glauben an die Verfassung und den zweiten Verfassungszusatz. Sie glauben, daß dieses Gesetz unsere Freiheit, Waffen zu tragen, befördern wird, wie auch ich es einmal glaubte. Doch sie haben unrecht. Sie sind irregeleitet worden.«

Er unterbrach sich und ließ die Stille für sich arbeiten. Molly sah sich um, um die Publikumsreaktion einschätzen zu können. Alle hörten gebannt zu. Cullen Shoemaker war eindeutig ein Fall fürs Irrenhaus, aber ein beeindruckender Redner.

»Wohin dieses Gesetz führen wird, Sportsfreunde, ist nichts weniger als zu Lizenzen, die zu Listen führen werden, Listen aufrechter Mitbürger, die sich um eine Lizenz zum Führen einer Handfeuerwaffe bewerben. Diese Listen werden geradewegs nach Washington geleitet, in die Computer des Staatsamtes für Alkohol, Tabak und Feuerwaffen, und bevor Sie sich versehen, werden sie bei Ihnen an die Tür klopfen.« Er hieb dreimal hart mit der Faust auf das Pult und brüllte ins Mikrofon: »Aufmachen! Das AFT ist da, um Ihre Waffen zu konfiszieren. Wir wissen, daß Sie welche besitzen, weil Sie auf unserer Liste stehen.«

Er machte wieder eine Pause und sah jedes Ausschußmitglied durchdringend an. »Lizenzen führen also zu Listen, die zu Verlusten führen, was zu Lamentieren führt, und Lamentieren werden wir mit diesem Gesetz zu hören bekommen. Glauben Sie mir, Sportsfreunde, im ganzen Land wird viel Lamentieren und Heulen und Zähneknirschen sein, wenn sie kommen und uns die Schußwaffen wegnehmen.

Lassen Sie uns also nicht diesen Naziverbrechern in Stiefeln in die Hände arbeiten.«

Er richtete sich auf. »Außerdem ist dieses Gesetz ja gar

nicht notwendig, oder?« Er wirbelte herum und sah seine Mutter in der ersten Reihe an. »Wozu sollte meine Mutter eine Lizenz benötigen, um ein Recht auszuüben, das sie bereits besitzt? Brauchen wir etwa eine Lizenz, um unseren Glauben zu praktizieren oder politische Meinungen im Rahmen des ersten Verfassungszusatzes zu äußern?« Er hielt inne und sah jedes Mitglied des Ausschusses einzeln an, als erwarte er eine Antwort. »Nein, das brauchen wir nicht«, sagte er. »Und genausowenig brauchen wir eine Lizenz zum Tragen von Waffen, das durch den zweiten Zusatz zur amerikanischen Verfassung sowie durch Artikel 1, Abschnitt 23 der texanischen Verfassung sowieso schon garantiert ist.«

Er strich sich ein paarmal mit der Hand über seinen Bürstenschnitt. »Lassen Sie mich vom McNelly-Kommando erzählen, der Gruppe, die ich hier repräsentiere, bevor ich zum Schluß komme. Wir sind eine Selbstschutzgruppe nach dem Modell der Verbände, die sich im neunzehnten Jahrhundert entlang der texanischen Grenze bildeten. Unsere Gruppe ist nach Captain Leander H. McNelly von den Texas Rangers benannt, einem Mann des Selbstschutzes und des klaren Handelns, einem Mann, der uns alle noch das eine oder andere über die Durchsetzung von Gesetz und Ordnung lehren könnte. Damals, im Jahr 1875, als die Mexikaner und die Indianer noch die unerfreuliche Angewohnheit hatten, Überfälle auf die andere Seite der Grenze zu machen, um dort texanisches Vieh zu stehlen, da tat Captain McNelly etwas, zu dem niemand sonst den Schneid aufbrachte. Er brachte als erster und einziger gestohlenes Vieh zurück auf texanischen Grund und Boden.«

Cullen machte eine Pause und warf einen Blick auf das Publikum hinter sich. »Das einzige Mal, Sportsfreunde, daß die hart arbeitenden texanischen Rancher jemals – in der gesamten texanischen Geschichte – ihr Eigentum zurückbekamen, das Ausländer ihnen weggenommen hatten. Und wie hat er das geschafft? Bestimmt nicht, indem er sich von seiner Polizeibehörde eine Erlaubnis zum Waffentragen holte, Sportsfreunde. Und auch nicht, indem er jeden Ausländer freundlich empfangen hätte, der unsere Grenzen überschritt, um hier zu stehlen, zu vergewaltigen und zu morden. Nein. Er führte seine Männer zur Grenze, überquerte den Fluß, überwältigte die Diebe, holte sich das Vieh zurück und brachte es heim zu seinen rechtmäßigen Besitzern. Dieses Vieh hat er wiederbekommen, weil er hart durchgegriffen hat, Sportsfreunde, und weil er bewaffnet war.

Ich weiß besser als Sie, daß dieses Gesetz genügend Stimmen bekommen wird, um am Montag vom Senat verabschiedet zu werden. Doch ich bin der Überzeugung, daß es zu Listen, Verlusten und Lamentieren führen wird. Werte Herren Senatoren, ich bitte Sie, die Sache noch einmal zu überdenken. Im Namen des McNelly-Kommandos und aller gesetzestreuen, freiheitsliebenden wahren Texaner bitte ich Sie, nicht für Gesetz achtundneunzig zu stimmen. Sie können es augenblicklich stoppen, wenn Sie sich weigern, diese Gesetzesvorlage Ihrem Ausschuß noch einmal vorzulegen. Danke, daß Sie mich mein Anliegen haben vortragen lassen.«

Als er sich vom Mikrofon entfernte, gab es gerade soviel Applaus, um Molly eine Gänsehaut über den Rücken zu jagen. Kein vernünftiger Mensch konnte diese Rede für etwas anderes als eine Ausgeburt fanatischen Verfolgungswahns halten. Senator Rauther hatte sich in seinem Stuhl zurückgelehnt, starrte hinunter auf die Papiere auf seinem Tisch und sah noch immer fassungslos aus. Wie gern wäre Molly später eine Fliege an seiner Bürowand gewesen, um zu hören, wie er Cullen Shoemaker zur Rede stellte.

Molly sah auf die Uhr. Sie war schon viel länger hier, als sie beabsichtigt hatte, aber sie wollte zu gern ein paar Worte mit Cullen Shoemaker wechseln, weswegen sie zur Tür eilte, um ihn dort abzufangen.

»Cullen, ich bin erstaunt«, sagte Molly.

Er betrachtete sie ernst. »Wieso das?«

»Ich wußte nicht, daß Sie so ein beeindruckender Redner sind.«

»Ich habe einen Volkshochschulkurs besucht.«

Molly mußte sich zurückhalten, um nicht zu lächeln. »Nun, das ist ja sicher ein Lob für die Volkshochschule. Aber ich hatte keine Ahnung, daß Sie so über das Gesetz dachten.«

»Dann haben Sie also mein Manifest noch nicht gelesen?« Er musterte sie eiskalt mit seinen blauen Augen.

Das Papier, das er ihr gegeben hatte – das hatte sie total vergessen; es mußte sich noch immer in ihrer Tasche befinden. »Noch nicht, Cullen.«

»Ich würde wirklich gern Ihre Meinung hinsichtlich einer möglichen Veröffentlichung hören«, sagte er.

Um das Thema zu wechseln, erwiderte sie: »Das McNelly-Kommando? Ich bin ja etwas schwach in texanischer Geschichte, aber war das nicht der McNelly, der das falsche Dorf ausradierte, als er das gestohlene Vieh zurückholen wollte?«

Er sah auf die Uhr, dann schnippte er mit den Fingern. »Ach! Was Ihr Interview anbelangt – Rauther sagt, er wäre diese Woche zu beschäftigt, aber er würde Sie gern zusammen mit anderen Mitgliedern der Presse nach der Abstimmung empfangen – eine kleine Feier – und wäre geehrt, wenn Sie kommen könnten.«

»Ja gut. Sie meinen also –«, Molly unterbrach sich mitten im Satz, weil sie Olin Crocker näher kommen sah. Sie hatte das Gefühl, als bekäme sie keine Luft. Ein Zusammentreffen war abzusehen gewesen, doch auf ihre heftige Reaktion war sie nicht vorbereitet gewesen. Er trug wieder seinen Gürtel mit der Sternschnalle und hielt eine Aktentasche in der Hand. Er sagte: »Mein Gott, Cully, das McNelly-Kommando? Hört sich wie eine Miliz für reiche Söhnchen an. Wie kommt's, daß du mir nie was davon gesagt hast, Junge?«

Cullen erwiderte: »Du hast nie gefragt, Sportsfreund.«

»Das muß man dir lassen – sich in letzter Minute auf der Seite der Verlierer zu outen. Kommt mir vor wie eine Luftbrücke auf die sinkende Titanic. Da nimmst du dich wirklich einer verlorenen Sache an, Junge.«

»Wunder geschehen, Sportsfreund«, sagte Cullen und trat einen Schritt zurück, offensichtlich auf der Flucht. »Entschuldigen Sie mich, Mr. Crocker, Miz Cates, ich vermute, Senator Rauther wird ein Wörtchen mit mir zu reden haben.« Er verschwand und ließ Molly mit Olin Crocker zurück.

Er musterte sie. »Miz Cates.«

Mollys Kiefer war so angespannt, daß sie kaum sprechen konnte. »Mr. Crocker«, sagte sie knapp. »Lange her.«

»Kann man sagen, Ma'am. Ich meinte, ich hätte Sie vorgestern oben auf der Galerie gesehn.« Er verlagerte sein Gewicht leicht nach vorn, so daß ihr Blick auf die Gürtelschnalle fiel. »Und da hab ich mir gedacht: Das sieht mir doch wirklich nach dem kleinen Cates-Mädchen von der unglücklichen Sache draußen in Volente aus, aber –«

»Sie meinen den Mord an meinem Vater, Mr. Crocker? *Die* unglückliche Sache?«

»Seinen Tod, ja, Ma'am«, sagte er und senkte die Stimme.

»Ja, ich habe Sie sofort erkannt, Mr. Crocker. Sie tragen Ihre Frisur ein bißchen anders, aber ansonsten haben Sie sich nicht sehr verändert.«

Automatisch faßte Crocker auf seinen Kopf, um zu überprüfen, ob die Strähnen noch über der kahlen Stelle klebten. Molly lächelte ihn süßlich an. »Wie ich höre, haben Sie Ihr Pensionärsleben aufgegeben und sind jetzt Lobbyist, Mr. Crocker.«

»Na ja, ich helfe nur dabei, die Leute über die Notwendigkeit dieses Handfeuerwaffengesetzes zu unterrichten«, sagte er in seinem breiten texanischen Tonfall.

»Ach, da sind Sie jetzt also im pädagogischen Bereich tätig und nicht mehr als Gesetzeshüter.«

»Jawohl, Ma'am, so ist es. Und wie ich gehört hab, sind Sie jetzt Reporterin und schreiben einen Artikel für den *Lone Star Monthly* über das zu verabschiedende Gesetz. Ist das nicht ein Zufall?«

»Inwiefern?«

»Na ja, wir interessieren uns beide für dasselbe Thema«, sagte er. »Wenn es irgend etwas geben sollte, Ma'am, worin ich Ihnen behilflich sein könnte, dann wäre es mir jedenfalls eine Ehre.« Er faßte in seine Brusttasche, zog eine Visitenkarte heraus und überreichte sie ihr. »Hier ist meine Karte. Melden Sie sich, wenn ich irgendwas für Sie tun kann.«

»Miz Cates!« Parnells Sekretärin kam auf sie zugeeilt und drückte Molly ein zusammengefaltetes Stück Papier in die Hand. »Senator Morrisey hat mir gesagt, ich soll unbedingt versuchen, Sie noch zu erwischen. Dieser Anruf kam gerade für Sie. Er sagte, es sei dringend.«

Molly faltete das Blatt auseinander. Darauf stand: »Ruf mich bitte sofort an. Dringend. Grady.«

»Sie können in unserem Büro telefonieren«, sagte die Sekretärin.

Molly sah auf die Uhr. »Danke, aber ich muß zum Flughafen. Es wird schneller gehen, wenn ich ein öffentliches Telefon benutze.«

Entsetzt, wie wenig Zeit ihr jetzt noch blieb, um zum Flughafen zu kommen, nickte Molly Olin Crocker zu und rannte fast zu der Reihe öffentlicher Fernsprecher im Flur.

»Molly«, sagte Grady. »Ein Glück, daß du noch da bist. Es tut mir leid, Liebling, aber ich befürchte, daß ich schlechte Nachrichten für dich habe. Shawcross hat einen Engel gefangen. Ein paar Kinder haben sie in einem Abwasserrohr am Waller Creek gefunden. War schon ein paar Tage tot. Nichtseßhafte Frau, durchgeschnittene Kehle. Ich glaube, sie könnte eine von deinen Landstreicherinnen sein.«

»O nein.« Molly drehte sich zur Wand und lehnte den Kopf dagegen.

»Sagtest du nicht, daß du eine interviewt hättest, die Tin Can heißt? Klein, leicht geistig behindert. Mehrere Schneidezähne fehlen.«

Hinter geschlossenen Lidern sah Molly das Bild der Frau im Schein der Sonne, auf deren Schoß sich die Katze ausgestreckt hatte. »Ihr richtiger Name ist Emily Bickerstaff.«

»Das ist sie. Wir haben gerade einen Identitätsnachweis von einer der Sozialarbeiterinnen bei HOBO bekommen und werden noch einmal die Finger- und Zahnabdrücke aus dem State Hospital überprüfen. Aber ich glaube, es ist ziemlich klar. Würdest du rüberkommen und ihre Identität bestätigen und uns von deinem Interview mit ihr erzählen? Wir sind sehr neugierig, mit wem sie Umgang hatte.«

»Grady, das würde ich ja gern tun, aber mein Flug geht in einer Stunde. Der Fotograf, der die Aufnahmen von ihr gemacht hat – Henry Iglesias –, könnte ihre Identität auch bestätigen. Er besitzt auch Fotos, neue, vor ungefähr zwei Wochen aufgenommen.« Sie hielt das Telefon mit einer hochgezogenen Schulter am Ohr und holte ihr Adreßbuch aus der Handtasche. »Hier ist seine Nummer.«

Sie las sie vor. »Ist es ganz sicher ein Mordfall?«

»Falls sie sich nicht selbst die Kehle durchgeschnitten hat, in einen Müllsack gekrochen ist und ihn dann mit drei Knoten zugebunden hat. Wie gesagt, wir sind sehr neugierig, mit wem sie Umgang hatte.«

»Grady, ich weiß nur, daß sie mit einer anderen Obdachlosen befreundet war, die Cow Lady heißt. Eine große Frau, um die fünfzig, würde ich sagen. Trägt einen schwarzweißen Mantel mit Flecken drauf wie bei einer Kuh.«

»Weißt du, wo sie zu finden ist?«

»Nein. Na ja, vielleicht bei der Heilsarmee. Oder hier im Kapitol, Grady. Am Montag habe ich sie hier auf der Toilette im zweiten Stock gesehen.«

»Shawcross wird mehr darüber erfahren wollen. Kannst du deine Reise nicht verschieben? Unter diesen Umständen?«

»Ich habe heute nachmittag einen Termin in Lubbock.«

»Verschieb ihn.«

»Tut mir leid, das geht nicht.«

»Bitte.«

»Nein.«

»Wir sind an deinen Aufzeichnungen interessiert«, sagte er.

Sie sah auf die Uhr, ihr war heiß, und sie fühlte sich gehetzt. »O Grady! Außerdem habe ich meine Aufnahmen noch nicht transkribiert. Aber sobald ich zurück bin, werde ich Shawcross natürlich gern das bißchen erzählen, das ich über sie weiß. Hör zu, ich bin gerade schrecklich in Eile und –«

»Wart eine Sekunde, bitte.«

»Gut.«

»Ich will dir ja nicht zu nahe treten, aber denk nur einen Augenblick darüber nach: Du führst mit mehreren obdachlosen Frauen über einen längeren Zeitraum hinweg Interviews, um zu sehen, was aus ihnen wird. Jetzt ist eine von ihnen tot.

Ermordet. Etwas Einschneidendes ist geschehen. Ist das denn gar nicht von Interesse für deine Geschichte?«

»Doch, natürlich. Aber ich bin ja nicht lange weg. Sie wird immer noch tot sein, wenn ich wieder da bin.«

»Molly, das beunruhigt mich.«

»Ich wüßte nicht, warum. Ich bin vierundzwanzig Stunden in familiären Angelegenheiten unterwegs. Tante Harriet erwartet mich heute abend zum Essen.«

»Tante Harriet? Erwartet dich! Sie erkennt dich nicht einmal mehr.«

»Grady, ich komme noch zu spät. Ich muß los. Ich ruf dich heute abend an.«

Sie legte auf und sah auf die Uhr.

Es würde eine fürchterliche Hetzerei werden, nach Hause zu fahren, zu packen und am Flughafen einen Parkplatz zu finden, alles in fünfzig Minuten.

Sie stieg in den Aufzug und hielt den Finger auf den Knopf gedrückt, damit die Tür sich schneller schloß. Warum dauerte das nur so lange? Hätte sie bloß die Treppe genommen. Als die Tür endlich zuging, überlegte sie, daß sie nicht unbedingt nach Hause mußte. Es war ja nur für einen Tag. Sie würde einfach so fliegen, wie sie war.

13. Kapitel

Da nahm sie auf ihren kleinen Stab,
Entschlossen, sie zu finden;
Dann fand sie sie, doch es brach ihr
das Herz,
Denn all ihre Schwänze waren fort.

Klein Bo-Piep, dritte Strophe
Englischer Kindervers

Keuchend, mit rasendem Puls und pochendem Herz, stand Molly Cates oben im Treppenhaus. Sie war nur eine Treppe hochgestiegen, aber sie fühlte sich so erschöpft, als wäre sie schon den ganzen Tag gerannt. Sie hatte ihr Auto im Parkverbot am Flughafen von Austin abgestellt, war wie eine Wilde zum Flugsteig gerast und hatte den Flug nach Lubbock gerade noch mit heraushängender Zunge erwischt, als die letzten Passagiere einstiegen. Doch sie hatte es geschafft und war sogar zehn Minuten zu früh für ihren Termin mit Shelby Palmer im Cap Rock Office Park.

Sie befeuchtete ihre trockenen Lippen mit der Zunge. Vierzig Minuten in Lubbock, und schon wurden die Lippen rauh, und zwischen den Zähnen knirschte der Sand von den Staubwolken. Willkommen daheim.

Sie betrachtete die geschlossene Tür mit dem kleinen, diskreten Messingschild – *Palmer Investigations* – eingehend und zwang sich, ruhiger zu atmen. Sie mußte das hier auf überlegte, erwachsene Art und Weise angehen, nicht so leidenschaftlich und aus dem Bauch heraus wie in der Vergangenheit. Sie war jetzt immerhin eine vierundvierzigjährige, professionelle Journalistin und hervorragend in Recherchen. Wenn sie einen kühlen Kopf bewahrte, konnte sie die Fähigkeiten, die sie in den letzten zweieinhalb Jahrzehnten entwickelte, zur Lösung dieses alten und sie quälenden Rätsels einsetzen.

Sie drehte den glänzenden Messingknauf an der Tür und trat ein.

Die weißhaarige Dame am Empfang blickte hoch zu ihr. »Sie müssen Miß Cates sein.«

Immer noch außer Atem, nickte Molly nur.

»Nehmen Sie doch Platz, meine Liebe. Sie sehen aus, als würde die Hitze Ihnen zu schaffen machen. Ich sage Shelby Bescheid, daß Sie da sind.«

Während Molly immer noch stand, um sich zu beruhigen, erschien Shelby Palmer. Er war ein kleiner, untersetzter Mann um die fünfzig mit grauem, lockigem Haar und einem grauen Anzug aus Leinen. Er schüttelte ihr kräftig die Hand. »Wie ich sehe, haben Sie den Weg zu uns gefunden. Kommen Sie mit nach hinten.« Er wandte sich der Empfangsdame zu und sagte: »Danke, Mama. Geh du jetzt ruhig nach Hause. Ich habe um sechs noch einen Termin, außerdem komme ich mit Miz Cates auch sehr gut alleine zurecht.«

Als er ihr den Flur entlang vorausging, sagte er: »Dies ist sehr ungewöhnlich, Miz Cates. Als Mr. Quinlan anrief, war ich äußerst überrascht. Ab und an müssen wir mal eine alte Akte aus dem einen oder anderen Grund hervorholen, aber ich glaube nicht, daß es jemals unter diesen Umständen zur Einsicht einer Akte gekommen ist.«

»Unter welchen Umständen?«

Er drehte den Kopf, um sie anzusehen. »Nun ja, weil Sie eine der beobachteten Personen sind. Ich habe es noch nie erlebt, daß ein Klient mich gebeten hat, eine Akte einer beobachteten Person zur Einsicht zu geben. Und dann die Zeit! Dieser Fall ist fünfundzwanzig Jahre alt. Wenn Mama nicht so eine Perfektionistin wäre und alles aufheben würde, wäre die Akte schon lange vernichtet worden.«

Er öffnete die Tür zu einem kleinen, fensterlosen Raum, der von einem ovalen Tisch und sechs Stühlen beherrscht wurde. »Unser bescheidener Konferenzraum.« An einem Ende des Tischs lag ein brauner Ziehharmonikaordner, in dem mehrere beschriftete Manilamappen steckten. Mollys Augen hefteten sich begierig auf ihn.

»Ich habe mir die Akte angesehen«, sagte Shelby Palmer, »und Sie haben Glück. Die meisten Aufzeichnungen meines Vaters sind abgetippt worden. Sie werden verstehen, warum das wichtig ist, wenn Sie versuchen, die handgeschriebenen zu entziffern. Wenn Sie zu diesem Teil kommen, werde ich versuchen, Ihnen zu helfen. Wenn auch ich sie nicht entziffern kann, werden wir die wahre Expertin herbeirufen.« Er nickte in Richtung Empfang. »Mama wird vermutlich noch dableiben, auch wenn ich ihr angeboten habe, nach Hause zu gehen. Sie soll eigentlich nur halbtags arbeiten. Mit neunundsiebzig ist sie –« Er fuhr fort, den Arbeitseifer seiner Mutter zu beschreiben, aber Molly hörte nicht hin. Sie starrte hinunter auf die Akte und wünschte sich nichts mehr, als daß er verschwand.

Er schwieg und nickte ihr zu, als hätte er ihren Wunsch verstanden. »Nun gut«, sagte er. »Dann lasse ich Sie jetzt allein. Wenn Sie irgend etwas brauchen, einen Kaffee oder ein kaltes Getränk, dann melden Sie sich einfach.« Beim Hinausgehen schloß er die Tür leise hinter sich.

Molly setzte sich an das Kopfende des Tisches und sah sich in dem Zimmer um. Sie war heilfroh, daß es kein Fenster gab, da sie nicht in der Stimmung war, Lubbock zu sehen.

Sie zog den Ordner zu sich heran und betrachtete die ordentlich getippten Aufschriften auf den drei Mappen: »Vernon Cates«, »Molly Cates« und »Olin Crocker«. Allein der Anblick von Crockers Namen ließ sie mit den Zähnen knirschen; ihr Haß war noch nach einem Vierteljahrhundert unversöhnlich.

Sie zog die Mappe mit ihrem Namen heraus. Besser, sie brachte dieses Stückchen Hölle als erstes hinter sich.

Innen an den Umschlag war das Foto einer mürrisch dreinblickenden, dunkelhaarigen jungen Frau vor einem weißen Holzbungalow geheftet, über deren Schulter ein Wäschesack hing. Sie trug ein sehr kurzes, grünes Kleid, das ihre dünnen, bleichen Beine bis zur Mitte des Oberschenkels freiließ. Die langen, in der Mitte gescheitelten Haare des Mädchens sahen naß aus, als käme sie gerade aus der Dusche, und sie starrte so durchdringend den Bürgersteig entlang, als müsse sie sich an etwas sehr Wichtiges erinnern. Molly Cates mit einundzwanzig.

Molly Cates mit vierundvierzig konnte sich nicht erinnern, was sie getan oder gedacht hatte, als sie da mit dem Wäschesack auf dem Bürgersteig stand, aber sie erkannte den Bungalow auf Avenue D und das grüne Baumwollkleid und die tiefe Verzweiflung, in der sie sich befunden hatte. Sie war sich sicher, nichts davon gewußt zu haben, daß sie fotografiert wurde; sonst hätte sie sich geradegehalten und für die Kamera gelächelt – die lebenslange Angewohnheit, vor der Kamera stets ein fröhliches Gesicht aufzusetzen.

In der Mappe lagen zwölf zusammengeheftete Blätter Durchschlagpapier. Obendrauf lagen fünf lose Blätter, die in den Tagen vor der elektronischen Textverarbeitung maschinengeschrieben worden waren. Einzeilig. Als Datum stand oben der 2.11.72. Die Überschrift lautete: Beobachtete

Person: Molly Cates, geb. 3.6.51, Sozialversicherungs-Nr. 460-88-5099.

Molly schloß die Augen und erlaubte sich einige Sekunden der Sammlung, bevor sie sich der Lektüre stellte. Dann begann sie zu lesen.

»Beobachtete Person: Molly Cates, weiblich, weiß, einundzwanzig Jahre alt, verheiratet – behielt Mädchennamen bei – Mieterin von Doppelhaushälfte 2324 Avenue D, Austin – Ehemann: Streifenpolizist Grady Traynor, Austin Police Department – vor fünf Monaten ausgezogen – zahlt noch Miete – Tochter: Josephine Elizabeth Traynor, 2 Jahre alt – wohnhaft bei der Tante der b. Person, Harriet Cavanaugh, 4700 Mesquite Trail, Lubbock. B. Person 1971-72 Angestellte des Austin American Patriot – gegenwärtig beurlaubt – keine sichtbare Einkommensquelle.«

Molly hörte auf zu lesen. Mein Gott. Diese weibliche, weiße Einundzwanzigjährige, die hier beschrieben wurde, die b. Person, das getriebene und unglückliche Mädchen auf dem Bild – was hatte diese Person mit ihr zu schaffen? Derselbe Name, dasselbe Geburtsdatum, dieselbe Sozialversicherungsnummer, aber gab es eine einzige Zelle in ihrem Körper, die auch im Körper jener jungen Frau existiert hatte, die 1972 in solchem Elend in der Avenue D gelebt hatte? Sie bezweifelte es.

Sie zwang ihre Augen zum nächsten Absatz. »B. Person brach 1967, mit 16, nach dem Tod des Vaters die Schule ab – 11. Klasse der Lake Travis High School – hervorragende schulische Leistungen, Tennismannschaft der Mädchen, Mitglied der Honor Society.

Persönlichkeitsveränderung nach Tod des Vaters, sagen Schulfreunde und Nachbarn (siehe beiliegende Interviews) – unausgeglichen, irrational, besessen vom Tod des Vaters – lehnte alle Hinweise auf Selbstmord ab, beharrte darauf, daß er ermordet worden sei, obwohl Gerichtsmediziner im Juni 1967 Selbstmord konstatierten (siehe beiliegenden Bericht).

B. Person rief im Juli 1967 vierzigmal beim Sheriff an – forderte Herausgabe des gerichtsmedizinischen Berichts – versuchte Zugang zu den Aufzeichnungen des Sheriffs zu erlangen, drohte ihm mit Anzeige – brach nach Angabe des Sheriffs in seine Amtsstube ein, um Aufzeichnungen zu entwenden.

Gerüchte von schwerem Alkoholmißbrauch und sexueller Promiskuität nach Tod des Vaters (siehe beiliegende Interviews).«

Schwerer Alkoholmißbrauch? Sexuelle Promiskuität? Molly dachte darüber nach. Sie hatte sich ab und an betrunken, das stimmte, aber sie hatte es nie als Alkoholmißbrauch angesehen. Und sexuelle Promiskuität? Na ja, man könnte es so nennen, diese verzweifelten Fummeleien und das Festklammern, dieses rastlose Suchen nach etwas, das sie nicht genau benennen konnte. Doch es als sexuelle Promiskuität zu bezeichnen, ließ es wesentlich bedeutungsvoller klingen, als es die pathetischen Paarungen je gewesen waren.

Sie las weiter.

»B. Person frequentierte Gaststätten in der Lake-Travis-Gegend – trank Bier – begab sich auf Männerfang – Promiskuität schwer zu belegen, da b. Person minderjährig war und Männer nicht offiziell reden wollen.«

Molly fragte sich, welche Männer Julian Palmer ausfindig gemacht hatte, nicht, daß sie sich noch an die Namen der Cowboys, Handwerker und Fernfahrer erinnert hätte, auf die sie damals scharf gewesen war.

»1967-68: B. Person wohnte allein in gemietetem Haus in Volente – hatte kein Geld mehr – zog nach Austin in Pension – erhielt $ 100 000 aus väterlicher Lebensversicherung – legte es bei Merrill-Lynch an, verbrauchte nichts von dem

Geld. Schwester des Vaters der b. Person, Harriet Cates Cavanaugh, eine respektierliche, verheiratete Frau in Lubbock, versuchte b. Person zu bewegen, zurück nach Lubbock zu kommen, doch b. Person verblieb in Austin.«

Das war nun mal eine echte Untertreibung, dachte Molly. B. Person und ihre respektierliche, verheiratete Tante waren regelmäßig in wüste Auseinandersetzungen über diese Frage geraten. Tante Harriet hatte Molly bedrängt, zurück zu ihr nach Lubbock zu kommen und die Schule zu beenden. Molly hatte sich geweigert, sogar als Tante Harriet mit gerichtlichem Eingreifen gedroht hatte. Damals war Molly bereits über den Punkt hinaus gewesen, an dem ihr das etwas ausgemacht hätte, zu tief war ihre Trauer, und zu sehr war sie von dem Wunsch besessen, die Wahrheit über den Tod ihres Vaters herauszufinden.

Sie war versucht, die Lektüre an dieser Stelle abzubrechen. Es war, als ob man zufällig Zeuge wurde, wie andere über einen herzogen; man konnte entweder bleiben und zuhören oder weggehen. Weiter zuzuhören bedeutete, sich freiwillig Verletzungen auszusetzen.

Sie las weiter.

»B. Person heiratete 1969 Grady Traynor, Streifenpolizist des Austin Police Department – Tochter wurde sechs Monate später geboren – die ersten zwei Jahre ihren Pflichten genügende, wenn auch unkonventionelle Mutter. Februar 1972: Verließ Arbeitsstelle – ließ Kleinkind bei Harriet Cavanaugh in Lubbock – begann neue Befragungsrunde in Sachen Todesfall Vernon Cates.«

Der mißbilligende Tonfall des toten Privatdetektivs traf sie an der Stelle, an der sie am verletzlichsten war. Sie wollte ihm widersprechen und die mildernden Umstände für sich geltend machen. Sie hatte vielleicht ihre Tochter vernachlässigt, aber sie hatte etwas entdeckt, was sie auf eine neue Fährte gebracht hatte: Einige der seltenen mexikanischen Goldmünzen ihres Vaters waren in einer Pfandleihe in Austin aufgetaucht, die auf alte Münzen spezialisiert war und bei der sie vier Jahre lang regelmäßig nachgefragt hatte. Der Einbruchsverdächtige, der sie verpfändet hatte, saß in Haft im Travis County Jail, und Olin Crocker hatte ihn verhört. Sie hatte unbedingt mehr darüber erfahren müssen, da sie sicher war, daß die Münzen in der Nacht seiner Ermordung vom Hausboot ihres Vaters gestohlen worden waren. Sie könnten zum Mörder führen. Wie hätte sie das nicht weiterverfolgen sollen? Er war ein Detektiv, er hätte wissen müssen, welche Macht solche Spuren besaßen.

»Crocker sagt aus, daß b. Person ihn wieder zu belästigen begann, schlimmer als zuvor – nennt Cates eine ›gefährlich gestörte junge Frau‹.

Mai 1972: Ehemann der b. Person ist ausgezogen, beantragte Scheidung aus Gründen unüberwindlicher Abneigung. Bekannte waren überrascht, dachten, Paar habe sich sehr geliebt.«

Molly sah von dem Bericht auf. Sie war so müde. Wie sehr hatten diese Menschen ihr Leben mißverstanden, das der b. Person und ihres Polizistengatten. Wie konnte man nur so dumm sein? Sie wollte den Kopf auf den Tisch legen und die Augen schließen, aber sie las weiter.

»B. Person beschuldigt Quinlan Oil Company in Lubbock im Todesfall ihres Vaters (siehe beiliegender Artikel) – behauptet, Quinlan habe ihrem Vater ein Bestechungsgeld angeboten, wenn er den Artikel über einen Betrug, den Quinlan angeblich in bezug auf seine Dalhart-Ölfelder beging, nicht veröffentlicht – behauptet, Quinlan habe ihn töten und seine Aufzeichnungen zerstören lassen, um die Veröffentlichung zu verhindern.

Quinlan-Geschäftsführer Jasper Quinlan und Vizegeschäftsführer Roger Quinlan streiten Vorwürfe ab. B. Person brachte nie irgendwelche Beweise bei, um ihre Anschuldigungen gegen Quinlan Oil zu stützen.

Abschließend läßt sich sagen, daß Molly Cates offenbar eine problembeladene junge Frau ist, die den Selbstmord ihres Vaters nicht akzeptieren kann. Aufgrund von unkonventionellem Lebensstil und irrationalem Verhalten würde sie in jeder Art von Verfahren eine schlechte Zeugin abgeben.«

Der Artikel aus dem *Lubbock Morning Clarion* war beigeheftet. Der Rest der Akte bestand aus Abschriften von Tonbandinterviews mit Menschen, an die sie sich kaum erinnern konnte: Bekannte aus der High-School, Lehrer, Nachbarn in Volente und der Avenue D, Mitarbeiter bei der Zeitung.

Dieser Julian Palmer hatte zweifellos gründliche Nachforschungen angestellt, die auch noch zutreffend waren; in der ganzen Akte gab es nichts, was falsch gewesen wäre. Sein Stil war schlecht, aber seine Untersuchungsmethoden waren korrekt.

Als sie die abgetippten Interviews und Berichte in der Akte Molly Cates überflogen hatte, betrachtete sie noch einmal das Foto. Dieses Mädchen, die Hauptfigur dieser jämmerlichen Geschichte, hatte eindeutig nicht gewußt, daß es fotografiert wurde. Sie mußte direkt an Julian Palmer vorbeigelaufen sein, ohne bemerkt zu haben, daß ein Unbekannter eine Kamera auf sie gerichtet hielt. Alle diese Informationen waren direkt vor ihrer Nase gesammelt worden. Die Vorstellung, daß eine Firma, von der sie noch nie gehört hatte, in einem Bürohaus, von dessen Existenz sie nichts gewußt hatte, in einem Teil Lubbocks, in dem sie noch nie gewesen war, eine Akte mit all diesen intimen Informationen über sie besaß, von deren Sammlung sie damals nichts geahnt hatte, erschreckte sie.

Sie schloß die Mappe und steckte sie zurück in den Ordner. Ihre Hand konnte sich zwischen den beiden anderen nicht entscheiden. Sie zog die mit der Aufschrift ›Vernon Cates‹ heraus. Sheriff Olin Fucking Crocker konnte warten.

Langsam öffnete sie die Vernon-Cates-Mappe aus Angst, daß sie sich dem aufgedunsenen, verwesenden Monstergesicht gegenübersehen könnte, das sich in dem Autopsiebericht befunden hatte. Doch an die Innenseite geheftet war das Foto von dem schmalen, sonnengebräunten Gesicht ihres Vaters – lächelnd und sehr lebendig –, das sechs Monate vor seinem Tod aufgenommen und zusammen mit einem Zeitschriftenartikel in *Texas Backroads* erschienen war.

Die Akte war doppelt so dick wie ihre. Das Datum oben auf dem ersten Blatt war der 21. 11. 1972, die beobachtete Person Vernon Matthew Cates, geb. 4. 1. 22.

Es begann mit einem Bericht über seinen Tod, bestehend aus Zeitungsartikeln und dem Protokoll des Gerichtsmediziners. Der Autopsiebericht war beigefügt, außerdem mehrere Zeitungsartikel, die im *Austin American Patriot* und im *Lubbock Morning Clarion* erschienen waren. Molly mußte Julian Palmers Gründlichkeit bewundern: Fast fünf Jahre waren seit dem Ereignis vergangen, und er hatte dennoch alle Quellen gefunden und sie richtig eingeordnet.

Eine sechsseitige, getippte Biographie folgte, deren Tonfall sie von der ersten Seite an verwirrte. Sie hielt sich zwar an die Fakten von Vernon Cates' Leben, stellte ihn aber als Mann dar, dem praktisch alles mißlungen war. Dieser Julian Palmer hatte offensichtlich nicht begriffen, was ihr Vater für ein Mensch war. Palmer beschrieb ihn als nichtsnutzigen Sohn eines westtexanischen Ranchers, der die Ranch verkommen ließ, nachdem er sie geerbt hatte, und nicht mit Geld umgehen konnte. Obwohl er an der Texas Tech einen sehr guten Abschluß in

Geschichte gemacht hatte und Mitglied der Diskussionsrunde und der Läufermannschaft gewesen war, hatte er später nie die durch die frühen akademischen Erfolge geweckten Hoffnungen erfüllen können.

Direkt nach dem College hatte er für die *Texas Railroad Commission*, die staatliche Behörde, die die Ölgewinnung beaufsichtigte, als Bohrinspektor gearbeitet. Nachdem er diese Tätigkeit acht Jahre lang ohne jede Beförderung oder Belobigung ausgeübt hatte, hatte er dem Staat gekündigt. Danach hatte er freiberuflich für diverse kleine Lokalblätter geschrieben, alles, was er kriegen konnte.

1965 mußte er, hoch verschuldet, die Ranch der Familie verkaufen, die unter seiner Führung nie einen Gewinn abgeworfen hatte, und war mit seiner jugendlichen Tochter nach Volente bei Austin gezogen. Bei Julian Palmer hörte sich ihr Wegzug von Lubbock eher nach einer Flucht als dem mutigen Neuanfang an, der er in Wirklichkeit gewesen war. Die Informationen waren alle korrekt, aber die Sichtweise war völlig verdreht. Dies machte sie mehr als alles andere in diesem Bericht wütend. Wenn dieser Palmer-Typ ihren Daddy jemals kennengelernt hätte, als er noch am Leben war, dann hätte er verstanden, daß Vernon Cates kein normaler texanischer Rancher gewesen war; er war für etwas anderes, Besseres geschaffen. Sie wollte diesem Julian Palmer die Meinung sagen, ihm sagen, daß es stimmte, daß Vernon Cates finanziell nicht sehr erfolgreich gewesen war, aber Geld ihm auch nicht viel bedeutet hatte. Und obwohl es stimmte, daß seine journalistischen Arbeiten schlechtbezahlte Artikel für kleine Lokalblätter gewesen waren, stand er kurz vor seinem Tod vor einem Durchbruch. Er hatte einfach vorher seine große Chance noch nicht bekommen.

Sie zwang sich, die Lektüre fortzusetzen. »B. Person hat

wiederholt unter Depressionen gelitten – nach Tod von Ehefrau und zu Zeiten finanzieller Schwierigkeiten – trank bisweilen übermäßig viel (siehe Interviews B, D und F). B. Person hatte den Ruf eines Schürzenjägers, sogar vor dem Tod seiner Frau 1960 – viele Gerüchte – niemand will offiziell etwas dazu sagen.«

Molly bewegte die Schultern, um die Verkrampfungen im Rücken loszuwerden. Ihr Vater hatte manchmal zuviel getrunken, aber nicht oft. Alle Männer in ihrer Kindheit waren starke Trinker gewesen; das wurde erwartet. Natürlich mußte sie zugeben, daß er eine melancholische Ader gehabt hatte – so wie sie –, aber sie würde nie so weit gehen und es Depressionen nennen. Die Gerüchte über andere Frauen gefielen ihr gar nicht, aber es war nicht ausgeschlossen. Ihre Mutter war mehrere Jahre lang krank gewesen, und er hatte die Gesellschaft von Frauen immer gesucht. Harriet würde so etwas wissen, aber sie würde natürlich niemals etwas sagen, selbst wenn sie ihre sieben Sinne noch beisammen hätte. Und Harriets Hingabe an den kleinen Bruder hätte man geradezu als heilig bezeichnen können.

Molly wandte sich wieder dem Bericht zu. »Zur Zeit seines Todes schrieb b. Person Artikel, in dem angeblich illegale Bohrpraktiken von Quinlan Oil aufgedeckt wurden – Text und Aufzeichnungen gingen verloren, als Hausboot-Büro sank. Freunde sagen, daß es um einen angeblichen Weißölskandal auf den nordtexanischen Ölfeldern von Quinlan ging. Quinlan habe Bestimmungen, die die Anzahl zugelassener Bohrlöcher beschränken, dadurch umgangen, indem sie als Ölproduzenten statt als Gasproduzenten deklariert wurden. Miß Cates behauptet, daß Quinlan-Oil-Geschäftsführer Jasper Quinlan Cates Geld angeboten habe, um Veröffentlichung zu stoppen. Mr. Quinlan streitet dies ab, doch mehrere Quellen (siehe beiliegende Interviews B, D und E) bestätigen Bestechungsversuch – behaupten, Cates habe Angebot abgelehnt. Der angebliche Ölskandal überschreitet den Rahmen dieser Untersuchung.«

Daß Julian Palmer den Bestechungsversuch erwähnt hatte, ließ ihn in Mollys Anerkennung enorm steigen. Hier war ein Mann, der sich nicht fürchtete, an dem Ast zu sägen, auf dem er saß. Immerhin bezahlte Jasper für diese Nachforschungen, und er war eine einflußreiche Institution in Lubbock, die Palmer Arbeit verschaffen oder ihn ruinieren konnte.

Es folgten Interviews mit Nachbarn in Lubbock und Volente, einem früheren Vorgesetzten bei der Railroad Commission und einem Herausgeber des *Morning Clarion.* Alle erwähnten Vernon Cates' leichtfertigen Umgang mit Geld, seine Depressionen und sporadischen Besäufnisse. Es überraschte Molly, daß diese Dinge immer und immer wieder zur Sprache kamen.

Eins der Interviews war ein kurzes mit Rose und Parnell Morrisey. Sie beschrieben ihn als Freund, der hochintelligent, aber seelisch labil gewesen sei und den sie schon ein Leben lang kannten. Sie sagten, daß er in der letzten Woche seines Lebens sehr depressiv gewesen sei, sie aber nicht wüßten, warum.

Eine Bemerkung unten auf der Seite wies darauf hin, daß Harriet Cates Cavanaugh sich weigere, den Detektiv zu empfangen oder sich telefonisch mit ihm zu unterhalten. Natürlich nicht! Tante Harriet würde ihrem kleinen Bruder auch bis über das bittere Ende hinaus die Treue halten.

Weiterhin gab es Fotokopien von vier Artikeln, die Vernon Cates für Lokalblättchen verfaßt hatte. Molly nahm einen in die Hand. Er stammte aus dem *Lubbock Rancher* und trug das Datum Mai 1966. Er handelte von der großen Dürrekatastrophe der Fünfziger. Während sie las, schnürte sich ihr die Kehle zusammen; es war nicht das, was sie erwartet hatte. Der Artikel war stark vereinfachend und amateurhaft geschrieben – die Arbeit eines Anfängers, der mit seinem Handwerkszeug nicht allzu sorgfältig umging. Molly konnte es nicht glauben. Sie hatte keine der Veröffentlichungen ihres Daddys gelesen, seit sie sechzehn war, weil alle seine Papiere und Unterlagen mit dem Hausboot vernichtet worden waren und sie aus irgendeinem Grund nie versucht hatte, die alten Artikel wieder auszugraben.

Sie nahm einen anderen in die Hand, diesmal aus dem *West Texas Oilman*, der die Texaner während des amerikanischen Sezessionskriegs zum Thema hatte. Nachdem sie einen Absatz gelesen hatte, steckte sie ihn zurück in die Mappe. Sie fühlte sich, als hätte sie ein Zimmer betreten und dort ein Elternteil bei einer verbotenen und sehr peinlichen Handlung überrascht.

Eine große Müdigkeit überkam sie. Sie klopfte mit der Mappe mehrere Male auf den Tisch, sowohl um sich aufzuwecken, als auch um die Seiten zu ordnen, und steckte sie zurück in die Akte.

Jetzt war Olin Crocker an der Reihe. Sie zog die Mappe heraus und schlug sie auf. Das Bild hatte sie schon einmal gesehen, ein Starfoto von Crocker, das sein Amt für die Medien bereithielt. Er lächelte, wenn man dieses Hochziehen der Stacheldrahtlippen ein Lächeln nennen konnte. Die Ohren mit den fleischigen Ohrläppchen, die Hängebacken und die krumme Nase verliehen ihm das Aussehen eines roh modellierten Tontopfs, wie ihn ein Erstklässler anfertigen würde. Es war selten, daß Menschen so aussahen, wie sie waren, aber Olin Crocker sah durch und durch wie der asoziale, korrupte Redneck-Sheriff aus, als den sie ihn kannte.

Auf dem Foto waren nur Kopf und Schultern zu sehen, aber Molly konnte sich den gesamten Körper vorstellen, bis ins kleinste Detail: die schwarzen Haare, die auf seinen hängenden Schultern wuchsen, den weichen, weißen Bauch, der durch eine gezackte Linie schwarzer Haare zweigeteilt wurde, die kurzen O-Beine, die in den Proportionen nicht zu dem massigen Körper zu passen schienen.

Als Datum war der 5. 12. 72 angegeben, was hieß, daß dieser Teil der Nachforschungen nach den anderen beiden erfolgt war. Ohne es zu wollen, hatte Molly die Akten in chronologischer Reihenfolge gelesen.

Die Überschrift lautete: Olin Crocker, geb. 1. 7. 34. Molly rechnete schnell nach. Gott, er war erst achtunddreißig gewesen, als dieser Bericht entstand – dasselbe Jahr, in dem sie ihm zum letztenmal begegnet war. Sie hatte ihn für ein altes Dreckschwein gehalten. Wahrscheinlich hatte er durch seine sexuellen Ausschweifungen und den starken Alkoholkonsum so verlebt ausgesehen.

Sie begann zu lesen: »Beobachtete Person: Olin Crocker, 38, Sheriff von Travis County seit 1961 – begann Laufbahn als Gefängniswärter im Travis County Jail, später Vizesheriff des County.

B. Person ist verheiratet – fünf Kinder, Alter zwischen 2 und 15 – Abschluß der Crockett High School – zwei Jahre Studium für Strafrecht am Sam Houston State College in Huntsville – heiratete 1964 Ruth Hanson – Beginn Anstellung im County – Bewerbung um Sheriffposten – Wahlkampf mit Versprechen, Sicherheitsvorkehrungen im Gefängnis zu erhöhen und Sozialleistungen für Kriminelle zu beschneiden – gewann Wahl 1961 mit geringem Vorsprung.

Sie überflog die Darstellung seiner elf Jahre als Sheriff und des Kopf-an-Kopf-Rennens vor seiner Wiederwahl 1970, während dem sein Herausforderer Jim Ray Toser ihm vorwarf, weibliche Häftlinge, die sich in seinem Gewahrsam befanden, sexuell mißbraucht zu haben. All das wußte Molly schon aus der Zeitung und ihren eigenen Nachforschungen.

Doch der darauffolgende Satz erregte Mollys Aufmerksamkeit: »Während des Wahlkampfs 1970 erhoben zwei Frauen, frühere Häftlinge des Travis County Jail, Anklage gegen Crocker. Christine Fanon, 17, und Sylvia Ramos, 18, zogen die Anklage zwei Tage später zurück. Inhalt der Anklageschrift nicht zugänglich.«

Molly wurde wach. Das hatte sie noch nicht gewußt. Diese Frauen wären jetzt zweiundvierzig und dreiundvierzig Jahre; und vielleicht lebten sie immer noch in der Austiner Gegend. Sie würde Shelby Palmer fragen, wie man sie finden könnte. Zu gern wüßte sie, was sie zu sagen hatten.

Sie wandte sich wieder dem Bericht zu. »Untersuchung des Todesfalls Cates wurde schlampig durchgeführt – mehrere wichtige Spuren wurden nicht verfolgt – nicht in die Gegend gehörende Pkw wurden von Nachbarn gesehen – kein Versuch unternommen, diese ausfindig zu machen – kein Absuchen des Sees nach Schußwaffe – man zog gesunkenes Hausboot erst drei Wochen nach Auffinden des Leichnams aus dem Wasser – wertvolle Sammlung mexikanischer Goldmünzen verschwunden.«

Unter der Überschrift »Fazit« hatte Palmer geschrieben: »Untersuchung des Sheriffs war unzureichend, doch Befinden auf Suizid scheint angesichts von Indizien gerechtfertigt. Keinerlei Indizien, daß Quinlan Oil Company oder mit ihr in Verbindung stehende Personen in irgendeiner Art und Weise mit dem Tod von Vernon Cates in Verbindung stehen.«

An dieser Stelle endete der getippte Bericht, doch mit einer Büroklammer waren zwei handgeschriebene Seiten gelben Papiers angeheftet. Die Überschrift war jedoch in Druckbuchstaben geschrieben und lautete: »18. 12. 72. Zusatz. Mündliche Aussage, keine schriftliche Kopie erhältlich.«

Der Rest war in einer derart winzigen, unleserlichen Handschrift verfaßt, daß es auch eine Geheimschrift hätte sein können. Doch nachdem sie mühsam den ersten Satz entziffert hatte, wäre sie über brennende Kohlen gelaufen, um den Rest zu erfahren: »18. 12. 72. Neue Info, nachdem Bericht getippt wurde: Jim Ray Toser rief an, Crockers unterlegener Gegner im Wahlkampf zum Sheriff 1970 – sagte, er hätte Hinweise, daß Crocker durch und durch korrupt sei –.« An dieser Stelle wurde die Handschrift immer unleserlicher. Molly sprang auf, rannte den Flur entlang und stieß einen Seufzer der Erleichterung aus, als sie Mrs. Palmer noch auf ihrem Posten sitzen sah.

»Mrs. Palmer, könnten Sie mir wohl beim Entziffern einiger handgeschriebener Abschnitte helfen? Ich glaube, ich komme ohne Ihre Hilfe nicht weiter.«

Die weißhaarige Frau blickte von ihrer Tastatur auf. »Sie sehen ganz schön fertig aus, Schatz. Gehen Sie sich erst mal 'ne Cola aus dem Kühlschrank holen. Wir wollen ja nicht, daß Sie uns zu sehr austrocknen. Ich schreibe diesen Absatz zu Ende, und dann sehen wir uns die Sache mal an.« Sie schenkte Molly ein Lächeln und wandte sich wieder ihrer Arbeit zu.

Molly ging in die gezeigte Richtung und fand eine winzige Küche. Sie öffnete den kleinen Kühlschrank und holte eine Cola Light heraus. Sie nahm einen kräftigen Schluck daraus und nahm die Dose mit in den Konferenzraum.

Wenige Minuten später erschien Mrs. Palmer und setzte sich zu ihr. »Dann lassen Sie uns mal das Hühnergescharre angucken, das er Handschrift genannt hat. Wahrscheinlich hätte ich das abtippen sollen, bin aber nie dazu gekommen.«

Molly gab ihr die gelben Seiten. Die Frau starrte sie einige Sekunden lang mit zusammengekniffenen Augen an. »Der Mann muß als Kind auf die Hände gefallen sein.« Sie fing langsam an zu lesen: »18. 12. 72. Neue Info, nachdem Bericht getippt wurde: Jim Ray Toser rief an, Crockers unterlegener Gegner im Wahlkampf zum Sheriff 1970 – sagte, er hätte Hinweise, daß Crocker durch und durch korrupt sei – Crocker bedrohte zwei ehemalige Gefängnisinsassinnen, Christine Fanon und Sylvia Ramos, so daß sie ihre Beschwerde gegen ihn fallen ließen.«

»Es geht noch zwei Absätze lang weiter, und die Schrift wird immer schlimmer. Ich glaube, ich bin der einzige Mensch auf der Welt, der das lesen kann.«

»Gott sei Dank gibt es Sie«, sagte Molly Cates dankbar. »Lesen Sie bitte weiter.«

»Crocker investierte $ 51 000 in bar in ein Haus in Süd-Austin. Kaufdatum: August 1967.«

Mollys Atem ging schneller. Er *war* bestochen worden, die Ratte.

Mrs. Palmer las weiter, wobei sie hin und wieder stockte, um ein besonders schwieriges Wort zu entziffern. »Toser sagte, daß Crockers Kontostand bei der Bertram Bank of the Hills zu keinem Zeitpunkt während der vergangenen zwanzig Jahre höher als 750 Dollar gewesen sei. Wurde von mir nachgeprüft und bestätigt. Zeitpunkt der Investition passend zu möglicher Bestechungsgeldzahlung in der Sache Vernon Cates. Dafür keine Beweise, ich füge diesen zusätzlichen Hinweis vollständigkeitshalber jedoch bei.

J. R. Toser ist *keine* neutrale Quelle, haßt Crocker, hofft, 1974 wieder gegen ihn anzutreten. Hofft, Crocker aus dem Rennen ausschalten zu können.«

Molly lehnt sich in ihrem Stuhl zurück. »Und Crocker

schied tatsächlich aus dem Rennen aus. Ich habe mich oft gefragt, warum.«

»Soll ich weiterlesen?« fragte Mrs. Palmer. »Ist nur noch ein Absatz.«

»Bitte.«

Sie las: »Toser wollte mich mit Untersuchung beauftragen, wo Crockers Fünfzigtausend herkamen, außerdem mit Suche nach anderen weiblichen Insassen, die in Sachen sexueller Belästigung gegen ihn aussagen würden. Da es ethisch nicht vertretbar wäre, Auftrag anzunehmen, ohne vorher Jasper und Roger Quinlan zu informieren, berichtete ich ihnen von dem Angebot, fragte, ob sie Einwände gegen meine weitere Untersuchung Olin Crockers für neuen Klienten hätten. Sie hatten keine Einwände.«

»Also nahm er den Auftrag an?« fragte Molly.

»Ja.«

»Oh, Mrs. Palmer, darf ich vielleicht kurz in den Bericht hineinsehen?« fragte Molly und hielt den Atem an.

»Ts, ts, Miz Cates, Sie wissen doch, daß das nicht geht.«

»Ja, aber ich hatte gehofft –«

»Da werden Sie mit Shelby sprechen müssen.«

Molly fragte mit kleiner Stimme: »War er ein guter Detektiv, Ihr verstorbener Gatte?«

Mrs. Palmer stand auf und gab Molly die beiden gelben Seiten zurück. »Der beste. Und der ehrlichste. Wenn er das geschrieben hat, können Sie es glauben.«

»Und Ihr Sohn?« fragte Molly.

Mrs. Palmer strahlte. »Er schlägt ganz nach seinem Vater.«

»Ich möchte ihn engagieren«, sagte Molly. »Jetzt gleich, bevor er seinen Sechs-Uhr-Termin wahrnehmen muß.«

14. Kapitel

Um den Kessel dreht euch rund
Werft das Gift in seinen Schlund.

Macbeth

Sarah Jane Hurley steht vor der Bibliothek und zittert so sehr, daß ihre Zähne klappern. Es braucht so viel, um jemanden zum Zittern zu bringen, daß sie nicht weiß, ob es das Fieber ist oder der Schock, Tin Can so zu sehen, oder das Saufen, das jetzt schließlich seine Wirkung zeigt.

Sie späht durch das Fenster und versucht zu erkennen, wer heute arbeitet. Wenn sie ganz leise und vorsichtig ist, kann sie vielleicht reinschleichen und nach oben gehen, um ihre Forschungen anzustellen. Da sie ihren Mantel nicht anhat, werden sie sie vermutlich sowieso nicht erkennen.

Sie wirft einen weiteren Blick nach drinnen. Es ist so verdammt ungerecht. All diese Leute da, einige wie sie von der Straße, sitzen in den herrlich weichen, grünen Sesseln, wo sie immer gesessen hat, und machen nichts weiter, als die Zeit totzuschlagen, tun so, als würden sie die Zeitung lesen. Sie hat auf jeden Fall genauso ein Recht darauf, hier zu sein wie sie, außerdem muß sie wirklich was nachschlagen, etwas Wichtiges, bei dem es womöglich um Leben und Tod geht. Aber diese hochnäsigen Uns-gehört-die-Welt-Idioten, die sie rausgeschmissen haben, glauben, nur weil sie auf der Straße lebt, habe sie überhaupt keine Rechte.

Jedenfalls wird sie sich davon nicht abhalten lassen und jetzt sofort da hineingehen und erledigen, was sie zu erledigen hat.

Immerhin ist das hier eine *Stadt*bibiliothek, und sie wohnt ja wohl auch in dieser Stadt, oder nicht? Sie verschränkt die Arme vor dem Körper und atmet tief durch, um das Zittern zu unterdrücken. Sie geht zur Tür, tritt ein und sieht sich nach den Bonzen um, die sie letzte Woche blöd angemacht haben. Ausnahmsweise hat sie mal Glück. Der Sicherheitstyp am Ausgang, der die Bücher und Taschen überprüft, ist neu, und die Leute an der Ausleihe scheinen sie weder zu erkennen noch zu bemerken. Sie humpelt zur Auskunft, wo eine kleine, junge Frau mit rotem Kraushaar neben einem Computer und einem Regal voller dicker Nachschlagewerke sitzt.

Die junge Frau lächelt allen Ernstes Sarah Jane an. Sie muß neu sein. »Kann ich Ihnen helfen, Ma'am?«

Die Kälte der Klimaanlage läßt Sarah Jane erschauern. »Kalt hier drin«, sagt sie, um einen neuerlichen Anfall von Zittern zu erklären.

»Allerdings«, sagt das Mädchen. »Kann ich Ihnen helfen?«

»Ja.« Sarah Jane versucht, so leise wie möglich zu sprechen, damit sie keine Aufmerksamkeit erregt. »Ich will was über ein Gift rausfinden. Es heißt so ähnlich wie Soman, glaube ich. Könnten Sie mal nachgucken, ob Sie was darüber haben?«

»S-o-m-i-n?« fragt das Mädchen.

»Ich weiß nicht genau, wie man's schreibt. Vielleicht ja.«

Die junge Frau tippt etwas in den Computer ein und starrt auf den Bildschirm. »Unter dieser Schreibweise nichts.« Sie tippt auf ein paar Tasten. »Bei e-n oder a-n auch nichts. Was für eine Art Gift ist es?«

»Was für eine Art?«

»Ja. Ich meine, ist es ein Insektizid oder was?«

»Na ja...« Sarah Jane versucht, sich die Unterhaltung auf der Terrasse wieder zu vergegenwärtigen. »Es ist so ein Gift, das Hitler besaß, aber im Krieg nicht benutzt hat, obwohl er das gekonnt hätte. Die Leute sterben davon. Sie atmen es ein. Total tödlich.«

»Ein Giftgas?« fragt das Mädchen, wobei ihre Augen aufleuchten. »Vielleicht so was wie Senfgas. Versuchen wir's mal mit Gasen.« Sie tippt wieder etwas ein und schaut auf den Bildschirm. Sarah Jane denkt, wie herrlich das sein muß, so eine Macht in den Fingerspitzen zu haben – Dinge rauszufinden, indem man einfach etwas eintippt. Sie liebt das Tippen und war immer sehr gut darin. Auf dem Comstock Business College war sie in ihrem Jahrgang eine der schnellsten – siebzig Worte pro Minute –, bevor sie den alten Harold mit seinen Hängebacken kennenlernte und heiratete und Kinder kriegte und die ganze Zeit mit ihnen zu Hause festsaß und alles zum Teufel ging.

»Ah, das sieht vielversprechend aus –«, sagt das Mädchen, »Gase, erstickend, giftig, Kriegswaffen. Es gibt ein Buch über das Thema. Es befindet sich hier in dieser Zweigstelle, wenn Sie es sich ansehen möchten. Vielleicht wird darin das Giftgas besprochen, das Sie interessiert. Hier, ich schreib Ihnen die Signatur auf.« Sie notiert etwas auf einem Stück Papier und reicht es Sarah Jane.

Sarah Jane steht da und betrachtet das Stück Papier – ein Titel und eine Zahl. Sie hat keine Ahnung, was sie damit anfangen soll, denn seit sie in der Schule war, hat sie kein Buch mehr aus einer Bibliothek ausgeliehen und vergessen, wie das geht.

Das Mädchen legt den Kopf schief. »Ma'am, diese Signatur dürfte auf Ebene 3 zu finden sein. Hinten im Raum.«

»Oh, danke.«

»Und wenn Sie das Buch gefunden haben, können Sie hinten im Stichwortverzeichnis nachsehen, ob das Giftgas, das Sie interessiert, behandelt wird. Das ist eine schnelle Methode, um herauszufinden, ob Ihnen das Buch helfen kann.«

»Ah ja, gut.« Sarah Jane blickt in Richtung der großen Haupttreppe, als sie bemerkt, daß sie ein hinter dem Ausleihtisch stehender, dünner Mann mit Fliege beobachtet. Sie schaut schnell weg und läuft zu den Aufzügen, um aus seinem Blickfeld zu verschwinden. Sie fährt mit dem Aufzug zu Ebene 3 und eilt durch die Bücherreihen, wobei sie herauszufinden versucht, wie die Numerierung funktioniert. Es erinnert sie an die Bibliothek in Galveston, in die Gramma mit ihr immer hinging, wenn sie einen Aufsatz für die Schule schreiben mußte. Sie hatte sich immer schon wohl gefühlt in der Bibliothek – es ist so ruhig und gemütlich und ordentlich dort, die Holzschubläden mit den Kärtchen darin, die Tische mit den grün beschirmten Leselampen, die Leute, die still, aber beschäftigt dasaßen.

Beim Ablesen der Zahlen auf den hohen Regalen entdeckt sie endlich auch das, in dem ihr Buch stehen müßte. Als sie das gewünschte Buch tatsächlich findet, durchläuft sie eine Welle der Befriedigung. Sarah Jane zieht es heraus und betrachtet den Einband, auf dem ein Mann mit Gasmaske abgebildet ist. Es heißt *Eine höhere Form des Tötens*, und jetzt erinnert sie sich, daß der barsche Ziegenbock genau diese Worte benutzt hat. Als er erklärte, daß man nur eine winzige Menge davon braucht, um jemanden umzubringen, sagte er: »Es ist eine höhere Form des Tötens.« Das ist genau, wonach sie gesucht hat. Sie nimmt das Buch mit zu einem Tisch, der in einer verlassenen Ecke am Ende einer Regalreihe steht, und hofft, daß sie dort niemand bemerkt.

Sie schlägt das Stichwortregister auf und stellt entsetzt fest, wie winzig die Schrift ist. Seit sie das letzte Mal ein Buch in der Hand gehabt hat, muß die Schrift kleiner geworden sein, denkt sie. Aber wenn sie das Buch ganz weit von sich weg hält, kann sie die Buchstaben gerade noch erkennen. Sie blättert auf der Suche nach Einträgen, die mit S-o-m beginnen. Es dauert eine Weile, aber sie findet einen Eintrag »Soman (GD)« mit drei Seitenzahlen dahinter. Sie schlägt unter der ersten angegebenen Seitenzahl nach und ist ganz aufgeregt, als sie liest, daß es etwas mit Hitler zu tun hat und mit einem »geheimen Nervenkampfstoff«, wie sie das nennen. Das muß das Richtige sein. Unten auf der Seite steht: »Zusätzlich zu den beiden Fabriken, in denen die Nazis Tabun und Sarin produzierten, entdeckten die Russen die Geheimnisse eines noch giftigeren Nervenkampfstoffes, den deutsche Wissenschaftler entwickelt, aber nicht in größeren Mengen produziert haben. Diese Substanz mit dem Namen ›Soman‹, später als GD bekannt, wurde zum erstenmal im Frühjahr 1944 von Chemikern hergestellt. Versuche hatten ergeben, daß der neue Nervenkampfstoff noch toxischer als die beiden Substanzen war, die die Deutschen bereits für den Gebrauch als Waffen vorgesehen hatten.«

Wahnsinn! Sarah Jane verspürt ein klein wenig Freude darüber, daß sie das Richtige gefunden hat. Und eine wachsende Angst. Sie sieht wieder ins Stichwortverzeichnis, um die nächste Seite nachzusehen, schlägt sie auf und liest: »Soman wird für den bevorzugten sowjetischen Nervenkampfstoff gehalten, der bei weitem wirkungsvollste der G-Kampfstoffe, der die Blut-Hirn-Schranke ohne weiteres zu durchbrechen vermag.«

Heiliger Bimbam – die Blut-Hirn-Schranke. Sie hat keine Ahnung, was das ist, vermutet aber, daß es sich um das handelt, wie es die Leute umbringt, wovon der barsche Ziegenbock gesprochen hat. Sie blättert zur Buchmitte, wo es einige Abbildungen gibt. Die Fotos sind gräßlich: Schlachtfelder und Leichen und Menschen mit vom Giftgas grotesk aufgedunsenen, schwarzen, aufgeplatzten Gliedmaßen. Das haben Fußtrommler und Ziegenbock also mit den Leuten im Senat vor: den Abgeordneten und den Schulkindern und den Touristen und den Leuten, die dort arbeiten, und den Leuten wie ihr, die einfach nur ein kühles Plätzchen zum Hinsetzen brauchen. Jetzt glaubt sie es.

Sie klappt das Buch zu. Es gibt also wirklich ein Giftgas wie das, wovon der barsche Ziegenbock geredet hat. Das war also kein Scheiß. Und mittlerweile ist sie überzeugt von dem, was sie heute morgen vermutet: nämlich daß er Tin Can ermordet hat. Es ist verrückt, aber so muß es sein.

Jetzt läßt sie die Erinnerungen wieder zu. Der Geschäftsführer des Restaurants, der mit der schleimigen Stimme, hat Ziegenbock und Fußtrommler von der Obdachlosen mit dem gefleckten Mantel unten am Bach erzählt. Die beiden haben sie umgebracht, weil sie dachten, daß sie diejenige wäre, die sie belauscht und oben auf der Terrasse gesehen hat. Sie haben sie getötet, weil sie den Kuhmantel anhatte. Wenn Sarah Jane ihn getragen hätte, wäre sie diejenige gewesen, die dran hätte glauben müssen. Arme Tin Can, das kleine, doofe Huhn hat sich von der alten Kralle des Schicksals packen lassen. Wahrscheinlich dachte sie bis ganz zum Schluß, wie nett Ziegenbock doch war.

Sarah Jane hat wieder zu zittern begonnen; ist wirklich der reinste Eisschrank hier drin. Sie haben Tin Can einfach umgebracht und in einen Müllsack gestopft. Und sie werden wirklich alle im Senat umbringen. Sogar die Kinder. Sie glauben, sie könnten tun und lassen, was sie wollen, und keiner sagt was, als gehörte ihnen die ganze Welt. Sie fühlt die altbekannte, heiße blaue Flamme in sich hochzüngeln und in ihren Wangen brennen.

Lufkin hat recht.

Sie muß etwas unternehmen. Aber was? Sie kann nicht einfach hingehen und der Polizei sagen, was sie unter der Terrasse gehört hat. Wenn sie das tut, dann muß sie ihren richtigen Namen nennen, und dann finden sie das mit Houston heraus. Dann muß sie ihnen von Tin Can erzählen und sie zur Leiche führen, und dann werden sie vielleicht denken, daß sie sie umgebracht hat, daß sie eine verrückte Serienmörderin von obdachlosen Frauen ist und sich das alles nur ausdenkt. Dann sitzt sie schön in der Tinte, und es wird ihr leid tun, daß sie sich je darauf eingelassen hat.

Außerdem werden sie ihr die Sache mit dem Giftgas sowieso nicht glauben, weil es sich wie etwas völlig Verrücktes anhört. Delirium tremens würden sie sagen, eine alte Säuferin, die »Hallus« hat.

Sie braucht einen Beweis. Das Buch würde vielleicht helfen. Sie sieht sich um, ob jemand herschaut. Sie kann niemanden entdecken, also läßt sie das Buch schnell in ihre Tasche gleiten. Wenn sie es nicht mehr braucht, bringt sie es zurück.

Da erstarrt sie. Jemand beobachtet sie doch. Er steht am Ende der langen Reihe von Regalen und hätte sehen können, wie das Buch in ihrer Tasche verschwand. O nein! Sie senkt den Kopf und beobachtet ihn aus dem Augenwinkel. Er geht langsam den Gang zwischen den Regalen entlang und betrachtet die Bücher. Vielleicht hat er doch nicht in ihre Richtung geguckt.

Es ist ein massiger, grauhaariger Mann in einer Jeansjacke – Gott sei Dank keiner von den Bibliotheksangestellten. Sie hat sich Sorgen wegen dem Mann mit der Fliege gemacht, der sie unten angestarrt hat. Aber dieser hier scheint sich nicht für sie zu interessieren; er sucht nur nach einem Buch.

Sie sitzt still da und wartet darauf, daß er weitergeht. Als er am Ende der Regalreihe angekommen ist, wird er noch langsamer. Ungemütlich nah bei ihrem Tisch kommt er zum Stehen und beugt sich plötzlich vor, als wollte er sie etwas fragen. Statt dessen greift er in ihre Tasche und zieht das Buch heraus. Hat er also doch gesehen, wie sie es eingesteckt hat. Sie wendet ihm den Kopf zu, um zu erklären, daß sie es gar nicht klauen will, doch da sieht sie, daß er etwas in der anderen Hand hält: ein Rasiermesser. Es ist aufgeklappt, und es bewegt sich auf ihren Hals zu.

Wilde Panik ergreift sie. Sie wirft sich mit soviel Kraft nach hinten, daß der Stuhl umkippt und mit ihr zu Boden stürzt. Der Mann grunzt und beugt sich über sie. Das Rasiermesser ist direkt vor ihren Augen und kommt auf sie zu. Gütiger Gott, er wird sie umbringen, hier, hier in der Bibliothek.

Verzweifelt rutscht sie nach hinten. Aber für so einen schweren Mann ist er sehr wendig. Das Messer zischt auf ihre Kehle zu.

Sie schreit und zuckt vor der Klinge zurück. Doch diesmal erwischt die Klinge sie und streift beim Zurückweichen ihr Schlüsselbein.

Voller Entsetzen verschränkt Sarah Jane die Arme vor dem Gesicht, um das Messer abzuwehren. Sie windet sich nach hinten. Er lehnt sich auf sie, um sie zu Boden zu drücken. Sie schreit erneut.

Er grunzt und führt einen weiteren Hieb mit dem Messer aus. Es schneidet in ihren Unterarm, direkt durch das dicke, schwarze Sweatshirt hindurch.

»Au«, schreit sie. »Hilfe! Hilf mir doch jemand!« Die Worte entfahren ihr einfach so.

Wie auf Befehl erscheint ein Mann zwischen den Bücherregalen. »Aufhören!« ruft er mit einer Stimme, als hätte er ungezogene Kinder vor sich. Sarah Jane wirft einen Blick nach oben. Es ist der dünne Mann mit der Fliege. Sie ist so froh, ihn zu sehen.

Neben ihm taucht eine Frau im roten Kleid auf. »Rufen Sie die Polizei«, befiehlt er ihr.

Der schwere Mann macht sich von ihr los und kommt auf die Füße. Er trägt schwarze Stiefel und Jeans. Seine grauen Haare haben einen Bürstenschnitt. Er ist riesig. Wie eine Hitzewelle überkommt sie die Einsicht, daß das der barsche Ziegenbock von der Terrasse sein muß. Wie zum Teufel hat er sie hier bloß gefunden?

»Was ist hier los?« fragt der Mann mit der Fliege.

Der Ziegenbock weicht zurück. »Diese Wahnsinnige hat mich angegriffen«, sagt er, »die alte Pennerin.« Die tiefe Stimme, die Aussprache. Jetzt ist sie sich ganz sicher: Es ist der Ziegenbock. Er hebt die Hände, kein Rasiermesser ist zu sehen. »Sie wollte ein Buch stehlen, und ich habe ihr gesagt, daß sie es zurückstellen soll.« Er zeigt auf Sarah Jane. »Sehen Sie in ihrer Tasche nach.« Er dreht sich um und läuft sehr schnell auf die Treppe zu.

»Warten Sie!« sagt der Mann mit der Fliege, doch der Ziegenbock rennt bereits die Treppe hinunter.

Sarah Jane versucht etwas zu sagen, doch nichts als Gestotter kommt heraus. Nach ein paar Anläufen bringt sie die Worte hervor: »Er hat ein Rasiermesser. Er wollte mich umbringen.«

Der Mann zeigt auf sie. »Sie bleiben schön da.«

Er kommt ein paar Schritte auf den Tisch zu und sieht in ihre Tasche. Er faßt nach dem Buch. »Wollten Sie das hier stehlen?« Dann, als er ihr genauer ins Gesicht sieht: »Sagen Sie, kenne ich Sie nicht?«

Sarah Jane kommt mühselig auf die Füße. Sie schnappt sich ihre Tasche und rast auf die Treppe zu.

»Bleiben Sie auf der Stelle stehen!« ruft der Mann ihr hinterher.

Sarah Jane muß hier verschwinden, und zwar schnell. Die Bullen hatte man schon gerufen; sie darf sich auf keinen Fall schnappen lassen. Ohne zurückzuschauen humpelt sie auf die Treppe zu, eilt hinunter und rennt auf den Ausgang zu. Als sie die Sperre vor der Tür durchquert, geht ein Alarm los.

Draußen blickt sie hastig die Straße entlang – kein Polizeiauto in Sicht und auch kein Ziegenbock, Gott sei Dank. Aber sie macht sich besser aus dem Staub.

Sie biegt um die Ecke in die Eighth Street ein, um von der Hauptstraße wegzukommen. Bevor sie auch nur einen Häuserblock entfernt ist, hört sie die Polizeisirenen. Sie ist auffällig wie ein bunter Hund, sie werden sie sofort finden. Sie spürt einen Tierinstinkt in sich, der ihr sagt, sie soll sich klein machen und verkriechen. Verzweifelt sieht sie sich nach einem Unterschlupf um, einem sicheren Ort, an dem sie sich eine Weile verstecken kann. Auf der anderen Straßenseite steht ein großes Steingebäude mit einem Schild daran, auf dem »Frauenclub Austin« steht. Wieder Schicksal. Immerhin ist sie eine Frau. Sie überquert die Straße und entdeckt hinter dem Gebäude einen tiefergelegenen Parkplatz, der mit hohen Steinmauern umgeben ist und an dessen Rändern dichtes Gebüsch steht. Perfekt. Sie rennt hinunter und biegt in die Nueces Street ein, um den Eingang zu erreichen. Der gesamte Parkplatz ist leer. Die Polizeisirenen sind lauter geworden; sie müssen vor der Bibliothek angekommen sein, nur zwei Straßenecken entfernt. Sie humpelt über die leere Fläche zu einer schattigen Ecke, wo ein Berg alter Steine und hohes Unkraut ein Versteck bieten, krabbelt über den Steinhaufen und schlüpft in die Ecke. Sie läßt ihre Tasche fallen und kauert sich hin, den Kopf an die alte, dunkel gewordene Steinmauer gelehnt.

Ihr ist unglaublich heiß, und sie keucht wie eine Dampfmaschine. Das linke Bein schmerzt vom Laufen, und überall an ihren Händen ist Blut. Sie weiß, daß sie verletzt ist, kann den Schmerz aber noch nicht spüren. Vorsichtig schiebt sie das Sweatshirt nach oben, um nachzusehen, wie schlimm es ist. An ihrem linken Unterarm befindet sich ein langer Schnitt, der aber nicht sehr tief zu sein scheint und bereits aufgehört hat zu bluten. Sie zieht den Ärmel wieder herunter. Nichts, worüber man sich Gedanken machen müßte – nur ein paar Tropfen mehr in dem endlosen Strom vergossenen Blutes.

Sie versucht nach unten auf ihr Schlüsselbein zu schauen, kann es aber nicht sehen und hat auch keinen Spiegel. Ist ja sowieso egal.

Sie lehnt den Kopf wieder an die Mauer. Die Steine sind kühl und feucht. Sie schließt die Augen. Sie ist so müde. Sie fühlt sich vollkommen leer, ausgepumpt, erledigt.

Jetzt wird sie nie mehr in die Bibliothek gehen können. Nach dem ganzen Kuddelmuddel heute wird man sie nie mehr hineinlassen. Wieder ein Ort mehr, an den sie nicht mehr zurückkehren kann. Das ist so ziemlich die Geschichte ihres Lebens. Ständig werden die Orte weniger, die sie noch aufsuchen kann. Jetzt gibt es also kein Fleckchen mehr auf der ganzen Welt, zu dem sie sich noch flüchten könnte. Sie kann nicht zurück zu ihrem Platz unter der Terrasse, nicht zurück zu Ellies Haus in Brenham. Sie kann auf keinen Fall zurück zur Unterkunft in Houston, zur Einzimmerwohnung oder zur Pension Donner. Sie kann nicht zurück zu dem Haus in Baytown, in dem sie mit Harold gewohnt hat. Sie kann nicht mehr zurück zu Gramma in Galveston. Jetzt ist sie wahrhaft obdachlos.

Sie weiß nicht mehr, was sie tun soll.

Es ist komisch, aber der Mensch, den sie jetzt am liebsten bei sich hätte, ist Tin Can. Auch wenn sie geistig zurückgeblieben war, konnte man gut Dinge mit ihr besprechen. Sie besaß einen gesunden Menschenverstand und hörte einem zu, wenn man etwas sagen wollte. Und sie war sehr beruhigend gewesen. Sarah Jane will, muß jetzt auf der Stelle mit ihr reden. Doch Tin Can ist tot, und sie werden nie mehr miteinander sprechen.

Dann fällt ihr ein, daß außer ihr, Lufkin und Ziegenbock, der sie umgebracht hat, vielleicht niemand weiß, daß Tin Can tot ist. Vielleicht hat noch niemand ihre Leiche entdeckt. Sie spürt die Einsamkeit des Leichnams, der da an dem verlassenen Ort liegt. Es ist einfach nicht richtig.

Sie denkt an diese Schreiberling-Frau, Bo-Piep, die auf dem Klo – wie hieß die noch? Die würde sicher etwas über Tin Can erfahren wollen, weil sie über sie geschrieben und gesagt hat, daß sie sie mag. Und Tin Can mochte Bo-Piep auch und fand, daß sie eine gute Zuhörerin war.

Sarah Jane kann eine gute Zuhörerin gebrauchen. Sie erinnert sich an die Visitenkarte, die ihr die Frau gegeben hat, aber sie weiß nicht, ob sie die noch besitzt. Mit immer noch geschlossenen Augen faßt sie in ihre Tasche. Das erste, auf das ihre Finger dort stoßen, ist eine glatte Oberfläche, ein kleines Rechteck. Sie faßt danach, zieht es heraus und öffnet die Augen.

»Molly Cates«, steht darauf, »Redakteurin, *Lone Star Monthly*.« Darunter eine Telefonnummer.

Das ist sie. Schicksal.

Sie wird sie anrufen.

Sie wird ihr von Tin Can berichten, und was sie unter der Terrasse gehört hat, und von dem Buch und was darin über Soman steht, und wie Ziegenbock sie in der Bibliothek umbringen wollte. Sie wird ihr alles erzählen, so daß sie es auch glaubt. Dann wird sie Molly Cates bitten, es der Polizei zu sagen. Das ist eine gute Idee. Sie ist eine respektierliche Person. Ihr werden sie Glauben schenken.

Nachdem sie sich eine Stunde lang ausgeruht hat, hält sie es immer noch für eine gute Idee, Bo-Piep anzurufen. Soweit sie sehen kann, sind keine Polizeiautos mehr in der Nähe, so daß Sarah Jane jetzt aufsteht und sich die Tasche umhängt. Auf der Suche nach einem öffentlichen Telefon schlägt sie den Weg in Richtung Westen ein. Nach einer Weile sichtet sie eines direkt hinter der Tür eines Eckladens. Sie tritt ein und ignoriert die feindseligen Blicke der beiden Männer hinter dem Ladentisch.

Sie durchwühlt ihre Tasche, zuerst nach der Visitenkarte, dann nach ihrem Portemonnaie. Sie zieht den Reißverschluß der kleinen Geldbörse auf. Eine 25-Cent-Münze befindet sich darin. Das ist alles. Wieder Schicksal. Sie soll diesen Anruf machen.

Sie wählt die Nummer auf der Karte. Das Telefon klingelt dreimal, dann sagt eine Stimme: »Hallo, hier ist Molly Cates. Hinterlassen Sie eine Nachricht nach dem Piep, dann rufe ich Sie zurück.« Dann kommt ein langer Pfeifton, dann Stille.

Sarah Jane ist völlig verwirrt. Sie weiß nicht, was sie tun soll, also sagt sie: »Äh, hallo. Hier ist...« Sie macht eine Pause, weil ihr einfällt, daß sie der Frau ihren echten Namen nicht genannt hat. »Hier ist die Freundin von Tin Can, die aus dem Klo neulich. Wissen Sie noch? Ich bin die Cow Lady, und Sie haben mir eine Karte gegeben und gesagt, ich soll Sie anrufen, wenn ich mal mit Ihnen reden will. Na ja, jedenfalls... will ich jetzt reden. Es ist wichtig. Aber ich habe keine Nummer, wo Sie mich zurückrufen können. Und das hier ist mein einziges Geld, also weiß ich nicht so genau, was ich tun soll.« Sie macht eine Pause. »Ich weiß! Bei HOBO kann man Nachrichten hinterlassen. Vielleicht können Sie da anrufen. Ich weiß die –« Ein kurzer Piepton schneidet ihr das Wort ab, dann der Wählton. Das beschissene Gerät hat einfach aufgehängt. Sie steht da, drückt den Hörer ans Ohr und fühlt sich verraten und verkauft.

Langsam legt sie den Hörer wieder auf und beobachtet den Geldauswurf in der Hoffnung, daß die Münze durchrutscht. Natürlich tut sie das nicht, aber sie steckt trotzdem den Finger hinein, um ganz sicherzugehen.

»Suchen Sie was Bestimmtes?« Einer der Männer ist hinter dem Ladentisch hervorgekommen. Er starrt sie an, die Hände in die Hüften gestützt.

Wieder ein Mensch, der meint, ihm gehörte die Welt – die sind aber auch überall. Doch Sarah Jane ist zu müde und kaputt, um ihm eine bissige Antwort zu geben. Sie schüttelt den Kopf.

Auf ihrem Weg nach draußen wirft sie einen Blick hinüber zum Kühlschrank an der Wand, in dem es sicher eine Pulle Thunder Chicken gibt, aber das einzige Geld, das sie besitzt, ist Ellies Hundertdollarschein, der in ihrem Hemd festgesteckt ist, und den kann sie natürlich nicht ausgeben. Außerdem bringt sie das Saufen sowieso um. Vielleicht sollte sie aufhören.

Sie tritt aus dem klimatisierten Laden hinaus in die brütende Nachmittagshitze und fragt sich, wo Lufkin sich wohl rumtreibt. Sie wird mal nach ihm Ausschau halten und danach bei HOBO vorbeigehen, ob eine Nachricht für sie da ist. Wenn es eine gibt, wird sie sich eine 25-Cent-Münze schnorren und die Frau zurückrufen und ihr alles erzählen.

Sie wird es dem Schicksal überlassen, das ihr Leben sowieso immer schon in der Hand hielt.

15. Kapitel

Steckenpferdchen, hopp, nach
Banbury Cross,
Zur lieblichen Dame auf weißem
Roß.
Ringe an den Fingern und
Glöckchen an den Zehen,
Musik soll erklingen, wo immer sie
mag gehen.

Englischer Kindervers

Es war das Land der lebenden Toten.

Mit Augen so trüb und leer wie Milchglasmurmeln saßen sie da und starrten Staubflocken an, die durch schräge Strahlen rosigen Abendlichts schwebten. Ihre skelettartigen, blauvenigen Hände zupften an den Kleidern, an den Decken auf ihrem Schoß oder an jeder warmblütigen Person, die in die Nähe kam. Dieser Aufenthaltsraum mit seinen chintzbezogenen Korbmöbeln und dem großen Fernseher war der Vorhof zum Jenseits, in dem die Halbtoten, zusammengesunken in Rollstühlen, warteten. Warteten auf das, was als nächstes kommen sollte. Molly Cates hoffte, daß das Jenseits interessanter sein würde als dieser Flügel für Pflegebedürftige im Regency-Oaks-Altenheim in Lubbock, Texas.

Als sie den Flur entlang zu Harriet Cates' Einzelzimmer ging, wappnete sie sich innerlich gegen die wohlbekannten Schuldgefühle. Mehr als drei Monate waren seit ihrem letzten Besuch vergangen. Und jetzt war sie auch nur aus dem einen

Grund hier, daß sie etwas von ihr wollte. Sie war eine schlechte Nichte, nachlässig und zimperlich und, sosehr sie sich auch bemühte, von Krankheit und körperlichem Verfall abgestoßen. Dieser Ekel, das war ihr klar, hatte seinen Ursprung in der Angst: Das hier war ihr schlimmster Alptraum. Diese gebrechlichen, hilflosen alten Menschen erfüllten sie mit Furcht vor der eigenen Zukunft, ihrer eigenen Verletzlichkeit, ihrem eigenen unvermeidlichen Altern. Vielleicht würde sie eines Tages erwachsen werden und den Tod akzeptieren lernen, aber Inkontinenz und Senilität würde sie nie akzeptieren können. Niemals. Sie bog um die Ecke und kam vor Zimmer 136 zum Stehen.

Die Tür stand offen, und die letzten Strahlen des Tageslichts fluteten zum Westfenster herein. Das Krankenhausbett mit seiner gestärkten weißen Bettwäsche war so fachmännisch gemacht, daß selbst die Harriet Cates von früher, die perfekte Hausfrau, damit einverstanden gewesen wäre. Der cremefarbene Linoleumfußboden war glänzend sauber, und auf dem Nachttisch stand eine frische gelbe Rose in einer Kristallvase. Das hier war, was Altenheime anbelangte – Molly mußte es zugeben –, das Optimum. Sie hatte es selbst ausgesucht; hauptsächlich deswegen, weil sie es hier irgendwie schafften, den üblichen Urin- und Desinfektionsmittelgestank zu vermeiden, denn Tante Harriet war in dieser Beziehung immer besonders heikel gewesen. Das einzige, was im Gang zu riechen war, war kochendes Huhn.

Neben dem Fenster saß Harriet Cates Cavanaugh in einem verchromten Rollstuhl. Sie sah schmaler aus als vor drei Monaten und hatte den Kopf leicht in den Nacken gelegt. Auf ihrem Gesicht lag ein Ausdruck völliger Glückseligkeit. Hinter ihr stand eine Schwesternhelferin, die das dünne, gelblichgraue Haar der alten Frau sanft bürstete. Molly mußte zweimal schlucken, bevor sie etwas sagen konnte. »Da bist du ja, Tante Harriet.« Sie ging langsam auf sie zu, wobei sie ihr Gesicht genau beobachtete, um zu sehen, ob sich nicht ein Hauch von Wiedererkennen zeigte. Bei ihrem letzten Besuch war Molly mehrere Stunden lang geblieben und hatte im Speisesaal mit ihr zu Abend gegessen. Sie hatten über das Essen, die Beschwerden ihrer Tante und das Wetter gesprochen, aber sie war fortgegangen, ohne genau zu wissen, ob Harriet sie erkannt hatte oder nicht.

Sie beugte sich herunter und küßte Harriet auf die Wange. Die Haut unter ihren Lippen fühlte sich so trocken und zerfurcht an wie Schmirgelpapier. Lose und leblos, als würde sie vom übrigen Körper abgestoßen. Es schien Molly, als wäre die Reise der alten Frau in den Tod ein stückweises Abstoßen von Körperteilen: Zähne, Haare, eine Brust, Muskeln, Nervenzellen und jetzt die Haut. Andere an diesem Ort verloren ihre Gliedmaßen und Gelenke und ihr Augenlicht. Molly war erstaunt, mit wie wenig seines ursprünglichen Körpers der Mensch leben konnte – all jenen Dingen, die man einst für unersetzlich gehalten hatte.

Die alte Frau wandte Molly ihr Gesicht zu. Die Augen, die früher groß, dunkel und mandelförmig gewesen waren, sprühend vor beißender Ironie und Eigensinn, genau wie die ihres jüngeren Bruders, waren jetzt trüb und von Falten zerfurchter Haut fast verdeckt, wie bei einer prähistorischen Echse.

Doch Molly glaubte eine Reaktion zu erkennen – ein leichtes Zusammenkneifen der Augen und Runzeln der Augenbrauen. Sie starrte Molly mit dem durchdringenden, unzufriedenen und ernsten Blick eines Menschen an, der sich an frühere Vorbehalte einer Person gegenüber zu erinnern versucht.

»Hallo, Tante Harriet. Wie geht es dir?« Molly hockte sich

vor sie hin und nahm die zerbrechliche Hand ihrer Tante in die ihre. »Es ist so schön, dich zu sehen.«

Harriet sagte nichts, doch Molly schien es, als ob sich die Mundwinkel ihrer Tante ein klein wenig nach oben verzogen.

Molly sah hoch zu der Schwesternhelferin, einer jungen schwarzen Frau mit glatter, seidiger Haut. »Miz Cavanaugh wartet schon den ganzen Tag auf Sie«, sagte sie in breitem texanischen Dialekt. »Wir haben ihr gesagt, daß Sie kommen, und da hat sie sich sehr gefreut.«

»Wirklich?« Molly konnte nie so genau sagen, was von dem, was die Angestellten hier über ihre Schützlinge sagten, aufmerksamer Beobachtung entsprang und was Wunschvorstellungen waren – als ob man Tieren menschliche Qualitäten zusprach, um sie liebenswerter zu machen. Sie betrachtete die gefurchte Stirn und die zusammengekniffenen Augen ihrer Tante und fragte sich, ob irgendwo dahinter die echte Harriet Cates Cavanaugh noch lebte. Vielleicht waren alle ihre Erinnerungen dort noch intakt, versteckt hinter dem Alzheimerschen Chaos aus Nervenfaserknäueln, die nur darauf warteten, von Molly angezapft zu werden. Wenn sie nur wüßte wie. Das Telefongespräch zum Beispiel, das Harriet eine Woche vor seinem Tod mit ihrem Bruder geführt hatte; der Anruf, der ihn so verändert und zur Auflösung seiner Verlobung bewogen hatte. Etwas so Wichtiges war doch vielleicht noch in ihrer Gedächtnisdatenbank gespeichert. Worüber hatten sie gesprochen? Warum hatte sie Molly nie davon erzählt?

»Wirklich?« wiederholte Molly. »Sie hat sich gefreut, daß ich komme?« Dann sah sie Harriet entschuldigend an. Es war unverzeihlich, über jemanden zu sprechen, als sei er nicht anwesend, auch wenn er senil war. Doch sie hatte das verzweifelte Bedürfnis herauszufinden, ob sie eine Chance hatte, das zu erfahren, weswegen sie hier war.

»Und wie, Ma'am«, sagte die Schwester. »Sie hat erzählt, daß Sie ihre Nichte sind und daß sie schön sein möchte, wenn Sie kommen.« Sie tätschelte der alten Frau den Kopf. »Wollen sich hübsch machen für Ihre Nichte, nicht wahr, Schatz?« Sie zog ein rosa Band unter Harriets dünnen Haaren hindurch und band es oben am Kopf zu einer Schleife. »Jetzt schauen Sie nur, wie hübsch wir aussehen!« sagte sie, während sie einen Schritt zurücktrat und die alte Frau im Rollstuhl betrachtete.

Molly fand die rosa Schleife albern und unpassend. Niemals hätte Harriet, die echte Harriet, jene auffallend gutaussehende Frau mit dem glänzendschwarzen Haar und dem perfekten Geschmack, so etwas zugelassen. Sie hatte sich immer schlicht und elegant in gedeckten Farben gekleidet – keine Rüschen, keine Spitzen und, um Himmels willen, keine rosa Schleifen.

»Wirklich?« fragte Molly und kam sich wie eine eiernde Schallplatte vor. »Sie hat gesagt, daß ihre Nichte kommt?«

»Und ob sie das hat.« Die Schwester legte die Bürste zurück in die Kommodenschublade. »Ich werde die Damen jetzt allein lassen. Ich hoffe, Sie haben eine nette Zeit zusammen. Hoffentlich können Sie zum Abendessen bleiben. Essen gibt's um sechs. Miz Cavanaugh wird Ihnen sagen, was heute auf der Speisekarte steht.«

»Vielen Dank«, sagte Molly und erhob sich aus der Hocke. Nachdem die Schwester gegangen war, schloß Molly die Tür, zog einen Stuhl heran und setzte sich ihrer Tante gegenüber, die die Augen nicht eine Sekunde von Mollys Gesicht gelassen hatte. Molly streckte die Arme aus und nahm die zarten, trockenen Hände in ihre. »Tante Harriet, ich bin's, Molly.«

Die alte Frau nickte.

»Genau. Ich bin dich besuchen gekommen. Und ich muß dich etwas Wichtiges fragen.«

Harriet entzog ihre Hände Mollys Griff und streckte sie mit

den Handflächen nach unten vor sich aus. »Wo ist mein Ring?« fragte sie mit der vollen, tiefen Altstimme ihres echten Ichs, die nur ein wenig zittrig geworden war. »Weißt du, wo er ist?«

»Du meinst deinen Diamantring? Deinen Verlobungsring?«

»Mein Diamantring.« Sie senkte die Stimme. »Ich glaube, sie haben ihn gestohlen.«

»Nein, Tante Harriet, sie haben ihn nicht gestohlen. Er ist in deiner verschlossenen Kassette. Du weißt doch noch, daß das eine der Regeln war, als du hergekommen bist: Alle Wertsachen müssen im Büro im Safe aufbewahrt werden. Da befindet sich deine gute Uhr, und einige andere deiner Schmuckstücke sind auch dort.«

»Wo ist mein Ring?«

»Er ist im Safe. Wir können ihn holen, nachdem wir uns unterhalten haben. Wenn du möchtest, kannst du ihn heute zum Abendessen tragen.«

Harriet nickte.

»Es ist wirklich schön, dich zu sehen und deine Stimme zu hören, Tante Harriet. Ich hoffe, sie kümmern sich hier gut um dich«, sagte Molly. »Tun sie das?«

Harriet kniff die Augen zusammen und sah verwirrt drein. Schließlich strich sie sich über das Haar und sagte: »Sie machen mir die Haare.«

»Gibt es irgend etwas, das du brauchst? Irgend etwas, was ich für dich tun kann?«

Sie erhielt keine Antwort.

Molly blickte in die verhangenen Augen. »Tja, Tante Harriet, es gibt jedenfalls etwas, was *du* für mich tun kannst.« Als sie das gesagt hatte, merkte sie, wie sehr es Teil des alten Musters war. Immer war es Molly gewesen, die etwas brauchte: ein Bett zum Schlafen, einen Kredit, ein Auto, eine Schulter zum Ausweinen, jemanden, der auf ihre Tochter aufpaßte, Trost, Hilfe – immer hatte sie irgend etwas gebraucht.

»Wie üblich«, sagte Molly mit reuevollem Lächeln, »bin ich hier, weil ich etwas von dir brauche. Es ist immer das gleiche: Ich komme zu dir, wenn ich etwas brauche.«

Harriet nickte beiläufig, als erkenne sie an, daß das der normale Gang der Dinge war.

»Erinnerst du dich an Franny Lawrence?«

Harriets Blick war leer.

»Die Frau, die Daddy heiraten wollte, am Lake Travis. Franny. Jedenfalls habe ich mit ihr gesprochen, und sie hat mir etwas erzählt, was ich bisher nicht wußte. Sie sagte, daß sie eine Woche vor Daddys Verschwinden mit ihm auf dem Hausboot war. Er bekam einen Anruf, und der Anruf war von dir. Du hast ihm etwas gesagt, vielleicht daß jemand aus Lubbock zu ihm kommen würde. Möglicherweise hatte es etwas mit früheren Geschäften zu tun. Weißt du das noch?«

Harriets Augenbrauen zogen sich dichter zusammen, als dächte sie scharf nach und versuchte sich zu erinnern. Es gab Molly ein wenig Hoffnung.

»Erinnerst du dich an das Telefongespräch?« bohrte Molly weiter.

Harriet schürzte die Lippen .

»Franny sagte, daß er sich danach verändert hätte. Deswegen habe ich mich gefragt, wer das war, der da zu ihm gekommen ist. Das würde ich wirklich zu gern wissen, Tante Harriet.«

Molly wartete auf eine Antwort, aber Harriet sagte nichts.

»Du bist die einzige, die ich fragen kann, die einzige, die es weiß. Bitte, sag es mir. Versuch dich zu erinnern.«

Die Falte zwischen Harriets Augenbrauen vertiefte sich, als strengte sie sich ungeheuer an. »Sie haben mir *gesagt*, was es war.«

Molly war wie elektrisiert. »Wer hat dir etwas gesagt? Was?«

Harriet sah hinauf zur Decke, als suche sie dort nach der Antwort.

»Ich helfe dir beim Erinnern«, sagte Molly aufgeregt und in der Hoffnung, daß sich einige weitere Worte in Harriet lösen würden. »Es war im Mai 1967, ein Jahr, nachdem wir von Lubbock weggezogen waren. Weißt du noch? Du warst unglücklich, daß wir nicht mehr dort wohnten, und einsam. Onkel Donald war zwei Jahre zuvor gestorben, und Daddy versuchte dich zu überreden, nach Austin zu ziehen, damit du in unserer Nähe wärest, aber du wollest in deinem Haus in Lubbock bleiben. Ich war in der elften Klasse. Weißt du noch? Wir haben oft miteinander telefoniert. Ich war sechzehn und hatte einen Freund, und du hast mich immer gewarnt, ich soll aufpassen. Erinnerst du dich noch daran?«

»Ich glaube schon«, sagte sie mit abwesendem Blick.

Mollys Herz schlug heftig. Es funktionierte. »Es war Mai, und ich wurde in die National Honor Society aufgenommen, und Daddy hat dich gebeten zu kommen, aber du hast abgesagt, weil du ein paar Wochen später zu seiner Hochzeit kommen wolltest. Daddy wollte Franny Lawrence heiraten. Weißt du noch? Er war so glücklich und verliebt. Und du hast mir immer gesagt, ich müßte freundlicher zu Franny sein, weil sie eine sehr nette Frau wäre und Daddy liebte, und sie würde meine Stiefmutter werden, ob mir das nun paßte oder nicht; aber ich war nicht freundlich. Und soll ich dir was sagen, Tante Harriet? Du hattest recht. Sie war *wirklich* eine sehr nette Frau.«

Molly war begeistert, weil Leben in die Augen der alten Frau kam und Interesse und Reaktionsbereitschaft aus ihnen leuchtete. Mit ihr darüber zu reden funktionierte. »Aber nach jenem Telefongespräch hat Daddy seine Verlobung mit Franny aufgelöst. Er sagte, er könne weder sie noch irgend jemand anderen heiraten. Warum nicht? Was war passiert? Worüber habt ihr gesprochen? Würde das Datum dir etwas sagen? Ich hab's ausgerechnet. Es muß am vierzehnten Mai gewesen sein.« Molly hielt inne, um nach Luft zu schnappen.

Harriets Gesicht war plötzlich sehr lebendig, ihr Mund stand offen, die Augen glänzten.

»Das Telefongespräch«, sagte Molly und hielt den Atem an. »Du erinnerst dich wieder.«

Harriet legte die Finger an ihre Schläfen.

»Worüber hast du mit Daddy geredet? Worüber?«

Harriet streckte plötzlich die Hände in die Luft und riß die Augen auf, als ahme sie einen Menschen nach, der eine Idee hat. »O ja!« sagte sie.

Mollys Herz hämmerte.

»Brathähnchen und Kartoffelbrei. Pfirsichkompott. Sie haben es mir gesagt, und ich habe es nicht vergessen.«

»Was?«

»Zum Abendessen. Etwas, was du gern ißt.«

Molly atmete langsam aus. Sie konnte es nicht fassen. »Abendessen?«

»Bleib doch.« Harriet streckte den Arm aus und umklammerte Mollys Handgelenk. »Bitte, bleib doch.«

Die ganze Zeit hatte Harriet versucht, sich an den blöden Essensplan zu erinnern, nicht an das Telefongespräch. Molly hätte sie am liebsten an den Schultern gepackt und so lange geschüttelt, bis sich die Erinnerung dort drinnen löste.

Molly lehnte sich im Stuhl zurück. »Ja«, sagte sie, »natürlich bleibe ich solange da.«

Sie mußte ihr Temperament zügeln. Diese senile alte Frau zu tyrannisieren, damit sie sich an etwas erinnerte, was sie nicht mehr wußte, war idiotisch. Es war grausam. Aber es war die letzte Chance. Bei jedem Besuch hatte Molly Harriet verwirrter und desorientierter vorgefunden. Jetzt konnte es nicht mehr lange dauern, bis der Nebel der Senilität sie völlig einhüllte.

Jetzt oder nie. Sie *mußte* es versuchen. Es konnte ja nichts schaden.

Molly blickte in die dunklen, verhangenen Augen. »Du weißt noch, daß ich gern Brathähnchen und Pfirsichkompott esse. Und du kannst dich an den Speiseplan für heute abend erinnern, den sie dir gesagt haben, stimmt's?«

Harriet legte den Kopf auf die Seite und hörte zu.

»Das heißt, du kannst dich erinnern, wenn es dir wichtig ist. Ich glaube, du kannst dich an das Telefongespräch erinnern. Du kannst es, wenn du es nur versuchst. Genau, wie du es eben gerade mit dem Essen gemacht hast.«

Harriet beobachtete sie durchdringend, wobei sich ihre Stirn verwirrt in tiefe Runzeln legte.

»Gut, Tante Harriet«, sagte Molly, »ich werde es also Schritt für Schritt mit dir durchgehen. Du warst in Lubbock. Du hast ihn auf dem Hausboot angerufen, unter seiner Büronummer. Es war Mai, und dein Bruder wollte zwei Wochen später heiraten. Sie hatten es uns gerade erst mitgeteilt. Weißt du noch, was das für eine Überraschung war?«

Harriet nickte.

Molly fühlte ihren Puls rasen; natürlich erinnerte sie sich daran. Die Frage war nur, wie man es aus ihr herausholte. »Du hast mit ihm telefoniert, und –«

»Mit zwei«, sagte Harriet traurig, »konnte er schon reden wie ein Erwachsener. Er konnte das ganze Alphabetlied singen. Das habe ich ihm beigebracht. Dir habe ich es auch beigebracht und dann… Jo Beth.« Sie mußte nach dem Namen suchen. »Genau, Jo Beth. Erst Vern, dann Molly, dann Jo Beth. Aber er war der Schnellste.« Ihr Gesicht strahlte vor Freude. »Wir haben auf der Veranda gesessen, in dem großen Schaukelstuhl, und er konnte schon richtig singen. Der klügste kleine Junge, den ich je gesehen habe.«

»Ja, er war klug. Aber er war fünfundvierzig, als du ihn angerufen hast. Die Woche, bevor er starb. Weißt du noch?«

Das Lächeln verschwand aus ihrem Gesicht. Sie wußte es wirklich noch. Wenn sie nur noch ein bißchen mehr bohrte, würden sie vielleicht zu dem Punkt kommen. »Wir wohnten seit einem Jahr dort. Es war die Woche, bevor er verschwand. Es war schrecklich – diese fünf Tage, in denen er verschwunden war. Und dann fanden sie ihn im See. Weißt du noch?«

Harriet begann leise zu summen. Es dauerte eine Weile, aber schließlich erkannte Molly es als das Alphabetlied. »H-I-J-K-L-M-N-O-P«, summte sie.

Molly wollte nicht wieder von vorn beginnen und redete einfach über das Summen hinweg weiter. »Was war mit der Woche, bevor er verschwand? Franny sagte, Daddy sei depressiv gewesen, so daß du und Parnell ihn zu einem Besuch beim Psychiater zu überreden versuchtet. Das sagt Parnell auch. Das hast du mir nie erzählt, Tante Harriet. Warum nicht?«

»Er war so klug, daß er die erste Klasse übersprungen hat. Wußtest du das? In der ersten Woche merkten sie, daß er schon lesen konnte. Da steckten sie ihn gleich in die zweite Klasse. Und ich habe es ihm beigebracht. Ich war diejenige, die ihn das Lesen gelehrt hat. Und das Schreiben. Ich habe ihm Schreibschrift beigebracht. Ich habe alle Klassenarbeiten aufgehoben, die er nach Hause gebracht hat – meistens Einsen und goldene Sternchen. Mama und Papa haben sich nicht so dafür interessiert, aber ich schon. Ich habe alle seine Zeichnungen und Aufsätze aufbewahrt, alles, was er je geschrieben hat, sogar später noch. Er hat mir immer alles erzählt, was in der Schule passiert ist, und ich –«

Molly hatte das alles schon hundertmal gehört; es hing ihr zu den Ohren heraus. »Ich weiß. Du warst so eine gute große Schwester. Ihr zwei habt euch sehr gut verstanden. Aber später, als er ein erwachsener Mann war und wir aus Lubbock weggezogen waren. Das will ich wissen. Über die letzte Woche seines Lebens. Hilf mir, Tante Harriet. Hilf mir ein allerletztes Mal.«

»Er war so gut in der Schule. Er hätte alles schaffen können, was er nur wollte. Aber es ist schwer, sich auf eine Sache zu konzentrieren, wenn man so schlau ist. Mit sechs las er schon Bücher mit Kapiteln und mit acht –«

»Ich weiß«, unterbrach Molly, »mit acht las er Sir Walter Scott.« Tränen der Verzweiflung stiegen ihr in die Augen. »Du erzählst mir immer, wie wunderbar er war. Erzähl mir etwas, was ich nicht weiß. Erzähl mir von seinen anderen Frauen. Hat er das getan, als Mutter noch am Leben war? Erzähl mir von seinen Mißerfolgen, seinen Geldproblemen, seinem Alkoholkonsum, seinen Depressionen. Über diese Dinge sprichst du nie, Tante Harriet. Erzähl mir von seiner journalistischen Arbeit. War er gut?« Sie verlor die Kontrolle über sich. Sie würde am liebsten schreien, um sich treten, das Wissen einfordern, auf das sie ein Anrecht hatte. »In Gottes Namen«, zischte sie, »sag es mir. Hilf mir, solange du noch kannst.«

Harriet kniff die Augen zusammen, als hätte sie schreckliche Kopfschmerzen. »Schlechte Sachen. Ich denke nicht an schlechte Sachen«, sagte sie, »und das solltest du auch nicht. Er war ein guter Mann. Und der allerklügste kleine Junge.« Sie begann, ihre Hände zu ringen, eine Geste, die sie seit ungefähr einem Jahr machte, wenn sie außerordentlich frustriert und angestrengt war. »Denk nicht ans Ende.«

»Jeder gibt mir diesen Ratschlag. Aber ich muß es wissen. Sag mir nur eine einzige Sache – das Telefongespräch. Das ist es, was ich wirklich wissen will. Bitte, sag es mir, und dann werden wir nicht mehr darüber reden. Versprochen?«

Harriets Händeringen wurde heftiger. Es machte Molly rasend und hypernervös. Es ließ sie nur noch schneller sprechen und stärker in sie dringen. »Er ging ans Telefon«, sie tat so, als hielte sie einen Hörer ans Ohr, »und du sagtest: ›Hallo, Vern‹, und vielleicht sagte er, daß Franny bei ihm sei und du sagtest – was?«

Harriet verzog das ganze Gesicht, als erwarte sie einen Schlag, der sie zu Boden werfen würde.

Molly beugte sich vor, so daß sie nur noch wenige Zentimeter von ihrer Tante entfernt war. »Was hast du gesagt? Du mußt dich erinnern.« Ihre Stimme wurde lauter, aber sie konnte nichts dagegen tun. Vielleicht war ein bißchen Lautstärke ja hilfreich, um die dichten Knäuel in diesem geschrumpften Hirn zu durchdringen. »Was? Was hast du zu ihm gesagt?«

Harriets Gesicht hatte sich zu einer Maske tiefsten Leids verzogen. Unter ihren geschlossenen Augenlidern glitten ein paar dicke Tränen hervor und liefen langsam über ihre zerfurchten Wangen.

Entsetzt sah Molly die Tränen. Noch nie hatte sie Harriet weinen sehen. Nie. Nicht, als Harriet ihre Fehlgeburten hatte. Nicht, als ihr Mann Donald gestorben war. Nicht, als Vernon Cates im Lake Travis gefunden wurde. Nicht, als Molly sie aus ihrem Haus in dieses Heim verpflanzt hatte. Doch nun hatte Molly sie zum Weinen gebracht. Für wen hielt sie sich eigentlich? Es war unverzeihlich. Sie kam sich vor wie ein verwöhntes Kind, das sich auf den Boden warf und schrie, bis es bekam, was es wollte.

Molly lehnte sich im Stuhl zurück. »Es tut mir leid, Tante Harriet«, sagte sie sehr sanft.

Harriet öffnete langsam die Augen. »Molly, Molly«, sagte sie, als spräche sie mit einer ungezogenen, aber geliebten Zweijährigen. »Du hast geschrien.«

»Das habe ich wohl. Aber ich bin ja immer eine Nervensäge der Extraklasse gewesen, was?«

Harriet stieß die Luft so aus, daß es sich wie ein kleines Lachen anhörte.

Molly sagte: »Aber du hast auch oft geschrien, Tante Harriet. Damals. Ach, was haben wir uns gestritten! Weißt du noch, was für ein Kampf das war, als ich bis nach Mitternacht ausgehen wollte? Und wo ich wohnen sollte, nachdem Daddy gestorben war? Weißt du was? Ich vermisse unsere Streitereien. Jetzt gibt es niemanden mehr, dem ich wichtig genug bin, um mit mir zu streiten.«

Die beiden waren nie sehr gefühlsbetont miteinander umgegangen und hatten ihrer Zuneigung nur selten Ausdruck verliehen. Jetzt, wo sie einmal damit begonnen hatte, wollte sie auch nicht aufhören. »Mein ganzes Leben lang habe ich mich immer auf dich verlassen, Tante Harriet. Daß du für mich da bist, egal, was passiert. Und du warst immer da. Immer. Ich glaube nicht, daß ich dir je dafür gedankt habe, oder?«

Sie sahen sich eine Zeitlang schweigend an. Dann fing Harriet langsam an zu singen: »A-B-C-D-E-F-G-.« Sie hielt inne, und ihre Augen verdrehten sich voller Panik. Sie hatte vergessen, was als nächstes kam.

»H-I-J-K-L-M-N-O-P«, sang Molly für sie weiter.

»Wo ist mein Ring?« fragte Harriet und streckte ihre Hände vor sich aus. »Ich glaube, sie haben ihn gestohlen.«

An der Tür klopfte es. Sie ging auf, und die junge Schwester streckte den Kopf herein. »Es gibt Essen, die Damen«, flötete sie.

»Brathähnchen?« sagte Harriet und blinzelte Molly zu. »Kartoffelbrei?«

»Das habe ich auch gehört.«

»Bleib doch, Molly.«

»Das tue ich.« Molly beugte sich vor und zog die rosa Schleife auf. »Natürlich bleibe ich.« Sie zog das Band heraus und warf es in den Mülleimer. »Komm, wir holen deinen Ring aus dem Safe. Ja?«

»Ich werde ihn zum Abendessen tragen«, sagte Harriet mit einem Lächeln.

»Genau. Wir machen uns schick heute abend.«

16. Kapitel

»Keinem Beobachter können beim Anblick der Gewalt, die beständig an der langen texanischen Grenze aufflackerte, die tiefgehenden Probleme von Gesetz und Ordnung entgehen, die den Staat bedrängten. Nach 1835 zog das englischsprachige Texas Männer magisch an, die Gewalt so sehr suchten wie den Alkohol; wenn sie keinen Krieg finden konnten, dann waren sie wild entschlossen, einen vom Zaun zu brechen.«

T. R. Fehrenbach, Lone Star

Molly nutzte ihren freien Morgen in Lubbock nicht zu einem Besuch auf der alten Ranch bei Crosbyton. Sie fuhr auch nicht an Tante Harriets Haus vorbei – dem alten, viktorianischen Gebäude am Mesquite Trail, wo sie während der neunten und zehnten Klasse gewohnt hatte, weil sie nach Ansicht ihres Vaters auf die High School in Lubbock und nicht auf die Dorfschule in Crosbyton gehen sollte. Sie meldete sich nicht bei der einen Schulfreundin, mit der sie noch in Kontakt stand. Sie hörte nicht ihre Nachrichten auf dem Anrufbeantworter ab, wie sie das für gewöhnlich tat. Sie rief nicht Grady an, wie sie versprochen hatte. Sie verließ nicht einmal ihr Bett im Ramada Inn bis zwei Stunden vor ihrem Zwölfuhrtermin mit Shelby Palmer.

Sie konnte Lubbock einfach nicht ertragen – der ewige Wind, der rote Staub, das flache Land. Die Vergangenheit. Und sie konnte Julian Palmers Beschreibung ihres Vaters als depressiven Schürzenjäger und Tunichtgut nicht ertragen. Während der achtzehn Stunden in Lubbock hatte sie es geschafft, sich ausschließlich drinnen aufzuhalten, abgesehen von der Fahrt vom Flughafen zu Palmers Büro, dann zum Altenheim und anschließend zum Motel. Wenn man seine Scheuklappen nur anbehielt, war es möglich, in eine Stadt zu fahren und dennoch nicht wirklich dort zu sein.

Sie blieb in ihrem verdunkelten Motelzimmer und versuchte zu schlafen, lag aber dann doch nur mit geschlossenen Augen im Bett. Sie hoffte, daß die Welle der launenverschlechternden chemischen Substanzen in ihrem Blut, die sie zu überschwemmen drohte, einfach wieder verebben würde, ohne größeren Schaden anzurichten.

Es schien zu funktionieren, denn als sie schließlich aufstand und ausgiebig duschte, fühlte sie sich besser. Sie hatte vergessen, eine Zahnbürste zu kaufen, weswegen sie sich die Zähne mit dem Waschlappen reinigte. Nachdem sie wieder in die Kleider von gestern geschlüpft war, ließ sie ihren Blick durch das Zimmer schweifen, um festzustellen, ob sie etwas vergessen hatte. Kein Koffer, nichts einzupacken. Es vereinfachte die Abreise enorm. Molly fühlte sich so frei und unbeschwert, daß sie beschloß, es zu wiederholen. Im Lauf der Jahre hatte sie sich beim Reisen zunehmend mit Dingen wie Haarfön und Reisewecker, Schuhen und Büchern, Pullovern und Regenmänteln belastet – Gegenständen, die sie dann doch nicht brauchte.

Während sie im Café auf ein spätes Frühstück aus Cornflakes und Obst wartete, kramte sie in ihrer Tasche nach dem Zettel, den Cullen Shoemaker ihr am Montag gegeben hatte.

Sie fand ihn völlig zerknautscht ganz unten. Bis gestern hatte sie nicht vorgehabt, ihn zu lesen, aber nach dem gestrigen Gespräch mit ihm verspürte sie eine gewisse morbide Neugier.

Sie glättete das Stück Papier und las es, während sie ihren Kaffee trank. Die Hauptaussage war, daß Juden und Schwarze, Immigranten und Emanzen, Intellektuelle und die Massenmedien die Regierung fest in der Hand hatten und sich mit dem Amt für Alkohol, Tabak und Feuerwaffen zu dem Zweck verschworen hatten, die weißen Amerikaner zu entwaffnen und ihnen dann ihre »jüdisch-linke-egalitäre Pest« aufzuzwingen. Die einzige Hoffnung bestand für die echten, weißen amerikanischen Männer darin, sich zu bewaffneten Selbstschutzkomitees wie dem McNelly-Kommando zusammenzuschließen, um die »Mulattenzombies« zu besiegen. Wenn Gewalt zur Erreichung dieses Ziels notwendig war, dann würden sie sie einsetzen.

Seine Rede vor dem Regierungsausschuß war eine hochgradig bereinigte Version von dieser hier gewesen, da sie sich in der Hauptsache an das Thema Handfeuerwaffen gehalten hatte. Dieses »McNelly-Manifest«, wie er es überschrieben hatte, ging bei weitem darüber hinaus. Es war Schwachsinn, der einem die Haare zu Berge stehen ließ.

Was sie besonders beunruhigte, war der Nachdruck, mit dem er darauf beharrte, daß jede Form von Waffenkontrolle und -registrierung bis aufs Messer bekämpft werden müsse. Sie überlegte sich, ob sie es womöglich weiterleiten sollte, wußte aber nicht, an wen. Sie würde Grady oder Parnell fragen.

Sie fuhr mit ihrem Mietwagen zurück zum Cap Rock Office Park und stand wieder zehn Minuten zu früh vor Shelby Palmers Büro. Als sie diesmal eintrat, schenkte ihr Mrs. Palmer kein Lächeln. »Er war die ganze Nacht auf wegen

Ihrer Sache«, beklagte sie sich. »Ein Mann in seinem Alter mit einem Magengeschwür sollte so etwas nicht tun. Sie können nach hinten durchgehen.«

Shelby Palmer trug ebenfalls die Kleider vom Tag zuvor und sah verknittert und entmutigt aus, was Mollys Hoffnungen dämpfte. Er stand auf, um sie zu begrüßen. »Miz Cates, setzen Sie sich. Kaffee?«

»Nie nach zwölf. Danke.«

Er sah auf die Uhr. »Sie haben noch sechs Minuten Zeit.«

»Ja, dann hätte ich natürlich gern eine Tasse.«

Er rief zur Tür hinaus. »Zwei Kaffee, Mama!«

Er trat wieder hinter seinen Schreibtisch und nahm einen gelben Schreibblock in die Hand. »Der Computer ist wirklich ein Segen für unser Gewerbe.«

»Glaube ich sofort.«

»Früher hätte ich Wochen dazu gebraucht, was ich heute in einer Nacht geschafft habe. Ich bin die Toser-Akte durchgegangen, und natürlich kann ich Sie ohne Tosers Zustimmung nicht hineinsehen lassen. Heute morgen habe ich ihn nun endlich erreicht, und er war aus tiefstem Herzen *dagegen*, Ihnen Zugang zu der Akte zu gewähren. Er erkannte Ihren Namen und sagte, das letzte, was er wolle, sei, das alles in einem Schmierblatt wie dem *Lone Star Monthly* breitgewalzt würde. Doch als ich ihm Ihr persönliches Interesse an der Sache erklärte und versprach, daß Sie nicht darüber schreiben werden –« Er machte eine Pause und sah sie durchdringend an. »Das versprechen Sie doch?«

Molly nickte feierlich.

»Gut. Als ich das alles erklärt hatte, gab er mir die Erlaubnis, Ihnen Auskunft über den Abschnitt mit dem Geld zu geben, den fünfzigtausend in bar, da dies für diese Sache relevant ist.«

Er setzte sich. »Unerfreulicherweise gibt es darüber nichts Relevantes mitzuteilen. Mein Vater fand nie heraus, wo es herkam. Bargeld zurückzuverfolgen, ist fast unmöglich.« Er sah hinunter auf seinen gelben Block. »Er grenzte die Möglichkeiten allerdings etwas ein. Er sprach mit Crockers Frau, die zu diesem Zeitpunkt gerade seine Exfrau wurde. Sie sagte, Crocker sei an zwei Dingen im Leben interessiert gewesen: auf jede erdenkliche Weise an Geld zu gelangen und jungen Mädchen hinterherzusteigen. Der Grund, warum sie sich schließlich von ihm scheiden ließ, sei gewesen, daß er die Mädchen sogar mit nach Hause gebracht habe, die teilweise jünger als seine eigenen Töchter waren. Jedenfalls sagte sie, daß die fünfzigtausend Dollar nicht aus irgendeiner ihr bekannten Quelle stammen konnten. Es gab keinen reichen Onkel, keine Versicherungspolicen. Und daß er's nicht gespart hatte, war sowieso klar. Während der gesamten zweiundzwanzig Jahre, die sie ihn schon kannte, habe er nie mehr als einen Pott zum Pissen besessen. Sie sagte, sie habe gar nicht von der Investition in ein Haus gewußt, bevor Toser sie darauf angesprochen hatte. Ihre Vermutung war, daß er nicht auf rechtmäßigem Weg an das Geld gekommen sein konnte, aber sie wollte trotzdem ihre Hälfte des gemeinsamen Eigentums haben.«

Mrs. Palmer trat mit zwei dampfenden Styroporbechern ein. »Wie trinken Sie ihn, Miz Cates?«

»Schwarz. Danke.«

»Das macht die Sache einfach.« Sie sah ihren Sohn an. »Mr. Trion hat angerufen. Er ist um halb zwei hier. Du solltest dich vorher noch hinlegen.«

»Vielen Dank, Mama.«

Als sie gegangen war, sagte er: »Ich habe die Grundbuchregister überprüft, und Dad war wie üblich genau auf der richtigen Fährte. Crocker blätterte am 13. August 1967 51 432 Dollar in bar für das Haus hin. Wo das Geld herkam, muß der Phantasie des einzelnen überlassen werden. Ich vermute, die einzigen Menschen, die das wissen, sind Crocker und derjenige, der ihn bestochen hat.«

Molly sah hinunter auf den dampfenden Kaffee und wunderte sich einmal mehr darüber, in wie viele Sackgassen eine einzige Frage führen konnte. Sie sollte mittlerweile daran gewöhnt sein, doch sie fühlte sich so frustriert wie eh und je.

»Sie sehen ratlos aus«, sagte Shelby Palmer.

»Wirklich? Eine Obdachlose, der ich neulich begegnet bin, hat mir gesagt, ich würde sie an Klein Bo-Piep erinnern, weil ich aussehe, als hätte ich meine Schafe verloren. Ein schlechtes Zeichen, wenn einen schon die Obdachlosen bemitleiden.«

»Ich verstehe, daß Sie enttäuscht sind, aber es gibt noch etwas, was ich Ihnen verraten kann. Das Haus, das Crocker kaufte, wurde an einen Betrieb namens Miracle Massage vermietet. Er war ein Tarnunternehmen für ein Bordell, und Sheriff Crocker war nicht nur der Hausbesitzer, sondern auch Teilhaber an dem Geschäft. Das habe ich von Ruth und anderen ziemlich verläßlichen Quellen, von denen keine je vor Gericht aussagen würde, weswegen es nichts gibt, womit er belangt werden kann, außer dem Besitz des Gebäudes; doch ich bin davon überzeugt, daß er in das Geschäft verwickelt und nicht nur der unwissende Hausherr war. Miracle Massage ist jetzt nicht mehr in Betrieb, lief aber bis 1988 gut. Daher glaube ich, daß die Profite daraus es Crocker ermöglichten, sich zur Ruhe zu setzen und der Hobbyfarmer zu werden, der er heute ist.«

»Wo wohnt Ruth jetzt?«

»Lebt in Oklahoma bei ihrem ältesten Sohn und seiner Familie. Arbeitet für die Stadt, hat nie wieder geheiratet.«

Molly blies in den Kaffee. »Hatte er andere Ehefrauen?«

»Aha, Sie sind mir einen Schritt voraus. Er hatte zwei weitere: Jeanette und Kelly. Die letzte, Kelly, hat sich letztes Jahr von ihm scheiden lassen. Als sie geheiratet haben, war sie neunzehn, er neunundfünfzig. Sie ist so sauer, daß einem Ruth im Vergleich zu ihr wie das reinste Schmusekätzchen vorkommt. Wie es scheint, hat sie Crocker erwischt, wie er Schulmädchen aus der siebten und achten Klasse betatschte – wiederholt.«

»Aus der *siebten* Klasse?«

»Jawohl. Sie ist außerdem sauer, weil Crocker in der Scheidungssache bessere Anwälte hatte und sie wieder bei Dairy Queen arbeiten muß.«

»Ich frage mich, ob sie als Zeugin aussagen würde, wenn wir eine Klage wegen Unzucht mit Minderjährigen gegen ihn anstrengen würden.«

Er trommelte einen kurzen Takt mit den Fingern auf die Schreibtischplatte. »Ich hatte das Gefühl, daß Sie das ansprechen würden. Sie sagt, sie würde es vielleicht tun, und wenn, dann würde sie ihn an den Eiern an die Scheunentür nageln – das ist ein wörtliches Zitat.«

»Das ist interessant. Könnten Sie sie noch mal anrufen und fragen, ob sich wohl die Namen von einigen der Mädchen, die er angefaßt hat, ermitteln lassen?«

Er machte eine Notiz. »Kein Problem. Gut, dann kommen wir zu Ihrer zweiten Frage, den beiden jungen Frauen, die damals, 1972, die Anklage gegen Crocker erhoben haben. Ich weiß nicht, ob das hier die beachtliche Summe wert ist, die Sie mir gleich dafür bezahlen werden, daß ich die ganze Nacht aufgeblieben bin, aber ich habe sie tatsächlich aufgespürt. Die erste, Christine Fanon, ist tot, so leid mir das tut. Heroinüberdosis '84 in Houston. Prostituierte, hat Heroin gespritzt, lange

Liste von Anzeigen wegen Drogen und Prostitution. Die andere, Sylvia Ramos, hat Einträge wegen Prostitution in Austin und Houston. Sie lebt jetzt in El Paso. Mehr konnte ich allerdings nicht herausfinden. Sie hat keinen Führerschein und zahlt auch keine Grundsteuern, steht aber im Wählerverzeichnis.«

Sylvia Ramos in El Paso. Molly merkte, wie ihr Interesse erwachte. »Mr. Palmer, ich möchte Sie gern beauftragen, nach El Paso zu fliegen und Sylvia Ramos ausfindig zu machen. Wenn möglich noch heute.«

»Tut mir leid, Miz Cates. Ich kann noch mal mit der dritten Exfrau telefonieren, weil das nicht lange dauert, aber ich kann nirgendwohin fahren. Ich bin für mindestens drei Wochen vollständig ausgebucht, und mein Partner genauso. Letzte Nacht habe ich mir Zeit für Sie genommen, weil Mr. Quinlan mich gebeten hatte, Ihnen in jeder erdenklichen Weise behilflich zu sein.«

»Ich verstehe. Haben Sie ihre Adresse in El Paso?«

»Ja. Ma'am. Sie steht in dem Bericht, den Mama jetzt gerade für Sie tippt.« Dann sah er Molly an und schüttelte den Kopf. »Aber das wollen Sie sich doch nicht antun.«

»Warum nicht?«

»Meine Vermutung ist, daß Sylvia Ramos in Umständen lebt, in die eine Dame sich nicht allein begeben sollte.«

»Eine Dame?« wiederholte Molly und zog die Augenbrauen hoch. Dieses Wort konnte sie nicht ausstehen. »Eine solche sehe ich hier nicht.«

»Tut mir leid. Ich bin altmodisch. Aber selbst wenn es nicht gefährlich ist, was können Sie von ihr schon erfahren? Daß Crocker sich vor etwa zwanzig Jahren eines Amtsvergehens schuldig gemacht hat? Das wissen wir ja bereits, und die Uhr für jegliches Verbrechen, das er damals begangen haben mag, ist längst abgelaufen.«

Molly nickte. Er hatte vermutlich recht, doch sie hatte noch nie eine Spur unverfolgt gelassen. Und das hier war die einzige, die noch übrig war.

»Sind Sie soweit für Frage Nummer drei?« fragte er.

»Absolut.« Sie nahm einen kräftigen Schluck Kaffee.

Er sah hinunter auf seinen gelben Block. »Olin Crocker lebt auf einer Farm in der Nähe von Taylor. Allein, da Kelly sich ja letztes Jahr von ihm hat scheiden lassen. Ihm gehören sechshundert Hektar Land. Hat er '82 gekauft. Bei der Steuer ist es mit einem Wert von zwei Millionen eingetragen, aber das Land wird kultiviert, so daß es als landwirtschaftlich genutzte Fläche gilt und von der Steuer befreit ist. Er ist ein wohlhabender Bürger, hat sich wirklich fein rausgemacht. Hat vierhunderttausend Dollar in Pfandbriefen auf der Williamson Bank. Im Januar dieses Jahres hat er sich als Lobbyist für TEXRA eintragen lassen, genau wie Sie gesagt hatten. Doch abgesehen davon hat er seit 1974, als er den Sheriffsposten aufgab, nicht mehr gearbeitet.«

»Haben Sie Adresse und Telefonnummer?« fragte sie.

»Jawohl, Ma'am. Beides nicht im Telefonbuch. Die werden Sie ebenfalls im Bericht finden.«

»Ich verstehe, daß Sie mich die Toser-Akte nicht lesen lassen können, aber vielleicht könnten Sie mir sagen, wie Toser die Informationen verwendet hat. Ich gehe davon aus, daß er es sich nicht hätte entgehen lassen, wenn es etwas gerichtlich Verwertbares gegeben hätte. Entweder während des Wahlkampfs 1974 oder nachdem er gewählt wurde.«

»Ich vermute, daß er sie benutzte, um Crocker aus dem Rennen zu werfen.«

»Sonst noch etwas?« fragte Molly.

Er blickte auf seine Notizen und schüttelte den Kopf. »Das war's.«

Sie stand auf. »Vielen Dank, daß Sie die Sache übernommen haben, obwohl Sie so beschäftigt sind.«

Er streckte ihr die Hand entgegen. »Ich wünschte, ich hätte mehr für Sie tun können.«

»Man weiß ja nie«, sagte Molly und nahm seine Hand, »vielleicht war es gerade genug.«

»Sie fahren doch nicht etwa nach El Paso, oder?«

»Nein. Ich fliege nach Hause.«

»Gut.«

Auf dem Weg nach draußen holte Molly sich den Bericht bei Mrs. Palmer ab und stellte einen Scheck über vierhundert Dollar aus. Es erschien ihr wie ein Schnäppchen.

Molly war sich nicht sicher, was sie tun würde, wenn sie am Flughafen in Lubbock eintraf und den Flug nach El Paso ausgeschrieben sah. Er ging in einer halben Stunde, vor dem nächsten Flug nach Austin. Es gab noch einen Sitzplatz. War es ein Wink des Schicksals? Sie kaufte das Ticket und begab sich, da sie kein Gepäck hatte, direkt zum Flugsteig. Sie wollte eigentlich zu Hause anrufen und ihre Nachrichten abhören, aber es blieb ihr keine Zeit mehr dazu. Sie machte an einem Zeitungskiosk halt, kaufte die *New York Times* und eine Zahnbürste und stieg mit einem flattrigen Gefühl in der Brust in das Flugzeug.

Sie setzte sich auf ihren Platz, der sich am Fenster befand, und blickte hinaus auf ihren Heimatort, der von dem winzigen Fenster eingerahmt wurde. Die braune Erde war so flach und monoton, daß sie fast eine gewisse Reinheit besaß. Als das Flugzeug auf die Startbahn zurollte, ließ das Vibrieren der Motoren das Flattern in ihrer Brust zu einem wohlvertrauten Summen anschwellen. Wenn sie dem Summen Worte hätte geben müssen, dann wäre es Willie Nelsons Song »On the Road again« gewesen. Sie fühlte sich wieder leicht und unbeschwert wie ein junges Mädchen, das von zu Hause wegläuft und vor dem Gefahr und verbotene Abenteuer liegen. Das gleiche hatte sie in der einen oder anderen Art immer verspürt, wenn sie Lubbock verließ.

Als sie eine Stunde später in El Paso landeten, hatte sie das Kreuzworträtsel gelöst und die Zeitung, abgesehen vom Wirtschaftsteil, gelesen. Ein Blick hinaus auf die die Stadt umgebenden Berge, malvenlila, rost und blaßgrün, und sie wußte, daß sie nicht mehr in Lubbock war.

Sie mietete ein Auto und ließ sich von dem Angestellten dabei helfen, Sylvia Ramos' Adresse auf der Karte zu finden. Wie sich herausstellte, war es nicht mehr als zwei Meilen vom Flughafen entfernt. Wieder Schicksal.

Sie war erst einmal in El Paso gewesen: vor dreißig Jahren zusammen mit ihrem Daddy. Doch es hatte Eindruck auf sie gemacht. Seit jenem Besuch war El Paso für sie immer der Ort gewesen, an den sie sich geflüchtet hätte, wenn sie hätte weglaufen wollen. Die Stadt war eine Fluchtphantasie – weiter westlich konnte man nicht gehen, ohne Texas zu verlassen. Sie weckte in ihr dieses romantische Endstationgefühl, das solche Grenzstädte meist ausstrahlten. Ein Ort, an dem alles möglich war, wo man seine Identität ablegen und das Leben in seinen Extremen auskosten konnte.

Chester Avenue war einen Häuserblock vom Highway 54 und vier Blocks von Fort Bliss entfernt, in einem Stadtteil, der sich genausogut in Mexiko hätte befinden können. Nicht sehr überraschend, da die Grenze nur drei Meilen entfernt war. Das Haus war ein kleiner, leuchtendblau angemalter Betonklotz. Der Vorgarten bestand aus festgestampfter Erde, die aussah, als wäre sie kürzlich mit dem Besen saubergefegt worden. Als sie aus dem Auto stieg, starrten sie drei halbnackte Kinder und ein abgemagerter Straßenköter mit großen Augen an, als käme sie geradewegs vom Mars. Es gab keine Klingel, weswegen Molly an die verbeulte Fliegentür klopfte, vorsichtig, um sich keine Splitter einzuziehen. Ein junger Mann um die Zwanzig, mit nichts als ein Paar Bluejeans bekleidet, öffnete die Tür und sah sie mißbilligend an.

»Tag. Ich suche nach Sylvia Ramos. Ist sie zu Hause?«

»Sylvia?« Panik trat in seinen Blick. »Ma!« Er brüllte es fast wie einen Hilfeschrei heraus, während er sich entfernte. »Ma!«

Eine ältere Frau, deren lange, weiße Haare strähnig in ihrem verschwitzten Gesicht klebten, trocknete sich die Hände an einem Küchenhandtuch ab. Sylvia Ramos mußte nach Mollys Berechnungen dreiundvierzig sein, und selbst wenn man die Spuren eines harten Lebens in Betracht zog, war diese Frau zu alt. Sie betrachtete Molly mit zusammengekniffenen Augen durch das Fliegengitter.

»Guten Tag. Ich bin Molly Cates. Entschuldigen Sie die Störung, aber ich suche nach Sylvia Ramos.«

Mit ausdruckslosem Gesicht starrte die Frau Molly an und trocknete sich weiter die Hände ab. »Sylvia? Wozu?«

»Ich habe eine Nachricht für sie.«

»Sagen Sie's mir. Ich sorge dafür, daß sie's erfährt.«

»Sind Sie mit ihr verwandt?«

Die Frau zuckte die Achseln und machte Anstalten, die Tür zu schließen.

»Warten Sie!« sagte Molly, wobei sie dem Instinkt widerstehen mußte, den Fuß in den Türspalt zu stellen. »Ich muß mit ihr sprechen. Es ist sehr wichtig. Ich bin eigens aus Austin hierhergeflogen, um mit ihr zu reden.«

Die Frau blieb an der halbgeschlossenen Tür stehen.

»Ich brauche Hilfe«, sagte Molly und sah ihr in die Augen. »Bitte. Ich bin weder von der Polizei noch von der Ausländerbehörde oder so etwas. Ich verspreche, daß ich ihr in keinster Weise schaden werde.«

»Was wollen Sie von Sylvia?«

Molly beschloß, es einfach und emotional anzugehen. »Ein Mann, der ihr vor langer Zeit etwas sehr Schlimmes angetan hat, hat auch mir Schlimmes angetan. Ich will nur mit ihr darüber reden.«

Die Frau schwieg und musterte Molly von Kopf bis Fuß.

»Wo kann ich sie finden?« fragte Molly.

»Wenn Sie Sylvia wollen«, sagte die Frau, »versuchen Sie's heut abend in der Stadt. Cebada Street. Nach neun.«

»Aber wie soll ich sie da finden? Ich weiß ja nicht mal, wie sie aussieht.«

Sie zuckte die Achseln. »Sie können jeden fragen. Ecke von Cebada und Duranzo. Da ist eine Kneipe – Las Brujas. Da kennt sie jeder. La Risa nennen sie sie.« Ihre Lippen wurden hart.

»Ich bin nur für ein paar Stunden in der Stadt«, sagte Molly. »Kann ich sie nicht vielleicht jetzt irgendwo finden? Eine Telefonnummer, wo ich sie anrufen könnte?«

Die Frau schüttelte den Kopf.

»Gut, ich verstehe, daß Sie einer Fremden nicht ihre Nummer verraten wollen. Vielleicht könnten Sie sie ja anrufen und sie bitten –«

»Sie hat kein Telefon. Wenn Sie sie sehen wollen, dann suchen Sie heute abend nach ihr.«

Molly faltete den Stadtplan auseinander. »Cebada und Duranzo, sagten Sie? Könnten Sie –«

Bevor sie ihre Bitte vorbringen konnte, hatte die Frau die Tür geschlossen.

Molly stieg in ihren Mietwagen. Sie war nicht weit vom Flughafen entfernt und würde den Fünfuhrflug nach Austin noch erreichen. Aber nur, wenn sie jetzt zurückfuhr, denn sonst mußte sie die Nacht hier verbringen. Und sie wollte, mußte nach Hause. Das hier würde reine Zeitverschwendung sein – alles sprach dafür. Sylvia Ramos würde eine heruntergekommene Hure sein, die nicht einmal mehr wußte, daß sie jemals in Austin gewesen war.

Aber jetzt befand sie sich hier, und ihr Blut war vor Jagdlust in Wallung gekommen. Als sie die paar Blocks zurück zum Highway fuhr, wußte sie, daß sie hierbleiben würde. Sie mietete sich im ersten Motel, das einen sauberen Eindruck machte, dem Econo Lodge, ein Zimmer. Dort drehte sie die Klimaanlage voll auf und hörte ihre Nachrichten zu Hause ab. Es waren eine ganze Menge: Jo Beth, die wissen wollte, ob sie zum Sport zurück sein würde; ihr Verleger, der sie daran erinnerte, auch über die Gesetzesabstimmung zu schreiben, die am Montag stattfinden würde; ihre Freundin Barbara, die mit ihr ausgehen und sich betrinken und über ihren jüngsten Herzschmerz reden wollte; Cullen Shoemaker, der nachfragte, ob sie sein Fax erhalten habe, in dem er noch einmal den Termin des Interviews mit Garland Rauther am Montag bestätigt hatte, und der sich dafür entschuldigte, daß er nicht da sein würde, da er gefeuert worden sei und mit seiner Mutter in Urlaub fahre; eine sehr merkwürdige Nachricht von der Obdachlosen, die sie auf der Toilette des Kapitols getroffen hatte, die ihr etwas zu sagen hatte und wollte, daß sie eine Nachricht bei HOBO hinterließ; Grady, sauer, weil sie gestern abend nicht angerufen hatte; wieder Grady, diesmal besorgt, der ihr mitteilte, daß Calvin Shawcross mit ihr über Emily Bickerstaff reden wollte.

Molly ließ die Telefongespräche noch einmal ablaufen, um sich das von der Obdachlosen anzuhören. Der Anruf war gestern um siebzehn Uhr dreißig eingegangen und mitten im

Satz unterbrochen worden. Die Stimme der Frau hatte etwas Verzweifeltes und Verstörtes, ganz anders als der kämpferische Tonfall, den Molly aus ihrer Begegnung auf der Toilette in Erinnerung hatte. Sie klang krank oder verwirrt oder beides. Sie mußte von dem Mord an ihrer Freundin Tin Can gehört haben. Shawcross würde sicherlich mit ihr sprechen wollen, wenn er sie nicht schon selbst ausfindig gemacht hatte. Sie sollte ihn anrufen und ihm sagen, daß er die Frau bei HOBO aufstöbern könnte, wenn er wollte. Doch sie wollte mit Molly sprechen; die Polizei einzuschalten, erschien ihr wie ein Vertrauensbruch. Trotzdem war es das Vernünftigste, Sergeant Shawcross zu informieren. Verdammt. Sie wußte nicht, was sie tun sollte. Sie nahm den Hörer ab und wählte Gradys Büronummer. Sie hatte seinen Piepser dran und hinterließ die Nummer der Econo Lodge.

Sie rief die Auskunft in Austin an und ließ sich die Nummer von HOBO heraussuchen. Dort ging ein Mann ans Telefon. Sie fragte, ob er eine Frau namens Cow Lady kenne. »Klar doch«, sagte er. »Soll ich nachsehn, ob sie hier ist? Ein Momentchen.« Nach einer Weile kam er wieder ans Telefon. »Angeblich war sie hier, ist aber im Moment nicht da.«

»Ich würde gern eine Nachricht für sie hinterlassen. Für den Fall, daß sie wiederkommt.«

»Was für eine Nachricht?«

»Richten Sie ihr aus, daß sie sofort Molly Cates anrufen soll, R-Gespräch, unter dieser Nummer.« Molly las die Nummer vom Telefon ab und bat ihn, sie zu wiederholen. »Ich werde auf ihren Anruf warten«, sagte Molly. »Es ist wichtig. Bitte passen Sie auf, daß sie die Nachricht auch wirklich erhält.«

Dann legte sie sich aufs Bett und fragte sich, was zum Teufel sie spät an einem Freitagnachmittag in einem Motel in El Paso zu suchen hatte, wenn sie eigentlich zu Hause sein und mit

Grady essen, einen Film ansehen und mit ihm ins Bett gehen wollte.

Das Telefon klingelte.

»Bist du allein?« fragte die tiefe, sanfte Stimme mit dem richtigen Schuß heiserer Männlichkeit.

»Mm-hm.«

»Liegst du auf dem Bett?«

»Wo sonst?«

»In einem billigen Motel?«

»Mm-hm.«

»Rollo runtergezogen?«

»Mm-hm.«

»Nackt?«

Molly blickte hinunter auf ihre verknitterte Hose und die Bluse. Sie hatte nicht mal die Schuhe ausgezogen. »Ja.«

»Stimmt nicht.«

»Woher willst du das wissen?«

»Wenn du nackt bist, dann ist deine Stimme tiefer, ganz weich und sehnsuchsvoll.«

»Na ja«, sagte sie, »ich könnte mich ja ausziehen. Wenn du es auch machst.«

»Mmmmm. Das Problem ist nur, daß Captain Lahar und drei junge Kerle von der Sitte mir zusehen. Wenn sie das Wort ›nackt‹ nur hören, zücken sie schon die Handschellen.«

»Wie schade.«

»Ja. Die Sitte hätte nichts mehr zu tun, wenn die Leute nur noch Telefonsex treiben würden. Was für eine Vorwahl zum Teufel ist 915, Molly? Lubbock jedenfalls nicht.«

»El Paso.«

»Warum El Paso?«

»Ach, es gibt hier eine Nutte, mit der ich reden muß.«

»Molly.« Seine Stimme war plötzlich kühl geworden.

»Ich hab nur einen Fingerzeig bekommen. Hör zu, Grady, ich habe ein Problem. Auf meinem Anrufbeantworter war eine Nachricht von dieser obdachlosen Frau, von der ich dir erzählt habe – der Cow Lady, die mit Emily Bickerstaff befreundet war.«

»Sarah Jane Hurley.«

»Heißt sie so?«

»M-hm. Wir suchen nach ihr. Was hat sie gesagt?«

»Einen Augenblick –«

»Nun mal nicht so schüchtern, Molly. Sie ist die Hauptverdächtige in einem Mordfall. Was hat sie dir gesagt?«

»Hauptverdächtige?«

»Allerdings. Sie befand sich, wie jeder weiß, mit dem Mordopfer in einer Auseinandersetzung über einen Mantel. In Houston gibt es einen alten Haftbefehl gegen sie wegen schwerer Körperverletzung, und gestern war sie in eine Handgreiflichkeit in der Stadtbibliothek verwickelt. Was hat sie gesagt?«

»Eins nach dem andern. War der Mantel, um den es in der Auseinandersetzung ging, schwarzweiß gefleckt?«

»Jawoll.«

»Sie trug ihn am Montag, als ich sie getroffen habe. Weißt du noch, daß ich dir das erzählt habe?«

»Tja, gestern trug ihn ihre tote Kumpanin. Was hatte sie zu sagen?«

»Oh, Grady, sie klang krank, und sie wollte mit *mir* reden.«

»Molly, bitte.«

»Wenn ich's dir verrate, wirst du sie dann selbst abholen? Shawcross ist so einschüchternd.«

»Ja, ich gehe selbst.«

Wenn er das sagte, dann konnte sie sich darauf verlassen. Er war eine seltsame Kreatur: ein Bulle mit sanften Manieren, besonders bei Frauen. »Na gut. Sie sagte, ich soll ihr eine Nachricht bei HOBO hinterlassen, und sie würde dort nachfragen.«

»Wann hat sie diese Nachricht hinterlassen?«

»Gestern um siebzehn Uhr dreißig. Ich habe gerade mit jemandem von HOBO telefoniert, um ihr ausrichten zu lassen, daß sie mich hier per R-Gespräch anrufen soll. Dort sagten sie mir, daß sie im Augenblick nicht da sei. Vielleicht hat sie aufgegeben.«

»Ich werde das nachprüfen.«

»Grady, ich glaube nicht, daß sie es getan hat.«

»Molly, du hast mit der Frau ein paar Worte auf dem Klo gewechselt, und deshalb kannst du jetzt ihren Charakter einschätzen?«

»Sie rezitiert Kinderverse, Grady. Was war in der Bibliothek los?«

»Sie geriet mit einem unbekannten Mann in einen Streit. Ein Rasiermesser war im Spiel, und sie stahl ein Buch.«

»War der Mann verletzt?«

»Wissen wir nicht. Sie haben sich beide eilends verdrückt, aber auf dem Teppichboden war Blut.«

»Worum ging es bei dem Streit?«

»Wissen wir nicht, aber sie sagte, er habe versucht, sie umzubringen, und er sagte, sie wollte ein Buch stehlen.«

»Was für ein Buch?«

»O Molly, ich liebe dich. Der Titel lautet: *Eine höhere Form des Tötens.* Es handelt von chemischer und biologischer Kriegsführung, hauptsächlich von Giftgas.«

»Giftgas? Tatsächlich?«

»Molly, ich muß los, meine Liebste.«

»Rufst du mich an, wenn du mit ihr geredet hast?«

»Okay.«

Molly legte auf und fragte sich, was eine Stadtstreicherin mit einem Buch über Giftgas wollte und warum sie so etwas klauen würde und ob sie wirklich ihrer Freundin im Streit um einen Mantel die Kehle durchgeschnitten hatte und ob der Mann in der Bibliothek sie hatte umbringen wollen. Worüber wollte sie mit Molly reden? Warum war sie im Kapitol gewesen? Sie sprach wie eine Frau mit einiger Bildung und mehr als nur ein bißchen Intelligenz. Was hatte sie dazu gebracht, daß sie auf der Straße gelandet war?

Die Fragen wirbelten in ihrem Kopf umher. Es war eine verwirrende Geschichte, wie ein Puzzle, bei dem einige Teile fehlten. Sie hatte das Gefühl, daß ein faszinierendes Bild entstehen würde, wenn sie es je schaffen könnte, es zusammenzusetzen.

Aber das war nicht ihre Aufgabe. Deswegen war sie nicht nach El Paso gekommen. Einen Augenblick lang wünschte sie sich, sie würde an dem Sarah-Jane-Hurley-Puzzle arbeiten anstatt an dem weit Rätselhafteren, in das sie verstrickt war. Puzzle machten soviel mehr Spaß und waren soviel leichter zusammenzusetzen, wenn man nicht selbst drinsteckte, wenn es um die Familien, das Versagen und die Katastrophen anderer Menschen ging.

Sie ließ den Kopf auf das Kissen sinken und schloß die Augen.

Vielleicht war es wirklich eine wilde Jagd und nichts als Zeitverschwendung.

17. Kapitel

Wurde eine Alte hochgeworfen in
einem Korb
Siebzehnmal so hoch wie der Mond;
Wohin sie wollte, ich mußte es
fragen
Denn in ihrer Hand steckte ein
Besen.

»Du, Alte, du, Alte, du, Alte«, sag
ich
»Wohin, wohin, wohin willst du so
hoch?«
»Die Spinnweben aus dem Himmel
kehr'n!«
»Kann ich mit dir kommen?«
»Ja, schon, und Wiedersehn.«

Englischer Kindervers

Sarah Jane Hurley fühlt sich dazu verdammt, die Lektionen des Lebens immer wieder von neuem zu lernen. Jetzt erinnert sie sich an eine: Wenn man schwört, daß man etwas Bestimmtes nie wieder tun wird, dann tritt umgehend das Schicksal auf den Plan und fängt an, alle Türen zuzuwerfen, bis schließlich nur noch ein einziger Ausweg bleibt, und der führt schnurstracks zu genau dem Ding, von dem man geschworen hatte, es nie wieder zu tun.

Nach jener Nacht im Patchwork Pit, als sie in Austin angekommen war, hatte sie heilige Eide geschworen, daß nichts auf der Welt sie je wieder an diesen Ort bringen würde. Es ist mehr als ein Jahr her, aber jetzt ist sie wieder auf dem Weg dorthin, weil sie sich sonst nirgendwo mehr sehen lassen kann. Obwohl sie sich nur allzugut daran erinnert, was das letzte Mal dort passiert ist – die Schreie und das Gewinsel des alten Penners, den Squint und Roylee und einige andere folterten und beinah totschlugen, weil er den Bullen verraten hatte, daß Squint ein Ding an der Tagelöhnervermittlung laufen hatte. Auf der Straße wußte jeder, daß Squint die ersten zehn Dollar von jedem Eintagesjob kassierte, den man über die Vermittlung bekam. Wenn man nicht zahlte, endete man mit gebrochenen Beinen.

Aber dem Mann, der ihn verpfiffen hatte, wurden weit mehr als nur die Beine gebrochen. Zuerst zerrten sie ihn zum Feuer und hielten seine Finger in die Flammen, bis er zugab, daß er es getan hatte. Dann machten sie Hackfleisch aus ihm und warfen ihn auf ein verlassenes Grundstück. Sarah Jane Hurley ist ziemlich tief gesunken und hat selbst viel Dreck am Stecken, aber was sie mit dem Alten anstellten, war weit mehr, als sie ertragen konnte.

Der Patchwork Pit liegt südlich des Town Lake in einer versteckten Senke inmitten eines dichtbewaldeten Fleckens, nicht weit von der größten Straßenkreuzung der Stadt entfernt. Er ist unter den Obdachlosen verschrien als Kampierplatz der übelsten Sorte, verdreckt und gefährlich, wo das Strandgut der Gesellschaft sich gegenseitig auflauert, wo Squint und Roylee die völlig Kaputten tyrannisieren und es schaffen, irgendeine Art von Bezahlung aus ihnen herauszupressen. Als Gegenleistung werden die fahrenden Gesellen des Lagers nicht von der Polizei belästigt. Aus irgendeinem Grund, der mit Squint zu tun hat, überlassen die Bullen Patchwork so ziemlich sich selbst, trotz des neuen Verbots, welches das Kampieren auf öffentlichem Grund und Boden untersagt.

Und so ist sie jetzt trotz allem wieder auf dem Weg zum Patchwork.

Soviel ist klar: Sie ist verletzt und erschöpft und braucht einen Platz zum Ausruhen. Gestern abend, nachdem sie bei HOBO wegen der Nachricht war, hatte sie sich dort auf der Laderampe schlafen legen wollen, dann aber Schiß bekommen, als sie einen Mann das Gebäude betreten sah, der ein Bulle sein mußte. Er trug keine Uniform, sah aber aus wie ein Bulle, also lief sie die ganze Nacht über herum aus Angst, sich irgendwo hinzulegen oder zurück zu HOBO zu gehen. Ziegenbock wird auf jeden Fall wieder nach ihr suchen, und selbst wenn die Bullen noch nicht hinter ihr her sind, werden sie es spätestens dann sein, wenn sie die Tote entdecken. Jeder auf der Straße weiß, daß sie und Tin Can immer zusammenhingen.

Vielleicht haben sie die Leiche ja schon gefunden. Es ist mehr als einen Tag her, seit sie und Lufkin auf sie gestoßen sind. Vielleicht ist das der Grund, warum Lufkin verschwunden ist. Nach der Sache mit der Bibliothek hat sie überall nach ihm gesucht und gehofft, daß er vielleicht Busfahrkarten besorgt hat, aber er war an keinem der üblichen Plätze. Vielleicht kann sie sich Geld von Squint pumpen; er hat gesagt, daß es sich für sie lohnen würde, wenn sie zum Patchwork käme. Sie spürt, daß sie zittert, obwohl es ein warmer Nachmittag ist und es noch nicht regnet. Weil sie keine Zigaretten mehr hat, saugt sie an einem Grashalm und summt, um sich Mut zu machen.

Sie riecht den Patchwork Pit schon, bevor sie ihn sehen kann – eine stinkende Mixtur aus verrottetem Abfall, Schweiß, Hundescheiße und kaltem Rauch, die in einem schmutzigen Dunst über dem Lager hängt wie eine ansteckende Krankheit. Es ist der Geruch der Hölle. Sie versucht, sich aufzurichten und ihr Zittern zu unterdrücken, denn an einem Ort wie dem Patchwork darf man keine Schwäche zeigen.

Ein Hund fängt an zu bellen, und mehrere andere fallen in sein Kläffen ein.

Sarah Jane bleibt stehen und kündigt sich laut rufend an: »Ich komm jetzt rein! Es ist okay! Ich bin's, die Cow Lady!« Seit dem Verbot des öffentlichen Kampierens sind alle sehr schreckhaft geworden, und die Leutchen im Patchwork haben mehr Grund als alle anderen, sich vor den Behörden in acht zu nehmen.

Sie kämpft sich durch das struppige Bambusdickicht, das das Lager umgibt, und da ist er: der absolute Nullpunkt, der Ort, den man aufsucht, um das Allerschlimmste zu erwarten, was das Leben zu bieten hat. Die Lichtung aus festgestampfter Erde ist immr noch mit den Rechtecken alter Teppichreste bedeckt, die dem Platz seinen Namen gaben; auf der Feuerstelle in der Mitte steht immer noch derselbe schwarzverkrustete Kochtopf auf dem verkohlten Holz. Vier Hunde und ungefähr zehn Menschen sitzen oder liegen auf dem Boden und beäugen sie mißtrauisch. Zusammengerollte Schlafsäcke, Mülltüten und Flaschen liegen überall herum. Die Hunde beruhigen sich, doch niemand begrüßt sie.

Atemlos läßt Sarah Jane ihre Tasche auf den Boden gleiten. Es gibt nur eine andere Frau; sie sitzt mit dem Rücken an einen Baumstumpf gelehnt, auf ihrem Schoß schläft ein vor Dreck starrendes Kind. Sie sucht die Runde der Männer nach Squint und Roylee ab, die aber nicht da zu sein scheinen, ein Glück.

Auf der anderen Seite des Lagerplatzes bemerkt sie jemanden, den sie kennt: Rhyming Rudy, einen kleinwüchsigen Schwarzen, der zur gleichen Zeit wie Tin Can im State Hospital war und ungefähr mit ihr entlassen wurde. Früher hatte er immer mit ihnen zusammen unten am Bach gehangen. Sarah

Jane freut sich, ihn zu sehen. Er betreibt eine Art von Geschäft, die ihr wirklich gut gefällt: Er verkauft Reime an die Leute auf der Hauptstraße für einen Dollar die Zeile. Sie sagen ihm, wovon das Gedicht handeln soll, und er schreibt es. Ist auf jeden Fall viel besser als Blut zu spenden. Sarah Jane hat Reime immer gern gehabt, seit sie ein kleines Mädchen war und Gramma ihr jeden Abend Kinderverse vorlas. Und sie hatte Tom und Ellie damals, in den guten Tagen, als sie noch versuchte, eine anständige Mutter zu sein, dieselben Gedichte vorgelesen.

Sie hebt ihre Tasche wieder auf und geht hinüber zu Rudy. Er sitzt auf einem umgedrehten gelben Eimer, hält einen Taco ungefähr zwei Zentimeter vor seine Augen und starrt ihn an. Er ist einer der kleinsten Männer, die sie je gesehen hat – kann nicht mehr als vierzig Kilo wiegen –, und sieht aus wie ein kleiner Junge.

Sie überrascht sich selbst mit den Worten: »Der kleine Hans Schnecke saß in der Ecke und aß seinen Plumpudding.« Für gewöhnlich behält sie die Kinderverse für sich, aber in der letzten Zeit scheinen sie einfach auszubrechen, und das macht ihr Sorgen.

Er blickt auf, das schwarze Gesicht fragend verzogen. Dann sagt er: »Cow Lady?«

»Ja, ich bin's.«

»Hab dich kaum erkannt ohne dein' Mantel, Frau.«

»Ich mich auch nicht.«

»Was ist damit passiert?«

»Hab ich Tin Can geschenkt«, sagt sie.

Rudy lächelt. »Tin Can, kleine Schraube los.«

Auf einmal würde Sarah Jane am liebsten losflennen, etwas, was sie seit Jahren nicht getan hat. In ihrer Brust klafft ein großes, schwarzes Loch. Das ist Tin Can, diese dumme Nuß, das kleine, doofe Huhn, diese Bescheuerte mit dem Sprung in der Schüssel. Sie vermißt sie so sehr, daß sie fast keine Luft bekommt. »Kann ich mich hinsetzen?«

»Mach's dir gemütlich«, sagt Rudy, »tu dich gütlich.« Er sieht ihr ins Gesicht, dann fragt er: »Was ist los? Was für 'ne Laus war das bloß, die dir über die Leber gerannt ist?«

Sarah Jane setzt sich auf ein Teppichstück. Es ist eklig, und sie kann die Flöhe darauf herumspringen sehen, aber es ist ihr egal. »Was für 'ne Laus?« Sie faßt mit dem Finger an die Schwellung an ihrem linken Bein, die bei jeder Berührung schmerzt. »Feuerameisen.«

Rudy beißt endlich in seinen Taco. »Hat der große Klops dich gefunden?« fragt er mit vollem Mund.

»Was für 'n großer Klops?«

»Weißt schon. Redet wie Arnold Schwarzenegger«, sagt er und versucht, einen deutschen Akzent nachzuahmen.

Sarah Jane erschaudert. »Er war hier?«

»Jawoll.«

»Wann war das, Rudy?«

»Gestern. Nee, einen Tag davor. Ach, ich weiß nich'. Hab nich' mehr so den Überblick.«

»Was wollte er?«

»Weiß nich'«, schluckt Rudy. Sein Hals ist so dünn, daß Sarah Jane den Essensbrocken seine Kehle hinunterrutschen sieht. »Squint weiß es, aber der is' grad nich' da. Haben sich was unterhalten. Dann fracht Squint mich, wo du so abhängst, und ich sach ihm, unten am Bach hinterm Grill. Hat er dich nich' gefunden?«

Sarah Jane kann nicht glauben, wie blind sie gewesen ist; es muß das Fieber sein. »Wie hat der Typ ausgeseh'n?« fragt sie, nur um das bestätigt zu hören, was sie bereits weiß.

Er zuckt mit den schmalen Schultern. »Weiße Klopse. Arm und reich, alle gleich.«

»Aber du hast gesagt, er wäre groß und würde wie Arnold Schwarzenegger reden.«

Rudy nimmt einen weiteren Bissen und nickt. »Große Klopsware, kurze, graue Haare.«

Sie merkt, wie ihre Körpertemperatur steigt, doch sie kämpft die Angst nieder und verwandelt sie in Wut. »Rudy, warum hast du ihm gesagt, wo er mich finden kann?«

Er wendet den Blick von ihr ab. »Squint war's, der's ihm gesagt hat, nicht ich. Ich geb einfach 'ne Antwort, wenn Squint mich was fracht.«

»Das hätte ein Bulle sein können.«

»Nee. Das war kein Bulle, das hat man gleich geseh'n. O nee, José.« Rudy hält den Blick abgewandt und kaut wesentlich länger, als er müßte.

Sarah Jane versteht auf einmal. »Er hat dir Kohle gegeben«, fragt sie.

Er kaut weiter und streitet es nicht ab.

»Und Squint?« sagt sie. »Der hat auch Kohle gekriegt.«

Rudy stellt sich ihrem Blick. »Squint ist der Boß, er macht das Moos. Wenn ich zwanzig auf die Kralle mach, dann war's für ihn der große Reibach.«

In ihrem wirren Zustand braucht Sarah Jane eine Weile, den ganzen Ablauf nachzuvollziehen: Ziegenbock ist hergekommen, hat Geld verteilt und nach der Pennerin in dem Kuhmantel gefragt. Mit Rudys Hilfe schickte Squint ihn zum Bach hinter dem Grillrestaurant. Dort findet er Tin Can mit dem Mantel und tötet sie. Nachdem Sarah Jane gestern Squint und Roylee über den Weg gelaufen ist, mußten sie nach Ziegenbock gesucht und ihm von der Verwechslung mit dem Mantel und daß die echte Cow Lady in der Bibliothek zu suchen sei, erzählt haben. Sie haben sie verraten und verkauft, und wenn sie Gelegenheit dazu bekommen, werden sie's wieder tun.

Sie versucht aufzustehen, aber ihre Beine sind so gummiweich, daß sie nicht hochkommt. »Ich muß los«, sagt sie und beschließt, eine Minute sitzen zu bleiben und es dann noch mal zu versuchen.

»Bist doch grad erst gekommen.« Er streckt ihr eine Flasche mit einer gefährlich aussehenden, bernsteinfarbenen Flüssigkeit darin entgegen.

»Was ist das?« fragt sie.

»Roggenwhisky«, sagt er und drückt ihr die Flasche an die Brust. »Tut dir gut. Macht neuen Mut.«

Sarah Janes Kopf dreht sich jetzt schon. »Lieber nicht. Ich muß los. Wirklich.«

Da springen auf einmal die Hunde auf und beginnen zu kläffen. Vielleicht ist es schon zu spät. Wenn das Squint ist, dann hat ihr letztes Stündlein geschlagen. Sie beobachtet den Lagereingang und stößt einen Seufzer der Erleichterung aus, als sie Lufkin sieht. Selbst auf diese Entfernung kann sie sehen, daß er keinen Erfolg hatte. Es ist erstaunlich, wie ein Gesicht, das so von Haaren verdeckt ist, derart ausdrucksvoll sein kann.

Er entdeckt Sarah Jane, kommt auf sie zu und läßt seinen Rucksack neben ihre Tasche fallen. Sie weiß schon, was er sagen wird, bevor er den Mund aufmacht: »Holde Maid. Kein Glück.« Er setzt sich auf den Boden. »Hey, Alter«, sagt er zu Rudy.

Sarah Jane rückt näher an ihn heran und erzählt ihm, was in der Bibliothek passiert ist und was Rudy ihr erzählt hat, und daß sie sich jetzt sicher ist, daß Ziegenbock Tin Can ermordet hat und sie genauso umbringen wird, wenn er sie hier findet.

»Wahn-sinn. Wie im Film«, sagt Lufkin und schüttelt den Kopf. »Da meint man, es kann nichts Schlimmeres mehr passieren, und dann passiert es doch.«

»Ja, bloß daß das hier echt ist.«

»Cow Lady«, sagt er, wobei ihm die Überraschung ins Gesicht geschrieben steht, »du hast Schiß.«

»Nein.« Das würde sie nie zugeben. Sarah Jane Hurley läßt sich so leicht nicht ins Bockshorn jagen, jedenfalls nicht mehr seit ihrem achten Lebensjahr, als sie herausfand, daß die beste Methode, Angst zu bezähmen, die ist, stinksauer zu werden und Schläge auszuteilen. Von diesem Zeitpunkt an war das Kind auf dem Spielplatz. Und heute ist sie stolz darauf, frei von Furcht zu sein und allein durch die Welt zu gehen.

»Und ob«, insistiert Lufkin. »Du hast Schiß. Ist ja nur normal.«

»Mir geht's nicht gut«, sagt sie, »aber ich muß weiter.«

»Ich auch.« Lufkin beugt sich hinüber zu seinem Rucksack und zieht eine Zeitung heraus. »Hör dir das an«, sagt er. »Die Zeitung von heute.« Er beginnt fast im Flüsterton zu lesen: »Zwei Neuntkläßler, die gestern für ein naturwissenschaftliches Schulprojekt Wasserproben aus dem Waller Creek entnahmen, fanden die Leiche einer Frau in einem Abwasserrohr in der Nähe des Bachs. Die Frau wurde als Emily Bickerstaff, 43, gebürtig aus Phoenix, Arizona, identifiziert. Hier war sie bei der Heilsarmee gemeldet. Laut Sgt. Peter Ramos vom APD werden mehrere andere Obdachlose, die mit der Verstorbenen, auf der Straße unter dem Namen ›Tin Can‹ bekannt, befreundet waren, von der Polizei gesucht. Die Polizei machte keine Angaben, woran die Frau gestorben ist, doch wird eine unnatürliche Todesursache vermutet.«

In Sarah Janes Kopf dreht es sich immer schneller. »Ich wußte nicht, daß sie aus Arizona war, und du?«

»Es gibt noch mehr Neuigkeiten«, sagt Lufkin und schlägt die Zeitung an einer anderen Stelle auf. Er wartet und betrachtet ihr Gesicht. »Willst du's hören?«

»Schieß los.«

»Hier steht, daß der Senat am Montag über das Gesetz abstimmen wird.« Er zeigt mit dem Finger auf den Artikel und streckt Sarah Jane die Zeitung hin. »Hier, schau.«

Sie stößt die Zeitung weg, ohne hineinzusehen. »Ich muß unbedingt weg. Ich kann hier nicht warten, bis Squint zurückkommt. Ich muß was finden, wo ich mich hinlegen kann.«

»Vielleicht im Krankenhaus, bei der Ersten Hilfe«, sagt er. »Du siehst verdammt fertig aus.«

»Nein. Da würden mich die Bullen sofort haben. Außerdem ist man da so eingesperrt.« Sie läßt den Kopf auf die Knie sinken und überlegt, ob sie einfach aufgeben soll. »Ich kann nirgendwo mehr hin.«

Lufkin kratzt an seinem Bart, eine nervöse Handbewegung, die Sarah Jane selbst nur zu gut kennt. »Ich weiß ja nicht«, sagt er, »vielleicht bei dieser Mutter Theresa.«

»Hör auf mit dem Scheiß«, sagt Sarah Jane, »das hier ist ernst.«

»Nein, ganz echt«, sagt er. »So nennt sie sich – diese große schwarze Frau. Sieht aus wie die Königin von Saba oder so was. Trägt 'n Turban und lauter so Fummel.«

Sarah Jane weiß, wen er meint; sie hat die Frau beim Plasmazentrum gesehen. »Die hat doch 'n Rad ab.«

»Schon, aber sie hat 'ne Hütte und erzählt, daß Gott sie geschickt hätte, um sich um die Kranken zu kümmern. Behauptet, sie wär Schwester im Krankenhaus gewesen.«

»So 'n Quatsch.«

»Die Hütte is ganz hier in der Nähe. Bin irgendwann mal beinah drübergestolpert.«

»Wie weit?«

»Du brauchst nur 'n bißchen nach Süden gehen, dann kommst du zu so einer alten, aufgelassenen Straße, seit Jahren nicht mehr benutzt. Direkt dahinter kommt dieser Schuhkarton, in dem sie wohnt.«

Es ist idiotisch, aber Sarah Jane hat keine andere Idee. Vielleicht ist es Schicksal. Wenn sie jetzt nicht aufsteht, wird sie nie mehr hochkommen. Sie stützt sich auf Lufkin ab und schafft es so, sich aufzurappeln. Dann nimmt sie ihre Tasche. »Ich versuch's«, sagt sie.

»Ich werd mit Squint reden, ob er mir einen Job besorgen kann«, sagt Lufkin. »Ich geh morgen Geld ranschaffen, und dann komm ich dich suchen.«

»Sicher«, sagt sie und weiß, daß sie ihn nie wiedersehen wird. Sie sind an der Stelle angekommen, an der einem das Hemd näher ist als der Rock und es nur noch ums nackte Überleben geht; sie weiß, daß das so ist, weil sie es noch nie anders erlebt hat. »Sicher doch.«

Sarah Jane schlurft Richtung Süden davon, ohne einen Blick zurück auf das Lager zu werfen. Sie versteht jetzt, warum alte Leute schlurfen; es ist einfacher, sich vor dem Hinfallen zu bewahren, wenn man immer beide Füße auf der Erde läßt, und sie will jetzt einfach nicht hinfallen.

Sie läßt den Patchwork Pit hinter sich und bahnt sich einen Weg durch das Wäldchen; in ihren Ohren rauscht es, im Kopf dreht sich alles. Sie schlurft immer weiter, aber nach einer wie ihr scheint sehr langen Zeit hat sie immer noch nicht die aufgelassene Straße erreicht, von der Lufkin gesprochen hat, und alles erscheint ihr fremd.

Sie hat sich verlaufen.

Mutter Theresa – was für ein Witz. Es ist sinnlos weiterzugehen, sie wird sich nur noch mehr verlaufen. Sie bleibt stehen und schwankt vor und zurück.

Um sich zu fangen, läßt sie die Tasche auf den Boden fallen und breitet die Arme aus. Eine Hand stößt gegen einen Baumstamm; wie durch Zauberei ist er da. Sie weiß jetzt, daß das hier ihr Ziel ist, ihr Rastplatz. Sie schlurft dichter an den Baum heran und legt die Arme um ihn. Oh, was für ein Baum! So stark, so fest. Sie lehnt sich gegen ihn und legt die Wange an die rauhe, nach Harz duftende Rinde. Sie sieht hinauf in die weitverzweigten Äste. Die Sonne bescheint die Blätter von oben, und sie leuchten grün, das grünste Grün, das sie je gesehen hat – frisches Grün, elektrisches Grün, Neongrün, Grüne-Bohnen-Grün, Frühlingsgrün, Gärtnergrün, Galveston-Grün, Gramma-Grün. Die magischen Blätter wirbeln und strahlen, schimmern, blenden und zerteilen den Himmel in Stecknadelköpfe aus Licht, die aufleuchten und blitzen wie winzige Sterne, die in dem Durcheinander bewegenden Grüns blinken. Alles dreht sich, wirbelt im Kreis. Voller Leben. Schwindlig betrachtet sie dieses Wunder. Den Kopf in den Nacken gelegt, starrt sie hinauf, immer weiter hinauf, berauscht, begeistert. Noch nie hat sie solch einen Baum gesehen.

Ein Gedanke kommt ihr in den Sinn und zwingt sie, ihn laut auszusprechen: »Ich stehe erst am Anfang.« Sie lacht, als sie die Worte hört. Am Anfang? Sie steht hier nirgendwo anders als am Ende. Sie ist an der Endstation angekommen, die alte Säuferin, die verrückte Pennerin, die niemand ansehen mag, das Stück Scheiße, das niemand mehr haben will. Aber sie ist noch schlimmer. Wo sie schon einmal dabei ist, kann sie dem Baum gleich alles beichten: Sie ist die Alkoholikermutter, die sich nicht um ihre Kinder gekümmert hat; sie hat sie einmal fast verbrennen lassen. Harold hatte recht, daß er sie ihr weggenommen hat. Sie ist die treulose, verbitterte Ehefrau, die Alte, die in einem Schuh wohnte und raus wollte. Sie ist außerdem eine gesuchte Verbrecherin, die einem anderen Menschen ein Messer in die Brust gestoßen hat. Die Frau klaute ihr etwas, und Sarah Jane war betrunken und ging voller Wut mit dem Messer auf sie los, wollte sie umbringen. Die Frau war nicht tot – das stand in der Zeitung –, aber Sarah Jane *wollte* sie umbringen. Und sie ist weggerannt, vor allem im Leben weggerannt. Sie hat keine Verantwortung übernommen und in allem versagt. Es ist vorbei, und sie ist jetzt fertig damit.

»Ich stehe erst am Anfang.« Sie sagt es noch einmal und lächelt; das Gefühl ist so schön beim Aussprechen dieses Satzes.

Sie hält die Arme um den Baum geschlungen wie um einen Freund, einen Beichtvater, einen Geliebten, einen Tröster, während sie langsam nach unten rutscht und es genießt, wie die Rinde über ihre Wangen, ihre Lippen und ihre Handflächen schabt. Ihn immer noch umarmend, bleibt sie an seinen Wurzeln liegen, endlich zu Hause. Oh, was für ein Baum!

18. Kapitel

– Wer sind diese?
So eingeschrumpft, so wild in ihrer
Tracht?
Die nicht Bewohnern unsrer Erde
gleichen
Und doch drauf stehn?

Macbeth

Molly Cates stellte ihren Mietwagen sicherheitshalber auf dem Parkplatz des Hotels Paseo del Norte ab und lief durch die Altstadt El Pasos nach Süden, Richtung Grenze und Bridge of the Americas. Der Bürgersteig war noch warm von der Hitze des Tages, doch die Luft kühlte sich mit dem hereinbrechenden Abend rasch ab. Sie hatte einen Bärenhunger, weil ihr Mittagessen ausgefallen war. Da sie sich ausrechnete, daß es noch mindestens eine Stunde dauern wurde, bis es dunkel wurde, beschloß sie, sich Zeit für ein Abendessen zu nehmen.

Sie blieb vor einem mexikanischen Restaurant stehen, das an diesem Freitagabend sehr laut und voll war. An mehreren großen Tischen wurde ausgelassen gefeiert und auf der Terrasse spielte eine Mariachiband. Sie bat um einen Tisch draußen, ließ jegliche Bedenken fahren und bestellte den Enchiladateller und ein Dos Equis. Sie lauschte der Musik und aß mit Appetit. Es war die Art matschigen, fetten Tex-Mex-Essens, mit dem sie aufgewachsen war, und sie verschlang es restlos. Ein Gefühl des Wohlbefindens breitete sich in ihr aus; aber der

Grund dafür war nicht nur das Essen, es war das Gefühl, dicht an der Grenze und inmitten von Menschen zu sein, die sich hemmungslos amüsierten. Ihr fiel auf, daß sie seit Jahren keinen Urlaub gemacht hatte; nicht deshalb, weil irgend etwas oder jemand sie davon abgehalten hätte, sondern weil sie einfach nicht auf die Idee gekommen war. Vielleicht sollte sie Grady zu überreden versuchen, ein verlängertes Wochenende mit ihr im Paseo del Norte zu verbringen. Wie sie gehört hatte, waren die Zimmer dort riesig und besaßen Marmorbäder, und die Bar hatte eine hinreißende Kuppel aus buntem Glas und einen Klavierspieler, der rund um die Uhr die Leute unterhielt.

Als es dunkel zu werden begann, warf sie einen Blick auf den Stadtplan und ging dann zu Fuß in Richtung Westen. Einen Häuserblock vor der Kreuzung von Cebada und Duranzo blieb sie stehen und beobachtete aus dem Schatten heraus, wie das Straßenleben erwachte. Unter einem blinkenden grünen Neonzeichen, auf dem »Las Brujas« stand, hatten sich mehrere Grüppchen versammelt, die redeten und rauchten. Eine Handvoll Männer, die aus Bierflaschen trank, unterhielt sich lautstark auf spanisch mit einer nicht weit entfernten Gruppe von Frauen, die sehr hohe Absätze und sehr enge Röcke trugen. Immer wenn die Tür zu der Kneipe aufging, dröhnte Gitarrenmusik auf die Straße. Die Freitagnacht war an der Ecke Cebada und Duranzo bereits voll in Gang – nur fünf Häuserblocks vom Rio Grande entfernt.

Außerhalb des hellerleuchteten Areals um die Kneipe, an der Cebada Street, standen Frauen in ungefähr zwanzig Meter Abstand voneinander und warteten auf Verehrer. Molly hatte diese Frauen nicht kommen sehen. Mit Eintritt der Nacht schienen sie aus der Erde hervorzuwachsen: Frauen in körperbetonten, grellbunten Fetzen, die kaum Brüste und Hüften bedeckten. Sie warfen sich in provokative Posen und riefen den Autos hinterher, die vorbeifuhren. Wenn die Fahrer das Tempo verlangsamten, beugten sich die Frauen zu ihnen ans heruntergekurbelte Fenster und verhandelten. Hin und wieder wurde eine Autotür geöffnet, und eine der Frauen verschwand darin. Die Frauen sahen alle mexikanisch aus und waren, soweit Molly feststellen konnte, viel zu jung, um Sylvia Ramos zu sein, die mit dreiundvierzig die Mutter – oder Großmutter – jeder dieser Frauen hätte sein können. Molly fragte sich, ob es in diesem uralten Gewerbe auch Liebhaber für reifes Fleisch gab.

Weitere Personen stießen zu den Grüppchen vor Las Brujas, und der Lautstärkepegel schwoll an. Aus den glühenden Zigaretten stiegen Rauchkringel auf und bildeten eine Dunstwolke über den Köpfen, die vom Neonlicht grün erleuchtet wurde.

Nachdem sie sich die Szene etwa zwanzig Minuten lang angesehen hatte, beschloß Molly, daß es an der Zeit war, nach La Risa zu fragen. Sie ging zur Kreuzung und näherte sich einer winzigen Frau, die allein unter einer Straßenlampe stand. Sie trug sehr kurze schwarze Shorts und ein glänzendrotes Oberteil. »Hi«, sagte Molly, wie immer unzufrieden darüber, daß sie jetzt seit vierundvierzig Jahren in Texas lebte und kein Spanisch konnte. »Ich suche La Risa. Kennen Sie sie?«

Obwohl die Frau Schuhe mit Pfennigabsätzen trug, die mindestens zehn Zentimeter hoch sein mußten, reichte ihr Kopf kaum bis an Mollys Kinn. Molly blickte hinunter in das stark geschminkte Gesicht und entdeckte unter den dicken Schichten von Grundierung, Rouge und Wimperntusche die feinen, unentwickelten Züge eines Kindes. Sie konnte nicht älter als dreizehn sein. Das Mädchen musterte Molly mit einem amüsierten Lächeln. Dann zeigte sie auf eine der Gruppen, die auf der anderen Straßenseite vor der Kneipe standen.

»Welche?« fragte Molly.

Das Mädchen sah sie an, als wäre sie auf den Kopf gefallen. »La monja«, sagte sie kichernd.

»Was?« fragte Molly.

»La relijiosa.«

Molly betrachtete die Gruppe von Frauen, auf die das Mädchen zeigte. Drei von ihnen hatten Miniröcke an, eine war mit einer hautengen Blümchenhose und die fünfte mit einem knöchellangen schwarzen Rock und Turnschuhen bekleidet. Auf dem Kopf trug sie die Haube einer modernen Nonne. Molly war sie zuvor noch gar nicht aufgefallen.

»Die Nonne?« fragte sie ungläubig.

»Si. La monja.«

Molly war völlig verdutzt. »Das ist La Risa?«

Das Mädchen nickte und sah ängstlich den Autos nach, die auf der Straße vorbeifuhren. Molly war schlecht fürs Geschäft.

»Gracias«, sagte Molly.

Das Mädchen kicherte wieder und ging, ihre kaum vorhandenen Hüften schwingend, davon.

Molly beobachtete die Gruppe auf der anderen Straßenseite. Eine der Frauen, eine mollige Jugendliche im pinkfarbenen Minirock und einem Bustier, redete laut, ärgerlich und lebhaft auf spanisch, wobei sie mit beiden Händen gestikulierte. Als sie fertig war, sprach die Nonne leise mit ihr, und die anderen Mädchen beugten sich vor, um ihr zuzuhören, wobei sie zustimmend nickten. Molly hätte gerne gewußt, was sie ihnen sagte. Ihr journalistischer Spürsinn war geweckt. Welch eine Story wäre das: Nonne, die sich mit Prostituierten anfreundet. Und welches Wunder könnte Henry Iglesias' Kamera bewirken!

Sie überquerte die Straße und ging langsam auf die Frauen zu. Sobald sie sie bemerkten, schwiegen sie. »Sylvia Ramos?« fragte sie.

Die Frau mit dem langen Rock trat aus der Gruppe. Die dunklen Augen, mit denen sie Molly musterte, waren argwöhnisch. »Ja?« Sie hatte ein ovales Gesicht, weiche, faltenlose braune Haut, volle Lippen und nach oben geschwungene Augenbrauen, die aussahen wie Rabenflügel. Sie war viel jünger als die Frau, nach der Molly suchte. Sie hatte die falsche Sylvia Ramos gefunden.

»Ich suche die Sylvia Ramos, die vor fünfundzwanzig Jahren in Austin gelebt hat.«

In den großen Augen der jungen Frau spiegelte sich das Grün des blinkenden Neonlichts. »Sie meinen die Sylvia Ramos mit dem Strafregister in Austin? Die *puta*? *Die* Sylvia Ramos?«

Molly wußte nicht, was sie darauf antworten sollte. Das hier war so anders als das, was sie erwartet hatte. Schließlich fiel ihr etwas ein: »Die Sylvia Ramos, die Sheriff Olin Crocker kannte.«

Die Frau verschränkte die Arme vor der Brust und runzelte die Stirn.

Die Mädchen aus der Gruppe, die sie beobachteten, spürten sofort den Stimmungsumschwung. Eine von ihnen kam herüber, legte eine Hand schützend auf die Schulter von La Risa und fragte sie etwas in rasendschnellem Spanisch.

La Risa schüttelte den Kopf und antwortete auf spanisch. Die vier Mädchen zogen sich ein paar Meter zurück. »Sind Sie die Sylvia Ramos?« fragte Molly.

»Ja.«

»Sie sehen zu jung aus.«

»Das sagen Sie nur, weil Sie meine Knie nicht sehen.«

Molly lächelte. »Ich bin Molly Cates. Kann ich Sie zu einem Kaffee einladen?«

La Risa schüttelte den Kopf. »Was kann ich für Sie tun?«

»Mit mir reden.«

»Worüber?«

»Über Colin Crocker.«

Der schöne Mund gab ein verächtliches Schnauben von sich. »Reine Zeitverschwendung.«

»Das sagen mir alle. Ich dachte, Sie würden vielleicht anders denken.«

»Miß – wie heißen Sie?«

»Cates. Molly. Ich heiße Molly.«

»Ich bin gerade beschäftigt. Vielleicht sehen Sie's nicht, aber ich arbeite.«

»Was ist Ihre Arbeit?«

»Ich biete den ›Damen der Nacht‹ Seelsorge.« Sie rollte amüsiert über den Ausdruck mit den Augen. »Ich versuche, ihre Körper vor Krankheiten und ihre Seelen vor der Sünde zu retten. Es ist meine ›spezielle Mission‹, wie die Kirche das nennt.«

»Ich bin auch eine Dame der Nacht«, sagte Molly. »Geben Sie mir seelsorgerischen Beistand! Ich wache nachts voller Angst auf, und meine Seele muß von Sünde gereinigt werden.«

»Woraus besteht Ihre Sünde?«

»Haß. Mein Herz ist so voll davon.« Sie hatte es leichthin gesagt, doch sobald die Worte ausgesprochen waren, wußte sie, daß es stimmte.

»Wen hassen Sie?«

»Denselben Menschen wie Sie. Oder wie Sie früher. Olin Crocker.«

La Risa blickte auf die Straße und schüttelte den Kopf, als sei sie ungeduldig. Dann sagte sie: »Wenn Sie wollen, können wir einen Kaffee trinken. Aber ich hab' nicht viel Zeit.« Sie nickte hinter sich in Richtung Neonzeichen. »Wie wär's mit Las Brujas?«

»Klar.«

Der Rauch in der Kneipe war so dicht, daß Molly erst nichts sehen konnte. La Risa ging zu einem Tisch nach hinten. »Leo!« schrie sie dem Mann an der Theke zu. »Dos cafes, por favor.«

Sie saßen schweigend da, während Molly sich den Kopf zerbrach, wie sie beginnen sollte. Ihr tränten die Augen vom Rauch, trotzdem sah sie sich in dem überfüllten Raum um. Ein riesiges Gemälde über der Theke zog ihre Aufmerksamkeit auf sich. Es zeigte drei nackte, strohblonde alte Frauen mit verschrumpelten Brüsten, die sich um einen schwarzen Kochtopf über einem Feuer geschart hatten. Das Gemälde war sehr dunkel gehalten, aber ein Scheinwerfer war darauf gerichtet und ließ das leuchtende Orange, Rot und Gelb des Feuers so warm in der düsteren Kneipe glühen, als ob es echt wäre. Sylvia Ramos bemerkte ihren Blick. »Las brujas. Die Hexen.«

Molly hatte nicht gewußt, was *Las brujas* bedeutete. Sie betrachtete die runzligen, dürren Körper der Hexen. »Schaurig.«

»Die Hexen?«

»Nein. Das Altwerden, ein verschrumpeltes Frauenzimmer zu werden. Es gibt Tage, an denen ich beim Aufstehen so aussehe.«

La Risa betrachtete sie mit unbeweglichem Gesicht.

Der Barmann, ein vierschrötiger, unrasierter Kerl in einer schmutzstarrenden Schürze, stellte zwei Becher mit Kaffee und ein Tablettchen mit Zucker und Sahne auf den Tisch.

»Gracias, Leo.« La Risa lächelte ihn an.

»Sind Sie eine katholische Nonne?« fragte Molly.

»Ja.«

»Wie lange schon?«

»Seit sieben Jahren.«

»Werden Sie von Ihren Freunden La Risa genannt?«

»Nein. Nur auf der Straße. Im Orden heiße ich Schwester Sylvia Ramos.«

»Wie möchten Sie von mir genannt werden?«

»Gar nichts. Sagen Sie mir, worum es geht.«

»1972, als Sie in Austin aus dem Gefängnis entlassen wurden, da haben Sie und Christine Fanon Sheriff Crocker angezeigt. Ich würde gern mehr darüber erfahren und auch, warum Sie die Klage zurückgezogen haben.«

La Risa streckte das Kinn vor und sah Molly an, als wäre sie sehr weit weg. »Wer sind Sie, daß Sie mich so etwas fragen dürfen?« Ihr Ton war eiskalt.

»Ich bin Journalistin. Ich arbeite für die Zeitschrift *Lone Star Monthly* in Austin, aber das hier hat nichts mit meiner Arbeit zu tun. Mein Interesse ist… persönlicher Art.«

La Risa nahm einen Schluck Kaffee. »Dann berichten Sie mir von Ihrem ›persönlichen Interesse‹.«

»Kann ich das gleiche dann auch von Ihnen erwarten?« fragte Molly.

»Vielleicht.«

»Na gut. 1967, als ich sechzehn war, wurde mein Vater in Travis County ermordet. Olin Crocker war der Sheriff, und es war sein Fall, aber er strengte sich nicht besonders an bei der Aufklärung dieses Falls. Er nannte es Selbstmord, aber ich wußte, daß das nicht stimmte. Ich versuchte selbst, die Sache in die Hand zu nehmen, erreichte aber nichts dabei. Vier Jahre später tauchten neue Indizien auf, und ich bin zu ihm gegangen, um ihn zu bitten, mir diese Unterlagen zu zeigen. Es waren Dinge aus dem Büro meines Vaters, die gestohlen worden waren, als er ermordet wurde. Er lehnte meine Bitte ab und –« Molly unterbrach sich. Sie redete dummes Zeug. Sie war hergekommen, um etwas zu erfahren, nicht um etwas auszuplaudern. Sie mußte sich kurz fassen. »Jedenfalls hat er sie mir nie gezeigt, und ich habe gerade erst von Ihrer Anklage erfahren und wüßte gern mehr darüber.«

Sylvia Ramos streckte eine Hand aus. »Einen Moment. Sie wollen, daß ich Ihnen etwas Schreckliches aus meinem Leben erzähle, aber Sie selbst wollen es nicht tun.«

»Was tun?«

»Aufrichtig sein. Eins muß man den jungen *putas* da draußen lassen«, sie zeigte in Richtung Tür, »die sind ehrlich. Wenn die über ihr Leben reden, dann sagen sie, wie es wirklich ist.«

Molly war verwirrt. »Wollen Sie damit sagen, daß ich nicht die Wahrheit sage?«

»Sie meinen, wenn mir oder denen etwas Schlimmes zustößt, sollen wir drüber reden, was? Aber wenn es Ihnen passiert, ist es privat.«

Mollys Gesicht lief rot an. »Ich habe Ihnen gerade vom Tod meines Vaters erzählt und warum ich hinter Crocker her bin. Ist das etwa nicht privat?«

»Das ist die bereinigte Fassung.«

»Ich habe Ihnen meine Geschichte mit Crocker erzählt und Sie nach Ihrer gefragt. Was ist so schlimm daran?« Mein Gott, diese Frau war aber auch wirklich zu empfindlich.

»Was schlimm daran ist, ist, daß Sie mir Scheiße erzählen.«

Molly war empört. »Sie wollen eine Nonne sein? Betreiben Sie so etwa Ihre Seelsorge?«

La Risa sah ihr in die Augen. »Ja. Genau das ist meine Art von Seelsorge. Ich habe keine Zeit für dummes Gelaber.«

»Was habe ich denn gesagt, was Gelaber gewesen wäre?«

»Sie sagen nicht die Wahrheit.«

»Natürlich. Genauso war es. Ich –«

»Hören Sie zu«, La Risa lehnte sich herüber zu Molly, »ich kenne Crocker. Ich kann mir vorstellen, was passiert ist: Er sagte, er würde Ihnen verraten, was Sie wissen wollten, wenn

Sie ihm einen blasen, oder, je nach Laune, mit ihm vögeln würden, oder vielleicht wollte er, daß Sie eine Freundin mitbringen für einen flotten Dreier. Sie taten, was er wollte, und der Schweinehund hat Sie beschissen. Und Sie sind immer noch stinksauer darüber. Deswegen haben Sie diesen verschlossenen Ausdruck auf dem Gesicht und die schmalen Lippen, wenn Sie von ihm reden.«

Molly war sprachlos. Der Rauch brachte sie beinahe zum Ersticken und brannte in den Augen. Sie mußte hier raus. Diese Frau war nicht zum Aushalten.

La Risa kam noch ein Stückchen näher. »Ist das zu schockierend für Sie? Tja, das tut mir ja so leid.« Sie stand auf. »Wissen Sie, ich war beinah zehn Jahre lang eine Hure. Ich verbringe meine Zeit mit Huren. Wir reden über Blasen und Arschficken wie Barmixer über Margaritas und Manhattans.« Sie drehte sich um und ging in Richtung Tür.

Molly versuchte verzweifelt, sich wieder zu fassen. Ihr Gesicht brannte vor Zorn, und sie konnte sich nicht entscheiden, ob es ihr lieber war, wenn die Frau ging oder blieb. Sie hatte noch nie jemandem erzählt, was mit Olin Crocker vorgefallen war. Das ging niemanden etwas an. Sie war hier diejenige, die die Fragen stellte, und brauchte sich nicht derart beleidigen zu lassen. »Halt!« rief Molly. »Warten Sie einen Augenblick.«

La Risa drehte sich um. »Wozu?«

»Weil ich –« Sie unterbrach sich, weil sie das gleiche wiederholen wollte, was sie schon gesagt hatte. Statt dessen fragte sie: »Woher wissen Sie das?«

La Risa kam zurück an den Tisch. »Woher schon? Sie waren ein junges Mädchen. Attraktiv. Hilflos. Genau das, worauf Crocker abfuhr, und das war es, was er in solchen Fällen zu tun pflegte.«

Molly saß da, starrte in ihren Kaffee und fühlte sich total gedemütigt. Sie war ein Opfer wie alle anderen, und sie haßte es. Als sie aufsah, blickte Sylvia Ramos mit Augen voller Mitgefühl auf sie herunter. »Es war nicht Ihre Schuld, *chica*. Das wissen Sie ja.«

»Nicht beim erstenmal«, sagte Molly, wobei sie es vermied, der anderen Frau in die Augen zu sehen, »als ich sechzehn war. Aber beim zweitenmal war ich einundzwanzig, eine erwachsene Frau, verheiratet. Und ich wußte, was er für einer war.«

»Crocker war das schlimmste Arschloch, dem ich je begegnet bin, und ich habe 'ne Menge Anwärter auf diesen Posten kennengelernt. Ich vermute, er lebt noch.«

»Ja.«

La Risa setzte sich. »Erzählen Sie mir, was passiert ist. Dann wird es etwas von seiner Macht über Sie verlieren.«

»Ich weiß.« Das war etwas, was Molly ständig zu Menschen sagte, die sie zum Reden bewegen wollte; außerdem glaubte sie, daß es stimmte: Nichts nahm Scham und Schmerz so sehr die Macht, wie darüber zu reden. Doch dieses Thema war so schwierig, daß sie nicht einmal wußte, ob sie Worte dafür fand. Doch La Risa hatte bereits den Anfang gemacht.

»Los. Versuchen Sie's.«

»Als ich sechzehn war, kam er zu mir nach Hause und sagte, er würde mir alles über den Fall meines Daddys verraten, was nicht an die Öffentlichkeit gelangt war, alles, was die Polizei für gewöhnlich zurückhielt, aber er würde es mir nur sagen, wenn ich –« Sie hielt inne und biß die Zähne zusammen.

»Sagen Sie's mir. Schön laut und deutlich. So.« La Risa drehte sich zu der Menschenmenge an der Theke um und gab mit lauter Stimme bekannt: *»You mame la perga.«*

Alle Köpfe im Raum fuhren herum. Etliche Männer lachten. Einer applaudierte.

»Was haben Sie gesagt?«

»›Ich habe seinen Schwanz gelutscht.‹ Jetzt sagen Sie es.« Sie lächelte Molly zum erstenmal an, und es war ein wunderbares Lächeln.

»Ich habe seinen Schwanz gelutscht.« Molly sagte es mit Nachdruck, aber ihr Gesicht glühte.

»Na, das war ja gar nicht so schlecht.«

»Aber dann hat er mir gar nichts verraten.«

»Glaub ich sofort. So war er. Er hielt seine Versprechen nicht ein.«

»Also hätte ich es vier Jahre später besser wissen müssen.«

»Haben Sie aber nicht. Manche von uns lernen langsam. Oder wir wollen etwas so sehr, daß wir es immer wieder versuchen.«

»Er kam zu mir nach Hause. Mein Mann war bei der Arbeit. Und ich habe es wieder getan.«

»Sagen Sie's: Sie haben seinen Schwanz gelutscht. Sie haben ihm einen geblasen. Sie haben's ihm mit dem Mund besorgt. Schreien Sie's heraus. Dann wird es besser.«

»Normalerweise bin ich eigentlich nicht so prüde. Aber es ist so schwer, darüber zu sprechen.«

»Wenn man zu Sex gezwungen wird, richtet es immer in der einen oder anderen Weise Schaden an. Crocker war sehr gut darin. Er stellte sicher, daß man sich zu sehr schämte, um darüber zu reden.«

»Aber ich habe ja meine Zustimmung gegeben. Das ist es ja. Er hat mich ja nicht vergewaltigt oder so.«

»Nein?«

»Ich meine, er hat keine Gewalt angewandt. Ich war einundzwanzig. Ich mußte ja nicht.«

»Ach?«

»Und natürlich hat er mir auch beim zweitenmal nichts verraten.«

»Na«, sagte La Risa, »wollen Sie was Stärkeres zu trinken? Sie sehen aus, als könnten Sie's gebrauchen.«

Molly nickte. »Einen Weißwein.«

»Weißwein?« Sie lachte. »Was Stärkeres. Das wird Leo gefallen.« Sie rief: »Leo! Bring uns einen Weißwein und noch einen Kaffee.«

Umgehend brachte der Barmann das Bestellte. Molly war beeindruckt von der Aufmerksamkeit, die La Risa entgegengebracht wurde.

Die Nonne nippte an ihrer zweiten Tasse Kaffee und sagte: »Ich muß wieder raus auf die Straße. Sie wissen, daß sie mich freitags dort finden können. Meine Sprechstunde.«

»Was können Sie für sie tun?« wollte Molly wissen.

»Nicht viel.«

»Das Mädchen, mit dem ich geredet habe – das in dem roten Top – kann nicht sehr viel älter als dreizehn sein.«

»Camilla? Sie ist zwölf.«

»Mein Gott.«

»Was ich tue, ist dem zuhören, worüber sie reden wollen, und dann erzähle ich ihnen von Alternativen.« Sie senkte die Stimme. »Ich verteile auch Gummis. Davon weiß die Kirche natürlich nichts. Ich muß sie mit dem Geld kaufen, das Leute mir spenden. Leo hier«, sie blickte in Richtung Theke, »ist mein großer Wohltäter.«

»Über welche Alternativen reden Sie mit ihnen?«

»Das ist das Problem. Aber wir arbeiten an einem Notunterkunftprojekt, damit sie wissen, wohin, wenn sie aussteigen wollen. Aber das Geld ist nur schwer aufzutreiben. Für Huren spendet niemand gern Geld.«

»Kann ich mir vorstellen.«

»Wenn die Notunterkunft gebaut wird, will ich sie Casa Christine nennen, zur Erinnerung an Christine Fanon, aber die Kirche ist der Meinung, daß man eine solche Einrichtung nicht nach einer Nutte benennen kann. Sie wollen es Casa de Caridad nennen.«

»Wieviel brauchen Sie? Für die Notunterkunft.«

»Um das Gebäude fertigzustellen – ungefähr siebzigtausend. Ich muß los.«

»Ich weiß, aber erzählen Sie mir erst noch von der Anklage.«

»Maria, Mutter Gottes – die Anklage.« Sie legte den Kopf in den Nacken und schloß für ein paar Sekunden die Augen. »Na gut. Im Grunde ist es die Geschichte Christines.«

»Christine Fanons?«

»Meiner ersten richtigen Freundin. Ich mußte erst ins Gefängnis, um eine Freundin zu finden. Ich war achtzehn, sie siebzehn. Ich mußte zehn Monate für Diebstahl sitzen, sie war für Drogenbesitz drin. Das erste Mal für uns beide. Ich hatte schon vorher Freundinnen gehabt, aber keine Busenfreundin, jemanden, dem man alles sagen konnte. Sie war ein witziges, klapperdürres, sommersprossiges blondes Mädchen, das aussah wie zehn. Kam aus einer noch schlimmeren Familie als ich. Wir hingen zusammen und redeten und redeten. Dadurch verging die Zeit schneller, was im Knast sehr wichtig ist.

Ich war vielleicht sechs Monate drin, als Sheriff Crocker mich eines Tages ins Büro des Anstaltsleiters kommen ließ. Der Anstaltsleiter war nicht da, nur Crocker. Ob ich frühzeitig entlassen werden wollte, fragte er mich, um alles hinter mir zu lassen.

›Klar‹, sagte ich. ›Wie wär's mit heute?‹ Ziemlich vorlautes Mundwerk, wissen Sie. War damals das einzige, was ich hatte.

Er sagte: ›'ne Woche wird's schon dauern, aber ich kann das für dich arrangieren.‹

›Was ist mit meiner Freundin?‹ fragte ich. Ich war so naiv.«

Sie trank einen kräftigen Schluck Kaffee. »Damit habe ich ihr Todesurteil unterschrieben.

›Wer ist deine Freundin?‹ wollte er wissen. ›Christine Fanon‹, sagte ich. ›Ist sie auch so 'ne Hübsche wie du?‹ fragte er. Ich hatte immer noch nicht verstanden. ›Ja, wahrscheinlich ist sie schon hübsch. Sieht wie ein kleines Mädchen aus.‹

Er sagte: So 'ne hübsche, mexikanische Señorita wie du, ich wette, die weiß, wie man sich um einen Mann kümmert, wie er's gern hat, was?‹

Bis zu dem Punkt hatte ich es nicht kapiert. Er stand direkt vor mir, wo ich saß, und zog ganz langsam den Reißverschluß seiner Hose auf, als hätte er den Heiligen Gral da drin. Ich müßte ihm nur einen blasen, sagte er, und ihm zeigen, wie dankbar ich war.

Jungfrau war ich nicht mehr, aber ich hatte noch nie Sex für Geld oder Gefälligkeiten gemacht. Ich wollte nicht. Ich fand es widerlich, aber ich hatte Schiß. Er war immerhin der Sheriff. Und ich wollte raus aus dem Bau, also dachte ich mir, was soll's, wird nie jemand erfahren, und ich vergeß einfach, daß es passiert ist.

Und er erwirkte tatsächlich eine frühzeitige Entlassung für mich, für mich und Christine, aber die Sache hatte einen Haken. Natürlich. Wir reden hier von Crocker. Die Sache hatte immer einen Haken. An dem Tag, an dem wir rauskamen, rief er uns beide ins Büro und sagte, er hätte Jobs für uns gefunden. In seinem Massagebetrieb.«

»Miracle Massage in Südaustin?«

»Genau.«

Molly war entsetzt; das ging weit über die sexuellen Belästigungen und Amtsvergehen hinaus, von denen sie wußte. »Er rekrutierte Häftlinge für die Arbeit dort?«

»Rekrutiert ist nicht ganz der richtige Ausdruck. Er machte

ein Angebot, zu dem man nicht nein sagen konnte. Alle Mädels dort waren auf Bewährung frei, frühzeitig entlassen wegen ›guter Führung‹.«

»Sie haben also dort gearbeitet?«

»Nicht sofort. Christine hat sich geweigert. Und sie hat es ihrem Anwalt gesagt, und der meinte, wir zeigen Crocker an. Ich hatte Schiß, aber Christine war eine Kämpfernatur, niemand, den man so leicht einschüchtern konnte. Und das liebte ich an ihr. Also taten wir es, und das war wirklich saudoof von uns. Crocker machte uns schon am nächsten Tag ausfindig; der war so wütend, das können Sie sich nicht vorstellen. Er hatte Papiere dabei, die unsere Bewährung aufhoben. Er sagte, wenn er uns erst mal wieder im Gefängnis hätte, dann würde er uns kaltmachen und es so drehen, daß es nach Selbstmord aussieht. Sogar Christine hatte Angst. Er sagte uns, daß der einzige Ausweg für uns wäre, die Anklage fallenzulassen und bei ihm zu arbeiten. Er wollte uns im Auge behalten.«

»Und das taten Sie auch?«

»Genau. Wir zogen die Anzeige zurück und arbeiteten für ihn.«

»Bei Miracle Massage.«

»Genau. Das Mirakulöse daran war, daß man tatsächlich eine Massage zum Sex dazubekam. Die Freier konnten Massage und Abwichsen für fünfundzwanzig kriegen, Massage und einen blasen für fünfzig oder eine Massage und Bumsen für hundert. Die Mädchen durften die Hälfte behalten. Das beste Geld, das ich je verdient habe. Das eine muß man Crocker lassen – er war ein guter Geschäftsmann. Er führte ein eisernes Regiment im Knast und einen Puff, in dem jeder was verdiente.«

»Crocker hat ihn selbst geführt?«

»Nicht das Alltagsgeschäft. Dafür hatte er diesen anderen

Typen, Eduardo Bandera. Aber Crocker schaffte die Mädchen ran und war der Kopf des Unternehmens.«

»Das Gebäude gehörte ihm auch«, sagte Molly. »Wußten Sie das?«

»Nein.«

»Da haben wir beide ja eine ganz intime Verbindung.«

»Sie meinen, weil wir beide Crockers Schwanz gelutscht haben?«

Molly grinste und war erstaunt, daß sie das konnte. »Sie sind wirklich ein Satansbraten von einer Nonne.«

»Ich weiß. Das sagt meine Oberin auch immer.«

»Es gibt noch eine weitere Verbindung zwischen uns: das Haus. Crocker erwarb es 1967, einen Monat nachdem er den Tod meines Vaters einen Selbstmord nannte. Ich bin überzeugt, daß die fünfzigtausend Dollar, mit denen er es kaufte, ein Bestechungsgeld dafür waren, den Tod meines Daddys nicht weiter zu untersuchen. Was ich wissen muß, ist, wer es ihm gezahlt hat.«

»Und da haben Sie gehofft, ich könnte Ihnen helfen?«

»Wahrscheinlich. Und ich war einfach neugierig, wie das mit der Anzeige war. Und Sie waren meine letzte Fährte.« Ihr Kopf wurde auf einmal sehr schwer. »Was ist mit Christine passiert?«

»Crocker fuhr besonders auf sie ab. Er stand auf Frauen, die wie kleine Mädchen aussahen, und ihm gefiel Kampfgeist an den Frauen, die er in den Ruin trieb.« Über ihre Kaffeetasse hinweg sah sie Molly an. »Vielleicht war das der Grund, warum er Sie mochte.«

»Nein. Ich war ja leichte Beute. Christine hört sich eher nach einer echten Kämpferin an.«

»Sie war eine Tigerin. Aber sie hatte eine Schwäche für Drogen, und er paßte auf, daß sie immer genug davon bekam.

Wenn sie high war, konnte er sie besser unter Kontrolle halten. Die Sucht, der sie dort verfiel, wurde sie nie mehr los. Als wir endlich nach Houston flohen, war sie ein hoffnungsloser Fall. Das Zeug hat sie am Ende umgebracht.«

»Und Sie?«

»Ich bin nie süchtig gewesen. Und ich haßte dieses Leben. Als Christine starb, gab ich es auf und ging zurück nach Hause. Meine Mutter hat mich aufgenommen.« Sie sah Molly an. »Sie haben sie vermutlich kennengelernt, als Sie mich suchten.«

Molly nickte.

»Ich bin wieder zur Schule gegangen. Mama wollte, daß ich Lehrerin werde, und ich wollte den *putas* helfen, und dazu brauchte ich die Kirche.« Sie beugte sich herüber und sah auf Mollys Uhr. »Jetzt muß ich aber wirklich los.«

Molly sagte: »Warten Sie. Wenn Crocker für einige seiner Vergehen jüngeren Datums an minderjährigen Mädchen vor Gericht stände, würden Sie gegen ihn aussagen?«

La Risa schüttelte den Kopf. »Tut mir leid.«

»Und wenn Sie mir die Namen einiger anderer Mädchen nennen würden, die damals dort gearbeitet haben?«

Sie schüttelte wieder den Kopf.

»Warum nicht?«

»Mein Glaube sagt mir, daß wir den Bastarden vergeben sollen, die sich an uns versündigt haben.«

»Haben Sie ihm vergeben?«

Sie lachte. »Nein, aber ich bete um die Kraft dazu. Wie steht's mit Ihnen?«

»Ich glaube, ich will lieber Rache.«

»Die Rache ist mein; ich will vergelten, spricht der Herr.«

»Tja, wenn das so ist, dann würde ich ihm da gern ein bißchen zur Hand gehen.« Molly machte eine Pause. »Darf ich Sie was fragen? Ich bin mir sicher, daß jeder eine Nonne das fragt.«

»Ob ich Sex vermisse?«

»Ja.«

»Nein. Mir hat Sex nie Spaß gemacht. Auf jeden Fall nicht mit Männern.« Sie stand auf und schenkte Molly ein engelsgleiches Lächeln. »Der Herr segne dich und behüte dich; der Herr hebe sein Angesicht über dich und gebe dir Frieden.«

»Sehr unwahrscheinlich.« Molly blinzelte durch den Rauch hindurch zu ihr hoch. »Sind Sie wirklich eine Nonne?«

La Risa lachte. »Die Antwort heißt: ›Der Segen des Herrn sei auch mit dir.‹« Beim Hinausgehen rief sie dem Barmann zu: »*Que chulo*, Leo.«

Als Molly Leo einen Zwanzigdollarschein geben wollte, um für die Getränke zu bezahlen, sagte er: »Das geht aufs Haus, Señora.« Aber er nahm das Geld trotzdem und steckte es in die Schürzentasche. »Ich werd's in die Krankenkasse von La Risa stecken. Schutz für die kleinen *muchachas* da draußen«, sagte er und wies Richtung Straße.

19. Kapitel

Für jedes Übel unter der Sonn
Gibt es eine Medizin oder auch
nicht.
Wenn es eine gibt, dann such sie.
Wenn es keine gibt, ist's auch nicht
schlimm.

Englischer Kindervers

In einer Kapsel, die mit achthundert Stundenkilometern durchs All raste, in einem vibrierenden Sitz festgeschnallt zu sein, hatte etwas an sich, was sich immer sehr stimulierend auf ihr Denken auswirkte. Die kleinen Fläschchen Weißwein trugen das ihre dazu bei. Und Molly Cates hatte es sich zur Regel gemacht, ihre Träumereien auf keinen Fall durch Gespräche mit Fremden, die neben ihr saßen, stören zu lassen, seit sie vor einigen Jahren auf einem Flug von Dallas nach Seattle dem ununterbrochenen Monolog eines geschwätzigen Börsenmaklers ausgesetzt war.

Heute morgen hatte sie El Paso nur widerwillig verlassen; die gestrige Vorfreude auf Zuhause hatte sich verflüchtigt, vielleicht weil sie wußte, daß sie nach ihrer Ankunft zu einer extremen Tat schreiten mußte. Einer Tat, die die lange zurückliegende Episode mit Jocko, dem Bullen, wie eine rational durchdachte Entscheidung erscheinen ließ. Doch wenn sie ihr Gleichgewicht wiederfinden und die Vergangenheit ein für allemal loswerden wollte, mußte sie etwas unternehmen. Wenn sie je herausfinden konnte, wie ihr Daddy gestorben war, dann würde sie es jetzt herausfinden. War dies nicht möglich, würde sie die Sache vergessen. Der Verlauf von Ereignissen, der am Montag mit dem Auftauchen Olin Crockers im Senat begonnen hatte, verlangte es, bis zum bitteren Ende verfolgt zu werden. Und diesmal würde *sie* es sein, die die Fäden in der Hand hatte.

Auf dem Nachhauseweg vom Flughafen machte Molly an zwei Stellen halt, an denen sie noch nie zuvor gewesen war. Die erste war McDavitts Waffenhandlung, die an diesem Samstagnachmittag von Männern in Karohemden und Cowboystiefeln nur so wimmelte. Sie ging zur Ladentheke und fragte nach Patronen für eine Kaliber .38 Special. Der Mann verwirrte sie mit der Frage, wozu sie sie brauchte. Er mußte ihre Ratlosigkeit bemerkt haben, weil er hinzufügte: »Wollen Sie Zielscheibenübungen damit machen, oder sind sie zur Verteidigung daheim?«

»Oh. Verteidigung daheim.«

»Na, prächtig«, sagte er begeistert, »dann wollen Sie also was mit Power.« Er nahm eine Schachtel vom Regal und stellte sie auf den Ladentisch. »Meine persönlichen Favoriten.« Auf der Schachtel stand »Winchester sxt .38«. »Das hier sind die Schwarzen Krallen, aber sie haben damals, als der ganze Blödsinn in der Zeitung stand, den Namen geändert.«

»Was für ein Blödsinn denn?« fragte Molly, weil sie sich nur noch vage erinnerte.

»Ach, diese Hohlspitzen wurden dargestellt, als ob sie das Böse schlechthin wären, dabei sind es einfach nur gute Deformationsgeschosse.«

»Deformation«, wiederholte Molly, wobei sie eine der schlanken Patronen aus der Schachtel nahm und die offene, gezackte Spitze untersuchte. »Die tun vermutlich sehr weh.«

»Ma'am?«

»Ich meine, richten die eine Menge Schaden an?«

»Sie öffnen sich beim Auftreffen wie eine Blüte.« Er spreizte die Finger, um es zu demonstrieren. »Verdreifachen beinah ihre Größe. Massive Gewebsverletzungen. Erste Sahne.«

»Klingt genau wie das, wonach ich suche.«

Molly ging mit der Schachtel zur Kasse und bezahlte für sie, als wären es ein Dutzend Eier. Nur in Amerika…

Ihr zweiter Halt erforderte ein bißchen mehr Mut. Es war der Pornoladen Pleasure Palace in Universitätsnähe. Sie war schon hundertmal daran vorbeigefahren und hatte sich so ihre Gedanken gemacht. Rote Neonschriftzüge priesen »Sexvideos« und »Neuheiten für Erwachsene. Keine Minderjährigen« an. Als sie eintrat, drehten sich mehrere Männerköpfe in ihre Richtung und dann schnell wieder weg. Der vordere Teil des Ladens vollgestopft mit Videokassetten, deren Cover zumeist nackte Frauen mit ballonartigen Brüsten und weit gespreizten Beinen zeigten – Karikaturen von Frauen, so reizlos und unerotisch wie ein Anatomielehrbuch. Sie fühlte sich von ihnen nicht abgestoßen, sondern war eher verwundert darüber, daß Männer sich von so etwas angesprochen fühlten. Vielleicht würde sie irgendwann einmal eine Story über die Pornoindustrie schreiben, allerdings aus der Perspektive der Konsumenten. Ihrem Verleger diese Idee schmackhaft zu machen, würde sicher interessant werden.

Sie ging zu einem Verkaufstisch im hinteren Teil des Ladens, wo es mehrere Regale voller Kondomneuheiten gab. Sie ließ sich Zeit beim Aussuchen und entschied sich am Ende für ein Viererpack gerippter, feuchter, im Dunkeln leuchtender Kondome mit Zitronengeschmack.

Als sie in ihrem Reihenhaus in Nordwest-Austin ankam, fuhr sie mit dem Pick-up in die Garage und schloß das Tor, was sie sonst nur selten tat. Es war am besten, wenn niemand wußte, daß sie zu Hause war. Sie ließ die Zeitungen vor dem Haus liegen. Sie sahen sowieso alle durchnäßt aus; es mußte während ihrer Abwesenheit geregnet haben. Als erstes hörte sie ihren Anrufbeantworter ab. Seit gestern waren fünf neue Nachrichten eingegangen, und elfmal war aufgelegt worden, jedoch nichts von der Cow Lady und nichts von Grady. Die anderen schienen unwichtig und konnten bis morgen warten. Wie gerne hätte sie Grady angerufen, um seine Stimme zu hören und herauszufinden, wie es in der Emily-Bickerstaff-Sache stand und ob er die Cow Lady gefunden hatte, aber er sollte nicht wissen, daß sie schon zurück war. Was sie vorhatte, würde sie keinem erzählen, und Grady am allerwenigsten.

Sie nahm ein Bad, rasierte sich die Beine und wusch sich die Haare. Sie verbrachte mehr Zeit als gewöhnlich mit dem Haarfönen, dann durchwühlte sie ihre Schubladen nach Reizwäsche. Sie fand einen weißen Spitzen-BH mit passendem Höschen, die sie nur einmal getragen hatte, weil sie kratzten.

Sie zog eine hautenge Jeans und eine ärmellose, weiße Bluse an und ließ ein paar Knöpfe offen, so daß etwas vom Spitzen-BH herauslugte. Dann schminkte sie sich sorgfältig die Augen und tupfte sich Parfüm hinter die Ohren und in den Ausschnitt. Sie legte ein Paar lange Ohrringe an und begutachtete dann das Ergebnis im Spiegel. Wirklich gar nicht schlecht. Natürlich war sie Jahrzehnte zu alt, um einen Mann zu verführen, der auf Teenager stand, aber sie würde es einfach drauf ankommen lassen. Sie würde eine Mixtur aus Sex und Bluff und massiver Gewaltanwendung à la Wanda Lavoy an ihm ausprobieren.

Wenn sie ihr Spiegelbild so betrachtete, fand sie, daß sie wie eine attraktive, guterhaltene, reife Frau aussah, die Samstagnacht in den Discos ihr Glück versuchen wollte. Es erinnerte sie an die Zeit nach dem Tod ihres Daddys, als sie die Kneipen draußen am See abgeklappert hatte. Damals, mit sechzehn oder siebzehn, hatte sie nur wenig für ihr Aussehen getan, aber es war keine Frage, daß Männer sie anziehend fanden; es geschah automatisch, als ob das mit dem jugendlichen Schweiß abgesonderte Pheromon den Männern keine andere Wahl ließ, als dem Geruch hinterherzujagen. Das war jedoch lange vorbei.

Im Grunde, dachte sie, während sie sich weiter im Spiegel betrachtete, waren die rein körperlichen Unterschiede heute mit vierundvierzig zu denen mit sechzehn eher gering. Sie musterte ihr Gesicht. Ja, da waren ein paar Falten und ein paar graue Haare, und – sie drehte sich herum und reckte den Hals, um sich von hinten zu betrachten – alles an ihrem Körper war ein bißchen nach unten gerutscht, schon, aber das waren Veränderungen, die in einer dunklen Kneipe kaum auffielen. Es waren nicht diese kleinen Zeichen des körperlichen Verfalls, das Frauen im mittleren Alter das Gefühl gab, weniger anziehend zu sein, dachte sie; es war die Tatsache, daß Männer nicht mehr mit demselben Jagdinstinkt auf sie reagierten.

Molly setzte sich an den Küchentisch und überflog Shelby Palmers Bericht nach Olin Crockers Geheimnummer. Als sie den Hörer abnahm, zögerte sie. Das – genau hier – war der Punkt, an dem es kein Zurück mehr gab. Wenn sie die Nummer einmal gewählt hatte, würde sie es zu Ende bringen müssen. Sie konnte immer noch Grady oder Jo Beth oder Barbara anrufen und fragen, ob sie mit ihr essen oder ins Kino gehen wollten – das, was normale Menschen Samtag abends taten.

Sie wählte die Nummer. Wenn er abhob, sagte sie sich, war es das Schicksal, das ihr sagte, sie solle es tun. Wenn nicht, ja dann... konnte sie es sich vielleicht noch einmal anders überlegen. Das Telefon klingelte und klingelte. Aufgedonnert bis zum Gehtnichtmehr, dachte sie, und niemand, der mich will. Beim neunten Läuten hob er ab. »Ja.« Er klang atemlos.

»Olin Crocker?«

»Ja.«

»Molly Cates.«

Eine Pause entstand. »Woher haben Sie meine Privatnummer?«

»Ach, ich habe da so meine Methoden«, sagte sie leichthin, wobei sie versuchte, wie ein flirtender, koketter Teenager zu klingen.

»Tja, das traue ich Ihnen glatt zu«, sagte er.

»Sie sagten, ich dürfte Sie anrufen, wenn ich Fragen habe, wissen Sie noch?«

»Aber sicher doch.«

»Ich würde Sie gern ein paar Dinge fragen – für meinen Zeitschriftenartikel.«

»Ich würde mich liebend gern mit Ihnen unterhalten. Warum schauen Sie nicht am Montag in meinem Büro vorbei?«

»Ich arbeite jetzt im Moment daran, Sheriff. Sehr knapper Termin.«

»Wollen Sie sich am Telefon unterhalten?«

»Na ja, ich habe heute abend noch was in Ihrer Gegend zu erledigen, da dachte ich, ich könnte danach vielleicht kurz bei Ihnen vorbeischauen.«

»Sie haben hier draußen etwas zu erledigen?«

»Genauer gesagt in Taylor, dauert nicht lange, aber wie ich höre, wohnen Sie ja ganz in der Nähe.«

Eine weitere Pause entstand. »Sie wissen, wo ich wohne?«

»Sie sind ein paar Meilen östlich von Taylor an der Carlson Road, habe ich recht?«

»Wer hat Ihnen das gesagt?« In seiner Stimme lag ein Argwohn, der ihr zu denken gab. Sie würde etwas unternehmen müssen, um ihn zu beruhigen.

»Als ich Sie auf der Galerie gesehen habe, da habe ich mir so meine Gedanken über Sie gemacht und mich ein wenig umgehört.«

»Sie haben Cullen Shoemaker nach mir ausgehorcht«, sagte er mit ausdrucksloser Stimme.

Au wei! Das hätte sie sich denken können, daß Cullen ihm von ihren Nachfragen erzählen würde.

»Ja. Ich habe gemerkt, daß ich sehr … neugierig auf Sie bin, Sheriff.«

»Wir haben noch eine offene Rechnung miteinander, was?« sagte er mit einer derart kalten und ruhigen Stimme, daß Mollys Haut zu kribbeln begann. Sie wußte nicht, ob er sich auf den unterbrochenen Sexakt bezog oder die Abmachung, die er nie eingehalten hatte.

»Und, wie wär's mit uns beiden?« fragte sie mit bemühter Lockerheit. »Ich könnte so gegen neun bei Ihnen sein.«

Eine lange Pause entstand. Molly merkte, daß sie den Atem anhielt. Schließlich sagte er: »Lassen Sie uns lieber bis Montag damit warten.«

»Heute abend ist viel besser. Ich bringe das Bier mit, Olin.«

»Ich hatte eigentlich vor, früh ins Bett zu gehen. Molly.«

»Aber Sie können doch für mich ein bißchen länger aufbleiben, oder nicht?« Himmel, es war zu demütigend.

Er gluckste. »Ach, zum Teufel, warum nicht? Kommen Sie allein?«

»Mm-hmm.«

»Halten Sie Ausschau nach der dritten Einfahrt links nach der FM 4563, der mit dem gemauerten Briefkasten. Kümmern Sie sich nicht um den Hund – er kläfft wie verrückt, aber beißen tut er nicht.«

Molly legte den Hörer auf. Die Würfel waren gefallen.

Sie öffnete die Schachtel mit den Patronen, steckte sechs in die Ruger, Lauf nach unten gerichtet, wie Wanda es ihr beigebracht hatte, und legte sie vorsichtig auf die Arbeitsfläche in der Küche. Dann leerte sie den Inhalt ihrer großen Tasche aus und steckte die wenigen Dinge, die sie wirklich brauchte – ihre Brieftasche, einen Lippenstift, Schlüssel und die grellgelb-schwarze Packung Kondome – in Wanda Lavoys Pistolenhandtasche. Als letztes steckte sie die 38er in das Extrafach an der Seite.

Sie warf sich die Tasche über die Schulter, schnappte sich einen Sechserpack Bier und ging durch die Küchentür in die Garage. Sie betätigte den automatischen Toröffner. Das Licht ging an, und das Tor begann seine langsame, quietschende Fahrt nach oben. Als sie die Wagentür öffnen wollte, bemerkte sie aus dem Augenwinkel etwas und wirbelte herum. Ein langes Paar Beine wurde langsam hinter dem sich öffnenden Tor sichtbar. Zentimeter um Zentimeter gab das Tor die Sicht auf einen großen Mann in Tarnhosen frei, der direkt vor der Garage stand. Sie hätte genug Zeit gehabt, um ins Auto zu springen oder zurück ins Haus zu rennen, war dazu aber nicht in der Lage. Sie stand wie angewurzelt da. Als das Tor vollständig geöffnet war, erkannte sie ihn: das gelbe Barett, das lange Gesicht. Es war der verrückte Milizheini aus der Senatsgalerie. Sie hätte wegrennen sollen, solange es noch die Möglichkeit dazu gab. Sie begab sich auf den Rückzug Richtung Küchentür.

»Keine Angst, Miß Cates«, sagte er. »Federal Bureau of Investigation. Ich bin Spezialagent Heller.«

Sie zögerte.

»Alles in Ordnung«, sagte er. »Ich wollte gerade an der Tür klingeln, als ich Sie hier drinnen hörte. Ich müßte Ihnen ein paar Fragen stellen.«

Molly ging auf das offene Garagentor zu. Sie mußte raus ins Freie, auf die Straße. Er trat zur Seite, um sie vorbeizulassen. Sie ging die Einfahrt hinunter auf die Straße und wartete dort auf ihn. Es wurde gerade erst dunkel, und sie sah voller Erleichterung ein Auto auf sich zukommen und einen Nachbarn einige Häuser weiter gebückt Unkraut aus den Blumenrabatten zupfen.

Er folgte ihr langsam, wobei er immer ausreichend Abstand hielt. »Tut mir wirklich leid, Sie so zu erschrecken, aber ich versuche seit zwei Tagen, Sie zu erreichen. Waren Sie verreist?«

»Zeigen Sie mir Ihren Ausweis«, sagte sie.

»Wir haben keine Marke bei uns, wenn wir in Zivil sind, Ma'am.«

»Und woher soll ich dann wissen, daß Sie das sind, wofür Sie sich ausgeben?«

Sehr, sehr leise sagte er: »Rain Malloy läßt Sie schön grüßen.«

Molly merkte, wie ihr Unterkiefer vor Erstaunen herunterklappte.

»Sie sagt, Sie wären ein richtiger Teufelskerl, und ich soll Sie dran erinnern, sich bedeckt zu halten, wenn die Situation brenzlig wird.«

Molly merkte, wie sie bei der Erinnerung lächelte. Bedeckt, anders konnte man es nicht sagen. Rain Malloy war eine FBI-Agentin, die Molly vor anderthalb Jahren während der Geiselnahme in Jezreel kennengelernt hatte. Bevor die beiden sich in die Anlage der Sekte begeben hatten, hatte die Agentin Molly instruiert, sich flach auf den Boden zu werfen und ihren Kopf zu bedecken, wenn die Schießerei losging. Es wäre unmöglich gewesen, dachte Molly, sich bedeckter zu halten, als Molly es in jener Nacht getan hatte. Abgesehen von Molly und

Grady wußte nur eine Handvoll ausgewählter FBI-Leute, daß Rain Malloy je in Austin gewesen war. Wenn dieser Mann wußte, daß sie Molly kannte, mußte er vom FBI sein.

Molly sah sich Spezialagent Heller näher an. Er war sehr groß und mager und hatte ein langes, säuerlich aussehendes Gesicht, breites Kinn, große Nase. Dunkle Stoppeln bedeckten seine eingefallenen Wangen. »Sie sind kein verrückter Milizheini von der Panhandle?«

»Die Leute glauben meine Tarnung also?«

»Ich auf jeden Fall.«

»Es wäre mir lieber, wenn uns niemand hier draußen sehen würde, Miß Cates. Könnten wir reingehen? Ich glaube nicht, daß es lange dauern wird.«

»Die Nachbarn würden denken, daß ich ein Interview mit Ihnen führe. Das hatte ich sowieso vorgehabt.«

»Jawohl, Ma'am, aber es ist sehr viel besser, wenn wir nicht hier draußen auf der Straße stehen.«

Erst in diesem Augenblick fiel Molly siedendheiß wieder ein, daß sie eine geladene Schußwaffe in der Handtasche hatte. Hier auf ihrem eigenen Grundstück war das natürlich nicht verboten, aber sobald sie es verließ, schon, und sie hatte sich offensichtlich gerade auf dem Weg nach draußen befunden. So ein Pech aber auch. Das erste Mal im Leben, daß sie eine Waffe bei sich führte – und an ihrer Haustür tauchte ein FBI-Agent auf! Es war so, als hätte man ein einziges Mal ungeschützten Sex und würde schwanger davon werden. Sie widerstand dem Instinkt, die Handtasche näher an sich zu drücken. »Worum geht es?«

»Ich möchte Ihnen ein paar Fragen über Wanda Lavoy und die Women in Control stellen, die sich draußen bei Clem's Schießstand treffen.«

Ihr ging ein Licht auf. »Das waren Sie, der da am Dienstag am Straßenrand parkte?«

»Der weiße Camry. Jawohl, Ma'am.«

Ein Auto fuhr vorbei und erfaßte sie mit seinen Scheinwerfern.

Er zeigte auf die offene Garagentür. »*Bitte*, Miß Cates.«

»Gut, dann kommen Sie rein«, sagte Molly und warf einen Blick auf die Uhr. »Ich habe eine Verabredung, also –«

»Zehn Minuten«, sagte er.

»Na gut.« Molly ging zurück in die Garage und schloß die Küchentür auf. Sie zuckte zusammen, als sie die Schachtel mit den Patronen zusammen mit dem anderen Kram auf dem Küchentisch liegen sah. Ohne das Licht anzuknipsen, führte sie ihn schnell durch die Küche ins Wohnzimmer.

Sie schaltete das Licht ein, steckte ihre Handtasche unter den Ohrensessel, wo man sie nicht mehr sehen konnte, und setzte sich. »Nehmen Sie Platz. Woher wissen Sie von Rain Malloy? Ich dachte, das wäre streng geheim.«

Er setzte sich in den anderen Ohrensessel vor dem großen Fenster. »Nachdem ich Sie mit Wanda Lavoy auf der Galerie und dann draußen am Schießstand gesehen habe, habe ich Ihren Namen in den Computer eingegeben, und der spuckte eine Verbindung zu einer abgeschlossenen FBI-Aktion aus. Die Sache war geheim, aber der Name von Agentin Malloy war damit verbunden. Sie war eine meiner Ausbilderinnen in Quantico, also habe ich sie angerufen. Ich weiß immer noch nicht, was für eine Aktion es war, aber vom Datum der Akte und der Gegend her vermute ich, daß es um die Jezreelite-Sache ging.« Er sah sie mit hochgezogenen Augenbrauen an.

»Wollen Sie mich testen, Agent Heller? Sie wissen, daß ich nicht darüber reden darf.«

»Jawohl, Ma'am. Was ich von Ihnen gern wissen würde, ist Ihr Eindruck von Wanda Lavoy und ihren Women in Control.«

»Mein Eindruck? Warum?«

»Nun, ständig schwirren Gerüchte herum, daß es irgendeine Art von Anschlag geben soll.«

»Im Kapitol?«

Er nickte.

»Die verstärkten Sicherheitsmaßnahmen sind mir aufgefallen.«

»Na ja, das würde ich nicht Sicherheitsmaßnahmen nennen. Sie haben ein paar Sicherheitskräfte mehr aufgestellt, sonst nichts.«

»Hat es etwas mit dem Handfeuerwaffengesetz zu tun?«

»Jawohl, Ma'am. Den Gerüchten nach.«

»Warum Wanda?«

»Weil ihr Name immer wieder auftaucht. Sie nimmt den Mund ziemlich voll.«

»Ich weiß, aber ich halte es größtenteils für Gerede.«

»Wie kommen Sie darauf?«

Molly schwieg, weil sie nicht genau wußte, was sie antworten sollte.

»Denken Sie laut«, sagte er.

»Na gut. Viel Lärm um nichts, wenn Sie mich fragen. Worte mit wenig dahinter. Ich glaube, sie hat wegen ihrer Sichtweise der Welt eine Menge Angst, und deswegen muß sie sich auch eine Menge Mut machen. Außerdem läuft politisch für sie alles wie am Schnürchen. Sie unterstützt das Gesetz, und es wird durchkommen, und davon wird sie profitieren, weil sie eine der Ausbilderinnen für den Erwerb des Waffenscheins sein wird. Außerdem ist da der Geschlechtsaspekt.«

Molly meinte, ein Zucken in den Mundwinkeln Hellers gesehen zu haben. »Welchen Geschlechtsaspekt meinen Sie, Ma'am?«

»Ich meine, daß Frauen einfach zu vernünftig und zu beschäftigt sind, um Blutbäder in Kantinen oder Regierungsgebäuden anzurichten. Das ist was für Männer, Agent Heller. Ich bin mir sicher, daß Ihre Statistiken und Computerausdrucke Ihnen das gleiche sagen.«

»Es gibt Ausnahmen. Hat es immer gegeben.«

»Ich weiß, aber ich glaube nicht, daß Wanda eine davon ist.«

»Trägt sie eine Waffe?«

Molly wendete ihren Blick ab. Das war wirklich zum Kotzen. Sie wollte ja kooperieren, aber ihre Loyalität gegenüber einzelnen Menschen war immer stärker gewesen als die gegenüber Institutionen. Wenn hier wirklich Gefahr im Verzug war, dann wollte sie natürlich helfen, sie abzuwenden. Aber so eine Frage konnte sie nicht beantworten.

Molly zuckte die Achseln. »Ich kann nicht glauben, daß das FBI sich den Kopf über ein paar Frauen zerbricht, die sich zu Schießübungen treffen.«

»Würden wir auch nicht, wenn da nicht diese elenden Gerüchte wären, Miß Cates.«

»Woher stammen diese Gerüchte?«

»Darüber kann ich nicht sprechen, aber sie sind beharrlich.«

»Wenn tatsächlich irgendeine Gewalttat geplant ist, dann sollten Sie woanders suchen.«

»Wo wäre das Ihrer Meinung nach?«

Augenblicklich kam ihr Cullen Shoemaker und sein Manifest in den Sinn. »Sie haben doch am Donnerstag Cullen Shoemakers Rede gehört. Das war schlimm genug, aber ich habe gerade etwas gelesen, dieses Traktat, das er geschrieben hat – das ›McNelly-Manifest‹ nennt er es, und da kann man es wirklich mit der Angst zu tun kriegen. Wirklich.«

»Haben Sie es noch?«

»Ja.«

»Könnte ich es sehen?«

Molly stand auf. »Ich glaube, ich habe es in der Küche. Ich bin sofort wieder da.« Sie ging in die Küche, nahm die Patronenschachtel, ohne das Licht anzumachen, und steckte sie in eine Schublade, die sie möglichst lautlos zu schließen versuchte. Dann durchwühlte sie den Inhalt ihrer Tasche, der auf dem Tisch lag, bis sie den Zettel gefunden hatte. Sie brachte ihn ins Wohnzimmer und gab ihn Agent Heller. »Es ist Zeug wie aus den *Turner-Tagebüchern* – einfach unbeschreiblich.«

Er faltete ihn zusammen und steckte ihn in die Brusttasche. »Ich werd's lesen. Aber wir haben uns Shoemaker und das McNelly-Kommando schon angesehen. Sie sind eine aufkeimende Miliz, aber mit einem großen Unterschied: Es sind keine verbitterten Rednecks wie gewöhnlich. Es sind Collegejungs mit reichen Papis, die sie unterstützen, aber sie spucken eigentlich nur große Worte und blasen sich auf, glaube ich. Kinderkram.«

»Möglich, aber dieses Manifest ist die widerlichste Art von Aufruf zum Rassenhaß. Er redet davon, daß Gewalt notwendig sein kann, um sich jeder Art von Waffenregistrierung zu widersetzen. Lassen Sie sich nicht davon täuschen, daß Cullen wie ein kleiner Junge aussieht. Ich halte ihn für gefährlich.«

»Gut, gut«, er klopfte auf seine Brusttasche, »ich seh's mir an. Erzählen Sie mir, was am Dienstag am Schießstand los war.«

»Meine Tochter und ich haben auf Zielscheiben in Form von bösen Männern geschossen, und als die Frauen von Women in Control kamen, haben Sie Übungen mit schnellem Ziehen und Abdrücken gemacht. Einige von ihnen sind sehr gut.«

»Hmmm. Sonst nichts?«

»Vor dem Schießen hatten wir noch Unterricht – die Welt aus der Sicht Wanda Lavoys.«

»Und wie sieht diese Welt aus?« fragte er.

»Ach, voller böser Männer und Gewalt. Frauen müssen sich selbst verteidigen können, weil die Polizei nicht dazu in der Lage ist, sie zu schützen.«

In sein langes Gesicht trat ein noch säuerlicherer Ausdruck. »Tja, das läßt sich nicht bestreiten. Keine Rede davon, die Waffen gegen die Regierung zu erheben?«

»Nein. Nur gegen Einzelpersonen, gegen böse Männer.«

»Und das war's?«

»Ja.« Molly sah auf die Uhr.

Er stand auf. »Vielen Dank, daß Sie sich die Zeit genommen haben. Kommen Sie am Montag zur Abstimmung?«

»Klar. Jetzt war ich schon so lange dabei. Und Sie?«

»Ja. Ich bin froh, wenn's vorbei ist.«

»Was denken Sie über das Gesetz, Agent Heller?« fragte sie, als sie zur Tür gingen.

»Ach, wahrscheinlich so ziemlich dasselbe wie die anderen Gesetzeshüter. Dienstlich bin ich dagegen. Privat ermutige ich meine Frau dazu, nachts in Washington eine Waffe zum Schutz bei sich zu tragen. Das bleibt natürlich unter uns.«

»Das ganze Thema ist weit komplexer, als ich dachte«, pflichtete Molly bei.

Er stand an der Tür und tätschelte die Brusttasche, in die er das Manifest gesteckt hatte. »Das Schlimmste daran ist, daß Cullen Shoemaker recht hat.«

»Wie bitte?«

»Daß die Liste von Waffenregistrierungen und Lizenzen eines Tages tatsächlich dazu benutzt werden wird, um die Leute zu entwaffnen. Er ist natürlich durchgeknallt. Soweit ich weiß, gibt es keine Art von Verschwörung, doch wenn strengere Waffenbeschränkungen kommen, und die werden kommen, dann werden sie bei den Listen anfangen. Ich gebe Ihnen eine Nummer, unter der Sie mich erreichen können, wenn Sie mit mir reden wollen.«

Molly holte Papier und Bleistift vom Tischchen neben der Eingangstür und schrieb die Nummer auf, die er ihr nannte.

»Diese Nummer ist vierundzwanzig Stunden am Tag besetzt. Sagen Sie einfach, daß es etwas Dringendes für Agent Heller ist, dann rufe ich Sie zurück.«

Molly öffnete die Tür für ihn. »Grüßen Sie Rain Malloy schön von mir.«

»Mach ich.« Er blieb in der offenen Tür stehen. »Seien Sie vorsichtig mit der 38er in Ihrer Handtasche, Miß Cates. Sie sind Anfängerin, und Sie würden sich wundern, wie schief Dinge gehen können, wenn eine geladene Waffe in unerfahrene Hände gerät.«

Nerven hatten diese Bullen! Scheißkerl. »Und bei Dinnerpartys durchstöbern Sie vermutlich auch das Medizinschränkchen Ihres Gastgebers, was?«

»Ja, wenn ich befürchte, daß er etwas im Schilde führt.«

»Meinen Sie, ich würde etwas im Schilde führen, Agent Heller?«

»Das nicht, Ma'am, aber es sieht aus, als hätten Sie hochinteressante Pläne für heute abend.«

»Ich kann mir nicht vorstellen, daß es gegen irgendein Gesetz verstößt, Kondome bei sich zu tragen«, sagte sie und versuchte, unbeeindruckt zu klingen, »wohingegen das bei illegalen Durchsuchungen schon anders aussieht.«

Er sah hinauf in den sich verdunkelnden Himmel. »Sieht aus, als würde es wieder regnen. Ich wünsche Ihnen einen angenehmen Abend, Ma'am.«

Sobald er draußen war, schloß sie die Eingangstür ab. So ein Mist. Sie ging zurück ins Wohnzimmer und zog ihre Handtasche unter dem Sessel hervor. Sie nahm die Pistole und öffnete das Patronenmagazin. Alle sechs Schuß waren noch drin. Er war schnell, aber nicht so schnell. Sie steckte sie zurück und sah auf die Uhr.

Zeit aufzubrechen. Samstagnacht, heiße Verabredung. Bloß nicht zu spät kommen. Immerhin wartete sie seit fünfundzwanzig Jahren darauf. Zweimal hatte der Mann sie schon hintergangen, aber diesmal würde er den kürzeren ziehen.

Agent Heller hatte recht: Ihre Pläne für heute abend waren wirklich hochinteressant.

20. Kapitel

Oft, uns in eignes Elend zu
verlocken,
Erzählen Wahrheit uns des Dunkels
Schergen.

Macbeth

Es sollte ja angeblich Menschen auf der Welt geben, die vergeben und vergessen konnten. Molly Cates gehörte nicht zu ihnen. Sie nahm nur selten etwas übel, aber wenn sie es tat, dann für immer. Sie wußte, daß es keine sehr positive Eigenschaft war, so nachtragend zu sein, doch zu ihrer Verteidigung mußte gesagt werden, daß sie noch nie im Leben aktiv Rache geübt hatte. Und sie glaubte auch nicht an gewaltsame Vergeltungsmaßnahmen. Deren Sinnlosigkeit hatten sie in ihren Jahren als Polizeireporterin nur zu deutlich erfahren.

Olin Crocker stand ganz oben auf ihrer Liste von Menschen, die ihr Böses angetan hatten, doch es waren fünfundzwanzig Jahre vergangen, ohne daß sie ihm ein Haar gekrümmt hatte. Bis jetzt.

Für gewöhnlich war sie sehr gut darin, sich rationale Erklärungen für das, was sie tat, zurechtzulegen, aber in diesem Fall war es wirklich schwierig. Denn worin unterschied sie sich noch von Cullen Shoemaker und seiner Wehrsportgruppe, deren Weltanschauung sie verabscheute? Dem McNelly-Manifest nach zu schließen hatten männliche, weiße Staatsbürger das Recht und die Pflicht, Selbstjustiz zu üben, wenn das normale Rechtssystem es nicht schaffte, die Schuldigen zu belangen. War das nicht genau das, was sie heute abend vorhatte? Da das Gesetz Olin Crocker nicht gekriegt hatte, würde sie den Bastard selbst bestrafen.

Sie hatte jedes Recht dazu, redete sie sich ein. Wenn man jahrzehntelang ein Leben als vernünftiger Erwachsener geführt und immer brav seine Pflichten als gesetzestreuer Bürger erfüllt hatte – arbeiten gehen, Steuern zahlen, die Kfz-Zulassung erneuern, an Ampeln anhalten, den Müll recyceln –, dann konnte man sich sicherlich das Recht herausnehmen, wenigstens einmal die Grenzen zivilisierten Verhaltens zu überschreiten, noch dazu, wenn der Grund dafür ehrbar war.

Bevor sie sich auf den Weg nach Taylor machte, fuhr sie noch ein wenig in den Northwest Hills herum, um festzustellen, ob Agent Heller sie vielleicht verfolgte. Nach zehn Minuten des Herumkurvens, Umdrehens und im Rückspiegel nach weißen Camrys Ausschauhaltens kam sie sich total albern vor. Die Planung illegaler Aktivitäten hatte die Tendenz, einen paranoid zu machen.

Als sie sich endlich auf dem Highway 290 und dem Weg nach Osten befand, war es einundzwanzig Uhr und praktisch dunkel. Sie überlegte, ob sie Crocker anrufen und ihm sagen sollte, daß sie sich verspäten würde, entschied sich dann aber dagegen. Sie befürchtete, daß er ihr womöglich absagen könnte, weil es zu spät sei, und jetzt, wo sie einmal diese Richtung eingeschlagen hatte, war sie entschlossen, die Sache durchzuziehen.

Bis zur County Road 973 fuhr man fünfzehn Minuten und dann weitere fünfzehn Minuten durch flaches Ackerland bis zur FM 1660. Nachdem sie nach rechts in die Carlson Road eingebogen war, fing sie an, Einfahrten zu zählen. Ohne seine Wegbeschreibung hätte sie es kaum gefunden, da die Hausnummern in der Dunkelheit nicht zu erkennen waren. Am gemauerten Briefkasten bog sie ein, wobei ihr Herz vor Aufregung gegen die Brust hämmerte. Sie umklammerte das Lenkrad fester, um ruhiger zu werden.

Die lange Schottereinfahrt endete vor einem flachen, ausgedehnten Steinhaus, sehr massiv und ohne den geringsten Charme. Hinter dem Haus konnte sie im Dunkeln den Umriß einer Scheune und weiterer Nebengebäude sehen. Die Lampe über der Tür brannte nicht, doch aus mehreren Fenstern schien Licht, und aus dem am nächsten bei der Tür flackerte das Licht eines Fernsehers.

Um die Hausecke kam ein großer gelber Hund gerannt, der Radau für ein ganzes Rudel Hunde veranstaltete. Molly parkte ihren Pick-up in der Nähe des Hauses und kurbelte das Fenster herunter.

Über der Eingangstür ging ein Licht an, und die Tür öffnete sich. Ein dunkler Umriß füllte den Türrahmen. »Lady, du alte Kläfftöle, komm, bei Fuß.« Der Hund hörte auf zu bellen, trottete gehorsam auf die Veranda und setzte sich winselnd vor die Füße des Mannes.

Olin Crocker trat einen Schritt hinaus auf die Veranda, blieb dort stehen und starrte den Pick-up an. Er war barfuß, trug rutschende Bluejeans und ein offenstehendes weißes Hemd mit hochgerollten Ärmeln. Mollys Körper verkrampfte sich bei seinem Anblick vor Ekel. Sie würde es nicht durchstehen. Sie hatte nicht damit gerechnet, daß sie eine solch starke körperliche Abneigung gegen ihn verspüren würde. Er würde sie einmal ansehen und ihr sofort die Abscheu im Gesicht ablesen. Ihre schauspielerischen Fähigkeiten waren bei weitem nicht ausreichend, um mit dieser Ratte zu flirten. Bei der Vorstellung, ihn anzufassen, drehte sich ihr der Magen um.

Sie saß da, beobachtete ihn dort oben auf der Veranda und versuchte sich wieder in den Geisteszustand zu versetzen, in dem sie davon überzeugt gewesen war, daß dieser Plan funktionieren könnte. Stelle es dir einfach, sagte sie sich, wie einen Zahnarztbesuch vor, wenn man Zahnschmerzen hat, die einen seit Jahren peinigen und einem das Leben vergällen. Die Behandlung mochte zwar schmerzhaft sein, dafür aber kurz. Und wieviel besser würde man sich hinterher fühlen, wenn das Problem behoben war.

Sie setzte sich aufrecht hin. Das hier war die beste Chance, die sie je bekommen würde, ihre schon ewig währenden Zahnschmerzen zu bekämpfen. Das Schlimmste, was passieren konnte, war, daß sie gedemütigt würde… oder verprügelt… oder vergewaltigt… oder ermordet… oder ins Gefängnis geworfen.

»Wolln Sie die ganze Nacht da draußen sitzen bleiben, oder steigen Sie aus?« rief er ihr durch das offene Wagenfenster zu. »Machen Se sich mal bloß nicht in die Hosen wegen dem Kläffer hier. Sie wird Ihnen nichts tun, was, Lady, altes Mädchen?« Er beugte sich vor, um seinem Hund die Brust zu kraulen. »Nein, Ma'am, sie beißt nicht, und ich beiße auch nicht.« In seiner Stimme schwang sowohl sexuelle Anzüglichkeit als auch die herablassende Art von Beruhigung einem neurotischen Kind gegenüber mit.

Molly mußte ihre zusammengebissenen Zähne auseinanderzwingen, um etwas sagen zu können. »Guter Wachhund«, sagte sie und öffnete den Schlag.

»Wenn sie wach ist, was ungefähr eine Stunde am Tag vorkommt«, sagte er. »An einem guten Tag.«

Molly holte den Sechserpack aus der Kühlbox auf der Ladefläche, hängte sich die Handtasche über die Schulter und knallte die Tür zu. Jetzt gab es kein Zurück mehr.

»Na, hallo dann«, sagte er und schaffte es, seine Lippen zur Imitation eines Lächelns zu verziehen.

»'n Abend, Olin. Hübsches Anwesen haben Sie hier.«

»Nun ja, es ist jetzt zu dunkel, als daß Sie wirklich etwas sehen könnten, aber es ist ein schönes Stück Land – sechshundert Hektar«, sagte er voller Stolz, »eines der größten Anwesen im ganzen Landkreis.«

Gut. Er liebt also seinen Besitz, dachte sie. Das werde ich einsetzen, um ihm einzuheizen.

Er beobachtete sie beim Näherkommen mit argwöhnischem Blick.

»Da haben Sie sich aber wirklich fein rausgemacht«, sagte Molly im deftigsten texanischen Dialekt. Wenn das Ganze auch nur die leiseste Hoffnung auf Erfolg haben sollte, mußte sie ihn irgendwie beruhigen.

»Na ja.« Er grinste und zuckte die Achseln. »Wie ich höre, ist aus Ihnen eine berühmte Journalistin geworden. Man weiß nie, wie das Leben so spielt, was?« Er stützte die Hände in die Hüften und lachte. »Mein Gott, und ich weiß noch, was für 'n wildes kleines Ding Sie war'n, pfffhhh! Und die Schule hab'n Sie auch nicht zu Ende gebracht, oder?«

Molly kam bei den Stufen zur Veranda an und blickte zu ihm hoch. »Da haben Sie recht, Sheriff. Man weiß nie, wie das Leben so spielt.« Man mußte aufpassen, an wen man seine Drecksgriffel legte, dachte Molly, weil nicht alle an einer Überdosis abkratzten. Eine von ihnen mochte sich am Ende als Rächerin erweisen.

Er steckte die Hände in die Hosentaschen. »Und, was war das für eine Besorgung, die Sie in Taylor zu erledigen hatten?«

»Wirklich traurige Sache. Ich habe einen Auflauf bei Mattie Jenks vorbeigebracht. Ihr Mann ist am Mittwoch gestorben, alter Freund meines Daddys – Stuart Jenks. Hatte eine Farm oben in der Nähe von Thrall, bevor er sich zur Ruhe gesetzt und ein großes, altes Haus in Taylor gekauft hat. Kannten Sie ihn?«

»Jenks?« Er sah sie durchdringend an. »Glaub nicht.«

»Tja, sieht aus, als ob Taylor zur Zeit unheimlich wachsen würde.«

»Wächst viel zu schnell. Überall beschissene Yuppies.«

Er sah mit zusammengekniffenen Augen auf sie herunter, was ihre Befürchtungen noch verstärkte. Das Verandalicht über seinem Kopf beleuchtete sein Gesicht von oben und unterstrich die tiefen Falten auf seiner Stirn und die argwöhnische Verengung seiner Augen. Die Zweifel standen ihm geradezu ins Gesicht geschrieben. War sie Opfer oder Jägerin? fragte er sich. War sie so verrückt wie früher? Was wollte sie wirklich hier? Und war es das Risiko wert?

Jetzt kam der Moment. Er fällte eine Entscheidung.

Sie streckte ihm den Sechserpack entgegen und verkündete: »Ich habe die Erfrischung mitgebracht, wie versprochen. Wie wär's – heben wir einen zusammen?«

In der Ferne war schwaches Donnergrollen zu hören. Er sah hinauf in den dunklen Himmel und sagte: »Es fängt gleich an zu regnen. Warum kommen Sie nicht rein?« Sie konnte an der aus seinem Gesicht gewichenen Anspannung erkennen, daß er sich entschieden hatte – berühmte Journalistin oder nicht, sie war immer noch dieselbe vertrauensselige leichte Beute wie als Mädchen. Molly stieß einen Seufzer der Erleichterung aus; vielleicht würde es doch klappen. Seine Frauenverachtung spielte ihr in die Hände.

»Danke für die Einladung«, sagte sie und stieg die Treppe hinauf.

Er hielt die Fliegentür auf und ließ den Hund vor ihr hineintrotten.

Sie betraten ein großes, düsteres Wohnzimmer, das nur durch

den Schein eines riesigen Sony-Fernsehers, der mit ausgeschaltetem Ton lief, erleuchtet wurde. Eine schmuddelige Couch an der Wand war mit Zeitungen bedeckt, und der braune Fransenteppichboden sah aus und roch, als müßte er dringend gereinigt werden.

»Das farbige Mädchen, das für mich putzt, ist diese Woche nicht gekommen«, sagt er. »Sieht normalerweise besser hier aus.«

Der Hund ließ sich in der Zimmermitte auf den Boden plumpsen.

»Dann lassen Sie uns mal das Bier auf Eis legen«, sagte er und machte sich auf den Weg Richtung beleuchtete Küche.

Sie folgte ihm. Er nahm ihr den Sechserpack Coors Light aus der Hand und verzog das Gesicht. »Sie trinken diese Katzenpisse?« Er öffnete den Kühlschrank, beugte sich herunter und holte zwei Flaschen Shiner Bock aus der Tür. »Nehmen Sie's mir nicht übel, aber wir trinken meins.« Als er sich vorbeugte, sah Molly genau hin, ob er hinten eine Pistole im Hosenbund stecken hatte. So wie er gekleidet war, konnte er sie nur dort unterbringen. Aber es sah nicht danach aus.

Er stand auf, drehte den Kronkorken an einer Flasche auf und reichte sie ihr. »Brauchen ›berühmte Journalisten‹ ein Glas? Oder trinkt ihr aus der Flasche?«

»Ist uns egal, Hauptsache, wir kriegen was zu trinken.« Sie nahm einen Schluck aus der Flasche.

»Prost«, sagte er, öffnete seine Flasche und streckte sie ihr entgegen, »auf unser Wiedersehen. Sie sind ja hoffentlich nicht mehr sauer.«

Sie stieß mit ihm an. »Sauer? Nach fünfundzwanzig Jahren? Ach, Sheriff, wer würde irgendwas so lange übelnehmen?« Sie setzte die Flasche an die Lippen und beobachtete ihn beim Trinken. Er ließ den Blick jetzt ganz offen taxierend über ihren

Körper schweifen. Er grunzte wohlwollend und genehmigte sich dann einen kräftigen Schluck.

»Wir hatten ja damals unsere Meinungsverschiedenheiten«, sagte er. »War ja wirklich unschön, wie Ihr Mann auf einmal aufgetaucht ist.« Ein kleines, wissendes Lächeln spielte um seine dünnen Lippen.

»Kann man wohl sagen«, erwiderte Molly, die selbst nach all der Zeit, die seitdem vergangen war, nicht an die Szene denken mochte – Grady, der nach Hause kam, sie im Schlafzimmer vorfand, sein schockierter und eisiger Rückzug; Crocker, der wegrannte und sie um die Abmachung beschiß.

»War wohl sehr sauer, Ihr Männe, was?«

»Ach, das ist doch alles gar nicht mehr wahr«, sagte sie achselzuckend.

»So.« Er wischte sich den Mund mit dem Handrücken ab. »Sie haben also Fragen an mich, was?«

»Tja, ich muß dir etwas gestehen, Olin.«

Er zog die Augenbrauen hoch.

»Ich bin unter einem falschen Vorwand hergekommen.«

»Ach, ist das so?« Er lehnte sich gegen den Kühlschrank, und sein offenes Hemd klaffte auseinander. Die Haut seines Oberkörpers war faltig und hing nach unten, als wäre sie ihm jetzt zwei Nummern zu groß, doch er streckte die Brust mit der ganzen Arroganz eines jungen Machos heraus, drückte die Bierflasche dagegen und rollte sie langsam zwischen den Brustwarzen. »Da hast du also keine Fragen an mich? Und ich dachte, ich würde in deinen Artikel kommen und berühmt werden.«

»Ja. Fragen habe ich schon, aber nicht über das Gesetz. Das Gesetz interessiert mich nicht besonders. Hat es auch noch nie.«

»Tatsächlich? Ich dachte, du würdest drüber schreiben.«

»Stimmt.«

»Aber du interessierst dich nicht dafür?«

»Du weißt doch, wie wir Frauen sind.« Sie streckte die Hand aus und legte einen Finger auf seine Wange. Die Haut fühlte sich feucht und dick an, als ob man erst viele Lagen durchbohren müßte, bis man auf Knochen oder Blut stieß. Langsam fuhr sie mit dem Finger seinen schwach ausgeprägten Kiefer nach, dann seinen Hals und sehr langsam die Brust hinunter und an der Bierflasche entlang, die er immer noch gegen den Körper gepreßt hielt. Er stand stocksteif.

Sie lächelte zu ihm auf. »Wir sind immer mehr am Persönlichen als am Politischen interessiert.« Sie ließ den Finger durch die jetzt grauen Haare auf seiner Brust kreisen. 1967 waren sie pechschwarz und dicht gewesen. Er hatte sie ihr ins Gesicht gerieben und dann ihren Kopf nach unten gedrückt. Hilflos vor Angst und Ekel hatte sie alles getan, was er von ihr verlangte. Er hatte sie zu nichts gezwungen, sondern ihr nur die von ihr begehrten Informationen als Wurstzipfel vor die Nase gehalten – und sie hatte mitgespielt.

Sie bewegte den Finger nach unten, wo sein dicker Bauch sich wölbte. Dann schlängelte sie sich mit dem Finger bis hinunter zu seiner Gürtelschnalle, die heute abend nur aus einfachem Messing bestand. Dort machte sie halt und fuhr mit dem Fingernagel horizontal über den Gürtel.

»Meine Fragen sind eher persönlicher Art«, gurrte sie.

Sein Atem ging jetzt schneller. »Zum Beispiel?«

»Oh, zum Beispiel, wo ist die hübsche Gürtelschnalle mit dem silbernen Stern? Der war es, der in der Galerie meine Aufmerksamkeit erregt hat. Sonst hätte ich dich womöglich gar nicht bemerkt.« Sie fingerte an der Messingschnalle herum. »Sie gefällt mir viel besser als die hier.« Dann drückte sie ihre Hand hinunter in seine Hose. Bei einem primitiven Kerl wie ihm wäre jede Art von Subtilität sowieso nur Zeitverschwendung. Sie wußte, daß er ein geiler Bock war, der am liebsten sofort zur Sache kam, ohne Zeit auf Präliminarien zu verschwenden.

Und sie hatte es noch eiliger. Ihre Befürchtungen wuchsen ständig, und sie konnte es kaum noch abwarten, diese grauenhafte Komödie zu Ende zu bringen und zu *ihrer* Sache zu kommen.

»Der Gürtel ist in meinem Schlafzimmer.« Er faßte sie am Oberarm. »Komm. Ich zeig' dir…«, er sah sie lüstern an, »… meinen Kleiderschrank.«

Molly hatte ihre Handtasche die ganze Zeit über der Schulter hängen gehabt. Sie drückte mit dem linken Arm dagegen, um sich Mut zu machen, und ließ sich mit klopfendem Herzen und schweißnassen Händen aus der Küche führen. Er steuerte sie durch das Wohnzimmer und einen dunklen Flur entlang. In der Mitte des Flurs, seine Hand hielt sie fest am Arm umklammert, schien die Decke über ihr einzustürzen und jede Art von Ausweg zu versperren. Genauso hatte er sie mit sechzehn ins Schlafzimmer ihres Vaters geführt.

Im Schlafzimmer, erleuchtet von einer kleinen Lampe auf dem Nachttisch neben dem ungemachten Doppelbett, gab es denselben braunen Teppichboden wie im Wohnzimmer und denselben abgestandenen, unsauberen Geruch. Er blieb vor dem Bett stehen und drehte sich zu ihr um. Augenblicklich öffnete er seine Gürtelschnalle und ließ seine Hosen zu Boden fallen. Dieses Lamm zur Schlachtbank zu führen, erforderte wirklich nicht sehr viel Geschick.

Molly stellte ihre Bierflasche auf der Kommode ab und drapierte die Handtasche sorgfältig daneben.

»Was soll mich das hier kosten?« fragte er. »Du hast mir deine Fragen noch nicht verraten.«

»Tja«, sagte sie, während sie langsam den Reißverschluß ihrer Jeans öffnete, »was darf es denn sein? Was gefällt dir denn heutzutage so, Olin?«

»Dasselbe wie immer«, sagte er und zog seine Boxershorts herunter, unter der seine Erektion zum Vorschein kam.

»Wie wär's damit?« sagte sie und hob langsam die Bluse hoch. »Wir beenden das, wobei wir das letzte Mal unterbrochen worden sind. Und dann beantwortest du mir eine Frage.« Sie zog die Bluse über den Kopf und ließ sie auf den Boden fallen.

Er musterte sie. »Na, ich weiß ja nicht. Das war beim letztenmal unsere Abmachung. Nimm's mir nicht übel, aber du bist älter geworden.« Er lächelte.

Sie starrte zurück und musterte seinen Körper genauso eingehend wie er ihren. »Nimm's mir nicht übel, Sheriff, aber *wir* sind älter geworden.«

Sein Lächeln verschwand. »Frauen über Fünfundzwanzig geben mir einfach nichts, aber für dich mache ich eine Ausnahme. Unerledigte Geschäfte.«

Sie wand sich aus den Jeans und trat sie zur Seite. »Ich fühle mich geehrt. Oh.« Sie drehte sich zur Kommode um. »Ich habe dir was Schönes mitgebracht.« Sie öffnete die Handtasche und zögerte, unsicher, ob sie nach der Pistole oder den Kondomen greifen sollte. Es war zu früh für den Revolver; sie hatte vorgehabt zu warten, bis er sich in einer verletzlicheren Position befand.

»Jetzt dreh dich ganz langsam um«, sagte er hinter ihr.

Ihre Hand umklammerte die Kondome. Sie tat wie befohlen und drehte sich ganz langsam um.

Er saß auf dem Bett und hielt ein Gewehr auf sie gerichtet. Mein Gott, war der schnell; er mußte es unter dem Bett gehabt haben.

Sie hob die Hand mit den Kondomen und streckte sie ihm entgegen. »Nun aber mal nicht übertreiben, Sheriff. Ich weiß ja, daß ihr Männer die nicht leiden könnt, aber *echt.*« Sie winkte ihm mit der Packung zu. »Nichts Persönliches. Ist eine meiner Spielregeln.« Sie warf das Päckchen neben ihm aufs Bett. »Die erste meiner drei Spielregeln fürs Bett«, schnurrte sie, wobei sie sich an die Kommode lehnte, sich mit den Armen abstützte und mit einer Hand die Tasche berührte.

Er hielt das Gewehr mit einer Hand auf sie gerichtet und hob mit der anderen das Päckchen hoch. Während er nach unten blickte und es betrachtete, zog Molly blitzschnell die Pistole aus der Seitentasche der Handtasche, steckte sie hinten in ihr weißes Spitzenhöschen und hoffte, daß sie das Gewicht aushalten würde.

Crocker sah mit breitem Grinsen auf. »Leuchten im Dunkeln, was? Na, das werden wir ja sehen. Was sind deine beiden anderen Spielregeln?«

»Keine Schußwaffen. Du mußt das weglegen.«

»Und?«

»Und nichts, wobei Blut im Spiel ist. Abgesehen davon ist alles erlaubt.«

»Machen wir's so«, sagte er, das Gewehr immer noch auf sie gerichtet. »Laß mich doch mal in deine Handtasche sehen. Nur, damit ich weiß, daß du dich auch an deine eigenen Regeln hältst.«

Molly faßte hinter sich, nahm die Tasche und warf sie aufs Bett. Er wühlte darin herum und warf sie ihr dann wieder zu.

Er beugte sich vor und legte das Gewehr auf den Boden.

»Unters Bett«, sagte Molly, »wo man's nicht mehr sehen kann.«

Er schob es unters Bett.

»Na schön. Und jetzt ziehst du eins von den Kondomen an, Sheriff, und ich werde überprüfen, ob sie wirklich nach Zitronen schmecken.«

Er riß die Packung hastig auf und holte einen der Gummis heraus. Während er ihn auf sich entrollte, ging sie rasch zu ihm. Er saß auf der Bettkante. Sie kniete sich zwischen seine gespreizten Beine und versuchte, möglichst wenig von seinem säuerlichen Geruch einzuatmen, an den sie sich nur zu gut erinnerte. »Das nächste Mal zeige ich dir, wie ich den Gummi mit dem Mund entrollen kann – ein Kunstgriff der Frau der Neunziger.« Sie legte die Hände auf seine Knie. »Leg dich hin. Mach schon«, flötete sie.

Er ließ den Kopf aufs Bett sinken, wobei seine Beine über die Bettkante hingen. Perfekt. Langsam fuhr sie mit der linken Hand an der Innenseite seines Oberschenkels hinauf, während ihre rechte Hand nach hinten nach dem Revolver griff. Sie brachte ihn unter seinen Beinen nach vorn und drückte ihn von unten gegen seine Hoden. Das Geräusch, das das Spannen des Abzugs verursachte, war unmißverständlich.

Crocker gab ein leises »Uff« von sich.

»Halt still«, sagte sie. »Eine Bewegung, und ich verwandle deine Eier in Hackfleisch.«

Sie warf schnell einen Blick in sein Gesicht, um die Reaktion auf Wandas Zitat zu sehen. Seine Lippen schienen zu einem kleinen O erstarrt zu sein. Er war vor Angst wie gelähmt. Die kleine Welle der Schadenfreude, die sie durchlief, war nicht zu leugnen. Dieser plötzliche Wechsel der Machtverhältnisse gefiel ihr ganz besonders. Vielleicht hatte sie doch das Zeug zu einer Rächerin.

Sie stieß ihm die Pistole härter in die Weichteile. Seine Erektion war in sich zusammengefallen und das Kondom eingeschrumpelt wie ein leerer Luftballon.

»Du wolltest doch meine Frage hören, Sheriff. Sie ist ganz einfach. Wer hat dich 1967 bestochen?«

Das einzige Geräusch im Raum war sein schwerer Atem.

»Du schuldest mir eine Antwort. Wenn du's mir nicht sagst, jag ich dir eine dieser feinen Schwarzen Krallen genau hier ins Weiche«, sie stieß einmal zu, »und ich werde es mit Freuden tun.« Sie sah in sein Gesicht, das dunkelrot angelaufen war. »Haben wir uns verstanden?«

Er grunzte.

»Gut. Jemand hat dir fünfzigtausend gegeben. Das weiß ich. Wer war das?«

»Niemand.« Seine Stimme war nichts als ein Krächzen.

Sie drückte fester. Er winselte und wand sich auf dem Bett.

»Nur zu, beweg dich ruhig, gib mir einen Grund. Wenn ich dich kastriere, tue ich der Welt nur einen Gefallen. Wer war es?«

»Das willst du nicht wissen.« Seine Stimme versagte.

»Wer war es?«

Er schwieg.

Das hatte sie befürchtet. Sie mußte ihn davon überzeugen, daß sie es ernst meinte. Sie drückte ihren linken Daumen direkt neben dem Pistolenlauf in seinen Hoden. Dann senkte sie die Pistole fünf Zentimeter, so daß sie auf die Seite der Matratze zielte. Sie machte die Augen zu und drückte ab.

Die Explosion brachte das kleine Zimmer zum Beben. Er richtete sich mit einem kleinen Kreischen auf, wobei ihm die Tränen über die Wangen liefen. Molly war völlig betäubt. Immer noch kreischend versuchte Crocker, nach ihrem Arm zu greifen.

Sie stieß die Pistole mit voller Kraft in sein Skrotum.

Er kreischte wieder.

»Leg dich hin!« brüllte sie und spannte den Abzug.

Wimmernd ließ er sich wieder aufs Bett sinken. »Auuu. Aufhören«, bettelte er, »bitte aufhören.«

»Das war nur eine Warnung. Die nächste Kugel wird deinem beschissenen Sexleben ein Ende machen. Wer war es?«

»Du wirst es nicht gern hören.« Seine Stimme überschlug sich vor Angst und Schmerz.

Sie verstärkte den Druck der Pistole. »Wer?«

Im Flüsterton sagte er: »Parnell Morrisey.«

»Was?«

Er sagte es lauter. »Parnell Morissey.«

»Du Lügner«, zischte sie.

»Es stimmt«, krächzte er.

»Nein.«

»Doch, Molly, wirklich.«

»Hör auf mit dem Scheiß.«

»Wirklich. An dem Tag, an dem wir die Leiche fanden, kam er, um sie zu identifizieren, und da gab er mir das Geld, in bar.« Er redete sehr schnell. »Parnell Morrisey. Genau da in meinem Büro. Ich brauchte nichts weiter zu tun, als es als Selbstmord zu deklarieren und die Fährten nicht zu verfolgen und das Boot vorerst nicht zu bergen. Das ist die Wahrheit, bei Gott, ich schwöre. Laß mich hinsetzen.«

Mollys Blut hämmerte in ihren Schläfen.

»Ich schwör's. Laß mich hoch. Mir ist schlecht.«

Sie drückte den Revolver fester in seine Genitalien. Er stöhnte. »Du tust mir so weh.«

»Gut.«

»Ich hab' dir gesagt, was du wolltest.«

»Warum sollte ich einer miesen Ratte wie dir glauben?«

»Wenn ich hätte lügen wollen, hätte ich einen anderen Namen genannt.« Seine Stimme zitterte. »Er hat mir damals schon gesagt, daß du ein Problem werden könntest. Daß du nur ein Kind wärst, aber unheimlich schlau und daß du nie aufgeben würdest. Er sagte, ich solle dir nichts verraten. Deswegen habe ich dir nie irgendwelche Informationen gegeben.«

Molly war zumute, als hätte sie sich mit falschem Mut aufgeblasen, der nichts als heiße Luft gewesen war und jetzt herauszischte und sie so eingeschrumpelt und lächerlich wie das beschissene Kondom aussehen ließ. Wenn das stimmte, was hatte es zu bedeuten?

»Wer hat meinen Daddy umgebracht?« Die Frage klang wie ein Flehen.

»Ich weiß nicht, was vorgefallen ist. Gott sei mein Zeuge, ich weiß es nicht.«

»Parnell?« fragte sie, erstaunt, daß sie einen solchen Gedanken überhaupt zulassen konnte.

»Vielleicht. Ich weiß es nicht. Soweit ich weiß, war es Selbstmord, genau wie ich geschrieben habe.«

»Aber warum würde er dann ein Bestechungsgeld zahlen?«

»Weiß ich nicht. Ich muß mich hinsetzen. Ich kriege keine Luft.«

Molly rutschte auf ihren Knien nach hinten, die Pistole weiter auf seine Weichteile gerichtet. »Na gut, setz dich hin.«

Er zog seine Beine aufs Bett und rutschte nach hinten, um sich am Kopfende anzulehnen. Sein Gesicht war fleckig und tränennaß, einige Rotzfäden hingen ihm von der Nase.

»Leg die Hände auf den Bauch, damit ich sie sehen kann«, sagte sie.

Er tat wie ihm geheißen. »Geh jetzt«, sagte er, »und ich werde niemandem etwas hierüber erzählen.«

»Oh, das wirst du sowieso nicht tun.« Ihr gesamter Körper fühlte sich taub an, als würde eine Betäubungsspritze zu wirken beginnen. Angst und Unsicherheit waren verflogen.

»Wo ist dein Scheckbuch, Sheriff?«

Er zeigte auf einen kleinen Schreibtisch mit Rollklappe hinten an der Wand.

»Ich werde es für dich holen. Du bewegst noch nicht mal den kleinen Finger.«

Sie stand vorsichtig auf, hielt den Revolver auf ihn gerichtet und ging rückwärts zu dem Tisch. »Wo?«

»Drinnen. In einem von den Fächern.«

»Welchem?«

»Oben rechts.«

Ohne hinzusehen, faßte sie hinein, bis sie ein Scheckbuch in einer Plastikhülle und einen Kugelschreiber fand.

Sie kam zurück und stand über dem Bett. »Jetzt kommen wir zu unserem Geschäft. Du wirst jetzt einen Scheck ausstellen, zahlbar an Sylvia Ramos. Erinnerst du dich an sie?«

Sein verwüstetes Gesicht war leer.

»Denk nach. Hübsche mexikanische Señorita. Travis County Jail, 1972, eine von deinen Arbeiterinnen bei Miracle Massage. Du wirst den Scheck auf einen Betrag von hunderttausend Dollar ausstellen. Es ist eine Spende an einen gemeinnützigen Verein, kannst es also von der Steuer absetzen. Da unten auf der Zeile, wo ›Verwendungszweck‹ steht, schreibst du ›Casa Christine‹ hin. Christine wie Christine Fanon. Weißt du noch?«

Sein Mund stand ungläubig offen, als ob gerade ein Gespenst vor ihm erschienen wäre.

»Sie ist natürlich tot – Überdosis –, doch als kleine Geste der Wiedergutmachung für all den Schaden, den du angerichtet hat, wirst du einen kleinen Beitrag für eine Einrichtung, die an sie erinnern soll, leisten – eine Unterkunft für junge Prostituierte. Das ist nur angemessen, da dein jahrelanges Interesse ja jungen Frauen in Not galt.«

Sie legte das Scheckbuch auf seinen Bauch und steckte ihm den Stift in die Hand. »Los. Stell den Scheck aus.«

Er klappte das Scheckbuch auf und fing an zu schreiben, schrecklich langsam, wobei er offensichtlich Schwierigkeiten hatte, sein Zittern zu kontrollieren.

»Und schön leserlich schreiben, Sheriff. Ich werde ihn Sylvia sofort per FedEx zuschicken«, sagte Molly. »Und das Verblüffende an der Sache ist: Wenn ich hier rausgehe, wirst du den Scheck nicht sperren lassen. Und du wirst auch nichts unternehmen, um dich an mir oder Sylvia Ramos oder irgend jemandem, der mit der Sache zu tun hat, zu rächen.« Sie brachte ein Lächeln zustande. »Ich möchte wetten, daß du gern wüßtest, warum du all das nicht tun wirst.«

Er hatte den Scheck fertig ausgestellt. Sie überprüfte ihn und wollte ihn gerade in die Tasche stecken, als sie merkte, daß sie immer noch in Unterwäsche dasaß. Plötzlich hatte sie den verzweifelten Wunsch, sich anzuziehen, wußte aber nicht wie, wenn sie gleichzeitig die Pistole auf ihn gerichtet hielt, weswegen sie den Scheck zusammenfaltete und in den BH steckte.

»Gut, Sheriff, willst du die Hütte hier und die vierhunderttausend, die du auf der Bank angelegt hast, behalten? Eigentlich sind es ja jetzt nur noch dreihunderttausend, hab ich recht?« Sie sah ihn an und wartete auf eine Antwort, aber er starrte hinunter auf seine Hände.

»Ja, ich glaube schon, daß du sie behalten willst. Du willst hier weiter den Gentlemanfarmer spielen. Mit einundsechzig will man nicht wieder wie der Idiot dastehen, dem nichts gehört auf der Welt.

Jetzt hör mir gut zu. Wenn du den Scheck sperren läßt oder irgend jemandem erzählst, was heute abend vorgefallen ist – könntest ja sowieso nicht besonders stolz darauf sein –, dann wird folgendes mit dir geschehen.« Sie sprach langsamer, um sicherzugehen, daß jedes Wort seine volle Wirkung entfaltete. »Ich werde alles in meiner Macht Stehende tun, um dich wegen sexuellem Mißbrauch, Verführung Minderjähriger und einer Reihe anderer Straftaten, die wir uns einfallen lassen werden, verurteilen zu lassen. Ich verfüge über eine Kriegskasse von fast einer halben Million, die ich dafür ausgeben kann: Detektive, Anwälte, das volle Programm. Und weißt du, woher ich das Geld habe? Die Lebensversicherung meines Vaters. Hunderttausend, seit 1967 steuerfrei angelegt, die mit Zins und Zinseszins wachsen, nie angerührt. Die habe ich für dich gespart, Sheriff, und ich bin bereit, jeden Cent davon für deine Strafverfolgung auszugeben. Wenn ich dich nicht in den Knast bringen kann, dann werde ich dich wenigstens in den Ruin treiben. Vielleicht wirst du noch mal den Kopf aus der Schlinge ziehen können, aber es wird dich alles kosten, was du besitzt.

Deine geschiedenen Frauen – Ruth, Jeanette und besonders Kelly – werden gegen dich aussagen. Sie können dich nicht besonders gut leiden. Und der Privatdetektiv, den ich auf dich angesetzt habe, hat die Namen mehrerer minderjähriger Mädchen ausfindig gemacht. Wenn ich meine Kontakte zu den Medien spielen lasse und nach anderen jungen Frauen fahnde, die von dir mißbraucht worden sind, dann wird es dir schlecht ergehen, denn du hast deinen Samen ja breit gestreut, Olin.«

Molly sah ihm forschend ins Gesicht. Es war grau und störrisch. »Hast du mich verstanden? Ich will eine Antwort.«

»Ich habe dich verstanden«, sagte er mit kaum hörbarer Stimme.

»Na schön. Ich werde dir jetzt eine zweite Chance geben, die Wahrheit zu sagen. Diese Chance wirst du sicherlich wahrnehmen wollen, da ich es überprüfen werde, und wenn ich herausfinde, daß du gelogen hast, dann füttere ich dich häppchenweise in den Fleischwolf unseres Justizsystems. Hast du mir heute abend die Wahrheit gesagt? War es Parnell Morrisey, der dir 1967 fünfzigtausend bezahlt hat?«

»Ja, aber es waren sechzigtausend«, sagte er.

Molly lag die Bestätigung wie ein bleierner Klumpen im Magen. Sie glaubte ihm.

»Okay, Sheriff«, sagte sie, »wie komme ich jetzt am besten hier raus? Muß ich dich fesseln, als ob du irgendwelche neckischen Sado-Maso-Spielchen getrieben hättest, und dann auf dem Nachhauseweg die Polizei rufen, damit sie dich befreit? Oder soll ich einfach verschwinden?«

»Verschwinde einfach. In Gottes Namen, verschwinde einfach von hier.«

Das Geräusch von Regen, der auf das Dach trommelte, ließ sie einen Augenblick innehalten. Sie fragte sich, wie lange es wohl schon regnen mochte, ohne daß sie es gehört hatte. »Hast recht gehabt mit dem Regen«, sagte sie. »Ach, eine Sache noch. Schreiben ist mein Beruf, also habe ich natürlich alles aufgeschrieben. Mein Anwalt und mein Verleger haben Kopien von allem, weswegen es dir Ärger ohne Ende bereiten würde, wenn du mir etwas antust. Und ich werde ein Auge auf deine Exfrauen und die kleinen Mädchen haben, die du vergewaltigt hast, damit du sie nicht kontaktierst oder bedrohst.« Sie bohrte ihm den Revolverlauf in den Bauch. »Haben wir uns verstanden, Sheriff?«

Er nickte.

Ohne die Augen von ihm zu wenden, bückte Molly sich und hob Jeans und Bluse auf. Sie nahm die Handtasche von der Kommode und kam aufs Bett zu. Sie angelte mit dem Fuß unter dem Bett und zog das Gewehr hervor. Es war nicht einfach, aber sie schaffte es, die Kleider unter den Arm zu klemmen und das Gewehr mit der Linken aufzuheben. »Ich lasse das Gewehr am Ende der Ausfahrt fallen.«

Sie ging rückwärts zur Tür. »Jetzt zählst du bitte bis hundert, bevor du aufstehst.«

»Verschwinde auf der Stelle aus meinem Haus.«

»Vielen Dank für die großzügige Spende. Und übrigens, Sheriff, du hast wirklich ein Wahnsinnsschwein gehabt. Heute nacht bist du noch so davongekommen, aber von jetzt an stehst du unter Beobachtung, und wenn du noch einmal kleine Mädchen angrapschst, dann gehst du in den Knast. Das verspreche ich dir, und du wirst dich erinnern, daß ich ein Versprechen nie vergesse.«

Sie warf einen letzten Blick auf ihn. Er war nichts als ein nackter, alter Mann, der zitternd auf dem Bett saß und dem die Tränen unter den geschlossenen Augenlidern hervorquollen.

Als Molly auf halbem Weg zurück nach Austin war, hatte der Regen die Luft so stark abgekühlt, daß sie das Fenster schließen mußte. Sie zitterte, immer noch in ihrer Unterwäsche.

21. Kapitel

Wenn die alte Mutter Gans
Auf Wanderschaft wollte gehn
Dann durchritt sie die Lüfte
Auf einem feinen Gänserich.

Englischer Kindervers

Sarah Jane Hurley erwacht im Regen. Es ist dunkel, und sie liegt auf dem Boden, einen Arm noch immer um den Baum geschlungen. Sie liebt das Gefühl des Regens, jeder Tropfen ist ein Babyküßchen, das ihre brennende Haut kühlt. Dampf steigt von ihrem Körper auf, alle Wut ist verflogen, hat sich in der Dunkelheit in Luft aufgelöst.

Es ist das erste Mal seit Jahren, daß sie nicht in Angst erwacht.

Sie öffnet den Mund und trinkt vom Regen. Sie ist völlig ausgetrocknet, und er gibt ihr genau das, was sie braucht.

Es regnet in Strömen, der alte Mann schnarcht. Er fiel aus dem Bett und brach sich den Kopf und konnte am Morgen nicht aufstehn. Das sang sie Tom und Ellie immer an regnerischen Morgen vor, wenn sie sie für die Schule fertigmachte, und davor hatte Gramma es ihr vorgesungen.

Wenn es an dem Morgen des Feuers nicht so stark geregnet hätte, sagten alle, wären ihre Kinder tot gewesen. Tom und Ellie wären bei lebendigem Leib verbrannt im Kinderzimmer. Ein Geschenk des Himmels, sagten sie alle. Es ist das, wofür sie in ihrem Leben am dankbarsten ist. Allein daran zu denken, läßt sie schon erzittern – so nah war die Katastrophe. Sie wurde gerettet vom gnädigen Regen.

Seit Jahren hat sie nicht mehr daran denken mögen. Jetzt erscheint es ihr wichtig, sich zu erinnern. Tom war fünf und Ellie sieben. Sarah Jane hatte fast die ganze Nacht beim Saufen in der Kneipe zugebracht. *Marienkäfer, flieg heim geschwind.* Sie war um vier Uhr morgens nach Haus gekommen und hatte auf dem Sofa im Wohnzimmer geraucht, damit sie nicht ins Schlafzimmer gehen und sich Harolds wütenden Vorhaltungen stellen mußte. Sie war in einen tiefen, berauschten Schlaf gefallen, und die Zigarette war ihr aus den Fingern und auf den Boden geglitten. Sie hatte die Zeitungen in Brand gesteckt, und die hatten die Vorhänge und diese wiederum den Sessel in Brand gesteckt. Doch statt auf sie überzugreifen, hatte es sich über den Teppichboden durch den Flur und bis nach hinten zum Kinderzimmer ausgebreitet, wo es zuerst das Holzspielzeug in Brand setzte, dann die Bettdecke, die von Toms Bett herunterhing, dann seinen Pyjama und die makellose weiche Kinderhaut an seinem Arm. *Dein Haus steht in Flammen, die Kinder verbrennen.*

Als sie aus ihrem Rausch erwacht war, war fast schon alles vorüber gewesen. Sie war immer noch betrunken aus dem qualmenden Haus getorkelt, ohne auch nur zu bemerken, daß es gebrannt hatte, ohne sich zu erinnern, daß sie Kinder hatte, um die sie sich kümmern mußte.

Die Feuerwehrleute hatten gesagt, Ellie und Tom wären in den Flammen umgekommen, wenn Harold nicht durch das Feuer gekrochen wäre und sie gerettet hätte. Und sie hatten gesagt, ohne den Regen wäre es nicht möglich gewesen, und beide Kinder wären verbrannt. Doch der Himmel hatte sich in letzter Minute aufgetan und Ströme von Regen über ihrem Haus in Baytown vergossen, um die Flammen gerade noch rechtzeitig so weit zu löschen, daß Harold zu den Kindern gelangen konnte.

Das war für Harold natürlich der Tropfen gewesen, der das Faß zum Überlaufen brachte. Er hatte sich von ihr scheiden lassen und das Sorgerecht für die Kinder erhalten. Es war am besten so: Er war kein schlechter Vater.

Sie stülpt die Lippen vor, um die dicken Tropfen aufzufangen. Sie versteht jetzt, was es mit diesem Neuanfang auf sich hat: Sie soll die Leute im Senat vor dem Giftgas retten. Deswegen hat das Schicksal sie unter die Terrasse gesteckt, um das Gespräch mit anzuhören – damit sie zurückzahlen kann, was sie schuldig geblieben ist. Warum hat sie das bisher nicht verstanden?

Danke, flüstert sie dem Regen zu, danke, daß du damals geholfen hast, und danke für deine Hilfe jetzt.

Sarah Jane schläft wieder ein und denkt, wenn sie irgend etwas auf dieser Welt anbeten würde, dann wäre es der Regen.

22. Kapitel

Es war nicht der Tod, denn ich
stand auf,
Und all die Toten – ruhen.

Emily Dickinson

Noch lange nach Mitternacht war Molly Cates wach und sah dem Regen zu, wie er in kleinen Rinnsalen am Fenster hinunterlief.

Es hatte Stunden gedauert, bis sie so weit zur Ruhe gekommen war, daß sie zusammenhängend denken konnte. Die durch den Adrenalinstoß erzeugte Euphorie, die sie auf dem Heimweg verspürt hatte, und der Nervenkitzel, etwas Gefährliches getan und unbeschadet überstanden zu haben, legten sich endlich. Doch es war, als hätte sie eine Bank ausgeraubt und stellte fest, daß sie nicht die Goldmünzen erbeutet hatte, hinter denen sie hergewesen war, sondern einen Sack mit verrottetem Müll. Sie hatte keine Ahnung, was um alles in der Welt sie mit Crockers Enthüllung anfangen sollte.

Parnell.

Parnell Morrisey hatte Crocker sechzigtausend Dollar gezahlt, um den Tod ihres Daddys als Selbstmord hinzustellen und die Akte zu schließen.

Weshalb nur? Weshalb hätte er so etwas tun sollen? Die einzige Theorie, die Molly sich zusammenreimen konnte, war derart weit hergeholt, daß sie sie kaum zu denken wagte: Parnell hatte Vernon Cates ermordert. Aber warum nur?

Unter den richtigen Umständen konnte jeder jeden ermorden, das wußte sie. Immerhin töteten Mütter ihre Kinder, Männer ihre besten Freunde, Geliebte brachten einander um, Menschen begingen ständig widerliche Verbrechen aneinander. Aber Parnell? Dieser sanftmütige, liebenswerte, vernünftige Mann, ihr Patenonkel und lebenslanger Beschützer, sollte seinen Freund aus Kindertagen ermordet haben – diese Vorstellung war einfach absurd.

Aber vielleicht war etwas vorgefallen, und sie hatten einen Streit.

Vielleicht hatte Daddy etwas schreiben wollen, was Parnells politische Karriere gefährdete.

Vielleicht war die Freundschaft abgekühlt, nachdem sie an den Lake Travis gezogen waren. Wenn sie jetzt daran zurückdachte, schien es Molly, daß sie die Morriseys nach dem Umzug seltener gesehen hatten, obwohl sie in Austin wohnten, das nur fünfunddreißig Autominuten von Volente entfernt war. Ihr Daddy war ganz mit Franny und seinem Schreiben beschäftigt gewesen. In Austin hatte Parnell sehr viel im Parlament zu tun gehabt, ansonsten führte er seine Ranch draußen in Lubbock, und Rose war oft krank.

Sie würde Parnell natürlich fragen.

Sie könnte ihn jetzt anrufen, aus dem Bett klingeln und ganz unverblümt fragen: Warum hast du Olin Crocker bestochen? Hast du meinen Daddy getötet?

Doch wenn er es getan hatte, dann hatte er es achtundzwanzig Jahre lang geheimgehalten und würde sein Geheimnis jetzt sicher nicht preisgeben.

Wenn nur Harriet ihre sieben Sinne noch beisammen hätte. Als Vertraute ihres Bruders und lebenslange enge Freundin der Parnells hätte sie sicherlich davon gewußt, wenn die Freundschaft Risse gehabt hätte oder in die Brüche gegangen wäre. Ihr Bruder hätte darüber gesprochen, und selbst nachdem sie weggezogen waren, hätte er ihr davon geschrieben. Ihr Vater hatte regelmäßig einmal in der Woche brieflich mit seiner Schwester daheim in Lubbock korrespondiert. Sie waren beide eifrige Briefeschreiber gewesen, die das Schreiben stets dem Telefonieren vorgezogen hatten.

Und Harriet hatte alles aufgehoben, was Vernon Cates je geschrieben hatte. Vielleicht gab es irgendwo in dem unermeßlichen Wust von Harriets Archiv Briefe darüber, Briefe aus dem Jahr nach dem Umzug.

Mollys Mut sank angesichts der Vorstellung, das Archiv in Angriff nehmen zu müssen. Da sie bisher nicht in der Lage gewesen war, sich dieser Aufgabe zu stellen, hatte sie es eingemottet und vernachlässigt, doch sie wußte, daß der unumgängliche nächste Schritt der sein mußte, sich mit ihm zu beschäftigen. Die Suche nach einer Nadel im Heuhaufen wäre wesentlich einfacher, und auch erfreulicher.

Als Grady Traynor um drei Uhr nachts mit seinem Hund eintraf und Molly im dunklen Wohnzimmer sitzen sah, kam er ohne ein Wort zu sagen herein, setzte sich ihr zu Füßen und lehnte sich an ihre Knie. Der Hund ließ sich neben ihn fallen.

Grady starrte mit ihr auf das schwarze, regennasse Fenster. Nach einigen Minuten des Schweigens fragte er: »Was bringt dir das, Molly?«

Sie ließ sich Zeit mit der Antwort. In den achtundzwanzig Jahren, die sie diese monatlichen Nachtwachen schon hielt, hatte sie nie versucht, sie jemandem zu erklären. Sie hatte selbst nie verstanden, woher das Bedürfnis kam, hin und wieder im Dunkeln zu sitzen und die Nacht verstreichen zu lassen. Es hatte begonnen, als ihr Vater starb, und stand sicherlich mit seinem Tod im Zusammenhang.

Jetzt spürte sie, daß sie es verstehen und mitteilen wollte.

»Ich glaube, es hat damit zu tun, daß ich kein Ritual in meinem Leben habe, keine Religion, keine Traditionen. Vielleicht ist es, als ob ich eine Kerze anzünden oder das Kaddisch hersagen oder wehklagen oder in Sack und Asche gehen würde.«

»Eine Form der Trauer.«

»Wahrscheinlich schon.«

»Doch jede Trauerzeit ist einmal vorbei«, sagte er sehr leise. »Glaubst du nicht, daß das der Sinn von Ritualen ist – sie nach einer bestimmten Zeit zu beenden?«

»Vermutlich. Aber scheinbar bin ich nicht dazu in der Lage. Vielleicht muß man weiter trauern, bis man es richtig tut.«

»Oder bis die Toten sich zur Ruhe legen«, sagte er. Er blickte jetzt zu ihr auf, die blassen Augen silbern im Dunkeln.

»Grady, ich bin noch nicht einmal mit zum Friedhof gekommen, als sie ihn begraben haben. Nach der Trauerfeier bin ich einfach davongelaufen. Ich habe mich nicht verabschiedet, und ich habe noch nie sein Grab besucht.«

»Willst du mir erzählen, was passiert ist, Molly?«

Ja, sie wollte es ihm erzählen – unbedingt. Er war der beste Zuhörer, den sie kannte, das seltene Exemplar eines Mannes, der sich ein Problem anhören konnte, ohne es gleich lösen zu wollen. Sie wollte ihm von Parnell und dem Bestechungsgeld erzählen, konnte es aber nicht, ohne den Teil mit Olin Crocker zu erwähnen; aber das war ein Thema, über das sie niemals mit ihm sprechen würde.

»Nein«, sagte sie. »Ich habe dir noch nichts zu berichten.«

»Na ja, ich bin da. Jederzeit, wenn du in der Laune zum Reden bist.«

Sie legte ihm die Hand in den Nacken. »Ich weiß.«

Er drehte sich um und kniete vor ihr, wobei er langsam mit den Händen an ihren Beinen hinauffuhr. »Hör mal, Copper und ich müssen unbedingt in die Falle. Wir wären begeistert, wenn du mitkommen würdest.« Seine Hände rutschten auf ihrem Bauch nach oben und streiften ihre Brüste. »Das wünschen wir uns sogar sehr. Komm mit ins Bett, Molly.«

Sie beugte sich vor und drückte ihre Lippen in einem langen Kuß auf seine.

»Na gut«, sagte sie etwas atemlos.

Er stand auf, nahm ihre Hände und zog sie aus dem Sessel. »Heiße Sache, Copper«, sagte er. »Wir haben das große Los gezogen.«

Immer, wenn Grady Traynor ihr Bett verließ, um zur Arbeit zu gehen, mußte sie das Bedürfnis niederkämpfen, ihn festzuhalten, die Arme um ihn zu schlingen, sich ganz dicht an seinen Rücken zu schmiegen und ihn zu bitten, nicht wegzugehen. Sie hatte es natürlich noch nie getan oder ihm auch nur gesagt, daß sie so empfand, aber das Bedürfnis schien stärker zu werden.

Er war angepiepst worden, und natürlich würde er hingehen, wie immer ohne jedes Murren, auf der Stelle hellwach, obwohl er nicht einmal zwei Stunden geschlafen hatte.

Sie sah auf die grünleuchtenden Ziffern des Radioweckers. »Viertel nach vier, Grady. Was ist los?«

»Der Gristead-Fall. Karen Gristead sagt, sie will ein Geständnis ablegen – bei mir.«

»Natürlich bei dir. Es sind deine guten Umgangsformen.« Sie strich ihm mit der Hand über den bloßen Rücken. »Und das meiste davon kennt sie noch nicht einmal.«

Er beugte sich zu ihr und küßte sie, aber es war ein mechanischer Kuß. Seine Aufmerksamkeit galt bereits Karen Gristead und ihrem Ehemann, der, mit einem Einschußloch im Auge, tot in der Badewanne aufgefunden worden war.

Grady schlüpfte in seine Hose, die auf dem Fußboden lag. »Wenn ich losfahre, gehst du dann hinunter zum Fenster?«

»Nein. Ich schlafe weiter«, sagte sie.

Doch als sie ihn die Eingangstür zuziehen hörte, warf sie ein großes T-Shirt über und ging nach unten. Der Hund folgte ihr; das Klingeln seiner Marken war das einzige Geräusch im stillen Haus.

Das Fenster war immer noch tintenschwarz, genau wie sie es verlassen hatte, und auch der Regen lief unverändert an der Scheibe herunter. Sie machte es sich mit untergeschlagenen Beinen im Sessel bequem.

Der Hund umrundete sie ein paarmal und ließ sich dann vor den Sessel plumpsen. Copper war ein seit zwei Jahren, seit sein Führer erschlagen worden war, pensionierter Polizeihund der Hundestaffel K-9 des Austin Police Department. Mollys Ansicht nach rührten die Verhaltensstörungen des Hundes von diesem Trauma her. Er wartete noch immer darauf, daß sein Hundeführer zurückkam.

»O Copper«, sagte sie, »die Vergangenheit ist nicht wirklich vergangen, was? Scheinbar bist du der einzige in meinem Leben, der das versteht.«

23. Kapitel

Es war mal 'ne alte Frau, und was
soll ich dir sagen?
Mit nichts als Essen und Trinken
füllt' sie ihr'n Magen;
Nichts als Trinken und Essen war'n
die Nahrung der Alten
Und doch konnt die Frau ihren
Mund nicht halten.

Englischer Kindervers

Selbst die beste Pulle Scotch hat sie noch nie in solch einen Schwebezustand gebracht. Sarah Jane fliegt. Sie ist ein Kind, das sich einen grünen, grasbewachsenen Hügel herunterrollen läßt, ein Bussard, der auf den Schwingen des Windes gleitet, eine Schlafwandlerin, die durch die Zeit treibt und Relikten der Vergangenheit begegnet. Da ist ein winziger, nackter Schädel, der früher einmal Theobald war, das Eichhörnchen, das sie in Grammas Garten so weit gezähmt hatte, daß es ihr aus der Hand fraß. Hier sind ein paar Steine, die Tom unten am Bach gesammelt hat, in dem Jahr, als er laufen lernte, und Federn, die Ellie im Zoo gefunden hat. Und hier ist eine Locke langes, seidigbraunes Haar von Harolds Kopf, als sie ihn kennengelernt und sie sich am Strand geliebt hatten. Sarah Jane schläft, sie schwitzt, sie schüttelt sich, sie wacht auf, sie träumt, sie spricht, sie schreit, sie lacht, sie erinnert sich.

Doch meist träumt sie. Sie hat heute Fieber und darf nicht zur Schule gehen. Es regnet, und der Regen klopft und trommelt auf das Blechdach, und ein bißchen vom Regen fällt durch die Löcher im Blech hindurch auf ihr Gesicht, genau wie damals, als sie unter der Terrasse geschlafen hat. »Regen, Regen, geh nach Haus«, singt sie, wenn ein Regentropfen auf ihrer Wange landet. »Komm erst morgen wieder raus«, singt Gramma.

Gramma bringt ihr etwas Kühles, Süßes zu trinken. Sie kniet sich vor sie, und ihre Hand zittert, als sie Sarah Jane die Tasse an die Lippen setzt. Sie verschüttet etwas davon auf Sarah Janes Hals. Gramma hat ein Geweih auf dem Kopf, das mit Folie und anderen glitzernden Dingen dekoriert ist. Sarah Jane lacht bei dem Anblick. »Gramma«, fragt sie, »warum hast denn so große Hörner?« – »Damit ich dich besser heilen kann, mein Babe«, sagt Gramma und lacht auch. Das ist ein Traum, den Sarah Jane herrlich findet.

Dann träumt sie von Kerzenlicht und davon, daß sie von winzigen sauberen, weißen Schädeln und Hunderten von Knochen umgeben ist, alles schön dekoriert, mit Federn, Tannenzapfen und glatten Steinen in vielen Farben. Aber diesen Traum mag sie überhaupt nicht. Es ist, als ob sie ein Leichnam wäre, der in einem Bestattungsinstitut aufgebahrt liegt, wie Mama damals. Sie sieht die Hühnerfüße und den Hühnerflügel, an dem noch etwas Blut klebt. Die Kerzen flackern, als Regen und Wind stärker werden. Träume können sich so schnell zum Schlechten wenden.

»Ich muß los«, sagt sie.

»Neiiin«, sagt Gramma.

»Ich muß etwas erledigen.«

»O neiin.«

»Wirklich. Es ist wichtig.«

»Was kann so wichtig sein, Babe?« fragt Gramma.

»Ich weiß nicht mehr.«

»Du bist krank. Fieber hast du, eine Entzüändung.«

»Ich weiß. Aber da war was ...«

»Erkennst du mich nicht?« fragt Gramma. »Ich bin Mutter Theresa.«

»Nein, du bist meine Gramma.«

»O nein, Gott hat mir befohlen, für die Obdachlosen und die Kranken und die Hungrigen zu sorgen. Und du warst da, Babe, und hast neben meinem Baum gewartet.«

»Das ist dein Baum?« fragt Sarah Jane voller Hochachtung.

»O ja, es war ein Zeichen.«

»Ein Zeichen?«

»Das Zeichen sagt, ich werde ein Wunder vollbringen. Jetzt wird Gott mich testen, nachdem ich dich von den Toten zurückgebracht hab', ob ich dich auch gesund machen kann.«

Sarah Jane will einen Augenblick lang Angst bekommen. Es gibt Dinge hier, vor denen man Angst haben könnte, doch sie muß sich wieder an das erinnern, was sie erledigen muß. Sie kann den Regen riechen, als ob es echter Regen wäre und kein Traumregen. Es ist die Art Wolkenbruch, der die Erde aufschwemmt und matschig macht und die Bäume überreif riechen läßt, als ob sich all das Holz und Grün in durchweichten Moder verwandelt hätte. Einen Traum, der so echt und unglaublich zugleich ist, hat sie noch nie gehabt.

Sie erinnert sich an etwas, an das sie sich zu erinnern versucht hatte – diese zweite Strophe. *Klein Bo-Piep schlief fest ein und träumte, sie hörte sie blöken. Doch als sie erwachte, war es ein Witz, weil sie ihr immer noch entwischten.*

Sie richtet sich auf und weiß wieder, was sie tun muß: Sie muß Klein Bo-Piep anrufen und ihr sagen, in was für einer Gefahr sich der Senat befindet. Unter dem Baum hat sie alles so deutlich gesehen: Ihre Kinder wurden gerettet, und jetzt muß sie die Leute retten, um oben alles wiedergutzumachen. »Welcher Tag ist heute?« fragt sie. Durch die Ritzen in der Wand kann sie Tageslicht sehen. Trotzdem brennt die Kerze noch. Und es regnet immer noch.

»Du kannst dich ja setzen, Babe!« Die Frau streckt Sarah Jane das Gesicht entgegen. Sie hat den Turban mit dem Geweih obendrauf abgenommen. Auf ihrem kleinen, schwarzen Kopf, der auf einem langen, schmalen Hals sitzt, hat sie einen Flaum grauer Haare. »Das Wunder ist jetzt vollkommen. Es ist vollbracht.«

»Aber es gibt einen Notfall, etwas schrecklich Wichtiges.«

»Was kann schon wichtiger sein als ein Wunder? Das sag mir mal, Babe.«

Sarah Jane sieht in die leuchtenden schwarzen Augen der Frau, die in einem Sahnemeer mit roten Wirbeln darin zu schwimmen scheinen. Sie sieht um sich her den Kreis aus Knochen und Steinen, die Kerzen und die Vogelschwinge. Sie ist in die Hände einer Wahnsinnigen gefallen. »Was ist das für ein Wunder?« fragt sie.

»Ich hab dich gefunden, du warst tot und dahin. Kalt warst du wie das Grab. Kein Puls, nicht das kleinste bißchen.«

»Da war ein Baum«, sagt Sarah Jane, die sich dunkel erinnert.

»O ja, Babe! Jetzt erinnerst du dich! An der Wurzel meines heiligen Baums find ich dich. Das ist der Ort, an dem ich das Wunder bewirkt hab. Dann hab ich dich hergebracht.«

»Wie hast du das geschafft?« fragt Sarah Jane.

»Ich hab dich getragen.«

Sarah Jane betrachtet die Frau. Sie ist sehr, sehr dünn. Wiegt vermutlich sechzig Pfund weniger als Sarah Jane. »Das ist wirklich ein Wunder«, sagt sie vorsichtig.

»Jawohl, jawohl, ein Wunder. Und dann hab ich dich geheilt. Es reicht nicht, einen Toten wieder zum Leben zu erwecken. Ich mußte dich auch heilen.«

»Ich *war* krank.«

»Schlimme Entzündung in deinem Bein. Wassermangel. Hohes Fieber. Jetzt guck's dir an.«

Sarah Jane hebt den Kopf, um auf ihr Bein zu sehen. Die Rötung und Schwellung sind verschwunden, nur ein paar Schorfstellen sind noch zusehen.

»Es ist *viel* besser geworden. Wie hast du das nur gemacht?«

»Ich hab dir viel Flüssigkeit mit Elektrolyten und Zucker und Salzen gegeben. Das weiß ich, weil ich Hilfsschwester im Bellevue-Krankenhaus in New York war, viele Jahre. Die Entzündung –«, sie hebt die Hände und macht Schlängelbewegungen mit den langen, feingliedrigen Fingern, »– die hat sich selbst verbrannt.«

»Na ja, vielen Dank«, sagt Sarah Jane und verspürt echte Dankbarkeit. In ihrem Kopf surrt es nur so. Sie muß diese Wahnsinnige dazu bringen, ihr bei dem zu helfen, wozu sie selbst noch zu schwach ist. Sie muß diese Reporterin anrufen, Bo-Piep, Molly Soundso. Bevor es zu spät ist, um Ziegenbock noch davon abzuhalten, all die Menschen umzubringen.

»Wie heißt du?« fragt Sarah Jane.

»Aber Babe, kennst du mich denn nicht?« Sie lächelt strahlend. »Ich bin Mutter Theresa.«

»Natürlich«, sagt Sarah Jane. »Und ich bin die Cow Lady. Und damit dieses Wunder vollkommen ist, müssen wir es der Welt mitteilen.«

Mutter Theresa klatscht in die Hände. »Dann bau'n sie hier einen Schrein.«

»Ich kenn genau die Richtige, um es der Welt mitzuteilen«, sagt Sarah Jane. »Sie wird in ihrer Zeitschrift darüber schreiben, und alle werden es wissen.«

Mutter Theresa klatscht wieder, ein Strahlen liegt auf ihrem Gesicht. »Jawohl, Babe!«

Offenbar hat Sarah Jane genau die richtige Strategie gefunden. »Du rufst sie an und bringst sie her, damit sie sehen kann, was du bewirkt hast«, sagt sie. Dann wird sie plötzlich von Panik ergriffen. »Meine Tasche! Hast du meine Tasche mitgebracht? Da ist die Telefonnummer drin.«

Mutter Theresa lacht melodisch. »Aber, aber, Babe, natürlich haben wir deine Tasche.« Sie hebt sie hoch, um sie Sarah Jane zu zeigen. »Da haben wir sie ja. Brauchen uns keine Sorgen zu machen.«

24. Kapitel

Vor einem Monat starb mein Herr Papa
Und hinterließ mir all sein Hab und Gut:
Ein Federbett, ein Holzbein
Und ein Paar Lederhosen;
Eine Kaffeekanne ohne Tülle,
Eine Tasse ohne Henkel,
Eine Tabakspfeife ohne Deckel
Und für 'nen halben Heller Kerze.

Englischer Kindervers

Trübe und grau begann der Sonntagmorgen; der Regen hielt immer noch an, schien aber an Heftigkeit verloren zu haben.

Molly Cates tat das, was sie jeden Morgen als erstes tat: Sie kochte Kaffee. Danach fühlte sie sich immer besser. Eine Tasse in der Hand, rief sie bei den Lamar-Boulevard-Lagerräumen wegen der Öffnungszeiten an. Eine Ansage vom Band teilte ihr mit, daß sonntags von zehn bis sechs geöffnet war.

Da sie bis dahin noch zwei Stunden Zeit hatte, holte sie die Zeitungen von draußen herein, die sich dort in den letzten drei Tagen angesammelt hatten. Sie überflog den *American Patriot* auf der Suche nach Meldungen übe den Emily-Bickerstaff-Mord. Erwähnt wurde er nur am Freitag – ein kleiner Artikel auf der ersten Seite des Lokalteils über das Auffinden der Leiche am Waller Creek durch zwei Neuntkläßler, die für die Schule ein naturwissenschaftliches Projekt durchführen wollten, und ihre Identifizierung.

Es gab auch einen Artikel über das Handfeuerwaffengesetz, in dem stand, daß die Abstimmung für Montag anberaumt war und man erwartete, daß das Gesetz angenommen werde.

Kurz vor zehn zog sie Shorts und ein altes T-Shirt an und kramte in einer Küchenschublade nach dem Schlüssel für das Vorhängeschloß. Während ihrer Fahrt durch den Regen dachte sie an Tante Harriet und wie sehr diese an ihren irdischen Besitztümern hing.

Vor drei Jahren, als Molly feststellen mußte, daß ihre Tante zu verwirrt war, um weiter allein leben zu können, hatten sie einen harten Kampf ausgefochten. Harriet wollte das Haus nicht verlassen, in dem sie fünfzig Jahre lang gelebt hatte. Doch nachdem es fast abgebrannt war, weil sie vergessen hatte, den Herd auszuschalten, hatte Molly sie überreden können, in ein Altenheim zu ziehen. Harriet willigte in den Verkauf ihrer Möbel ein, aber nicht in den der Familienerbstücke, an denen sie besonders hing. Um den Verbleib des Archivs, das einen ganzen Raum einnahm, war sie verzweifelt besorgt – die Sammlung von Fotos, Briefen und Andenken aus drei Generationen, von denen keiner auch nur das kleinste Fitzelchen Papier weggeworfen hatte.

Letztendlich hatten Molly und Harriet einen Kompromiß geschlossen: Molly würde die kostbaren Gegenstände nach Austin transportieren lassen und sie sicher verwahren. Die Antiquitäten und das Geschirr würde sie so lange aufbewahren, bis Jo Beth sie haben wollte, und das Archiv würde Molly selbst betreuen.

Natürlich hatte Molly in ihrem Reihenhaus keinen Platz für all die Gegenstände, insbesondere die fünf großen Aktenschränke und die vielen Pappkartons. Jede Ecke ihres kleinen Hauses war bereits durch ihren eigenen Sammeltrieb gefüllt, und eine Hälfte der Doppelgarage ebenfalls.

Deswegen hatte Molly sie in einem gemieteten Lagerraum deponiert, sozusagen als Zwischenlösung, bis sie genug Zeit hatte, um sie zu sortieren und zu Hause einen Platz für sie zu finden. Doch in den drei Jahren, die seitdem vergangen waren, war sie nicht ein einziges Mal hingegangen, um sich das Zeug anzusehen.

Resigniert angesichts eines Tages voller unangenehmer Pflichten fuhr sie in die Einfahrt. Sie war menschenleer. Selbst bei Sonnenschein erschien es Molly wie der traurigste und einsamste Ort der Welt: identische Flachdachbarracken mit verschlossenen Türen, die sich in endlosen Reihen dahinzogen – ein Mausoleum für die alten Besitztümer, die die Leute nicht mehr wirklich wollten, aber auch nicht wegzuwerfen vermochten .

Drei Jahre Regen und Sonne hatten das nie benutzte Schloß einrosten lassen, doch sie bekam es auf. Ihre Energie verpuffte angesichts der Unmengen von Kram, die in den kleinen Raum gezwängt waren, viel mehr, als sie in Erinnerung hatte. Die stickige Luft raubte ihr den Atem.

Auf der einen Seite des Raums befanden sich bis zur Decke aufgestapelt die alten Möbel, die Tante Harriet nicht hatte verkaufen wollen. Dann gab es einige in grüne Müllsäcke gewickelte Dinge, die Molly nicht identifizieren konnte, weiterhin Kartons voller Bücher, Porzellan und Gläser.

Auf der anderen Seite war das Archiv verstaut: fünf Aktenschränke mit je drei Schubfächern und vier berstend vollen Kartons obendrauf. Genug, um den Wunsch aufkommen zu lassen, die Vorfahren wären besser Analphabeten gewesen.

Molly vermutete, daß sich die Briefe in den Aktenschränken befinden. Sie zog an einer Schublade, bekam sie aber nicht auf. Sie probierte es bei allen fünfzehn Schubfächern und mußte endlich einsehen, daß sie verschlossen waren. Hätte sie einen Schlüssel dafür haben sollen? Hatte Harriet ihr einen gegeben? Ein Bild aus dem Altenheim am Donnerstagabend stand ihr plötzlich vor Augen. In Harriets Wertsachenkassette im Büro, in der ihr Schmuck aufbewahrt wurde, hatten einige Schlüssel gelegen. Aber sie hatte sich keinerlei Gedanken darüber gemacht. So ein Mist aber auch. Sie wollte auf keinen Fall zurück nach Lubbock fahren.

Sie stieg in ihren Pick-up und fragte bei der Auskunft nach, welcher Schlüsselservice am Sonntag Dienst hatte. Nach vier Absagen fand sie endlich einen, der bereit war, sofort zu kommen.

Der weiße Lastwagen traf innerhalb von zwanzig Minuten ein. Er brauchte zehn Sekunden, um alle fünf Aktenschränke zu öffnen, wofür er ihr vierzig Dollar berechnete. Sie bezahlte ihn in bar und begann mit ihrer Arbeit.

Tante Harriet hatte alles, aber auch alles aufbewahrt, einschließlich der Grundschulzeugnisse aller Familienmitglieder, jeder Steuererklärung ihres Lebens, aller eingelösten Schecks, aller Schularbeiten aus dem College, sechzig Jahre täglich geführter Tagebücher ihrer Mutter, der Ingenieuraufzeichnungen ihres Mannes Donald, Landkarten jeder Stadt, in der sie je gewesen war, Speise- und Glückwunschkarten. Als Molly beim vierten Aktenschrank angelangt war, fand sie Harriets persönliche Korrespondenz – die eines ganzen Lebens. Eine Schublade war mit Briefen ihrer Kindheitsfreundin gefüllt, die nach Chicago gezogen war, und denen eines Brieffreundes aus Tokio.

In der unteren Schublade fand Molly, wonach sie suchte: die Briefe ihres Vaters, Gott sei Dank relativ chronologisch geordnet, beginnend mit der Zeit, als er als Neunjähriger ins Ferienlager fuhr, bis hin zu den College- und Ferienzeiten fern von Lubbock. Selbst damals war seine Handschrift schon wie gestochen, ein Erbe jener Zeit, in der die Methode nach Palmer in der Schule gelehrt wurde. Die vertrauten Schnörkel auf seinen Ws zu sehen, erinnerte sie wieder an das Kratzen seines Füllers auf dem Papier und an die Stille, wenn er zwischen den Sätzen in die Luft starrte.

In der unteren Schublade fand sie endlich die Briefe, die im Juni 1966 begannen, als Molly und ihr Vater an den Lake Travis gezogen waren. Er hatte sie mit einem richtigen Füllfederhalter auf festes, graues Briefpapier geschrieben, denn er war der Überzeugung gewesen, daß persönliche Briefe handgeschrieben sein sollten, eine Überzeugung, die Molly teilte.

Der winzige Lagerraum war so heiß und stickig, daß Molly zwei Hände voller Briefe nahm und mit ihnen zum Wagen rannte, um sie dort zu lesen.

Die Briefe aus ihrem ersten Sommer am See berichteten vom Umzug und daß er Franny Lawrence kennengelernt hatte – »einen liebenswürdigen, wunderhübschen Rotschopf« – und wie sehr er und Molly das Leben am See genossen. Er schrieb häufig über seine finanziellen Schwierigkeiten und bedankte sich bei ihr für den Kredit, den sie ihm für den Umzug gewährt hatte, etwas, wovon Molly nichts gewußt hatte. Er schrieb von Molly und ihrer Eingewöhnung in die neue Umgebung, daß sie anfangs einsam gewesen sei, daß er sich Sorgen mache, ob er das Richtige getan habe, lauter Sorgen, von denen sie nichts geahnt hatte. Ab Januar 1967 handelten seine Briefe hauptsächlich von Franny und seiner wachsenden Liebe zu ihr.

In jedem Brief wiederholte er den Wunsch, daß Harriet doch nach Lake Travis oder Austin ziehen sollte, um ihnen näher zu sein. Ständig fragte er sie um Rat und schien ihre Zustimmung zu allem zu brauchen, gleichgültig, wie trivial es war.

Molly hatte immer geglaubt, daß Harriet in ihre Nähe ziehen sollte, damit sie nicht so einsam und allein in Lubbock wäre, aber im Grunde, das sah sie jetzt, war er es, der völlig abhängig von ihr war und sich ohne sie verloren fühlte.

Einmal wurde kurz erwähnt, daß er Parnell und Rose in Austin gesehen habe.

Sie las den Stapel zu Ende und lief durch den Regen zurück, um die anderen zu holen.

Endlich, nach fast zwei Stunden, kam sie zum Mai 1967. Der letzte Brief vom neunten Mai war der, nach dem sie suchte. Sie hätte sofort nach ihm greifen können, hatte es aber nicht getan, weil sie das Bedürfnis verspürte, die Briefe in chronologischer Reihenfolge zu lesen und sich langsam auf das Ende hinzuarbeiten – zu dem unvermeidlichen letzten Brief ihres Vaters.

Er war zwei Seiten lang.

9. Mai 1967

Liebste H,

nach unserem Gespräch gestern konnte ich endlich wieder schlafen.

Danke Dir. Danke Dir, liebe Schwester, daß Du es übernehmen willst. Du bist immer so gut zu mir gewesen, aber das hier übertrifft wirklich alles. Du bist ein Engel. Ich werde Dich nie wieder um irgend etwas bitten.

Ich glaube wirklich, daß es leichter für sie sein wird, es von Dir zu hören. Und dann wird sie Zeit haben, sich zu beruhigen, bevor wir uns wieder begegnen. Und dann werden ja auch andere Menschen dabeisein, so daß sie sich zusammenreißen muß und sich nicht so melodramatisch aufführen kann.

Der Vierzehnte wäre ideal. Sie hat vor, ohne Parnell nach

Lubbock zu fahren, weil er mit dem Finanzgesetz beschäftigt ist und sie ihre Mutter besuchen muß. Das ist der ideale Zeitpunkt, um es ihr sagen. Wenn es einen idealen Zeitpunkt für so etwas gibt.

Was die Hochzeit anbelangt – Parnell wird sicherlich kommen wollen, natürlich, aber ich wünschte, sie würden nicht kommen. Fällt Dir irgend etwas ein, wie wir dieses Problem lösen könnten? Ich traue ihr nicht zu, daß sie emotional durchhalten würde, sie ist so sensibel, und es ist einfach eine zu unangenehme Situation. Wenn ich sagen würde, daß es nur im engsten Familienkreis stattfinden soll – Du und Molly und Kevin, vielleicht würde das reichen. Aber ich befürchte, daß er trotzdem darauf bestehen wird zu kommen, und das wäre eine Katastrophe. Ich glaube nicht, daß sie die Feier durchstehen könnte. Hast Du irgendeinen Vorschlag, große Schwester?

Ach, Harriet, es tut mir so leid wegen dieses ganzen Wirrwarrs. Ich wünschte, ich hätte damals in der Schule auf Dich gehört, als alles angefangen hat, aber ich konnte nichts dagegen tun. Sie war so schön, und ich war so schwach als Mann. Ich weiß, daß es Dir immer schwergefallen ist zu verstehen, wie wir die Beziehung all die Jahre über aufrechterhalten konnten. Aber Du weißt doch, wie sehr ich mich bemüht habe, die Sache zu beenden, und was dann passiert ist. Doch jetzt sind wir ja älter und weiser, und ich hoffe, daß sie es diesmal besser bewältigen wird.

Der Umzug hat ganz eindeutig das gebracht, was ich erhofft hatte; seit wir hier sind, habe ich sie nur einmal allein gesehen, das heißt, das alte Muster ist bereits durchbrochen, was es diesmal einfacher für sie machen dürfte.

Sag ihr, daß ich sie als gute Freundin immer liebhaben werde, doch sie wird einsehen müssen, daß es diese neue Entwicklung unmöglich macht, je wieder allein mit ihr zusammensein zu können. Wir hatten soviel Glück all die Jahre hindurch, daß Josephine und Parnell und Molly uns nie auf die Schliche gekommen sind und wir dadurch auch niemanden wirklich verletzt haben.

Ich danke Dir, meine liebste Harriet, danke. Ich schulde Dir unendlich viel dafür, daß Du das in Angriff nehmen willst.

Rufe mich doch bitte an, wenn Du mit ihr gesprochen hast, damit ich weiß, daß es vorüber ist und ich wieder freier atmen kann. Ich habe mich so vor diesem Moment gefürchtet. Es ist das einzige, was meinem großen Glück mit der Seelengefährtin, die ich endlich gefunden habe, noch im Weg steht.

Ich bin wie immer Dein kleiner Bruder, reuig, doch glücklicher denn je.

V

Molly saß reglos mit dem Brief in der Hand da. Ihr Vater und Rose Morrisey.

Mehr als zwanzig Jahre hatte ihr Vater eine Affäre mit der Frau seines besten Freundes gehabt. Es hatte im Gymnasium angefangen, bevor beide verheiratet waren; es war weitergegangen, als sie sich mit anderen verheiratet hatten, während ihre Mutter noch am Leben war und während sie im Sterben lag. Und Tante Harriet, die Schwester ihres Vaters, hatte immer davon gewußt.

Er bat Harriet darum, seiner Geliebten möglichst schonend beizubringen, daß es aus war, und sie würde es für ihn tun. Ihr Vater war nicht nur ein Ehebrecher; er war außerdem ein erbärmlicher Feigling, der seine Schwester die Drecksarbeit erledigen ließ.

Doch wenn sie darüber nachdachte, dann wurde Molly klar, daß es immer seine Art gewesen war, den Schwarzen Peter anderen zuzuschieben. Immer wenn sie diszipliniert oder ausgeschimpft werden mußte, dann hatte er das Harriet überlassen, oder nicht? Immer war es Tante Harriet gewesen, die die unerfreulichen Aufgaben zu übernehmen und die gestrenge Mutter zu spielen hatte. Wie hatte ihr das nur entgehen können?

Und, mein Gott, hier war Parnells Motiv. Er hatte Rose immer angebetet und wie seinen Augapfel gehütet. So etwas zu erfahren, könnte jeden an den Rand der Verzweiflung bringen.

Molly blickte wie in Trance hinunter auf den Brief. Ihre Hand zitterte.

Parnell hatte Crocker bestochen, damit er es Selbstmord nannte.

Parnell hatte ein starkes Motiv, um Vernon Cates' Tod herbeizuwünschen.

Mit noch immer zitternden Händen faltete Molly den Brief zusammen und legte ihn aufs Armaturenbrett. Sie bündelte die restlichen Briefe und steckte sie zurück in den Aktenschrank, sehr sorgfältig, genau so, wie Harriet sie hinterlassen hatte. Sie schloß die Tür und hängte das Schloß davor. Es würde mit Sicherheit eine Weile dauern, bevor sie wieder herkommen würde.

Sie saß eine Weile im Auto, sah dem Strömen des Regens zu und fragte sich, was zu tun sei. Jetzt, wo sie es herausgefunden hatte, mußte sie Parnell und Rose damit konfrontieren. Jetzt gab es kein Zurück mehr.

Sie lehnte die Stirn gegen das Lenkrad. Ihre ganze Welt war

aus den Fugen geraten. Ihr Vater war nicht der Mann, für den sie ihn gehalten hatte. Tante Harriet war nicht die Frau, für die sie sie gehalten hatte. Rose war ganz anders, als sie schien. Und Parnell – was war er? Ein Mörder? Plötzlich gab es keine Fixpunkte mehr, nichts, auf das man sich noch hätte verlassen können.

Das Problem mit dem Aufdecken eines Geheimnisses war, daß man es nie mehr ungeschehen machen konnte.

25. Kapitel

Es waren mal zwei Katzen aus
Kilkenny.
Jede fand, das sei eine zuviel.
Also hieben und schlugen sie sich,
Und sie kratzten, und sie bissen,
Bis es außer den Klauen
Und den Spitzen der Schwänze
Statt zwei Katzen keine mehr gab.

Englischer Kindervers

Als sie die zischenden Männerstimmen hört, weiß Sarah Jane, daß der Zauber vorüber ist. Sie kneift die Augen weiter fest zu, damit sie nicht merken, daß sie wach ist. Sie reden in leisen, gehässigen Stimmen. »Sag ihm, daß wir was haben, was er unbedingt braucht«, sagt einer, »und wir wollen es verkaufen. Wenn er fragt, was wir haben, dann machst du einfach ›Muuuh!‹« Die Stimme gibt etwas von sich, was wie das schmerzerfüllte Brüllen einer Kuh klingt, und alle lachen.

Erschreckt läßt Sarah Jane ihre Augen einen Schlitz weit aufgehen, aber die winzige Hütte ist leer. Die Männer müssen direkt vor der Tür stehen. Es scheint ihr Schicksal zu sein, Männern zuhören zu müssen, die über Dinge reden, die sie nicht hören will.

»Hör zu, Zippo«, sagt die Stimme, »wenn er nicht bei der Nummer ist, rufst du einfach immer wieder an. Der kommt schon angerannt. Er will das, was wir hier haben, und er wird zahlen, also nicht aufstecken. Kapiert?«

Plötzlich wird die Decke, die vor der Türöffnung hängt, zur Seite geschoben, und zwei Männer treten ein. Sie stehen gebückt, weil die Hütte so niedrig ist. Sarah Jane kneift die Augen zu, aber nicht, bevor sie die beiden erkannt hat: Squint und Roylee.

Sie ist direkt vom Regen in die Traufe gefallen. Es ist erstaunlich, in wieviel Ärger man einfach nur dadurch geraten kann, noch am Leben zu sein.

»Also, wo zum Teufel ist sie?«

Sarah Jane fühlt Spucke und heißen, stinkenden Atem auf ihrem Gesicht. Sie liegt ganz still.

»Du schläfst doch gar nicht, du alte Fotze. Wo ist sie hin?«

Ein plötzlicher, harter Schlag in die Rippen läßt ihre Augen auffliegen. Da steht Roylee mit einer Pistole, und er will sie schon wieder schlagen. »Nein!« jault sie und versucht wegzurollen, aber sie liegt schon an der Wand.

»Wo ist sie?« Squint hält sein Gesicht direkt vor ihres.

»Wer denn?« jammert sie. »Wo ist wer?«

»Die meschuggene Niggerschlampe, die hier wohnt«, sagt Squint. »Was hast du gedacht?«

»Weiß ich nicht«, sagt Sarah Jane. »Ich war krank.«

Squint sieht lauernd auf sie herunter, wobei seine winzigen Augen unter den buschigen Augenbrauen funkeln. Sarah Jane ist sich sicher, daß er besser sehen kann, als er vorgibt. »Jetzt hör mir gut zu, Cow Lady. Ich erteile dir jetzt eine sehr wichtige Lektion.«

Sarah Jane wünscht, sie wäre wieder bewußtlos, wäre wieder auf ihrem fliegenden Teppich und könnte dem hier entkommen. Sie denkt, daß sie sich ihr Leben lang gewünscht hat, vor dem, was um sie herum passiert, zu fliehen, und daß sie es meist auch geschafft hat. Sie ist eine Fluchtkünstlerin, vielleicht wird sie auch jetzt eine Möglichkeit finden.

Squint sagt: »Man hat dich was gefragt, Fotze, und dann hast du gefälligst zu antworten.« Er stößt Roylee an, der ihr den Lauf der Pistole auf den Bauch setzt und nach unten drückt.

Sarah Jane keucht.

»Wo ist sie hingegangen?« fragt Squint.

»Du hast mich gerade aufgeweckt«, sagt sie. »Sie ist weg. Ich weiß nicht, wohin.«

»Hat wohl 'ne heiße Verabredung, was?« sagt Squint, und Roylee lacht wie eine Hyäne. »Nein? Na, dann ist sie vielleicht in die Kirche. Ist doch Sonntag heute, oder?«

Sonntag, denkt Sarah Jane. Gut. Bis Montag bleiben noch ein paar Stunden Zeit.

»Hilf der Fotze doch mal 'n bißchen nach, Roylee«, sagt Squint.

Roylee stößt ihr die Pistole so tief in die Eingeweide, daß Sarah Jane die Puste wegbleibt. Sie versucht etwas zu sagen, kriegt aber keine Luft mehr. Sie hält die Hand hoch, um ihnen Einhalt zu gebieten.

»Oh«, sagt Squint, »guck, Roylee, sie zeigt die weiße Flagge. Jetzt kriegen wir 'ne Antwort auf unsere Frage.« Er schiebt sein Gesicht noch dichter in ihres, so daß sie das Biest und das faulige Fleisch in seinem Atem riechen kann. »Jetzt sagst du uns, wo der Nigger hin ist. Und ich will bloß mal wissen, warum eine alte Pennerin wie du auf einmal so gefragt ist. Was will der große Kraut von dir, Cow Lady? Ich seh leider nicht so gut.« Er wirft Roylee einen Blick zu. »Hast du schon jemals so eine häßliche alte Sumpfralle gesehen, Roylee?«

»Ich hab schon Schlimmere gesehn«, sagt Roylee und fängt an, wie ein Wahnsinniger zu lachen, »aber ich kann mich absolut nicht mehr erinnern, wann.«

Squint nimmt Roylee den Revolver ab und hält ihn Sarah

Jane an die Schläfe. »So, und jetzt erzählen wir Papa Squint alles schön von vorn. Wann kommt der Nigger wieder? Roylee und ich müssen eine kleine Willkommensparty für sie steigen lassen, damit sie nicht denkt, wir hätten Vorurteile. Stimmt's, Roylee?«

Sarah Jane wünscht sich, sie wäre mutig genug, um den beiden Dreckskerlen Widerstand zu leisten, aber sie weiß aus Erfahrung, daß sie es nicht ist.

26. Kapitel

Schnatter, schnatter, Mutter Gans,
Sind bei dir die Federn lose?

Englischer Kindervers

Als sie zur Tür hereinkam, klingelte das Telefon. Normalerweise ließ sie den Anrufbeantworter laufen, aber aus einer Eingebung heraus rannte sie hin und nahm vor dem viertenmal Klingeln ab.

»Sind Sie Missus Molly Cates?« Die Stimme war hoch und melodisch.

»Ja?«

»Die Cow Lady sagt, Sie sollen zu ihr kommen, bitte.«

Molly lehnte sich gegen die Arbeitsfläche. Die Polizei hatte überall nach Sarah Jane Hurley gesucht, und Molly wollte genauso dringend mit ihr reden. Sie versuchte, ihre Aufregung zu verbergen. »Wo ist sie?«

»Sie ist krank, Fieber hat sie.«

»Und wer sind Sie?«

»Ich bin Mutter Theresa.«

Au wei. Sie mußte vorsichtig sein. »Aber wo ist die Cow Lady denn?« fragte Molly. »Wie kann ich ihr helfen?«

»Sie will, daß Sie jetzt zu ihr kommen, bitte. Sehr wichtig, sagt sie. Sagen Sie Molly Cates Bescheid, auf Leben oder Tod.«

»Vielleicht sollten wir lieber einen Rettungswagen rufen?«

»Oo neiiin. Das geht nun gar nicht, Missus.«

»Warum nicht?«

»Es würde das Wunder stören, das Sie mit eigenen Augen sehen werden.«

»Wunder?«

»Jawohl, Missus. Und Sie werden darüber schreiben, sagt sie. Und dann machen Sie mich berühmt, wie die andere Mutter Teresa, die in Indien. Sie werden in einer Zeitschrift über das Wunder schreiben.«

»Tja, darüber würde ich ja sehr gern Genaueres erfahren. Aber ich mache mir Sorgen, ob sie wirklich keine ärztliche Hilfe braucht.«

»Ihr geht's viel besser, viel besser. Sie werden schon sehen. Kommen Sie jetzt gleich, und ich zeig' es Ihnen.«

Molly zog ihr Notizbuch aus der Handtasche. »Wohin soll ich kommen?«

»Wissen Sie, wo die beiden Straßen Barton Springs und Lamar zusammenkommen?«

»Ja.«

»Stellen Sie sich an die Ecke, die nach Süden und Westen zeigt, wo die Stoffgemälde sind. Ich werde Sie dort abholen kommen, und zusammen werden wir zu ihr gehen.«

»Gut. Aber es wird ungefähr fünfzehn Minuten dauern, bis ich da sein kann. Wie erkenne ich Sie?«

Die Frau gluckste. »Sie werden mich erkennen. Ich bin Mutter Theresa.«

»Nur für den Fall – was haben Sie denn an?«

»Ein Gewand der vielen Farben. Sie *werden* mich erkennen.« Die Frau hängte ein.

Au wei.

Molly legte den Hörer auf. Sie sollte Calvin Shawcross anrufen, der den Emily-Bickerstaff-Mord bearbeitete, und ihn entscheiden lassen, wie verfahren werden sollte, aber er würde vermutlich zu wenig sensibel damit umgehen. Und sie hatte das Gefühl, daß diese Mutter Theresa ihrem Artikel über die Obdachlosen Biß geben würde. Sie könnte Shawcross immer noch später anrufen, nachdem sie selbst die Chance gehabt hatte, mit der Cow Lady zu reden.

Und sehr gefährlich hörte es sich auch nicht an. Es war Sonntagnachmittag, heller Tag. Sie trafen sich an einer der belebtesten Kreuzungen der Stadt. Sie hätte zwar schwören können, daß diese Mutter Theresa etwas durchgeknallt war, aber bedrohlich klang sie nicht. Aber um sicherzugehen, steckte sie ihr Handy in die Tasche, und nach ein paar Sekunden des Nachdenkens ließ sie auch den Revolver, wo er war, in seinem Geheimfach. Letzte Nacht hatte er sich als enorm nützlich erwiesen Sie fing an zu begreifen, warum Menschen eine solche Liebe zu ihrer Waffe entwickelten.

Sie fuhr im wenig belebten Sonntagsverkehr auf der Lamar Street nach Süden und dachte an Parnell. Sie hatte sich geschworen, daß sie noch heute mit ihm reden würde. Sie mußte es tun, aber diese Unterbrechung kam ihr nicht ungelegen, um es noch etwas aufschieben zu können. Merkwürdig, daß ihr gerade jetzt,wo sie der Beantwortung der brennendsten Frage ihres Leben so nahe war, die Energie auszugehen schien.

Sie bog auf die Barton Springs Road ein und parkte hinter einem Hippie-Café, das irgendwie die sechziger Jahre unbeschadet überlebt hatte.

Sie lief die drei Häuserblocks bis zur Kreuzung, die im letzten Jahr zu einem mehrspurigen Verkehrsalptraum ausgebaut worden war. An zwei Ecken befanden sich Fast-food-Restaurants, an der dritten eine Texaco-Tankstelle und an der vierten eine von einem Maschendrahtzaun umgebene Autowaschanlage, an dem heute bunte Batiktücher zum Verkauf hingen. Austin war eine Stadt, in der Batikkünstler immer noch irgendwie ihr Leben fristen konnten.

Molly stand an der Ecke und sah sich um. Der Regen hatte aufgehört, doch der Himmel war sehr dunkel, und die Bäume tropften noch. Die Luft war so stickig und schwül, daß das Atmen Mühe machte.

Molly lehnte sich gegen einen Laternenmast und wartete auf die Frau, die sich Mutter Theresa nannte . Ihr Akzent hatte nach Karibik geklungen; vermutlich war sie schwarz. Es gab hier nicht sehr viele Fußgänger, sie würde also nicht schwer zu erkennen sein.

Eine Minute später sah sie, aus westlicher Richtung auf der Barton Springs Road kommend, eine hochgewachsene, magere, mahagonifarbene Frau, die mehrere Schichten bunter, geflickter Kleider trug. Ihre Haltung war so aufrecht, als würde sie einen Korb mit Früchten auf dem Kopf tragen. Als sie näher kam, erkannte Molly, daß ihr Turban aus zusammengebundenen Seidenschals in verschiedenen Mustern bestand.

Sie kam auf Molly zu und ließ rasch den Blick über sie gleiten. »Folgen Sie mir, Missus.« Sie drehte sich um und ging zurück in die Richtung, aus der sie gekommen war.

Molly holte sie ein. »Wohin gehen wir?«

»Zu meiner Wohnung natürlich. Da ist auch die Cow Lady. Eines Tages wird dort ein Schrein errichtet werden zum Gedenken an den Ort, an dem das erste Wunder und die Heilung geschehen ist. Sie werden es das Lourdes von Texas nennen und von nah und fern kommen, um geheilt zu werden. Und Sie werden Teil davon sein.«

»Ist es weit?« fragte Molly. »Wir könnten hinfahren. Mein Wagen ist ganz in der Nähe.«

»Oooo neiiin. Es ist im Wald. Dorthin kann man nur zu Fuß gehen.«

»Na gut. Wie geht es Sarah Jane denn?«

»Sarah Jane?«

»Der Cow Lady.«

»Oh, der geht es wirklich sehr gut.« Sie drehte ihr schmales, edles, faltiges Gesicht Molly zu. »Für einen Menschen, der erst vor einem Tag von den Toten zurückgekehrt ist.«

»Zurück von den Toten?« Molly bemühte sich um einen neutralen Tonfall.

»Jawohl, Missus, kalt lag sie da, nicht das kleinste Lebenszeichen an ihr, draußen im Regen. An den Wurzeln meines heiligen Baums wartete sie auf das Wunder.«

Beim Gehen berichtete die Frau ohne Unterbrechung weiter davon, wie sie die Cow Lady gerettet habe. Direkt hinter einer verfallenen Tankstelle bogen sie in einen uralten Parkplatz mit aufgeplatztem Asphalt ein. Hoch stehendes Gras und Unkraut verdeckten fast ein »Schutt abladen verboten«-Schild, das an der Ecke stand. Hinten endete eine alte Einfahrt aus bröslígem Beton in einem wild zugewucherten Stück Land, das eher nach Amazonasurwald als nach Süd-Austin aussah. Sie stiegen über ein niedrighängendes Kabel, mit dem Autos am Hineinfahren gehindert werden sollten, und folgten der Einfahrt, bis sie auf einem Weg endete. Molly sah sich um und stellte erstaunt fest, daß die Zivilisation verschwunden war. Sie hätten Meilen von der Stadt entfernt sein können.

»Kommen Sie«, sagte Mutter Theresa. »Es ist nicht gut für die Cow Lady, nach solch einer Erfahrung allein zu sein.«

Der Pfad hatte sich nach den heftigen Regenfällen in eine Schlammspur verwandelt, und Mollys schwarze Wildlederschuhe versanken tief im Morast. Sie verzog das Gesicht und stapfte tapfer weiter.

Sie kamen in eine dichtbewaldete Gegend, wo sie sich gewaltsam einen Weg durch das Unterholz bahnen mußten. Molly wurde von Dornenranken zerkratzt. Sie wedelte einen

Schwarm Mücken weg, der um sie kreiste und an ihrem verschwitzten Gesicht klebenblieb. Mutter Theresa schritt würdevoll voraus, von Mücken und Matsch und Treibhaushitze offensichtlich unbeeindruckt. Sie schien auf einer höheren Bewußtseinsebene zu leben.

Schließlich kam sie auf einer kleinen, grasbewachsenen Lichtung vor etwas zum Stehen, das ein Hühnerstall oder ein von Sechsjährigen zusammengenageltes Hüttchen hätte sein können. Es war eine Kiste, die aus einigen alten, angekohlten Brettern bestand, in deren Ritzen Lumpen und Zeitungen steckten. Das Dach war ein Stück zerbeultes, rostiges Wellblech, das von Steinen beschwert wurde.

Molly starrte das Ding an. Darin konnte die Frau doch nicht wohnen; niemand konnte in so etwas wohnen.

Mutter Theresa drehte sich um und lächelte breit. »Das ist der Ort, an dem das Wunder geschehen ist. Hier ist die Cow Lady geheilt worden.« Sie beugte sich vor und lüftete eine vor Dreck starrende Decke, die die Öffnung verdeckte. Molly zog ihr T-Shirt aus der Hose und wischte sich mit dessen Saum das verschwitzte Gesicht ab. Diese Schachtel würde sie niemals betreten. Schon allein vom Anblick bekam sie Platzangst. Und außerdem gab es da drin sicherlich Läuse und anderes Ungeziefer.

»Kommen Sie.« Die Frau hielt die Decke höher und winkte sie herbei. »Da ist sie.«

»Nein, danke«, sagte Molly. »Ich warte lieber hier draußen. Bitten Sie sie herauszukommen.«

»Sie ist krank und liegt im Bett. Kommen Sie, Missus.«

Molly schüttelte den Kopf. Sie ging in die Hocke und versuchte, in die dunkle Kiste hineinzuspähen. »Cow Lady«, rief sie leise, »sind Sie da?«

Eine zittrige Stimme antwortete. »Ja. Kommen Sie rein.«

Mutter Theresa bückte sich und ging hinein, wobei sie die Decke über der Öffnung wieder zufallen ließ. Molly richtete sich auf, aber sie blieb stehen, wo sie war.

Sie verspürte ein Prickeln in ihrem Nacken. Das Gefühl war so stark, daß sie Angst hatte, sich zu bewegen. Das einzige Geräusch war das beständige Tropfen der Bäume und das entfernte Surren von Insekten, doch sie wußte, daß jemand hinter ihr stand. Seine Anwesenheit war wie eine Kräuselung in der feuchten Luft.

Langsam drehte sie den Kopf. Nur wenige Schritte hinter ihr stand ein Mann, der eine Pistole auf ihren Rücken gerichtet hielt. Er hatte einen Körperbau wie ein Hydrant und Tätowierungen auf den gesamten dicken, haarlosen Armen. »Langsam«, sagte er, »schön langsam jetzt.«

Molly drehte sich um. Der Ausdruck in seinem harten, groben Gesicht war so leer wie die einer Steinskulptur, und seine toten, braunen Augen schienen kein Licht zu reflektieren. Es war dumm von ihr gewesen, alleine herzukommen, doch sie hatte ihr Leben lang leichtsinnige Dinge getan und war immer damit durchgekommen. Diesmal sah es nicht danach aus.

Der Mann nickte in Richtung Hütte. »Da rein.«

»Nein.« Sie schüttelte den Kopf. Sie würde es hier draußen im Freien mit ihm aufzunehmen versuchen.

Der Mann trat einen Schritt auf sie zu und schmetterte ihr, bevor sie auch nur reagieren konnte, etwas gegen das Kinn, was ihren Kopf nach hinten warf und alles vor ihren Augen verschwimmen ließ. Einen langen Moment blieb sie schwankend stehen, während Galaxien von Sternen vor ihren Augen vorbeizogen und um ihren Kopf kreisten.

Molly Cates findet sich auf Händen und Knien im Morast wieder. Tränen schießen ihr aus den Augen. Sie weiß nicht mehr, wie sie auf den Boden gelangt ist und auch nicht, wann sie angefangen hat zu weinen. Ihr Kiefer schmerzt unerträglich, und sie kann nicht geradeaus sehen.

»Rein jetzt. Wenn du noch mal nein sagst, du dumme Fotze, dann reiß ich dir den Kopf ab.« Er hebt seinen matschigen Stiefel und versetzt ihrem Kopf damit einen Tritt.

Molly, die sich zerschlagen und betäubt fühlt, kriecht durch den Morast zum Eingang. Der Mann zieht die Decke zurück, und sie schleppt sich hinein.

Drinnen stammt das einzige Licht von einer Kerze und den Ritzen in den Wänden, durch die ein paar Strahlen trüben Tageslichts hereinfallen. Es riecht nach Schweiß und Verwesung. An der Wand befindet sich eine Matratze, auf der Sarah Jane Hurley liegt. Ihre Hände und Füße sind mit Lumpen gefesselt, ihre Augen vor Angst weit aufgerissen. Mutter Theresa kauert in der Ecke, und direkt neben ihr hat ein Mann mit langen schwarzen Haaren den Arm um ihren Kopf gelegt und hält ihr den Mund zu.

Der Mann mit der Pistole schiebt seinen massigen Körper hinein, so daß sie jetzt fünf in einer Holzkiste sind, die kaum groß genug für zwei ist.

»Wahnsinn, Roylee«, sagt der schwarzhaarige Mann, »da haben wir ja mehr eingefangen, als wir wollten – einen ganzen Harem, aber ich weiß ja nicht. Zwei bekloppte alte Drecksweiber –« Er läßt Mutter Theresas Kopf los und beugt sich dicht über Molly und betrachtet ihr Gesicht aus seinen tiefliegenden Augen aus nächster Nähe: »Die hier wär vielleicht okay gewesen, aber es sieht so aus, als hättste ihr das Kinn abgerissen.«

Molly tastet mit einer Hand ihr Kinn ab. Blut tropft herunter, und es fühlt sich an wie rohes Hackfleisch. Ihre Unterlippe ist aufgeplatzt und jetzt schon enorm angeschwollen. Unwillkürlich stöhnt sie auf.

»Na, nun aber mal nicht flennen hier«, sagt der Schwarzhaarige. »Wir sitzen hier einfach gemütlich zusammen, bis unser Kunde kommt. Roylee, wir müssen uns was ausdenken, was wir mit den beiden Extrafiguren machen sollen. Meinst du, wir können sie dem Kraut alle andrehen, kriegt er 'nen Mengenrabatt drauf. Soll er sie alle mitnehmen für seine abartigen Dinger, die er mit denen vorhat?«

Roylee tippt mit dem Revolverlauf gegen Mollys Kopf, was heftigen Schmerz durch ihren Kiefer zucken läßt. »Nee, Squint. Wer will die schon haben?«

Squint zeigt auf Molly. »Wollen mal sehen, was die in der Tasche hat.«

Molly hat ihre Handtasche völlig vergessen. Sie hängt immer noch an ihrer Schulter. Roylee reißt sie ihr weg und wirft sie Squint zu, der den Inhalt auf den Erdboden ausleert: das Handy, ihr Notizbuch, Brieftasche, Lippenstift, Kamm, Schlüssel, Scheckbuch, ein paar Stifte. Er will die Tasche gerade wegwerfen, als er innehält und sie in einer Hand wiegt. Dann drückt er auf ihr herum, und seine Augen fangen an zu leuchten. Er findet das Geheimfach und zieht die Pistole hervor. »Heilige Scheiße!« gackert er. »Nun guck dir das an, Roylee. Da war die Alte doch tatsächlich *bewaffnet.*« Er steckt den Revolver in die Tasche und sagt zu Molly: »Wird dir nicht viel nützen, blöde Zicke, wenn du sie nicht benutzt.«

Molly versucht, etwas zu sagen. Sie will sagen, daß ihr Freund, der Polizist, weiß, wo sie sich aufhält und gerade auf dem Weg hierher ist, doch als sie zu sprechen versucht, gehorchen Lippe und Kinn ihrem Willen nicht. Ihr Kiefer ist wahrscheinlich gebrochen, denkt sie.

Squint hebt ihre Brieftasche auf, zieht die Geldscheine heraus und stopft sie sich in die Tasche. Dann holt er ihren Ausweis hervor und hält ihn zirka zwei Zentimeter vor seine

Augen. »Molly Cates«, liest er und sieht sie mit seinen schlitzartigen Augen, die kaum unter den buschigen Augenbrauen zu sehen sind, an. »Gültig bis fünf, neunundneunzig.« Er grient. »Vielleicht nicht mehr so lange, Molly Cates. Man kann nie wissen.« Er wirft die Brieftasche in die Ecke. »Laß uns rausgehen, Roylee, damit wir quatschen können.«

»Wir fesseln sie lieber, was?« sagt Roylee, der die Pistole auf Molly und Mutter Theresa gerichtet hält.

»Stimmt. Wirf mir die Lappen da drüben rüber«, sagt Squint. Er zieht Mutter Theresa die dünnen Ärmchen auf den Rücken und bindet ihr erst die Handgelenke zusammen, dann die Fußgelenke. Während er das tut, sagt sie: »Es ist nicht richtig, eine Wunderheilung zu unterbrechen.«

Roylee schnaubt. »Die hat echt nich' mehr alle Tassen im Schrank.«

Dann wendet Squint sich Molly zu. Sie weiß, daß sie zu fliehen versuchen müßte. Wenn man erst einmal gefesselt ist, ist man so gut wie tot – das ist die Lektion, die man in jedem Selbstverteidigungskurs lernt, und sie glaubt daran. Sie hat diese Männer deutlich gesehen und ihre Namen gehört. Sie müssen sie töten, und die beiden anderen Frauen auch. Vielleicht ist es besser, sich jetzt gleich beim Fluchtversuch erschießen zu lassen.

»Hände auf'n Rücken«, sagt Squint.

Molly zögert. Sie wirft einen Blick zum Ausgang.

Doch Roylee ist schnell. Bevor sie eine Bewegung machen kann, ist er schon über ihr. Diesmal schmettert er ihr die Pistole seitlich gegen den Kopf, und sie bricht zusammen. Diesmal sieht sie keine Sterne. Diesmal sieht sie lange Zeit gar nichts.

Als sie aufwacht, sind ihre Hände und Füße gefesselt, ihr Kopf ist geplatzt, ihr Gehirn fließt heraus. Diese Kopfschmerzen könnten einen glatt umbringen. Sie weiß nicht, wo sie ist, ob es Tag oder Nacht ist. Ihre Wange klebt in einer Lache eingetrockneten Bluts auf dem Boden. Sie stöhnt. Ihr ist kalt, und sie muß mal.

»Arme kleine Bo-Piep«, flüstert ihr eine Stimme ins Ohr, »hat ihre Schafe verloren. Wie geht's?«

»Cow Lady«, murmelt Molly mit ihren dick angeschwollenen Lippen. Es ist schwer, die Worte herauszubringen. Langsam stellt Molly ihre Augen auf Sarah Jane Hurleys Gesicht ein, das nur wenige Zentimeter von ihrem entfernt ist. Draußen scheint es dunkel zu sein, doch die Kerze brennt noch immer.

Jetzt dringt eine schwache, leiernde Stimme in ihr Bewußtsein: »Hat gelegen am Fuße des Baums, ihr Leben war fortgeflogen, und da habe ich das erste Wunder bewirkt und sie von den Toten zurückgebracht.« Molly hat nicht die Kraft, den Kopf zu heben und in die Richtung zu blicken, und außerdem klebt ihre Wange immer noch am Boden.

»Es tut mir leid«, sagt Sarah Jane. »Das war keine Absicht, daß Sie in diese Sache reingezogen werden sollten. Ich wußte nicht, daß diese Kerle herkommen würden, als ich Mutter Theresa beauftragt habe, Sie anzurufen.«

»Warum machen die das?« Mollys Worte sind kaum zu verstehen, sogar für sie selbst.

»Sie warten auf diesen *richtig* miesen Kerl – den barschen Ziegenbock, einen großen, deutschen Typ. Er will mich umbringen. Er wird uns vermutlich alle umbringen. Er ist der, der Tin Can umgebracht hat, und er will alle im Senat mit einem Giftgas kaltmachen. Da kümmert es ihn nicht, ein paar Leute mehr umzulegen.«

Molly versucht, das alles zu begreifen, aber ihr Kopf ist so schwer und das Gehirn wie aus Watte. In der Ecke brabbelt Mutter Theresa immer weiter über das Wunder der Cow Lady. Beide Geschichten – die, daß alle im Senat getötet werden sollen, und die, wie die Cow Lady wieder zum Leben gebracht wurde – kommen Molly wie Märchen vor; sie weiß nicht, welche davon unglaublicher ist.

»Woher wissen Sie das? Mit dem Senat?« flüstert sie Sarah Jane zu. Sie kann nur unter Qualen sprechen, aber sie muß es wissen.

»Ich habe gehört, wie er und ein anderer Typ darüber geredet haben, als ich unter der Terrasse, wo ich immer geschlafen habe, lag. Er hat Tin Can umgebracht, weil sie meinten, sie hätte sie belauscht, dabei war ich es, die es gehört hat.«

»Was ist in der Bibliothek passiert?« fragt Molly.

»Er hat mich da gefunden und wollte mich umbringen – der Ziegenbock. Diese Idioten hier haben ihm gesagt, wo er mich finden kann.«

Langsam beginnt alles einen schrecklichen Sinn zu ergeben. Tin Can ermordet. Das Buch über Giftgas aus der Bibliothek entwendet. Die Auseinandersetzung in der Bibliothek. Der FBI-Agent, der sich Sorgen über einen Anschlag auf das Kapitol macht. Alles paßt zusammen. Wenn sie nur ein bißchen aufmerksamer gewesen wäre, hätte sie es vielleicht voraussehen können. Doch sie paßte ja nicht auf. Sie war, wie üblich, völlig mit ihrer eigenen kleinen Welt beschäftigt und blickte in die falsche Richtung.

Aus der Ecke kommt der Singsang: »Und ich trug sie zu dem Ort der Heilung, genau, wie Gott es mir befohlen hat.«

»Wann?« fragt Molly flüsternd.

»Was?« fragt Sarah Jane.

»Das Giftgas im Senat«, sagt Molly, jedes Wort eine übermenschliche Anstrengung.

»Montag.«

»Wie lange war ich bewußtlos?«

»Stunden. Viele Stunden. Ich habe keine Ahnung.«

»Ich muß pinkeln.«

»Ich auch.«

»Die müssen uns rauslassen zum Pinkeln«, sagt Molly. »Ich ruf –«

»Nein! Rufen Sie sie nicht«, sagt Sarah Jane, die Augen vor Entsetzen weit aufgerissen. »Nicht. Aber hören Sie zu; vielleicht können Sie ja dort rankommen –«

Molly ist so erschöpft von diesem Problem, daß sie wieder in einen Dämmerzustand fällt. Als sie wieder erwacht, zittert sie, ist kalt und naß, und durch eine der Ritzen in der Hütte scheint ein schmutziges Grau herein. Ist womöglich schon der Morgen angebrochen?

Mutter Theresa schläft und schnarcht leise.

Sarah Jane Hurley liegt da und beobachtet Molly. »Großmutter«, sagt Sarah Jane, »was hast du denn für große Augen.«

Es ist ein Irrenhaus hier, denkt Molly. Sie wird genau hier, auf dem Erdboden eines Irrenhauses, sterben. »Ich hab mir in die Hosen gepinkelt, klagt sie.

»Ich auch«, sagt Sarah Jane. »Fühlt sich gut an, wenn man ›Scheiß drauf‹ sagt und es einfach laufen läßt.«

»Keine Ahnung. Ich habe geschlafen«, sagt Molly.

»Nein«, flüstert Sarah Jane, »Sie waren die ganze Nacht bewußtlos. Roylee hat Ihnen wahrscheinlich eine Gehirnerschütterung verpaßt.«

»Ist es Morgen?« fragt Molly.

»Montagmorgen, glaube ich«, sagt Sarah Jane. »Hören Sie zu, meine Tasche ist dort hinten in der Ecke, hinter Mutter Theresa. Sie haben sie nicht bemerkt. Da ist ein Messer drin.«

Molly hebt den Kopf, um in die Richtung zu sehen, doch ein stechender Schmerz in ihrem Kopf macht es unmöglich.

»Ich komme nicht dran«, sagt Sarah Jane, »aber Sie sind näher.«

Molly versucht sich aufzusetzen, kann es aber nicht – ihre Arme sind hinter dem Rücken gefesselt, und ihre Knöchel sind so fest zusammengeschnürt, daß ihre Füße gefühllos sind.

»Mutter Theresa.« Sarah Jane spricht ein klein wenig lauter als bisher. »Bist du wach?«

»Die Strafe wird sie ereilen«, sagt Mutter Theresa, »dafür, daß sie das Wunder unterbrochen haben.«

»Das können wir nicht zulassen«, sagt Sarah Jane. »Dafür sind wir schon zu weit gekommen. Hör zu, Mutter T, kannst du die Hände in den Beutel hinter dir stecken und etwas für mich rausholen?«

»Das Wunder ist ruiniert. Sie haben das Wunder unterbrochen, und sie werden den Zorn Gottes erfahren, der mir den Auftrag gegeben hat –« Mutter Theresa hört auf zu sprechen, und alle erstarren beim Geräusch von Schritten und Männerstimmen direkt vor der Hütte. Jemand Neues ist gekommen.

»Hey, Alter, Zippo«, sagt Squint. »Was geht ab? Lang genug haste ja gebraucht, uns hier die ganze Nacht warten und Däumchen drehen zu lassen.«

»War nich' meine Schuld, Squint. Bis eben ist er nicht an sein beschissenes Telefon rangegangen.«

»Aber er kauft doch?«

»Klar. Aber er kann nicht sofort kommen. Ihr macht sie alle, hat er gesagt, und er zahlt. Er trifft euch morgen am Plasmazentrum, wo ihr euch das letzte Mal getroffen habt.«

»Zwei Riesen?«

»Ja. Er hat gesagt, er zahlt.«

»Alles klar, Zippo. Haste gut gemacht. Geh jetzt, dann kriegste morgen dein' Anteil, wenn ich die Kohle bekomm'. Gute Arbeit.«

Eine Pause entsteht, als Zippo geht. Dann sagt Squint: »Wir müssen sie alle kaltmachen, Roylee. Jetzt gleich.«

»Ich mach's.«

»Paß nur gut auf, daß sie nicht so schnell entdeckt werden. Nicht, als ob irgend jemand nach diesen Gestalten suchen würde.«

»Die Kippe da drüben«, sagt Roylee. »Ich verbuddel die Schlampen im Müll.«

Molly zittert. Ihr Gehirn ist immer noch wie Watte, aber ein Todesurteil erkennt sie trotzdem sofort.

Auf einmal wird die Decke zur Seite gerissen, und Roylee schiebt sich herein. »Puuh, stinkt ja wie im Schweinestall hier.« Er grinst sie an. »Was habt ihr hier drin angestellt, ihr bösen Mädchen?«

»Mach schon«, ruft Squint von draußen mit angespannter Stimme. »Erledigen wir die Sache, bevor jemand kommt und sie hier sieht.«

»In Ordnung. Aufstehen!« befiehlt Roylee.

Sarah Jane erwidert: »Wie denn? Du hast uns die Füße zusammengebunden.«

Roylee zieht ein Springmesser aus der Tasche. Er klappt es auf und bückt sich, um den Lumpen durchzuschneiden, mit dem Mutter Theresas Knöchel gefesselt sind. Er macht es mit einem schnellen Schnitt nach oben. Sie richtet sich so weit auf, wie es das niedrige Dach zuläßt.

Roylee bückt sich zu Mollys Füßen herunter und durchschneidet die Fesseln. Dann klopft er mit der Pistole gegen ihr blutiges Kinn. »Aufstehen, Fotze. Wir gehen spazieren.« Molly glaubt nicht, daß sie die Kraft dazu hat. Es wäre leichter liegenzubleiben und sich einfach hier von Roylee erschießen zu lassen. Sie versucht sich aufzurichten, doch in ihrem Kopf dreht sich alles, und ihre Beine sind wie Gummi. Sie bricht wieder zusammen.

»Hilf ihr«, sagt Roylee zu Sarah Jane.

Sarah Jane streckt ihm die Füße entgegen, damit er die Fesseln durchschneiden kann. Dann hält sie ihm die gefesselten Hände hin und sagt: »Damit ich ihr aufhelfen kann.« Er zögert, dann nimmt er das Messer und durchschneidet die Lumpenfesseln an Sarah Janes Händen. »Zieh sie hoch«, sagt er und zeigt mit der Pistole auf Molly.

Sarah Jane Hurley legt einen Arm um Molly und versucht, sie hochzuziehen. »Kommen Sie«, sagt sie, »Sie müssen mithelfen.«

»Ich kann nicht«, sagt Molly.

»Und ob.« Sie packt Molly fester unter den Armen und wuchtet sie mit einer erstaunlichen Energieanstrengung hoch auf die Knie. Als Molly dann voller Mühe auf die Füße zu kommen versucht, tut Sarah Jane etwas, das Molly davon überzeugt, daß die Frau verrückt ist: Sie lehnt sich mit der Schulter gegen Molly und wirft sie in die Ecke, aus der Mutter Theresa gerade aufgestanden ist.

»Sie ist hingefallen«, sagt Sarah Jane schnell. »Warte. Ich zieh sie wieder hoch.« Sie beugt sich über Molly und langt mit beiden Armen gänzlich um sie herum. So bleibt sie einige Sekunden lang und lehnt sich dann noch weiter zu ihr hin, bis sie praktisch auf Molly liegt.

»Ich hab gesagt, du sollst sie hochziehen«, sagt Roylee, »und nicht sie bumsen.«

»Schon gut, schon gut«, sagt Sarah Jane. »Nur keine Panik.« Sie rückt von ihr ab und zieht Molly auf die Füße, als ob sie ein nasser Mehlsack wäre.

In Mollys Schädel hämmert es, und ihre Beine geben nach, doch sie schafft es, sich auf den Füßen zu halten.

»So ist's brav«, lobt Sarah Jane sie.

Squint hält die Decke zur Seite, während sie hinausstolpern, zuerst Mutter Theresa, dann Molly und Sarah Jane, dann Roylee, der die Pistole auf sie gerichtet hält.

Squint tritt nah heran und betrachtet sie. »Mach's so, daß sie nie gefunden werden«, sagt er.

»Keine Bange«, sagt Roylee. »Da unten in der alten Kippe liegt genug Müll, um eine komplette Armee drunter zu vergraben.«

»Wart!« sagt Squint und grapscht nach Mollys Arm. »Eine Uhr.«

Roylee blickt hinunter auf Mollys Handgelenk und lächelt. »Sieht nach Gold aus. Wär 'ne Schande, das auf 'n Müll zu werfen.« Er streckt die Hand aus und versucht, ihr die Uhr vom Arm zu ziehen, kann aber den Verschluß nicht öffnen. Molly nestelt mit ihren gefesselten Händen daran herum und bekommt den Verschluß endlich auf. Sie spürt, wie eine Welle der Selbstverachtung über sie hinwegrollt. Sie ist ein Huhn, das sich selbst für die Schlachtbank rupft und ihren Hals dem Schlachter darbietet. Sie hatte sich immer für eine Kämpferin gehalten, die sich nie ohne Gegenwehr geschlagen geben würde. Doch nun mußte sie erfahren, daß man zu dem Zeitpunkt, an dem man im Schlachthaus ankommt, schon so vom Weg dorthin erschöpft ist, daß keine Kraft mehr zum Widerstand bleibt.

Sie wirft einen Blick hinauf in den mit schmutziggrauen Wolken verhangenen Himmel. Es ist so feucht, und ihre Haut ist so klamm, und sie zittert so sehr, daß sie nicht weiß, ob es regnet oder nicht. Das einzige, was sie weiß, ist, daß sie zur falschen Zeit am falschen Ort gelandet ist und gleich für ihre

Dummheit mit dem Leben bezahlen und in einer Müllkippe verscharrt werden wird.

Oder vielleicht ist das ja nur die gerechte Strafe. Sie hat schlechtes Karma für sich geschaffen, gewalttätiges Karma, als sie mit Gewalt gegen Olin Crocker vorging. Sie hatte mit all ihren Regeln moralischen Verhaltens gebrochen und jetzt muß sie dafür büßen. Gewalt zeugt Gewalt.

27. Kapitel

Sie tat einen Seufzer und wischte ihr
Auge
Und raste über die Hügel dahin;
Und versuchte gar sehr, wie eine
gute Schäferin soll,
Daß jedes Schwänzchen am
richtigen Platze sitzt.

Bo-Piep, Letzte Strophe
Englischer Kindervers

Wenn sie nur einen klaren Kopf bekommen und vernünftig denken könnte, dann würde ihr vielleicht ein Plan einfallen, irgendeine Art des Widerstands. Doch ihre Hände sind hinter dem Rücken gefesselt und ihre Beine so schwach, und ihr Kopf droht zu platzen. Wenn Sarah Jane Hurley sie nicht stützen würde, könnte sie noch nicht einmal gehen.

Roylee zeigt mit der Pistole die Richtung an. »Da lang«, kommandiert er und weist auf das gegenüberliegende Ende der kleinen Lichtung. Molly ist derart desorientiert, daß sie nicht erkennen kann, ob das der Weg ist, auf dem sie gestern gekommen sind. Sie blickt um sich und versucht, sich zu orientieren.

Squint steht, die Hände in die Hüften gestützt, neben der Hütte; seine schlitzartigen Augen funkeln in ihre Richtung.

»Marsch!« sagt Roylee zu den drei Frauen.

Mutter Theresa setzt sich in Bewegung. Aus ihrer Kehle dringt ein leises Stöhnen, ein Geräusch, das haargenau der Verzweiflung und Angst entspricht, die Molly verspürt. Sarah Jane hält Molly sehr fest, hat den Arm um Mollys Rücken gelegt und stützt sie unter den Achseln. Zusammen bewegen sie sich mit Pausen in die von Roylee gezeigte Richtung.

Mollys Gehirn arbeitet auf Hochtouren. Es sind nur zwei von diesen miesen Ratten da – Squint und Roylee, und Squint kann fast nichts sehen. Sie, Sarah Jane und Mutter Theresa sind drei, aber was für drei armselige Gestalten. Sie ist sich nicht sicher, ob Mutter Theresa weiß, was vor sich geht, und sie selbst kann kaum laufen und hat gefesselte Hände. Sarah Jane Hurley scheint auf dem Damm zu sein, ist aber möglicherweise verrückt. Zusammen ergeben sie nicht mal *eine* normale Person.

»Los, Fotzen, bewegt euch«, befiehlt Roylee.

Panik überkommt sie.

Sie will nicht sterben, sie will nicht so sterben. Sie würde alles tun – betteln, töten, sich erniedrigen – alles, nur um ein bißchen Zeit zu gewinnen.

Mit jedem Schritt wächst der Wille, nicht zu sterben. Er feuert sie an und preßt ihre Eingeweide zusammen. Sie verlangsamt ihre Schritte. Wenn sie erst einmal bei der Müllkippe angekommen sind, ist es das Ende. Verzögerung ist die einzige Hoffnung. Sie lehnt sich schwer auf Sarah Janes Arm, damit sie langsamer wird. Sarah Jane keucht und stolpert unter Mollys Gewicht.

Warum sollen sie mitmachen? Er wird sie sowieso umbringen. Warum sollen sie dorthin laufen? Warum sollen sie tun, was er sagt?

Jetzt kocht ihr Blut, ihr ganzer Körper wird von der Angst beherrscht.

Warum soll sie nicht einfach wild werden?

Sie sind fast an den Bäumen angelangt, wo die Lichtung zu Ende ist. Zu schnell. Alles geht zu schnell.

Es ist unerträglich.

Vor ihnen kann Molly durch die Bäume hindurch etwas wie eine Abbruchkante sehen. Die Müllkippe. Nein. Sie bewegt ihre Beine keinen Schritt mehr. Sie tut das nicht. Keinen weiteren Schritt. Sie zieht an Sarah Jane und bringt sie zum Stehen.

»Weiter«, kommandiert Roylee. Er hebt den Fuß und tritt Sarah Jane in den Rücken. »Los!«

Sarah Jane versucht, Molly weiterzuschleifen. Doch Molly macht sich ganz schwer. Sie läßt sich nicht von der Stelle bewegen.

Sarah Jane ächzt unter der Anstrengung, sie oben zu halten.

Molly dreht den Kopf und flüstert Sarah Jane ins Ohr: »Loslassen.«

Sarah Jane dreht sich um und schaut in Mollys Augen. Sie sehen sich ein paar Sekunden lang an, dann läßt sie sie langsam zu Boden sinken .

Der Untergrund ist weich und kühl vom vielen Regen. Molly weiß nicht, daß sie einen Anfall simulieren wird, bevor sich der erste Schrei in ihrer Kehle formt. Sie liegt auf dem Rücken, die Hände immer noch gefesselt, und öffnet den Mund. Ein Jaulen kommt aus ihrer Kehle. Sie wiederholt es, lauter – es wird ein richtiger Schrei. Sie tritt mit den Beinen. Ihre Hacken trommeln auf den Boden. Dann beginnt sie, mit ihrem Körper zu zucken. Sie schreit und zuckt und tritt, wobei sie sich das fette Mädchen aus der Grundschule vorstellt, das im Speisesaal immer epileptische Anfälle hatte. Molly will, daß ihr Schaum vor dem Mund steht und die Augen in den Höhlen nach hinten rollen, wie bei dem Mädchen.

Als sie einmal damit angefangen hat, gewinnt sie an Kraft. Es ist die natürlichste Reaktion der Welt – um sich zu treten und zu schreien. Eine angemessene Verhaltensweise. Sie brüllt lauter, tritt stärker um sich. Sie windet sich und kreischt. Der Anfall bekommt eine ganz eigene Dynamik. Selbst wenn sie wollte, könnte sie jetzt nicht mehr aufhören. Ihre Energie kehrt zurück.

Roylee steht vor Wut schnaubend mit der Pistole über ihr. Er tritt nach ihr, doch sie zuckt so sehr herum, daß er sie nicht richtig trifft. »Steh auf, du Schlampe!« brüllt er, doch Molly schreit immer weiter und überschreit ihn einfach.

»Sie hat einen Anfall«, erklärt Sarah Jane. »Du mußt warten, bis er vorbei ist.«

Mutter Theresa kniet sich auf den Boden. »Ich bin hier diejenige, die dazu berufen ist, sich um die Kranken und Sterbenden zu kümmern«, sagt sie. »Man muß ihr etwas in den Mund stecken, damit sie sich nicht die Zunge abbeißt.«

»Himmel, Arsch und Zwirn!« brüllt Roylee. »Steh sofort auf!« Er tritt Mutter Theresa so kräftig, daß sie auf dem Gesicht landet.

Sarah Jane beugt sich hinunter zu Molly und flüstert ihr zu: »Mach weiter.«

»Squint!« jault Roylee. »Komm her.«

»Jetzt mach schon, Roylee, du elender Loser!« brüllt Squint zurück. »Erschieß sie einfach. Wir zerren sie dann zur Kippe.«

Molly schreit noch lauter. Ihre Kehle brennt. Ihr Kiefer und ihr Kopf hämmern vor Schmerzen. Ihre Arme und Beine werden vom wilden Umsich-Schlagen völlig zerkratzt, doch sie macht einfach weiter. Der Schmerz stachelt sie nur noch an. Sie nimmt ihn gern in Kauf. Das Gefühl ist so gut, irgend etwas zu tun.

Da hört sie auf einmal eine neue Stimme. Sie hebt den Kopf, um zu sehen, was los ist.

Auf der anderen Seite der Lichtung sieht sie eine Erscheinung: einen großen, mageren Mann mit langem, schwarzgraugestreiftem Bart. Ein biblischer Prophet, Vater Zeit, der Sensenmann – Molly ist sich nicht sicher. Er kommt auf sie zugehumpelt und ruft etwas, was aber schwer zu verstehen ist bei all dem Radau, den Molly veranstaltet. Sie hört auf zu schreien.

»Was ist hier los?« ruft er. »Holde Maid, ich –«

»Lufkin!« schreit Sarah Jane. »Bleib stehen! Er ist bewaffnet!«

»Hey«, sagt er und bleibt wie angewurzelt stehen, als er Roylee mit der Waffe in der Hand bemerkt. »Was zum Teufel –?«

Roylee bewegt seine Pistole hektisch hin und her, hält sie zuerst auf Molly gerichtet, dann auf Sarah Jane, dann auf den bärtigen Mann auf der andere Seite der Lichtung, dann wieder auf Molly.

Der Bärtige hebt die Hände hoch. »Hey, jetzt mach mal halblang, Roylee. Ich bin's doch nur, Lufkin. Laß uns über die Sache reden, Alter«, sagt er.

Mit mittlerweile wunder Kehle fängt Molly wieder an zu kreischen. Sie will die Aufmerksamkeit von Lufkin ablenken. Vielleicht kann er ihnen helfen; sie können weiß Gott Hilfe gebrauchen.

Squint, der immer noch neben der Hütte steht, ruft dem Bärtigen zu: »Lufkin, bist du das? Wart mal, Alter.« Er geht mit hochgereckter Nase auf ihn zu, als würde er die Luft schnüffeln. »Ich kann alles erklären.«

»Nein!« schreit Sarah Jane auf. »Lauf!«

Doch jetzt ist Squint nur noch dreißig Zentimeter von Lufkin entfernt. Aus der Tasche zieht er den Revolver, den er Molly weggenommen hat. Lufkin bleibt vor Überraschung der Mund offenstehen. Dann will er etwas sagen, doch Squint steckt die Pistole einfach in Lufkins Magen und drückt ab. Es geht so schnell.

»Nein!« kreischt Sarah Jane.

Molly entfährt ein echter Schrei.

Lufkin stolpert und fällt.

Squint kniet sich hin, setzt dem am Boden liegenden Mann die Pistole an den Kopf und drückt wieder ab.

»Nein!« schreit Sarah Jane. »O Gott, nein!«

»Wir gehen weiter«, sagt Roylee. Er tritt Molly in die Rippen. »Du! Steh gefälligst auf.«

Mutter Theresa ist auf die Knie gefallen und kriecht stöhnend zurück in Richtung Hütte, wobei ihr Turban, der sich aufgelöst hatte, hinter ihr herweht wie ein Banner. »Ich muß an den Ort des Wunders zurückkehren.«

»Du! Bleib sofort stehen!« brüllt Roylee ihr hinterher.

Mutter Theresa kriecht immer weiter.

Roylee richtet die Pistole auf ihren Rücken und feuert. Mutter Theresa gibt einen kleinen Schrei von sich und bricht zusammen. Dann richtet er die Waffe auf Molly. Sie keucht und hört auf, um sich zu schlagen. Sie ist als nächste dran.

Sarah Jane wirbelt herum; Tränen strömen ihr über das Gesicht. Sie rammt beide Arme von unten gegen Roylees erhobenen Arm. Durch den Aufprall wird die Pistole in die Luft geschleudert. Dann bückt sie sich und zieht Molly am Kragen hoch. »Los!«

Sie reißt sie nach oben.

Molly ist auf den Füßen.

»Renn!« befiehlt Sarah Jane und läßt Mollys Kragen los.

Molly zittert, doch sie ist auf den Füßen und kann sich selbständig bewegen, erst stolpernd, dann gehend, dann rennt sie. Sarah Jane rennt voraus. Sie ist erstaunlich schnell.

Molly erwartet jede Sekunde, eine Kugel in ihrem Rücken zu spüren. Sie hat ihren Körper verkrampft und ist bereit für den Tod. Als sie die Bäume erreichen, wirft sie einen Blick zurück.

Roylee sucht immer noch im Unkraut nach der Pistole. Squint, der sich auf der entgegengesetzten Seite der Lichtung befindet, rennt mit der Waffe in der Hand in ihre Richtung.

Sie wendet sich um, um zu sehen, was sie erwartet.

Eine zugewachsene Böschung führt hinunter in eine flache Erdgrube, eine mit dem Bulldozer ausgehobene Rinne von der Größe eines großen Schwimmbeckens, die am anderen Ende steil aufragt. In der Erdvertiefung liegen riesige Haufen von Müll – die Kippe. Es gibt weder Bäume noch Büsche, keinerlei Deckung, doch sie können nirgendwo anders hin.

Zurück können sie nicht, da sind Roylee und Squint. Doch Molly graut vor der Vorstellung, in der Grube gefangen zu sein und auf der anderen Seite nicht heraus zu können.

»Los!« Sarah Jane macht sich auf den Weg die Böschung hinunter in die Grube.

Molly bleibt am Rand stehen.

Sarah Jane dreht sich zu ihr um. »Wir verstecken uns. Los jetzt.«

Molly blickt über die Schulter und kann durch die Bäume hindurch Roylee auf sie zurennen sehen. Er hat die Pistole gefunden.

Molly sieht nach vorn und läuft immer schneller die Böschung hinunter. Mit den auf dem Rücken zusammengebundenen Armen kann sie kaum das Gleichgewicht halten.

Unten türmt sich ein Müllberg auf, größer als Molly, auf dem verrottetes Sperrholz und alte Badezimmerarmaturen, Maschendraht, Matratzen, Farbeimer, abgemähtes Gras, Dosen, Flaschen und Müllsäcke liegen. Dahinter befinden sich drei ähnliche Müllhaufen.

Sarah Jane rennt auf den zweiten Haufen zu, der zur Hälfte aus riesigen Plastiksäcken besteht, aus denen abgemähtes Gras platzt. Sie umrundet den Müllhaufen und sagt: »Hier.«

Molly sieht die Böschung hinauf. Roylee ist noch nicht in Sicht. Wenn sie sich schnell verstecken, sieht er vielleicht nicht, wohin sie verschwunden sind.

Zu Mollys Erstaunen zieht Sarah Jane ein Messer aus der Tasche und schneidet ihr damit die Fesseln an den Handgelenken durch. Dann zeigt sie auf eine Öffnung zwischen zwei dicken, grünen Müllsäcken am Boden des Müllhaufens. »Da rein«, kommandiert sie. »So weit wie möglich. Ich bin hinter Ihnen.«

Keuchend läßt Molly sich auf die Knie fallen und kriecht in das dunkle Loch, zwängt sich hinein, unter den riesigen, weichen Säcken hindurch. Es ist dunkel und riecht nach gemähtem Gras und verfaultem Salat. Etwas Scharfes verfängt sich in ihrem Ärmel, doch sie schiebt sich immer weiter hinein. Todesangst treibt sie vorwärts. Während sie sich noch ein paar Zentimeter weiter eingräbt und dann noch ein paar, spürt sie Sarah Jane, die sich direkt hinter ihr vorarbeitet.

Ihr Knie landet auf etwas Scharfem, Zackigem. Sie fühlt die Haut aufplatzen. Es tut brutal weh, doch sie kriecht weiter.

Schließlich stößt sie auf etwas Massives, das den Weg versperrt und nicht nachgibt. Sie kommt nicht mehr weiter. Sarah Jane prallt gegen ihre Füße. Im Halbdunkel versucht Molly zu fühlen, was den Weg blockiert. Es ist vermutlich ein Möbelstück aus Holz, vielleicht eine Kommode. Aber sie dürften jetzt sowieso schon fast die Mitte des Haufens erreicht haben. Sie zieht die Beine an den Körper, um Platz für Sarah Jane zu machen.

Es ist still, die Welt gedämpft, und diesen einen Moment lang, hier inmitten dieses dunklen Haufens, mit dem Gewicht der Müllsäcke auf ihr und dem Geruch verwesenden Gemüses in der Nase, mit Sarah Jane, die neben ihr wie ein Zwillingsfötus zusammengerollt ist, fühlt sie sich sicher. Sie schließt die

Augen und hört den Atem tief in ihrem Körper widerhallen, spürt, wie er langsamer und ruhiger wird. So muß sich ein gejagtes Tier fühlen, das sich in der Erde verkriecht – dieses Gefühl der Sicherheit in einer Höhle.

Es hält nicht lange vor. Das Geräusch rennender Füße durchbricht die Stille. Sie kann sich Roylees kurze, dicke Beine vorstellen, die die Böschung herunterstampfen. Alles in ihr verkrampft sich. Er kommt direkt auf sie zu. Er hat sie hier hineinkriechen sehen. Oder er hat gesehen, wie der Haufen sich bewegt hat, als sie sich hineingebohrt haben. Er wird sie hier kriegen. Sie haben es ihm einfach gemacht; sie haben sich schon selbst begraben. Er braucht sie nur noch zu erschießen. Und sie wird hier einfach zusammengekauert liegen bleiben und es mit sich geschehen lassen. Jetzt ist es vorbei.

»Na gut, ihr Fotzen.« Seine Stimme ist erschreckend nahe. »Ihr seid so gut wie tot.« Zersplitterndes Glas ist zu hören und das Krachen von etwas Schwerem, das auf den Boden geschleudert wird. Er fängt an, den Müll zu durchwühlen.

»Roylee!« ruft eine weit entfernte Stimme. »Hast du sie?«

»Noch nicht.«

»Verdammte Scheiße, Roylee. Ich habe dir befohlen, sie zu erschießen. Wichser.«

»Ich krieg' sie. Sie sind hier, sie müssen hier sein.«

»Mach sie alle. Ich werd' die zwei hier oben runterschleifen, bevor jemand vorbeikommt und sie sieht. Das ist ja der reinste Scheißhauptbahnhof hier oben. Dieser Idiot von Lufkin, der seine Nase überall reinstecken muß. Das hab' ich nicht vorgehabt, aber er hat's ja nicht anders gewollt.«

Molly schöpft Hoffnung, daß jemand auftauchen und sie retten könnte. Ab und an müssen Leute hierherkommen, da ja auch jemand das ganze Zeug hier abgeladen hat. Aber das ist verboten, also machen sie es vermutlich nachts.

So zusammengekauert kann sie ihr Knie sehen, an dem die Jeans zerfetzt sind und sich ein dunkler Fleck ausbreitet. Es fühlt sich an, als stecke eine Glasscherbe im Knie, aber sie kann ihre Arme nicht bewegen, um sie herauszuziehen.

Molly blickt Sarah Jane in der Hoffnung auf Trost an. Im Halbdunkel sind die großen braunen Augen der Frau weit aufgerissen, hellwach, kämpferisch. Sie hat es geschafft, ihr Messer festzuhalten, während sie sich hier hereingezwängt haben. Molly wird jetzt klar, daß sie sie deswegen in der Hütte in die Ecke gedrückt hat – um das Messer aus der Tasche zu holen. Das war eine schnelle Reaktion, aber gegen zwei Schußwaffen wird es ihnen nicht viel nützen.

Jetzt sind die Geräusche von Roylee, der Abfall herumwirft, hastig und wutentbrannt, zu hören: Rumsen, Krachen, Grunzen und Fluchen. »Ich find euch. Kommt jetzt raus. Dann wird es einfacher für euch. Wenn ihr mich weiter suchen laßt, dann foltere ich euch, bevor ich euch kaltmache. Das schwöre ich euch. Ich schneid euch die Nasen ab und die Augenlider und Brustwarzen und stopf sie euch ins Maul, damit ihr nicht schreien könnt, wenn ich euch erschieße.«

Molly kauert sich noch kleiner zusammen und sagt sich, daß es noch Hoffnung gibt, weil die Zivilisation so nah ist. Sie versucht sich die Restaurants und Telefone und Polizeiautos vorzustellen, die nur ein paar hundert Meter weiter an der Barton Springs Road stehen; sie müssen nur am Leben bleiben und diese Entfernung überwinden, um Hilfe zu holen. Sie ist durch eine Spalte in der Stadt in dieses stinkende Loch gefallen, diesen Ort der Brutalität und Gewalt, an dem Roylee und Squint herrschen, wo sie machen, was ihnen paßt, und es niemanden genügend interessiert, um sie davon abzuhalten; wo eine liebenswerte, sanftmütige Spinnerin wie Mutter Theresa so beiläufig umgebracht wird wie eine Fliege, wo der Mann mit dem Bart – Lufkin – schlicht und einfach dafür erschossen wird, daß er ihnen zu helfen versucht. Und hier unten ist sie wie sie, nicht mehr wert als der Müll, auf dem sie liegt. Sie wirft einen Blick hinüber zu Sarah Jane, und ihr wird klar, daß sie ständig hier lebt, daß Tin Can hier gelebt hat, daß die anderen obdachlosen Frauen, über die sie schreibt, hier leben: in dieser Spalte, in der man unsichtbar wird, wo der Alltag Brutalität und irgendwann einen gewaltsamen Tod bedeutet.

Tja, sie hat jedenfalls die Nase voll davon. Sie will zurück in ihre echte Welt dort oben. Sie will nach Hause gehen und sich in die heiße Badewanne legen, sich in ihren sauberen Bademantel wickeln, einen Tee trinken, Jo Beth und Grady anrufen und ihnen sagen, wieviel sie ihr bedeuten. Sie will raus aus diesem stinkenden Müllhaufen. Sie will einen Krankenwagen rufen und die Polizei wegen des Giftgases im Senat alarmieren.

Roylee kommt jetzt näher. Die dumpfen Schläge und Grunzgeräusche und das Krachen sind sehr nah. Er wird sie finden. Es ist nur eine Frage der Zeit.

Plötzlich verspürt Molly einen brennenden Stich an ihrem Knöchel, dann noch einen oben auf ihrem Fuß. Verdammt. Irgend etwas beißt sie. Es fühlt sich an wie Feuerameisen, aber wenn sie die Hand ausstreckt, um sie wegzuscheuchen, werden sich die Säcke über ihr bewegen, und Roylee wird es sehen oder hören. Wieder ein Stich, dann noch einer und noch einer. Es tut so weh, daß es ihr die Tränen in die Augen treibt. Sie beobachtet Sarah Jane Hurleys Gesicht im Dämmerlicht. Alle paar Sekunden zuckt es in ihrer Wange; sie wird auch gebissen, aber sie weint nicht. Sie ist an Schmerz gewöhnt, denkt Molly.

Sarah Jane sieht Molly eindringlich an. Sie scheint ihr eine lautlose Nachricht übermitteln zu wollen. Sie versucht, Molly auf etwas vorzubereiten und sie zur Mitarbeit aufzufordern.

Das Glimmen in ihren Augen und die Anspannung in ihren zusammengekrümmten Schultern sagen: »Benutze den Schmerz, mach etwas daraus, sei stark, mach dich bereit zum Gegenschlag.«

»Ich finde euch, und wenn ich jedes Stück stinkenden Müll und jeden stinkenden Haufen hier umdrehen muß.« Roylee klingt so nah, als könnte sie den Arm ausstrecken und ihn berühren.

Plötzlich spürt Molly, wie sich der Sack über ihr bewegt. Roylee hat sich jetzt an diesem Müllhaufen zu schaffen gemacht; er hat einige Säcke über ihnen weggezogen. Sie hört sie dumpf auf den Boden fallen.

Weiter weg ruft eine Stimme: »Gut. Ich geh jetzt die andere Leiche holen. Dann kommst du hier hoch und hilfst mir dabei, sie die Böschung runterzuschaffen.«

Molly sieht in Sarah Janes Gesicht, daß sie das registriert hat. Wenn Squint erst einmal hier unten ist, werden die Chancen noch schlechter für sie stehen. Jetzt ist der Moment gekommen.

Sie kann Roylee angestrengt atmen hören und merkt, wie sich die Müllsäcke um sie herum bewegen.

Von oben fällt Licht herein. Er ist fast bei ihnen angelangt.

Sarah Janes Gesicht spannt sich an. Ihre rechte Faust umklammert das Messer. Sie atmet einmal tief ein, dann wirft sie sich mit einer gewaltigen Energieexplosion, die Molly keuchen läßt, nach oben und stößt den Sack über ihr aus dem Weg.

Molly wartet auf das Geräusch eines Schusses.

Sarah Janes Füße klettern nach oben und verschwinden. Sie ist draußen.

Molly hält den Atem an, wirft den Sack von sich herunter und richtet sich auf.

Sarah Jane und Roylee liegen ringend und keuchend auf

dem Boden. Er hat ihr Handgelenk gepackt, doch sie hält noch immer das Messer umklammert. Er hat die Pistole nicht in der Hand. Molly steigt über die Säcke und sieht sich hektisch nach ihr um, doch der Boden ist so mit Abfall übersät, daß sie sie nicht finden kann.

Jetzt hat Roylee Sarah Janes Hand auf den Boden gepreßt und ein Bein über sie geworfen.

Molly sieht sich voller Panik nach der Waffe um, schwitzend und verzweifelt.

Roylee ist stärker. Er wirft sich mit dem ganzen Körper auf Sarah Jane und setzt sich auf sie, ihre Hände immer noch nach unten gepreßt.

Molly entdeckt etwas, das wie der Porzellandeckel einer alten Klospülung aussieht. Sie hebt ihn hoch und tritt hinter Roylee, der Sarah Janes Arm auf den Boden schmettert, damit sie das Messer fallen läßt. Molly hebt den schweren Deckel ganz hoch und läßt ihn auf seinen Hinterkopf krachen.

Ein hallender Gong erklingt.

Roylee fällt mit dem Gesicht nach vorn auf Sarah Jane. Blut rinnt in einer schmalen Spur vom Haaransatz über das Gesicht. Sie hat ihn umgebracht, aber das ist ihr egal. Sie verspürt nichts als den Drang wegzurennen. Sie läßt den Deckel auf den Müllhaufen fallen. »Los jetzt«, sagt sie. »Rennen wir.«

Sarah Jane stößt Roylees schlaffen Körper von sich, dreht ihn auf den Rücken und hockt sich gegrätscht auf seine Brust. Sie setzt ihm das Messer an die Kehle. Sein Kopf hängt nach hinten, der Mund steht offen. Er atmet. Molly sieht unbeweglich und still zu.

Sarah Jane zögert, das Messer gegen Roylees dicken Hals gedrückt, und sieht zu Molly auf. Sie atmet schwer, und von ihrem rot angelaufenen Gesicht tropft Schweiß. Sie blickt Molly fragend an.

Molly berührt mit einer Hand ihren Kiefer und die aufgeplatzte Lippe. Sie haßt ihn. Er ist ein Tier. Er hat Mutter Theresa in den Rücken geschossen. Er muß sterben. Wenn Sarah Jane ihm jetzt die Kehle durchschneidet, wird Molly unter Eid aussagen, daß es Notwehr war. Aber zu so etwas kann sie nicht ihre Zustimmung geben .

Sie schüttelt den Kopf. »Lassen Sie ihn. Es ist schlecht für unser Karma«, sagt sie. »Gehen wir.«

Sarah Jane steht auf. »Wo ist seine Knarre?«

»Kann ich nicht finden«, sagt Molly, »aber wir brauchen sie nicht. Lassen Sie uns verdammt noch mal verschwinden.«

Zusammen rennen sie los. Als sie zu der steilen Erdböschung kommen, klettern sie auf allen vieren nach oben. Auf halber Höhe angekommen, hören sie ein Rufen von der anderen Seite, Molly sieht sich um. Squint steht am Rand der Müllgrube und schreit: »Roylee! Wo zum Teufel bist du?«

Sie glaubt, daß er zu weit weg ist, um sie sehen zu können.

Sie klettern ganz nach oben und beginnen zu rennen, ohne zu wissen, wo sie sind oder in welche Richtung sie sich bewegen.

Trotz allem, was passiert ist, verspürt sie beim Rennen ein ekstatisches Glücksgefühl. Wie himmlisch ist es, lebendig zu sein, wenn man noch vor Minuten damit gerechnet hat, sterben zu müssen.

28. Kapitel

Horch! Horch! Die Hunde bellen!
Bettler kommen in die Stadt:
Manche in Fetzen, manche in
Lumpen,
Und manche im samtenen Gewand.

Englischer Kindervers

Molly geht vom Rennen in einen Dauerlauf über, als sie eine Straße und Autos erblickt – Zivilisation, Sicherheit. Hinter ihr wirft Sarah Jane Hurley den Kopf in den Nacken und schnappt nach Luft.

Molly ist so verwirrt, daß sie erst merkt, daß sie an der Barton Springs Road sind, als sie die alte Tankstelle sieht. Irgendwie hat sie fast einen kompletten Kreis beschrieben, zurück an den Ort, an dem sie gestern Mutter Theresa getroffen hat. Gestern! Dieser ganze Horror hat sich vermutlich in weniger als zwanzig Stunden abgespielt, aber ihr erscheint es wie ein ganzes Jahrhundert.

Sie hat keine Ahnung, wie spät es ist. Ihre Uhr ist weg, und der Himmel ist zu bedeckt, um den Stand der Sonne feststellen zu können. Sie muß auf der Stelle Polizei und Notarztwagen zu Mutter Theresas Hütte rufen. Doch als erstes muß der Senat gewarnt werden. Vielleicht ist es schon zu spät. Oder vielleicht ist das Ganze auch nur falscher Alarm, aber das Risiko wird sie nicht eingehen. Sie hat das Gefühl, daß es stimmt.

Wenn sie nur ihr Handy hätte, dann könnte sie sofort den

Notruf wählen. Na ja, jetzt sind sie ja zurück in der Zivilisation. Sie werden ein Telefon finden.

Jetzt übernimmt Molly die Führung. Sie läuft zu der alten Tankstelle neben dem Parkplatz. Kaum hat sie die Tür geöffnet, stürmt der Mann an der Kasse augenblicklich auf sie zu. »Ich hab' euch Leuten doch schon hundertmal gesagt, daß ihr euch hier nicht mehr blicken lassen sollt. Was muß ich noch alles tun, damit –«

»Das hier ist ein Notfall«, sagt Molly. »Ich muß telefonieren.«

Ein deutscher Schäferhund, der unter dem Ladentisch gelegen hat, erhebt sich und fängt an zu bellen.

»Bei euch Asozialen herrscht ja immer ein Notfall.« Er ist ein untersetzter Mann, auf dessen Hemdtasche der Name »Burt« aufgenäht ist. Er stellt sich vor sie und versperrt ihr den Weg zu dem öffentlichen Fernsprecher, der an der Wand hängt. »Ich hab die Nase voll von euch abgefuckten Pennern, die hier immer alles dreckig machen. Ich hab' gerade gewischt.« Er sieht sie mit soviel Ekel an, daß Molly an sich herunterblickt. Sie ist mit Schlamm, Blut und Grashalmen bedeckt. Ihre Hose ist zerfetzt, an einem Bein derart, daß ein blutiges Knie freiliegt. Ihre Schuhe sind schlammverkrustet. Auf dem Boden hat sie eine feuchte Erdspur hinterlassen.

Sie schiebt sich an ihm vorbei. »Hier geht es um Leben und Tod. Ich muß telefonieren.«

»O nein.« Der Mann ist vor ihr am Telefon und drückt es mit der Hand nach unten. »Jetzt verpißt euch von hier. Und sucht euch 'nen Job.«

Molly ist sprachlos vor Empörung. »Rufen Sie selbst die Polizei«, schreit sie, »und richten Sie der meine Nachricht aus.«

»Was für eine Nachricht?«

»Im Kapitol befindet sich eine Bombe. Das gesamte Gebäude muß evakuiert werden.«

»Ihr Säufer seid wirklich ekelhaft.«

Sarah Jane steht schweratmend, mit rotem Gesicht in der Tür. »Das ist ein öffentliches Telefon«, sagt sie. »Es ist unser gutes Recht –«

»Verzieht euch hier, aber flott«, schreit er sie an. »*Dich* kenne ich doch.«

Mittlerweile kläfft der Hund ununterbrochen; es ist das reinste Höllenspektakel.

So etwas hat Molly noch nie erlebt; sie fühlt sich zugleich wütend, machtlos und erniedrigt. Für wen hält der sich eigentlich. Das kann er ihr nicht antun. Zeit ist entscheidend. Sie versucht, ihm das Telefon zu entwinden, doch er ist stärker als sie.

Dies ist reine Zeitverschwendung. Sie hat eine bessere Idee.

Sie nimmt eine Dose Motoröl vom Regal neben der Kasse. Erfreut über ihr Gewicht, ruft sie Sarah Jane zu: »Zurücktreten!« Dann holt sie aus und schleudert die Dose in die große Fensterscheibe. So wird er die Polizei sicher ganz schnell herbeirufen. Doch die Dose prallt vom Glas ab und landet donnernd auf dem Boden.

Der Hund jault auf und verkriecht sich unter dem Ladentisch.

Der Mann versucht, Molly zu packen, doch sie duckt sich und rennt nach draußen. Über die Schulter ruft sie zurück: »Um Himmels willen, jetzt rufen Sie endlich die Polizei! Rufen Sie sie!«

»Kommen Sie«, sagt sie zu Sarah Jane, »wir versuchen's dort drüben.«

Durch den Verkehr hindurch sprinten sie über die Straße zu einem Restaurant mit rotem Baldachin über der Tür. Die Tür ist verschlossen. Auf einem Schild steht, daß von elf Uhr bis

Mitternacht geöffnet ist. »Verdammter Mist«, sagt Molly. »Es kann noch nicht elf sein.« Hektisch sieht sie sich um. Die Zeit läuft ihnen davon. Und wenn sie endlich ein Telefon gefunden haben, wird es noch eine Weile dauern, bis die Warnung durchkommt.

Ihr fällt ein, daß ihr Pick-up mit dem Autotelefon nur zwei Häuserblocks entfernt hinter dem Café geparkt ist. Aber dann fällt ihr auch ein, daß sie ihre Schlüssel nicht mehr hat.

»Wir sollten jemanden finden, der uns zum Kapitol bringt«, sagt Sarah Jane keuchend. »Das geht schneller.«

»Nachdem wir angerufen haben«, sagt Molly. »Haben Sie Geld?«

Sarah Jane schüttelt den Kopf.

Das Café, wo sie ihren Wagen abgestellt hat, ist nur zwei Straßenecken entfernt, wahrscheinlich das nächste Telefon. Sie schlägt die Richtung ein, Sarah Jane folgt ihr.

Eine Gruppe von vier Frauen biegt lachend und schwatzend um die Ecke. Sie tragen Bürokleidung und sehen nach der Sorte Mensch aus, die Funktelefone bei sich haben. »Entschuldigen Sie bitte«, sagt Molly, »hat irgend jemand von Ihnen ein Handy, das ich kurz benutzen könnte? Es ist ein Notfall.«

Drei von ihnen halten die Augen auf den Bürgersteig gerichtet und gehen einfach weiter, wobei sie einen weiten Bogen um Molly machen. Die vierte wirft ihr einen schnellen Blick zu und murmelt: »Tut mir leid. Haben wir nicht.«

Molly kann nicht glauben, daß es so schwer sein soll, hier, mitten in der Stadt, telefonieren zu können. Dies ist eine Gegend, in der sie in der Vergangenheit öfter gewesen ist und die sie immer als relaxt, freundlich und freakig erlebt hat. Auf einmal scheint sie eine Enklave der Privilegierten geworden zu sein.

Sie kommen an dem Café an, und Molly drängelt sich vor zwei Männern hinein. »Wo ist das Telefon?« fragt sie.

Das Mädchen hinter der Theke antwortet nur zögernd. »Da hinten.« Sie nickt mit dem Kopf in die Richtung. Molly eilt nach hinten. Das Telefon befindet sich neben der Männertoilette. Ein magerer Teenager telefoniert gerade, wobei er sich an die Wand lehnt und das Kabel während des Sprechens um den Arm wickelt. Molly tippt ihm auf die Schulter und sagt: »Ich muß einen Notruf machen. Tut mir leid.«

Der Junge zuckt vor ihr zurück und sagt: »Hey!«

»Leg bitte auf. Es ist ein Notfall.«

»Einen Augenblick«, sagt er und dreht sich mit dem Gesicht zur Wand. Er redet weiter.

Molly reißt ihm den Hörer aus der Hand und wickelt ihm das Kabel vom Arm.

»Hey!« sagt er.

Sie drückt auf die Gabel, um sein Gespräch zu beenden.

Sie will ihn um eine Münze zum Telefonieren bitten, kann aber in seinem Gesicht sehen, daß dies wohl nicht freiwillig geschehen würde. Sie weiß nicht, ob man die Notrufnummer auch ohne Münzen anwählen kann, aber sie versucht es – und es funktioniert.

»Dies ist ein Notruf. Ich bin Molly Cates von der Zeitschrift *Lone Star Monthly*. Ich muß das Kapitol verständigen, die Senatskammer. Dort befindet sich eine Giftgasbombe, die jede Minute explodieren kann. Im Senat. Rufen Sie dort an. Ordnen Sie die Evakuierung an. Schicken Sie Polizeiwagen hin. Alle müssen auf der Stelle aus dem Gebäude. Wenn Sie es nicht räumen lassen, werden alle dort sterben.« Sie merkt, daß sie keine Luft mehr bekommt.

»Woher wissen Sie, daß sich dort eine Bombe befindet, Ma'am?«

»Das kann ich jetzt nicht erklären. Ich sage es der Polizei, wenn sie mich abholt. Ich bin bei Flipnotics an der Barton Springs Road. Schicken Sie mir einen Wagen.«

»Jawohl, Ma'am, ich werde eine Einheit zu Ihnen rausschicken .«

»Wie lange wird das dauern?«

»Wir haben momentan viele Anrufe. Vermutlich zehn Minuten.«

»Hören Sie, das hier ist Code 3. Höchste Prioritätsstufe.«

»Jawohl, Ma'am.«

Molly ist sich nicht sicher, daß sie ernst genommen wird. »Ich brauche auch einen Notarztwagen. Verbinden Sie mich mit Lieutenant Traynor von der Mordkommission, bitte.«

»Ich kann Sie nicht weiterverbinden, Ma'am. Haben Sie ein Verbrechen zu melden, das gerade begangen wird?«

»Nein. Hören Sie gut zu. Jede Minute ist wertvoll. Bitte rufen Sie den Senat an. Sobald der Wagen hier eintrifft, zeige ich den Beamten, wo die Leichen sind.« Sie weiß, daß das nicht so plausibel klingt, wie sie das gern hätte.

»Ma'am, Sie müssen mir schon eine Adresse mitteilen.«

»Ich habe Ihnen doch gesagt, daß ich im Flipnotics an der Barton Springs bin. Wo die Morde verübt wurden, gibt es keine Adresse. Sie liegen in dem Wäldchen hinter der Straße und da hinten auf einer Müllkippe. Ich –«

»Kommen Sie!« schreit Sarah Jane ihr von der Tür aus zu. »Ich habe ein Auto für uns gefunden. Kommen Sie *sofort*.«

Molly sagt in die Muschel: »Beeilen Sie sich, benachrichtigen Sie den Senat.« Sie legt auf und rennt zur Tür. Sarah Jane steht auf der Straße neben einem grünen VW-Käfer und redet mit dem Fahrer. Sie hat ihr Holzfällerhemd aufgeknöpft und nestelt in ihm herum. Sie hält etwas dem Fahrer hin. »Gucken Sie. Hundert Eier.«

Der Fahrer, ein junger Mann mit einem langen, fettigen Pferdeschwanz, untersucht den Schein. Dann sieht er Molly und runzelt die Stirn. Er fragt Sarah Jane: »Ist das die andere?«

Sarah Jane nickt.

»Die macht mir ja das Auto ganz dreckig.«

»Kannst du reinigen lassen«, sagt Sarah Jane und hält ihm den Schein direkt unter die Nase, damit er ihn riechen kann.

Er schnappt ihn sich. »Los, rein«, sagt er. »Auf den Rücksitz.«

Molly ist hin und her gerissen. Sie weiß, wie langsam die Polizei oft ist. Hier zu stehen und zu warten, wird sie zum Wahnsinn treiben. Dieser Autofahrer ist immerhin der Spatz in der Hand. Sie sind nicht mehr als fünf Minuten vom Kapitol entfernt. Sie will unbedingt dorthin und sichergehen, daß die Warnung auch ankommt. Sie sieht den Autofahrer an. »Wieviel Uhr ist es?«

Er sieht auf die Uhr. »Viertel vor elf.«

»Gut«, sagt sie und zwängt sich auf den Rücksitz. »Aber flott. Das hier ist ein Notfall. Fahr die Lamar hoch zur First. Nimm die First Street zur Congress, dann die Congress hoch zum Kapitol. Wenn du uns in weniger als fünf Minuten vor dem Haupteingang. absetzt, schicke ich dir noch mal fünfzig Dollar.«

»Das soll ich glauben«, sagt er und wirft ihr einen Blick im Rückspiegel zu. »Frau Superreich.«

Sarah Jane steigt neben ihr ein, und der Fahrer braust los. Das Auto ist uralt und veranstaltet ein Riesengetöse, als er das Gaspedal durchtritt.

Molly beugt sich vor. »Hast du ein Handy?«

»Nee.«

Sie bleiben an einer Ampel stehen, aber es gibt kaum Gegenverkehr. »Fahr einfach über die rote Ampel drüber. Keine

Angst vor den Bullen. Wir hätten nichts gegen eine Polizeieskorte.«

Er fährt über die rote Ampel. Seine Augen im Rückspiegel sind groß vor Erstaunen über das, was er gerade tut.

Molly lehnt sich zurück und versucht, wieder genug Luft zu bekommen. »Ich dachte, Sie hätten kein Geld«, sagt sie zu Sarah Jane.

»Ich habe gemeint: kein Kleingeld.«

»Aber einen Hundertdollarschein hatten Sie.«

»Na ja, das war mein ... so eine Art Talisman. Ich wollte ihn Ellie zurückgeben.«

»Ellie?«

»Meiner Tochter. Um ihr zu beweisen, daß ich mein Leben wirklich ändern will.«

»Aber jetzt haben Sie's für die Fahrt ausgegeben«, sagt Molly

»Kam mir wichtiger vor.«

Frustriert darüber, wie langsam sie vorankommen, lehnt Molly sich wieder nach vorn und feuert den Fahrer an: »Überhol diese Schlaftabletten. Drück einfach auf die Hupe und überhol sie.«

»O Gott«, sagt er und tut es.

Molly kann kaum stillsitzen. Im nachhinein findet sie ihr Vorgehen falsch. »Wissen Sie, was wir hätten machen sollen?« sagt sie aus einer plötzlichen Eingebung. »Wir hätten es als Bomben*drohung* melden sollen.«

Sarah Jane sieht sie an. »Stimmt. Das hätte Aufmerksamkeit erregt.«

»Der zweite Mann oben auf der Terrasse«, sagt Molly, »nicht der Deutsche, der andere. Haben Sie den jemals gesehen?«

»Nein. Tin Can schon, ich nicht. Den Großen, den Deutschen, habe ich auch erst in der Bibliothek gesehen, aber seine Stimme habe ich erkannt.«

»Meinen Sie, Sie würden die Stimme des anderen erkennen?«

»Vielleicht.«

»Warum wollten Sie das Buch klauen?«

»Ich hab es gar nicht geklaut. Ich wollte es ausleihen, um besser beweisen zu können, daß ich die Wahrheit sage. Jetzt kann ich nie mehr dahin zurückgehen. Und dabei ist es mein liebster Platz auf der Welt.«

»Da überlegen wir uns was«, sagt Molly. »Ist Ihnen übrigens die zweite Strophe wieder eingefallen?«

»Was für eine Strophe?«

»Von Klein Bo-Piep. Was sie getrüumt hat.«

»Oh. ›Klein Bo-Piep schlief fest ein und träumte, sie hörte sie blöken.‹ Das hat sie geträumt, daß sie sie blöken hört.«

»Wie geht es weiter?«

»Lassen Sie mich nachdenken. ›Doch als sie erwacht, war es ein Witz, weil sie ihr immer noch entwischten.‹ So ähnlich.«

»Was Sie dort draußen fertiggebracht haben –«, sagt Molly, »das hätte ich nie gekonnt. Sie waren einfach unglaublich.«

Sarah Jane zuckt die Achseln. »Sie sind diejenige, die ihm eins übergebraten hat. Und so einen Anfall zu simulieren – das war echt gut.«

Molly betrachtet Sarah Jane Hurley und sieht sie im Grunde zum erstenmal richtig an. Ihr krauses, graubraunes Haar steht vom Kopf ab wie elektrisierte Stahlwolle. Ihre Wangen sind von der Anstrengung rot angelaufen, und ihre großen, dunklen Augen funkeln vor Lebenskraft. Sie hat vergessen, ihr Karohemd wieder zuzuknöpfen, und ihr schmutziges Unterhemd schaut heraus.

Molly streckt die Arme aus und knöpft ihr das Hemd zu.

Sarah Jane lächelt. Es ist das erste Mal, daß Molly sie lächeln sieht. Vielleicht ist sie doch nicht verrückt.

Molly beugt sich wieder vor und fragt den Fahrer: »Wie heißt du?«

»Fred.«

»Okay, Fred, jetzt wollen wir mal sehen, wie schnell du dieses gerade Stück First Street schaffst.«

»Cesar Chavez«, sagt er und drückt auf die Tube. »Sie haben den Namen geändert.«

Sarah Jane tippt ihr auf die Schulter. »Warum haben Sie mich nicht zurückgerufen, als ich die Nachricht für Sie hinterlassen habe?«

»Ich war nicht in Austin. Als ich zurückkam, habe ich sofort versucht, Sie bei HOBO zu erreichen.«

»Ach so. Ich hab einen Bullen dort reingehen sehen, deswegen hatte ich Angst, da wieder aufzutauchen.«

»Wie hat er ausgesehen?« Molly sieht ihre Abzweigung näher kommen. »Fred, hier mußt du links fahren. Du schaffst es. Halt nicht an. Bretter einfach rüber.«

»Weiße Haare«, sagt Sarah Jane, »Schnurrbart. Um die Fünfzig. Ziemlich dünn.«

Molly lächelt. »Er ist überzeugt, er würde nicht wie ein Bulle aussehen. Sie haben ein gutes Auge.«

»In Houston gibt's einen Haftbefehl gegen mich.«

»Ich weiß.«

Sarah Jane ist einen Augenblick lang still. Dann sieht sie Molly an. »Wie geht's Ihnen? Er hat Ihnen einen so harten Schlag versetzt, daß ich nicht sicher war, ob Sie je wieder aufwachen würden.«

»Ich glaube, ich werde meine Kopfschmerzen nie mehr loswerden. Und auf der Müllkippe habe ich mir das Knie aufgeschlagen, und meine ganzen Füße sind zerbissen. Und Ihnen?«

»Mir? Mir ging's noch nie besser. Ich bin von den Toten auferweckt und geheilt worden, wissen Sie.«

Molly mustert sie und überlegt sich, ob sie verrückt ist oder nicht. Sie sagt: »Das muß ja ganz schön ... aufregend sein – von den Toten auferweckt zu werden.«

»Und wie. Es tut mir so schrecklich leid, daß ich Mutter Theresa in diese ganze Scheiße reingezogen hab'. Und Lufkin auch. Er hat sein Wort gehalten. Er ist gekommen, um mir beim Verschwinden aus der Stadt zu helfen.«

»War nicht Ihre Schuld«, sagt Molly. »Nichts von all dem. Später haben wir mehr Zeit, darüber nachzudenken.«

Sarah Jane beugt sich vor und sagt zum Fahrer: »Jetzt stellst du dich einfach auf deine Hupe, Freddie, die ganze Congress hoch, als ob du ein Krankenwagen wärst. Bleifuß.«

Er macht den Bleifuß, und die Fußgänger spritzen vor ihnen auseinander, während die Kuppel des Kapitols näher kommt.

»Fred«, fragt Molly, »wieviel Uhr ist es jetzt?«

Er wirft einen Blick auf seine Armbanduhr, dann zurück auf die Straße. »Zehn Uhr neunundvierzig.«

Die Senatssitzung muß bereits im Gange sein, wenn sie nicht evakuiert haben. Einen Anruf wie ihren werden sie ja wohl ernst nehmen müssen, denkt Molly. Sie hofft, jede Menge Blaulichter und eine Menschenmenge auf dem Rasen vor dem Kapitol zu sehen. Doch dort stehen nur der eine übliche Polizeiwagen und ein paar Fußgänger, die ein und aus gehen. Irgend etwas ist schiefgelaufen, da ist sie sich ganz sicher.

»Ich habe einen Plan«, sagt Molly. »Wir rennen einfach die breite Treppe zum Senat hinauf und schauen, was passiert ist. Wir bleiben nicht stehen, um mit irgend jemandem zu reden. Wenn sie noch drin sind, dann treiben wir sie hinaus. Wenn nötig, schreien wir einfach ›Feuer‹.«

Der VW kommt mit quietschenden Reifen vor der Eingangstreppe zum Stehen. »Bitte sehr, die Damen«, sagt Fred, »viereinhalb Minuten.« Während Molly vom Rücksitz klettert, reicht er ihr ein Stück Papier. »Meine Adresse.«

Sie steigen hastig aus. Sie rennen die Stufen hinauf, Molly vorneweg. Sie zieht die riesige Tür auf. EineTouristengruppe steht in der Rotunde und blickt hinauf in die Kuppel. Ein Wachmann ist neben der Statue von Sam Houston postiert, und mehrere Männer im Anzug laufen durch die Halle.

Der Wachmann wird aufmerksam, als er sie erblickt. Molly ruft ihm zu: »Im Senat befindet sich eine Bombe! Lassen Sie das Gebäude räumen. Lösen Sie Alarm aus. Geben Sie einen Funkspruch nach oben durch, daß alle herauskommen sollen. Auf der Stelle!«

Er legt die Hand über seine Schußwaffe und sieht sie unter seinem breiten Stetson hervor an. Er kommt auf die beiden zu, als wären sie zähnefletschende Hunde.

»Sie hören mir nicht zu!« schreit Molly ihn an. »Sie sollen einen Funkspruch nach oben durchgeben.« Sie macht einen großen Bogen um ihn und rennt auf die Treppe zu.

Alle, die sich in der Halle befinden, starren sie an. »Gehen Sie besser raus«, ruft Molly ihnen über die Schulter zu. »Das Gebäude wird geräumt. Schnell!«

Die breite Treppe ist leer. Molly nimmt immer zwei Stufen auf einmal. Sarah Jane ist hinter ihr, und der Wachposten verfolgt sie, wobei er in sein Funkgerät spricht und sie beim Laufen immer im Blick behält. Molly wird oben an der Treppe langsamer, damit Sarah Jane sie einholen kann. »Hören Sie«, sagt sie keuchend, »die nehmen uns nicht ernst. Wir müssen es selbst machen. Ich gehe vor und lenke sie ab. Sie gehen einfach zur Senatstür rein und brüllen da drinnen Zetermordio, daß eine Bombe im Raum ist und alle raus müssen. Schreien Sie immer weiter, bis alle draußen sind.«

Sarah Jane sieht sie panisch an, nickt aber.

Sie biegen um die Ecke, und da wartet in der Halle vor der geschlossenen Tür des Plenarsaals natürlich schon das Begrüßungskomitee auf sie: zwei Austiner Polizisten, ein DPS-Sicherheitsbeamter und ein Mann im schwarzen Anzug.

»Gehen Sie weiter«, flüstert Molly Sarah Jane zu.

»Da drin ist eine Bombe«, sagt Molly, wobei sie auf die Männer zugeht und laut und schnell redet. »Es ist eine Giftgasbombe und wird alle da drin umbringen. Sagen Sie Spezialagent Heller vom FBI Bescheid.«

Der Mann im schwarzen Anzug fängt an, etwas in sein Funkgerät zu sprechen.

»Hören Sie! Sie dürfen das Risiko nicht eingehen. Ich bin Molly Cates vom –«

»Ma'am, sind Sie diejenige, die beim Notruf angerufen hat?« fragt einer der Polizeibeamten.

Molly sieht Sarah Jane mit gesenktem Kopf weitergehen, damit sie keine Aufmerksamkeit erregt. »Jawohl, Sir. Ich heiße Molly Cates. Redakteurin beim *Lone Star Monthly*.« Sie beschließt, ein paar Namen zu nennen und weiterzureden, damit sie alle in ihre Richtung schauen. »Ich bin das Patenkind von Senator Morrisey. Gehen Sie, fragen Sie ihn. Holen Sie ihn raus, damit er's Ihnen sagt. Warum haben Sie noch nicht geräumt? Ich habe vor mehr als zehn Minuten angerufen. Tun Sie es auf der Stelle. Wenn nicht, werden Sie die Verantwortung dafür übernehmen müssen, wenn –«

»Ma'am. Ma'am, würden Sie bitte einen Moment mitkommen?« Der Polizist drängt sie ab in ein seitlich gelegenes Büro. »Wir brauchen weitere Informationen von Ihnen, Ma'am. Könnten wir uns dort drinnen unterhalten?« Er zeigt auf den kleinen Raum.

Sie folgt ihm. »Wir vergeuden hier nur unsere Zeit. Sie müssen die Leute rausholen und den Saal durchsuchen lassen.«

Einer der Beamten sieht, wie Sarah Jane die Tür zum Saal öffnet, und sprintet los, um sie aufzuhalten, doch sie ist bereits hineingeschlüpft und hat die Tür hinter sich geschlossen.

Molly reißt sich los und rast zur Tür. Sie weiß nicht genau, ob Sarah Jane die Aufgabe bewältigen kann; deswegen möchte sie da sein und sie, wenn nötig, unterstützen.

Sarah Jane steht in der Mitte des Plenarsaals, blickt hinauf zur Galerie und ruft mit fester Stimme: »Es ist eine Giftgasbombe hier drin, und sie wird jeden töten, wenn sie losgeht. Deswegen müssen Sie jetzt alle sofort hier raus.«

Mehrere Wachposten kommen auf sie zugerannt, und der Vizegouverneur klopft mit seinem Hämmerchen auf den Tisch. »Sie! Madam«, schreit er ins Mikrofon, »wenn Sie etwas zu sagen haben, dann –«

Weder Sarah Jane noch sonst irgend jemand schenkt ihm Beachtung. »Und keine Panik, Leute«, brüllt sie hoch in die Galerie. »Ich sehe dort oben eine Schulgruppe. Lassen Sie die Kinder als erste raus, dann die Leute im Rollstuhl. Treten Sie zurück, und lassen Sie sie durch.« Ihre Stimme hat Kraft und Autorität eines militärischen Ausbilders.

Im Saal stehen alle Senatoren und Berater auf, sammeln ihre Papiere zusammen und gehen in Richtung der Türen. Gott sei Dank. Sie nehmen es ernst. Molly entdeckt Parnell und seinen Berater sowie Garland Rauther, die mit den anderen hinausgehen.

Oben auf der Galerie ist die Hölle los. Wachmänner rennen herum und versuchen, Ordnung zu halten. Es gibt nur zwei Türen, und alle versuchen, sich gleichzeitig hindurchzudrängen. Der Geräuschpegel steigt von Sekunde zu Sekunde. »Bleiben Sie ruhig, meine Damen und Herren. Dies ist nur eine Übung. Wir werden die Sitzung heute um dreizehn Uhr fortsetzen. Bitte bleiben Sie ruhig. Alle verlassen das Gebäude für diese Routineübung. Verhalten Sie sich ruhig.«

Draußen auf den Gängen geht ein Alarm los. Es klingt wie Fliegeralarm – Musik in Mollys Ohren. Endlich nimmt irgend jemand an wichtiger Stelle die Sache ernst. Dieser Alarm dürfte das gesamte Gebäude aufschrecken.

Zwei Wachmänner halten Sarah Jane an den Armen gepackt und versuchen, sie nach draußen zu zerren, doch sie rührt sich nicht von der Stelle. Molly, die immer noch an der Tür steht, ist hin- und hergerissen. Einerseits will sie zusammen mit den anderen das Gebäude verlassen. Die Panik ist ansteckend. Doch sie kann nicht gehen, bevor Sarah Jane nicht geht. Sie läuft in den Saal, was einfach ist, da die meisten Senatoren bereits fort sind.

Es ist jetzt viel zu laut, als daß Sarah Jane noch gehört werden könnte, weswegen sie aufhört zu schreien. Mittlerweile ist sowieso jeder auf den Beinen. Einer der Wachposten, der Sarah Janes Arm umklammert hält, schreit: »Kommen Sie mit!« Sarah Jane macht sich von ihm los. »Ich warte, bis alle draußen sind«, sagt sie.

Eine junge Frau nimmt Molly am Arm und versucht, sie nach draußen zu schieben. Molly schüttelt den Kopf und bleibt, wo sie ist. »Gehen Sie nur«, schreit sie der Frau ins Ohr.

Agent Heller kommt zur Tür hereingestürzt. Er trägt wie üblich seine Tarnhosen und das gelbe Barett; Molly ist erleichtert, ihn zu sehen. »Sind Sie das, Miß Cates?« fragt er. »Was zum Teufel geht hier vor?«

»Ich glaube es, Heller. Hier drin ist eine Giftgasbombe deponiert. Wir erzählen Ihnen alles draußen. Sorgen Sie dafür, daß alle hier rauskommen.«

»Wo ist die Bombe?« fragt er.

Sarah Jane antwortet: »Ich glaube, in einer Kamera oder anderen Dingen, mit denen man Fotos macht. Das haben sie, glaube ich, gesagt.«

»Und es ist ein Gas?« fragt er.

»Soman«, sagt sie.

»Heilige Mutter Gottes!« Er blickt hinauf zur Galerie und ruft dem Mann im schwarzen Anzug zu, der zu ihnen herunterschaut : »Brinker! Sind da oben alle raus?«

»Jawohl, Sir.«

»Gut. Halten Sie Ausschau nach Kameras und Blitzausrüstungen. Seien Sie vorsichtig. Es ist Nervengift.«

Dann sagt er zu den Wachbeamten: »Ich bin Spezialagent Heller. FBI. Gehen Sie jetzt raus in die Halle und helfen Sie, die Leute aus dem Haus zu schleusen. Es ist das reinste Chaos dort draußen. Ich mache hier drinnen weiter.«

Die Beamten lassen Molly und Sarah Jane los und verlassen schnell den Raum. Heller sagt: »Gehen Sie raus, meine Damen. Ich treffe Sie in ein paar Minuten draußen. Wir haben eine *Menge* zu besprechen.«

Molly und Sarah Jane sehen sich an und nicken. Sie haben ihre Aufgabe erfüllt. Es gibt keinen Grund, sich jetzt nicht verdammt noch mal zu verpissen.

»Gehen Sie auch raus, Heller«, sagt Molly über die Schulter. Er ist der letzte, der noch hier ist, außer den beiden Wachposten, die den Plenarsaal umrunden und dabei in ihre Funkgeräte sprechen, und dem FBI-Agenten im Anzug oben auf der Galerie.

»Raus jetzt«, sagt er.

Molly und Sarah Jane durchqueren die Vorhalle und sehen, daß die Gänge mit Menschen vollgestopft sind, wobei immer noch mehr Personen aus Büros und Konferenzsälen strömen. Das gesamte Gebäude wird geräumt. Die Treppe ist trotz ihrer Breite wie ein Flaschenhals. Sie ist vollständig blockiert, alles bewegt sich nur mit äußerster Langsamkeit vorwärts. Eine Gruppe verängstigter Kinder weint, eins ist die Treppe hinuntergefallen. Die Lehrerin versucht, zu ihm zu gelangen. Der Lärm ist ohrenbetäubend.

Plötzlich überkommt Molly Angst, daß jemand verletzt werden und sich das Ganze als falscher Alarm herausstellen könnte und alles umsonst war.

Sie bleiben oben an der Treppe stehen, bis sich alle aus der Halle in den Menschenstrom auf der Treppe eingereiht haben. Sie fühlen sich wie Gastgeberinnen bei einer Party, die ihre Gäste verabschieden.

Als sie endlich selbst auf der Treppe sind, holt Heller sie ein. »Mein Gott, bin *ich* gespannt, was Sie zwei zu berichten haben«, sagt er, während sie der Menge nach unten folgen. Es geht immer nur einen Schritt, aber doch ständig vorwärts. Hinter ihnen sind nur noch wenige Nachzügler.

Oben an der Treppe ruft ein Wachbeamter aufgeregt und mit rotem Gesicht zu ihnen herunter. »Agent Heller! Kommen Sie bitte! Sofort.«

»Ich sehe die Damen dann draußen«, sagt Heller und rennt die Treppe wieder hinauf.

Molly und Sarah Jane gelangen endlich zum Südausgang. Vier Wachmänner und ein Austiner Polizeibeamter schieben die Menschen zur Tür hinaus mit den Worten: »Die Einfahrt freihalten, Leute. Bitte auf den Rasen gehen und vom Gebäude entfernen.«

Als sie die Stufen hinuntergehen, kommen drei Polizeiwagen mit heulenden Sirenen und blinkenden Lichtern die Einfahrt herauf, während vier weitere die Congress entlangrasen. Einer der Polizisten, die herausspringen, sagt: »Bombenkommando ist unterwegs. Die Einfahrt muß freibleiben. Runter von der Straße, Leute. Zurücktreten. Schneller. *Ganz* weit zurück.«

Jetzt bemerkt Molly aus allen Richtungen heulende Sirenen.

Die Polizisten parken auf dem Rasen, springen aus den Wagen, dirigieren die Menschen weg vom Kapitol und spannen Absperrbänder, um die Einfahrt und das Gebiet um den Haupteingang freizuhalten.

Als Molly und Sarah Jane auf dem Südrasen eintreffen, sind bereits Hunderte von Menschen dort, die aufgeregt und wild durcheinanderredend herumlaufen und wissen wollen, was vor sich geht.

Zwei weiße Transporter kommen quietschend in der Einfahrt zum Stehen. Sie haben keine Aufschrift, aber Molly vermutet, daß es die Bombeneinheit ist.

Ein fetter Polizist aus Austin entdeckt sie und kommt zu ihnen herüber. »Nach all dem hier«, sagt er, »kann ich für Sie beide nur hoffen, daß Sie eine *gute* Erklärung haben.«

Agent Heller erscheint auf den Stufen, redet mit einem Polizisten, der daraufhin brüllt: »Alle zurück, ganz weit zurück! Krankenwagen sind unterwegs. Leute, das hier ist keine Übung. Das hier ist echt, und alle müssen mithelfen.«

Heller läßt den Blick über die Menge schweifen. Molly winkt mit den Armen, um seine Aufmerksamkeit auf sich zu ziehen. Er kommt die Treppe herunter und über den Rasen zu ihnen gesprintet. Er nimmt Molly und Sarah Jane beiseite und sagt leise: »Verdammt noch mal, da ist tatsächlich eine Bombe. Ist gerade explodiert. Der ganze Raum ist voller Gas. Drei Männer liegen da drin am Boden, und wir können sie ohne Gasmasken nicht rausholen. Die Türen sind geschlosen, aber wir wissen nicht, ob sich das Zeug ausbreitet.« Er blickt auf und brüllt einer Gruppe Austiner Polizisten zu, die untätig herumstehen. »Bringen Sie die Menschen weiter weg. Verlegen Sie die Absperrlinie ganz, ganz weit nach hinten.«

Er wendet sich wieder Molly und Sarah Jane zu. »Woher wissen Sie von der Sache? Ich will alles darüber erfahren, von Anfang an.«

Molly will gerade den Mund aufmachen, als Sarah Jane vortritt und sagt: »Ich kann Ihnen alles berichten, aber als erstes will ich Ihnen sagen, daß ich den Typ in der Bibliothek nicht angegriffen habe. Er hat mich angegriffen. Er wollte mich umbringen, und ich finde es unfair, mich deswegen nicht mehr in die Stadtbibliothek reinzulassen.«

Agent Heller nickt, als würde er das alles verstehen. »Ich stimme Ihnen zu. Ich werde mich um die Sache kümmern, Ma'am. Jetzt sagen Sie mir, wie Sie um Himmels willen von diesem Giftgas erfahren haben.«

29. Kapitel

*»Schießen ist nichts Schlimmes,
solange
die Richtigen erschossen werden.«*

»Dirty Harry« Callahan

Grady Traynor tauchte erst am späten Nachmittag auf. Zu diesem Zeitpunkt hatte Molly Cates bereits vier lange Stunden in den Räumen des Reagan-Bürogebäudes neben dem Kapitol verbracht, in denen das FBI sein Hauptquartier aufgeschlagen hatte. Sie hatte ihren kleinen Anteil an der Geschichte wieder und wieder erzählt, zuerst Agent Heller, dann fünf anderen FBI-Agenten, zwei Austiner Polizeibeamten von der Bombeneinheit, dann dreien von der Mordkommission. Als Grady endlich eintraf, saß sie bereits seit einer halben Stunde im Vorraum und sah der Empfangsdame dabei zu, wie sie den Ansturm von Anrufen bewältigte.

Grady zeigte ihr seine Marke und trat ein. Er setzte sich neben Molly und betrachtete sie – ihr bandagiertes Kinn, ihre verschorfte, geschwollene Lippe, ihr verbundenes Knie, das sie hochgelegt hatte. Sie trug den grünen OP-Anzug, den der Notarzt ihr gegeben hatte, nachdem ihre Wunden versorgt worden waren.

»Ich würde dich ja gern küssen«, sagte Grady, »aber ich kann keine Stelle entdecken, an der es nicht aussieht, als ob es weh tun würde.«

»Ach, die kannst du sicherlich finden«, sagte sie. »Ich werde dir später dabei behilflich sein.«

Er nahm ihre Hand. »Molly, ich lasse dich friedlich schlafend im Bett zurück, und ein paar Stunden später bist du entführt und zusammengeschlagen worden, hast zwei Morde mit angesehen, den Schädel eines obdachlosen Mannes zertrümmert, hast versucht, die Schaufensterscheibe einer Tankstelle einzuschlagen und du hast die Staatsregierung vor einem Giftgasanschlag gerettet.«

»Nur den Senat. Außerdem hat Sarah Jane die Leute gerettet; ich bin nur mitgekommen.«

»Tja.« Er lehnte sich zurück und betrachtete sie wieder.

»Dann ist sein Schädel also zertrümmert«, sagte Molly, die in den Armen immer noch die Wucht des Schlags spürte. »Es ist erstaunlich, daß jemand so etwas überlebt.«

»Dicker Schädel. Er ist schon wieder bei Bewußtsein.«

»Ich bin froh, daß ich ihn nicht umgebracht habe.«

»Das hatte ich mir gedacht. Du hättest dem Staat aber viel Ärger erspart; sie werden ihn eines Kapitalverbrechens beschuldigen.«

»Gut. Die beiden sind kaltblütige Killer.«

»Squint haben wir noch nicht gekriegt, aber den finden wir.«

»Oh, Grady, Mutter Theresa war eine liebenswürdige alte Spinnerin, und Lufkin wollte uns wirklich helfen. Da sind die falschen Leute erschossen worden.«

»Du kannst dir nicht vorstellen, wie oft mir das im Lauf meiner Arbeit begegnet, Molly.« Er lächelte sie mit seinem wehmütigen, ironischen Lächeln an, das ihr immer zu Herzen ging.

Sie drückte mit beiden Händen seine Hand. »Es ist so schön, dich zu sehen. Aber ich muß dich um einen Gefallen bitten.«

»Ach so.«

»Bitte tu alles in deiner Macht Stehende, um Sarah Jane Hurley zu helfen.«

»Hilfe kann sie allerdings gebrauchen. Der Haftbefehl in Houston lautet auf schwere Körperverletzung – ist mit dem Messer auf eine Frau in einer Obdachlosenunterkunft losgegangen und dann geflohen, um sich der Verhaftung zu entziehen. Die Frau war schwer verletzt, hatte aber etwas von Hurley gestohlen und war ebenfalls im Besitz eines Messers, so daß vermutlich mildernde Umstände vorliegen. Ich weiß noch nicht, wie sehr sie hinter der Sache her sind. Es war vor über einem Jahr. Ich werde mich drum kümmern.«

»Gut.«

»Dann gibt's da noch etwas – sie und ihr Freund, dieser Lufkin, der erschossen worden ist, haben anscheinend als erste die Leiche von Emily Bickerstaff entdeckt und es nicht gemeldet.«

»Aber jetzt kooperiert sie doch, Grady, und sie ist eine Heldin. Das ist ja sicherlich auch etwas wert.«

»Na ja, sie mag eine Heldin sein, aber sie hat wirklich lang genug gewartet, um etwas gegen den Giftgasanschlag zu unternehmen. Fünf Minuten später, und es wäre zu spät gewesen.«

»Hättest du ihr denn geglaubt, Grady? Wenn sie zu dir gekommen wäre – eine Pennerin, eine Säuferin, eine Frau mit einem Haftbefehl wegen Körperverletzung. Hättest du ihr die Sache abgenommen?«

Er saß eine Weile da und dachte nach. Das liebte Molly an ihm: daß er ein Mann war, der sich selbst hin und wieder kritisch hinterfragte. »Ich werde mich um beide Angelegenheiten kümmern«, sagte er. »Was gibt's noch?«

»Die Bibliothek. Das ist für sie sehr schlimm.«

Er verdreht die Augen. »Mein Gott, Molly. Kann das nicht warten?«

»Es ist ihr wichtig, Grady. Sie mag Bibliotheken. Da sie jetzt eine Heldin ist, könnten sie ihr vielleicht eine Ehreneintrittskarte fürs ganze Leben ausstellen oder so. Sie müssen sie zumindest wieder reinlassen.«

»Ich werde sehen, was ich tun kann.«

»Und könntest du mir auch die Telefonnummer ihrer Tochter besorgen, Grady? Sie heißt Ellie – den Nachnamen weiß ich nicht – und wohnt in Brenham.«

Grady nickte.

»Und noch eine letzte Bitte. Der Typ, der behauptet, ich hätte seine Fensterscheibe einschlagen wollen? Burt.«

»Was ist mit ihm?«

»Ich will, daß du ihm eins mit dem Gummiknüppel überziehst. Brich ihm die Finger.«

»War's so schlimm?«

»Er behandelt die Obdachlosen wie Ungeziefer.«

»Ich wünschte, es gäbe ein Gesetz für so was.«

»Ich auch.« Sie senkte die Stimme und warf einen Blick hinüber zu der Empfangsdame, die immer noch telefonierte. »Um was geht's bei der ganzen Aufregung hier?«

Er zuckte die Achseln. »Woher soll ich das wissen?«

»Komm, Grady, tu nicht so.«

»Na ja, Cullen Shoemaker und seine Mutter befinden sich auf dem Rückweg von New Orleans, in FBI-Gewahrsam.«

»Seine *Mutter*?«

»Mm-hm.«

»Sie hatte doch wohl nichts damit zu tun, oder?«

»Weiß ich nicht, aber zwei Mitglieder des McNelly-Kommandos werden gerade unten verhört. Natürlich schwören sie, daß sie nichts weiter als brave Studenten sind, aber ich meine,

Andeutungen gehört zu haben, daß sowohl Cullen Shoemaker als auch seine Mutter nach dem Pizzeriamassaker durchgedreht sind.«

»O nein! Sie hätte nie einem Anschlag zustimmen können, bei dem Kinder und Unschuldige dran glauben müßten. Nach allem, was sie mitgemacht hat, könnte sie doch so etwas nie tun. Das hieße ja, sie würde anderen genau das gleiche zufügen, was man ihr angetan hat.«

»Molly, hast du denn gar nichts gelernt bei deiner Schußwaffenrecherche?«

»Wie meinst du das?«

»Daß dies eines der Themen ist, die mit Vernunft nichts mehr zu tun haben. Es ruft jede Menge Emotionen wach. Menschen tun unverantwortliche Dinge, wenn sie die Grundlage ihrer Freiheit bedroht sehen. Das hat es in diesem Land ja oft genug gegeben.«

»Aber –«

»Aber du bist davon überzeugt, daß Frauen nicht so bestialisch sind wie –«

»Sind wir auch nicht!«

Er sah sie mit ruhigem Blick an. »Blödsinn.«

Molly wandte sich von ihm ab und lehnte sich zurück. Sie stellte sich Elizabeth Shoemaker, die Heilige, in ihren Gesundheitsschuhen vor. »Ich habe mich in so vieler Hinsicht geirrt, da würde mich auch das nicht mehr sonderlich überraschen.«

Gradys Augen wurden vor Erstaunen ganz weit. »Ach ja? Und welche sind das?«

»Die Liste ist endlos. Ich erzähle es dir später. Was ist mit dem Bombenbastler? Dem Deutschen, den Sarah Jane den barschen Ziegenbock nennt?«

»Unser Zeichner arbeitet gerade zusammen mit einem

Mann, der sich Rhyming Rudy nennt, dem Oberkellner vom Creekside Grill und Sarah Jane an der Erstellung eines Phantombilds.«

»Und sonst?« fragte sie. »Ihr habt doch noch etwas, Grady. Das sehe ich dir an der Nasenspitze an.«

Er beugte sich zu ihr und sagte leise: »Einen Abdruck. Sie haben einen geradezu perfekten Daumenabdruck auf der falschen Kamera gefunden, aus der das Gas abgefeuert wurde.«

»Na hervorragend. Einen Gefallen noch, Grady. Einen allerletzten.«

»Mm-hm.«

»Hol mich hier raus. Sie haben gesagt, ich müßte warten, aber ich habe in einer halben Stunde eine dringende Verabredung mit Parnell Morrisey. Kannst du dich für mich verbürgen?«

»Klar.« Er beugt sich zu ihr und küßte sie auf die Wange. »Weißt du eigentlich, Molly, daß du der Vergasung nur um dreieinhalb Minuten entgangen bist?«

»So wenig?«

»Das hat Heller jedenfalls gesagt.«

»Du hast mit Agent Heller gesprochen?«

»Ja.«

»Hat er dir erzählt, daß er mich neulich abends aufgesucht hat?«

»Ja. Er sagte, daß du Cullen Shoemaker von vornherein im Visier gehabt hättest. Er meint, er hätte auf dich hören sollen, Molly, statt Wandy Lavoy ins Fadenkreuz zu nehmen. Das ist doch mal etwas, worin du recht hattest.«

Sie studierte seinen Gesichtsausdruck, um herauszufinden, ob Heller ihm sonst noch etwas erzählt hatte. Und wenn, war es unwahrscheinlich, daß Grady etwas über die Olin-

Crocker-Sache wußte. Und falls er es wußte, dann hatte er sich jedenfalls dafür entschieden, sie nicht wissen zu lassen, daß er es wußte. Diese Heimlichtuereien führten zu schrecklichen Verwicklungen – es gab zu viel, was man bedenken mußte. Sie schwor sich, ihr Leben in Zukunft wie ein offenes Buch zu führen.

30. Kapitel

Nadeln und Zwirn, Nadeln und
Zwirn,
Wenn ein Mann heirat, ist sein
Frieden dahin .

Englischer Kindervers

Molly Cates saß wartend auf dem kühlen Granitblock des Denkmals für die konföderierten Soldaten. Seit damals, als sie mit ihrem Vater zum erstenmal Austin besucht hatte, war das ihre Lieblingsstatue auf dem Kapitolsgelände. Als sie Parnell heute nachmittag aus dem FBI-Büro angerufen und gebeten hatte, sich mit ihr zu treffen, war das der erste Platz gewesen, der ihr eingefallen war. Seine Stimme am Telefon hatte müde, resigniert und wenig überrascht geklungen – als hätte er sein ganzes Leben lang auf diesen Anruf gewartet und jetzt nicht mehr die nötige Energie, um darauf zu reagieren.

Sie war ebenfalls erschöpft. Jeder Zentimeter ihres Körpers schmerzte. Dies war vermutlich der schlechteste Zeitpunkt überhaupt, um ihn zur Rede zu stellen, doch sie würde die Abrechnung nicht weiter hinausschieben.

Fünf Stunden waren seit der Gasexplosion im Senat vergangen, und das Kapitol selbst war nach wie vor für alle außer die Bombenexperten und die FBI-Agenten gesperrt. Vor jedem der Eingänge standen zwei DPS-Beamte Wache. Doch auf dem Gelände und den umgebenden Straßen war die Hölle los; Medienvertreter, Polizisten und Neugierige schwirrten durcheinander. Dutzende von Übertragungswagen parkten vor dem Gelände, und ein ständiger Strom von Gaffern fuhr im Schrittempo vorbei. Direkt vor der Polizeiabsperrung stellten sich Fernsehreporter der Abendnachrichten für eine Liveübertragung vom Kapitolsgelände auf.

Jetzt entdeckte sie auch Parnell, der an dem gelben Band der Polizeiabsperrung stand und mit zwei Beamten der Bombeneinheit sprach, die wie Astronauten aussahen. Er warf einen Blick in ihre Richtung und kam sehr langsam über den Rasen auf sie zu. Sein Rücken war gebeugt, und seine Füße bewegten sich, als hätten sie Probleme mit der Schwerkraft. Als er an dem Denkmal angelangt war, sprach er nicht und sah sie auch nicht an. Statt dessen stellte er sich neben sie und studierte die unter den vier bronzenen Konföderationssoldaten in den Granit gehauene Inschrift. »›Sie starben für die in der Verfassung garantierten Rechte des Staates Texas‹«, las er vor. »Ich wette, in New York City lehren sie die Geschichte anders.«

Molly zitierte die nächste Zeile aus dem Gedächtnis: »›Der Süden kämpfte bis zur Erschöpfung gegen überwältigende Zahlen und Ressourcen.‹ Das war auf jeden Fall die Geschichte, die sie uns an der Lubbock High beigebracht haben.«

»Aber heutzutage kannst du die Sache auch aus einer Yankee-Perspektive betrachten«, meinte er.

»Natürlich.«

»Glaubst du, daß man praktisch jede Tat verstehen kann, wenn man sie bloß aus der richtigen Perspektive betrachtet?«

»Nein.« Molly schüttelte nachdrücklich den Kopf. »Manche Dinge sind unverzeihlich und nicht nachzuvollziehen. Wie das, was hier heute versucht wurde: unschuldige Leben für eine politische Idee zu opfern. So etwas werde ich nie verstehen.«

»Dann hat deine Fähigkeit, zu verstehen und zu vergeben, also ihre Grenzen.«

»Und ob.«

Er sah sie zum erstenmal direkt an. Er blinzelte in die Sonne, die gerade rechtzeitig vor ihrem Untergehen hinter den Wolken hervorgekommen war. Die Tränensäcke unter seinen Augen waren so dick, daß sie sein ganzes Gesicht nach unten zu ziehen schienen. Er sagte: »Du siehst ja schrecklich aus, mein Schatz.«

Sie betrachtete sein mitgenommenes Gesicht. »Du siehst auch nicht gerade gut aus.«

Er schien lächeln zu wollen, doch er schaffte es nicht. »Hab nicht viel geschlafen letzte Nacht. Wie man mir erzählt hat, bist du gekidnappt und um ein Haar getötet worden.«

Sie nickte. »Wirklich um *ein* Haar. Parnell, ich habe mich schon immer gefragt, warum gesagt wird, daß man mutig sei, wenn man so einen Horror überlebt. Ich war überhaupt nicht mutig. Ich wußte nicht, daß man soviel Angst haben kann. Ich bin beinahe durchgedreht. Ich hätte alles getan, um nicht zu sterben.« Sie war überrascht, daß sie immer noch Mitgefühl und Trost von ihm erwartete, trotz allem, was jetzt folgen würde. Sie hatte ihr Hosenbein hochgezogen, um den Verband an ihrem Knie zu untersuchen. Parnell sah ihn und zuckte zusammen. »Diese Geschichte möchte ich wirklich zu gern hören«, sagte er.

»Nicht heute. Heute bist du mit dem Geschichtenerzählen dran.«

»Aber du glaubst doch, sie schon zu kennen, oder?«

»Stimmt.«

»Wie ich gehört habe, hast du Olin Crocker mit dem Tod bedroht«, sagte er.

»Falsch. Ich habe ihm gedroht, seine Eier in Hackfleisch

zu verwandeln. Ich glaube nicht, daß ihn das umgebracht hätte.«

»Hättest du es getan?«

»Natürlich nicht.«

»Er dachte, es wäre dir todernst damit.«

»Er hat dich angerufen?«

»Ja. Hat mich am Sonntag morgen aus dem Bett geholt. Was hättest du unternommen, wenn er sich geweigert hätte, es dir zu sagen?«

»Ich wäre abgezogen wie ein begossener Pudel und hätte es nie erfahren.«

»Aber jetzt weißt du es.«

Sie sah ihm in die Augen. »Ich weiß, daß du Crocker sechzigtausend Dollar dafür gezahlt hast, den Tod meines Daddys als Selbstmord zu bezeichnen.«

Sein Gesichtsausdruck änderte sich nicht. »Ja, das stimmt. Ich habe ihm tatsächlich Geld gegeben, um es Selbstmord zu nennen. Weil es ein Selbstmord war.«

»Nein, Parnell, das war es nicht.«

Er schüttelte den Kopf, und das Lächeln, das er versucht hatte, trat endlich auf sein Gesicht. »Der Himmel steh uns bei, Molly, wenn du dir einmal etwas in den Kopf gesetzt hast.«

»Parnell, ich *weiß* es.«

»Was genau weißt du denn?«

Sie senkte den Blick, weil sie ihn nicht ansehen konnte, als sie es sagte. »Ich weiß, daß Rose eine Affäre mit meinem Vater hatte. Mehr als zwanzig Jahre lang.«

»Woher weißt du das?« Seine Stimme war fest.

»Alte Briefe von Daddy an Harriet. Ich hab gestern im Familienarchiv rumgestöbert.«

Er nickte bedächtig. »Da warst du ja unheimlich fleißig, Molly.«

»O ja.«

»Und jetzt glaubst du, daß endlich alles zusammenpaßt. Endlich hast du deine Wahrheit gefunden.«

»Ja, davon bin ich überzeugt.«

»Dann ist es also ein Country-und-Western-Song, Miß Molly? Das alte, ewig gleiche Lied.« Mit seinem breitesten westtexanischen Dialekt sagt er: »Mein Mädel, betrogen hat sie mich, mit meinem besten Freund, da hab ich den Burschen kaltgemacht.« Seine traurige Stimme und die gebeugten Schultern straften seine scherzhaften Worte Lügen. »Ist es das, was passiert ist?«

»Vermutlich. Schrecklich muß das gewesen sein, Parnell – herauszufinden, daß sie eine Affäre hatten und dich all die Jahre hintergangen haben.«

»Stimmt, es war mehr als schrecklich, Molly. Aber verrat mir eins: Warum habe ich dann nur ihn umgebracht? Warum nicht sie?«

»Weil du sie zu sehr geliebt hast, um sie zu töten.«

»Ach so... dann wird unser Countrysong also noch melodramatischer. Meine treulose Frau, sie hat mich verraten«, sagte er breit und langgezogen, »doch die Tränen in ihren blauen Augen baten mich um Gnade dort draußen im Regen. Ist es so gewesen, Molly?«

»Ja.«

»Und warum habe ich es gerade dann getan, als Vern heiraten wollte?«

»Weil du erst dann von der Affäre erfuhrst.«

»Ich verstehe.«

»Wo ist Rose?« fragte Molly.

»Sie ist drüben auf dem Rasen auf der Westseite.« Er drehte sein Gesicht in die Richtung. »Sitzt auf der Bank und füttert die Eichhörnchen. Elendes Viehzeug.«

»Weiß sie von Crockers Anruf?«

»Nein. Ich habe keinen Grund gesehen, sie damit zu belasten.«

Mollys Augen brannten vor Anstrengung, die Tränen zurückzuhalten. »Mich wird nie jemand so sehr lieben, wie du Rose liebst.«

»Ich weiß ja nicht, Molly. Ich habe nie einen Mann jemanden mehr lieben sehen als dein Daddy dich. Du warst sein ein und alles, sein Herzblatt, sein Augapfel.«

»Ich habe ihn auch liebgehabt. Sehr sogar. Aber er war nicht der Mann, für den ich ihn gehalten habe.«

»Ach, nun sei nicht so kleinlich, Molly. Wer von uns kann schon einem derart kritischen Blick standhalten? Vern hatte eine Schwäche für die Damen, das läßt sich nicht bestreiten. Und weiß Gott«, er schloß die Augen, »die Damen hatten auch eine Schwäche für ihn.«

»Ach, Parnell. Es ist noch viel mehr. Er hatte nie wirklich Erfolg in irgendwas. Er versagte als Rancher, war ein untreuer Ehemann. Er konnte nicht mit Geld umgehen. Er trank zuviel, war depressiv und total abhängig von seiner Schwester, als ob sie sein Kindermädchen gewesen wäre.« Sie merkte, daß sie die Knie an die Brust gezogen hatte und leicht vor und zurück schaukelte.

Parnell beugte sich vor und tätschelte ihr die Schulter. »Molly, Molly.«

»Und dabei war er noch nicht mal ein guter Journalist.« Sie drückte die Stirn gegen die Knie, rollte sich zusammen wie in einem Kokon.

»Hört sich für mich wie ein ganz normaler Mensch mit jeder Menge Fehlern an. Darf ich dir eine Geschichte erzählen, Molly?«

Molly hob den Kopf und sah verwundert zu ihm auf. Er war

ein Mann, der selbst noch Geschichten erzählen würde, wenn er mit der Schlinge um den Hals am Galgen stand. »Klar. Erzähl mir eine Geschichte.«

Er stellte einen Fuß auf den Sockel des Denkmals und lehnte sich, den Arm aufs Knie gestützt, nach vorn in die klassische Geschichtenerzählerpose. »Erinnerst du dich noch an den Tag, als Jocko dich auf die Hörner genommen hat? Eine Weile sah es aus, als würdest du verbluten. Er hatte eine Arterie getroffen, der alte Jocko, und ich hatte noch nie jemand Kleines wie dich so schnell so viel Blut verlieren sehen. Dein Daddy ging ins Krankenhaus, um Blut zu spenden, weil sie nicht mehr soviel hatten. Ihr beide hattet dieselbe Blutgruppe. Für ihn war das eine ziemlich heldenhafte Sache, weil er eine Heidenangst vor Nadeln hatte, wie du dich erinnerst.« Er wartete ihre Reaktion ab, und sie nickte. Sie erinnerte sich.

»Na ja, jedenfalls kam es tatsächlich so«, fuhr Parnell fort, »daß er in tiefste Ohnmacht fiel, als sie ihm das Blut abnahmen. Ich war da und Rose auch, als er wieder zu sich kam. Er machte die Augen auf und fragte uns, ob du gestorben wärst, während er weggewesen sei. Nein, sagten wir. Die Blutung hatte sogar aufgehört, und du schienst außer Gefahr zu sein.

Als er das hörte, Molly, war er so glücklich und erleichtert, daß er losheulte wie ein Baby, und zwischen den Tränen sagte er: ›Parnell, hast du gesehen, wie das Mädchen das Pferd geritten hat? Beinah hätte sie es geschafft. Wenn das Pferd nicht so verdammt alt und langsam gewesen wäre, dann hätte sie es dem alten Jocko gezeigt. Ist sie nicht einfach unglaublich?‹«

Parnell schloß die Augen und dachte zurück an damals. »Dir zeigte er nie, daß er so darüber dachte, weil er ja wütend auf dich zu sein hatte, weil du ungehorsam gewesen warst; aber insgeheim war er ungeheuer stolz auf deinen Mut und deine Abenteuerlust, deinen Eigensinn und deine Dickköpfigkeit. Ich glaube, wenn er jetzt noch leben würde, dann wäre er zwar unglücklich, daß du seine schwachen Seiten entdeckt hast, aber er wäre auch unheimlich stolz darauf, daß du immer noch denselben Abenteurergeist in dir hast wie früher.«

Davon hatte Molly ja noch nie etwas gehört. Sie hatte sich geschworen, daß sie bei diesem Treffen nicht weinen würde, und tat es auch nicht, aber sie wünschte, sie hätte ein Taschentuch, um sich die Nase zu putzen.

»In gewisser Weise fühle ich jetzt ähnlich, Molly. Ich wollte nicht, daß es herauskommt, wie Vern gestorben ist, aber mir war immer klar, wenn es einmal herauskäme, dann würdest du es sein, die es ans Licht bringt. Ich kann nicht anders, als ein kleines bißchen stolz auf dich sein. Aber du bist noch nicht ganz am Ziel, mein Mädchen.«

»Nein?«

»Nein.« Er wandte sich wieder der Inschrift am Denkmal zu und fuhr langsam mit den Fingern über die vertieften Buchstaben, als lese er Blindenschrift. »Du erwartest also, daß ich ein Geständnis ablege? Willst du deinen Polizeikommissar herschicken, um meine Aussage aufzunehmen? Netten Kerl hast du da übrigens gefunden – diesen Grady Traynor. Ich glaube, an den würd ich mich auch halten.«

»Ich will aber ein Geständnis, Parnell. Ich will, daß du mir sagst, was geschehen ist.«

»Ach, Molly, mein Mädchen, ich habe Vern nicht ermordet.«

»Dann war es Rose.« Sie beobachtete sein Gesicht genau, wie er darauf reagieren würde, aber sein Ausdruck veränderte sich nicht.

»Ach, jetzt sind wir also bei einem echt schmalzigen Country-und-Western-Song angelangt«, sagte er. »Den Mann, sie liebte ihn so sehr, da konnt sie's nicht ertragen, daß er sein

Herz einer andren schenkt, und schießt ihn tot kurz vor dem Hochzeitstag. Obwohl sie mit seinem besten Freund verheiratet war, einer treuen Seele, die sie anbetete.« Er blickte hinunter auf Molly. »Das geht nun wirklich zu Herzen, was?«

»Allerdings.«

»Das Problem, Miß Molly, ist nur, daß du an Jimmie Dale Gilmore denkst, während du an Shakespeare denken solltest.«

»Häh?«

»Romeo und Julia.«

»Was meinst du damit?«

»Daß du einen Teil der Geschichte richtig siehst, deine Sicht aber getrübt ist. Weißt du, du bist dir deiner Vermutungen so sicher, daß sie dich daran hindern, die Wahrheit zu erkennen. Für eine Journalistin ist das ein echtes Problem, Schatz«, sagte er sanft, »und für einen Menschen ganz allgemein auch. Ich glaube, du mußt daran arbeiten.«

»Was für Vermutungen?«

»Daß Vern ermordet wurde. Das ist dir in die Quere gekommen.« Er richtete sich auf. »Laß es uns zusammen versuchen, Molly. Du erzählst mir, was du rekonstruiert hast, und wenn du vom Weg abkommst, steuere ich dich zurück in die richtige Richtung.«

Sie dachte darüber nach. »Na gut. Daddy überließ Harriet die unangenehme Aufgabe, Rose die Wahrheit zu sagen, daß er Franny liebte und heiraten würde. Er hatte beschlossen, daß er Rose nie wieder allein treffen würde. Es war vorbei. Es war endlich vorbei. Er war zu feige, um es ihr selbst zu sagen, deshalb mußte seine Schwester das für ihn erledigen.«

Sie sah Parnell fragend an. Er nickte zustimmend.

»Rose war vermutlich am Boden zerstört«, fuhr Molly fort. »Sie sagte Harriet, daß sie Daddy am Lake Travis aufsuchen und dazu bringen würde, es sich anders zu überlegen. Harriet rief ihren Bruder an, um ihn zu warnen, daß Rose auf dem Weg zu ihm war. Das wäre der Anruf gewesen, an den Franny sich erinnert, der, der ihn so veränderte und in die Verzweiflung trieb.«

Parnell nickte mit ausdruckslosem Gesicht. Doch plötzlich sah Molly etwas, was ihr in all den Jahren nie aufgefallen war, vermutlich, weil es sich so langsam entwickelt hat: Seine nach unten gezogenen Augen, Wangen und sein Mund hatten dem Gesicht einen dauernden Ausdruck tiefen Grams verliehen – es war eine tragische Maske. Er war ein Mann in ewiger Trauer.

Sie sah von ihm weg und fuhr fort mit der Geschichte. »Ich vermute, daß Rose kam und ihn anflehte, mit ihr wegzulaufen, oder sie sagte, sie würde dir davon erzählen und sich scheiden lassen, etwas in der Art. Sie konnte es nicht akzeptieren, daß es vorbei sein sollte, weil sie ihn liebte.« Sie sah Parnell fragend an.

Er räusperte sich. »Du bist nicht melodramatisch genug, mein Kind. Deine Version ist zu rational und beherrscht.«

»Ach?«

Er beugte sich vor und lehnte die Stirn an den polierten Granit des Denkmals. »Sie sagte, sie könnte nicht ohne ihn leben – ganz wortwörtlich. Sie sagte, wenn er Franny wie geplant heiraten und mit ihr Schluß machen würde, würde sie sich umbringen. Und das mußte er ernst nehmen, Molly, weil es bereits vorher zwei Versuche gegeben hatte, als er sich von ihr trennen wollte.«

»Selbstmordversuche? Rose? Ich habe noch nie von Selbstmordversuchen gehört.«

»Na ja, das ist nicht gerade etwas, was man einem Kind erzählt. Sie wurde beide Male ins Krankenhaus eingeliefert. Ich glaube, wir nannten es einmal eine Fehlgeburt und das andere

Mal Lungenentzündung. Damals hatte ich keine Ahnung, warum sie das tat. Ich dachte, sie hätte Depressionen. Ich hatte keine Ahnung, daß es ihre Reaktion auf Verns Versuche war, ihre Affäre zu beenden.«

Molly sah ihn ungläubig an. »Kein Wunder, daß er in jener Woche so außer sich war. Er war zwischen Franny und Rose hin- und hergerissen. Er löste die Verlobung auf, aber Franny nahm das nicht hin, und Rose drohte mit Selbstmord. Er wußte nicht, was er tun sollte. Sogar Harriet konnte ihm nicht helfen.«

»Und weißt du, wo ich war?«

Sie schüttelte den Kopf.

»Ich war direkt um die Ecke, in Austin, bei der Arbeit. Es war während der Legislaturperiode«, sagte er bitter. »Ich war ja ach so beschäftigt mit meinen Staatsgeschäften; so schrecklich wichtig und bedeutend kam ich mir vor. Ich hatte nicht die *leiseste* Ahnung, daß dieses Drama sich gerade vor mir abspielte. Ich wußte nicht, daß es dabei war, eine Tragödie zu werden. Ich hatte keinen blassen Dunst, daß es soviel Leidenschaft auf der Welt gab. Ich wußte nicht, daß sie deinen Vater umbringen und unser aller Leben für immer verändern würde. Ich dachte, Rose wäre in Lubbock und würde ihre kranke Mutter versorgen. Die Liste der Dinge, von denen ich nichts ahnte, ist endlos.« Er atmete tief durch. »Warum machst du nicht weiter mit deiner Geschichte, Molly.«

»Frannys Beschreibung nach hielt seine Verzweiflung eine Woche lang an. Telefongespräche mit Harriet wurden geführt und Versuche unternommen, ihn zum Arzt zu schicken. Dann, am letzten Tag –« Molly hielt inne, weil sie nicht weiter konnte. Sie sah Parnell erwartungsvoll an.

»Molly, denk nicht so eingleisig. Laß die vorgefaßten Meinungen fahren.« Er starrte vor sich hin, als wäre er in Trance.

»Schließ die Augen, Schatz, und du wirst sehen, was als nächstes passiert.«

Molly schloß die Augen, konnte aber überhaupt nichts sehen.

»Nun komm schon, Molly, du bist doch Schriftstellerin und versuchst seit achtundzwanzig Jahren, diese Szene zu rekonstruieren. Hier ist deine Chance. Setz das zusammen, was du bereits herausgefunden hast und was ich dir gesagt habe. Du kannst mir vertrauen – ich habe dir nichts erzählt, was nicht wahr wäre. Setz es zusammen und erzähl mir, was du siehst.«

Molly stellte sich das alte Hausboot vor, das an dem baufälligen Anleger in Old Gun Hollow vertäut lag. Sie roch den leicht fischigen, öligen Geruch des Sees und hörte das Wasser um den Bootsrumpf schwappen. Auf Deck standen die beiden Klappstühle aus Aluminium und der Plastiktisch, auf dem immer eine Kaffeetasse zu finden war. Drinnen war sein Büro, das wunderbarste, romantischste Büro, das sie je gesehen hatte – ein Hausbootbüro voller Bücher und Fotos, einer alten Underwood-Schreibmaschine und einer Münzsammlung. Sie konnte sich Vernon Cates dort drinnen vorstellen, wie er Bourbon trank und grübelte, wie er aus der Misere herauskommen könnte, in die er sich hineinmanövriert hatte. Aber weiter kam sie nicht; sie konnte nicht sehen, was als nächstes geschah.

Sie schüttelte den Kopf.

»Denk an Romeo und Julia«, sagte Parnell. »Ein alternder Romeo und eine alternde Julia natürlich; aber sie waren schon als Jugendliche ein Liebespaar gewesen, weißt du.«

Mord war für sie so lange Hauptbestandteil dieser Szene gewesen, daß sie sich nichts anderes vorstellen konnte. »Kann ich nicht.«

Er atmete tief ein. »Rose hat sich seit sechs Tagen in einem Motel in der Nähe einquartiert. Sie ist nicht zu euch nach Hause gekommen, weil du dort bist, Molly, und sie es unbedingt vor dir geheimhalten wollen. Jeden Tag kommt sie zum Hausboot, streitet mit ihm, bettelt ihn an, daß er es sich anders überlegen und mit ihr weggehen soll. Sie schwört, daß sie sich umbringen wird, wenn er sie verläßt, und diesmal wird sie es wirklich tun. Vern ist am Ende. Franny kommt auch jeden Tag vorbei und ruft an. Seine Frauen treiben ihn zum Wahnsinn. Er ist immer schon labil gewesen, aber jetzt bricht er zusammen.«

Er machte eine Pause. Selbst mit geschlossenen Augen konnte Molly spüren, daß er kaum ausreichend Luft bekam. »Gut, Molly. Jetzt machst du weiter. Vern kommt an jenem letzten Tag am Hausboot an, um zu arbeiten. Kannst du ihn nicht richtig vor dir sehen in seiner Arbeitskleidung – den alten Jeans und Cowboystiefeln –, wie er in dem alten, weißen Chevy-Pick-up vorfährt? Doch als er aufs Boot kommt, ist schon jemand dort. Wer ist es?«

»Rose?«

»Genau. Rose. Beschreib mir die Szene.«

»Er fährt am Anleger vor«, sagte Molly und sah seine langen Beine in den verblichenen Jeans, die sich aus dem Pick-up schoben, hörte seine Stiefelabsätze auf dem hölzernen Anleger. »Seit einer Woche trinkt er ununterbrochen, und er hat eine Flasche Bourbon in der Tasche. Er geht hinaus zum Boot und findet dort Rose.«

»Ja. Und was hat Rose getan?«

»Ich weiß es nicht.«

»Romeo und Julia, mein Schatz.«

Jetzt sah Molly es: Roses schlanker Körper hingestreckt aufs Deck, ihre glänzenden schwarzen Haare offen und in

Strähnen über ihrem bleichen Gesicht. »Sie hat versucht, sich umzubringen.«

»Genau. Sie hat es getan. Sie hat wieder Schlaftabletten genommen, genau wie sie angedroht hatte, und jetzt liegt sie tot auf seinem Deck. Kannst du es vor dir sehen?«

Jetzt konnte sie es sehen, nur zu deutlich. In wilder Panik rennt er zu ihr – seiner langjährigen Geliebten, der Frau seines besten Freundes. Er kniet sich vor ihr nieder und hebt ihr zartes Handgelenk hoch, die perfekt manikürte Hand, doch ihre Haut ist kalt, und er kann keinerlei Puls finden. Es ist zu spät. Er glaubt, daß sie tot ist.

»Wie fühlt er sich, mein Mädchen?« fragte Parnell.

Molly hörte sein Stöhnen, sah ihn schluchzend über den Leichnam gebeugt. »Er hat das Gefühl, sie ermordet zu haben. Das Schlimmste auf der Welt ist eingetreten. Er ist schuld an ihrem Tod und kann es nicht ertragen.«

»Das stimmt. Er kann damit nicht leben, kann sich den Konsequenzen nicht stellen. Also was tut er?«

Sie sah ihren Vater sich erheben, tränenüberströmt. Er zieht die Flasche aus der Tasche und trinkt einen Schluck, dann noch einen. Er will diesem Horror entfliehen. Er kann es nicht aushalten. »Aber«, sagte Molly und sah auf zu Parnell, »es gibt keine Pistole.«

»O doch, die gibt es. Rose hat die Pistole aus dem Haus ihrer Mutter mitgebracht. Es sollte ihre Selbstmordabsichten unterstreichen. Mit Pillen herumzuwedeln ist nicht annähernd so dramatisch wie mit einer Pistole, deswegen hat sie sie aus Lubbock mitgebracht. Sie trägt sie in der Handtasche mit sich herum. Natürlich hat sie sie nicht benutzt; sie war viel zu verliebt in ihre Schönheit. Selbst wenn sie sterben sollte, und ich glaube nicht, daß sie das wirklich wollte, dann wollte sie schön sterben. Besonders, wenn Vern sie sehen würde.«

Schwer atmend hielt er inne, bevor er fortfuhr. »Also beschreib es mir, Molly. Du wolltest ja die Wahrheit um jeden Preis. Sehen wir sie uns an. Was passiert als nächstes?«

Mollys Herz pochte heftig. Sie spürte es: die Schuldgefühle ihres Vaters, seine Panik und Verzweiflung. »Er nimmt noch einen Schluck aus der Flasche. Er hat das Gefühl, daß sein Leben zerstört ist. Er setzt die Pistole an den Kopf.«

»Genau. Und dann?«

Molly hatte kaum die Kraft zum Sprechen. Die drei Worte kommen als Flüstern heraus: »Er drückt ab.«

»Ja, Molly, das tut er. Doch Rose ist nicht tot, das wissen wir. Sie wacht wieder auf, genau wie Julia, und findet ihren Geliebten tot neben sich. Was macht sie dann?«

»Sie ruft dich an, Parnell.«

»Natürlich. Und du weißt, was ich mache, stimmt's? Papi wird's schon richten. Ich fahre hinaus zu ihr. Und als ich dort ankomme, stelle ich fest, daß meine Welt zusammengebrochen ist.«

Molly seufzte und zog die Knie dichter an sich. Sie fing wieder an, vor und zurück zu schaukeln. Sie war so erschöpft, als hätte sie die Szene selbst durchlebt.

»O Molly, mein Mädchen, du siehst ja völlig fertig aus. Soll ich weitermachen?«

Sie nickte. Ein Kloß im Hals machte ihr das Sprechen unmöglich.

»Ich fahre mit ihr weg«, sagte Parnell mit ausdrucksloser Stimme, »zurück nach Austin, aber als ich dort ankomme, denke ich an all die Probleme. Die Pistole haben wir mitgenommen, weil sie zu Rose' Mutter zurückverfolgt werden könnte. Aber ich fange jetzt an, mich zu fragen, was sonst noch auf dem Hausboot sein könnte, was auf eine Verbindung zu Rose hindeuten könnte. Und wenn die Wahrheit herauskommt, wäre meine politische Karriere im Eimer«, seine Stimme war rauh vor Selbstverachtung, »und das können wir ja nicht zulassen, stimmt's? Also heuere ich einen Mann an, der schon andere krumme Dinger gedreht hat, und lasse ihn in jener Nacht rausfahren und die Leiche in den See werfen. Ich lasse ihn auch das Hausboot versenken.«

»Um alles zu vernichten, was Rose dort vielleicht zurückgelassen haben könnte«, sagte Molly.

»Natürlich. Fingerabdrücke, Briefe, alles mögliche.«

»Doch der Mann, den du angeheuert hast«, sagte Molly, »konnte der Versuchung nicht widerstehen, Daddys Münzsammlung zu stehlen, die offen herumlag.«

»Das wußte ich damals allerdings nicht«, sagte Parnell. »Davon erfuhr ich erst vier Jahre später, als er sie versetzte und du es herausfandest.«

»Trotzdem warst du immer noch so besorgt, daß du Crocker bestechen mußtest.«

»Aber sicher. Wenn er Nachforschungen angestellt hätte, hätte er herausgefunden, daß Rose in jener Woche dort war. Also zahlte ich ihm etwas, damit er es als Selbstmord bezeichnete und den Fall nicht weiter verfolgte. Er spielte nur zu gern mit.«

Molly seufzte wieder und schüttelte den Kopf bei dem Gedanken an Olin Crocker und wie sich die fruchtlosen Versuche, Informationen aus ihm herauszuholen, auf ihr Leben ausgewirkt hatten .

»Ist es nicht unglaublich, Molly«, sagte Parnell, als könnte er ihre Gedanken lesen, »wie zerstörerisch und weitreichend eine Lüge sein kann – sie breitet sich aus und vergiftet alles.«

Molly war müde wie nie zuvor in ihrem Leben. »Woher soll ich wissen, daß du die Wahrheit sagst?«

»Sieh mich an, Molly.«

Sie schaute zu ihm auf. Er hatte ihr das Gesicht zugewandt, das naß war von Tränen. Trauer und Reue waren in jede Falte, jede Pore eingegraben. »Sage ich die Wahrheit?« flüsterte er.

Sie nickte. »Aber das hier ist doch nicht *Romeo und Julia.* Weil Julia in dieser Geschichte glücklich und zufrieden mit ihrem wohlhabenden, erfolgreichen Ehemann lebt.«

»Molly!« Parnell schüttelte den Kopf. »Das weißt du besser. Dies ist kein Melodrama, es ist eine Tragödie. In einer Tragödie lebt niemand hinterher glücklich und zufrieden weiter. Nicht nach solch einer Sache. Sie mögen glücklich ausgesehen haben, aber sie waren es nicht.«

»Warum nicht?«

Er legte seine Handflächen an die Seite des Denkmals und lehnte sich vor, bis seine Stirn wieder den glatten Granit berührte. Molly konnte sich vorstellen, wie wohltuend kühl sich der kalte Stein anfühlen mußte. »Warum nicht?« wiederholte er. »Glaubst du wirklich, daß er ihr vergeben konnte?«

»Ich weiß es nicht.«

»Glaubst du wirklich, daß sie sich selbst vergeben konnte? Glaubst du nicht, daß immer, wenn sie miteinander schlafen wollten, der Leichnam des Mannes – seines Freundes, ihres Geliebten – zwischen ihnen lag? Glaubst du nicht, daß sie jeden Morgen mit dem Bedauern aufwachte, daß sie nicht wirklich an den Tabletten gestorben war? Glaubst du nicht, daß er in jeder Minute um seinen Freund und die unkomplizierte Liebe trauerte, die er einst für seine Frau empfunden hatte? Glaubst du nicht, daß ein Geheimnis wie ihres ein Gift war, daß sie von innen her auffraß, ihre Gelenke zerstörte und sein Herz krank machte?«

Molly spürte Übelkeit aufsteigen. »Ich glaube nicht, daß sich dieser Song gut verkaufen würde, Parnell. Selbst für Country-und-Wester-Standards zu deprimierend.«

„Zuviel Wahrheit für dich, mein Schatz?«

Molly seufzte. »Wußte Harriet davon?«

»Ich habe es ihr nie gesagt und Rose auch nicht, aber ich vermute, sie hat es sich ausgerechnet.«

Molly blickte um sich und war überrascht, daß alles noch so aussah wie zuvor – das Gras, das Kapitol aus rosa Granit, die Wolken über ihr. Ihre gesamte Lebensgeschichte hatte sich verschoben. Ihr Vater, der Mann, den sie angebetet hatte, hatte sich lieber selbst getötet, als sich den Konsequenzen seines Handelns zu stellen. Er war nicht der, für den sie ihn gehalten hatte. Ihr Geschichte, ihre Herkunft, alles war anders als gedacht. Was bedeutete, daß auch sie nicht die war, für die sie sich gehalten hatte. Sie war sich der Dinge und ihres Wissens so sicher gewesen, doch sie hatte sich in allem geirrt.

In diesem Licht würde sie alles neu überdenken müssen. Aber nicht jetzt. Nicht jetzt gleich.

Nach langem Schweigen sagte Parnell: »Ich möchte dich etwas fragen, Molly. Du hast dir sehr viel Mühe gemacht und viele Opfer gebracht, um dies herauszufinden. Bist du jetzt glücklicher, wo du es weißt?«

»Glücklicher? Nein.«

»Aber war es den Aufwand nun wert?«

»Du tust, als hätte ich eine Wahl gehabt.«

Er nickte, weil er ihr Argument verstand. »Und was hast du jetzt vor?«

Es herrschte Schweigen, während Molly darüber nachdachte. »Ich glaube, ich werde folgendes tun: Ich gehe jetzt nach Hause und nehme ein ausgiebiges Bad und ein paar Schmerztabletten, weil mein Knie höllisch weh tut. Ich werde etwas Ammoniak auf die Bißwunden reiben und ins Bett gehen. Morgen schlafe ich aus. Dann gehe ich zum Blumenladen und kaufe eine Riesenschale Gänseblümchen. Weißt du noch, wie gern er die Gänseblümchen hatte, die auf der Ranch am Wegrand wuchsen? Ich hole Jo Beth von der Arbeit ab, und wir fahren an den Lake Travis zum Tech-Friedhof. Wir werden das Grab schon finden. Ich bin nämlich noch nie dagewesen, Parnell, nicht ein einziges Mal in all den Jahren. Ich werde ihm seine Enkelin vorstellen, und wir setzen die Gänseblümchenschale auf sein Grab, und dann verabschieden wir uns von ihm. Und dann fahre ich nach Hause und mache mich an die Arbeit. Ich bin furchtbar im Rückstand.«

Parnell ging vor ihr in die Hocke und nahm ihre Hände in seine. »Das klingt wie ein hervorragender Plan, mein Mädchen. Grüß Jo Beth von mir. Und Vern auch.«

»Werde ich tun.«

Seine Augen waren feucht. »So. Darf ich dich jetzt um einen Gefallen bitten? Einen großen Gefallen, um den ich dich eigentlich gar nicht bitten dürfte.«

Molly nickte.

»Rose sitzt da drüben und fragt sich vermutlich schon, was wir hier die ganze Zeit treiben. Glaubst du, du könntest zu ihr gehen und hallo sagen und ihr zeigen, daß du deine Odyssee relativ heil überstanden hast? Als sie dich heute morgen so lädiert gesehen hat, hat sie sich große Sorgen um dich gemacht.«

Die Bitte überrumpelte Molly. Er bat sie um einen Akt der Vergebung, von dem sie noch Lichtjahre entfernt war.

Er beugte den Kopf vor und küßte den Verband an ihrem Knie. »Weißt du noch, Molly, wie alle Leute immer deine Wehwehchen küssen mußten, damit sie weggingen, als du klein warst? Ich wünschte, ich könnte deine schreckliche Wunde gesundküssen und zum Verschwinden bringen. Aber das kann ich nicht. Du mußt sie selbst heilen.«

Während der gesamten achtundzwanzig Jahre, in denen

Molly Cates nach der Wahrheit gesucht hatte, war sie sicher gewesen, daß am Ende Gerechtigkeit und Strafe stehen würden. Nicht einen Augenblick lang hatte sie die Möglichkeit in Betracht gezogen, daß am Ende der Reise Vergebung warten würde.

Doch als sie jetzt daran dachte, wie Rose und Parnell in all diesen Jahren mit dem giftigen Nachgeschmack des Todes ihres Vaters hatten leben müssen, verflogen Ärger und Bitterkeit. Was sie wirklich gebraucht hatte, war das Ende der Geschichte. Und jetzt hatte sie es. Es war ein häßliches, schmerzliches Ende, doch sie spürte, daß sie es im Lauf der Zeit zu akzeptieren lernen würde.

Als sie genügend Energie gesammelt hatte, stand sie auf. »Weißt du was, Parnell?« Sie nahm ihn am Arm. »Laß uns zusammen rübergehen und nachsehen, ob Rose Hilfe beim Eichhörnchenfüttern braucht. Kommst du mit?«

31. Kapitel

Tot ist Alt-Roger und wird zu
Grabe gelegt,
Zu Grabe gelegt, zu Grabe gelegt.
Tot ist Alt-Roger und wird zu
Grabe gelegt,
Hum Ha! Zu Grabe gelegt.

Englischer Kindervers

Wir hätten die Gänseblümchen noch nicht einmal mitzubringen brauchen.« Jo Beth stellte die Schale zwischen die langen Gräser vor dem Grabstein.

Molly blickte über den kleinen Friedhof. Überall sprossen Büschel strahlendweißer Gänseblümchen aus dem grasüberwachsenen Boden. »Er läßt sie selbst wachsen«, sagte sie.

»Tante Harriet hat diesen Platz ausgewählt, nicht wahr?« Jo Beth stellte sich auf die Zehenspitzen und beschattete die Augen gegen das grelle Sonnenlicht. »Man kann sogar den See von hier sehen. Es ist perfekt.«

Molly hockte sich vor das Grab. »Es *ist* perfekt.« Der rosa Grabstein aus Granit war schlicht, trug aber eine feingemeißelte Inschrift – Harriets guter, ungekünstelter Geschmack. Nur sein Name und die Geburts- und Sterbedaten.

»Du hast mir immer noch nicht gesagt, warum jetzt auf einmal«, sagte Jo Beth und hockte sich neben Molly. »Seit Jahren habe ich dir in den Ohren gelegen, daß ich herfahren möchte, aber du wolltest nicht. Dann entführst du mich heute einfach von der Arbeit, um hierherzukommen. Ist etwas passiert?«

»Ich habe beschlossen, meine Trauerzeit zu beenden.«

»Keine Nachtwachen mehr?«

»Nein. Ich habe meine letzte gehalten.«

»Wirklich? Du meinst das ernst? Es ist vorbei?« Jo Beth' Stimme klang begeistert und ungläubig zugleich.

»Ja.«

»Wow. Was ist passiert?«

»Das ist eine lange Geschichte. Ich erzähl's dir beim Mittagessen.«

Jo Beth stand auf und klopfte die Erdkrumen von ihrem Rock. »Wurde auch Zeit.«

Molly streckte die Hand aus und legte einen Finger auf das V in seinem Namen. Sie schloß die Augen und fuhr langsam die scharfe Linie des gemeißelten Buchstabens nach; es war eine Art kleiner Pfeil, der hinunter in die Erde zeigte, wo er begraben lag. »Rose und Parnell lassen dich grüßen«, sagte sie.

»Grüß sie bitte zurück«, sagte Jo Beth in der Annahme, sie spreche mit ihr.

»Werde ich tun.« Molly stand auf. »Jo Beth?«

»Hmm?«

»Er war ein Mann, der viel geliebt und gelitten hat, dein Großvater. Er liebte mich ohne jede Einschränkungen und lehrte mich, das Leben zu genießen. Bei weitem kein perfekter Mensch, doch ich vermisse ihn jeden Tag aufs neue.«

»Ich wünschte, ich hätte ihn kennengelernt.«

»Ich auch, meine Kleine. Ich auch.«

32. Kapitel

Es war einmal eine Alte, die lebte
an einem Bach.
Sie hatte so viel zu erinnern, da
wurden ihr die Beine schwach.
Sie schwebte durch den Himmel auf
einer Pulle Wein
Sie vergaß all ihre Sorgen und
fühlte sich, ach, so fein.

Sarah Jane Hurley

Sarah Jane Hurley sitzt in dem stillen Gemeinschaftsraum der Pension an der San Gabriel Street und blättert in Zeitschriften. Sie wohnt gern hier, weil die schäbigen Eichenmöbel groß – groß genug für sie – und gemütlich sind, und weil es stapelweise alte Hefte des *National Geographic* und *Life* und *Redbook* gibt.

Eine junge Frau streckt den Kopf zur Tür herein und sieht sich um. Sarah Jane hofft, daß sie nicht reinkommen und den Fernseher anschalten will. Sich diesen ganzen Krach anhören zu müssen, geht ihr auf die Nerven.

»Ma? Bist du das?«

Erschreckt sieht Sarah Jane auf. »Ellie!« sagt sie und drückt die Hände gegen die Brust. Das Herz will ihr fast zerspringen.

Sarah Jane steht auf, und die Zeitschriften, die sie auf dem Schoß liegen hatte, fallen auf den Boden. »Ellie! Wie geht es dir?«

»Mir geht's gut, wirklich gut. Wie steht's mit dir, Ma?«

»Tja, mir geht's hervorragend.« Sarah Jane verspürt plötzlich das Bedürfnis, die Wahrheit zu sagen: Es gibt Tage, an denen sie das Gefühl hat, von all den Dingen erdrückt zu werden, von der vielen Realität und Erinnerung. »Ich meine, jetzt gerade geht's mir hervorragend. Du weißt schon, immer einen Tag nach dem anderen.«

Ellie kommt herüber, legt die Arme um Sarah Jane und umarmt sie lange. Als Sarah Jane sich von dem Schreck erholt hat, umarmt auch sie ihre Tochter aus tiefstem Herzen, genießt es, wie wunderbar solide ihre Tochter sich anfühlt, der breite Rücken und wogende Busen, genau wie bei ihr selbst. Es ist natürlich nur ein Traum. Sarah Jane war noch nie sehr gut darin, Phantasie und Realität auseinanderzuhalten, und seit ein paar Jahren ist sie ein wirklich hoffnungsloser Fall.

Schließlich lassen sie sich los. Sarah Jane tritt einen Schritt zurück und sieht sich ihre Tochter an. Ellie hat sich die Haare schneiden lassen. Sie trägt sie jetzt kurz und gelockt. Sie versucht nicht mehr, sie zu glätten. Verträumt sieht sie aus.

»Du siehst sehr schön aus, Ellie. Deine Haare gefallen mir sehr gut so.«

Ellie fährt sich mit der Hand durch die Locken. »Ach so. Ich trag es schon seit mehr als zwei Jahren so, Ma.«

»Zwei Jahre schon? Wirklich?« Sarah Jane ist überwältigt, wieviel sie voneinander verpaßt haben, zuviel, um sich je alles erzählen zu können. Außerdem weiß sie nicht, ob alles erzählen so eine gute Idee ist: Aus dem Leben, das sie die letzten drei Jahre geführt hat, gibt es viel, das Ellie nicht erfahren soll, nie. Sie schämt sich, davon zu reden, sogar bei ihren Gruppentreffen; andererseits hat sie wirklich das Gefühl, daß sie von den Toten auferstanden und jetzt ein neuer Mensch ist. Sie will nicht, daß Ellie von dieser anderen Person, der Cow Lady erfährt, auch wenn es Momente gibt, in denen Sarah Jane sie vermißt – ihre Freiheit und innere Erstarrung.

»Ich habe den Hunderter aufgehoben, den du mir gegeben hast, Ellie«, sagt Sarah Jane. »Ich hatte ihn dir zurückgeben wollen – genau denselben Hundertdollarschein. Weißt du noch, wie wütend du warst und wie du gesagt hast, daß ich sofort hingehen und es für Fusel ausgeben würde, aber das hab ich nicht getan. Ich hatte ihn innen in meinem Hemd festgesteckt – wie eine Art Talisman – bis vergangenen Monat. Dann habe ich ihn für einen Notfall gebraucht, damit uns einer zum Kapitol gefahren hat.«

»Das habe ich in der Zeitung gelesen. Da stand, daß du alle Menschen dort gerettet hast.«

»Ich war schrecklich nah dran, es nicht zu tun, Ellie.« Als sie das sagt, zittert ihre Stimme, weil nur sie weiß, wie nah sie wirklich dran war, es nicht zu tun.

»Aber du hast es getan, und ich bin sehr stolz auf dich.«

»Na ja, danke schön. Woher wußtest du, wo du mich finden kannst?«

»Die Frau, die mich angerufen hat, hat's mir gesagt.«

»Was für eine Frau war das denn?«

»Ach, von so einer Zeitschrift. Den Namen habe ich vergessen. Sie meinte, du würdest mich wohl gern sehen.«

»Ja, natürlich, aber ich dachte, du wärst immer noch sauer auf mich.«

»Ich bin sauer auf dich gewesen, aber jetzt bin ich es nicht mehr. Verstehst du?«

»Natürlich, natürlich verstehe ich das. Es ist nicht so einfach mit mir gewesen, mit dem Saufen und so.« Sarah Jane schluckt entschlossen einige Tränen hinunter; Weinen ist eine zu billige Lösung. Den letzten Monat über hat sie allerdings reichlich geweint und es zugelassen, daß alle Erinnerungen zurückkamen: die Vernachlässigungen, die gewalttätigen Wutausbrüche, die Streitereien mit Harold in betrunkenem Zustand, die gekündigten Arbeitsstellen, die vergessenen Geburtstage, das Feuer – und sie ist sogar bei ihren Gruppentreffen vor anderen Leuten aufgestanden und hat darüber berichtet. »Es tut mir alles schrecklich leid, Ellie, aber das ist jetzt vorbei.«

»Ach, Ma.«

Um sich einen Augenblick zu besinnen, beugt Sarah Jane sich vor und sammelt die Zeitschriften ein, die sie auf den Boden hat fallen lassen.

Dann sagt Ellie: »Ich hatte mir gedacht, daß wir vielleicht zusammen zum Mittagessen gehen könnten.«

»Das würde ich liebend gern tun, Ellie, aber ich kann nicht.«

»Oh.«

»Na ja, um zwölf habe ich mein Treffen. Du weißt schon, mein... AA-Treffen. Und danach habe ich diesen kleinen, eigentlich ist es gar kein Job – ich werde nicht dafür bezahlt –, aber es ist halt etwas, was ich montags, mittwochs und freitags um zwei mache.«

»Was ist es?«

»Ich lese Kindern in der Bibliothek vor, in der kleinen Zweigstelle direkt da, wo meine Gruppe ist. Ich habe immer dort rumgehangen, und da haben sie gesagt, ob ich mich nicht nützlich machen will.« Sie zuckt die Achseln.

»Das hört sich ja alles sehr gut an, Ma. Weißt du noch, wie du Tom und mir immer so wieder dieselben Verse vorgelesen hast? Ich kann sie noch alle auswendig.«

Sarah Jane lächelt. »Ich auch.«

»Na gut, Ma, da bist du ja ganz schön beschäftigt, und ich will auch nicht stören. Aber vielleicht könnten wir ja statt dessen zusammen zu Abend essen. Ich habe mir den ganzen Tag freigenommen, da«, sie lacht ein bißchen, »kann ich ja auch genausogut noch dableiben und ihn ausnutzen.«

»Ja. Natürlich. Das wäre schön, Ellie.«

Ein betretenes Schweigen entsteht, als sie sich ansehen, und Sarah Jane geht der Gedanke durch den Kopf, daß Ellie sich denken muß, was für ein altes Wrack aus ihrer Mutter geworden ist: die Haut ganz faltig und wettergegerbt, die Haare grau und wild vom Kopf abstehend.

»Gestern habe ich mit Tom gesprochen«, sagt Ellie.

Sarah Jane spürt, wie sie sich aus Angst vor der Verletzung, die jetzt kommen muß, verkrampft. »Wie geht es deinem Bruder?«

»Dem geht es ziemlich gut, er wohnt jetzt wieder in Houston. Er hat in der Zeitung von dir gelesen. Meinte, ich soll dir ausrichten, daß du das gut gemacht hast.«

Sie ist verblüfft, überwältigt. Tom hat sie seit seinem siebzehnten Lebensjahr nicht mehr sehen oder mit ihr reden wollen. Seit zwölf Jahren hat sie ihn nicht mehr gesehen. Dies ist die erste Nachricht, die er ihr je hat übermitteln lasen. »Das hat er gesagt? Du sollst mir ausrichten, daß ich es gut gemacht habe?«

»Hör zu, Ma«, sagt Ellie, »mein Auto steht draußen vor der Tür. Ich kann dich zu deiner Gruppe fahren. Möchtest du vielleicht vorher noch irgendwoanders hinfahren ?«

Sarah Jane betrachtet das Haar ihrer Tochter. »Weißt du, Ellie, ich würde mir gern die Haare schneiden lassen. Vielleicht könnten wir ja einen Friseur finden, der mich ohne Termin drannimmt.« Da das hier nur ein Traum ist, denkt sie, ist alles möglich.

Ellie betrachtet die Haare ihrer Mutter und lächelt. »Wir können's ja versuchen«, sagt sie.

MARY WILLIS WALKER

Unter des Käfers Keller

Roman

Deutsch von Anke Caroline Burger

448 Seiten. Gebunden

Bereits fünfundvierzig Tage sind elf Kinder in einem unterirdischen Gefängnis eingesperrt, fünfundvierzig Tage ohne Sonnenlicht, fünfundvierzig Tage ohne ihre Eltern und Geschwister, fünfundvierzig Tage ohne Hoffnung auf ein schnelles Ende dieses Alptraums. Zusammen mit Walter Demming, der die Kinder eigentlich nur zur Schule fahren wollte, befinden sie sich in der Gewalt von Samuel Mordecai, der jeden Morgen das Gefängnis betritt, um das nahende Ende der Welt zu verkünden. In nur fünf Tagen soll die Apocalypse hereinbrechen, und damit soll sich für die Kinder das Schicksal erfüllen, für das Mordecai sie ausersehen hat.

In dieser Situation wird Walter Demming zur einzigen Hoffnung der Kinder. Voller Sensibilität schafft er eine Innenwelt aus Ritualen, Zärtlichkeit und Phantasie, in die sich die Kinder flüchten können. Auf den Rettungsinseln, die er in ihren Köpfen baut, hält sie die Zuversicht am Leben.

Über der Erde versuchen gleichzeitig Spezialisten der Polizei und des FBI alles, um an die Gefangenen heranzukommen. Als alle Bemühungen ohne Erfolg bleiben, läßt sich die mutige Journalistin Molly Cates überreden, einem vagen Verdacht nachzugehen. Sie ist die einzige, die Mordecai von früher kennt und ahnt, wo die Motive für seinen Amoklauf zu suchen sind. Molly schmiedet einen atemberaubenden Plan.

»Endlich ist bewiesen, daß es perfekt gemachte Spannungsromane gibt, die tief berühren und zu Herzen gehen. Edgar-Allan-Poe-Preisträgerin Mary Willis Walker hat ein Juwel auf diesem Gebiet geschaffen.«

New York Times

C. BERTELSMANN

NICCI FRENCH

Ein sicheres Haus

Roman

Deutsch von Elke vom Scheidt

352 Seiten. Gebunden

Die Ärztin Samantha Laschen, Spezialistin für posttraumatische Medizin, zieht mit ihrer kleinen Tochter Elsie in das einsam gelegene Elm House in Essex. Hier will Samantha endlich Ordnung in ihr Lebenschaos, Klarheit in ihre Liebe zu Danny und Ruhe in ihre Beziehung zu Elsie bringen. Doch kurz nach ihrer Ankunft wird im benachbarten Stamford das wohlhabende Ehepaar Mackenzie brutal ermordet. Nur Fiona, die neunzehnjährige Tochter, überlebt unter Schock. Als die Polizei für das Mädchen eine sichere Bleibe sucht, scheint Samanthas Haus die ideale Lösung zu sein.
Fiona fühlt sich bei Samantha wohl und übernimmt immer mehr Aufgaben im Haus. Doch eines Tages ist sie verschwunden, zusammen mit Danny. Wenig später wird ein Auto mit verbrannten Überresten gefunden. Und ein Testament, in dem Fiona ihrem Arzt Michael Daley ihr gesamtes Erbe überschreibt, immerhin 18 Millionen Pfund. Samantha ist völlig verstört. Hat sie sich so in Fiona und Danny getäuscht? Dann macht sie in einem Bootshaus eine unheimliche Entdeckung. Und ist sich plötzlich sicher, daß Michael Daley der eigentliche Drahtzieher war. Doch gerade als sie glaubt, die vermeintliche Bedrohung für immer gebannt zu haben, wird ihre Tochter Elsie entführt. Und Elm House brennt…

Eine raffiniert konstruierte Geschichte, die unter die Haut geht, geschrieben von Englands großer neuer Hoffnung des psychologischen Spannungsromans.

C. BERTELSMANN